# 金瓶梅

## 上

明・蘭陵笑笑生 著

五南圖書出版公司 印行

# 金瓶梅序

《金瓶梅》，穢書也。袁石公亟稱之，亦自寄其牢騷耳，非有取於《金瓶梅》也。然作者亦自有意，蓋為世戒，非為世勸也。如諸婦多矣，而獨以潘金蓮、李瓶兒、春梅命名者，亦楚《檮杌》之意也。蓋金蓮以姦死，瓶兒以孽死，春梅以淫死，較諸婦為更慘耳。借西門慶描畫世之大淨，應伯爵以描畫世之小丑，諸淫婦以描畫世之丑婆、淨婆，令人讀之汗下。蓋為世戒，非為世勸也。余嘗曰：讀《金瓶梅》而生憐憫心者，菩薩也；生畏懼心者，君子也；生歡喜心者，小人也；生效法心者，乃禽獸耳。余友人褚孝秀偕一少年同赴歌舞之筵，衍至《霸王夜宴》，少年垂涎曰：「男兒何可不如此！」褚孝秀曰：「也只為這烏江設此一著耳。」同座聞之，歎為有道之言。若有人識得此意，方許他讀《金瓶梅》也。不然，石公幾為導淫宣慾之尤矣！奉勸世人，勿為西門之後車，可也。

# 關於本書

當神魔小說盛行時，記人事者亦突起，其取材猶宋市人小說之「銀字兒」，大率為離合悲歡及發跡變態之事，間雜因果報應，而不甚言靈怪，又緣描摹世態，見其炎涼，故或亦謂之「世情書」也。

諸「世情書」中，《金瓶梅》最有名。初惟鈔本流傳，袁宏道見數卷，即以配《水滸傳》為「外典」（《觴政》），故聲譽頓盛；世又益以《西遊記》，稱三大奇書。萬曆庚戌（1610），吳中始有刻本，計一百回，其五十三至五十七回原闕，刻時所補也（見《野獲編》二十五）。作者不知何人，沈德符云是嘉靖間大名士（亦見《野獲編》），世因以擬太倉王世貞，或云其門人（康熙乙亥謝頤序云）。由此復生讕言，謂世貞造作此書，乃置毒於紙，以殺其仇嚴世蕃，或云唐順之者，故清康熙中彭城張竹坡評刻本，遂有《苦孝說》冠其首。

《金瓶梅》全書假《水滸傳》之西門慶為線索，謂慶號四泉，清河人，「不甚讀書，終日閒遊浪蕩」，有一妻三妾，又交「幫閒抹嘴不守本分的人」，結為十弟兄，復悅潘金蓮，酖其夫武大，納以為妾，武松來報仇，尋之不獲，誤殺李外傳，刺配孟州。而西門慶故無恙，於是日益放恣，通金蓮婢春梅，復私李瓶兒，亦納為妾，「又得兩三場橫財，家道營盛」。已而李瓶兒生子；慶則因賂蔡京得金吾衛副千戶，乃愈肆，求藥縱欲受賕枉法無不為。為潘金蓮妒李有子，屢設計使受驚，子終以瘈瘲死；李痛子亦亡。潘則力媚西門慶，慶一夕飲藥逾量，亦暴死。金蓮春梅復通於慶婿陳敬濟，事發被斥賣，金蓮遂出居王婆家待嫁，而武松適遇赦歸，因見殺；春梅則賣為周守備妾，有寵，又生子，竟冊為夫人。會孫雪娥以遇拐復獲發官賣，春梅憾其嘗「唆打陳敬濟」，則買而折辱之，旋賣於酒家為娼；又稱敬濟為弟，羅致府中，仍與通。已而守備征宋江有功，擢濟南兵馬制置，敬濟亦列名軍門，升為參謀。後金人入寇，守備陣亡，春梅夙通其前妻之子，因亦以淫縱暴卒。比金兵將至清河，慶妻攜其遺腹子孝哥欲奔濟南，途遇普淨和尚，引至永福寺，以因果現夢化之，孝哥遂出家，法名明悟。

作者之於世情，蓋誠極洞達，凡所形容，或條暢，或曲折，或刻露而盡相，或幽伏而含譏，或一時並寫兩面，使之相形，變幻之情，隨在顯見，同時說部，無以上之，故世以為非王世貞不能作。至謂此書之作，專以寫市井間淫夫蕩婦，則與本文殊不符，緣西門慶故稱世家，為搢紳，不惟交通權貴，即士類亦與周旋，著此一家，即罵盡諸色，蓋非獨描摹下流言行，加以筆伐而已。

> 婦人（潘金蓮）道：「怪奴才，可可兒的來，想起一件事來，我要說又忘了。」因令春梅：「你取那隻鞋來與他瞧。」婦人道：「你認得這鞋是誰的鞋？」西門慶道：「我不知是誰的鞋。」婦人道：「你看他還打張雞兒哩。瞞著我黃貓黑尾，你干的好茧兒。來旺媳婦子的一隻臭蹄子，寶上珠也一般收藏在藏春塢雪洞兒裡拜帖匣子內，攪著些字紙和香兒，一處放著。甚麼罕稀物件，也不當家化化的，怪不得那賊淫婦死了墮阿鼻地獄。」又指著秋菊罵道：「這奴才當我的鞋，又翻出來，教我打了幾下。」吩咐春梅：「趁早與我掠出去。」春梅把鞋掠在地下，看著秋菊說道：「賞與你穿了罷。」那秋菊拾著鞋兒說道：「娘這個鞋，只好盛我一個腳指頭兒罷。」那婦人罵道：「賊奴才，還叫甚麼毬娘哩。他是你家主子前世的娘！不然，怎的把他的鞋這等收藏的嬌貴？到明日好傳代。沒廉恥的貨！」秋菊拿著鞋就往外走，被婦人又叫回來，吩咐：「取刀來，等我把淫婦鞋剁作幾截子，掠到茅廁裡去，叫賊淫婦陰山背後永世不得超生」。因向西門慶道：「你看著越心疼，我越發偏剁個樣兒你瞧。」西門慶笑道：「怪奴才，丟開手罷了，我哪裡有這個心。」……（第二十八回）
>
> ……掌燈時分，蔡御史便說：「深擾一日，酒告止了罷。」因起身出席。左右便欲掌燈，西門慶道：「且休掌燈。請老先生後邊更衣。」於是……讓至翡翠軒，……關上角門，

只見兩個唱的，盛妝打扮，立於階下，向前插燭也似磕了四個頭。……蔡御史看見，欲進不能，欲退不舍，便說道：「四泉，你如何這等愛厚？恐使不得。」西門慶笑道：「與昔日東山之遊，又何異乎？」蔡御史道：「恐我不如安石之才，而君有王右軍之高致矣。」……因進入軒內，見文物依然，因索紙筆，就欲留題相贈。西門慶即令書童將端溪硯研的墨濃濃的，拂下錦箋。這蔡御史終是狀元之才，拈筆在手，文不加點，字走龍蛇，燈下一揮而就，作詩一首。……（第四十九回）

明小說之宣揚穢德者，人物每有所指，蓋借文字以報夙仇，而其是非，則殊難揣測。沈德符謂《金瓶梅》亦斥時事，「蔡京父子則指分宜，林靈素則指陶仲文，朱勔則指陸炳，其它亦各有所屬。」則主要如西門慶，自當別有主名，即開篇所謂「有一處人家，先前怎地富貴，到後來煞甚淒涼，權謀術智，一毫也用不著，親友兄弟，一個也靠不著，享不過幾年的榮華，倒做了許多的話靶。內中又有幾個斗寵爭強迎奸賣俏的，起先好不妖嬈嫵媚，到後來也免不得屍橫燈影，血染空房」（第一回）者是矣。結末稍進，用釋家言，謂西門慶遺腹子孝哥方睡在永福寺，方丈普淨引其母及眾往，指以禪杖，孝哥「翻過身來，卻是西門慶，項帶沉枷，腰繫鐵索。復用禪杖只一點，依舊還是孝哥兒睡在床上。……原來孝哥兒即是西門慶托生」（第一百回）。此之事狀，固若瑋奇，然亦第謂種業留遺，累世如一，出離之道，惟在「明悟」而已。若云孝子銜酷，用此復仇，雖奇謀至行，足為此書生色，而證佐蓋闕，不能信也。

故就文辭與意象以觀《金瓶梅》，則不外描寫世情，盡其情偽，又緣衰世，萬事不綱，爰發苦言，每極峻急，然亦時涉隱曲，猥黷者多。後或略其他文，專注此點，因予惡諡，謂之「淫書」；而在當時，實亦時尚。成化時，方士李孜僧繼曉已以獻房中術驟貴，至嘉靖間而陶仲文以進紅鉛得幸於世宗，官至特進光祿大夫柱國少師少傅少保禮部尚書恭誠伯。於是頹風漸及士流，都御史盛端明布政使參議顧可學皆以進士起家，而俱借「秋石方」致大位。瞬息顯榮，世俗所企羨，僥倖者多竭智力以求奇方，世間乃漸不以縱談閨幃方藥之事為恥。風氣既變，並及文林，故自方士進用以來，方藥盛，妖心興，而小說亦多神魔之談，且每敘床笫之事也。

然《金瓶梅》作者能文，故雖間雜猥詞，而其他佳處自在……（魯迅《中國小說史略・明之人情小說》）

# 金瓶梅主要人物簡介

（摘自本書第二十九回「吳神仙」評語）

## ◇西門慶：

面相：頭圓項短，定為享福之人；體健觔強，決是英豪之輩；天庭高聳，一生衣祿無虧；地閣方圓，晚歲榮華定取。……兩目雌雄，必主富而多詐；眉生二尾，一生常自足歡娛；根有三紋，中歲必然多耗散；奸門紅紫，一生廣得妻財；黃氣發於高曠，旬日內必定加官；紅色起於三陽，今歲間必生貴子。……淚堂豐厚，亦主貪花，且喜得鼻乃財星，驗中年之造化，承漿地閣，管來世之榮枯。

步姿：行如擺柳，必主傷妻，若無刑剋，必損其身。

手相：細軟豐潤，必享福祿之人也。

詩評：承漿地閣要豐隆，準乃財星居正中。生平造化皆由命，相法玄機定不容。

## ◇吳月娘：

面相：面如滿月，家道興隆；唇若紅蓮，衣食豐足，必得貴而生子；聲響神清，必益夫而發福。……淚堂黑痣，若無宿疾，必刑夫，眼下皺紋，亦主六親若冰炭。

手相：乾姜之手，女人必善持家，照人之鬢，坤道定須秀氣。

詩評：女人端正好容儀，緩步輕如出水龜。行不動塵言有節，無肩定作貴人妻。

◇李嬌兒：

面相：額尖鼻小，非側室，必三嫁其夫；肉重身肥，廣有衣食而榮華安享；肩聳聲泣，不賤則孤；鼻梁若低，非貧即夭。

詩評：額尖露背並蛇行，早年必定落風塵。假饒不是娼門女，也是屏風後立人。

◇孟玉樓：

面相：三停平等，一生衣祿無虧；六府豐隆，晚歲榮華定取。平生少疾，皆因月孛光輝；到老無災，大抵年官潤秀。

詩評：口如四字神清徹，溫厚堪同掌上珠。威命兼全財祿有，終主刑夫兩有餘。

◇潘金蓮：

面相：髮濃鬢重，光斜視以多淫；臉媚眉彎，身不搖而自顫。面上黑痣，必主刑夫；唇中短促，終須壽夭。

詩評：舉止輕浮惟好淫，眼如點漆壞人倫。月下星前長不足，雖居大廈少安心。

## ◇李瓶兒：

面相：皮膚香細，乃富室之女娘；容貌端莊，乃素門之德婦。只是多了眼光如醉，主桑中之約，眉眉靨生，月下之期難定。觀臥蠶明潤而紫色，必產貴兒，體白肩圓，必受夫之寵愛。常遭疾厄，只因根上昏沉；頻遇喜祥，蓋謂福星明潤。……山根青黑，三九前後定見哭聲；法令細纏，雞犬之年焉可過？

詩評：花月儀容惜羽翰，平生良友鳳和鸞。
朱門財祿堪依倚，莫把凡禽一樣看。

## ◇孫雪娥：

面相：體矮聲高，額尖鼻小，雖然出谷遷喬，但一生冷笑無情，作事機深內重。只是吃了這四反的虧，後來必主凶亡。夫四反者：唇反無稜，耳反無輪，眼反無神，鼻反不正故也。

詩評：燕體蜂腰是賤人，眼如流水不廉真。
常時斜倚門兒立，不為婢妾必風塵。

◇龐春梅：

面相：五官端正，骨格清奇。髮細眉濃，稟性要強；神急眼圓，為人急躁。山根不斷，必得貴夫而生子；兩額朝拱，主早年必戴珠冠。行步若飛仙，聲響神清，必益夫而得祿，三九定然封贈。但吃了這左眼大，早年尅父；右眼小，周歲尅娘。左口角下這一點黑痣，主常沾啾唧之災；右腮一點黑痣，一生受夫愛敬。

詩評：天庭端正五官平，口若塗硃行步輕。倉庫豐盈財祿厚，一生常得貴人憐。

◇西門大姐：

面相：鼻梁低露，破祖刑家；聲若破鑼，家私消散。面皮太急，雖溝洫長而壽亦夭；行如雀躍，處家室而衣食缺乏。不過三九，當受折磨。

詩評：惟夫反目性通靈，父母衣食僅養身。狀貌有拘難顯達，不遭惡死也艱辛。

# 目錄

## 上冊

第一回 西門慶熱結十弟兄 武二郎冷遇親哥嫂 一
第二回 俏潘娘簾下勾情 老王婆茶坊說技 二〇
第三回 定挨光王婆受賄 設圈套浪子私挑 三三
第四回 赴巫山潘氏幽歡 鬧茶坊鄆哥義憤 四一
第五回 捉姦情鄆哥定計 飲鴆藥武大遭殃 四八
第六回 何九受賄瞞天 王婆幫閒遇雨 五五
第七回 薛媒婆說娶孟三兒 楊姑娘氣罵張四舅 六一
第八回 盼情郎佳人占鬼卦 燒夫靈和尚聽淫聲 七〇
第九回 西門慶偷娶潘金蓮 武都頭誤打李皂隸 七九
第十回 義士充配孟州道 妻妾翫賞芙蓉亭 八七
第十一回 潘金蓮激打孫雪娥 西門慶梳籠李桂姐 九四
第十二回 潘金蓮私僕受辱 劉理星魘勝求財 一〇二
第十三回 李瓶姐牆頭密約 迎春兒隙底私窺 一一五
第十四回 花子虛因氣喪身 李瓶兒迎奸赴會 一二四

第十五回 佳人笑賞翫燈樓 狎客幫嫖麗春院 一三四
第十六回 西門慶擇吉佳期 應伯爵追歡喜慶 一四一
第十七回 宇給事劾倒楊提督 李瓶兒許嫁蔣竹山 一五〇
第十八回 賂相府西門脫禍 見嬌娘敬濟銷魂 一五九
第十九回 草裡蛇邏打蔣竹山 李瓶兒情感西門慶 一六九
第二十回 傻幫閒趨奉鬧華筵 痴子弟爭鋒毀花院 一八一
第二十一回 吳月娘掃雪烹茶 應伯爵替花邀酒 一九二
第二十二回 蕙蓮兒偷期蒙愛 春梅姐正色閒邪 二〇五
第二十三回 賭棋枰瓶兒輸鈔 覷藏春潘氏潛踪 二一一
第二十四回 敬濟元夜戲嬌姿 惠祥怒詈來旺婦 二二〇
第二十五回 吳月娘春晝鞦韆 來旺兒醉中謗訕 二二八
第二十六回 來旺兒遞解徐州 宋蕙蓮含羞自縊 二三六
第二十七回 李瓶兒私語翡翠軒 潘金蓮醉鬧葡萄架 二四九
第二十八回 陳敬濟徼倖得金蓮 西門慶糊塗打鐵棍 二五九
第二十九回 吳神仙冰鑑定終身 潘金蓮蘭湯邀午戰 二六七
第三十回 蔡太師擅恩錫爵 西門慶生子加官 二七八
第三十一回 琴童兒藏壺構釁 西門慶開宴為歡 二八六
第三十二回 李桂姐趨炎認女 潘金蓮懷嫉驚兒 二九六

第三十三回 陳敬濟失鑰罰唱 韓道國縱婦爭風 三〇五
第三十四回 獻芳樽內室乞恩 受私賄後庭說事 三一四
第三十五回 西門慶為男寵報仇 書童兒作女妝媚客 三二五
第三十六回 翟管家寄書尋女子 蔡狀元留飲借盤纏 三四〇
第三十七回 馮媽媽說嫁韓愛姐 西門慶包占王六兒 三四六
第三十八回 王六兒棒槌打搗鬼 潘金蓮雪夜弄琵琶 三五五
第三十九回 寄法名官哥穿道服 散生日敬濟拜冤家 三六五
第 四 十 回 抱孩童瓶兒希寵 妝丫鬟金蓮市愛 三七五
第四十一回 兩孩兒聯姻共笑嬉 二佳人憤深同氣苦 三八一
第四十二回 逞豪華門前放煙火 賞元宵樓上醉花燈 三八八
第四十三回 爭寵愛金蓮惹氣 賣富貴吳月攀親 三九六
第四十四回 避馬房侍女偷金 下象棋佳人消夜 四〇六
第四十五回 應伯爵勸當銅鑼 李瓶兒解衣銀姐 四一一
第四十六回 元夜遊行遇雪雨 妻妾戲笑卜龜兒 四一八
第四十七回 苗青貪財害主 西門枉法受贓 四三〇
第四十八回 弄私情戲贈一枝桃 走捷徑探歸七件事 四三八
第四十九回 請巡按屈體求榮 遇胡僧現身施藥 四五〇
第 五 十 回 琴童潛聽燕鶯歡 玳安嬉遊蝴蝶巷 四六二

## 下冊


第五十一回　打貓兒金蓮品玉　鬥葉子敬濟輸金　四七一
第五十二回　應伯爵山洞戲春嬌　潘金蓮花園調愛婿　四八七
第五十三回　潘金蓮驚散幽歡　吳月娘拜求子息　五〇一
第五十四回　應伯爵隔花戲金釧　任醫官垂帳診瓶兒　五〇七
第五十五回　西門慶兩番慶壽旦　苗員外一諾送歌童　五一五
第五十六回　西門慶捐金助朋友　常峙節得鈔傲妻兒　五二五
第五十七回　開緣簿千金喜捨　戲雕欄一笑回嗔　五三三
第五十八回　潘金蓮打狗傷人　孟玉樓周貧磨鏡　五四一
第五十九回　西門慶露陽驚愛月　李瓶兒睹物哭官哥　五五六
第六十回　李瓶兒病纏死孽　西門慶官作生涯　五七〇
第六十一回　西門慶乘醉燒陰戶　李瓶兒帶病宴重陽　五七七
第六十二回　潘道士法遣黃巾士　西門慶大哭李瓶兒　五九三
第六十三回　韓畫士傳真作遺愛　西門慶觀戲動深悲　六一二
第六十四回　玉簫跪受三章約　書童私掛一帆風　六二一
第六十五回　願同穴一時喪禮盛　守孤靈半夜口脂香　六二八
第六十六回　翟管家寄書致賻　黃真人發牒薦亡　六三九
第六十七回　西門慶書房賞雪　李瓶兒夢訴幽情　六四五

第六十八回　應伯爵戲啣玉臂　玳安兒密訪蜂媒　六六二
第六十九回　招宣府初調林太太　麗春院驚走王三官　六七六
第七十回　老太監引酌朝房　二提刑庭參太尉　六九〇
第七十一回　李瓶兒何家托夢　提刑官引奏朝儀　六九九
第七十二回　潘金蓮毆打如意兒　王三官義拜西門慶　七〇九
第七十三回　潘金蓮不憤憶吹簫　西門慶新試白綾帶　七二五
第七十四回　潘金蓮香腮偎玉　薛姑子佛口談經　七三五
第七十五回　因抱恙玉姐含酸　為護短金蓮潑醋　七四四
第七十六回　春梅姐嬌撒西門慶　畫童兒哭躲溫葵軒　七六四
第七十七回　西門慶踏雪訪愛月　賁四嫂帶水戰情郎　七八二
第七十八回　林太太鴛幃再戰　如意兒莖露獨嘗　七九六
第七十九回　西門慶貪慾喪命　吳月娘喪偶生兒　八一六
第八十回　潘金蓮售色赴東床　李嬌兒盜財歸麗院　八三五
第八十一回　韓道國拐財遠遁　湯來保欺主背恩　八四四
第八十二回　陳敬濟弄一得雙　潘金蓮熱心冷面　八五一
第八十三回　秋菊含恨泄幽情　春梅寄柬諧佳會　八五九
第八十四回　吳月娘大鬧碧霞宮　普靜師化緣雪澗洞　八六七
第八十五回　吳月娘識破姦情　春梅姐不垂別淚　八七三

第八十六回 雪娥唆打陳敬濟 金蓮解渴王潮兒 八八〇
第八十七回 王婆子貪財忘禍 武都頭殺嫂祭兄 八九一
第八十八回 陳敬濟感舊祭金蓮 龐大姐埋屍托張勝 八九九
第八十九回 清明節寡婦上新墳 永福寺夫人逢故主 九〇八
第九十回 來旺盜拐孫雪娥 雪娥受辱守備府 九一六
第九十一回 孟玉樓愛嫁李衙內 李衙內怒打玉簪兒 九二五
第九十二回 陳敬濟被陷嚴州府 吳月娘大鬧授官廳 九三五
第九十三回 王杏菴義恤貧兒 金道士孌淫少弟 九四七
第九十四回 大酒樓劉二撒潑 酒家店雪娥為娼 九五六
第九十五回 玳安兒竊玉成婚 吳典恩負心被辱 九六六
第九十六回 春梅姐遊舊家池館 楊光彥作當面豺狼 九七六
第九十七回 假弟妹暗續鸞膠 真夫婦明諧花燭 九八六
第九十八回 陳敬濟臨清逢舊識 韓愛姐翠館遇情郎 九九五
第九十九回 劉二醉罵王六兒 張勝竊聽陳敬濟 一〇〇五
第一百回 韓愛姐路遇二搗鬼 普靜師幻度孝哥兒 一〇一四

# 第一回 西門慶熱結十弟兄 武二郎冷遇親哥嫂

詩曰：

豪華去後行人絕，簫箏不響歌喉嚥。
雄劍無威光彩沈，寶琴零落金星滅。
玉階寂寞墜秋露，月照當時歌舞處。
當時歌舞人不回，化為今日西陵灰。

又詩曰：

二八佳人體似酥，腰間仗劍斬愚夫。
雖然不見人頭落，暗裡教君骨髓枯。

這一首詩，是昔年大唐國時，一個修真煉性的英雄，入聖超凡的豪傑，到後來位居紫府，名列仙班，率領上八洞群仙，救拔四部洲沈苦一位仙長，姓呂名岩，道號純陽子祖師所作。單道世上人，營營逐逐，急急巴巴，跳不出七情六慾關頭，打不破酒色財氣圈子。到頭來同歸於盡，著甚要緊！雖是如此說，只這酒色財氣四件中，惟有「財色」二者更為利害。怎見得他的利害？假如一個人到了那窮苦的田地，受盡無限淒涼，耐盡無端懊惱，晚來摸一摸米甕，苦無隔宿之炊，早起看一看廚前，愧無半星煙火，妻子飢寒，一身凍餒，就是那粥飯尚且艱難，那討餘錢沽酒！更有一種可恨處，親朋白眼，面目寒酸，便是凌雲志氣，分外消磨，怎能夠與人爭氣！正是：

一朝馬死黃金盡，親者如同陌路人。

到得那有錢時節，揮金買笑，一擲巨萬。思飲酒真個瓊漿玉液，不數那琥珀杯流；要鬥氣錢可通神，果然是頤指氣使。趨炎的壓脊挨肩，附勢的吮癰舐痔，真所謂得勢疊肩來，失勢掉臂去。古今炎涼惡態，莫有甚於此者。這兩等人，豈不是受那財的利害處！如今再說那色的利害。請看如今世界，你說那坐懷不亂的柳下惠，閉門不納的魯男子，與那秉燭達旦的關雲長，古今能有幾人？至如三妻四妾，買笑追歡的，又當別論。還有那一種好色的人，見了個婦女略有幾分顏色，便百計千方偷寒送暖，一到了著手時節，只圖那一瞬歡娛，也全不顧親戚的名分，也不想朋友的交情。起初時不知用了多少濫錢，費了幾遭酒食。正是：

三杯花作合，兩盞色媒人。

到後來情濃事露，甚而鬥狠殺傷，性命不保，妻孥難顧，事業成灰。就如那石季倫潑天豪富，為綠珠命喪囹圄；楚霸王氣概拔山，因虞姬頭懸垓下。真所謂「生我之門死我戶，看得破時忍不過」。這樣人豈不是受那色的利害處！

說便如此說，這「財色」二字，從來只沒有看得破的。若有那看得破的，便見得堆金積玉，是棺材內帶不去的瓦礫泥沙；貫朽粟紅，是皮囊內裝不盡的臭污糞土。高堂廣廈，玉宇瓊樓，是墳山上起不得的享堂；錦衣繡襖，狐服貂裘，是骷髏上裹不了的敗絮。即如那妖姬艷女，獻媚工妍，看得破的，卻如交鋒陣上將軍叱吒獻威風；朱唇皓齒，掩袖回眸，懂得來時，便是閻羅殿前鬼判夜叉增惡態。羅襪一彎，金蓮三寸，是砌墳時破土的鍬鋤；枕上綢繆，被中恩愛，是五殿下油鍋中生活。只有那《金剛經》上兩句說得好，他說道：「如夢幻泡影，如電復如露。」見得人生在世，一件也少不得，到了那結果時，一件也用不著。隨著你舉鼎盪舟的神力，到頭來少不得骨軟筋麻；由著你銅山金谷的奢華，正好時卻又要冰消雪散。假饒你閉月羞花的容貌，一到了垂眉落眼，人皆掩鼻而過之；比如你陸賈隋何的機鋒，若遇著齒冷唇寒，吾未如之何也已。倒不如削去六根清淨，披上一領袈裟，參透了空色世界，打磨穿生滅機關，直超無上乘，不落是非窠，倒得個清閒自在，不向火坑中翻筋斗也。正是：

三寸氣在千般用，一日無常萬事休。

說話的為何說此一段酒色財氣的緣故？只為當時有一個人家，先前恁地富貴，到後來煞甚淒涼，權謀術智，一毫也用不著，親友兄弟，一個也靠不著，享不過幾年的榮華，倒做了許多的話靶。內中又有幾個鬥寵爭強，迎姦賣俏的，起先好不妖嬈嫵媚，到後來也免不得屍橫燈影，血染空房。正是：

善有善報，惡有惡報；
天網恢恢，疏而不漏。

話說大宋徽宗皇帝政和年間，山東省東平府清河縣中，有一個風流子弟，生得狀貌魁梧，性情瀟灑，饒有幾貫家資，年紀二十六七。這人複姓西門，單諱一個慶字。他父親西門達，原走川廣販賣藥材，就在這清河縣前開著一個大大的生藥鋪。現住著門面五間到底七進的房子。家中呼奴使婢，騾馬成群，雖算不得十分富貴，卻也是清河縣中一個殷實的人家。只為這西門達員外夫婦去世的早，單生這個兒子卻又百般愛惜，聽其所為，所以這人不甚讀書，終日閒遊浪蕩。一自父母亡後，專一在外眠花宿柳，惹草招風，學得些好拳棒，又會賭博，雙陸象棋，抹牌道字，無不通曉。結識的朋友，也都是些幫閒抹嘴，不守本分的人。第一個最相契的，姓應名伯爵，表字光侯，原是開紬緞鋪應員外的第二個兒子，落了本錢，跌落下來，專在本司三院幫嫖貼食，因此人都起他一個渾名叫做應花子。又會一腿好氣毬，雙陸棋子，件件皆通。第二個姓謝名希大，字子純，乃清河衛千戶官兒應襲子孫，自幼父母雙亡，遊手好閒，把前程丟了，亦是幫閒勤兒，會一手好琵琶。自這兩個與西門慶甚合得來。其餘還有幾個，都是些破落戶，沒名器的。一個叫做祝實念，表字貢誠。一個叫做孫天化，表字伯脩，綽號孫寡嘴。一個叫做吳典恩，乃是本縣陰陽生，因事革退，專一在縣前與官吏保債，以此與西門慶往來。還有一個雲參將的兄弟叫做雲理守，字非去。一個叫做常峙節，表字堅初。一個叫做卜志道。一個叫做白賚光，表字光湯。說這白賚光，眾人中也有道他名字取的不好聽的，他卻自己解說道：「不然我也改了，只為當初取名的時節，原是一個門館先生，說我姓白，當初有一個什麼故事，是白魚躍入武王舟。又說有兩句書是『周有大賚，于湯有光』，取這個意思，所以表字就叫做光湯。我因他有這段故事，也便不改了。」說這一干共十數人，見西門慶手裡有錢，又撒漫肯使，所以都亂撮哄著他耍錢飲酒，嫖賭齊行。正是：

把盞啣杯意氣深，兄兄弟弟抑何親。
一朝平地風波起，此際相交才見心。

說話的，這等一個人家，生出這等一個不肖的兒子，又搭了這等一班無益有損的朋友，隨你怎的豪富也要窮了，還有甚長進的日子！卻有一個緣故，只為這西門慶生來秉性剛強，作事機深詭譎，又放官吏債，就是那朝中高、楊、童、蔡四大奸臣，他也有門路與他浸潤。所以專在縣裡管些公事，與人把攬說事過錢，因此滿縣人都懼怕他。因他排行第一，人都叫他是西門大官人。這西門大官人先頭渾家陳氏早逝，身邊只生得一個女兒，叫做西門大姐，就許與東京八十萬禁軍楊提督的親家陳洪的兒子陳敬濟為室，尚未過門。只為亡了渾家，無人管理家務，新近又娶了本縣清河左衛吳千戶之女填房為繼室。這吳氏年紀二十五六，是八月十五生的，小名叫做月姐，後來嫁到西門慶家，都順口叫他月娘。卻說這月娘秉性賢能，夫主面上百依百隨。房中也有三四個丫鬟婦女，都是西門慶收用過的。又嘗與勾欄內李嬌兒打熱，也娶在家裡做了第二房娘子。南街又占著窠子卓二姐，名卓丟兒，包了些時，也娶來家做了第三房。只為卓二姐身子瘦怯，時常三病四痛，他卻又去飄風戲月，調弄人家婦女。正是：

東家歌笑醉紅顏，又向西鄰開玳筵。
幾日碧桃花下臥，牡丹開處總堪憐。

話說西門慶一日在家閒坐，對吳月娘說道：「如今是九月廿五日了，出月初三日，卻是我兄弟們的會期。到那日也少不的要整兩席齊整的酒席，叫兩個唱的姐兒，自恁在咱家與兄弟們好生玩耍一日。你與我料理料理。」吳月娘便道：「你也便別要說起這干人，哪一個是那有良心的行貨！無過每日來勾使的遊魂撞屍。我看你自搭了這起人，幾時曾著個家哩！現今卓二姐自恁不好，我勸你把那酒也少要吃了。」西門慶道：「你別的話倒也中聽。今日這些說話，我卻有些不耐煩聽他。依你說，這些兄弟們沒有好人。別的倒也罷了，自我這應二哥這一個人，本心又好，又知趣著人，使著他，沒有一個不依順的，做事又十分停當。就是那謝子純這個人，也不失為個伶俐能事的好人。咱如今是這等計較罷，只管恁會來會去，終不著個切實。咱不如到了會期，都結拜了兄弟罷，明日也有個靠傍些。」吳月娘接過來道：「結拜兄弟也好。只怕後日還是別個靠的你多哩。若要你去靠人，提傀儡兒上戲場——還少一口氣兒哩。」西門慶笑道：「咱恁長把人靠得著，卻不更好了。咱只等應二哥來，與他說這話罷。」

正說著話，只見一個小廝兒，生得眉清目秀，伶俐乖覺，原是西門慶貼身伏侍的，喚名玳安兒，走到面前來說：「應二叔和謝大叔在外見爹說話哩。」西門慶道：「我正說他，他卻兩個就來了。」一面走到廳上來，只見應伯爵頭上戴一頂新盔的玄羅帽兒，身上穿一件半新不舊的天青夾縐紗褶子，腳下絲鞋淨襪，坐在上首。下首坐的，便是姓謝的謝希大。見西門慶出來，一齊立起身來，連忙作揖道：「哥在家，連日少看。」西門慶讓他坐下，一面喚茶來吃，說道：「你們好人兒，這幾日我心裡不耐煩，不出來走跳，你們通不來傍個影兒。」伯爵向希大道：「何如？我說哥要說哩。」因對西門慶道：「哥，你怪得是。連咱自也不知道成日忙些什麼！自咱們這兩隻腳，還趕不上一張嘴哩。」西門慶因問道：「你這兩日在哪裡來？」伯爵道：「昨日在院中李家瞧了個孩子兒，就是哥這邊二嫂子的姪女兒桂卿的妹子，叫做桂姐兒。幾時兒不見他，就出落的好不標緻了。到明日成人的時候，還不知怎的樣好哩！昨日他媽再三向我說：『二爹，千萬尋個好子弟梳籠他。』敢怕明日還是哥的貨兒哩。」西門慶道：「有這等事！等咱空閒了去瞧瞧。」謝希大接過來道：「哥不信，委的生得十分顏色。」西門慶道：「昨日便在他家，前幾日卻在那裡去來？」伯爵道：「便是前日卜志道兄弟死了，咱在他家幫著亂了幾日，發送他出門。他嫂子再三向我說，叫我拜上哥，承哥這裡送了香楮奠禮去，因他沒有寬轉地方兒，晚夕又沒甚好酒席，不好請哥坐的，甚是過不意去。」西門慶道：「便是我聞得他不好得沒多日子，就這等死了。我前日承他送我一把真金川扇兒，我正要拿甚答謝答謝，不想他又做了故人！」

謝希大便嘆了一口氣道：「咱會中兄弟十人，卻又少他一個了。」因向伯爵說：「出月初三日，又是會期，咱們少不得又要煩大官人這裡破費，兄弟們玩耍一日哩。」西門慶便道：「正是，我剛才正對房下說來，咱兄弟們似這等會來會去，無過只是吃酒玩耍，不著一個切實，倒不如尋一個寺院裡，寫上一個疏頭，結拜做了兄弟，到後日彼此扶持，有個靠傍。到那日，咱少不得要破些銀子，買辦三牲，眾兄弟也便隨多少各出些分資。不是我科派你們，這結拜的事，各人出些，也見些情分。」伯爵連忙道：「哥說的是。婆兒燒香當不的老子念佛，各自要盡自的心。只是俺眾人們，老鼠尾巴生瘡兒——有膿也不多。」西門慶笑道：「怪狗才，誰要你多來！你說這話。」謝希大道：「結拜須得十個方好。如今卜志道兄弟沒了，卻教誰補？」西門慶沈吟了一回，說道：

「咱這間壁花二哥，原是花太監姪兒，手裡肯使一股濫錢，常在院中走動。他家後邊院子與咱家只隔著一層壁兒，與我甚說得來，咱不如叫小廝邀他邀去。」應伯爵拍著手道：「敢就是在院中包著吳銀兒的花子虛麼？」西門慶道：「正是他！」伯爵笑道：「哥，快叫那個大官兒邀他去。與他往來了，咱到日後，敢又有一個酒碗兒。」西門慶笑道：「傻花子，你敢害饞癆痞哩，說著的是吃。」大家笑了一回。

西門慶旋叫過玳安兒來說：「你到間壁花家去，對你花二爹說，如此這般：『俺爹到出月初三日，要結拜十兄弟，敢叫我請二爹上會哩。』看他怎的說，你就來回我話。你二爹若不在家，就對他二娘說罷。」玳安兒應諾去了。伯爵便道：「到那日還在哥這裡是，還在寺院裡好？」希大道：「咱這裡無過只兩個寺院，僧家便是永福寺，道家便是玉皇廟。這兩個去處，隨分那裡去罷。」西門慶道：「這結拜的事，不是僧家管的，那寺裡和尚，我又不熟，倒不如玉皇廟吳道官與我相熟，他那裡又寬展又幽靜。」伯爵接過來道：「哥說的是，敢是永福寺和尚倒和謝家嫂子相好，故要薦與他去的。」希大笑罵道：「老花子，一件正事，說說就放出屁來了。」

正說笑間，只見玳安兒轉來了，因對西門慶說道：「他二爹不在家，俺對他二娘說來。二娘聽了，好不歡喜，說道：『既是你西門爹攜帶你二爹做兄弟，那有個不來的。等來家我與他說，至期以定攛掇他來，多拜上爹。』又與了小的兩件茶食來了。」西門慶對應、謝二人道：「自這花二哥，倒好個伶俐標緻娘子兒。」說畢，又拿一盞茶吃了，二人一齊起身道：「哥，別了罷，咱好去通知眾兄弟，糾他分資來。哥這裡先去與吳道官說聲。」西門慶道：「我知道了，我也不留你罷。」於是一齊送出大門來。應伯爵走了幾步，回轉來道：「那日可要叫唱的？」西門慶道：「這也罷了，弟兄們說說笑笑，到有趣些。」說畢，伯爵舉手，和希大一路去了。

話休饒舌，捻指過了四五日，卻是十月初一日。西門慶早起，剛在月娘房裡坐的，只見一個才留頭的小廝兒，手裡拿著個描金退光拜匣，走將進來，向西門慶磕了一個頭兒，立起來站在旁邊說道：「俺是花家，俺爹多拜上西門爹。那日西門爹這邊叫大官兒請俺爹去，俺爹有事出門了，不曾當面領教的。聞得爹這邊是初三日上會，俺爹特使小的先送這些分資來，說爹這邊胡亂先用著，等明日爹這裡用過多少派開，該俺爹多少，再補過來便了。」西門慶拿起封袋一看，簽上寫著「分資一兩」，便道：「多了，不消補的。到後日叫爹莫往那去，起早就要同眾爹上廟去。」那小廝兒應道：「小的知道。」剛待轉身，被吳月娘喚住，叫大丫頭玉簫在食籮裡揀了兩件蒸酥果餡兒與他。因說道：「這是與你當茶的。你到家拜上你家娘，你說西門大娘說，遲幾日還要請娘過去坐半日兒哩。」那小廝接了，又磕了個頭兒，應著去了。

西門慶才打發花家小廝出門，只見應伯爵家應寶夾著個拜匣，玳安兒引他進來見了，磕了頭，說道：「俺爹糾了眾爹們分資，叫小的送來，爹請收了。」西門慶取出來看，共總八封，也不拆看，都交與月娘，道：「你收了，到明日上廟，好湊著買東西。」說畢，打發應寶去了。立起身到那邊看卓二姐。剛走到坐下，只見玉簫走來，說道：「娘請爹說話哩。」西門慶道：「怎的起先不說來？」隨即又到上房，看見月娘攤著些紙包在面前，指著笑道：「你看這些分子，只有應二的是一錢二分八成銀子，其餘也有三分的，也有五分的，都是些紅的黃的，倒像金子一般。咱家也曾沒見這銀子來，收他的也污個名，不如掠還他罷。」西門慶道：「你也耐煩，丟著罷，咱多的也包補，在乎這些！」說著一直往前去了。

到了次日初二日，西門慶稱出四兩銀子，叫家人來興兒買了一口豬、一口羊、五六罈金華酒和香燭紙札、雞鴨案酒之物，又封了五錢銀子，旋叫了大家人來保和玳安兒、來興三個：「送到玉皇廟去，對你吳師父說：『俺爹明日結拜兄弟，要勞師父做紙疏辭，晚夕就在師父這裡散福。煩師父與俺爹預備預備，俺爹明早便來。』」只見玳安兒去了一會，來回說：「已送去了，吳師父說知道了。」

須臾，過了初二，次日初三早，西門慶起來梳洗畢，叫玳安兒：「你去請花二爹，到咱這裡吃早飯，一同好上廟去。一發到應二叔家，叫他催催眾人。」玳安應諾去，剛請花子虛到來，只見應伯爵和一班兄弟也來了，卻正是前頭所說的這幾個人。為頭的便是應伯爵，謝希大、孫天化、祝實念、吳典恩、雲理守、常峙節、白賚光，連西門慶、花子虛共成十個。進門來一齊籠圈作了一個揖。伯爵道：「這時候好去了。」西門慶道：「也等吃了早飯著。」便叫：「拿茶來。」一面叫：「看菜兒。」須臾，吃畢早飯，西門慶換了一身衣服，打選衣帽光鮮，一齊逕往玉皇廟來。

不到數里之遙，早望見那座廟門，造得甚是雄峻。但見：

殿宇嵯峨，宮牆高聳。正面前起著一座牆門八字，一帶都粉赭色紅泥；進裡邊列著三條甬道川紋，四方都砌水痕白石。正殿上金碧輝煌，兩廊下簷阿峻峭。三清聖祖莊嚴寶相列中央，太上老君背倚青牛居後殿。

進入第二重殿後，轉過一重側門，卻是吳道官的道院。進得門來，兩下都是些瑤草琪花，蒼松翠竹。西門慶擡頭一看，只見兩邊門楹上貼著一副對聯道：

洞府無窮歲月，
壺天別有乾坤。

上面三間敞廳，卻是吳道官朝夕做作功課的所在。當日舖設甚是齊整，上面掛的是昊天金闕玉皇上帝，兩邊列著的紫府星官，側首掛著便是馬、趙、溫、關四大元帥。

當下吳道官卻又在經堂外躬身迎接。西門慶一起人進入裡邊，獻茶已罷，眾人都起身，四圍觀看。白賚光攜著常峙節手兒，從左邊看將過來，一到馬元帥面前，見這元帥威風凜凜，相貌堂堂，面上畫著三隻眼睛，便叫常峙節道：「哥，這卻是怎的說？如今世界，開隻眼閉隻眼兒便好，還經得多出隻眼睛看人破綻哩！」應伯爵聽見，走過來道：「獃兄弟，他多隻眼兒看你倒不好麼？」眾人笑了。常峙節便指著下首溫元帥道：「二哥，這個通身藍的，卻也古怪，敢怕是盧杞的祖宗。」伯爵笑著猛叫道：「吳先生你過來，我與你說個笑話兒。」那吳道官真個走過來聽他。伯爵道：「一個道家死去，見了閻王，閻王問道：『你是什麼人？』道者說：『是道士。』閻王叫判官查他，果係道士，且無罪孽。這等放他還魂。只見道士轉來，路上遇著一個染坊中的博士，原認得的，那博士問道：『師父，怎生得轉來？』道者說：『我是道士，所以放我轉來。』那博士記了，見閻王時也說是道士。那閻王叫查他身上，只見伸出兩隻手來是藍的，問其何故？那博士打著宣科的聲音道：『曾與溫元帥搔胞。』」說的眾人大笑。一面又轉過右首來，見下首供著個紅臉的卻是關帝。上首又是一個黑面的是趙元壇元帥，身邊畫著一個大老虎。白賚光指著道：「哥，你看這老虎，難道是吃素的，隨著人不妨事麼？」伯爵笑道：「你不知，這老虎是他一個親隨的伴當兒哩。」謝希大聽得走過來，伸著舌頭道：「這等一個伴當隨著，我一刻也成不的。我不怕他要吃我麼？」伯爵笑著向西門慶道：「這等虧他怎地過來！」西門慶道：「卻怎的說？」伯爵道：「子純一個要吃他的伴當隨不的，似我們這等七八個要吃你的隨你，卻不嚇死了你罷了。」

說著，一齊正大笑時，吳道官走過來，說道：「官人們講這老虎，只俺這清河縣，這兩日好不受這老虎的虧！往來的人也不知吃了多少，就是獵戶，也害死了十來人。」西門慶問道：「是怎的來？」吳道官道：「官人們還不知道。不然我也不曉的，只因日前一個小徒，到滄州橫海郡柴大官人那裡去化些錢糧，整整住了五七日，才得過來。俺這清河縣近著滄州路上，有一條景陽崗，崗上新近出了一個吊睛白額老虎，時常出來吃人。客商過往，好生難走，必須要成群結夥而過。如今縣裡現出著五十兩賞錢，要拿他，白拿不得。可憐這些獵戶，不知吃了多少限棒哩！」白賚光跳起來道：「咱今日結拜了，明日就去拿他，也得些銀子使。」西門慶道：「你性命不值錢麼？」白賚光笑道：「有了銀子，要性命怎的！」眾人齊笑起來。應伯爵道：「我再說個笑話你們聽：一個人被虎啣了，他兒子要救他，拿刀去殺那虎。這人在虎口裡叫道：『兒子，你省可而的砍，怕砍壞了虎皮。』」說著眾人哈哈大笑。

只見吳道官打點牲禮停當，來說道：「官人們燒紙罷。」一面取出疏紙來，說：「疏已寫了，只是哪位居長？哪位居次？排列了，好等小道書寫尊諱。」眾人一齊道：「這自然是西門大官人居長。」西門慶道：「這還是敘齒，應二哥大如我，是應二哥居長。」伯爵伸著舌頭道：「爺，可不折殺小人罷了！如今年時，只好敘些財勢，那裡好敘齒！若敘齒，這還有大如我的哩。且是我做大哥，有兩件不妥：第一不如大官人有威有德，眾兄弟都服你；第二我原叫做應二哥，如今居長，卻又要叫應大哥，倘或有兩個人來，一個叫『應二哥』，一個叫『應大哥』，我還是應『應二哥』，應『應大哥』呢？」西門慶笑道：「你這攙斷腸子的，單有這些閒說的！」謝希大道：「哥，休推了。」西門慶再三謙讓，被花子虛、應伯爵等一干人逼勒不過，只得做了大哥。第二便是應伯爵，第三謝希大，第四讓花子虛有錢做了四哥。其餘挨次排列。吳道官寫完疏紙，於是點起香燭，眾人依次排列。吳道官伸開疏紙朗聲讀道：

> 維大宋國山東東平府清河縣信士西門慶、應伯爵、謝希大、花子虛、孫天化、祝實念、雲理守、吳典恩、常峙節、白賚光等，是日沐手焚香請旨。伏為桃園義重，眾心仰慕而敢效其風；管鮑情深，各姓追維而欲同其志。況四海皆可兄弟，豈異姓不如骨肉？是以當今政和年月日，營備豬羊牲禮，鸞馭金資，耑叩齋壇，虔誠請禱，拜投昊天金闕玉皇上帝，五方值日功曹，本縣城隍社令，合過往一切神祇，仗此真香，普同鑒察。伏念慶等生雖異日，死冀同時，期盟言之永固；安樂與共，顛沛相扶，思締結以常新。必富貴常念貧窮，乃始終有所依倚。情共日往以月來，誼若天高而地厚。伏願自盟以後，相好無尤，更祈人人增有永之年，戶戶慶無疆之福。凡在時中，全叨覆庇，謹疏。
>
> 政和　　年　　月　　日文疏

吳道官讀畢，眾人拜神已罷，依次又在神前交拜了八拜。然後送神，焚化錢紙，收下福禮去。

不一時，吳道官又早叫人把豬羊卸開，雞魚果品之類整理停當，俱是大碗大盤擺下兩桌，西門慶居於首席，其餘依次而坐，吳道官側席相陪。須臾，酒過數巡，眾人猜枚行令，耍笑哄堂，不必細說。正是：

才見扶桑日出，又看曦馭啣山。
醉後倩人扶去，樹梢新月才彎。

飲酒熱鬧間，只見玳安兒來附西門慶耳邊說道：「娘叫小的接爹來了，說三娘今日發昏哩，請爹早些家去。」西門慶隨即立起來說道：「不是我搖席破座，委的我第三個小妾十分病重，咱先去休。」只見花子虛道：「咱與哥同路，咱兩個一搭兒去罷。」伯爵道：「你兩個財主的都去了，丟下俺們怎的！花二哥你再坐回去。」西門慶道：「他家無人，俺兩個一搭裡去的是，省得他嫂子疑心。」玳安兒道：「小的來時，二娘也叫天福兒備馬來了。」只見一個小廝走近前，向子虛道：「馬在這裡，娘請爹家去哩。」於是二人一齊起身，向吳道官致謝打攪，與伯爵等舉手道：「你們自在耍耍，我們去也。」說著出門上馬去了。單留下這幾個嚼倒泰山不謝土的，在廟流連痛飲不提。

卻表西門慶到家，與花子虛別了進來，問吳月娘：「卓二姐怎的發昏來？」月娘道：「我說一個病人在家，恐怕你搭了這起人又纏到那去了，故此叫玳安兒恁地說。只是一日日覺得重來，你也要在家看他的是。」西門慶聽了，往那邊去看，連日在家守著不提。

卻說光陰過隙，又早是十月初十外了。一日，西門慶正使小廝請太醫診視卓二姐病症，剛走到廳上，只見應伯爵笑嘻嘻走將進來。西門慶與他作了揖，讓他坐了。伯爵道：「哥，嫂子病體如何？」西門慶道：「多分有些不起解，不知怎的好。」因問：「你們前日多咱時分才散？」伯爵道：「承吳道官再三苦留，散時也有二更多天氣。咱醉的要不的，倒是哥早早來家的便益些。」

西門慶因問道：「你吃了飯不曾？」伯爵不好說不曾吃，因說道：「哥，你試猜。」西門慶道：「你敢是吃了？」伯爵掩口道：「這等猜不著。」西門慶笑道：「怪狗才，不吃便說不曾吃，有這等張致的！」一面叫小廝：「看飯來，咱與二叔吃。」伯爵笑道：「不然咱也吃了來了，咱聽得一件稀罕的事兒，來與哥說，要同哥去瞧瞧。」

西門慶道：「什麼稀罕的？」伯爵道：「就是前日吳道官所說的景陽崗上那隻大蟲，昨日被一個人一頓拳頭打死了。」西門慶道：「你又來胡說了，咱不信。」伯爵道：「哥，說也不信，你聽著，等我細說。」於是手舞足蹈說道：「這個人有名有姓，姓武名松，排行第二」，先前怎的避難在柴大官人莊上，後來怎的害起病來，病好了又怎的要去尋他哥哥，過這景陽崗來，怎的遇了這虎，怎的怎的被他一頓拳腳打死了。一五一十說來，就像是親見的一般，又像這隻猛虎是他打的一般。說畢，西門慶搖著頭兒道：「既恁的，咱與你吃了飯同去看來。」伯爵道：「哥，不吃罷，怕誤過了。咱們倒不如大街上酒樓上去坐罷。」只見來興兒來放桌兒，西門慶道：「對你娘說，叫別要看飯了，拿衣服來我穿。」

須臾，換了衣服，與伯爵手拉著手兒同步出來。路上撞著謝希大，笑道：「哥們，敢是來看打虎的麼？」西門慶道：「正是。」謝希大道：「大街上好挨擠不開哩。」於是一同到臨街一個大酒樓上坐下。不一時，只聽得鑼鳴鼓響，眾人都一齊瞧看。只見一對對纓槍的獵戶，擺將過來，後面便是那打死的老虎，好像錦布袋一般，四個人還擡不動。末後一匹大白馬上，坐著一個壯士，就是那打虎的這個人。西門慶看了，咬著指頭道：「你說這等一個人，若沒有千百觔水牛般氣力，怎能夠動他一動兒。」這裡三個兒飲酒評品，按下不提。

單表迎來的這個壯士怎生模樣？但見：

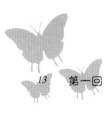

雄軀凜凜，七尺以上身材；闊面稜稜，二十四五年紀。雙眸直豎，遠望處猶如兩點明星；兩手握來，近覷時好似一雙鐵碓。腳尖飛起，深山虎豹失精魂；拳手落時，窮谷熊羆皆喪魄。頭戴著一頂萬字頭巾，上簪兩朵銀花；身穿著一領血腥衲襖，披著一方紅錦。這人不是別人，就是應伯爵所說陽谷縣的武二郎。只為要來尋他哥子，不意中打死了這個猛虎，被知縣迎請將來。眾人看著他迎入縣裡。

卻說這時正值知縣陞堂，武松下馬進去，扛著大蟲在廳前。知縣看了武松這般模樣，心中自忖道：「不恁地，怎打得這個猛虎！」便喚武松上廳。參見畢，將打虎首尾訴說一遍。兩邊官吏都嚇獃了。知縣在廳上賜了三杯酒，將庫中眾土戶出納的賞錢五十兩，賜與武松。武松稟道：「小人托賴相公福蔭，偶然僥倖打死了這個大蟲，非小人之能，如何敢受這些賞賜！眾獵戶因這畜生，受了相公許多責罰，何不就把賞給散與眾人，也顯得相公恩沾。」知縣道：「既是如此，任從壯士處分。」武松就把這五十兩賞錢，在廳上俵散與眾獵戶去了。

知縣見他仁德忠厚，又是一條好漢，有心要擡舉他，便道：「你雖是陽谷縣人氏，與我這清河縣只在咫尺。我今日就參你在我縣裡做個巡捕的都頭，專在河東水西擒拿賊盜，你意下如何？」武松跪謝道：「若蒙恩相擡舉，小人終身受賜。」知縣隨即喚押司立了文案，當日便參武松做了巡捕都頭。眾里長大戶都來與武松作賀慶喜，連連吃了數日酒。正要回陽谷縣去抓尋哥哥，不料又在清河縣做了都頭，卻也歡喜。那時傳得東平一府兩縣，皆知武松之名。正是：

壯士英雄藝略芳，挺身直上景陽崗。
醉來打死山中虎，自此聲名播四方。

卻說武松一日在街上閒行，只聽背後一個人叫道：「兄弟，知縣相公擡舉你做了巡捕都頭，怎不看顧我！」武松回頭見了這人，不覺得——

欣從額角眉邊出，喜逐歡容笑口開。

這人不是別人，卻是武松日常間要去尋他的嫡親哥哥武大。

卻說武大自從兄弟分別之後，因時遭飢饉，搬移在清河縣紫石街賃房居住。人見他為人懦弱，模樣猥蕤，起了他個渾名叫做三寸丁谷樹皮，俗語言其身上粗糙，頭臉窄狹故也。只因他這般軟弱樸實，多欺侮他。這也不在話下。且說武大無甚生意，終日挑擔子出去街上賣炊餅度日，不幸把渾家故了，丟下個女孩兒，年方十二歲，名喚迎兒，爺兒兩個過活。那消半年光景，又消折了資本，移在大街坊張大戶家臨街房居住。張宅家下人見他本分，常看顧他，照顧他依舊賣些炊餅。閒時在舖中坐地，武大無不奉承。因此張宅家人個個都歡喜，在大戶面前一力與他說方便。因此大戶連房錢也不問武大要。

卻說這張大戶有萬貫家財，百間房屋，年約六旬之上，身邊寸男尺女皆無。媽媽余氏，主家嚴厲，房中並無清秀使女。只因大戶時常拍胸嘆氣道：「我許大年紀，又無兒女，雖有幾貫家財，終何大用！」媽媽道：「既然如此說，我叫媒人替你買兩個使女，早晚習學彈唱，伏侍你便了。」大戶聽了大喜，謝了媽媽。過了幾時，媽媽果然叫媒人來，與大戶買了兩個使女，一個叫做潘金蓮，一個喚做白玉蓮。玉蓮年方二八，樂戶人家出身，生得白淨小巧。這潘金蓮卻是南門外潘裁的女兒，排行六姐。因他自幼生得有些姿色，纏得一雙好小腳兒，所以就叫金蓮。他父親死了，做娘的度日不過，從九歲賣在王招宣府裡，習學彈唱，閒常又教他讀書寫字。他本性機變伶俐，不過十二三，就會描眉畫眼，傅粉施朱，品竹彈絲，女工針指，知書識字，梳一個纏髻兒，著一件扣身衫子，做張做致，喬模喬樣。到十五歲的時節，王招宣死了，潘媽媽爭將出來，三十兩銀子轉賣與張大戶家，與玉蓮同時進門。大戶教他習學彈唱，金蓮原自會的，甚是省力。金蓮學琵琶，玉蓮學箏，這兩個同房歇臥。主家婆余氏初時甚是擡舉二人，與他金銀首飾裝束身子。後日不料白玉蓮死了，只落下金蓮一人，長成一十八歲，出落的臉襯桃花，眉彎新月。張大戶每要收他，只礙主家婆厲害，不得到手。一日，主家婆鄰家赴席不在，大戶暗把金蓮喚至房中，遂收用了。正是：

莫訝天臺相見晚，劉郎還是老劉郎。

大戶自從收用金蓮之後，不覺身上添了四五件病症。端的那五件？第一腰便添疼，第二眼便添淚，第三耳便添聾，第四鼻便添涕，第五尿便添滴。自有了這幾件病後，主家婆頗知其事，與大戶嚷罵了數日，將金蓮百般苦打。大戶知道不容，卻賭氣倒賠房奩，要尋嫁得一個相應的人家。大戶家下人都說武大忠厚，見無妻小，又住著宅內房兒，堪可與他。這大戶早晚還要看覷此女，因此不要武大一文錢，白白地嫁與他為妻。這武大自從娶了金蓮，大戶甚是看顧他。若武大沒本錢做炊餅，大戶私與他銀兩。武大若挑擔兒出去，大戶候無人，便踅入房中與金蓮廝會。武大雖一時撞見，原是他的行貨，不敢聲言。朝來暮往，也有多時。忽一日大戶得患陰寒病症，嗚呼死了。主家婆察知其事，怒令家僮將金蓮、武大即時趕出。武大故此遂尋了紫石街西王皇親房子，賃內外兩間居住，依舊賣炊餅。

原來這金蓮自嫁武大，見他一味老實，人物猥瑣，甚是憎嫌，常與他合氣。抱怨大戶：「普天世界斷生了男子，何故將我嫁與這樣個貨！每日牽著不走，打著倒退的，只是一味吃酒，著緊處卻是錐鈀也不動。奴端的那世裡悔氣，卻嫁了他！是好苦也！」常無人處，唱個〈山坡羊〉為證：

想當初，姻緣錯配，奴把你當男兒漢看覷。不是奴自己誇獎，他烏鴉怎配鸞鳳對！奴真金子埋在土裡，他是塊高號銅，怎與俺金色比！他本是塊頑石，有甚福抱著我羊脂玉體！好似糞土上長出靈芝。奈何，隨他怎樣，到底奴心不美。聽知：奴是塊金磚，怎比泥土基！

看官聽說：但凡世上婦女，若自己有幾分顏色，所稟伶俐，配個好男子便罷了，若是武大這般，雖好殺也未免有幾分憎嫌。自古佳人才子相配著的少，買金偏撞不著賣金的。

武大每日自挑擔兒出去賣炊餅，到晚方歸。那婦人每日打發武大出門，只在簾子下嗑瓜子兒，一逕把那一對小金蓮故露出來，勾引浮浪子弟，日逐在門前彈胡博詞，撒謎語，叫唱：「一塊好羊肉，如何落在狗口裡？」油似滑的言語，無般不說出來。因此武大在紫石街又住不牢，要往別處搬移，與老婆商議。婦人道：「賊餛飩不曉事的，你賃人家房住，淺房淺屋，可知有小人囉唣！不如湊幾兩銀子，看相應的，典上他兩間住，卻也氣概些，免受人欺侮。」武大道：「我那裡有錢典房？」婦人道：「呸！濁才料，你是個男子漢，倒擺布不開，常叫老娘受氣。沒有銀子，把我的釵梳湊辦了去，有何難處！過後有了再治不遲。」武大聽老婆這般說，當下湊了十數兩銀子，典得縣門前樓上下兩層四間房屋居住。第二層是樓，兩個小小院落，甚是乾淨。

武大自從搬到縣西街上來，照舊賣炊餅過活，不想這日撞見自己嫡親兄弟。當日兄弟相見，心中大喜。一面邀請到家中，讓至樓上坐，房裡喚出金蓮來，與武松相見。因說道：「前日景陽崗上打死大蟲的，便是你小叔。今新充了都頭，是我一母同胞兄弟。」那婦人叉手向前，便道：「叔叔萬福。」武松施禮，倒身下拜。婦人扶住武松道：「叔叔請起，折殺奴家。」武松道：「嫂嫂受禮。」兩個相讓了一回，都平磕了頭起來。少頃，小女迎兒拿茶，二人吃了。武松見婦人十分妖嬈，只把頭來低著。不多時，武大安排酒飯，款待武松。

說話中間，武大下樓買酒菜去了，丟下婦人，獨自在樓上陪武松坐地。看了武松身材凜凜，相貌堂堂，又想他打死了那大蟲，畢竟有千百觔氣力。口中不說，心下思量道：「一母所生的兄弟，怎生我家那身不滿尺的丁樹，三分似人七分似鬼，奴哪世裡遭瘟撞著他來！如今看起武松這般人物壯健，何不叫他搬來我家住？想這段姻緣卻在這裡了。」於是一面堆下笑來，問道：「叔叔你如今在哪裡居住？每日飯食誰人整理？」武松道：「武二新充了都頭，逐日答應上司，別處住不方便，胡亂在縣前尋了個下處，每日撥兩個土兵伏侍做飯。」婦人道：「叔叔何不搬來家裡住？省得在縣前土兵伏侍做飯腌臢。一家裡住，早晚要些湯水吃時，也方便些。就是奴家親自安排與叔叔吃，也乾淨。」武松道：「深謝嫂嫂。」婦人又道：「莫不別處有嬸嬸？可請來廝會。」武松道：「武二並不曾婚娶。」婦人道：「叔叔青春多少？」武松道：「虛度二十八歲。」婦人道：「原來叔叔倒長奴三歲。叔叔今番從哪裡來？」武松道：「在滄州住了一年有餘，只想哥哥在舊房居住，不道移在這裡。」婦人道：「一言難盡。自從嫁得你哥哥，吃他忒善了，被人欺負，才到這裡來。若是叔叔這般雄壯，誰敢道個不字！」武松道：「家兄從來本分，不似武松撒潑。」婦人笑道：「怎的顛倒說！常言：人無剛強，安身不長。奴家平生性快，看不上那三打不回頭，四打和身轉的。」武松道：「家兄不惹禍，免得嫂嫂憂心。」二人在樓上一遞一句的說。有詩為證：

叔嫂萍踪得偶逢，嬌嬈偏逞秀儀容。
私心便欲成歡會，暗把邪言釣武松。

話說金蓮陪著武松在樓上說話未了，只見武大買了些肉菜果餅歸家。放在廚下，走上樓來，叫道：「大嫂，你且下來則個。」那婦人應道：「你看那不曉事的，叔叔在此無人陪侍，卻教我撇了下去。」武松道：「嫂嫂請方便。」婦人道：「何不去間壁請王乾娘來安排？只是這般不見便。」武大便自去央了間壁王婆來。安排端正，都拿上樓來，擺在桌子上，無非是些魚肉果菜點心之類。隨即盪上酒來。武大叫婦人坐了主位，武松對席，武大打橫。三人坐下，把酒來斟，武大篩酒在各人面前。那婦人拿起酒來道：「叔叔休怪，沒甚管待，請杯兒水酒。」武松道：「感謝嫂嫂，休這般說。」武大只顧上下篩酒，那婦人笑容可掬，滿口兒叫：「叔叔，怎的肉果兒也不揀一筯兒？」揀好的遞將過來。武松是個直性的漢子，只把做親嫂嫂相待。誰知這婦人是個使女出身，慣會小意兒。亦不想這婦人一片引人心。那婦人陪武松吃了幾杯酒，一雙眼只看著武松身上。武松吃他看不過，只得倒低了頭。吃了一歇，酒闌了，便起身。武大道：「二哥沒事，再吃幾杯兒去。」武松道：「生受，我再來望哥哥嫂嫂罷。」都送下樓來。出的門外，婦人便道：「叔叔是必上心搬來家裡住，若是不搬來，俺兩口兒也吃別人笑話。親兄弟難比別人，與我們爭口氣，也是好處。」武松道：「既是嫂嫂厚意，今晚有行李便取來。」婦人道：「奴這裡等候哩！」正是：

滿前野意無人識，幾點碧桃春自開。

# 第二回　俏潘娘簾下勾情　老王婆茶坊說技

詞曰：

芙蓉面，冰雪肌，生來娉婷年已笄。裊裊倚門餘。梅花半含蕊，似開還閉。初見簾邊，羞澀還留住；再過樓頭，款接多歡喜。行也宜，立也宜，坐又宜，偎傍更相宜。

——右調〈孝順歌〉

話說當日武松來到縣前客店內，收拾行李鋪蓋，交土兵挑了，引到哥家。那婦人見了，強如拾得金寶一般歡喜，旋打掃一間房與武松安頓停當。武松吩咐土兵回去，當晚就在哥家歇宿。次日早起，婦人也慌忙起來，與他燒湯淨面。武松梳洗裹幘，出門去縣裡畫卯。婦人道：「叔叔畫了卯，早些來家吃早飯，休去別處吃了。」武松應的去了。到縣裡畫卯已畢，伺候了一早晨，回到家，那婦人又早齊齊整整安排下飯。三口兒同吃了飯，婦人雙手便捧一杯茶來，遞與武松。武松道：「教嫂嫂生受，武松寢食不安，明日撥個土兵來使喚。」那婦人連聲叫道：「叔叔卻怎生這般計較！自家骨肉，又不伏侍了別人。雖然有這小丫頭迎兒，奴家見他拿東拿西，蹀里蹀斜，也不靠他。就是撥了土兵來，那廝上鍋上灶不乾淨，奴眼裡也看不上這等人。」武松道：「怎的卻生受嫂嫂了。」有詩為證：

武松儀表豈風流，嫂嫂淫心不可收。
籠絡歸來家裡住，相思常自看衾裯。

話休絮煩。自從武松搬來哥家裡住，取些銀子出來與武大，買餅饊茶果，請那兩邊鄰舍。都鬥分子來與武松人情。武大又安排了回席，不在話下。過了數日，武松取出一匹彩色緞子與嫂嫂做衣服。那婦人堆下笑來，便道：「叔叔如何使得！既然賜與奴家，不敢推辭。」只得接了，道個萬福。自此武松只在哥家歇宿。武大依前上街挑賣炊餅。武松每日自去縣裡承差應事，不論歸遲歸早，婦人頓茶頓飯，歡天喜地伏侍武松。武松倒覺過意不去。那婦人時常把些言語來撥他，武松是個硬心的直漢。

有話即長，無話即短，不覺過了一月有餘。看看十一月天氣，連日朔風緊刮，只見四下彤雲密布，又早紛紛揚揚飛下一天瑞雪來。好大雪！怎見得？但見：

萬里彤雪密布，空中祥瑞飄簾。瓊花片片舞前簷。剡溪當此際，濡滯子猷船。頃刻樓臺都壓倒，江山銀色相連。飛鹽撒粉漫連天。當時呂蒙正，窰內嘆無錢。

當日這雪下到一更時分，卻早銀妝世界，玉碾乾坤。次日武松去縣裡畫卯，直到日中未歸。武大被婦人早趕出去做買賣，央及間壁王婆買了些酒肉，去武松房裡簇了一盆炭火。心裡自想道：「我今日著實撩鬥他一鬥，不怕他不動情。」

那婦人獨自冷冷清清立在簾兒下，望見武松正在雪裡，踏著那亂瓊碎玉歸來。婦人推起簾子，迎著笑道：「叔叔寒冷？」武松道：「感謝嫂嫂掛心。」入得門來，便把氈笠兒除將下來。那婦人將手去接，武松道：「不勞嫂嫂生受。」自把雪來拂了，掛在壁子上。隨即解了纏帶，脫了身上鸚哥綠紵絲衲襖，入房內。那婦人便道：「奴等了一早晨，叔叔怎的不歸來吃早飯？」武松道：「早間有一相識請我吃飯，卻才又有作杯，我不耐煩，一直走到家來。」婦人道：「既恁的，請叔叔向火。」武松道：「正好。」便脫了油靴，換了一雙襪子，穿了暖鞋，掇條凳子，自近火盆邊坐地。那婦人早令迎兒把前門上了門，後門也關了。卻搬些煮熟菜蔬入房裡來，擺在桌子上。

武松問道：「哥哥哪裡去了？」婦人道：「你哥哥出去買賣未回，我和叔叔自吃三杯。」武松道：「一發等哥來家吃也不遲。」婦人道：「哪裡等的他！」

說猶未了，只見迎兒小女早暖了一注酒來。武松道：「又教嫂嫂費心。」婦人也掇一條凳子，近火邊坐了。桌上擺著杯盤，婦人拿盞酒擎在手裡，看著武松道：「叔叔滿飲此杯。」武松接過酒去，一飲而盡。那婦人又篩一杯酒來，說道：「天氣寒冷，叔叔飲過成雙的盞兒。」武松道：「嫂嫂自請。」接來又一飲而盡。武松卻篩一杯酒，遞與婦人。婦人接過酒來呷了，卻拿注子再斟酒放在武松面前。那婦人一逕將酥胸微露，雲鬟半嚲，臉上堆下笑來，說道：「我聽得人說，叔叔在縣前街上養著個唱的，有這話麼？」武松道：「嫂嫂休聽別人胡說，我武二從來不是這等人。」婦人道：「我不信！只怕叔叔口頭不似心頭。」武松道：「嫂嫂不信時，只問哥哥就是了。」婦人道：「啊呀，你休說他，哪裡曉得什麼？如在醉生夢死一般！他若知道時，不賣炊餅了。叔叔且請杯。」

連篩了三四杯飲過。那婦人也有三杯酒落肚，哄動春心，那裡按納得住。慾心如火，只把閒話來說。武松也知了八九分，自己只把頭來低了，卻不來兜攬。婦人起身去盪酒。武松自在房內卻拿火筯簇火。婦人良久暖了一注子酒來，到房裡，一隻手拿著注子，一隻手便去武松肩上只一捏，說道：「叔叔只穿這些衣裳，不寒冷麼？」武松已有五七分不自在，也不理他。婦人見他不應，匹手就來奪火筯，口裡道：「叔叔你不會簇火，我與你撥火。只要一似火盆來熱便好。」武松有八九分焦躁，只不做聲。這婦人也不看武松焦躁，便丟下火筯，卻篩一杯酒來，自呷了一口，剩下半盞酒，看著武松道：「你若有心，吃我這半盞兒殘酒。」武松匹手奪過來，潑在地下說道：「嫂嫂不要恁的不識羞恥！」把手只一推，爭些兒把婦人推了一跤。

武松睜起眼來說道：「武二是個頂天立地噙齒戴髮的男子漢，不是那等敗壞風俗傷人倫的豬狗！嫂嫂休要這般不識羞恥，為此等的勾當，倘有風吹草動，我武二眼裡認得是嫂嫂，拳頭卻不認得是嫂嫂！」婦人吃他幾句搶得通紅了面皮，便叫迎兒收拾了碟盞傢伙，口裡說道：「我自作耍子，不值得便當真起來。好不識人敬！」收了傢伙，自往廚下去了。正是：

落花有意隨流水，流水無情戀落花。

這婦人見勾搭武松不動，反被他搶白了一場。武松自在房中氣忿忿，自己尋思。天色卻早申牌時分，武大挑著擔兒，大雪裡歸來。推門進來，放下擔兒，進得裡間，見婦人一雙眼哭的紅紅的，便問道：「你和誰鬧來？」婦人道：「都是你這不爭氣的，教外人來欺負我。」武大道：「誰敢來欺負你？」婦人道：「情知是誰？爭奈武二那廝。我見他大雪裡歸來，好意安排些酒飯與他吃，他見前後沒人，便把言語來調戲我。便是迎兒眼見，我不賴他。」武大道：「我兄弟不是這等人，從來老實。休要高聲，吃鄰舍聽見笑話。」

武大撇了婦人，便來武二房裡叫道：「二哥，你不曾吃點心？我和你吃些個。」武松只不做聲，尋思了半晌，一面出大門。武大叫道：「二哥，你哪裡去？」也不答應，一直只顧去了。武大回到房內，問婦人道：「我叫他又不應，只顧往縣裡那條路去了。正不知怎的了？」婦人罵道：「賊餛飩蟲！有甚難見處？那廝羞了，沒臉兒見你，走了出去。我猜他一定叫人來搬行李，不要在這裡住。卻不道你留他？」武大道：「他搬了去，須吃別人笑話。」婦人罵道：「混沌魍魎，他來調戲我，倒不吃別人笑話！你要便自和他過去，我卻做不的這樣人！你與了我一紙休書，你自留他便了。」武大哪裡敢再開口，被這婦人倒數罵了一頓。

正在家兩口兒絮聒，只見武松引了個土兵，拿著條扁擔，逕來房內收拾行李，便出門。武大走出來，叫道：「二哥，做什麼便搬了去？」武松道：「哥哥不要問，說起來裝你的幌子，只由我自去便了。」武大哪裡再敢問備細，由武松搬了出去。那婦人在裡面喃喃吶吶罵道：「卻也好，只道是親難轉債，人不知道一個兄弟做了都頭，怎的養活了哥嫂，卻不知反來咬嚼人！正是花木瓜空好看。搬了去，倒謝天地，且得冤家離眼睛。」武大見老婆這般言語，不知怎的了，心中反是放不下。自從武松搬去縣前客店宿歇，武大自依前上街賣炊餅。本待要去縣前尋兄弟說話，卻被這婦人千叮萬囑，吩咐教不要去兜攬他，因此武大不敢去尋武松。

說這武松自從搬離哥家，捻指不覺雪晴，過了十數日光景。卻說本縣知縣自從到任以來，卻得二年有餘，轉得許多金銀，要使一心腹人送上東京親眷處收寄，三年任滿朝覲，打點上司。一來卻怕路上小人，須得一個有力量的人去方好，猛可想起都頭武松，須得此人方了得此事。當日就喚武松到衙內商議道：「我有個親戚在東京城內做官，姓朱名勔，見做殿前太尉之職，要送一擔禮物，捎封書去問安。只恐途中不好行，若得你去方可。你休推辭辛苦，回來我自重賞。」武松應道：「小人得蒙恩相擡舉，安敢推辭！既蒙差遣，只此便去。」知縣大喜，賞了武松三杯酒，十兩路費。不在話下。

且說武松領了知縣的言語，出的縣門來，到下處，叫了土兵，卻來街上買了一瓶酒並菜蔬之類，逕到武大家。武大卻街上回來，見武松在門前坐地，交土兵去廚下安排。那婦人餘情不斷，見武松把將酒食來，心中自思：「莫不這廝思想我了？不然卻又回來怎的？到日後我且慢慢問他。」婦人便上樓去重勻粉面，再整雲鬟，換了些顏色衣服，來到門前迎接武松。婦人拜道：「叔叔，不知怎的錯見了，好幾日並不上門，叫奴心裡沒理會處。今日再喜得叔叔來家。沒事壞鈔做什麼？」武松道：「武二有句話，特來要與哥哥說知。」婦人道：「既如此，請樓上坐。」三個人來到樓上，武松讓哥嫂上首坐了，他便掇杌子打橫。土兵擺上酒，並嗄飯一齊拿上來。武松勸哥嫂吃。婦人便把眼來睃武松，武松只顧吃酒。

酒至數巡，武松問迎兒討副勸杯，叫土兵篩一杯酒拿在手裡，看著武大道：「大哥在上，武二今日蒙知縣相公差往東京幹事，明日便要起程，多是兩三個月，少是一月便回，有句話特來和你說。你從來為人懦弱，我不在家，恐怕外人來欺負。假如你每日賣十扇籠炊餅，你從明日為始，只做五扇籠炊餅出去，每日遲出早歸，不要和人吃酒。歸家便下了簾子，早閉門，省了多少是非口舌。若是有人欺負你，不要和他爭執，待我回來，自和他理論。大哥你依我時，滿飲此杯！」

武大接了酒道：「兄弟見得是，我都依你說。」吃過了一杯，武松再斟第二盞酒，對那婦人說道：「嫂嫂是個精細的人，不必要武松多說。我的哥哥為人質樸，全靠嫂嫂做主。常言『表壯不如裡壯』，嫂嫂把得家定，我哥哥煩惱做什麼！豈不聞古人云：『籬牢犬不入』。」

那婦人聽了這句話，一點紅從耳邊起，須臾紫漲了面皮，指著武二罵道：「你這個混沌東西。有甚言語在別處說，來欺負老娘！我是個不帶頭巾的男子漢，叮叮噹噹響的婆娘！拳頭上也立得人，肐膊上走得馬，不是那膿血搠不出來鱉！老娘自從嫁了武大，真個螞蟻不敢入屋裡來，什麼籬笆不牢犬兒鑽得入來？你休胡言亂語，一句句都要下落！丟下一塊瓦磚兒，一個個也要著地！」武松笑道：「若得嫂嫂做主，最好。只要心口相應。既然如此，我武松都記得嫂嫂說的話了，請過此杯。」那婦人一手推開酒盞，一直跑下樓來，走到在扶梯上發話道：「既是你聰明伶俐，恰不道長嫂為母。我初嫁武大時，不曾聽得有甚小叔，哪裡走得來？是親不是親，便要做喬家公。自是老娘晦氣了，偏撞著這許多鳥事！」一面哭下樓去了。正是：

苦口良言諫勸多，金蓮懷恨起風波。
自家惶愧難存坐，氣殺英雄小二哥。

那婦人做出許多喬張致來。武大、武松吃了幾杯酒，坐不住，都下得樓來，弟兄灑淚而別。武大道：「兄弟去了，早早回來，和你相見。」武松道：「哥哥，你便不做買賣也罷，只在家裡坐的。盤纏，兄弟自差人送與你。」臨行，武松又吩咐道：「哥哥，我的言語休要忘了，在家仔細門戶。」武大道：「理會得了。」武松辭了武大，回到縣前下處，收拾行裝並防身器械。次日領了知縣禮物，金銀駝垛，討了腳程，起身上路，往東京去了，不提。

只說武大自從兄弟武松說了去，整整吃那婆娘罵了三四日。武大忍聲吞氣，由他自罵，只依兄弟言語，每日只做一半炊餅出去，未晚便回來。歇了擔兒，便先去除了簾子，關上大門，卻來屋裡坐的。那婦人看了這般，心內焦躁，罵道：「不識時濁物！我倒不曾見，日頭在半天裡便把牢門關了，也吃鄰舍家笑話，說我家怎生禁鬼。聽信你兄弟說，空生著卵鳥嘴，也不怕別人笑恥！」武大道：「由他笑也罷，我兄弟說的是好話，省了多少是非。」被婦人噦在臉上道：「呸！濁東西！你是個男子漢，自不做主，卻聽別人調遣！」武大搖手道：「由他，我兄弟說的是金石之語。」原來武松去後，武大每日只是晏出早歸，到家便關門。那婦人氣生氣死，和他合了幾場氣。落後鬧慣了，自此婦人約莫武大歸來時分，先自去收簾子，關上大門。武大見了，心裡自也暗喜，尋思道：「恁的卻不好？」有詩為證：

慎事關門並早歸，眼前恩愛隔崔嵬。
春心一點如絲亂，任鎖牢籠總是虛。

白駒過隙，日月如梭，才見梅開臘底，又早天氣回陽。一日，三月春光明媚時分，金蓮打扮光鮮，單等武大出門，就在門前簾下站立。約莫將及他歸來時分，便下了簾子，自去房內坐的。也是合當有事，卻有一個人從簾子下走過來。自古沒巧不成話，姻緣合當湊著。婦人正手裡拿著叉竿放簾子，忽被一陣風將叉竿刮倒，婦人手擊不牢，不端不正卻打在那人頭上。婦人便慌忙陪笑，把眼看那人，也有二十五六年紀，生得十分浮浪。頭上戴著纓子帽兒，金玲瓏簪兒，金井玉欄杆圈兒，長腰才，身穿綠羅褶兒，腳下細結底陳橋鞋兒，清水布襪兒，手裡搖著灑金川扇兒，越顯出張生般龐兒，潘安的貌兒，可意的人兒，風風流流從簾子下丟與個眼色兒。這個人被叉竿打在頭上，便立住了腳，待要發作時，回過臉來看，卻不想是個美貌妖嬈的婦人。但見他黑鬒鬒賽鴉鴒的鬢兒，翠彎彎似新月的眉兒，清冷冷杏子眼兒，香噴噴櫻桃口兒，直隆隆瓊瑤鼻兒，粉濃濃紅艷腮兒，嬌滴滴銀盆臉兒，輕嬝嬝花朵身兒，玉纖纖蔥枝手兒，一捻捻楊柳腰兒，軟濃濃粉白肚兒，窄星星尖翹腳兒，肉奶奶胸兒，白生生腿兒，更有一件緊揪揪、白鮮鮮、黑裀裀，正不知是什麼東西。觀不盡這婦人容貌。且看他怎生打扮？但見：

頭上戴著黑油油頭髮鬏髻，一逕裡墊出香雲，周圍小簪兒齊插。斜戴一朵並頭花，排草梳兒後押。難描畫，柳葉眉襯著兩朵桃花。玲瓏墜兒最堪誇，露來酥玉胸無價。毛青布大袖衫兒，又短襯湘裙碾絹綾紗。通花汗巾兒袖口兒邊搭剌。香袋兒身邊低掛。抹胸兒重重紐扣香喉下。往下看尖翹翹金蓮小腳，雲頭巧緝山鴉。鞋兒白綾高底，步香塵偏襯登踏。紅紗膝褲扣鶯花，行坐處風吹裙袴。口兒裡常噴出異香蘭麝，櫻桃口笑臉生花。人見了魂飛魄喪，賣弄殺俏冤家。

那人一見，先自酥了半邊，那怒氣早已鑽入爪窪國去了，變做笑吟吟臉兒。這婦人情知不是，叉手望他深深拜了一拜，說道：「奴家一時被風失手，誤中官人，休怪！」那人一面把手整頭巾，一面把腰曲著地還喏道：「不妨，娘子請方便。」卻被這間壁住的賣茶王婆子看見。那婆子笑道：「兀的誰家大官人打這屋簷下過？打的正好！」那人笑道：「倒是我的不是，一時衝撞，娘子休怪。」婦人答道：「官人不要見責。」那人又笑著大大地唱個喏，回應道：「小人不敢。」那一雙積年招花惹草，慣覷風情的賊眼，不離這婦人身上，臨去也回頭了七八回，方一直搖搖擺擺遮著扇兒去了。

風日晴和漫出遊，偶從簾下識嬌羞。
只因臨去秋波轉，惹起春心不自由。

當時婦人見了那人生的風流浮浪，語言甜淨，更加幾分留戀：「倒不知此人姓甚名誰，何處居住。他若沒我情意時，臨去也不回頭七八遍了。」卻在簾子下眼巴巴的看不見那人，方才收了簾子，關上大門，歸房去了。

看官聽說，這人你道是誰？卻原來正是那嘲風弄月的班頭，拾翠尋香的元帥，開生藥舖，複姓西門單諱一個慶字的西門大官人便是。只因他第三房妾卓二姐死了，發送了當，心中不樂，出來街上閒走，要尋應伯爵到那裡去散心耍子。卻從這武大門前經過，不想撞了這一下子在頭上。卻說這西門大官人自從簾子下見了那婦人一面，到家尋思道：「好一個雌兒，怎能夠得手？」猛然想起那間壁賣茶王婆子來，堪可如此如此，這般這般：「撮合得此事成，我破費幾兩銀子謝他，也不值甚的。」於是連飯也不吃，走出街上閒遊，一直逕踅入王婆茶坊裡來，便去裡邊水簾下坐了。王婆笑道：「大官人卻才唱得好個大肥喏！」西門慶道：「乾娘，你且來，我問你，間壁這個雌兒是誰的娘子？」王婆道：「他是閻羅大王的妹子，五道將軍的女兒，問他怎的？」西門慶道：「我和你說正話，休要取笑。」王婆道：「大官人怎的不認得？他老公便是縣前賣熟食的。」西門慶道：「莫不是賣棗糕徐三的老婆？」王婆搖手道：「不是，若是他，也是一對兒。大官人再猜。」西門慶道：「敢是賣餶飿的李三娘子兒？」王婆搖手道：「不是，若是他，倒是一雙。」西門慶道：「莫不是花肐膊劉小二的婆兒？」王婆大笑道：「不是，若是他時，又是一對兒。大官人再猜。」西門慶道：「乾娘，我其實猜不著了。」王婆哈哈笑道：「我好教大官人得知了罷，他的蓋老便是街上賣炊餅的武大郎。」

西門慶聽了，跌腳笑道：「莫不是人叫他三寸丁谷樹皮的武大麼？」王婆道：「正是他。」西門慶聽了，叫起苦來，說是：「好一塊羊肉，怎生落在狗口裡！」王婆道：「便是這般故事，自古駿馬卻馱痴漢走，美妻常伴拙夫眠。月下老偏這等配合。」西門慶道：「乾娘，我少你多少茶果錢？」王婆道：「不多，由他，歇些時卻算不妨。」西門慶又道：「你兒子王潮跟誰出去了？」王婆道：「說不得，跟了一個淮上客人，至今不歸，又不知死活。」西門慶道：「卻不教他跟我，那孩子倒乖覺伶俐。」王婆道：「若得大官人擡舉他時，十分之好。」西門慶道：「待他歸來，卻再計較。」說畢，作謝起身去了。

約莫未及兩個時辰，又踅將來王婆門首，簾邊坐的，朝著武大門前半歇。王婆出來道：「大官人，吃個梅湯？」西門慶道：「最好多加些酸味兒。」王婆做了個梅湯，雙手遞與西門慶吃了。將杯子放下，西門慶道：「乾娘，你這梅湯做得好，有多少在屋裡？」王婆笑道：「老身做了一世媒，那討得不在屋裡！」西門慶笑道：「我問你這梅湯，你卻說做媒，差了多少！」王婆道：「老身只聽得大官人問這媒做得好。」西門慶道：「乾娘，你既是撮合山，也與我做頭媒，說頭好親事，我自重重謝你。」王婆道：「看這大官人作戲！你宅上大娘子得知，老婆子這臉上怎吃得那耳刮子！」西門慶道：「我家大娘子最好性格。現今也有幾個身邊人在家，只是沒一個中得我意的。你有這般好的，與我主張一個，便來說也不妨。若是回頭人兒也好，只是要中得我意。」王婆道：「前日有一個倒好，只怕大官人不要。」西門慶道：「若是好時，與我說成了，我自重謝你。」王婆道：「生得十二分人才，只是年紀大些。」西門慶道：「自古半老佳人可共，便差一兩歲也不打緊。真個多少年紀？」王婆道：「那娘子是丁亥生，屬豬的，交新年卻九十三歲了。」西門慶笑道：「你看這瘋婆子，只是扯著瘋臉取笑。」說畢，西門慶笑著起身去。

看看天色晚了，王婆恰才點上燈來，正要關門，只見西門慶又踅將來，逕去簾子底下凳子上坐下，朝著武大門前只顧將眼睃望。王婆道：「大官人吃個和合湯？」西門慶道：「最好！乾娘放甜些。」王婆連忙取一鍾來與西門慶吃了。坐到晚夕，起身道：「乾娘，記了帳目，明日一發還錢。」王婆道：「由他，伏惟安置，來日再請過論。」西門慶笑了去。到家甚是寢食不安，一片心只在婦人身上。就是他大娘子月娘，見他這等失張失致的，只道為死了卓二姐的緣故，倒沒做理會處。當晚無話。

次日清晨，王婆恰才開門，把眼看外時，只見西門慶又早在街前來回踅走。王婆道：「這刷子踅得緊！你看我著些甜糖抹在這廝鼻子上，教他舔不著。那廝全討縣裡人便宜，且教他來老娘手裡納些販鈔，賺他幾個風流錢使。」原來這開茶坊的王婆，也不是守本分的，便是積年通殷勤，做媒婆，做賣婆，做牙婆，又會收小的，也會抱腰，又善放刁，端的看不出這婆子的本事來。但見：

開言欺陸賈，出口勝隋何。只憑說六國唇槍，全仗話三齊舌劍。隻鸞孤鳳，霎時間交仗成雙；寡婦鰥男，一席話搬唆擺對。解使三裡門內女，遮麼九皈殿中仙。玉皇殿上侍香金童，把臂拖來；王母宮中傳言玉女，攔腰抱住。略施奸計，使阿羅漢抱住比丘尼；才用機關，交李天王摟定鬼子母。甜言說誘，男如封涉也生心；軟語調合，女似麻姑須亂性。藏頭露尾，攛掇淑女害相思；送暖偷寒，調弄嫦娥偷漢子。

這婆子正開門，在茶局子裡整理茶鍋，張見西門慶踅過幾遍，奔入茶局子水簾下，對著武大門首，不住把眼只望簾子裡瞧。王婆只推不看見，只顧在茶局子內煽火，不出來問茶。西門慶叫道：「乾娘，點兩杯茶來我吃。」王婆應道：「大官人來了？連日少見，且請坐。」不多時，便濃濃點兩盞稠茶，放在桌子上。西門慶道：「乾娘，相陪我吃了茶。」王婆哈哈笑道：「我又不是你影射的，如何陪你吃茶？」

西門慶也笑了，一會便問：「乾娘，間壁賣的是什麼？」王婆道：「他家賣的拖煎阿滿子，乾巴子肉翻包著菜肉匾食餃，窩窩蛤蜊麵，熱燙溫和大辣酥。」西門慶笑道：「你看這瘋婆子，只是瘋。」王婆笑道：「我不瘋，他家自有親老公。」西門慶道：「我和你說正話。他家如法做得好炊餅，我要問他買四五十個拿的家去。」王婆道：「若要買炊餅，少間等他街上回來買，何消上門上戶！」西門慶道：「乾娘說得是。」吃了茶，坐了一回，起身去了。

良久，王婆在茶局裡冷眼張著，他在門前踅過東，看一看，又轉西去，又復一復，一連走了七八遍。少頃，逕入茶坊裡來。王婆道：「大官人僥倖，好幾日不見面了。」西門慶便笑將起來，去身邊摸出一兩一塊銀子，遞與王婆，說道：「乾娘，權且收了做茶錢。」王婆笑道：「何消得許多！」西門慶道：「多者乾娘只顧收著。」婆子暗道：「來了，這刷子當敗。且把銀子收了，到明日與老娘做房錢。」便道：「老身看大官人像有些心事的一般。」西門慶道：「如何乾娘便猜得著？」婆子道：「有甚難猜處！自古入門休問榮枯事，觀著容顏便得知。老身異樣蹺蹊古怪的事，不知猜夠多少。」西門慶道：「我這一件心上的事，乾娘若猜得著時，便輸與你五兩銀子。」王婆笑道：「老身也不消三智五猜，只一智便猜個中節。大官人你將耳朵來：你這兩日腳步兒勤，趕趁得頻，一定是記掛著間壁那個人。我這猜如何？」

西門慶笑將起來道：「乾娘端的智賽隋何，機強陸賈。不瞞乾娘說，不知怎的，吃他那日叉簾子時見了一面，恰似收了我三魂六魄的一般，日夜只是放他不下。到家茶飯懶吃，做事沒入腳處。不知你會弄手段麼？」王婆哈哈笑道：「老身不瞞大官人說，我家賣茶叫做鬼打更。三年前六月初三日下大雪，那一日賣了個泡茶，直到如今不發市，只靠些雜趁養口。」西門慶道：「乾娘，如何叫做雜趁？」王婆笑道：「老身自從三十六歲沒了老公，丟下這個小廝，沒得過日子。迎頭兒跟著人說媒，次後攬人家些衣服賣，又與人家抱腰收小的，閒常也會作牽頭，做馬百六，也會針灸看病。」西門慶聽了，笑將起來：「我並不知乾娘有如此手段！端的與我說這件事，我便送十兩銀子與你做棺材本。你好教這雌兒會我一面。」王婆便呵呵笑道：「我自說耍，官人怎便認真起來也！」且看下回分解。有詩為證：

西門浪子意猖狂，死下功夫戲女娘。
虧殺賣茶王老母，生教巫女會襄王。

# 第三回　定挨光王婆受賄　設圈套浪子私挑

詩曰：

乍對不相識，徐思似有情。
杯前交一面，花底戀雙睛。
傞俹驚新態，含糊問舊名。
影含今夜燭，心意幾交橫。

話說西門慶央王婆，一心要會那雌兒一面，便道：「乾娘，你端的與我說這件事成，我便送十兩銀子與你。」王婆道：「大官人，你聽我說：但凡『挨光』的兩個字最難。怎的是『挨光』？比如如今俗呼『偷情』就是了。要五件事俱全，方才行的。第一要潘安的貌；第二要驢大行貨；第三要鄧通般有錢；第四要青春少小，就要綿裡針一般軟款忍耐；第五要閒工夫。此五件，喚做『潘驢鄧小閒』，都全了，此事便獲得著。」西門慶道：「實不瞞你說，這這五件事我都有。第一件，我的貌雖比不得潘安，也充得過；第二件，我小時在三街兩巷遊串，也曾養得好大龜；第三，我家裡也有幾貫錢財，雖不及鄧通，也頗得過日子；第四，我最忍耐；他便打我四百頓，休想我回他一拳；第五，我最有閒工夫，不然如何來得恁勤。乾娘，你自作成，完備了時，我自重重謝你。」

王婆道：「大官人，你說五件事都全，我知道還有一件事打攪，也多是成不得。」西門慶道：「且說，什麼一件事打攪？」王婆道：「大官人休怪老身直言，但凡挨光最難十分，有使錢到九分九厘，也有難成處。我知你從來慳吝，不肯胡亂便使錢，只這件打攪。」西門慶道：「這個容易，我只聽你言語便了。」王婆道：「若大官人肯使錢時，老身有一條妙計，可教大官人和這雌兒會一面。」西門慶道：「端的有甚妙計？」王婆笑道：「今日晚了，且回去，過半年三個月來商量。」西門慶央及道：「乾娘，你休撒科！自作成我則個，恩有重報。」

王婆笑哈哈道：「大官人卻又慌了。老身這條計，雖然入不得武成王廟，端的強似孫武子教女兵，十捉八九著。今日實對你說了罷：這個雌兒來歷，雖然微末出身，卻倒百伶百俐，會一手好彈唱，針指女工，百家歌曲，雙陸象棋，無所不知。小名叫做金蓮，娘家姓潘，原是南門外潘裁的女兒，賣在張大戶家學彈唱。後因大戶年老，打發出來，不要武大一文錢，白白與了他為妻。這雌兒等閒不出來，老身無事常過去與他閒坐。他有事亦來請我理會，他也叫我做乾娘。武大這兩日出門早。大官人如幹此事，便買一匹藍紬、一匹白紬、一匹白絹，再用十兩好綿，都把來與老身。老身卻走過去問他借曆日，央及他揀個好日期，叫個裁縫來做。他若見我這般說，揀了日期，不肯與我來做時，此事便休了；他若歡天喜地說：『我替你做。』不要我叫裁縫，這光便有一分了。我便請得他來做，就替我縫，這光便二分了。他若來做時，午間我卻安排些酒食點心請他吃。他若說不便當，定要將去家中做，此事便休了；他不言語吃了時，這光便有三分了。這一日你也莫來，直至第三日，晌午前後，你整整齊齊打扮了來，以咳嗽為號，你在門前叫道：『怎的連日不見王乾娘？我買盞茶吃。』我便出來請你入房裡坐吃茶。他若見你便起身來，走了歸去，難道我扯住他不成？此事便休了。他若見你入來，不動身時，這光便有四分了。坐下時，我便對雌兒說道：『這個便是與我衣服施主的官人，虧殺他。』我便誇大官人許多好處，你便賣弄他針指。若是他不來兜攬答應時，此事便休了；他若口中答應與你說話時，這光便有五分了。我便道：『卻難為這位娘子與我作成出手做，虧殺你兩施主，一個出錢，一個出力。不是老身路歧相央，難得這位娘子在這裡，官人做個主人替娘子澆澆手。』你便取銀子出來，央我買。若是他便走時，難道我扯住他？此事便休了。他若是不動身時，事務易成，這光便有六分了。我卻拿銀子，臨出門時對他說：『有勞娘子相待官人坐一坐。』他若起身走了家去，我終不成阻擋他？此事便休了。

若是他不起身，又好了，這光便有七分了。待我買得東西提在桌子上，便說：『娘子且收拾過生活去，且吃一杯兒酒，難得這官人壞錢。』他不肯和你同桌吃，去了，此事便休了。若是只口裡說要去，卻不動身，此事又好了，這光便有八分了。待他吃得酒濃時，正說得入港，我便推道沒了酒，再教你買，你便拿銀子，又央我買酒去並果子來配酒。我把門拽上，關你兩個在屋裡。他若焦躁跑了歸去時，此事便休了；他若由我拽上門，不焦躁時，這光便有九分，只欠一分了。只是這一分倒難。大官人你在房裡，便著幾句甜話兒說入去，卻不可暴躁，便去動手動腳打攪了事，那時我不管你。你先把袖子向桌子上拂落一雙筯下去，只推拾筯，將手去他腳上捏一捏。他若鬧將起來，我自來搭救。此事便休了，再也難成。若是他不做聲時，此事十分光了。這十分光做完備，你怎的謝我？」

西門慶聽了大喜道：「雖然上不得凌煙閣，乾娘你這條計，端的絕品好妙計！」王婆道：「卻不要忘了許我那十兩銀子。」西門慶道：「便得一片橘皮吃，切莫忘了洞庭湖。這條計，乾娘幾時可行？」王婆道：「只今晚來有回報。我如今趁武大未歸，過去問他借曆日，細細說與他。你快使人送將紬絹綿子來，休要遲了。」西門慶道：「乾娘，這是我的事，如何敢失信。」於是作別了王婆，離了茶肆，就去街上買了紬絹三匹並十兩清水好綿。家裡叫了玳安兒用氈包包了，一直送入王婆家來。王婆歡喜收下，打發小廝回去。正是：

巫山雲雨幾時就，莫負襄王築楚臺。

當下王婆收了紬絹綿子，開了後門，走過武大家來。那婦人接著，走去樓上坐的。王婆道：「娘子怎的這兩日不過貧家吃茶？」那婦人道：「便是我這幾日身子不快，懶走動的。」王婆道：「娘子家裡有曆日，借與老身看一看，要個裁衣的日子。」婦人道：「乾娘裁甚衣服？」王婆道：「便是因老身十病九痛，怕一時有些山高水低，我兒子又不在家。」婦人道：「大哥怎的一向不見？」王婆道：「那廝跟了個客人在外邊，不見個音信回來，老身日逐耽心不下。」婦人道：「大哥今年多少年紀？」王婆道：「那廝十七歲了。」婦人道：「怎的不與他尋個親事，與乾娘也替得手？」王婆道：「因是這等說，家中沒人。待老身東搜西補的來，早晚要替他尋下個兒。等那廝來，卻再理會。見如今老身白日黑夜只發喘咳嗽，身子打碎般，睡不倒的，只害疼，一時先要預備下送終衣服。難得一個財主官人，常在貧家吃茶，但凡他宅裡看病，買使女，說親，見老身這般本分，大小事兒無不管顧老身。又布施了老身一套送終衣料，紬絹表裡俱全，又有若干好綿，放在家裡一年有餘，不能夠做得。今年覺得好生不濟，不想又撞著閏月，趁著兩日倒閒，要做又被那裁縫勒掯，只推生活忙，不肯來做。老身說不得這苦也！」

那婦人聽了笑道：「只怕奴家做得不中意。若是不嫌時，奴這幾日倒閒，出手與乾娘做如何？」那婆子聽了，堆下笑來說道：「若得娘子貴手做時，老身便死也得好處去。久聞娘子好針指，只是不敢來相央。」那婦人道：「這個何妨！既是許了乾娘，務要與乾娘做了，將曆日去教人揀了黃道好日，奴便動手。」王婆道：「娘子休推老身不知，你詩詞百家曲兒內字樣，你不知識了多少，如何教人看曆日？」婦人微笑道：「奴家自幼失學。」婆子道：「好說，好說。」便取曆日遞與婦人。

婦人接在手內，看了一回，道：「明日是破日，後日也不好，直到外後日方是裁衣日期。」王婆一把手取過曆頭來掛在牆上，便道：「若得娘子肯與老身做時，就是一點福星。何用選日！老身也曾央人看來，說明日是個破日，老身只道裁衣日不用破日，我不忌他。」那婦人道：「歸壽衣服，正用破日便好。」王婆道：「既是娘子肯作成，老身膽大，只是明日起動娘子，到寒家則個。」婦人道：「何不將過來做？」王婆道：「便是老身也要看娘子做生活，又怕門首沒人。」婦人道：「既是這等說，奴明日飯後過來。」那婆子千恩萬謝下樓去了。當晚回覆了西門慶話，約定後日准來。當夜無話。

次日清晨，王婆收拾房內乾淨，預備下針線，安排了茶水，在家等候。且說武大吃了早飯，挑著擔兒自出去了。那婦人把簾兒掛了，吩咐迎兒看家，從後門走過王婆家來。那婆子歡喜無限，接入房裡坐下，便濃濃點一盞胡桃松子泡茶與婦人吃了。抹得桌子乾淨，便取出那紬絹三匹來。婦人量了長短，裁得完備，縫將起來。婆子看了，口裡不住喝采道：「好手段，老身也活了六七十歲，眼裡真個不曾見這般好針指！」那婦人縫到日中，王婆安排些酒食請他，又下了一筯麵與那婦人吃。再縫一歇，將次晚來，便收拾了生活，自歸家去。恰好武大挑擔兒進門，婦人拽門下了簾子。武大入屋裡，看見老婆面色微紅，問道：「你哪裡來？」婦人應道：「便是間壁乾娘央我做送終衣服，日中安排些酒食點心請我吃。」武大道：「你也不要吃他的才是，我們也有央及他處。他便央你做得衣裳，你便自歸來吃些點心，不值得什麼，便攪擾他。你明日再去做時，帶些錢在身邊，也買些酒食與他回禮。常言道：遠親不如近鄰，休要失了人情。他若不肯交你還禮時，你便拿了生活來家，做還與他便了。」正是：

阿母牢籠設計深，大郎愚魯不知音。
帶錢買酒酬奸詐，卻把婆娘自送人。

婦人聽了武大言語，當晚無話。

次日飯後，武大挑擔兒出去了，王婆便踅過來相請。婦人去到他家屋裡，取出生活來，一面縫起。王婆忙點茶來與他吃了茶。看看縫到日中，那婦人向袖中取出三百文錢來，向王婆說道：「乾娘，奴和你買盞酒吃。」王婆道：「啊呀，哪裡有這個道理。老身央及娘子在這裡做生活，如何教娘子倒出錢，婆子的酒食，不到吃傷了哩！」那婦人道：「卻是拙夫吩咐奴來，若是乾娘見外時，只是將了家去，做還乾娘便了。」那婆子聽了道：「大郎直恁地曉事！既然娘子這般說時，老身且收下。」這婆子生怕打攪了事，自又添錢去買好酒好食來，殷勤相待。看官聽說：但凡世上婦人，由你十分精細，被小意兒縱十個九個著了道兒。這婆子安排了酒食點心，和那婦人吃了。再縫了一歇，看看晚來，千恩萬謝歸去了。

話休絮煩。第三日早飯後，王婆只張武大出去了，便走過後門首叫道：「娘子，老身大膽。」那婦人從樓上應道：「奴卻待來也。」兩個廝見了，來到王婆房裡坐下，取過生活來縫。那婆子點茶來吃，自不必說。婦人看看縫到晌午前後。卻說西門慶巴不到此日，打選衣帽齊齊整整，身邊帶著三五兩銀子，手裡拿著灑金川扇兒，搖搖擺擺逕往紫石街來。到王婆門首，便咳嗽道：「王乾娘，連日如何不見？」那婆子瞧科，便應道：「兀的誰叫老娘？」西門慶道：「是我。」那婆子趕出來看了，笑道：「我只道是誰，原來是大官人！你來得正好，且請入屋裡去看一看。」把西門慶袖子只一拖，拖進房裡來，對那婦人道：「這個便是與老身衣料施主官人。」

西門慶睜眼看著那婦人：雲鬟疊翠，粉面生春，上穿白布衫兒，桃紅裙子，藍比甲，正在房裡做衣服。見西門慶過來，便把頭低了。這西門慶連忙向前屈身唱喏。那婦人隨即放下生活，還了萬福。王婆便道：「難得官人與老身緞匹紬絹，放在家一年有餘，不曾得做，虧殺鄰家這位娘子出手與老身做成全了。真個是布機也似好針線，縫的又好又密，真個難得！大官人，你過來且看一看。」西門慶拿起衣服來看了，一面喝采，口裡道：「這位娘子，傳得這等好針指，神仙一般的手段！」那婦人低頭笑道：「官人休笑話。」

西門慶故問王婆道：「乾娘，不敢動問，這位娘子是誰家宅上的娘子？」王婆道：「你猜。」西門慶道：「小人如何猜得著。」王婆哈哈笑道：「大官人你請坐，我對你說了罷。」那西門慶與婦人對面坐下。那婆子道：「好教大官人得知罷，你那日屋簷下走，打得正好。」西門慶道：「就是那日在門首叉竿打了我的？倒不知是誰家宅上娘子？」婦人分外把頭低了一低，笑道：「那日奴失誤衝撞，官人休怪！」西門慶連忙應道：「小人不敢。」王婆道：「就是這位，卻是間壁武大娘子。」西門慶道：「原來如此，小人失瞻了。」

王婆因望婦人說道：「娘子你認得這位官人麼？」婦人道：「不認得。」婆子道：「這位官人，便是本縣裡一個財主，知縣相公也和他來往，叫做西門大官人。家有萬萬貫錢財，在縣門前開生藥舖。家中錢過北斗，米爛成倉，黃的是金，白的是銀，圓的是珠，放光的是寶，也有犀牛頭上角，大象口中牙。他家大娘子，也是我說的媒，是吳千戶家小姐，生得百伶百俐。」因問：「大官人，怎的不過貧家吃茶？」西門慶道：「便是家中連日小女有人家定了，不得閒來。」婆子道：「大姐有誰家定了？怎的不請老身去說媒？」西門慶道：「被東京八十萬禁軍楊提督親家陳宅定了。他兒子陳敬濟才十七歲，還上學堂。不是也請乾娘說媒，他那邊有了個文嫂兒來討帖兒，俺這裡又使常在家中走的賣翠花的薛嫂兒，同做保山，說此親事。乾娘若肯去，到明日下小茶，我使人來請你。」

婆子哈哈笑道：「老身哄大官人耍子。俺這媒人們都是狗娘養下來的，他們說親時又沒我，做成的熟飯兒怎肯搭上老身一分？常言道：當行厭當行。到明日娶過了門時，老身胡亂三朝五日，拿上些人情去走走，討得一張半張桌面，倒是正經。怎的好和人鬥氣！」兩個一遞一句說了一回。婆子只顧誇獎西門慶，口裡假嘈，那婦人便低了頭縫針線。

水性從來是女流，背夫常與外人偷。
金蓮心愛西門慶，淫蕩春心不自由。

西門慶見金蓮有幾分情意歡喜，恨不得就要成雙。王婆便去點兩盞茶來，遞一盞西門慶，一盞與婦人，說道：「娘子相待官人吃些茶。」旋又看著西門慶，把手在臉上摸一摸，西門慶已知有五分光了。自古「風流茶說合，酒是色媒人」。王婆便道：「大官人不來，老身也不敢去宅上相請。一者緣法撞遇，二者來得正好。常言道：一客不煩二主。大官人便是出錢的，這位娘子便是出力的，虧殺你這兩位施主。不是老身路歧相煩，難得這位娘子在這裡，官人好與老身做個主人，拿出些銀子買些酒食來，與娘子澆澆手，如何？」西門慶道：「小人也見不到這裡，有銀子在此。」便向茄袋裡取出來，約有一兩一塊，遞與王婆，教備辦酒食。那婦人便道：「不消生受。」口裡說著恰不動身。王婆接了銀子，臨出門便道：「有勞娘子相陪大官人坐一坐，我去就來。」那婦人道：「乾娘免了罷。」卻亦不動身。王婆便出門去了，丟下西門慶和那婦人在屋裡。

這西門慶一雙眼不轉睛，只看著那婦人。那婆娘也把眼來偷睃西門慶，又低著頭做生活。不多時，王婆買了現成肥鵝燒鴨、熟肉鮮鮓、細巧果子，歸來盡把盤碟盛了，擺在房裡桌子上。看那婦人道：「娘子且收拾過生活，吃一杯兒酒。」那婦人道：「你自陪大官人吃，奴卻不當。」那婆子道：「正是專與娘子澆手，如何卻說這話！」一面將盤饌卻擺在面前，三人坐下，把酒來斟。西門慶拿起酒盞來道：「乾娘相待娘子滿飲幾杯。」婦人謝道：「奴家量淺，吃不得。」王婆道：「老身得知娘子洪飲，且請開懷吃兩盞兒。」那婦人一面接酒在手，向二人各道了萬福。西門慶拿起筯來說道：「乾娘替我勸娘子些菜兒。」那婆子揀好的遞將過來與婦人吃。

一連斟了三巡酒，那婆子便去燙酒來。西門慶道：「小人不敢動問，娘子青春多少？」婦人低頭應道：「二十五歲。」西門慶道：「娘子到與家下賤內同庚，也是庚辰屬龍的。他是八月十五日子時。」婦人又回應道：「將天比地，折殺奴家。」王婆便插口道：「好個精細的娘子，百伶百俐，又不枉做得一手好針線。諸子百家，雙陸象棋，拆牌道字，皆通。一筆好字。」西門慶道：「卻是那裡去討。」王婆道：「不是老身說是非，大官人宅上有許多，哪裡討得一個似娘子的！」西門慶道：「便是這等，一言難盡。只是小人命薄，不曾招得一個好的在家裡。」王婆道：「大官人先頭娘子須也好。」西門慶道：「休說！我先妻若在時，卻不恁的家無主，屋倒豎。如今身邊枉自有三五七口人吃飯，都不管事。」婆子嘈道：「連我也忘了，沒有大娘子得幾年了？」西門慶道：「說不得，小人先妻陳氏，雖是微末出身，卻倒百伶百俐，件件都替得我。如今不幸他沒了，已過三年來。今繼娶這個賤累，又常有疾病，不管事，家裡的勾當都七顛八倒。為此小人只是走了出來，在家裡時，便要嘔氣。」婆子道：「大官人，休怪我直言，你先頭娘子並如今娘子，也沒這大娘子這手針線，這一表人物。」西門慶道：「便是房下們也沒這大娘子一般兒風流。」

那婆子笑道：「官人，你養的外宅東街上住的，如何不請老身去吃茶？」西門慶道：「便是唱慢曲兒的張惜春。我見他是路歧人，不歡喜。」婆子又道：「官人你和勾欄中李嬌兒卻長久。」西門慶道：「這個人現今已娶在家裡。若得他會當家時，自冊正了他。」王婆道：「與卓二姐卻相交得好？」西門慶道：「卓丟兒別要說起，我也娶在家做了第三房。近來得了個細疾，卻又沒了。」婆子道：「耶嚛，耶嚛！若有似大娘子這般中官人意的，來宅上說，不妨事麼？」西門慶道：「我的爹娘俱已沒了，我自主張，誰敢說個不字？」王婆道：「我自說耍，急切便那裡有這般中官人意的！」西門慶道：「做什麼便沒？只恨我夫妻緣分上薄，自不撞著哩。」

西門慶和婆子一遞一句說了一回。王婆道：「正好吃酒，卻又沒了。官人休怪老身差撥，買一瓶兒酒來吃如何？」西門慶便向茄袋內，還有三四兩散銀子，都與王婆，說道：「乾娘，你拿了去，要吃時只顧取來，多的乾娘便就收了。」那婆子謝了起身。睃那粉頭時，三鍾酒下肚，哄動春心，又自兩個言來語去，都有意了，只低了頭不起身。正是：

眼意眉情卒未休，姻緣相湊遇風流。
王婆貪賄無他技，一味花言巧舌頭。

# 第四回 赴巫山潘氏幽歡 鬧茶坊鄆哥義憤

詩曰：

璇閨綉戶斜光入，千金女兒倚門立。
橫波美目雖後來，羅襪遙遙不相及。
聞道今年初避人，珊珊鏡掛長隨身。
願得侍兒為道意，後堂羅帳一相親。

話說王婆拿銀子出門，便向婦人滿面堆下笑來，說道：「老身去那街上取瓶兒酒來，有勞娘子相待官人坐一坐。壺裡有酒，沒便再篩兩盞兒，且和大官人吃著，老身直去縣東街，那裡有好酒買一瓶來，有好一歇兒耽擱。」婦人聽了說：「乾娘休要去，奴酒多不用了。」婆子便道：「阿呀！娘子，大官人又不是別人，沒事相陪吃一盞兒，怕怎的！」婦人口裡說「不用了」，坐著卻不動身。婆子一面把門拽上，用索兒拴了，倒關他二人在屋裡。當路坐了，一頭然著績。

這婦人見王婆去了，倒把椅兒扯開一邊坐著，卻只偷眼睃看。西門慶坐在對面，一逕把那雙涎瞪瞪的眼睛看著他，便又問道：「卻才到忘了問娘子尊姓？」婦人便低著頭帶笑的回道：「姓武。」西門慶故做不聽得，說道：「姓堵？」那婦人卻把頭又別轉著，笑著低聲說道：「你耳朵又不聾。」西門慶笑道：「呸，忘了！正是姓武。只是俺清河縣姓武的卻少，只有縣前一個賣炊餅的三寸丁姓武，叫做武大郎，敢是娘子一族麼？」婦人聽得此言，便把臉通紅了，一面低著頭微笑道：「便是奴的丈夫。」西門慶聽了，半日不做聲，獃了臉，假意失聲道屈。婦人一面笑著，又斜瞅了他一眼，低聲說道：「你又沒冤枉事，怎的叫屈？」西門慶道：「我替娘子叫屈哩！」

卻說西門慶口裡娘子長，娘子短，只顧白嘈。這婦人一面低著頭弄裙子兒，又一回咬著衫袖口兒，咬得袖口兒格格駁駁的響，要便斜溜他一眼兒。只見這西門慶推害熱，脫了上面綠紗褶子道：「央煩娘子替我搭在乾娘護炕上。」這婦人只顧咬著袖兒別轉著，不接他的，低聲笑道：「自手又不折，怎的支使人！」西門慶笑著道：「娘子不與小人安放，小人偏要自己安放。」一面伸手隔桌子搭到床炕上去，卻故意把桌上一拂，拂落一隻筯來。卻也是姻緣湊著，那隻筯兒剛落在金蓮裙下。西門慶一面斟酒勸那婦人，婦人笑著不理他。他卻又待拿筯子起來，讓他吃菜兒。尋來尋去不見了一隻。這金蓮一面低著頭，把腳尖兒踢著，笑道：「這不是你的筯兒！」

西門慶聽說，走過金蓮這邊來道：「原來在此。」蹲下身去，且不拾筯，便去他綉花鞋頭上只一捏。那婦人笑將起來，說道：「怎這的囉唣！我要叫起來哩！」西門慶便雙膝跪下說道：「娘子可憐小人則個！」一面說著，一面便摸他褲子。婦人叉開手道：「你這歪廝纏人，我卻要大耳刮子打的呢！」西門慶笑道：「娘子打死了小人，也得個好處。」於是不由分說，抱到王婆床炕上，脫衣解帶，共枕同歡。卻說這婦人自從與張大戶勾搭，這老兒是軟如鼻涕膿如醬的一件東西，幾時得個爽利！就是嫁了武大，看官試想，三寸丁的物事，能有多少力量？今番遇了西門慶，風月久慣，本事高強的，如何不喜？但見：

交頸鴛鴦戲水，並頭鸞鳳穿花。喜孜孜連理枝生，美甘甘同心帶結。一個將朱唇緊貼，一個將粉臉斜偎。羅襪高挑，肩膊上露兩彎新月；金釵斜墜，枕頭邊堆一朵烏雲。誓海盟山，搏弄得千般旖旎；羞雲怯雨，揉搓得萬種妖嬈。恰恰鶯聲，不離耳畔。津津甜唾，笑吐舌尖。楊柳腰脈脈春濃，櫻桃口微微氣喘。星眼朦朧，細細汗流香玉顆；酥胸蕩漾，涓涓露滴牡丹心。直饒匹配眷姻諧，真個偷情滋味美。

當下二人雲雨才罷，正欲各整衣襟，只見王婆推開房門入來，大驚小怪，拍手打掌，低低說道：「你兩個做得好事！」西門慶和那婦人都吃了一驚。那婆子便向婦人道：「好呀，好呀！我請你來做衣裳，不曾教你偷漢子！你家武大郎知，須連累我。不若我先去對武大說去。」回身便走。那婦人慌的扯住她裙子，紅著臉低了頭，只說得一聲：「乾娘饒恕！」王婆便道：「你們都要依我一件事，從今日為始，瞞著武大，每日休要失了大官人的意。早叫你早來，晚叫你晚來，我便罷休。若是一日不來，我便就對你武大說。」那婦人羞得要不得，再說不出來。

王婆催逼道：「卻是怎的？快些回覆我。」婦人藏轉著頭，低聲道：「來便是了。」王婆又道：「西門大官人，你自不用老身說得，這十分好事已都完了，所許之物，不可失信，你若負心，我也要對武大說。」西門慶道：「乾娘放心，並不失信。」婆子道：「你們二人出語無憑，要各人留下件表記拿著，才見真情。」西門慶便向頭上拔下一根金頭簪來，插在婦人雲髻上。婦人除下來袖了，恐怕到家武大看見生疑。婦人便不肯拿甚的出來，卻被王婆扯著袖子一掏，掏出一條杭州白縐紗汗巾，掠與西門慶收了。三人又吃了幾杯酒，已是下午時分。那婦人起身道：「奴回家去罷。」便丟下王婆與西門慶，踅過後門歸來。先去下了簾子，武大恰好進門。

且說王婆看著西門慶道：「好手段麼？」西門慶道：「端的虧了乾娘，真好手段！」王婆又道：「這雌兒風月如何？」西門慶道：「色系子女不可言。」婆子道：「她房裡彈唱姐兒出身，什麼事兒不久慣知道！還虧老娘把你兩個生扭做夫妻，強撮成配。你所許老身東西，休要忘了。」西門慶道：「我到家便取銀子送來。」王婆道：「眼望旌捷旗，耳聽好消息。不要教老身棺材出了討挽歌郎錢。」西門慶一面笑著，看街上無人，帶上眼紗去了。不在話下。

到次日，又來王婆家討茶吃。王婆讓坐，連忙點茶來吃了。西門慶便向袖中取出一錠十兩銀子來，遞與王婆。但凡世上人，錢財能動人意。那婆子黑眼睛見了雪花銀子，一面歡天喜地收了，一連道了兩個萬福，說道：「多謝大官人布施！」因向西門慶道：「這咱晚武大還未出門，待老身往她家推借瓢，看一看。」一面從後門踅過婦人家來。婦人正在房中打發武大吃飯，聽見叫門，問迎兒：「是誰？」迎兒道：「是王奶奶來借瓢。」婦人連忙迎將出來道：「乾娘，有瓢，一任拿去。且請家裡坐。」婆子道：「老身那邊無人。」因向婦人使手勢，婦人就知西門慶來了。婆子拿瓢出了門，一力攛掇武大吃了飯，挑擔出去了。先到樓上重新妝點，換了一套艷色新衣，吩咐迎兒：「好生看家，我往你王奶家坐一坐就來。若是你爹來時，就報我知道。若不聽我說，打下你這個小賤人下截來。」迎兒應諾不提。

婦人一面走過王婆茶坊裡來。正是：

合歡桃杏春堪笑，心裡原來別有仁。

有詞單道這雙關二意：

這瓢是瓢，口兒小身子兒大。你幼在春風棚上恁兒高，到大來人難要。他怎肯守定顏回甘貧樂道，專一趁東風，水上漂。也曾在馬房裡餵料，也曾在茶房裡來叫，如今弄得許由也不要。赤道黑洞洞葫蘆中賣的什麼藥？

那西門慶見婦人來了，如天上落下來一般，兩個並肩疊股而坐。王婆一面點茶來吃了，因問：「昨日歸家，武大沒問什麼？」婦人道：「他問乾娘衣服做了不曾？我說道衣服做了，還與乾娘做送終鞋襪。」說畢，婆子連忙安排上酒來，擺在房內，二人交杯暢飲。這西門慶仔細端詳那婦人，比初見時越發標緻。吃了酒，粉面上透出紅白來，兩道水鬢描畫得長長的。端的平欺神仙，賽過嫦娥。

動人心紅白肉色，堪人愛可意裙釵。裙拖著翡翠紗衫，袖挽泥金帶。喜孜孜寶髻斜歪。

恰便是月裡嫦娥下世來，不枉了千金也難買。

西門慶誇之不足，摟在懷中，掀起他裙來，看見他一對小腳穿著老鴉緞子鞋兒，恰剛半扠，心中甚喜。一遞一口與他吃酒，嘲問話兒。婦人因問西門慶貴庚，西門慶告他說：「二十七歲，七月二十八日子時生。」婦人問：「家中有幾位娘子？」西門慶道：「除下拙妻，還有三四個身邊人，只是沒一個中我意的。」婦人又問：「幾位哥兒？」西門慶道：「只是一個小女，早晚出嫁，並無娃兒。」西門慶嘲問了一回，向袖中取出銀穿心金裹面盛著香茶木樨餅兒來，用舌尖遞送與婦人。兩個相摟相抱，嗚咂有聲。那婆子只管往來拿菜篩酒，哪裡去管他閒事，由著二人在房內做一處取樂玩耍。少頃吃得酒濃，不覺烘動春心，西門慶色心輒起，露出腰間那話，引婦人纖手捫弄。原來西門慶自幼常在三街四巷養婆娘，根下猶帶著銀打就，藥煮成的托子。那話煞甚長大，紅赤赤黑鬚，直豎豎堅硬，好個東西：

一物從來六寸長，有時柔軟有時剛。
軟如醉漢東西倒，硬似風僧上下狂。
出牝入陰為本事，腰州臍下作家鄉。
天生二子隨身便，曾與佳人鬥幾場。

——右調〈沉醉東風〉

少頃，婦人脫了衣裳。西門慶摸見牝戶上並無毳毛，猶如白馥馥、鼓蓬蓬發酵的饅頭，軟濃濃、紅縐縐出籠的果餡，真個是千人愛萬人貪一件美物：

溫緊香乾口賽蓮，能柔能軟最堪憐。
喜時吐舌開顏笑，困便隨身貼股眠。

內襠縣裡為家業，薄草涯邊是故園。
若遇風流輕俊子，等閒戰鬥不開言。

話休饒舌。那婦人自當日為始，每日踅過王婆家來，和西門慶做一處，恩情似漆，心意如膠。自古道：「好事不出門，惡事傳千里。」不到半月之間，街坊鄰舍都曉得了，只瞞著武大一個不知。正是：

自知本分為活計，那曉防奸革弊心。

話分兩頭。且說本縣有個小的，年方十五六歲，本身姓喬，因為做軍，在鄆州生養的，取名叫做鄆哥。家中只有個老爹，年紀高大。那小廝生得乖覺，自來只靠縣前這許多酒店裡賣些時新果品，時常得西門慶賫發他些盤纏。其日正尋得一籃兒雪梨，提著遶街尋西門慶。又有一等多口人說：「鄆哥你要尋他，我教你一個去處。」鄆哥道：「起動老叔，教我哪去尋他的是？」那多口的道：「我說與你罷。西門慶刮剌上賣炊餅的武大老婆，每日只在紫石街王婆茶坊裡坐的。這咱晚多定只在那裡。你小孩子家，只故撞進去不妨。」那鄆哥得了這話，謝了那人，提了籃兒，一直往紫石街走來，逕奔入王婆茶坊裡去。

卻好正見王婆坐在小凳兒上績線，鄆哥把籃兒放下，看著王婆道：「乾娘！聲喏。」那婆子問道：「鄆哥，你來這裡做什麼？」鄆哥道：「要尋大官人，撰三五十錢養活老爹。」婆子道：「什麼大官人？」鄆哥道：「情知是那個，便只是他那個。」婆子道：「便是大官人，也有個姓名。」鄆哥道：「便是兩個字的。」婆子道：「什麼兩個字的？」鄆哥道：「乾娘只是要作耍。我要和西門大官人說句話兒！」望裡便走。那婆子一把揪住道：「這小猴子哪裡去？人家屋裡，各有內外。」鄆哥道：「我去房裡便尋出來。」王婆罵道：「含鳥小囚兒！我屋裡哪討什麼西門大官？」鄆哥道：「乾娘不要獨自吃，也把些汁水與我呷一呷。我有什麼不理會得！」婆子便罵：「你那小囚攮的，理會得什麼？」鄆哥道：「你正是馬蹄刀木杓裡切菜——水泄不漏，直要我說出來，只怕賣炊餅的哥哥發作！」

那婆子吃他這兩句道著他真病，心中大怒，喝道：「含鳥小猢猻，也來老娘屋裡放屁！」鄆哥道：「我是小猢猻，你是馬伯六，做牽頭的老狗肉！」那婆子揪住鄆哥鑿上兩個栗暴。鄆哥叫道：「你做什麼便打我？」婆子罵道：「賊合娘的小猢猻！你敢高做聲，大耳刮子打出你去。」鄆哥道：「賊老咬蟲，沒事便打我！」這婆子一頭叉，一頭大栗暴，直打出街上去，把雪梨籃兒也丟出去。那籃雪梨四分五落滾了開去。這小猴子打那虔婆不過，一頭罵，一頭哭，一頭走，一頭街上拾梨兒，指著王婆茶坊裡罵道：「老咬蟲，我教你不要慌！我不與他不做出來不信！定然糟塌了你這場門面，教你賺不成錢！」這小猴子提個籃兒，逕奔街上尋這個人。卻正是：

掀翻孤兔窩中草，驚起鴛鴦沙上眠。

# 第五回　捉姦情鄆哥定計　飲鴆藥武大遭殃

詩曰：

參透風流二字禪，好姻緣是惡姻緣。
痴心做處人人愛，冷眼觀時個個嫌。
野草閒花休採折，真姿勁質自安然。
山妻稚子家常飯，不害相思不損錢。

話說當下鄆哥被王婆打了，心中正沒出氣處，提了雪梨籃兒，一逕奔來街上尋武大郎。轉了兩條街，只見武大挑著炊餅擔兒，正從那條街過來。鄆哥見了，立住了腳，看著武大道：「這幾時不見你，吃得肥了！」武大歇下擔兒道：「我只是這等模樣，有甚吃得肥處？」鄆哥道：「我前日要糴些麥稃，一地裡沒糴處，人都道你屋裡有。」武大道：「我屋裡並不養鵝鴨，那裡有這麥稃？」鄆哥道：「你說沒麥稃，怎的餵得你恁肥膪膪的，便顛倒提你起來也不妨，煮你在鍋裡也沒氣。」武大道：「小囚兒，倒罵得我好。我的老婆又不偷漢子，我如何是鴨？」鄆哥道：「你老婆不偷漢子，只偷子漢。」武大扯住鄆哥道：「還我主兒來！」鄆哥道：「我笑你只會扯我，卻不道咬下他左邊的來。」武大道：「好兄弟，你對我說是誰，我把十個炊餅送你。」鄆哥道：「炊餅不濟事。你只做個東道，我吃三杯，便說與你。」武大道：「你會吃酒？跟我來。」

武大挑了擔兒，引著鄆哥，到個小酒店裡，歇下擔兒，拿幾個炊餅，買了些肉，討了一鏇酒，請鄆哥吃著。武大道：「好兄弟，你說與我則個。」鄆哥道：「且不要慌，等我一發吃完了，卻說與你。你卻不要氣苦，我自幫你打捉。」武大看那猴子吃了酒肉：「你如今卻說與我。」鄆哥

道：「你要得知，把手來摸我頭上的疙瘩。」武大道：「卻怎地來有這疙瘩？」鄆哥道：「我對你說，我今日將這籃雪梨去尋西門大官，一地裡沒尋處。街上有人道：『他在王婆茶坊裡來，和武大娘子勾搭上了，每日只在那裡行走。』我指望見了他，撰他三五十文錢使。叵耐王婆那老豬狗，不放我去房裡尋他，大栗暴打出我來。我特地來尋你。我方才把兩句話來激你，我不激你時，你須不來問我。」武大道：「真個有這等事？」鄆哥道：「又來了，我道你這般屁鳥人！那廝兩個落得快活，只專等你出來，便在王婆房裡做一處。你問道真個也是假，難道我哄你不成？」

武大聽罷，道：「兄弟，我實不瞞你說，我這婆娘每日去王婆家裡做衣服，做鞋腳，歸來便臉紅。我先妻丟下個女孩兒，朝打暮罵，不與飯吃，這兩日有些精神錯亂，見了我，不做歡喜。我自也有些疑忌在心裡，這話正是了。我如今寄了擔兒，便去捉姦如何？」鄆哥道：「你老大一條漢，原來沒些見識！那王婆老狗，什麼利害怕人的人！你如何出得他手？他二人也有個暗號兒，見你入來拿他，他把你老婆藏過了。那西門慶須了得！打你這般二十個。若捉他不著，反吃他一頓好拳頭。他又有錢有勢，反告你一狀子，你須吃他一場官司，又沒人做主，乾結果了你性命！」

武大道：「兄弟，你都說得是。我卻怎的出得這口氣？」鄆哥道：「我吃那王婆打了，也沒出氣處。我教你一著：今日歸去，都不要發作，也不要說，只自做每日一般。明朝便少做些炊餅出來賣，我自在巷口等你。若是見西門慶入去時，我便來叫你。你便挑著擔兒只在左近等我。我先去惹那老狗，他必然來打我。我先把籃兒丟出街心來，你卻搶入。我便一頭頂住那婆子，你便奔入房裡去，叫起屈來。此計如何？」武大道：「既是如此，卻是虧了兄弟。我有兩貫錢，我把你去，你到明日早早來紫石街巷口等我。」鄆哥得了錢並幾個炊餅，自去了。武大還了酒錢，挑了擔兒，自去賣了一遭歸去。

原來這婦人，往常時只是罵武大，百般的欺負他。近日來也自知無禮，只得窩盤他些個。當晚武大挑了擔兒歸來，也是和往日一般，並不提起別事。那婦人道：「大哥，買盞酒吃？」武大道：「卻才和一般經紀人買了三盞吃了。」那婦人便安排晚飯與他吃了。當夜無話。次日飯後，武大只做三兩扇炊餅，安在擔兒上。這婦人一心只想著西門慶，哪裡來理會武大的做多做少。當日武大挑了擔兒，自出去做買賣。這婦人巴不得他出去了，便踅過王婆茶坊裡來等西門慶。

且說武大挑著擔兒，出到紫石街巷口，迎見鄆哥提著籃兒在那裡張望。武大道：「如何？」鄆哥道：「還早些個。你自去賣一遭來，那廝七八也將來也。你只在左近處伺候，不可遠去了。」武大雲飛也似去賣了一遭回來。鄆哥道：「你只看我籃兒拋出來，你便飛奔入去。」武大把擔兒寄下，不在話下。

卻說鄆哥提著籃兒，走入茶坊裡來，向王婆罵道：「老豬狗！你昨日為什麼便打我？」那婆子舊性不改，便跳身起來喝道：「你這小猢猻！老娘與你無干，你如何又來罵我？」鄆哥道：「便罵你這馬伯六，做牽頭的老狗肉，直我⿱髟巴⿱髟巴！」那婆子大怒，揪住鄆哥便打。鄆哥叫一聲：「你打我！」把那籃兒丟出當街上來。那婆子卻待揪他，被這小猴子叫一聲「你打」時，就打王婆腰裡帶個住，看著婆子小肚上，只一頭撞將去，險些兒不跌倒，卻得壁子礙住不倒。那猴子死命頂在壁上。只見武大從外裸起衣裳，大踏步直搶入茶坊裡來。

那婆子見是武大，來得甚急，待要走去阻擋，卻被這小猴子死力頂住，哪裡肯放！婆子只叫得：「武大來也！」那婦人正和西門慶在房裡，做手腳不迭，先奔來頂住了門。這西門慶便鑽入床下躲了。武大搶到房門首，用手推那房門時，哪裡推得開！口裡只叫：「做得好事！」那婦人頂著門，慌做一團，口裡便說道：「你閒常時只好鳥嘴，賣弄殺好拳棒，臨時便沒些用兒！見了紙虎兒也嚇一跤！」那婦人這幾句話，分明叫西門慶來打武大，奪路走。西門慶在床底下聽了婦人這些話，提醒他這個念頭，便鑽出來說道：「不是我沒這本事，一時間沒這智量。」便來拔開門，叫聲：「不要來！」

武大卻待揪他，被西門慶早飛起腳來。武大矮小，正踢中心窩，撲地望後便倒了。西門慶打鬧裡一直走了。鄆哥見勢頭不好，也撇了王婆，撒開跑了。街坊鄰舍，都知道西門慶了得，誰敢來管事？王婆當時就地下扶起武大來，見他口裡吐血，面皮蠟渣也似黃了，便叫那婦人出來，舀碗水來救得甦醒，兩個上下肩攙著，便從後門歸到家中樓上去，安排他床上睡了。當夜無話。次日，西門慶打聽得沒事，依前自來王婆家，和這婦人玩耍，只指望武大自死。

武大一病五日不起，更兼要湯不見，要水不見，每日叫那婦人又不應。只見他濃妝艷抹了出去，歸來便臉紅。小女迎兒又吃婦人禁住，不得向前，嚇道：「小賤人，你不對我說，與了他水吃，都在你身上！」那迎兒見婦人這等說，怎敢與武大一點湯水吃！武大幾遍只是氣得發昏，又沒人來探問。

一日，武大叫老婆過來，吩咐他道：「你做的勾當，我親手捉著你姦，你倒挑撥姦夫踢了我心。至今求生不生，求死不死，你們卻自去快活。我死自不妨，和你們爭執不得了。我兄弟武二，你須知他性格，倘或早晚歸來，他肯干休？你若肯可憐我，早早扶得我好了，他歸來時，我都不提起。你若不看顧我時，待他歸來，卻和你們說話。」這婦人聽了，也不回言，卻踅過王婆家來，一五一十都對王婆和西門慶說了。

那西門慶聽了這話，似提在冷水盆內一般，說道：「苦也！我須知景陽崗上打死大蟲的武都頭。我如今卻和娘子眷戀日久，情孚意合，拆散不開。據此等說時，正是怎生得好？卻是苦也！」王婆冷笑道：「我倒不曾見，你是個把舵的，我是個撐船的，我倒不慌，你倒慌了手腳！」西門慶道：「我枉自做個男子漢，到這般去處，卻擺布不開。你有什麼主見，遮藏我們則個。」王婆道：「既要我遮藏你們，我有一條計。你們卻要長做夫妻，短做夫妻？」西門慶道：「乾娘，你且說如何是長做夫妻、短做夫妻？」王婆道：「若是短做夫妻，你們就今日便分散。等武大將息好了起來，與他陪了話。武二歸來都沒言語，待他再差使出去，卻又來相會。這是短做夫妻。你們若要長做夫妻，每日同在一處，不耽驚受怕，我卻有這條妙計，只是難教你們！」西門慶道：「乾娘，周旋了我們則個，只要長做夫妻。」

王婆道：「這條計用著件東西，別人家裡都沒，天生天化，大官人家裡卻有。」西門慶道：「便是要我的眼睛，也剜來與你。卻是什麼東西？」王婆道：「如今這矮子病得重，趁他狼狽，好下手。大官人家裡取些砒霜，卻教大娘子自去贖一帖心疼的藥來，卻把砒霜下在裡面，把這矮子結果了，一把火燒得乾乾淨淨，沒了蹤跡。便是武二回來，他待怎的？自古道：『幼嫁從親，再嫁由身。』小叔如何管得暗地裡事！半年一載，等待夫孝滿日，大官人娶到家去。這不是長遠夫妻，諧老同歡！此計如何？」西門慶道：「乾娘此計甚妙。自古道：『欲求生快活，須下死功夫。』罷罷罷！一不做，二不休。」王婆道：「可知好哩！這是剪草除根，萌芽不發。大官人往家去快取此物來，我自教娘子下手。事了時，卻要重重謝我。」西門慶道：「這個自然，不消你說。」

雲情雨意兩綢繆，戀色迷花不肯休。
畢竟人生如泡影，何須死下殺人謀？

且說西門慶去不多時，包了一包砒霜，遞與王婆收了。這婆子看著那婦人道：「大娘子，我教你下藥的法兒。如今武大不對你說教你救活他？你便乘此把些小意兒貼戀他。他若問你討藥吃時，便把這砒霜調在心疼藥裡。待他一覺身動，你便把藥灌將下去。他若毒氣發時，必然腸胃迸斷，大叫一聲。你卻把被一蓋，不要使人聽見，緊緊的按住被角。預先燒下一鍋湯，煮著一條抹布。他那藥發之時，必然七竅內流血，口唇上有牙齒咬的痕跡。他若放了命，你便揭起被來，卻將煮的抹布只一揩，都揩沒了血跡，便入在材裡，扛出去燒了，有什麼不了事！」那婦人道：「好卻是好，只是奴家手軟，臨時安排不得屍首。」婆子道：「這個易得。你那邊只敲壁子，我自過來幫扶你。」西門慶道：「你們用心整理，明日五更，我來討話。」說罷，自歸家去了。王婆把這砒霜用手捻為細末，遞與婦人，將去藏了。

那婦人回到樓上，看著武大，一絲沒了兩氣，看看待死。那婦人坐在床邊假哭。武大道：「你做什麼來哭？」婦人拭著眼淚道：「我的一時間不是，吃那西門慶局騙了。誰想腳踢中了你心。

我問得一處有好藥，我要去贖來醫你，又怕你疑忌，不敢去取。」武大道：「你救我活，無事了，一筆都勾。武二來家，亦不提起。你快去贖藥來救我則個！」那婦人拿了銅錢，逕來王婆家裡坐地，卻教王婆贖得藥來，把到樓上，教武大看了，說道：「這帖心疼藥，太醫教你半夜裡吃了，倒頭一睡，蓋一兩床被，發些汗，明日便起得來。」武大道：「卻是好也。生受大嫂，今夜醒睡些，半夜調來我吃。」那婦人道：「你放心睡，我自扶持你。」

看看天色黑了，婦人在房裡點上燈，下面燒了大鍋湯，拿了一方抹布煮在鍋裡。聽那更鼓時，卻正好打三更。那婦人先把砒霜傾在盞內，卻舀一碗白湯，把到樓上，叫聲：「大哥，藥在哪裡？」武大道：「在我席子底下枕頭邊，你快調來我吃！」那婦人揭起席子，將那藥抖在盞子裡，將白湯沖在盞內，把頭上銀簪兒只一攪，調得勻了。左手扶起武大，右手把藥便灌。武大呷了一口，說道：「大嫂，這藥好難吃！」那婦人道：「只要他醫得病好，管什麼難吃！」武大再呷第二口時，被這婆娘就勢只一灌，一盞藥都灌下喉嚨去了。那婦人便放倒武大，慌忙跳下床來。

武大哎了一聲，說道：「大嫂，吃下這藥去，肚裡倒疼起來。苦呀，苦呀！倒當不得了。」這婦人便去腳後扯過兩床被來，沒頭沒臉只顧蓋。武大叫道：「我也氣悶！」那婦人道：「太醫吩咐，教我與你發些汗，便好得快。」武大再要說時，這婦人怕他掙扎，便跳上床來，騎在武大身上，把手緊緊的按住被角，哪裡肯放些鬆寬！正是：

油煎肺腑，火燎肝腸。心窩裡如霜刀相侵，滿腹中似鋼刀亂攪。渾身冰冷，七竅血流。牙關緊咬，三魂赴枉死城中；喉管枯乾，七魄投望鄉臺上。地獄新添食毒鬼，陽間沒了捉姦人。

那武大當時哎了兩聲，喘息了一回，腸胃迸斷，嗚呼哀哉，身體動不得了。那婦人揭起被來，見了武大咬牙切齒，七竅流血，怕將起來，只得跳下床來，敲那壁子。王婆聽得，走過後門頭咳嗽。那婦人便下樓來，開了後門。王婆問道：「了也未？」那婦人道：「了便了了，只是我手腳軟了，安排不得。」王婆道：「有什麼難處，我幫你便了。」那婆子便把衣袖捲起，舀了一桶湯，把抹布撇在裡面，掇上樓來。捲過了被，先把武大口邊唇上都抹了，卻把七竅淤血痕跡拭淨，便把衣裳蓋在身上。兩個從樓上一步一掇扛將下來，就樓下尋扇舊門停了。與他梳了頭，戴上巾幘，穿了衣裳，取雙鞋襪與他穿了，將片白絹蓋了臉，揀床乾淨被蓋在死屍身上。卻上樓來，收拾得乾淨了，王婆自轉將歸去了。那婆娘卻號號地假哭起「養家人」來。看官聽說：原來但凡世上婦人哭有三樣：有淚有聲謂之哭，有淚無聲謂之泣，無淚有聲謂之號。當下那婦人乾號了半夜。

次早五更，天色未曉，西門慶奔來討信。王婆說了備細。西門慶取銀子把與王婆，教買棺材發送，就叫那婦人商議。這婆娘過來和西門慶說道：「我的武大今日已死，我只靠著你做主！不到後來網巾圈兒打靠後。」西門慶道：「這個何須你費心！」婦人道：「你若負了心，怎的說？」西門慶道：「我若負了心，就是武大一般！」王婆道：「大官人，如今只有一件事要緊：天明就要入殮，只怕被仵作看出破綻來怎了？團頭何九，他也是個精細的人，只怕他不肯殮。」西門慶笑道：「這個不妨事。何九我自吩咐他，他不敢違我的言語。」王婆道：「大官人快去吩咐他，不可遲了。」西門慶自去對何九說去了。正是：

三光有影誰能待，萬事無根只自生。
雪隱鷺鷥飛始見，柳藏鸚鵡語方聞。

# 第六回　何九受賄瞞天　王婆幫閒遇雨

詞曰：

別後誰知珠分玉剖。忘海誓山盟天共久，偶戀著山雞，輒棄鸞儔。從此簫郎淚暗流，過秦樓幾空回首。縱新人勝舊，也應須一別，灑淚登舟。

——右調〈懶畫眉〉

卻說西門慶去了。到天大明，王婆拿銀子買了棺材冥器，又買些香燭紙錢之類，歸來就於武大靈前點起一盞隨身燈。鄰舍街坊都來看望，那婦人虛掩著粉臉假哭。眾街坊問道：「大郎得何病患便死了？」那婆娘答道：「因害心疼，不想一日日越重了，看看不能夠好。不幸昨夜三更鼓死了，好是苦也！」又哽哽嚥嚥假哭起來。眾鄰舍明知道此人死的不明，不好只顧問他。眾人盡勸道：「死是死了，活的自要安穩過。娘子省煩惱，天氣暄熱。」那婦人只得假意兒謝了，眾人各自散去。王婆擡了棺材來，去請仵作團頭何九。但是入殮用的都買了，並家裡一應物件也都買了。就於報恩寺叫了兩個禪和子，晚夕伴靈拜懺。不多時，何九先撥了幾個火家整頓。

且說何九到巳牌時分，慢慢的走來，到紫石街巷口，迎見西門慶。叫道：「老九何往？」何九答道：「小人只去前面殮這賣炊餅的武大郎屍首。」西門慶道：「且停一步說話。」何九跟著西門慶，來到轉角頭一個小酒店裡，坐下在閣兒內。西門慶道：「老九請上坐。」何九道：「小人是何等人，敢對大官人一處坐的！」西門慶道：「老九何故見外？且請坐。」二人讓了一回，坐下。西門慶吩咐酒保：「取瓶好酒來。」酒保一面鋪下菜蔬果品案酒之類，一面燙上酒來。何九心中疑忌，想道：「西門慶自來不曾和我吃酒，今日這杯酒必有蹊蹺。」

兩個飲夠多時，只見西門慶向袖子裡摸出一錠雪花銀子，放在面前說道：「老九休嫌輕微，明日另有酬謝。」何九叉手道：「小人無半點效力之處，如何敢受大官人見賜銀兩！若是大官人有使令，小人也不敢辭。」西門慶道：「老九休要見外，請收過了。」何九道：「大官人便說不妨。」西門慶道：「別無甚事。少刻他家自有些辛苦錢。只是如今殮武大的屍首，凡百事周旋，一床錦被遮蓋則個。」何九道：「我道何事！這些小事，有甚打緊，如何敢受大官人銀兩？」西門慶道：「你若不受時，便是推卻。」何九自來懼西門慶是個把持官府的人，只得收了銀子。又吃了幾杯酒，西門慶呼酒保來：「記了帳目，明日來我舖子內支錢。」兩個下樓，一面出了店門。臨行，西門慶道：「老九是必記心，不可泄漏。改日另有補報。」吩咐罷，一直去了。

何九接了銀子，自忖道：「其中緣故那卻是不須提起的了。只是這銀子，恐怕武二來家有說話，留著倒是個見證。」一面又忖道：「這兩日倒要些銀子攪纏，且落得用了，到其間再做理會便了。」於是一直到武大門首。只見那幾個火家正在門首伺候。王婆也等得心裡火發。何九一到，便問火家：「這武大是甚病死了？」火家道：「他家說害心疼病死了。」何九入門，揭起簾子進來。王婆接著道：「久等多時了，陰陽也來了半日，老九如何這時才來？」何九道：「便是有些小事絆住了腳，來遲了一步。」只見那婦人穿著一件素淡衣裳，白布髮髻，從裡面假哭出來。何九道：「娘子省煩惱，大郎已是歸天去了。」那婦人虛掩著淚眼道：「說不得的苦！我夫心疼病症，幾個日子便把命丟了。撇得奴好苦！」

這何九一面上上下下看了婆娘的模樣，心裡暗道：「我從來只聽得人說武大娘子，不曾認得他。原來武大郎討得這個老婆在屋裡。西門慶這十兩銀子使著了！」一面走向靈前，看武大屍首。陰陽宣念經畢，揭起千秋旛，扯開白絹，定睛看時，見武大指甲青，唇口紫，面皮黃，眼皆突出，就知是中惡。旁邊那兩個火家說道：「怎的臉也紫了，口唇上有牙痕，口中出血？」何九道：「休得胡說！兩日天氣十分炎熱，如何不走動些！」一面七手八腳葫蘆提殮了，裝入棺材內，兩下用長命釘釘了。

王婆一力攛掇，拿出一吊錢來與何九，打發眾火家去了，就問：「幾時出去？」王婆道：「大娘子說只三日便出殯，城外燒化。」何九也便起身。那婦人當夜擺著酒請人，第二日請四個僧念經。第三日早五更，眾火家都來扛擡棺材，也有幾個鄰舍街坊，弔孝相送。那婦人帶上孝，坐了一乘轎子，一路上口內假哭「養家人」。來到城外化人場上，便教舉火燒化棺材。不一時燒得乾乾淨淨，把骨殖撒在池子裡，原來齋堂管待，一應都是西門慶出錢整頓。

那婦人歸到家中，樓上設個靈牌，上寫「亡夫武大郎之靈」。靈床子前點一盞琉璃燈，裡面貼些金旛錢紙、金銀錠之類。那日卻和西門慶做一處，打發王婆家去，二人在樓上任意縱橫取樂，不比先前在王婆家茶房裡，只是偷雞盜狗之歡。如今武大已死，家中無人，兩個肆意停眠整宿。初時西門慶恐鄰舍瞧破，先到王婆那邊坐一回，落後帶著小廝竟從婦人家後門而入。自此和婦人情深意密，常時三五夜不歸去，把家中大小丟得七顛八倒，都不歡喜。正是：

色膽如天不自由，情深意密兩綢繆。
貪歡不管生和死，溺愛誰將身體修。
只為恩深情鬱鬱，多因愛闊恨悠悠。
要將吳越冤仇解，地老天荒難歇休。

光陰迅速，日月如梭，西門慶刮剌那婦人將兩月有餘。一日，將近端陽佳節，但見：

綠楊嫋嫋垂絲碧，海榴點點胭脂赤。微微風動幔，颯颯涼侵扇。處處過端陽，家家共舉觴。

卻說西門慶自岳廟上回來，到王婆茶坊裡坐下。那婆子連忙點一盞茶來，便問：「大官人往哪裡去來？怎的不過去看看大娘子？」西門慶道：「今日往廟上走走。大節間記掛著，來看看六姐。」婆子道：「今日他娘潘媽媽在這裡，怕還未去哩。等我過去看看，回大官人。」這婆子走過婦人後門看時，婦人正陪潘媽媽在房裡吃酒，見婆子來，連忙讓坐。婦人笑道：「乾娘來得正好，請陪俺娘且吃個進門盞兒，到明日養個好娃娃！」婆子笑道：「老身又沒有老伴兒，那裡得養出來？你年小少壯，正好養哩！」婦人道：「常言小花不結老花兒結。」

婆子便看著潘媽媽嘈道：「你看你女兒，這等傷我，說我是老花子。到明日還用著我老花子哩！」說罷，潘媽媽道：「他從小是這等快嘴，乾娘休要和他一般見識。」王婆道：「你家這姐姐，端的百伶百俐，不枉了好個婦女。到明日，不知什麼有福的人受得他起。」潘媽媽道：「乾娘既是撮合山，全靠乾娘作成則個！」一面安下鍾筯，婦人斟酒在他面前。婆子一連陪了幾杯酒，吃得臉紅紅的，又怕西門慶在那邊等候，連忙丟了個眼色與婦人，告辭歸家。婦人知西門慶來了，因一力攛掇他娘起身去了。將房中收拾乾淨，燒些異香，重新把娘吃的殘饌撇去，另安排一席齊整酒餚預備。

西門慶從後門過來，婦人接著到房中，道個萬福坐下。原來婦人自從武大死後，怎肯帶孝！把武大靈牌丟在一邊，用一張白紙蒙著，羹飯也不揪採。每日只是濃妝艷抹，穿顏色衣服，打扮嬌樣。因見西門慶兩日不來，就罵：「負心的賊，如何撇閃了奴，又往哪家另續上心甜的了？把奴冷丟，不來揪採。」西門慶道：「這兩日有些事，今日往廟上去，替你置了些首飾珠翠衣服之類。」那婦人滿心歡喜。西門慶一面喚過小廝玳安來，氈包內取出，一件件把與婦人。婦人方才拜謝收了。小女迎兒，尋常被婦人打怕的，以此不瞞他，令他拿茶與西門慶吃。一面婦人安放桌兒，陪西門慶吃茶。西門慶道：「你不消費心，我已與了乾娘銀子買東西去了。大節間，正要和你坐一坐。」婦人道：「此是待俺娘的，奴存下這桌整菜兒。等到乾娘買來，且有一回耽擱，咱且吃著。」婦人陪西門慶臉兒相貼，腿兒相壓，並肩一處飲酒。

且說婆子提著個籃兒，走到街上打酒買肉。那時正值五月初旬天氣，大雨時行。只見紅日當天，忽被黑雲遮掩，俄而大雨傾盆。但見：

烏雲生四野，黑霧鎖長空。刷刺刺漫空障日飛來，一點點擊得芭蕉聲碎。狂風相助，侵天老檜掀翻；霹靂交加，泰華嵩喬震動。洗炎驅暑，潤澤田苗，

正是：

江淮河濟添新水，翠竹紅榴洗濯清。

那婆子正打了一瓶酒，買了一籃菜蔬果品之類，在街上遇見這大雨，慌忙躲在人家房簷下，用手帕裹著頭，把衣服都淋濕了。等了一歇，那雨腳慢了些，大步雲飛來家。進入門來，把酒肉放在廚房下，走進房來，看婦人和西門慶飲酒，笑嘻嘻道：「大官人和大娘子好飲酒！你看把婆子身上衣服都淋濕了，到明日就教大官人賠我！」西門慶道：「你看老婆子，就是個賴精。」婆子道：「也不是賴精，大官人少不得賠我一匹大海青。」婦人道：「乾娘，你且飲盞熱酒兒。」那婆子陪著飲了三杯，說道：「老身往廚下烘衣裳去也。」一面走到廚下，把衣服烘乾，那雞鵝嗄飯切割安排停當，用盤碟盛了果品之類，都擺在房中，燙上酒來。西門慶與婦人重斟美酒，交杯疊股而飲。西門慶飲酒中間，看見婦人壁上掛著一面琵琶，便道：「久聞你善彈，今日好歹彈個曲兒我下酒。」婦人笑道：「奴自幼粗學一兩句，不十分好，你卻休要笑恥。」西門慶一面取下琵琶來，摟婦人在懷，看他放在膝兒上，輕舒玉笋，款弄冰弦，慢慢彈著，低聲唱道：

冠兒不帶懶梳妝，髻挽青絲雲鬢光，金釵斜插在烏雲上。喚梅香，開籠箱，穿一套素縞衣裳，打扮的是西施模樣。出綉房，梅香，你與我捲起簾兒，燒一炷兒夜香。

西門慶聽了，歡喜的沒入腳處，一手摟過婦人粉頸來，就親了個嘴，稱誇道：「誰知姐姐有這段兒聰明！就是小人在勾欄三街兩巷相交唱的，也沒你這手好彈唱！」婦人笑道：「蒙官人擡舉，奴今日與你百依百順，是必過後休忘了奴家。」西門慶一面捧著他香腮，說道：「我怎肯忘了姐姐！」兩個殢雨尤雲，調笑玩耍。少頃，西門慶又脫下他一隻綉花鞋兒，擎在手內，放一小杯酒在內，吃鞋杯耍子。婦人道：「奴家好小腳兒，你休要笑話。」不一時，二人吃得酒濃，掩閉了房門，解衣上床玩耍。王婆把大門頂著，和迎兒在廚房中坐地。二人在房內顛鸞倒鳳，似水如魚。那婦人枕邊風月，比娼妓尤甚，百般奉承。西門慶亦施逞槍法打動。兩個女貌郎才，俱在妙齡之際。

寂靜蘭房簟枕涼，佳人才子意何長。
方才枕上澆紅燭，忽又偷來火隔牆。
粉蝶探香花萼顫，蜻蜓戲水往來狂。
情濃樂極猶餘興，珍重檀郎莫背忘。

當日西門慶在婦人家盤桓至晚，欲回家，留了幾兩散碎銀子與婦人做盤纏。婦人再三挽留不住。西門慶帶上眼罩，出門去了。婦人下了簾子，關上大門，又和王婆吃了一回酒，才散。正是：

倚門相送劉郎去，煙水桃花去路迷。

# 第七回 薛媒婆說娶孟三兒 楊姑娘氣罵張四舅

詩曰：

我做媒人實自能，全憑兩腿走殷勤。
唇槍慣把鰥男配，舌劍能調烈女心。
利市花常頭上帶，喜筵餅錠袖中撐。
只有一件不堪處，半是成人半敗人。

話說西門慶家中一個賣翠花的薛嫂兒，提著花廂兒，一地裡尋西門慶不著。因見西門慶貼身使的小廝玳安兒，便問道：「大官人在哪裡？」玳安道：「俺爹在舖子裡和傅二叔算帳。」原來西門慶家開生藥舖，主管姓傅名銘，字自新，排行第二，因此呼他做傅二叔。這薛嫂聽了，一直走到舖子門首，掀開簾子，見西門慶正與主管算帳，便點點頭兒，喚他出來。

西門慶見是薛嫂兒，連忙撇了主管出來，兩人走在僻靜處說話。西門慶問道：「有甚話說？」薛嫂道：「我有一件親事，來對大官人說，管情中你老人家意，就頂死了的三娘窩兒，何如？」西門慶道：「你且說這件親事是哪家的？」薛嫂道：「這位娘子，說起來你老人家也知道，就是南門外販布楊家的正頭娘子。手裡有一分好錢。南京拔步床也有兩張。四季衣服，插不下手去，也有四五隻箱子。金鐲銀釧不消說，手裡現銀子也有上千兩。好三梭布也有三二百筩。不料他男子漢去販布，死在外邊。他守寡了一年多，身邊又沒子女，只有一個小叔兒，才十歲。青春年少，守它什麼！有他家一個嫡親姑娘，要主張著他嫁人。這娘子今年不上二十五六歲，生得長挑身材，一表人物，打扮起來就是個燈人兒。風流俊俏，百伶百俐，當家立紀、針指女工、雙陸棋子不消說。不瞞大官人說，他娘家姓孟，排行三姐，就住在臭水巷。又會彈一手好月琴，大官人若見了，管情一箭就上垛。」

西門慶聽見婦人會彈月琴，便可在他心上，就問薛嫂兒：「既是這等，幾時相會看去？」薛嫂道：「相看倒不打緊。我且和你老人家計議：如今他家一家子，只是姑娘大。雖是他娘舅張四，山核桃——差著一槅兒哩。這婆子原嫁與北邊半邊街徐公公房子裡住的孫歪頭。歪頭死了，這婆子守寡了三四十年，男花女花都無，只靠姪男姪女養活。大官人只倒在他身上求他。這婆子愛的是錢財，明知姪兒媳婦有東西，隨問什麼人家他也不管，只指望要幾兩銀子。大官人家裡有的是那囂緞子，拿一緞，買上一擔禮物，明日親去見他，再許他幾兩銀子，一拳打倒他。隨問旁邊有人說話，這婆子一力主張，誰敢怎的！」這薛嫂兒一席話，說的西門慶歡從額角眉尖出，喜向腮邊笑臉生。正是：

媒妁慇懃說始終，孟姬愛嫁富家翁。
有緣千里能相會，無緣對面不相逢。

西門慶當日與薛嫂相約下，明日是好日期，就買禮往他姑娘家去。薛嫂說畢話，提著花廂兒去了。西門慶進來和傅夥計算帳。一宿晚景不提。

到次日，西門慶早起，打選衣帽齊整，拿了一段尺頭，買了四盤羹果，裝做一盒擔，叫人擡了。薛嫂領著，西門慶騎著頭口，小廝跟隨，逕來楊姑娘家門首。薛嫂先入去通報姑娘，說道：「近邊一個財主，要和大娘子說親。我說一家只姑奶奶是大，先來覿面，親見過你老人家，講了話，然後才敢去門外相看。今日小媳婦領來，現在門首伺候。」婆子聽見，便道：「阿呀，保山，你如何不先來說聲！」一面吩咐丫鬟頓下好茶，一面道：「有請。」這薛嫂一力攛掇，先把盒擔擡進去擺下，打發空盒擔出去，就請西門慶進來相見。

這西門慶頭戴纏綜大帽，一撒鉤絛，粉底皀靴，進門見婆子，拜四拜。婆子拄著拐，慌忙還下禮去。西門慶哪裡肯，一口一聲只叫：「姑娘請受禮。」讓了半日，婆子受了半禮。分賓主坐下，薛嫂在旁邊打橫。婆子便道：「大官人貴姓？」薛嫂道：「便是咱清河縣數一數二的財主，西門大官人。在縣前開個大生藥舖，家中錢過北斗，米爛陳倉，沒個當家立紀的娘子。聞得咱家門外大娘子要嫁，特來見姑奶奶講說親事。」婆子道：「官人倘然要說俺姪兒媳婦，自恁來閒講罷了，何必費煩又買禮來，使老身卻之不恭，受之有愧。」西門慶道：「姑娘在上，沒的禮物，惶恐。」那婆子一面拜了兩拜謝了，收過禮物去，拿茶上來。

吃畢，婆子開口說道：「老身當言不言謂之懦。我姪兒在時，掙了一分錢財，不幸先死了，如今都落在他手裡，說少也有上千兩銀子東西。官人做小做大我不管你，只要與我姪兒念上個好經。老身便是他親姑娘，又不隔從，就與上我一個棺材本，也不曾要了你家的。我破著老臉，和張四那老狗做臭毛鼠，替你兩個硬張主。娶過門時，遇生辰時節，官人放他來走走，就認俺這門窮親戚，也不過上你窮。」西門慶笑道：「你老人家放心，所說的話，我小人都知道了。只要你老人家主張得定，休說一個棺材本，就是十個，小人也來得起。」說著，便叫小廝拿過拜匣來，取出六錠三十兩雪花官銀，放在面前，說道：「這個不當什麼，先與你老人家買盞茶吃，到明日娶過門時，還你七十兩銀子、兩匹緞子，與你老人家為送終之資。其四時八節，只管上門行走。」這老虔婆黑眼珠見了二三十兩白晃晃的官銀，滿面堆下笑來，說道：「官人在上，不是老身意小，自古先斷後不亂。」薛嫂在旁插口說：「你老人家忒多心，哪裡這等計較！我這大官人不是這等人，只恁還要掇著盒兒認親。你老人家不知，如今知府知縣相公也都來往，好不四海。你老人家能吃他多少？」一席話說得婆子屁滾尿流。

吃了兩道茶，西門慶便要起身，婆子挽留不住。薛嫂道：「今日既見了姑奶奶，明日便好往門外相看。」婆子道：「我家姪兒媳婦不用大官人相，保山，你就說我說，不嫁這樣人家，再嫁甚樣人家！」西門慶作辭起身。婆子道：「老身不知官人下降，匆忙不曾預備，空了官人，休怪。」拄拐送出。送了兩步，西門慶讓回去了。薛嫂打發西門慶上馬，因說道：「我主張的有理麼？你老人家先回去罷，我還在這裡和他說句話。明日須早些往門外去。」西門慶便拿出一兩銀子來，與薛嫂做驢子錢。薛嫂接了，西門慶便上馬來家。他還在楊姑娘家說話飲酒，到日暮才歸家去。

話休饒舌。到次日，西門慶打選衣帽齊整，袖著插戴，騎著匹白馬，玳安、平安兩個小廝跟隨，薛嫂兒騎著驢子，出的南門外來。不多時，到了楊家門首。卻是坐南朝北一間門樓，粉青照壁。薛嫂請西門慶下了馬，同進去。裡面儀門照牆，竹籬影壁，院內擺設榴樹盆景，臺基上靛缸一溜，打布凳兩條。薛嫂推開朱紅槅扇，三間倒坐客位，上下椅桌光鮮，簾櫳瀟灑。薛嫂請西門慶坐了，一面走入裡邊。片晌出來，向西門慶耳邊說：「大娘子梳妝未了，你老人家請坐一坐。」只見一個小廝兒拿出一盞福仁泡茶來，西門慶吃了。

這薛嫂一面指手畫腳與西門慶說：「這家中除了那頭姑娘，只這位娘子是大。雖有他小叔，還小哩，不曉得什麼。當初有過世的官人在舖子裡，一日不算銀子，銅錢也賣兩大笸籮。毛青鞋面布，俺們問他買，定要三分一尺。一日常有二三十染的吃飯，都是這位娘子主張整理。手下使著兩個丫頭，一個小廝。大丫頭十五歲，吊起頭去了，名喚蘭香。小丫頭名喚小鸞，才十二歲，到明日過門時，都跟他來。我替你老人家說成這親事，指望典兩間房兒住哩。」西門慶道：「這不打緊。」薛嫂道：「你老人家去年買春梅，許我幾匹大布，還沒與我。到明日不管一總謝罷了。」

正說著，只見使了個丫頭來叫薛嫂。不多時，只聞環佩叮咚，蘭麝馥郁，薛嫂忙掀開簾子，婦人出來。西門慶睜眼觀那婦人，但見：

月畫煙描，粉妝玉琢。俊龐兒不肥不瘦，俏身材難減難增。素額逗幾點微麻，天然美麗；緗裙露一雙小腳，周正堪憐。行過處花香細生，坐下時嫣然百媚。

西門慶一見滿心歡喜。婦人走到堂下，望上不端不正道了個萬福，就在對面椅上坐下。西門慶眼不轉睛看了一回，婦人把頭低了。西門慶開言說：「小人妻亡已久，欲娶娘子管理家事，未知尊意如何？」那婦人偷眼看西門慶，見他人物風流，心下已十分中意，遂轉過臉來，問薛婆道：「官人貴庚？沒了娘子多少時了？」西門慶道：「小人虛度二十八歲，不幸先妻沒了一年有餘。不敢請問，娘子青春多少？」婦人道：「奴家是三十歲。」西門慶道：「原來長我二歲。」薛嫂在旁插口道：「妻大兩，黃金日日長。妻大三，黃金積如山。」說著，只見小丫鬟拿出三盞蜜餞金橙子泡茶來。婦人起身，先取頭一盞，用纖手抹去盞邊水漬，遞與西門慶，道個萬福。

薛嫂見婦人立起身，就趁空兒輕輕用手掀起婦人裙子來，正露出一對剛三寸、恰半扠、尖尖趫趫金蓮腳來，穿著雙大紅遍地金雲頭白綾高底鞋兒。西門慶看了，滿心歡喜。婦人取第二盞茶遞與薛嫂。他自取一盞陪坐。吃了茶，西門慶便叫玳安用方盒呈上錦帕二方、寶釵一對、金戒指六個，放在托盤內送過去。薛嫂一面叫婦人拜謝了。因問官人行禮日期：「奴這裡好做預備。」西門慶道：「既蒙娘子見允，今月二十四日，有些微禮過門來。六月初二准娶。」婦人道：「既然如此，奴明日就使人對姑娘說去。」薛嫂道：「大官人昨日已到姑奶奶府上講過話了。」婦人道：「姑娘說甚來？」薛嫂道：「姑奶奶聽見大官人說此樁事，好不歡喜！說道，不嫁這等人家，再嫁哪樣人家！我就做硬主媒，保這門親事。」婦人道：「既是姑娘恁般說，又好了。」薛嫂道：「好大娘子，莫不俺做媒敢這等搗謊。」說畢，西門慶作辭起身。

薛嫂送出巷口，向西門慶說道：「看了這娘子，你老人家心下如何？」西門慶道：「薛嫂，其實累了你。」薛嫂道：「你老人家請先行一步，我和大娘子說句話就來。」西門慶騎馬進城去了。薛嫂轉來向婦人說道：「娘子，你嫁得這位官人也罷了。」婦人道：「但不知房裡有人沒有人？現作何生理？」薛嫂道：「好奶奶，就有房裡人，哪個是成頭腦的？我說是謊，你過去就看出來。他老人家名目，誰不知道，清河縣數一數二的財主，有名賣生藥放官吏債西門大官人。知縣知府都和他往來。近日又與東京楊提督結親，都是四門親家，誰人敢惹他！」

婦人安排酒飯，與薛嫂兒正吃著，只見他姑娘家使個小廝安童，盒子裡盛著四塊黃米麵棗兒糕、兩塊糖、幾十個艾窩窩，就來問：「曾受了那人家插定不曾？奶奶說來：這人家不嫁，待嫁甚人家。」婦人道：「多謝你奶奶掛心。今已留下插定了。」薛嫂道：「天麼，天麼！早是俺媒人不說謊，姑奶奶早說將來了。」婦人收了糕，出了盒子，裝了滿滿一盒子點心臘肉，又與了安童五六十文錢，說：「到家多拜上奶奶。那家日子定在二十四日行禮，出月初二日准娶。」小廝去了。薛嫂道：「姑奶奶家送來什麼？與我些，包了家去與孩子吃。」婦人與了他一塊糖、十個艾窩窩，方才出門，不在話下。

且說他母舅張四，倚著他小外甥楊宗保，要圖留婦人東西，一心舉保與大街坊尚推官兒子尚舉人為繼室。若小可人家，還有話說，不想聞得是西門慶定了，知他是把持官府的人，遂動不得了。尋思千方百計，不如破為上計。即走來對婦人說：「娘子不該接西門慶插定，還依我嫁尚舉人的是。他是詩禮人家，又有莊田地土，頗過得日子，強如嫁西門慶。那廝積年把持官府，刁徒潑皮。他家見有正頭娘子，乃是吳千戶家女兒，你過去做大是，做小是？況他房裡又有三四個老婆，除沒上頭的丫頭不算。你到他家，人多口多，還有得惹氣哩！」

婦人聽見話頭，明知張四是破親之意，便佯說道：「自古船多不礙路。若他家有大娘子，我情願讓他做姐姐。雖然房裡人多，只要丈夫作主，若是丈夫歡喜，多亦何妨。丈夫若不歡喜，便只奴一個也難過日子。況且富貴人家，哪家沒有四五個？你老人家不消多慮，奴過去自有道理，料不妨事。」張四道：「不獨這一件。他最慣打婦熬妻，又管挑販人口，稍不中意，就令媒婆賣了。你受得他這氣麼？」婦人道：「四舅，你老人家差矣。男子漢雖利害，不打那勤謹省事之妻。我到他家，把得家定，裡言不出，外言不入，他敢怎的奴？」張四道：「不是我打聽的，他家還有一個十四歲未出嫁的閨女，誠恐去到他家，三窩兩塊惹氣怎了？」婦人道：「四舅說哪裡話，奴到他家，大是大，小是小，待得孩兒們好，不怕男子漢不歡喜，不怕女兒們不孝順。休說一個，便是十個也不妨事。」

張四道：「還有一件最要緊的事，此人行止欠端，專一在外眠花臥柳。又裡虛外實，少人家債負。只怕坑陷了你。」婦人道：「四舅，你老人家又差矣。他少年人，就外邊做些風流勾當，也是常事。奴婦人家，哪裡管得許多？惹說虛實，常言道：『世上錢財儻來物，那是長貧久富家？』況姻緣事皆前生分定，你老人家到不消這樣費心。」張四見說不動婦人，到吃他搶白了幾句，好無顏色，吃了兩盞清茶，起身去了。有詩為證：

張四無端散楚言，姻緣誰想是前緣。
佳人心愛西門慶，說破噘喉總是閒。

張四羞慚歸家，與婆子商議，單等婦人起身，指著外甥楊宗保，要攔奪婦人箱籠。話休饒舌。到二十四日，西門慶行了禮。到二十六日，請十二位素僧念經燒靈，都是他姑娘一力主張。張四到婦人將起身頭一日，請了幾位街坊眾鄰，來和婦人說話。此時薛嫂正引著西門慶家小廝伴當，並守備府裡討的一二十名軍牢，正進來搬擡婦人床帳、嫁妝箱籠。被張四攔住說道：「保山且休擡！有話講。」一面同了街坊鄰舍進來見婦人，坐下。

張四先開言說：「列位高鄰聽著：大娘子在這裡，不該我張龍說，你家男子漢楊宗錫與你這小叔楊宗保，都是我外甥。今日不幸大外甥死了，空掙一場錢。有人主張著你，這也罷了。爭奈第二個外甥楊宗保年幼，一個業障都在我身上。他是你男子漢一母同胞所生，莫不家當沒他的份兒？今日對著列位高鄰在這裡，只把你箱籠打開，眼同眾人看一看，有東西沒東西，大家見個明白。」婦人聽言，一面哭起來，說道：「眾位聽著，你老人家差矣！奴不是歹意謀死了男子漢，今日添羞臉又嫁人。他手裡有錢沒錢，人所共知，就是積攢了幾兩銀子，都使在這房子上。房子我沒帶去，都留與小叔。家活等件，分毫不動。就是外邊有三四百兩銀子欠帳，文書合同已都交與你老人家，陸續討來家中盤纏。再有什麼銀兩來？」張四道：「你沒銀兩也罷。如今只對著眾位打開箱籠看一看。就有，你還拿了去，我又不要你的。」婦人道：「莫不奴的鞋腳也要瞧不成？」正亂著，只見姑娘拄拐自後而出。眾人便道：「姑娘出來。」都齊聲唱喏。姑娘還了萬福，陪眾人坐下。

姑娘開口道：「列位高鄰在上，我是他是親姑娘，又不隔從，莫不沒我說處？死了的也是姪兒，活著的也是姪兒，十個指頭咬著都疼。如今休說他男子漢手裡沒錢，他就有十萬兩銀子，你只好看他一眼罷了。他身邊又無出，少女嫩婦的，你攔著不教他嫁人做什麼？」眾街鄰高聲道：「姑娘見得有理！」婆子道：「難道他娘家陪的東西，也留下他的不成？他背地又不曾私自與我什麼，說我護他，也要公道。不瞞列位說，我這姪兒媳婦平日有仁義，老身捨不得他，好溫克性兒。不然老身也不管著他。」那張四在旁把婆子瞅了一眼，說道：「你好公平心兒！鳳凰無寶處不落。」

只這一句話道著婆子真病，登時怒起，紫漲了面皮，指定張四大罵道：「張四，你休胡言亂語！我雖不能是楊家正頭香主，你這老油嘴，是楊家那膫子合的？」張四道：「我雖是異姓，兩個外甥是我姐姐養的，你這老咬蟲，女生外向，怎一頭放火，又一頭放水？」姑娘道：「賤沒廉耻老狗骨頭！他少女嫩婦的，你留他在屋裡，有何算計？既不是圖色欲，便欲起謀心，將錢肥己。」張四道：「我不是圖錢，只恐楊宗保後來大了，過不得日子。不似你這老殺才，搬著大引著小，黃貓兒黑尾。」姑娘道：「張四，你這老花根，老奴才，老粉嘴，你恁騙口張舌的好扯淡，到明日死了時，不使了繩子扛了。」張四道：「你這嚼舌頭老淫婦，掙將錢來焦尾靶，怪不得你無兒無女。」

姑娘急了，罵道：「張四，賊老蒼根，老豬狗，我無兒無女，強似你家媽媽子穿寺院，養和尚，合道士，你還在睡夢裡。」當下兩個差些兒不曾打起來，多虧眾鄰舍勸住，說道：「老舅，你讓姑娘一句兒罷。」薛嫂兒見他二人嚷做一團，率領西門慶家小廝伴當，並發來眾軍牢，趕人鬧裡，七手八腳將婦人床帳、妝奩、箱籠，扛的扛，擡的擡，一陣風都搬去了。那張四氣的眼大睜著，半晌說不出話來。眾鄰舍見不是事，安撫了一回，各人都散了。

到六月初二日，西門慶一頂大轎，四對紅紗燈籠，他小叔楊宗保頭上扎著髻兒，穿著青紗衣，撒騎在馬上，送他嫂子成親。西門慶答賀了他一匹錦緞、一柄玉絛兒。蘭香、小鸞兩個丫頭，都跟了來舖床疊被。小廝琴童方年十五歲，亦帶過來伏侍。到三日，楊姑娘家並婦人兩個嫂子孟大嫂、二嫂都來做生日。西門慶與他楊姑娘七十兩銀子、兩匹尺頭。自此親戚來往不絕。西門慶就把西廂房裡收拾三間，與他做房。排行第三，號玉樓，令家中大小都隨著叫三姨。到晚一連在他房中歇了三夜。正是：

銷金帳裡，依然兩個新人；紅錦被中，現出兩般舊物。

有詩為證：

怎覩多情風月標，教人無福也難消。
風吹列子歸何處，夜夜嬋娟在柳梢。

# 第八回　盼情郎佳人占鬼卦　燒夫靈和尚聽淫聲

詞曰：

紅曙卷窗紗，睡起半拖羅袂。何似等閒睡起，到日高還未。　催花陣陣玉樓風，樓上人難睡。有了人兒一個，在眼前心裡。

話說西門慶自娶了玉樓在家，燕爾新婚，如膠似漆。又遇陳宅使文嫂兒來通信，六月十二日就要娶大姐過門。西門慶促忙促急攢造不出床來，就把孟玉樓陪來的一張南京描金彩漆拔步床陪了大姐。三朝九日，足亂了一個多月，不曾往潘金蓮家去。把那婦人每日門兒倚遍，眼兒望穿。使王婆往他門首去尋，門首小廝知道是潘金蓮使來的，多不理他。婦人盼的緊，見婆子回了，又叫小女兒街上去尋。那小妮子怎敢入他深宅大院？只在門首踅探，不見西門慶就回來了。來家被婦人噦罵在臉上，怪他沒用，便要叫他跪著。餓到晌午，又不與他飯吃。此時正值三伏天氣，婦人害熱，吩咐迎兒熱下水，伺候要洗澡。又做了一籠裹餡肉角兒，等西門慶來吃。身上只著薄紗短衫，坐在小杌上，盼不見西門慶來到，罵了幾句負心賊。無情無緒，用纖手向腳上脫下兩隻紅綉鞋兒來，試打一個相思卦。正是：

逢人不敢高聲語，暗卜金錢問遠人。

有〈山坡羊〉為證：

凌波羅襪，天然生下，紅雲染就相思卦。似藕生芽，如蓮卸花，怎生纏得些兒大！柳條兒比來剛半扠。他不念咱，咱何曾不念他！倚著門兒，私下簾兒，悄呀，空叫奴被兒裡叫著他那名兒罵。你怎戀煙花，不來我家！奴眉兒淡淡教誰畫？何處綠楊拴繫馬？他辜負咱，咱何曾辜負他！

婦人打了一回相思卦，不覺困倦，就歪在床上盹睡著了。約一個時辰醒來，心中正沒好氣。迎兒問：「熱了水，娘洗澡也不洗？」婦人就問：「角兒蒸熟了？拿來我看。」迎兒連忙拿到房中。婦人用纖手一數，原做下一扇籠三十個角兒，翻來覆去只數得二十九個，便問：「那一個往那裡去了？」迎兒道：「我並沒看見，只怕娘錯數了。」婦人道：「我親數了兩遍，三十個角兒，要等你爹來吃。你如何偷吃了一個？好嬌態淫婦奴才，你害饞癆饞痞，心裡要想這個角兒吃！你大碗小碗咊搗不下飯去，我做下孝順你來！」便不由分說，把這小妮子跣剝去身上衣服，拿馬鞭子打了二三十下，打的妮子殺豬也似叫。問著他：「你不承認，我定打你百數！」打的妮子急了，說道：「娘休打，是我害餓的慌，偷吃了一個。」婦人道：「你偷了，如何賴我錯數？眼看著就是個牢頭禍根淫婦！有那亡八在時，輕學重告，今日往哪裡去了？還在我跟前弄神弄鬼！我只把你這牢頭淫婦，打下你下截來！」打了一回，穿上小衣，放他起來，吩咐在旁打扇。打了一回扇，口中說道：「賊淫婦，你舒過臉來，等我掐你這皮臉兩下子。」那迎兒真個舒著臉，被婦人尖指甲掐了兩道血口子，才饒了他。

良久，走到鏡臺前，重新妝點出來，門簾下站立。也是天假其便，只見玳安夾著氈包，騎著馬，打婦人門首過。婦人叫住，問他往何處去來。那小廝說話乖覺，常跟西門慶在婦人家行走，婦人常與他些浸潤，以此熟滑。一面下馬來，說道：「俺爹使我送人情，往守備府裡去來。」婦人叫進門來，問道：「你爹家中有甚事，如何一向不來傍個影兒？想必另續上了一個心甜的姊妹了。」玳安道：「俺爹再沒續上姊妹，只是這幾日家中事忙，不得脫身來看六姨。」婦人道：「就是家中有事，那裡丟我恁個半月，音信不送一個兒！只是不放在心兒上。」因問玳安：「有什麼事？你對我說。」那小廝嘻嘻只是笑，不肯說。婦人見玳安笑得有因，愈丁緊問道：「端的有甚事？」玳安笑道：「只說有椿事兒罷了，六姨只顧吹毛求疵問怎的？」婦人道：「好小油嘴兒，你不對我說，我就惱你一生。」小廝道：「我對六姨說，六姨休對爹說是我說的。」婦人道：「我決不對他說。」玳安就如此這般，把家中娶孟玉樓之事，從頭至尾告訴了一遍。

這婦人不聽便罷，聽了由不得珠淚兒順著香腮流將下來。玳安慌了，便道：「六姨，你原來這等量窄，我故此不對你說。」婦人倚定門兒，長嘆了一口氣，說道：「玳安，你不知道，我與他從前以往那樣恩情，今日如何一旦拋閃了。」止不住紛紛落下淚來。玳安道：「六姨，你何苦如此？家中俺娘也不管著他。」婦人便道：「玳安，你聽告訴：

喬才心邪，不來一月。奴綉鴛衾曠了三十夜。他俏心兒別，俺痴心兒獃，不合將人十分熱。常言道容易得來容易捨。興，過也；緣，分也。」

說畢又哭。玳安道：「六姨，你休哭。俺爹怕不也只在這兩日，他生日待來也。你寫幾個字兒，等我替你捎去，與俺爹看了，必然就來。」婦人道：「是必累你，請得他來。到明日，我做雙好鞋與你穿。我這裡也要等他來，與他上壽哩。他若不來，都在你小油嘴身上。」說畢，令迎兒把桌上蒸下的角兒，裝了一碟，打發玳安兒吃茶。一面走入房中，取過一幅花箋，又輕拈玉管，款弄羊毛。須臾，寫了一首〈寄生草〉。詞曰：

將奴這知心話，付花箋寄與他。想當初結下青絲髮，門兒倚遍簾兒下，受了些沒打弄的耽驚怕。你今果是負了奴心，不來還我香羅帕。

寫就，疊成一個方勝兒，封緘停當，付與玳安收了，道：「好歹多上覆他。待他生日，千萬來走走。奴這裡專望。」那玳安吃了點心，婦人又與數十文錢。臨出門上馬，婦人道：「你到家見你爹，就說六姨好不罵你。他若不來，你就說六姨到明日坐轎子親自來哩。」玳安道：「六姨，自吃你賣粉團的撞見了敲板兒蠻子叫冤屈——麻飯肐膆的帳。」說畢，騎馬去了。

那婦人每日長等短等，如石沈大海。七月將盡，到了他生辰。這婦人捱一日似三秋，盼一夜如半夏，等得杳無音信。不覺銀牙暗咬，星眼流波。至晚，只得又叫王婆來，安排酒肉與他吃了，向頭上拔下一根金頭銀簪子與他，央往西門慶家去請他來。王婆道：「這早晚，茶前酒後，他定也不來。待老身明日清早請他去罷。」婦人道：「乾娘，是必記心，休要忘了！」婆子道：「老身管著那一門兒，肯誤了勾當？」這婆子非錢而不行，得了這根簪子，吃得臉紅紅，歸家去了。且說婦人在房中，香薰鴛被，款剔銀燈，睡不著，短嘆長吁。正是：

> 得多少琵琶夜久殷勤弄，寂寞空房不忍彈。

於是獨自彈著琵琶，唱一個〈綿搭絮〉：

> 誰想你另有了裙釵，氣得奴似醉如痴，斜倚定幃屏故意兒猜，不明白。怎生丟開？傳書寄柬，你又不來。你若負了奴的恩情，人不為仇天降災。

婦人一夜翻來覆去，不曾睡著。巴到天明，就使迎兒：「過間壁瞧王奶奶請你爹去了不曾？」迎兒去不多時，說：「王奶奶老早就出去了。」

且說那婆子早晨出門，來到西門慶門首探問，都說不知道。在對門牆腳下等夠多時，只見傅夥計來開舖子。婆子走向前，道了萬福：「動問一聲，大官人在家麼？」傅夥計道：「你老人家尋他怎的？早是問著我，第二個也不知他。大官人昨日壽誕，在家請客，吃了一日酒，到晚拉眾朋友往院子裡去了，一夜通沒回家。你往那裡去尋他！」這婆子拜辭，出縣前來到東街口，正往勾欄那條巷去。只見西門慶騎馬遠遠從東來，兩個小廝跟隨，此時宿酒未醒，醉眼摩娑，前合後仰。被婆子高聲叫道：「大官人，少吃些兒怎的！」向前一把手把馬嚼環扯住。西門慶醉中問道：「你是王乾娘，你來想是六姐尋我？」那婆子向他耳畔低言。道不數句，西門慶道：「小廝來家對我說來，我知道六姐惱我哩，我如今就去。」那西門慶一面跟著他，兩個一遞一句，整說了一路話。

比及到婦人門首，婆子先入去，報道：「大娘子恭喜，還虧老身，沒半個時辰，把大官人請將來了。」婦人聽見他來，就像天上掉下來的一般，連忙出房來迎接。西門慶搖著扇兒進來，帶酒半酣，與婦人唱喏。婦人還了萬福，說道：「大官人，貴人稀見面！怎的把奴丟了，一向不來傍個影兒？家中新娘子陪伴，如膠似漆，那裡想起奴家來！」西門慶道：「你休聽人胡說，那討什麼新娘子來！因小女出嫁，忙了幾日，不曾得閒工夫來看你。」婦人道：「你還哄我哩！你若不是憐新棄舊，另有別人，你指著旺跳身子說個誓，我方信你。」西門慶道：「我若負了你，生碗來大疔瘡，害三五年黃病，匾擔大蛆叮口袋。」婦人道：「負心的賊！匾擔大蛆叮口袋，管你甚事？」一手向他頭上把一頂新纓子瓦楞帽兒撮下來，望地上只一丟。慌得王婆地下拾起來，替他放在桌上，說道：「大娘子，只怪老身不去請大官人，來就是這般的。」

婦人又向他頭上拔下一根簪兒，拿在手裡觀看，卻是一點油金簪兒，上面鈒著兩溜字兒：「金勒馬嘶芳草地，玉樓人醉杏花天。」卻是孟玉樓帶來的。婦人猜做那個唱的送他的，奪了放在袖子裡，說道：「你還不變心哩！奴與你的簪兒哪裡去了？」西門慶道：「你那根簪子，前日因酒醉跌下馬來，把帽子落了，頭髮散開，尋時就不見了。」婦人將手在向西門慶臉邊彈個響榧子，道：「哥哥兒，你醉得眼恁花了，哄三歲孩兒也不信！」王婆在旁插口道：「大娘子休怪！大官人，他離城四十里見蜜蜂兒刺屎，出門教獺象絆了一跤，原來覷遠不覷近。」西門慶道：「緊自他麻犯人，你又自作耍。」婦人見他手中拿著一把紅骨細灑金、金釘鉸川扇兒，取過來迎亮處只一照，原來婦人久慣知風月中事，見扇上多是牙咬的碎眼兒，就疑是那個妙人與他的。不由分說，兩把折了。西門慶救時，已是扯得爛了，說道：「這扇子是我一個朋友卜志道送我的，一向藏著不曾用，今日才拿了三日，被你扯爛了。」

那婦人奚落了他一回，只見迎兒拿茶來，便叫迎兒放下茶托，與西門慶磕頭。王婆道：「你兩口子聒聒了這半日也夠了，休要誤了勾當。老身廚下收拾去也。」婦人一邊吩咐迎兒，將預先安排下與西門慶上壽的酒餚，整理停當，拿到房中，擺在桌上。婦人向箱中取出與西門慶上壽的物事，用盤盛著，擺在面前，與西門慶觀看。卻是一雙玄色緞子鞋；一雙挑線香草邊闌、松竹梅花歲寒三友醬色緞子護膝；一條紗綠潞紬、水光絹裡兒紫線帶兒，裡面裝著排草玫瑰花兜肚；一根並頭蓮瓣簪兒。簪兒上鈒著五言四句詩一首，云：「奴有並頭蓮，贈與君關髻。凡事同頭上，切勿輕相棄。」西門慶一見滿心歡喜，把婦人一手摟過，親了個嘴，說道：「怎知你有如此聰慧！」婦人教迎兒執壺斟一杯與西門慶，花枝招颭，插燭也似磕了四個頭。那西門慶連忙拖起來。兩個並肩而坐，交杯換盞飲酒。那王婆陪著吃了幾杯酒，吃得臉紅紅的，告辭回家去了。二人自在取樂玩耍。婦人陪伴西門慶飲酒多時，看看天色晚來，但見：

密雲迷晚岫，暗霧鎖長空。群星與皓月爭輝，綠水共青天同碧。僧投古寺，深林中嚷嚷鴉飛；客奔荒村，閭巷內汪汪犬吠。

當下西門慶吩咐小廝回馬家去，就在婦人家歇了。到晚夕，二人盡力盤桓，淫欲無度。

常言道：樂極悲生。光陰迅速，單表武松自領知縣書禮馱擔，離了清河縣，竟到東京朱太尉處，下了書禮，交割了箱馱。等了幾日，討得回書，領一行人取路回山東而來。去時三四月天氣，回來卻淡暑新秋，路上雨水連綿，遲了日限。前後往回也有三個月光景。在路上行往坐臥，只覺得神思不安，身心恍惚，不免先差了一個土兵，預報與知縣相公，又私自寄一封家書與他哥哥武大，說他只在八月內准還。那土兵先下了知縣相公稟帖，然後逕來找尋武大家。可可天假其便，王婆正在門首。那土兵見武大家門關著，才要叫門，婆子便問：「你是尋誰的？」土兵道：「我是武都頭差來下書與他哥哥。」婆子道：「武大郎不在家，都上墳去了。你有書信，交與我，等他歸來，我遞與他，也是一般。」那土兵向前唱了一個喏，便向身邊取出家書來交與王婆，忙忙騎上頭口去了。

這王婆拿著那封書，從後門走過婦人家來。原來婦人和西門慶狂了半夜，約睡至飯時還不起來。王婆叫道：「大官人、娘子起來，和你們說話。如今武二差土兵寄書來與他哥哥，說他不久就到。我接下，打發他去了。你們不可遲滯，須要早作長便。」那西門慶不聽萬事皆休，聽了此言，正是：

分門八塊頂梁骨，傾下半桶冰雪來。

慌忙與婦人都起來，穿上衣服，請王婆到房內坐下。取出書來與西門慶看。書中寫著，不過中秋回家。二人都慌了手腳，說道：「如此怎了？乾娘遮藏我們則個，恩有重報，不敢有忘。我如今二人情深意海，不能相捨。武二那廝回來，便要分散，如何是好？」婆子道：「大官人，有什麼難處之事！我前日已說過，幼嫁由親，後嫁由身。古來叔嫂不通門戶，如今武大已百日來到，大娘子請上幾個和尚，把這靈牌子燒了。趁武二未到家，大官人一頂轎子娶了家去。等武二那廝回來，我自有話說。他敢怎的？自此你二人自在一生，豈不是妙！」西門慶便道：「乾娘說的是。」當日西門慶和婦人用畢早飯，約定八月初六日，是武大百日，請僧燒靈。初八日晚，娶婦人家去。三人計議已定。不一時，玳安拿馬來接回家，不在話下。

光陰似箭，日月如梭，又早到了八月初六日。西門慶拿了數兩散碎銀錢，來婦人家，教王婆報恩寺請了六個僧，在家做水陸，超度武大，晚夕除靈。道人五更就挑了經擔來，鋪陳道場，懸掛佛像。王婆伴廚子在灶上安排齋供。西門慶那日就在婦人家歇了。不一時，和尚來到，搖響靈杵，打動鼓鈸，諷誦經懺，宣揚法事，不必細說。

且說潘金蓮怎肯齋戒，陪伴西門慶睡到日頭半天，還不起來。和尚請齋主拈香簽字，證盟禮佛，婦人方才起來梳洗，喬素打扮，來到佛前參拜。眾和尚見了武大這個老婆，一個個都迷了佛性禪心，關不住心猿意馬，七顛八倒，酥成一塊。但見：

班首輕狂，念佛號不知顛倒；維摩昏亂，誦經言豈顧高低。燒香行者，推倒花瓶；秉燭頭陀，誤拿香盒。宣盟表白，大宋國錯稱做大唐國；懺罪闍黎，武大郎幾念出武大娘。長老心忙，打鼓錯拿徒弟手；沙彌情蕩，罄槌敲破老僧頭。從前苦行一時休，萬個金剛降不住。

婦人在佛前燒了香，簽了字，拜禮佛畢，回房去依舊陪伴西門慶，擺上酒席葷腥，自去取樂。西門慶吩咐王婆：「有事你自答應便了，休教他來聒噪六姐。」婆子哈哈笑道：「你兩口兒只管受用，由著老娘和那禿廝纏。」

且說從和尚見了武大老婆嬌模嬌樣，多記在心裡。到午齋往寺中歇晌回來，婦人正和西門慶在房裡飲酒作歡。原來婦人臥房與佛堂只隔一道板壁。有一個僧人先到，走在婦人窗下水盆裡洗手，忽聽見婦人在房裡顫聲柔氣，呻呻吟吟，哼哼唧唧，恰似有人交媾一般。遂推洗手，立住腳聽。只聽得婦人口裡喘聲呼叫：「達達，你只顧搧打到幾時？只怕和尚來聽見。饒了奴，快些丟了罷！」西門慶道：「你且休慌！我還要在蓋子上燒一下兒哩！」

不想都被這禿廝聽了個不亦樂乎。落後眾和尚到齊了，吹打起法事來，一個傳一個，都知婦人有漢子在屋裡，不覺都手之舞之，足之蹈之。臨佛事完滿，晚夕送靈化財出去，婦人又早除了孝髻，換一身艷服，在簾裡與西門慶兩個並肩而立，看著和尚化燒靈座。王婆舀漿水，點一把火來，登時把靈牌並佛燒了。那賊禿冷眼瞧見，簾子裡一個漢子和婆娘影影綽綽並肩站著，想起白日裡聽見那些勾當，只顧亂打鼓搧鈸不住。被風把長老的僧伽帽刮在地上，露出青旋旋光頭，不去拾，只顧搧鈸打鼓，笑成一塊。王婆便叫道：「師父，紙馬已燒過了，還只顧搧打怎的？」和尚答道：「還有紙爐蓋子上沒燒過。」西門慶聽見，一面令王婆快打發襯錢與他。長老道：「請齋主娘子謝謝。」婦人道：「乾娘說免了罷。」眾和尚道：「不如饒了罷。」一齊笑的去了。正是：

隔牆須有耳，窗外豈無人！

有詩為證：

淫婦燒靈志不平，闍黎竊壁聽淫聲。
果然佛法能消罪，亡者聞之亦慘魂。

# 第九回 西門慶偷娶潘金蓮 武都頭誤打李皂隸

詩曰：

感郎耽夙愛，著意守香奩。
歲月多忘遠，情綜任久淹。
于飛期燕燕，比翼誓鶼鶼。
細數從前意，時時屈指尖。

話說西門慶與潘金蓮燒了武大靈，到次日，又安排一席酒，請王婆作辭，就把迎兒交付與王婆看養。因商量道：「武二回來，卻怎生不與他知道六姐是我娶了才好？」王婆笑道：「有老身在此，任武二那廝怎地兜達，我自有話回他。大官人只管放心！」西門慶聽了，滿心歡喜，又將三兩銀子謝他。當晚就將婦人箱籠，都打發了家去，剩下些破桌、壞凳、舊衣裳，都與了王婆。到次日初八，一頂轎子，四個燈籠，婦人換了一身艷色衣服，王婆送親，玳安跟轎，把婦人擡到家中來。那條街上，遠近人家無一不知此事，都懼怕西門慶有錢有勢，不敢來多管，只編了四句口號，說得好：

堪笑西門不識羞，先姦後娶醜名留。
轎內坐著浪淫婦，後邊跟著老牽頭。

西門慶娶婦人到家，收拾花園內樓下三間與他做房。一個獨獨小角門兒進去，院內設放花草盆景。白日間人跡罕到，極是一個幽僻去處。一邊是外房，一邊是臥房。西門慶旋用十六兩銀子買了一張黑漆歡門描金床，大紅羅圈金帳幔，寶象花揀妝，桌椅錦杌，擺設齊整。大娘子吳月娘房裡使著兩個丫頭，一名春梅，一名玉簫。西門慶把春梅叫到金蓮房內，令他伏侍金蓮，趕著叫娘。卻用五兩銀子另買一個小丫頭，名喚小玉，伏侍月娘。又替金蓮六兩銀子買了一個上灶丫頭，名喚秋菊。排行金蓮做第五房。先頭陳家娘子陪嫁的，名喚孫雪娥，約二十年紀，生得五短身材，有姿色。西門慶與他戴了鬏髻，排行第四，以此把金蓮做個第五房。此事表過不提。

這婦人一娶過門來，西門慶就在婦人房中宿歇，如魚似水，美愛無加。到第二日，婦人梳妝打扮，穿一套艷服，春梅捧茶，走來後邊大娘子吳月娘房裡，拜見大小，遞見面鞋腳。月娘在座上仔細觀看，這婦人年紀不上二十五六，生得這樣標緻。但見：

眉似初春柳葉，常含著雨恨雲愁；臉如三月桃花，暗帶著風情月意。纖腰嬝娜，拘束得燕懶鶯慵；檀口輕盈，勾引得峰狂蝶亂。玉貌妖嬈花解語，芳容窈窕玉生香。

吳月娘從頭看到腳，風流往下跑；從腳看到頭，風流往上流。論風流，如水晶盤內走明珠；語態度，似紅杏枝頭籠曉日。看了一回，口中不言，心內想道：「小廝們來家，只說武大怎樣一個老婆，不曾看見，不想果然生得標緻，怪不得俺那強人愛他。」金蓮先與月娘磕了頭，遞了鞋腳。月娘受了他四禮。次後李嬌兒、孟玉樓、孫雪娥，都拜見了，平敘了姊妹之禮，立在旁邊。月娘叫丫頭拿個坐兒教他坐，吩咐丫頭、媳婦趕著他叫五娘。這婦人坐在旁邊，不轉睛把眾人偷看。見吳月娘約三九年紀，生得面如銀盆，眼如杏子，舉止溫柔，持重寡言。第二個李嬌兒，乃院中唱的，生得肌膚豐肥，身體沈重，雖數名妓者之稱，而風月多不及金蓮也。第三個就是新娶的孟玉樓，約三十年紀，生得貌若梨花，腰如楊柳，長挑身材，瓜子臉兒，稀稀多幾點微麻，自是天然俏麗，惟裙下雙彎與金蓮無大小之分。第四個孫雪娥，乃房裡出身，五短身材，輕盈體態，能造五鮮湯水，善舞翠盤之妙。這婦人一抹兒都看在心裡。過三日之後，每日清晨起來，就來房裡與月娘做針指，做鞋腳，凡事不拿強拿，不動強動。指著丫頭趕著月娘，一口一聲只叫大娘，快把小意兒貼戀幾次，把月娘歡喜得沒入腳處，稱呼他做六姐。衣服首飾揀心愛的與他，吃飯吃茶都和他在一處。因此，李嬌兒眾人見月娘錯敬他，都氣不忿，背後常說：「俺們是舊人，倒不理論。他來了多少時，便這等慣了他。大姐姐好沒分曉！」西門慶自娶潘金蓮來家，住著深宅大院，衣服頭面又相稱，二人女貌郎才，正在妙年之際，凡事如膠似漆，百依百隨，淫欲之事，無日無之。且按下不提。

單表武松，八月初旬到了清河縣，先去縣裡納了回書。知縣見了大喜，已知金寶交得明白，賞了武松十兩銀子，酒食管待，不必細說。武松回到下處，換了衣服鞋襪，戴了一頂新頭巾，鎖了房門，一逕投紫石街來。兩邊眾鄰舍看見武松回來，都吃一驚，捏兩把汗，說道：「這番蕭牆禍起了！這個太歲歸來，怎肯干休！」武松走到哥哥門前，揭起簾子，探身入來，看見小女迎兒在樓穿廊下攤線。叫聲哥哥也不應，叫聲嫂嫂也不應，道：「我莫不耳聾了，如何不見哥嫂聲音？」向前便問迎兒。那迎兒見他叔叔來，嚇的不敢言語。

武松道：「你爹娘往哪裡去了？」迎兒只是哭，不做聲。正問著，隔壁王婆聽得是武二歸來，生怕決撒了，慌忙走過來。武二見王婆過來，唱了喏，問道：「我哥哥往哪裡去了？嫂嫂也怎的不見？」婆子道：「二哥請坐，我告訴你。你哥哥自從你去後，到四月間得個拙病死了。」武二道：「我哥哥四月幾時死的？得什麼病？吃誰的藥來？」王婆道：「你哥哥四月二十頭，猛可地害起心疼起來，病了八九日，求神問卜，什麼藥不吃到？醫治不好，死了。」武二道：「我的哥哥從來不曾有這病，如何心疼便死了？」王婆道：「都頭卻怎的這般說？天有不測風雲，人有旦夕禍福。今晚脫了鞋和襪，未審明朝穿不穿，誰人保得常沒事？」武二道：「我哥哥如今埋在哪裡？」王婆道：「你哥哥一倒了頭，家中一文錢也沒有，大娘子又是沒腳蟹，哪裡去尋墳地？虧左近一個財主舊與大郎有一面之交，捨助一具棺木，沒奈何放了三日，擡出去火葬了。」武二道：

「如今嫂嫂往哪裡去了？」婆子道：「他少女嫩婦的，又沒的養贍過日子。胡亂守了百日孝，他娘勸他，前月嫁了外京人去了。丟下這個業障丫頭子，教我替他養活。專等你回來交付與你，也了我一場事。」

武二聽言，沈吟了半晌，便撇下王婆出門去，逕投縣前下處。開了門進房裡，換了一身素衣，便叫土兵街上打了一條麻縧，買了一雙綿褲，一頂孝帽戴在頭上；又買了些果品點心、香燭冥紙、金銀錠之類，歸到哥哥家，重新安設武大靈位。安排羹飯，點起香燭，鋪設酒餚，掛起經旛紙縉，安排得端正。約一更以後，武二拈了香，撲翻身便拜，道：「哥哥陰魂不遠，你在世時，為人軟弱，今日死後，不見分明。你若負屈含寃，被人害了，托夢與我，兄弟替你報寃雪恨！」把酒一面澆奠了，燒化冥紙，武二便放聲大哭。終是一路上來的人，哭得那兩邊鄰舍無不悽惶。武二哭罷，將這羹飯酒餚和土兵、迎兒吃了。討兩條席子，教土兵房外旁邊睡，迎兒房中睡，他便自把條席子，就武大靈桌子前睡。

約莫將半夜時分，武二翻來覆去那裡睡得著，口裡只是長吁氣。那土兵齁齁的卻似死人一般，挺在那裡。武二爬將起來看時，那靈桌子上琉璃燈半明半滅。武二坐在席子上，自言自語，口裡說道：「我哥哥生時懦弱，死後卻無分明。」說猶未了，只見那靈桌子下捲起一陣冷風來。但見：

> 無形無影，非霧非煙。盤旋似怪風侵骨冷，凜冽如殺氣透肌寒。昏昏暗暗，靈前燈火失光明；慘慘幽幽，壁上紙錢飛散亂。隱隱遮藏食毒鬼，紛紛飄逐影魂旛。

那陣冷風，逼得武二毛髮皆豎起來。定睛看時，見一個人從靈桌底下鑽將出來，叫聲：「兄弟！我死得好苦也！」武二看不仔細，卻待向前再問時，只見冷氣散了，不見了人。武二一跤跌翻在席子上坐的，尋思道：「怪哉！似夢非夢。剛才我哥哥正要報我知道，又被我的神氣沖散了。想來他這一死，必然不明。」聽那更鼓，正打三更三點。回頭看那土兵，正睡得好。於是咄咄不樂，只等天明，卻再理會。

看看五更雞叫，東方漸明。士兵起來燒湯，武二洗漱了，喚起迎兒看家，帶領士兵出了門。在街上訪問街坊鄰舍：「我哥哥怎的死了？嫂嫂嫁得何人去了？」那街坊鄰舍明知此事，都懼怕西門慶，誰肯來管？只說：「都頭，不消訪問，王婆在緊隔壁住，只問王婆就知了。」有那多口的說：「賣梨的鄆哥兒與仵作何九，二人最知詳細。」這武二竟走來街坊前去尋鄆哥。只見那小猴子手裡拿著個柳籠簸籮兒，正糴米回來。武二便叫鄆哥道：「兄弟！」唱喏。那小廝見是武二叫他，便道：「武都頭，你來遲了一步兒，須動不得手。只是一件，我的老爹六十歲，沒人養贍，我卻難保你們打官司。」武二道：「好兄弟，跟我來。」引他到一個飯店樓上，武二叫貨賣造兩分飯來。

武二對鄆哥道：「兄弟，你雖年幼，倒有養家孝順之心。我沒什麼——」向身邊摸出五兩碎銀子，遞與鄆哥道：「你且拿去與老爹做盤費。待事務畢了，我再與你十來兩銀子做本錢。你可備細說與我：哥哥和甚人合氣？被甚人謀害了？家中嫂嫂被哪一個娶去？你一一說來，休要隱匿。」這鄆哥一手接過銀子，自心裡想道：「這些銀子，老爹也夠盤費得三五個月，便陪他打官司也不妨。」一面說道：「武二哥，你聽我說，休要氣苦。」於是把賣梨兒尋西門慶，後被王婆怎地打他，不放進去，又怎地幫扶武大捉姦，西門慶怎的踢中了武大，心疼了幾日，不知怎的死了，從頭至尾細說了一遍。

武二聽了，便道：「你這話卻是實麼？」又問道：「我的嫂子實嫁與何人去了？」鄆哥道：「你嫂子吃西門慶擡到家，待搗吊底子兒，自還問他實也是虛！」武二道：「你休說謊。」鄆哥道：「我便官府面前，也只是這般說。」武二道：「兄弟，既然如此，討飯來吃。」須臾，吃了飯。武二還了飯錢，兩個下樓來，吩咐鄆哥：「你回家把盤纏交與老爹，明日早來縣前，與我作證。」又問：「何九在哪裡居住？」鄆哥道：「你這時候還尋何九？他三日前聽見你回，便走的不知去向了。」這武二放了鄆哥家去。

到第二日，早起，先在陳先生家寫了狀子，走到縣門前。只見鄆哥也在那裡伺候，一直奔到廳上跪下，聲冤起來。知縣看見，認的是武松，便問：「你告什麼？因何伸冤？」武二告道：「小人哥哥武大，被豪惡西門慶與嫂潘氏通姦，踢中心窩，王婆主謀，陷害性命。何九朦朧入殮，燒毀屍傷。見今西門慶霸佔嫂子在家為妾。現有這個小廝鄆哥是證見。望相公作主則個。」因遞上狀子。知縣接著，便問：「何九怎的不見？」武二道：「何九知情在逃，不知去向。」

知縣於是摘問了鄆哥口詞，當下退廳與佐二官吏通同商議。原來知縣、縣丞、主簿、典吏，上下都是與西門慶有首尾的，因此官吏通同計較，這件事難以問理。知縣隨出來叫武松道：「你也是個本縣中都頭，怎不省得法度？自古捉姦見雙，殺人見傷。你那哥哥屍首又沒了，又不曾捉得他姦。你今只憑這小廝口內言語，便問他殺人的公事，莫非公道忒偏向麼？你不可造次，須要自己尋思。」武二道：「告稟相公，這都是實情，不是小人捏造出來的。只望相公拿西門慶與嫂潘氏、王婆來，當堂盡法一番，其冤自見。若有虛誣，小人情願甘罪。」知縣道：「你且起來，待我從長計較。可行時，便與你拿人。」武二方才起來，走出外邊，把鄆哥留在屋裡，不放回家。

早有人把這件事報與西門慶得知。西門慶聽得慌了，忙叫心腹家人來保、來旺，身邊帶著銀兩，連夜將官吏都買囑了。到次日早晨，武二在廳上指望告稟知縣，催逼拿人。誰想這官吏受了賄賂，早發下狀子來，說道：「武松，你休聽外人挑撥，和西門慶做對頭。這件事欠明白，難以問理。聖人云：經目之事，猶恐未真；背後之言，豈能全信？你不可一時造次。」當該典吏在旁，便道：「都頭，你在衙門裡也曉得法律，但凡人命之事，須要屍、傷、病、物、踪，五件事俱完，方可推問。你那哥哥屍首又沒了，怎生問理？」武二道：「若恁的說時，小人哥哥的冤仇，難道終不能報便罷了？既然相公不准所告，且卻有理。」遂收了狀子，下廳來。來到下處，放了鄆哥歸家，不覺仰天長嘆一聲，咬牙切齒，口中罵淫婦不絕。

武松是何等漢子，怎消容得這口惡氣！一直走到西門慶生藥店前，要尋西門慶廝打。正見他開鋪子的傅夥計在櫃身裡面，見武二狠狠的走來，問道：「你大官人在宅上麼？」傅夥計認得是武二，便道：「不在家了。都頭有甚話說？」武二道：「且請借一步說句。」傅夥計不敢不出來，被武二引到僻靜巷口。武二翻過臉來，用手撮住他衣領，睜圓怪眼說道：「你要死，卻是要活？」傅夥計道：「都頭在上，小人又不曾觸犯了都頭，都頭何故發怒？」武二道：「你若要死，便不要說；若要活時，對我實說。西門慶那廝如今在哪裡？我的嫂子被他娶了多少日子？一一說來，我便罷休。」那傅夥計是個小膽的人，見武二發作，慌了手腳，說道：「都頭息怒，小人在他家每月二兩銀子雇著，小人只開舖子，並不知他們閒帳。大官人本不在家，剛才和一相知，往獅子街大酒樓上吃酒去了。小人並不敢說謊。」武二聽了此言，方才放了手，大叉步飛奔到獅子街來。唬得傅夥計半日移腳不動。那武二逕奔到獅子街橋下酒樓前來。

且說西門慶正和縣中一個皂隸李外傳在樓上吃酒。原來那李外傳專一在府縣前綽攬些公事，往來聽氣兒賺些錢使。若有兩家告狀的，他便賣串兒；或是官吏打點，他便兩下裡打背。因此縣中就起了他這個渾名，叫做李外傳。那日見知縣回出武松狀子，討得這個消息，便來回報西門慶知道。因此西門慶讓他在酒樓上飲酒，把五兩銀子送他。正吃酒在熱鬧處，忽然把眼向樓窗下看，只見武松似凶神般從橋下直奔酒樓前來。已知此人來意不善，不覺心驚，欲待走了，卻又下樓不及，遂推更衣，走往後樓躲避。

武二奔到酒樓前，便問酒保道：「西門慶在此麼？」酒保道：「西門大官人和一相識在樓上吃酒哩。」武二撥步撩衣，飛搶上樓去。早不見了西門慶，只見一個人坐在正面，兩個唱的粉頭坐在兩邊。認得是本縣皂隸李外傳，就知是他來報信，不覺怒從心起，便走近前，指定李外傳罵道：「你這廝，把西門慶藏在哪裡去了？快說了，饒你一頓拳頭！」李外傳看見武二，先嚇獃了，又見他惡狠狠逼緊來問，哪裡還說得出話來！武二見他不則聲，越加惱怒，便一腳把桌子踢倒，碟兒盞兒都打得粉碎。兩個粉頭嚇得魂都沒了。

李外傳見勢頭不好，強掙起身來，就要往樓下跑。武二一把扯回來道：「你這廝，問著不說，待要往哪裡去？且吃我一拳，看你說也不說！」早颼的一拳，飛到李外傳臉上。李外傳叫聲啊呀，忍痛不過，只得說道：「西門慶才往後樓更衣去了，不干我事，饒我去罷！」武二聽了，就趁勢兒用雙手將他撮起來，隔著樓窗兒往外只一兜，說道：「你既要去，就饒你去罷！」撲通一聲，倒撞落在當街心裡。武二隨即趕到後樓來尋西門慶。

此時西門慶聽見武松在前樓行凶，嚇得心膽都碎，便不顧性命，從後樓窗一跳，順著房簷，跳下人家後院內去了。武二見西門慶不在後樓，只道是李外傳說謊，急轉身奔下樓來，見李外傳已跌得半死，直挺挺在地下，還把眼動。氣不過，兜襠又是兩腳，早已哀哉斷氣身亡。眾人道：「這是李皂隸，他怎的得罪都頭來？為何打殺他？」武二道：「我自要打西門慶，不料這廝晦氣，卻和他一路，也撞在我手裡。」那地方保甲見人死了，又不敢向前捉武二，只得慢慢挨上來收籠他，哪裡肯放鬆！連酒保王鸞並兩個粉頭包氏、牛氏都拴了，竟投縣衙裡來。此時哄動了獅子街，鬧了清河縣，街上議論的人，不計其數。卻不知道西門慶不該死，倒都說是西門大官人被武松打死了。正是：

李公吃了張公釀，鄭六生兒鄭九當。
世間幾許不平事，都付時人話短長。

# 第十回　義士充配孟州道　妻妾翫賞芙蓉亭

詞曰：

八月中秋，涼飆微逗，芙蓉卻是花時候。誰家姊妹鬥新妝，園林散步攜手。　折得花枝，寶瓶隨後，歸來翫賞全憑酒。三杯酩酊破愁城，醒時愁緒應還又。

——右調〈踏莎行〉

話說武二被地方保甲拿去縣裡見知縣，不提。且表西門慶跳下樓窗，趴伏在人家院裡藏了。原來是行醫的胡老人家。只見他家使的一個大胖丫頭，走來毛廁裡淨手，蹶著大屁股，猛可見一個漢子趴伏在院牆下，往前走不迭，大叫：「有賊了！」慌得胡老人急進來，看見，認得是西門慶，便道：「大官人，且喜武二尋你不著，把那人打死了。地方拿他縣中見官去了。這一去定是死罪。大官人歸家去，料無事矣。」西門慶拜謝了胡老人，搖擺來家，一五一十對潘金蓮說，二人拍手喜笑，以為除了患害。婦人叫西門慶上下多使些錢，務要結果了他，休要放他出來。西門慶一面差心腹家人來旺兒，饋送了知縣一副金銀酒器、五十兩銀子，上下典吏也使了許多錢，只要休輕勘了武二。

知縣受了賄賂，到次日陞廳。地方押著武松並酒保、唱的一班人，當廳跪下。縣主翻了臉，便叫：「武松！你這廝昨日誣告平人，我已再三寬你，如何不遵法度，今又平白打死人？」武松道：「小人本與西門慶有仇，尋他廝打，不料撞遇此人。他隱匿西門慶不說，小人一時怒起，誤將他打死。只望相公與小人做主，拿西門慶正法，與小人哥哥報這一段冤仇。小人情願償此人誤傷之罪。」知縣道：「這廝胡說，你豈不認得他是縣中皂隸！今打殺他，定別有緣故，為何又纏到西門慶身上？不打如何肯招！」喝令左右加刑。兩邊閃三四個皂隸，把武松拖翻，雨點般打了二十，打得武二口口聲冤道：「小人也有與相公效勞用力之處，相公豈不憐憫？相公休要苦刑小人！」

知縣聽了此言，越發惱了，道：「你這廝親手打死了人，尚還口強，抵賴哪個？」喝令：「好生與我拶起來！」當下又拶了武松一拶，敲了五十杖子，教取面長枷帶了，收在監內。一干人寄監在門房裡。內中縣丞、佐二官也有和武二好的，念他是個義烈漢子，有心要周旋他，爭奈都受了西門慶賄賂，粘住了口，做不得主張。又見武松只是聲冤，延挨了幾日，只得朦朧取了供招，喚當該典吏並仵作、鄰里人等，押到獅子街，檢驗李外傳身屍，填寫屍單格目。委的被武松尋問他索討分錢不均，酒醉怒起，一時鬥毆，拳打腳踢，撞跌身死。左肋、面門、心坎、腎囊，俱有青赤傷痕不等。檢驗明白，回到縣中。一日，做了文書申詳，解送東平府來，詳允發落。

這東平府尹，姓陳雙名文昭，乃河南人氏，極是個清廉的官，聽得報來，隨即陞廳。但見他：

平生正直，秉性賢明。幼年向雪案攻書，長大在金鑾對策。常懷忠孝之心，每發仁慈之政。戶口登，錢糧辦，黎民稱頌滿街衢；詞訟減，盜賊休，父老讚歌喧市井。

正是：

名標青史播千年，聲振黃堂傳萬古。賢良方正號青天，正直清廉民父母。

這府尹陳文昭陞了廳，便教押過這干犯人，就當廳先把清河縣申文看了，又把各人供狀招擬看過，端的上面怎生寫著？文曰：

東平府清河縣，為人命事呈稱：犯人武松，年二十八歲，係陽谷縣人氏。因有膂力，本縣參做都頭。因公差回還，祭奠亡兄，見嫂潘氏不守孝滿，擅自嫁人。是日，松在巷口緝聽，不合在獅子街王鸞酒樓上撞遇李外傳。因酒醉，索討前借錢三百文，外傳不與；又不合因而鬥毆，互相不服，揪打踢撞，傷重當時身死。比有唱婦牛氏、包氏見證，致被地方保甲捉獲。委官前至屍所，拘集仵作、里甲人等，檢驗明白，取供具結，填圖解繳前來，覆審無異。擬武松合依鬥毆殺人，不問手足、他物、金刃，律絞。酒保王鸞並牛氏、包氏，俱供明無罪。今合行申到案發落，請允施行。

政和三年八月　日

知縣李達天、縣丞樂和安、主簿華荷祿、典吏夏恭基、司吏錢勞。

府尹看了一遍，將武松叫過面前，問道：「你如何打死這李外傳？」那武松只是朝上磕頭告道：「青天老爺！小的到案下，得見天日。容小的說，小的敢說。」府尹道：「你只顧說來。」武松遂將西門慶姦娶潘氏，並哥哥捉姦，踢中心窩，後來縣中告狀不准，前後情節細說一遍，道：「小的本為哥哥報仇，因尋西門慶廝打，不料誤打死此人。委是小的負屈含冤，奈西門慶錢大，禁他不得。小人死不足惜，但只是小人哥哥武大含冤地下，枉了性命。」府尹道：「你不消多言，我已盡知了。」因把司吏錢勞叫來，痛責二十板，說道：「你那知縣也不待做官，何故這等任情賣法？」於是將一干人眾，一一審錄過，用筆將武松供招都改了，因向佐二官說道：「此人為兄報仇，誤打死這李外傳，也是個有義的烈漢，比故殺平人不同。」一面打開他長枷，換了一面輕罪枷枷了，下在牢裡。一干人等都發回本縣聽候。一面行文書著落清河縣，添提豪惡西門慶，並嫂潘氏、王婆、小廝鄆哥、仵作何九，一同從公根勘明白，奏請施行。武松在東平府監中，人都知道他是條好漢，因此押牢禁子都不要他一文錢，到把酒食與他吃。

早有人把這件事報到清河縣。西門慶知道了，慌了手腳。陳文昭是個清廉官，不敢來打點他。

只得走去央求親家陳宅心腹，並使家人來旺星夜往東京下書與楊提督。提督轉央內閣蔡太師。太師又恐怕傷了李知縣名節，連忙賫了一封密書，特來東平府下與陳文昭，免提西門慶、潘氏。這陳文昭原係大理寺寺正，升東平府府尹，又係蔡太師門生，又見楊提督乃是朝廷面前說得話的官，以此人情兩盡，只把武松免死，問了個脊杖四十，刺配二千里充軍。況武大已死，屍傷無存，事涉疑似，勿論。其餘一干人犯釋放甯家。申詳過省院，文書到日，即便施行。陳文昭從牢中取出武松來，當堂讀了朝廷明降，開了長枷，免不得脊杖四十，取一具七斤半鐵葉團頭枷釘了，臉上刺了兩行金字，迭配孟州牢城。其餘發落已完，當堂府尹押行公文，差兩個防送公人，領了武松解赴孟州交割。

當日武松與兩個公人出離東平府，來到本縣家中，將家活多變賣了，打發那兩個公人路上盤費，央托左鄰姚二郎看管迎兒：「倘遇朝廷恩典，赦放還家，恩有重報，不敢有忘。」街坊鄰舍，上戶人家，見武二是個有義的漢子，不幸遭此，都資助他銀兩，也有送酒食錢米的。武二到下處，問土兵要出行李包裹來，即日離了清河縣上路，迤邐往孟州大道而行。有詩為證：

府尹推詳秉至公，武松垂死又疏通。
今朝刺配牢城去，病草萋萋遇暖風。

這裡武二往孟州充配去了，不提。且說西門慶打聽他上路去了，一塊石頭方落地，心中如去了瘩一般，十分自在。於是家中吩咐家人來旺、來保、來興兒，收拾打掃後花園芙蓉亭乾淨，鋪設圍屏，掛起錦障，安排酒席齊整，叫了一起樂人，吹彈歌舞。請大娘子吳月娘、第二李嬌兒、第三孟玉樓、第四孫雪娥、第五潘金蓮，閤家歡喜飲酒。家人媳婦、丫鬟使女兩邊侍奉。但見：

香焚寶鼎，花插金瓶。器列象州之古玩，簾開合浦之明珠。水晶盤內，高堆火棗交梨；

碧玉杯中，滿泛瓊漿玉液。烹龍肝，炮鳳腑，果然下筯了萬錢；黑熊掌，紫駝蹄，酒後獻來香滿座。碾破鳳團，白玉甌中分白浪；斟來瓊液，紫金壺內噴清香。畢竟壓賽孟嘗君，只此敢欺石崇富。

當下西門慶與吳月娘居上，其餘多兩旁列坐，傳杯弄盞，花簇錦攢。飲酒間，只見小廝玳安領下一個小廝、一個小女兒，才頭髮齊眉，生得乖覺，拿著兩個盒兒，說道：「隔壁花家，送花兒來與娘們戴。」走到西門慶、月娘眾人跟前，都磕了頭，立在旁邊，說：「俺娘使我送這盒兒點心並花兒與西門大娘戴。」揭開盒兒看，一盒是朝廷上用的果餡椒鹽金餅，一盒是新摘下來鮮玉簪花。月娘滿心歡喜，說道：「又叫你娘費心。」一面看菜兒，打發兩個吃了點心。月娘與了那小丫頭一方汗巾兒，與了小廝一百文錢，說道：「多上覆你娘，多謝了。」因問小丫頭兒：「你叫什麼名字？」他回言道：「我叫綉春。小廝便是天福兒。」打發去了。

月娘便向西門慶道：「咱這花家娘子兒，倒且是好，常時使小廝丫頭送東西與我們。我並不曾回些禮兒與他。」西門慶道：「花二哥娶了這娘子兒，今不上二年光景。他自說娘子好個性兒。不然房裡怎生得這兩個好丫頭。」月娘道：「前者他家老公公死了出殯時，我在山頭會他一面。生得五短身材，團面皮，細彎彎兩道眉兒，且是白淨，好個溫克性兒。年紀還小哩，不上二十四五。」西門慶道：「你不知，他原是大名府梁中書妾，晚嫁花家子虛，帶一分好錢來。」月娘道：「他送盒兒來，咱休差了禮數，到明日也送些禮物回答他。」

看官聽說：原來花子虛渾家姓李，因正月十五所生，那日人家送了一對魚瓶兒來，就小字喚做瓶姐。先與大名府梁中書為妾。梁中書乃東京蔡太師女婿，夫人性甚嫉妬，婢妾打死者，多埋在後花園中。這李氏只在外邊書房內住，有養娘伏侍。只因政和三年正月上元之夜，梁中書同夫人在翠雲樓上，李逵殺了全家老小，梁中書與夫人各自逃生。這李氏帶了一百顆西洋大珠，二兩重一對鴉青寶石，與養娘走上東京投親。那時花太監由御前班直升廣南鎮守，因姪男花子虛沒妻室，就使媒婆說親，娶為正室。太監到廣南去，也帶他到廣南，住了半年有餘。不幸花太監有病，告老在家，因是清河縣人，在本縣住了。如今花太監死了，一分錢多在子虛手裡。每日同朋友在院中行走，與西門慶都是前日結拜的弟兄。終日與應伯爵、謝希大一班十數個，每月會在一處，叫些唱的，花攢錦簇玩耍。眾人又見花子虛乃是內臣家勤兒，手裡使錢撒漫，哄著他在院中請婊子，整三五夜不歸。正是：

紫陌春光好，紅樓醉管弦。
人生能有幾？不樂是徒然。

此事表過不提。且說當日西門慶率同妻妾，闔家歡樂，在芙蓉亭上飲酒，至晚方散。歸到潘金蓮房中，已有半酣，乘著酒興，要和婦人雲雨。婦人連忙薰香打鋪，和他解衣上床。西門慶且不與他雲雨，明知婦人第一好品簫，於是坐在青紗帳內，令婦人馬爬在身邊，雙手輕籠金釧，捧定那話，往口裡吞放。西門慶垂首玩其出入之妙，鳴咂良久，淫情倍增，因呼春梅進來遞茶。婦人恐怕丫頭看見，連忙放下帳子來。西門慶道：「怕怎麼的？」因說起：「隔壁花二哥房裡到有兩個好丫頭，今日送花來的是小丫頭。還有一個也有春梅年紀，也是花二哥收用過了。但見他娘在門首站立，他跟出來，卻是生得好模樣兒。誰知這花二哥年紀小小的，房裡恁般用人！」

婦人聽了，瞅了他一眼，說道：「怪行貨子，我不好罵你，你心裡要收這個丫頭，收他便了，如何遠打周折，指山說磨，拿人家來比奴。奴不是那樣人，他又不是我的丫頭！既然如此，明日我往後邊坐一回，騰個空兒，你自在房中叫他來，收他便了。」西門慶聽了，歡喜道：「我的兒，你會這般解趣，怎教我不愛你！」二人說得情投意洽，更覺美愛無加，慢慢的品簫過了，方才抱頭交股而寢。正是：

自有內事迎郎意，殷勤快把紫簫吹。

有〈西江月〉為證：

紗帳香飄蘭麝，娥眉慣把簫吹。雪瑩玉體透房幃，禁不住魂飛魄碎。　　玉腕款籠金釧，
兩情如醉如痴。才郎情動囑奴知，慢慢多咂一會。

到次日，果然婦人往孟玉樓房中坐了。西門慶叫春梅到房中，收用了這妮子。正是：

春點杏桃紅綻蕊，風欺楊柳綠翻腰。

潘金蓮自此一力擡舉他起來，不令他上鍋抹灶，只叫他在房中鋪床疊被，遞茶水，衣服首飾揀心愛的與他，纏得兩隻腳小小的。原來春梅比秋菊不同，性聰慧，喜謔浪，善應對，生得有幾分顏色，西門慶甚是寵他。秋菊為人濁蠢，不諳事體，婦人常常打的是他。正是：

燕雀池塘語話喧，蜂柔蝶嫩總堪憐。
雖然異數同飛鳥，貴賤高低不一般。

# 第十一回　潘金蓮激打孫雪娥　西門慶梳籠李桂姐

詩曰：

六街簫鼓正喧闐，初月今朝一線添。
睡去烏衣驚玉剪，鬥來宵燭渾朱簾。
香綃染處紅餘白，翠黛攢來苦味甜。
阿姐當年曾似此，縱他戲汝不須嫌。

話說潘金蓮在家恃寵生驕，顛寒作熱，鎮日夜不得個寧靜。性極多疑，專一聽籬察壁。那個春梅，又不是十分耐煩的。

一日，金蓮為些零碎事情不湊巧，罵了春梅幾句。春梅沒處出氣，走往後邊廚房下去，槌檯拍凳鬧狠狠的模樣。那孫雪娥看不過，假意戲他道：「怪行貨子！想漢子便別處去想，怎的在這裡硬氣？」春梅正在悶時，聽了這句，不一時暴跳起來：「哪個歪廝纏我哄漢子？」雪娥見他性不順，只做不聽得。春梅便使性做幾步走到前邊來，一五一十，又添些話頭，道：「他還說娘教爹收了我，俏一幫兒哄漢子。」挑撥與金蓮知道。金蓮滿肚子不快活；因送吳月娘出去送殯，起身早些，有些身子倦，睡了一覺，走到亭子上。只見孟玉樓搖颭的走來，笑嘻嘻道：「姐姐如何悶悶的不言語？」金蓮道：「不要說起，今早倦得了不得。三姐你在哪裡去來？」玉樓道：「才到後面廚房裡走了走來。」金蓮道：「他與你說些什麼來？」玉樓道：「姐姐沒言語。」金蓮心雖懷恨，口裡卻不說出。兩個做了一回針指。只見春梅拿茶來，吃畢，兩個悶倦，就放桌兒下棋耍子。

忽見看園門小廝琴童走來，報道：「爹來了。」慌得兩個婦人收棋子不迭。西門慶恰進門檻，看見二人家常都帶著銀絲䯼髻，露著四鬢，耳邊青寶石墜子，白紗衫兒，銀紅比甲，挑線裙子，雙彎尖趫，紅鴦瘦小，一個個粉妝玉琢，不覺滿面堆笑，戲道：「好似一對兒粉頭，也值百十兩銀子！」潘金蓮說道：「俺們倒不是粉頭，你家正有粉頭在後邊哩！」那玉樓抽身就往後走，被西門慶一手拉住，說道：「你往哪裡去？我來了，你倒要脫身去了。實說，我不在家，你兩個在這裡做什麼？」金蓮道：「俺兩個悶得慌，在這裡下了兩盤棋，又沒做賊，誰知道你就來了。」一面替他接衣服，說道：「你今日送殯來家早。」西門慶道：「今日齋堂裡都是內相同官，天氣又熱，我不耐煩，先來家。」玉樓問道：「他大娘怎的還不來？」西門慶道：「他的轎子也待進城，我先回，使兩個小廝接去了。」一面坐下。因問：「你兩個下棋賭些什麼？」金蓮道：「俺兩個自下一盤耍子，平白賭什麼？」西門慶道：「等我和你們下一盤，哪個輸了，拿出一兩銀子做東道。」金蓮道：「俺們沒銀子。」西門慶道：「你沒銀子，拿簪子問我當，也是一般。」於是擺下棋子，三人下了一盤。潘金蓮輸了。

西門慶才數子兒，被婦人把棋子撲撒亂了。一直走到瑞香花下，倚著湖山，推掐花兒。西門慶尋到那裡，說道：「好小油嘴兒！你輸了棋子，卻躲在這裡。」那婦人見西門慶來，睨笑不止，說道：「怪行貨子！孟三兒輸了，你不敢禁他，卻來纏我！」將手中花撮成瓣兒，灑西門慶一身。被西門慶走向前，雙關抱住，按在湖山畔，就口吐丁香，舌融甜唾，戲謔做一處。不防玉樓走到跟前，叫道：「六姐，他大娘來家了。咱後邊去來。」這婦人撇了西門慶，說道：「哥兒，我回來和你答話。」遂同玉樓到後邊，與月娘道了萬福。月娘問：「你們笑什麼？」玉樓道：「六姐今日和他爹下棋，輸了一兩銀子，到明日整治東道，請姐姐耍子。」月娘笑了。金蓮只在月娘面前打了個照面兒，就走來前邊陪伴西門慶。吩咐春梅房中薰香，預備澡盆浴湯，準備晚間效魚水之歡。

看官聽說：家中雖是吳月娘居大，常有疾病，不管家事。只是人情來往，出入銀錢，都在李嬌兒手裡。孫雪娥單管率領家人媳婦，在廚中上灶，打發各房飲食。譬如西門慶在那房裡宿歇，或吃酒，或吃飯，造甚湯水，俱經雪娥手中整理，那房裡丫頭自往廚下去拿。此不必說。當晚西門慶在金蓮房中，吃了回酒，洗畢澡，兩人歇了。

次日，也是合當有事。西門慶許下金蓮，要往廟上替他買珠子穿箍兒戴。早起來，等著要吃荷花餅、銀絲鮓湯，使春梅往廚下說去。那春梅只顧不動身。金蓮道：「你休使他。有人說我縱容他，教你收了，俏成一幫兒哄漢子。百般指豬罵狗，欺負俺娘兒們。你又使他後邊做什麼去？」西門慶便問：「是誰說的？你對我說。」婦人道：「說怎的！盆罐都有耳朵，你只不叫他後邊去，另使秋菊去便了。」西門慶遂叫過秋菊，吩咐他往廚下對雪娥說去。約有兩頓飯時，婦人已是把桌兒放了，尚不見拿來。急得西門慶只是暴跳。婦人見秋菊不來，使春梅：「你去後邊瞧瞧那奴才，只顧生根長苗的不見來。」

春梅有幾分不順，使性子走到廚下。只見秋菊正在那裡等著哩，便罵道：「賊奴才，娘要卸你那腿哩！說你怎的就不去了。爹等著吃了餅，要往廟上去。急得爹在前邊暴跳，叫我採了你去哩！」這孫雪娥不聽便罷，聽了心中大怒，罵道：「怪小淫婦兒！馬回子拜節——來到的就是？鍋兒是鐵打的，也等慢慢兒的來，預備下熬的粥兒又不吃，忽剌又新興出來要烙餅做湯。哪個是肚裡蛔蟲！」春梅不忿他罵，說道：「沒的扯毬淡！主子不使了來，哪個好來問你要。有與沒，俺們到前邊只說的一聲兒，有那些聲氣的？」一隻手擰著秋菊的耳朵，一直往前邊來。雪娥道：「主子奴才，常遠是這等硬氣，有時道著！」春梅道：「有時道沒時道，沒的把俺娘兒兩個別變了罷！」於是氣狠狠走來。

婦人見他臉氣得黃黃的，拉著秋菊進門，便問：「怎的來了？」春梅道：「你問他，我去時還在廚房裡雌著，等他慢條廝禮兒才和麵兒。我自不是，說了一句『爹在前邊等著，娘說你怎的就不去了？』倒被那小院兒裡的，千奴才，萬奴才，罵了我恁一頓。說爹馬回子拜節——走到的就是！只像哪個調唆了爹一般，預備下粥兒不吃，平白地生發起要甚餅和湯。只顧在廚房裡罵人，不肯做哩。」婦人在旁便道：「我說別要使他去，人自恁和他合氣，說俺娘兒兩個霸攔你在這屋裡，只當吃人罵將來。」西門慶聽了大怒，走到後邊廚房裡，不由分說，向雪娥踢了幾腳，罵道：「賊歪剌骨！我使他來要餅，你如何罵他？你罵他奴才，你如何不溺泡尿把自己照照！」雪娥被西門慶踢罵了一頓，敢怒而不敢言。

西門慶剛走出廚房外，孫雪娥對著來昭妻一丈青說道：「你看，我今日晦氣！早是你在旁聽，我又沒曾說什麼。他走將來凶神也一般，大吆小喝，把丫頭採得去了，反對主子面前輕事重報，惹得走來平白地把恁一場兒。我洗著眼兒，看著主子奴才長遠恁硬氣著，只休要錯了腳兒！」不想被西門慶聽見了，復回來又打了幾拳，罵道：「賊奴才淫婦！你還說不欺負他，親耳朵聽見你還罵他。」打得雪娥疼痛難忍，西門慶便往前邊去了。那雪娥氣得在廚房裡兩淚悲流，放聲大哭。吳月娘正在上房，才起來梳頭，因問小玉：「廚房裡亂些什麼？」小玉回道：「爹要餅吃了往廟上去，說姑娘罵五娘房裡春梅來，被爹聽見了，踢了姑娘幾腳，哭起來。」月娘道：「也沒見他，要餅吃連忙做了與他去就罷了，平白又罵他房裡丫頭怎的！」於是使小玉走到廚房，攛掇雪娥和家人媳婦忙造湯水，打發西門慶吃了，往廟上去，不提。

這雪娥氣憤不過，正走到月娘房裡告訴此事。不妨金蓮驀然走來，立於窗下潛聽。見雪娥在房裡對月娘、李嬌兒說他怎的霸攔漢子，背地無所不為：「娘，你還不知淫婦，說起來比養漢老婆還浪，一夜沒漢子也成不的。背地幹的那繭兒，人幹不出，他幹出來。當初在家，把親漢子用毒藥擺死了，跟了來。如今把俺們也吃他活埋了。弄得漢子烏眼雞一般，見了俺們便不待見。」月娘道：「也沒見你，他前邊使了丫頭要餅，你好好打發與他去便了。平白又罵他怎的？」孫雪娥道：「我罵他禿也瞎也來？那頃，這丫頭在娘房裡著緊不聽手。俺沒曾在灶上把刀背打他，娘尚且不言語。可可今日輪到他手裡，便驕貴得這等的了。」

正說著，只見小玉走到，說：「五娘在外邊。」少傾，金蓮進房，望著雪娥說道：「比如我當初擺死親夫，你就不消叫漢子娶我來家，省得我霸攔著他，撐了你的窩兒。論起春梅，又不是我的丫頭，你氣不憤，還教他伏侍大娘就是了。省得你和他合氣，把我扯在裡頭。那個好意死了漢子嫁人？如今也不難的勾當，等他來家，與我一紙休書，我去就是了。」月娘道：「我也不曉得你們底事。你們大家省言一句兒便了。」孫雪娥道：「娘，你看他嘴似淮洪也一般，隨問誰也辯他不過。明在漢子跟前截舌兒，轉過眼就不認了。依你說起來，除了娘，把俺們都攆，只留著你罷！」那吳月娘坐著，由著他兩個你一句我一句，只不言語。後來見罵起來，雪娥道：「你罵我奴才！你便是真奴才！」險些兒不曾打起來。月娘看不上，使小玉把雪娥拉往後邊去。這潘金蓮一直歸到前邊，卸了濃妝，洗了脂粉，烏雲散亂，花容不整，哭得兩眼如桃，躺在床上。

到日西時分，西門慶廟上來，袖著四兩珠子，進入房中，一見便問：「怎的來？」婦人放聲號哭起來，問西門慶要休書。如此這般告訴一遍：「我當初又不曾圖你錢財，自恁跟了你來。如何今日教人這等欺負？千也說我擺殺漢子，萬也說我擺殺漢子！沒丫頭便罷了，如何要人房裡丫頭伏侍？吃人指罵！」這西門慶不聽便罷，聽了時，三尸神暴跳，五臟氣沖天。一陣風走到後邊，採過雪娥頭髮來，儘力拿短棍打了幾下。多虧吳月娘向前拉住了，說道：「沒的大家省些事兒罷了！好教你主子惹氣！」西門慶便道：「好賊歪刺骨，我親自聽見你在廚房裡罵，你還攬纏別人。我不把你下截打下來也不算。」看官聽說：不爭今日打了孫雪娥，管教潘金蓮從前作過事，沒興一齊來。正是：

惟有感恩並積恨，萬年千載不生塵。

當下西門慶打了雪娥，走到前邊，窩盤住了金蓮，袖中取出廟上買的四兩珠子，遞與他。婦人見漢子與他做主，出了氣，如何不喜。由是要一奉十，寵愛愈深。

話休饒舌，一日正輪該花子虛家擺酒會茶，這花家就在西門慶緊隔壁。內官家擺酒，甚是豐盛。眾兄弟都到了。因西門慶有事，約午後才來，都等他，不肯先坐。少頃，西門慶來到，然後敘禮讓坐，東家安西門慶居首席。兩個妓女，琵琶箏纂在席前彈唱。端的說不盡梨園嬌艷，色藝雙全。但見：

羅衣疊雪，寶髻堆雲。櫻桃口，杏臉桃腮；楊柳腰，蘭心蕙性。歌喉宛轉，聲如枝上流鶯；舞態蹁躚，影似花間鳳轉。腔依古調，音出天然。舞回明月墜秦樓，歌遏行雲遮楚館。高低緊慢按宮商，輕重疾徐依格調，箏排雁柱聲聲慢，板拍紅牙字字新。

少頃，酒過三巡，歌吟兩套，兩個唱的放下樂器，向前花枝招展般來磕頭。西門慶呼玳安書袋內取兩封賞賜，每人二錢，拜謝了下去。因問東家花子虛道：「這位姐兒上姓？端的會唱。」東家未及答應，應伯爵插口道：「大官人多忘事，就不認的了？這撵箏的是花二哥令翠——勾欄後巷吳銀兒。這彈琵琶的，就是我前日說的李三媽的女兒、李桂卿的妹子，小名叫做桂姐。你家中現放著他的親姑娘。如何推不認得？」西門慶笑道：「原來就是他，我六年不見，不想就出落得恁般成人了！」落後酒闌，上席來遞酒。這桂姐殷勤勸酒，情話盤桓。西門慶因問：「你三媽與姐姐桂卿，在家做什麼？怎的不來我家看看你姑娘？」桂姐道：「俺媽從去歲不好了一場，至今腿腳半邊通動不得，只扶著人走。俺姐姐桂卿被淮上一個客人包了半年，常接到店裡住，兩三日不放來家。家中好不無人，只靠著我逐日出來供唱，好不辛苦！時常也想著要往宅裡看看姑娘，白不得個閒。爹許久怎的也不在裡邊走走？幾時放姑娘家去看看俺媽也好。」

西門慶見他一團和氣，說話兒乖覺伶變，就有幾分留戀之意，說道：「我今日約兩位好朋友送你家去。你意下如何？」桂姐道：「爹休哄我。你肯貴人腳兒踏俺賤地？」西門慶道：「我不哄你。」便向袖中取出汗巾連跳牙與香茶盒兒，遞與桂姐收了。桂姐道：「多咱去？如今使保兒先家去先說一聲，作個預備。」西門慶道：「直待人散，一同起身。」少頃，遞畢酒，約掌燈人散時分，西門慶約下應伯爵、謝希大，也不到家，騎馬同送桂姐，逕進勾欄往李家去。正是：

陷人坑，土窖般暗開掘；迷魂洞，囚牢般巧砌疊；檢屍場，屠舖般明排列。整一味，死溫存活打劫。招牌兒大字書者：買俏金，哥哥休扯；纏頭錦，婆婆自接；賣花錢，姐姐不賒。

西門慶等送桂姐轎子到門首，李桂卿迎門接入堂中。見畢禮數，請老媽出來拜見。不一時，虔婆扶拐而出，半邊肐膊都動彈不得，見了西門慶，道了萬福。說道：「天麼，天麼！姐夫貴人，那陣風兒刮得你到這裡？」西門慶笑道：「一向窮冗，沒曾來得，老媽休怪。」虔婆又向應、謝二人說道：「二位怎的也不來走走？」伯爵道：「便是白不得閒，今日在花家會茶，遇見桂姐，因此同西門爹送回來。快看酒來，俺們樂飲三杯。」虔婆讓三位上首坐了。一面點茶，一面打抹春檯，收拾酒菜。少頃，掌上燈燭，酒餚羅列。桂姐重新房中打扮出來，旁邊陪坐，免不得姐妹兩個金樽滿泛，玉阮同調，歌唱遞酒。正是：

琉璃鍾，琥珀濃，小槽酒滴珍珠紅。烹龍炮鳳玉脂泣，羅幃綉幙圍香風。吹龍笛，擊鼉鼓。皓齒歌，細腰舞。況是青春莫虛度，銀紅掩映嬌娥語，不到劉伶墳上去。

當下姊妹兩個唱了一套，席上觥籌交錯飲酒。西門慶向桂卿道：「今日二位在此，久聞桂姐善舞能歌唱南曲，何不請歌一詞，奉勸二位一杯兒酒！」應伯爵道：「我又不當起動，借大官人餘光，洗耳願聽佳音。」那桂姐坐著只是笑，半晌不動身。原來西門慶有心要梳籠桂姐，故先索落他唱。那院中婆娘見識精明，早已看破了八九分。桂卿在旁，就先開口說道：「我家桂姐從小兒養得嬌，自來生得靦腆，不肯對人胡亂便唱。」於是西門慶便教玳安書袋內取出五兩一錠銀子來，放在桌上，說道：「這些不當什麼，權與桂姐為脂粉之需，改日另送幾套織金衣服。」桂姐連忙起身謝了，先令丫鬟收去，方才下席來唱。這桂姐雖年紀不多，卻色藝過人，當下不慌不忙，輕拂羅袖，擺動湘裙，袖口邊搭剌著一方銀紅撮穗的落花流水汗巾兒，歌唱道：

【駐雲飛】舉止從容，壓盡勾欄占上風。行動香風送，頻使人欽重。嗏！玉杵污泥中，豈凡庸？一曲宮商，滿座皆驚動。勝似襄王一夢中，勝似襄王一夢中。

唱畢，把個西門慶喜歡的沒入腳處，吩咐玳安回馬家去，晚夕就在李桂卿房裡歇了一宿。緊著西門慶要梳籠這女子，又被應伯爵、謝希大兩個一力攛掇，就上了道兒。次日，使小廝往家去拿五十兩銀子，緞鋪內討四件衣裳，要梳籠桂姐。那李嬌兒聽見要梳籠他的姪女兒，如何不喜？連忙拿了一錠大元寶付與玳安，拿到院中打頭面，做衣服，定桌席，吹彈歌舞，花攢錦簇，飲三日喜酒。應伯爵、謝希大又約會了孫寡嘴、祝實念、常峙節，每人出五分分子，都來賀他。鋪的蓋的都是西門慶出。每日大酒大肉，在院中玩耍，不在話下。

舞裙歌板逐時新，散盡黃金只此身。
寄語富兒休暴殄，儉如良藥可醫貧。

# 第十二回　潘金蓮私僕受辱　劉理星魘勝求財

詩曰：

可憐獨立樹，枝輕根亦搖。
雖為露所浥，復為風所飄。
錦衾襞不開，端坐夜及朝。
是妾愁成瘦，非君重細腰。

話說西門慶在院中貪戀桂姐姿色，約半月不曾來家。吳月娘使小廝拿馬接了數次，李家把西門慶衣帽都藏過，不放他起身。丟的家中這些婦人都閒靜了。別人猶可，惟有潘金蓮這婦人，青春未及三十歲，慾火難禁一丈高。每日打扮的粉妝玉琢，皓齒朱唇，無日不在大門首倚門而望，只等到黃昏。到晚來歸入房中，粲枕孤幃，鳳臺無伴，睡不著，走來花園中，款步花苔。看見那月浮水底，便疑西門慶情性難拿；偶遇著玳瑁貓兒交歡，越引逗得他芳心迷亂。當時玉樓帶來一個小廝，名喚琴童，年約十六歲，才留起頭髮，生得眉目清秀，乖滑伶俐。西門慶教他看管花園，晚夕就在花園門首一間耳房內安歇。金蓮和玉樓白日裡常在花園亭子上一處做針指或下棋。這小廝專一獻小殷勤，常觀見西門慶來，就先來告報。以此婦人喜他，常叫他入房，賞酒與他吃。兩個朝朝暮暮，眉來眼去，都有意了。

不想到了七月，西門慶生日將近。吳月娘見西門慶留戀煙花，因使玳安拿馬去接。這潘金蓮暗暗修了一柬帖，交付玳安，教：「悄悄遞與你爹，說五娘請爹早些家去罷。」這玳安兒一直騎馬到李家，只見應伯爵、謝希大、祝實念、孫寡嘴、常峙節眾人，正在那裡伴著西門慶，摟著粉

頭歡樂飲酒。西門慶看見玳安來到，便問：「你來怎麼？家中沒事？」玳安道：「家中沒事。」西門慶道：「前邊各項銀子，叫傅二叔討討，等我到家算帳。」玳安道：「這兩日傅二叔討了許多，等爹到家上帳。」西門慶道：「你桂姨那一套衣服，捎來不曾？」玳安道：「已捎在此。」便向氈包內取出一套紅衫藍裙，遞與桂姐。

桂姐道了萬福，收了，連忙吩咐下邊，管待玳安酒飯。那小廝吃了酒飯，復走來上邊伺候，悄悄向西門慶耳邊說道：「五娘使我捎了個帖兒在此。請爹早些家去。」西門慶才待用手去接，早被李桂姐看見，只道是西門慶那個婊子寄來的情書，一手搶過來，拆開觀看，卻是一幅迴文錦箋，上寫著幾行墨跡。桂姐遞與祝實念，教念與他聽。這祝實念見上面寫詞一首，名〈落梅風〉，念道：

黃昏想，白日思，盼殺人多情不至。因他為他憔悴死，可憐也綉衾獨自。　燈將殘，人睡也，空留得半窗明月。狼心硬渾似鐵，這淒涼怎捱今夜？

下書：「愛妾潘六兒拜。」那桂姐聽畢，撇了酒席，走入房中，倒在床上，面朝裡邊睡了。西門慶見桂姐惱了，把帖子扯得稀爛，眾人前把玳安踢了兩腳。請桂姐兩遍不來，慌得西門慶親自進房，抱出他來，說道：「吩咐帶馬回去，家中那個淫婦使你來，我這一到家，都打個臭死！」玳安只得含淚回家。西門慶道：「桂姐，你休惱，這帖子不是別人的，乃是我第五個小妾寄來，請我到家有些事兒計較，再無別故。」祝實念在旁戲道：「桂姐，你休聽他哄你哩！這個潘六兒乃是那邊院裡新敘的一個婊子，生得一表人物。你休放他去。」

西門慶笑趕著打，說道：「你這賊天殺的，單管弄死了人，緊著他恁麻犯人，你又胡說。」李桂卿道：「姐夫差了，既然家中有人拘管，就不消梳籠人家粉頭，自守著家裡的便了。才相伴了多少時，便就要抛離了去。」應伯爵插口道：「說得有理。你兩人都依我，大官人也不消家去，桂姐也不必惱。今日說過，那個再恁，每人罰二兩銀子，買酒咱大家吃。」於是西門慶把桂姐摟在懷中陪笑，一遞一口兒飲酒。少頃，拿了七鍾茶來，馨香可掬，每人面前一盞。應伯爵道：「我有個曲兒，單道這茶好處：

【朝天子】這細茶的嫩芽，生長在春風下。不揪不採葉兒楂，但煮著顏色大。絕品清奇，難描難畫。口裡兒常時呷，醉了時想他，醒來時愛他。原來一簍兒千金價。」

謝希大笑道：「大官人使錢費物，不圖這『一摟兒』，卻圖些甚的？如今每人有詞的唱詞，不會詞，每人說個笑話兒，與桂姐下酒。」就該謝希大先說，因說道：「有一個泥水匠，在院中墁地。老媽兒怠慢了他，他暗暗把陰溝內堵上塊磚。落後天下雨，積的滿院子都是水。老媽慌了，尋的他來，多與他酒飯，還秤了一錢銀子，央他打水平。那泥水匠吃了酒飯，悄悄去陰溝內把那塊磚拿出，那水登時出的罄盡。老媽便問作頭：『此是哪裡的病？』泥水匠回道：『這病與你老人家的病一樣，有錢便流，無錢不流。』」桂姐見把他家來傷了，便道：「我也有個笑話，回奉列位。有一孫真人，擺著筵席請人，卻教座下老虎去請。那老虎把客人都路上一個個吃了。真人等至天晚，不見一客到。不一時老虎來，真人便問：『你請的客人都哪裡去了？』老虎口吐人言：『告師父得知，我從來不曉得請人，只會白嚼人。』」當下把眾人都傷了。

應伯爵道：「可見得俺們只是白嚼，你家孤老就還不起個東道？」於是向頭上拔下一根鬧銀耳斡兒來，重一錢；謝希大一對鍍金網巾圈，秤一秤重九分半；祝實念袖中掏出一方舊汗巾兒，算二百文長錢；孫寡嘴腰間解下一條白布裙，當兩壺半酒；常峙節無以為敬，問西門慶借了一錢銀子；都遞與桂卿，置辦東道，請西門慶和桂姐。那桂卿將銀錢都付與保兒，買了一錢豬肉，又宰了一隻雞，自家又賠些小菜兒，安排停當。大盤小碗拿上來，眾人坐下，說了一聲動筋吃時，說時遲，那時快，但見：

人人動嘴，個個低頭。遮天映日，猶如蝗蝻一齊來；擠眼掇肩，好似餓牢才打出。這個搶風膀臂，如經年未見酒和餚；那個連三筷子，成歲不筵與席。一個汗流滿面，卻似與雞骨禿有冤仇；一個油抹唇邊，把豬毛皮連唾嚥。吃片時，杯盤狼藉；啖頃刻，筯子縱橫。這個稱為食王元帥，那個號作淨盤將軍。酒壺番曬又重斟，盤饌已無還去探。

正是：

珍羞百味片時休，果然都送入五臟廟。

當下眾人吃得個淨光王佛。西門慶與桂姐吃不上兩鍾酒，揀了些菜蔬，又被這夥人吃去了。那日把席上椅子坐折了兩張，前邊跟馬的小廝，不得上來掉嘴吃，把門前供養的土地翻倒來，便撒了一泡䆉谷都的熱屎。臨出門來，孫寡嘴把李家明間內供養的鍍金銅佛，塞在褲腰裡；應伯爵推門桂姐親嘴，把頭上金琢針兒戲了；謝希大把西門慶川扇兒藏了；祝實念走到桂卿房裡照面，溜了他一面水銀鏡子；常峙節借的西門慶一錢銀子，竟是寫在嫖帳上了。原來這起人，只伴著西門慶玩耍，好不快活。有詩為證：

工妍掩袖媚如猱，乘與閒來可暫留。
若要死貪無厭足，家中金鑰教誰收？

按下眾人簇擁著西門慶飲酒不提。單表玳安回馬到家，吳月娘和孟玉樓、潘金蓮正在房坐的，見了便問玳安：「你去接爹來了不曾？」玳安哭得兩眼紅紅的，說道：「被爹踢罵了小的來了。爹說那個再使人接，來家都要罵。」月娘便道：「你看恁不合理，不來便了，如何又罵小廝？」

孟玉樓道：「你踢將小廝便罷了，如何連俺們都罵將來？」潘金蓮道：「十個九個院中淫婦，和你有甚情實！常言說得好：船載的金銀，填不滿煙花寨。」金蓮只知說出來，不防李嬌兒見玳安自院中來家，便走來窗下潛聽。見金蓮罵他家千淫婦萬淫婦，暗暗懷恨在心。從此二人結仇，不在話下。正是：

甜言美語三冬暖，惡語傷人六月寒。

不說李嬌兒與潘金蓮結仇。單表金蓮歸到房中，捱一刻似三秋，盼一時如半夏。知道西門慶不來家，把兩個丫頭打發睡了，推往花園中遊玩，將琴童叫進房與他酒吃。把小廝灌醉了，掩上房門，褪衣解帶，兩個就幹做一處。但見：

一個不顧綱常貴賤，一個那分上下高低。一個色膽歪邪，管甚丈夫利害；一個淫心蕩漾，從他律法明條。百花園內，翻為快活排場；主母房中，變作行樂世界。霎時一滴驢精髓，傾在金蓮玉體中。

自此為始，每夜婦人便叫琴童進房如此。未到天明，就打發出來。背地把金裹頭簪子兩三根帶在頭上，又把裙邊帶的錦香囊葫蘆兒也與了他。豈知這小廝不守本分，常常和同行小廝街上吃酒耍錢，頗露機關。常言：若要不知，除非莫為。有一日，風聲吹到孫雪娥、李嬌兒耳朵內，說道：「賊淫婦，往常假撇清，如何今日也做出來了？」齊來告月娘。月娘再三不信，說道：「不爭你們和他合氣，惹得孟三姐不怪？只說你們擠撮他的小廝。」說得二人無言而退。落後婦人夜間和小廝在房中行事，忘記關廚房門，不想被丫頭秋菊出來淨手，看見了。次日傳與後邊小玉，小玉對雪娥說。雪娥同李嬌兒又來告訴月娘如此這般：「他屋裡丫頭親口說出來，又不是俺們葬送他。大娘不說，俺們對他爹說。若是饒了這個淫婦，除非饒了蠍子！」

此時正值七月二十七日，西門慶從院中來家上壽。月娘道：「他才來家，又是他好日子，你們不依我，只顧說去！等他反亂將起來，我不管你。」二人不聽月娘，約得西門慶進入房中，齊來告訴金蓮在家怎的養小廝一節。這西門慶不聽萬事皆休，聽了怒從心上起，惡向膽邊生。走到前邊坐下，一片聲叫琴童兒。早有人報與潘金蓮。金蓮慌了手腳，使春梅忙叫小廝到房中，囑咐千萬不要說出來，把頭上簪子都拿過來收了。著了慌，就忘解了香囊葫蘆下來。被西門慶叫到前廳跪下，吩咐三四個小廝，選大板子伺候。西門慶道：「賊奴才，你知罪麼？」

那琴童半日不敢言語。西門慶令左右：「拔下他簪子來，我瞧！」見沒了簪子，因問：「你戴的金裹頭銀簪子，往哪裡去了？」琴童道：「小的並沒甚銀簪子。」西門慶道：「奴才還搗鬼！與我旋剝了衣服，拿板子打！」當下兩三個小廝伏侍一個，剝去他衣服，扯了褲子。見他身底下穿著玉色絹褷兒，褷兒帶上露出錦香囊葫蘆兒。西門慶一眼看見，便叫：「拿上來我瞧！」認得是潘金蓮裙邊帶的物件，不覺心中大怒，就問他：「此物從哪裡得來？你實說是誰與你的？」諕得小廝半日開口不得，說道：「這是小的某日打掃花園，在花園內拾的。並不曾有人與我。」西門慶越怒，切齒喝令：「與我捆起來著實打！」當下把琴童綳子綳著，打了三十大棍，打得皮開肉綻，鮮血順腿淋漓。又叫來保：「把奴才兩個鬢毛與我撏了！趕將出去，再不許進門！」那琴童磕了頭，哭哭啼啼出門去了。

潘金蓮在房中聽見，如提在冷水盆內一般。不一時，西門慶進房來，嚇得戰戰兢兢，渾身無了脈息，小心在旁伏侍接衣服，被西門慶兜臉一個耳刮子，把婦人打了一跤。吩咐春梅：「把前後角門頂了，不放一個人進來！」拿張小椅兒，坐在院內花架兒底下，取了一根馬鞭子，拿在手裡，喝令：「淫婦，脫了衣裳跪著！」那婦人自知理虧，不敢不跪，真個脫去了上下衣服，跪在面前，低垂粉面，不敢出一聲兒。

西門慶便問：「賊淫婦，你休推夢裡睡裡，奴才我已審問明白，他一一都供出來了。你實說，我不在家，你與他偷了幾遭？」婦人便哭道：「天哪，天哪！可不冤屈殺了我罷了！自從你不在家半個來月，奴白日裡只和孟三兒一處做針指，到晚夕早關了房門就睡了。沒勾當，不敢出這角門邊兒來。你不信，只問春梅便了。有甚和鹽和醋，他有個不知道的？」因叫春梅：「姐姐你過來，親對你爹說。」西門慶罵道：「賊淫婦！有人說你把頭上金裹頭簪子兩三根都偷與了小廝，你如何不認？」婦人道：「就屈殺了奴罷了！是那個不逢好死的嚼舌根的淫婦，嚼他那旺跳身子。見你常時進奴這屋裡來歇，無非都氣不憤，拿這有天沒日頭的事壓枉奴。就是你與的簪子，都有數兒，一五一十都在，你查不是！我平白想起什麼來與那奴才？好成材的奴才，也不枉說的，恁一個尿不出來的毛奴才，平空把我纂一篇舌頭！」

西門慶道：「簪子有沒罷了。」因向袖中取出那香囊來，說道：「這個是你的物件兒，如何打小廝身底下搜出來？你還口強什麼？」說著忿忿的惱了，向他白馥馥香肌上，颼的一馬鞭子來，打得婦人疼痛難忍，眼噙粉淚，沒口子叫道：「好爹爹，你饒了奴罷！你容奴說便說，不容奴說，你就打死了奴，也只臭爛了這塊地。這個香囊葫蘆兒，你不在家，奴那日同孟三姐在花園裡做生活，因從木香棚下過，帶兒繫不牢，就抛落在地，我哪裡沒尋，誰知這奴才拾了。奴並不曾與他。」只這一句，就合著琴童供稱一樣的話，又見婦人脫得光赤條條，花朵兒般身子，嬌啼嫩語，跪在地下，那怒氣早已鑽入爪窪國去了，把心已回動了八九分，因叫過春梅，摟在懷中，問他：「淫婦果然與小廝有首尾沒有？你說饒了淫婦，我就饒了罷。」那春梅撒嬌撒痴，坐在西門慶懷裡，說道：「這個，爹你好沒的說！我和娘成日唇不離腮，娘肯與那奴才？這個都是人氣不憤俺娘兒們，做作出這樣事來。爹，你也要個主張，好把醜名兒頂在頭上，傳出外邊去好聽？」

幾句把西門慶說得一聲兒沒言語，丟了馬鞭子，一面叫金蓮起來，穿上衣服，吩咐秋菊看菜兒，放桌兒吃酒。這婦人滿斟了一杯酒，雙手遞上去，跪在地下，等他鍾兒。西門慶吩咐道：「我今日饒了你。我若但凡不在家，要你洗心改正，早關了門戶，不許你胡思亂想。我若知道，並不饒你！」婦人道：「你吩咐，奴知道了。」又與西門慶磕了四個頭，方才安座兒，在旁陪坐飲酒。

潘金蓮平日被西門慶寵的狂了，今日討這場羞辱在身上。正是：

為人莫作婦人身，百年苦樂由他人。

當下西門慶正在金蓮房中飲酒，忽小廝打門，說：「前邊有吳大舅、吳二舅、傅夥計、女兒、女婿，眾親戚送禮來祝壽。」方才撇了金蓮，出前邊陪待賓客。那時應伯爵、謝希大，眾人都有人情，院中李桂姐家亦使保兒送禮來。西門慶前邊亂著收人家禮物，發柬請人，不在話下。

且說孟玉樓打聽金蓮受辱，約的西門慶不在房裡，瞞著李嬌兒、孫雪娥，走來看望。見金蓮睡在床上，因問道：「六姐，你端的怎麼緣故？告我說則個。」那金蓮滿眼流淚哭道：「三姐，你看小淫婦，今日在背地裡白唆調漢子，打了我恁一頓。我到明日，和這兩個淫婦冤仇結得有海深。」玉樓道：「你便與他有瑕玷，如何做作著把我的小廝弄出去了？六姐，你休煩惱，莫不漢子就不聽俺們說句話兒？若明日他不進我房裡來便罷，但到我房裡來，等我慢慢勸他。」金蓮道：「多謝姐姐費心。」一面叫春梅看茶來吃。坐著說了回話，玉樓告回房去了。至晚，西門慶因上房吳大妗子來了，走到玉樓房中宿歇。玉樓因說道：「你休枉了六姐心，六姐並無此事，都是日前和李嬌兒、孫雪娥兩個有言語，平白把我的小廝扎罰了。你不問個青紅皂白，就把他屈了，卻不難為他了！我就替他賭個大誓，若果有此事，大姐姐有個不先說的？」西門慶道：「我問春梅，他也是這般說。」玉樓道：「他今在房中不好哩，你不去看他看去？」西門慶道：「我知道，明日到他房中去。」當晚無話。

到第二日，西門慶正生日。有周守備、夏提刑、張團練、吳大舅，許多官客飲酒，拿轎子接了李桂姐並兩個唱的，唱了一日。李嬌兒見他姪女兒來，引著拜見月娘眾人，在上房裡坐吃茶。請潘金蓮見，連使丫頭請了兩遍，金蓮不出來，只說心中不好。到晚夕，桂姐臨家去，拜辭月娘。月娘與他一件雲絹比甲兒、汗巾花翠之類，同李嬌兒送出門首。桂姐又親自到金蓮花園角門首：

「好歹見五娘。」那金蓮聽見他來，使春梅把角門關得鐵桶相似，說道：「娘吩咐，我不敢開。」這花娘遂羞訕滿面而回，不提。

單表西門慶至晚進入金蓮房內來，那金蓮把雲鬢不整，花容倦淡，迎接進房，替他脫衣解帶，伺候茶湯腳水，百般慇懃伏侍。到夜裡枕席歡娛，屈身忍辱，無所不至，說道：「我的哥哥，這一家誰是疼你的？都是露水夫妻，再醮貨兒。惟有奴知道你的心，你知道奴的意。旁人見你這般疼奴，在奴身邊的多，都氣不憤，背地裡駕舌頭，在你跟前唆調。我的傻冤家！你想起什麼來，中人的拖刀之計，把你心愛的人兒這等下無情的折挫！常言道：家雞打得團團轉，野雞打得滿天飛。你就把奴打死了，也只在這屋裡。就是前日你在院裡踢罵了小廝來，早是有大姐姐、孟三姐在跟前，我自不是說了一聲，恐怕他家粉頭掏淥壞了你身子，院中唱的一味愛錢，有甚情節？誰人疼你？誰知被有心的人聽見，兩個背地做成一幫兒算計我。自古人害人不死，天害人才害死了。往後久而自明，只要你與奴做個主兒便了。」幾句把西門慶窩盤住了。是夜與他淫欲無度。

過了幾日，西門慶備馬，玳安、平安兩個跟隨，往院中來。卻說李桂姐正打扮著陪人坐的，聽見他來，連忙走進房去，洗了濃妝，除了簪環，倒在床上裹衾而臥。西門慶走到，坐了半日，老媽才出來，道了萬福，讓西門慶坐下，問道：「怎的姐夫連日不進來走走？」西門慶道：「正是因賤日窮冗，家中無人。」虔婆道：「姐兒那日打攪。」西門慶道：「怎的那日桂卿不來走走？」虔婆道：「桂卿不在家，被客人接去店裡。這幾日還不放了來。」說了半日話，才拿茶來陪著吃了。西門慶便問：「怎的不見桂姐？」虔婆道：「姐夫還不知哩，小孩兒家，不知怎的，那日著了惱，來家就不好起來，睡倒了。房門兒也不出，直到如今。姐夫好狠心，也不來看看姐兒。」西門慶道：「真個？我通不知。」因問：「在哪邊房裡？我看看去。」虔婆道：「在他後邊臥房裡睡。」慌忙令丫鬟掀簾子。

西門慶走到他房中，只見粉頭烏雲散亂，粉面慵妝，裹被坐在床上，面朝裡，見了西門慶，不動一動兒。西門慶道：「你那日來家，怎的不好？」也不答應。又問：「你著了誰人惱，你告我說。」問了半日，那桂姐方開言說道：「左右是你家五娘子。你家中既有恁好的迎歡賣俏，又來稀罕俺們這樣淫婦做什麼？俺們雖是門戶中出身，蹺起腳兒，比外邊良人家不成的貨色兒高好些！我前日又不是供唱，我也送人情去。大娘倒見我甚是親熱，又與我許多花翠衣服。待要不請他見，又說俺院中沒禮法。聞說你家有五娘子，當即請他拜見，又不出來。家來同俺姑娘又辭他去，他使丫頭把房門關了。端的好不識人敬重！」西門慶道：「你倒休怪他。他那日本等心中不自在，他若好時，有個不出來見你的？這個淫婦，我幾次因他咬群兒，口嘴傷人，也要打他哩！」

桂姐反手向西門慶臉上一掃，說道：「沒羞的哥兒，你就打他？」西門慶道：「你還不知我手段，除了俺家房下，家中這幾個老婆丫頭，但打起來也不善，著緊二三十馬鞭子還打不下來。好不好還把頭髮都剪了。」桂姐道：「我見砍頭的，沒見吹嘴的，你打三個官兒，唱兩個喏，誰見來？你若有本事，到家裡只剪下一柳子頭髮，拿來我瞧，我方信你是本司三院有名的子弟。」西門慶道：「你敢與我排手？」那桂姐道：「我和你排一百個手。」當日西門慶在院中歇了一夜，到次日黃昏時分，辭了桂姐，上馬回家。桂姐道：「哥兒，你這一去，沒有這物件兒，看你拿甚嘴臉見我！」

這西門慶吃他激怒了幾句話，歸家已是酒酣，不往別房裡去，逕到潘金蓮房內來。婦人見他有酒了，加意用心伏侍。問他酒飯都不吃。吩咐春梅把床上枕席拭抹乾淨，帶上門出去。他便坐在床上，令婦人脫靴。那婦人不敢不脫。須臾，脫了靴，打發他上床。西門慶且不睡，坐在一隻枕頭上，令婦人褪了衣服，地下跪著。那婦人嚇得捏兩把汗，又不知因為什麼，於是跪在地下，柔聲痛哭道：「我的爹爹！你透與奴個伶俐說話，奴死也甘心。饒奴終日恁提心吊膽，陪著一千個小心，還投不著你的機會，只拿鈍刀子鋸處我，教奴怎生吃受？」西門慶罵道：「賤淫婦，你真個不脫衣裳，我就沒好意了！」因叫春梅：「門背後有馬鞭子，與我取了來！」

那春梅只顧不進房來，叫了半日，才慢條廝禮推開房門進來。看見婦人跪在床地平上，向燈前倒著桌兒下，由西門慶使他，只不動身。婦人叫道：「春梅，我的姐姐，你救我救兒，他如今要打我。」西門慶道：「小油嘴兒，你不要管他。你只遞馬鞭子與我打這淫婦。」春梅道：「爹，你怎的恁沒羞！娘幹壞了你什麼事兒？你信淫婦言語，平地裡起風波，要便搜尋娘？還教人和你一心一計哩！你教人有那眼兒看得上你！倒是我不依你。」拽上房門，走在前邊去了。

那西門慶無法可處，倒呵呵笑了，向金蓮道：「我且不打你。你上來，我問你要椿物兒，你與我不與我？」婦人道：「好親親，奴一身骨朵肉兒都屬了你，隨要什麼，奴無有不依隨的。不知你心裡要什麼兒？」西門慶道：「我要你頂上一柳兒好頭髮。」婦人道：「好心肝！奴身上隨你怎的揀著燒遍了也依，這個剪頭髮卻依不的，可不嚇死了我罷了。奴出娘胞兒，活了二十六歲，從沒幹這營生。打緊我頂上這頭髮近來又脫了好些，只當可憐見我罷。」西門慶道：「你只怪我惱，我說的你就不依。」婦人道：「我不依你，再依誰？」因問：「你實對奴說，要奴這頭髮做什麼？」西門慶道：「我要做網巾。」婦人道：「你要做網巾，奴就與你做，休要拿與淫婦，教他好壓鎮我。」西門慶道：「我不與人便了，要你髮兒做頂線兒。」婦人道：「你既要做頂線，待奴剪與你。」當下婦人分開頭髮，西門慶拿剪刀，按婦人頂上，齊臻臻剪下一大綹來，用紙包放在順袋內。婦人便倒在西門慶懷中，嬌聲哭道：「奴凡事依你，只願你休忘了心腸，隨你前邊和人好，只休拋閃了奴家！」是夜與他歡會異常。

到次日，西門慶起身，婦人打發他吃了飯，出門騎馬，逕到院裡。桂姐便問：「你剪的他頭髮在哪裡？」西門慶道：「有，在此。」便向茄袋內取出，遞與桂姐。打開看，果然黑油也一般好頭髮，就收在袖中。西門慶道：「你看了還與我，他昨日為剪這頭髮，好不煩難，吃我變了臉惱了，他才容我剪下這一綹子來。我哄他，只說要做網巾頂線兒，逕拿進來與你瞧。可見我不失信。」桂姐道：「什麼稀罕貨，慌得恁個腔兒！等你家去，我還與你。比是你恁怕他，就不消剪他的來了。」西門慶笑道：「哪裡是怕他！恁說我言語不的了。」桂姐一面叫桂卿陪著他吃酒，走到背地裡，把婦人頭髮早絮在鞋底下，每日踹踏，不在話下。卻把西門慶纏住，連過了數日，不放來家。

金蓮自從頭髮剪下之後，覺道心中不快，每日房門不出，茶飯慵餐。吳月娘使小廝請了家中常走看的劉婆子來看視，說：「娘子著了些暗氣，惱在心中，不能回轉，頭疼噁心，飲食不進。」一面打開藥包來，留了兩服黑丸子藥兒：「晚上用薑湯吃。」又說：「我明日叫我老公來，替你老人家看看今歲流年，有災沒災。」金蓮道：「原來你家老公也會算命？」劉婆道：「他雖是個瞽目人，倒會兩三樁本事：第一善陰陽算命，與人家禳保；第二會針灸收瘡；第三樁兒不可說，——單管與人家回背。」

婦人問道：「怎麼是回背？」劉婆子道：「比如有父子不和，兄弟不睦，大妻小妻爭鬥，教了俺老公去說了，替他用鎮物安鎮，畫些符水與他吃了，不消三日，教他父子親熱，兄弟和睦，妻妾不爭。若人家買賣不順溜，田宅不興旺者，常與人開財門發利市。治病灑掃，禳星告斗都會。因此人都叫他做劉理星。也是一家子，新娶個媳婦兒是小人家女兒，有些手腳兒不穩，常偷盜婆婆家東西往娘家去。丈夫知道，常被責打。俺老公與他回背，畫了一道符，燒灰放在水缸下埋著，閤家大小吃了缸內水，眼看媳婦偷盜，只像沒看見一般。又放一件鎮物在枕頭內，男子漢睡了那枕頭，好似手封住了的，再不打他了。」那金蓮聽見遂留心，便呼丫頭，打發茶湯點心與劉婆吃。臨去，包了三錢藥錢，另外又秤了五錢，要買紙劄信物。明日早飯時叫劉瞎來燒神紙。那婆子作辭回家。

到次日，果然大清早晨，領賊瞎逕進大門往裡走。那日西門慶還在院中，看門小廝便問：「瞎子往哪裡走？」劉婆道：「今日與裡邊五娘燒紙。」小廝道：「既是與五娘燒紙，老劉你領進去。仔細看狗。」這婆子領定，逕到潘金蓮臥房明間內，等了半日，婦人才出來。瞎子見了禮，坐下。婦人說與他八字，賊瞎用手捏了捏，說道：「娘子庚辰年，庚寅月，乙亥日，己丑時。初八日立春，已交正月算命。依子平正論，娘子這八字，雖故清奇，一生不得夫星濟，子上有些防礙。乙木生在正月間，亦作身旺論，不尅當自焚。又兩重庚金，羊刃大重，夫星難為，尅過兩個才好。」婦人道：「已尅過了。」賊瞎子道：「娘子這命中，休怪小人說，子平雖取煞印格，只吃了亥中有癸水，丑中又有癸水，水太多了，沖動了只一重巳土，官煞混雜。論來，男人煞重掌威權，女子煞重必刑夫。所以主為人聰明機變，得人之寵。只有一件，今歲流年甲辰，歲運並臨，災殃立至。命中又犯小耗勾絞，兩位星辰打攪，雖不能傷，卻主有比肩不和，小人嘴舌，常沾些啾唧不寧之狀。」

婦人聽了，說道：「累先生仔細用心，與我回背回背。我這裡一兩銀子相謝先生，買一盞茶吃。奴不求別的，只願得小人離退，夫主愛敬便了。」一面轉入房中，拔了兩件首飾遞與賊瞎。賊瞎收入袖中，說道：「既要小人回背，用柳木一塊，刻兩個男女人形，書著娘子與夫主生辰八字，用七七四十九根紅線扎在一處。上用紅紗一片，蒙在男子眼中，用艾塞其心，用針釘其手，下用膠粘其足，暗暗埋在睡的枕頭內。又硃砂書符一道燒灰，暗暗攪茶內。若得夫主吃了茶，到晚夕睡了枕頭，不過三日，自然有驗。」婦人道：「請問先生，這四樁兒是怎的說？」賊瞎道：「好教娘子得知：用紗蒙眼，使夫主見你一似西施嬌艷；用艾塞心，使他心愛到你；用針釘手，隨你怎的不是，使他再不敢動手打你；用膠粘足者，使他再不往那裡胡行。」

婦人聽言，滿心歡喜。當下備了香燭紙馬，替婦人燒了紙。到次日，使劉婆送了符水鎮物與婦人，如法安頓停當，將符燒灰，頓下好茶，待得西門慶家來，婦人叫春梅遞茶與他吃。到晚夕，與他共枕同床，過了一日兩，兩日三，似水如魚，歡會異常。看觀聽說：但凡大小人家，師尼僧道，乳母牙婆，切記休招惹他，背地什麼事不幹出來？古人有四句格言說得好：

堂前切莫走三婆，後門常鎖莫通和。
院內有井防小口，便是禍少福星多。

# 第十三回 李瓶姐牆頭密約 迎春兒隙底私窺

詞曰：

繡面芙蓉一笑開，斜飛寶鴨襯香腮。眼波才動被人猜。一面風情深有韻，半箋嬌恨寄幽懷。月移花影約重來。

——右調〈山花子〉

話說一日西門慶往前邊走來，到月娘房中。月娘告說：「今日花家使小廝拿帖來，請你吃酒。」西門慶觀看帖子，寫著：「即午院中吳銀家一敘，希即過我同往，萬萬！」少頃，打選衣帽，叫了兩個跟隨，騎匹駿馬，先逕到花家。不想花子虛不在家了。他渾家李瓶兒，夏月間戴著銀絲鬏髻，金鑲紫瑛墜子，藕絲對衿衫，白紗挑線鑲邊裙，裙邊露一對紅鴛鳳嘴尖尖趫趫小腳，立在二門裡臺基上。那西門慶三不知走進門，兩下撞了個滿懷。這西門慶留心已久，雖故莊上見了一面，不曾細玩。今日對面見了，見他生得甚是白淨，五短身材，瓜子面兒，細彎彎兩道眉兒，不覺魂飛天外，忙向前深深作揖。婦人還了萬福，轉身入後邊去了。使出一個頭髮齊眉的丫鬟來，名喚綉春，請西門慶客位內坐。他便立在角門首，半露嬌容說：「大官人少坐一時。他適才有些小事出去了，便來也。」丫鬟拿出一盞茶來，西門慶吃了。婦人隔門說道：「今日他請大官人往那邊吃酒去，好歹看奴之面，勸他早些回家。兩個小廝又都跟去了，只是這兩個丫鬟和奴，家中無人。」西門慶便道：「嫂子見得有理，哥家事要緊。嫂子既然吩咐在下，在下一定伴哥同去同來。」

正說著，只見花子虛來家，婦人便回房去了。花子虛見西門慶敘禮說道：「蒙哥下降，小弟適有些不得已小事出去，失迎，恕罪！」於是分賓主坐下，便叫小廝看茶。須臾，茶罷。又吩咐小廝：「對你娘說，看菜兒來，我和西門爹吃三杯起身。今日六月二十四，是院內吳銀姐生日，請哥同往一樂。」西門慶道：「二哥何不早說？」即令玳安：「快家去，討五錢銀子封了來。」花子虛道：「哥何故又費心？小弟倒不是了。」西門慶見左右放桌兒，說道：「不消坐了，咱往裡邊吃去罷。」花子虛道：「不敢久留，哥略坐一回。」少傾，就是齊整餚饌拿將上來，銀高腳葵花鍾，每人三鍾，又是四個捲餅，吃畢收下來與馬上人吃。

少傾，玳安取了分資來，一同起身上馬，逕往吳四媽家與吳銀兒做生日。到那裡，花攢錦簇，歌舞吹彈，飲酒至一更時分方散。西門慶留心，把子虛灌得酩酊大醉。又因李瓶兒央浼之言，相伴他一同來家。小廝叫開大門，扶到他客位坐下。李瓶兒同丫鬟掌著燈燭出來，把子虛攙扶進去。西門慶交付明白，就要告回。婦人旋走出來，拜謝西門慶，說道：「拙夫不才貪酒，多累看奴薄面，姑待來家，官人休要笑話。」那西門慶忙屈身還喏，說道：「不敢。嫂子這裡吩咐，在下敢不銘心刻骨，同哥一搭裡來家！非獨嫂子耽心，顯得在下幹事不的了。方才哥在他家，被那些人纏住了，我強著催哥起身。走到樂星堂兒門首粉頭鄭愛香兒家，——小名叫做鄭觀音，生得一表人物，哥就要往他家去，被我再三攔住，勸他說道：『恐怕家中嫂子放心不下。』方才一直來家。若到鄭家，便有一夜不來。嫂子在上，不該我說，哥也糊塗，嫂子又青年，偌大家室，如何就丟了，成夜不在家？是何道理！」婦人道：「正是如此，奴為他這等在外胡行，不聽人說，奴也氣了一身病痛在這裡。往後大官人但遇他在院中，好歹看奴薄面，勸他早早回家。奴恩有重報，不敢有忘。」

這西門慶是頭上打一下，腳底板響的人，積年風月中走，什麼事兒不知道？今日婦人到明明開了一條大路，教他入港，豈不省腔！於是滿面堆笑道：「嫂子說哪裡話！相交朋友做什麼？我一定苦心諫哥，嫂子放心。」婦人又道了萬福，又叫小丫鬟拿了一盞果仁泡茶來。西門慶吃畢茶，說道：「我回去罷，嫂子仔細門戶。」遂告辭歸家。

自此西門慶就安心設計，圖謀這婦人，屢屢安下應伯爵、謝希大這夥人，把子虛掛住在院裡飲酒過夜。他便脫身來家，一逕在門首站立。這婦人亦常領著兩個丫鬟在門首。西門慶看見了，便揚聲咳嗽，一回走過東來，又往西去，或在對門站立，把眼不住望門裡睃盼。婦人影身在門裡，見他來便閃進裡面，見他過去了，又探頭去瞧。兩個眼意心期，已在不言之表。

一日，西門慶正站在門首，忽見小丫鬟繡春來請。西門慶故意問道：「姐姐請我做什麼？你爹在家裡不在？」繡春道：「俺爹不在家，娘請西門慶爹問句話兒。」這西門慶得不的一聲，連忙走過來，到客位內坐下。良久，婦人出來，道了萬福，便道：「前日多承官人厚意，奴銘刻於心，知感不盡。他從昨日出去，一連兩日不來家了，不知官人曾會見他來不曾？」西門慶道：「他昨日同三四個在鄭家吃酒，我偶然有些小事就來了。今日我不曾得進去，不知他還在那裡沒在。若是我在那裡，恐怕嫂子憂心，有個不催促哥早早來家的？」婦人道：「正是這般說。奴吃煞他不聽人說，在外邊眠花臥柳，不顧家事的虧。」西門慶道：「論起哥來，仁義上也好，只是有這一件兒。」說著，小丫鬟拿茶來吃了。西門慶恐子虛來家，不敢久戀，就要告歸。婦人又千叮萬囑，央西門慶：「不拘到哪裡，好歹勸他早來家，奴一定恩有重報，決不敢忘官人！」西門慶道：「嫂子沒得說，我與哥是那樣相交！」說畢，西門慶家去了。

到次日，花子虛自院中回家，婦人再三埋怨說道：「你在外邊貪酒戀色，多虧隔壁西門大官人，兩次三番顧照你來家。你買分禮兒謝謝他，方不失了人情。」那花子虛連忙買了四盒禮物，一罈酒，使小廝天福兒送到西門慶家。西門慶收下，厚賞來人去了。吳月娘便問說：「花家如何送你這禮？」西門慶道：「花二哥前日請我們在院中與吳銀兒做生日，醉了，被我攙扶了他來家；又見常時院中勸他休過夜，早早來家。他娘子兒因此感我的情，想對花二哥說，故買此禮來謝我。」

吳月娘聽了，與他打個問訊，說道：「我的哥哥，你自顧了你罷，又泥佛勸土佛！你也成日不著個家，在外養女調婦，反勸人家漢子！」又道：「你莫不白受他這禮？」因問：「他帖上兒寫著誰的名字？若是他娘子的名字，今日寫我的帖兒，請他娘子過來坐坐，他也只恁要來咱家走走哩。若是他男子漢名字，隨你請不請，我不管你。」西門慶道：「是花二哥名字，我明日請他便了。」次日，西門慶果然治酒，請過花子虛來，吃了一日酒。歸家，李瓶兒說：「你不要差了禮數。咱送了他一分禮，他到請你過去吃了一席酒，你改日還該治一席酒請他，只當回席。」

光陰迅速，又早九月重陽。花子虛假著節下，叫了兩個妓者，具柬請西門慶過來賞菊。又邀應伯爵、謝希大、祝實念、孫天化四人相陪。傳花擊鼓，歡樂飲酒。有詩為證：

烏兔迴圈似箭忙，人間佳節又重陽。
千枝紅樹妝秋色，三徑黃花吐異香。
不見登高烏帽客，還思捧酒綺羅娘。
秀簾瑣闥私相覷，從此恩情兩不忘。

當日，眾人飲酒到掌燈之後，西門慶忽下席來外邊解手。不防李瓶兒正在遮槅子邊站立偷覷，兩個撞了個滿懷，西門慶迴避不及。婦人走到西角門首，暗暗使綉春黑影裡走到西門慶跟前，低聲說道：「俺娘使我對西門爹說，少吃酒，早早回家。晚夕，娘如此這般要和西門爹說話哩。」西門慶聽了，歡喜不盡。小解回來，到席上連酒也不吃，唱的左右彈唱遞酒，只是裝醉不吃。看看到一更時分，那李瓶兒不住走來簾外，見西門慶坐在上面，只推做打盹。那應伯爵、謝希大，如同釘在椅子上，自不起身。熬得祝實念、孫寡嘴也去了，他兩個還不動，把個李瓶兒急得要不得。西門慶已是走出來，被花子虛再不放，說道：「今日小弟沒敬心，哥怎的白不肯坐？」西門慶道：「我本醉了，吃不去。」於是故意東倒西歪，教兩個扶歸家去了。

應伯爵道：「他今日不知怎的，白不肯吃酒，吃了不多酒就醉了。既是東家費心，難為兩個姐兒在此，拿大鍾來，咱們再周四五十輪，散了罷。」李瓶兒在簾外聽見，罵「涎臉的囚根子」

不絕。暗暗使小廝天喜兒請下花子虛來，吩咐說：「你既要與這夥人吃，趁早與我院裡吃去。休要在家裡聒噪。我半夜三更，熬油費火，我哪裡耐煩！」花子虛道：「這咱晚我就和他們院裡去，也是來家不成，你休再麻犯我。」婦人道：「你去，我不麻犯便了。」

這花子虛得不的這一聲，走來對眾人說：「我們往院裡去。」應伯爵道：「真個？休哄我。你去問聲嫂子來，咱好起身。」子虛道：「房下剛才已是說了，教我明日來家。」謝希大道：「可是來，自吃應花子這等嘮叨。哥剛才已是討了老腳來，咱去的也放心。」於是連兩個唱的，都一齊起身進院。此時已是二更天氣，天福兒、天喜兒跟花子虛等三人，重新又到後巷吳銀兒家去吃酒不提。

單表西門慶推醉到家，走到金蓮房裡，剛脫了衣裳，就往前邊花園裡去坐，單等李瓶兒那邊請他。良久，只聽得那邊趕狗關門。少頃，只見丫鬟迎春黑影裡趴著牆，推叫貓，看見西門慶坐在亭子上，遞了話。這西門慶就掇過一張桌凳來踏著，暗暗爬過牆來，這邊已安下梯子。李瓶兒打發子虛去了，已是摘了冠兒，亂挽烏雲，素體濃妝，立在穿廊下。看見西門慶過來，歡喜無盡，忙迎接進房中。燈燭下，早已安排一桌齊整酒餚果菜，壺內滿貯香醪。婦人雙手高擎玉斝，親遞與西門慶，深深道個萬福：「奴一向感謝官人，蒙官人又費心酬答，使奴家心下不安。今日奴自治了這杯淡酒，請官人過來，聊盡奴一點薄情。又撞著兩個天殺的涎臉，只顧坐住了，急的奴要不的。剛才吃我都打發到院裡去了。」西門慶道：「只怕二哥還來家麼？」婦人道：「奴已吩咐過夜不來了。兩個小廝都跟去了。家裡再無一人，只是這兩個丫頭，一個馮媽媽看門首，他是奴從小兒養娘心腹人。前後門都已關閉了。」西門慶聽了，心中甚喜。兩個於是並肩疊股，交杯換盞，飲酒做一處。迎春旁邊斟酒，綉春往來拿菜兒。吃得酒濃時，錦帳中香薰鴛被，設放珊瑚兩個丫鬟撤開酒桌，拽上門去了。兩人上床交歡。

原來大人家有兩層窗寮，外面為窗，裡面為寮。婦人打發丫鬟出去，關上裡面兩扇窗寮，房中掌著燈燭，外邊通看不見。這迎春丫頭，今年已十七歲，頗知事體，見他兩個今夜偷期，悄悄向窗下，用頭上簪子挺簽破窗寮上紙，往裡窺覷。端的二人怎樣交接？但見：

燈光影裡，鮫綃帳中，一個玉臂忙搖，一個金蓮高舉。一個鶯聲嚦嚦，一個燕語喃喃。好似君瑞遇鶯娘，猶若宋玉偷神女。山盟海誓，依稀耳中；蝶戀蜂恣，未能即罷。

正是：

被翻紅浪，靈犀一點透酥胸；帳挽銀鉤，眉黛兩彎垂玉臉。

房中二人雲雨，不料迎春在窗外，聽看得明明白白。聽見西門慶問婦人多少青春。李瓶兒道：「奴今年二十三歲。」因問：「他大娘貴庚？」西門慶道：「房下二十六歲了。」婦人道：「原來長奴三歲，到明日買分禮兒過去，看看大娘，只怕不好親近。」西門慶道：「房下自來好性兒。」婦人又問：「你頭裡過這邊來，他大娘知道不知？倘或問你時，你怎生回答？」西門慶道：「俺房下都在後邊第四層房子裡，惟有我第五個小妾潘氏，在這前邊花園內，獨自一所樓房居住，他不敢管我。」婦人道：「他五娘貴庚多少？」西門慶道：「他與大房下同年。」婦人道：「又好了，若不嫌奴有玷，奴就拜他五娘做個姐姐罷。到明日，討他大娘和五娘的腳樣兒來，奴親自做兩雙鞋兒過去，以表奴情。」說著，又將頭上關頂的金簪兒撥下兩根來，替西門慶帶在頭上，說道：「若在院裡，休要叫花子虛看見。」西門慶道：「這理會得。」

當下二人如膠似漆，盤桓到五更時分。窗外雞叫，東方漸白，西門慶恐怕子虛來家，整衣而起，照前越牆而過。兩個約定暗號兒，但子虛不在家，這邊就使丫鬟在牆頭上暗暗以咳嗽為號，或先丟塊瓦兒，見這邊無人，方才上牆，這邊西門慶便用梯凳爬過牆來。兩個隔牆酬和，竊玉偷香，不由大門行走，街房鄰舍怎的曉得？有詩為證：

月落花陰夜漏長，相逢疑是夢高唐。
夜深偷把銀缸照，猶恐憨奴瞰隙光。

卻說西門慶爬過牆來，走到潘金蓮房裡。金蓮還睡未起，因問：「你昨日也不知又往哪裡去了這一夜？也不對奴說一聲兒。」西門慶道：「花二哥又使小廝邀我往院裡去，吃了半夜酒，才脫身走來家。」金蓮雖相信了，還有幾分疑影在心。一日，同孟玉樓飯後在花園亭子上做針指，猛可見一塊瓦兒打在面前。那孟玉樓低著頭納鞋，沒看見。這潘金蓮單單把眼四下觀看，影影綽綽只見隔壁牆頭上一個白面探了一探，就下去了。金蓮忙推玉樓，指與他瞧，說道：「三姐姐，你看這個，是隔壁花家那大丫頭，想是上牆瞧花兒，看見俺們在這裡，他就下去了。」說畢，也就罷了。到晚夕，西門慶自外赴席來家，進金蓮房中。金蓮與他接了衣裳，問他。飯不吃，茶也不吃，趔趄著腳兒，只往前邊花園裡走。這潘金蓮賊留心，暗暗看著他。坐了好一回，只見先頭那丫頭在牆頭上打了個照面，這西門慶就躧著梯凳過牆去了。那邊李瓶兒接入房中，兩個廝會不提。

這潘金蓮歸到房中，翻來覆去，通一夜不曾睡。將到天明，只見西門慶過來，推開房門，婦人睡在床上，不理他。那西門慶先帶幾分愧色，挨近他床上坐下。婦人見他來，跳起來坐著，一手撮著他耳朵，罵道：「好負心的賊！你昨日端的那裡去來？把老娘氣了一夜！你原來幹的那繭兒，我已是曉得，不耐煩了！趁早實說，從前已往，與隔壁花家那淫婦偷了幾遭？一一說出來，我便罷休。但瞞著一字兒，到明日你前腳兒過去，後腳我就吆喝起來，教你負心的囚根子死無葬身之地！你安下人攔住他漢子在院裡過夜，卻這裡要他老婆。我教你吃不了包著走！嗔道昨日大白日裡，我和孟三姐在花園裡做生活，只見他家那大丫頭在牆那邊探頭舒腦的，原來是那淫婦使的勾使鬼來勾你來了。你還哄我老娘！前日他家那忘八，半夜叫了你往院裡去，原來他家就是院裡！」

西門慶聽了，慌得裝矮子，只跌腳跪在地下，笑嘻嘻央及說道：「怪小油嘴兒，噤聲些！實不瞞你，他如此這般問了你兩個的年紀，到明日討了鞋樣去，每人替你做雙鞋兒，要拜認你兩個做姐姐，他情願做妹子。」金蓮道：「我是不要那淫婦認甚哥哥姐姐的。他要了人家漢子，又來獻小慇懃兒，我老娘眼裡是放不下砂子的人，肯叫你在我跟前弄了鬼兒去！」說著一隻手把他褲子扯開，只見那話軟仃儅，銀托子還帶在上面，問道：「你實說，與淫婦弄了幾遭？」西門慶道：「弄倒有數兒的，只一遭。」婦人道：「你賭個誓，一遭就弄的他恁軟如鼻涕濃如醬，卻如風癱了一般的！有些硬朗氣兒也是人心。」說著把托子一揪，摜下來，罵道：「沒羞的強盜，嗔道教我那裡沒尋，原來把這行貨子悄地帶出，和那淫婦合搗去了。」

西門慶滿臉兒陪笑說道：「怪小淫婦兒，麻犯人死了，他再三教我捎了上覆來，他到明日過來與你磕頭，還要替你做鞋。昨日使丫頭替了吳家的樣子去了。今日教我捎了這一對壽字簪兒送你。」於是除了帽子，向頭上拔將下來，遞與金蓮。金蓮接在手內觀看，卻是兩根番石青填地、金玲瓏壽字簪兒，乃御前所製，宮裡出來的，甚是奇巧。金蓮滿心歡喜，說道：「既是如此，我不言語便了。等你過那邊去，我這裡與你兩個觀風，教你兩個自在合搗。你心下如何？」

那西門慶歡喜的雙手摟抱著說道：「我的乖乖的兒，正是如此。不枉的養兒，——不在阿金溺銀，只要見景生情。我到明日梯己買一套妝花衣服謝你。」婦人道：「我不信那蜜嘴糖舌，既要老娘替你二人周旋，要依我三件事。」西門慶道：「不拘幾件，我都依。」婦人道：「頭一件不許你往院裡去；第二件要依我說話；第三件你過去和他睡了，來家就要告我說，一字不許你瞞我。」西門慶道：「這個不打緊，都依你便了。」

自此為始，西門慶過去睡了來，就告婦人說：「李瓶兒怎的生得白淨，身軟如綿花，好風月，又善飲。俺兩個帳子裡放著果盒，看牌飲酒，常玩耍半夜不睡。」又向袖中取出一個物件兒來，遞與金蓮瞧，道：「此是他老公公內府畫出來的，俺兩個點著燈，看著上面行事。」金蓮接在手中，展開觀看。有詞為證：

內府衢花綾裱，牙籤錦帶妝成。大青小綠細描金，鑲嵌斗方乾淨。女賽巫山神女，男如宋玉郎君，雙雙帳內慣交鋒。解名二十四，春意動關情。

金蓮從前至尾看了一遍，不肯放手，就交與春梅道：「好生收在我箱子內，早晚看著耍子。」西門慶道：「你看兩日，還交與我。此是人的愛物兒，我借了他來家瞧瞧，還與他。」金蓮道：「他的東西，如何到我家？我又不曾從他手裡要將來。就是打也打不出去。」西門慶道：「怪小奴才兒，休要耍問。」趕著奪那手卷。金蓮道：「你若奪一奪兒，賭個手段，我就把他扯得稀爛，大家看不成。」西門慶笑道：「我也沒法了，隨你看完了與他罷麼。你還了他這個去，他還有個稀奇物件兒哩，到明日我要了來與你。」金蓮道：「我兒，誰養得你恁乖？你拿了來，我方與你這手卷去。」兩個絮聒了一回。

晚夕，金蓮在房中香薰鴛被，款設銀燈，艷妝澡牝，與西門慶展開手卷，在錦帳之中效「于飛」之樂。看官聽說：巫蠱魘昧之物，自古有之。金蓮自從叫劉瞎子回背之後，不上幾時，使西門慶變嗔怒而為寵愛，化憂辱而為歡娛，再不敢制他。正是：

饒你奸似鬼，也吃洗腳水。

有詞為證：

記得書齋乍會時，雲踪雨跡少人知。曉來鸞鳳棲雙枕，剔盡銀燈半吐輝。思往事，夢魂迷，今宵喜得效于飛。顛鸞倒鳳無窮樂，從此雙雙永不離。

# 第十四回　花子虛因氣喪身　李瓶兒迎奸赴會

詩曰：

眼意心期未即休，不堪拈弄玉搔頭。
春回笑臉花含媚，黛蹙娥眉柳帶愁。
粉暈桃腮思伉儷，寒生蘭室盼紬繆。
何如得遂相如意，不讓文君詠白頭。

話說一日吳月娘心中不快，吳大妗子來看，月娘留他住兩日。正陪在房中坐的，忽見小廝玳安抱進氈包來，說：「爹來家了。」吳大妗子便往李嬌兒房裡去了。西門慶進來，脫了衣服坐下，小玉拿茶來也不吃。月娘見他面色改常，便問：「你今日會茶，來家恁早？」西門慶道：「今該常二哥會，他家沒地方，請俺們在城外永福寺去耍子。有花二哥邀了應二哥，俺們四五個，往院裡鄭愛香兒家吃酒。正吃著，忽見幾個做公的進來，不由分說，把花二哥拿的去了。把眾人嚇了一驚。我便走到李桂姐躲了半日，不放心，使人打聽。原來是花二哥因內臣家房族中告家財，在東京開封府遞了狀子，批下來，著落本縣拿人。俺們才放心，各人散歸家來。」

月娘聞言，便道：「這是正該的，你整日跟著這夥人，不著個家，只在外邊胡撞；今日只當弄出事來，才是個了手。你如今還不心死。到明日不吃人爭鋒廝打，群到那日是個爛羊頭，你肯斷絕了這條路兒！正經家裡老婆的言語說著你肯聽？只是院裡淫婦在你跟前說句話兒，你倒著個驢耳朵聽他。正是：家人說著耳邊風，外人說著金字經。」西門慶笑道：「誰人敢七個頭八個膽打我！」月娘道：「你這行貨子，只好家裡嘴頭子罷了。」

正說著，只見玳安走來說：「隔壁花二娘使天福兒來，請爹過去說話。」這西門慶聽了，趔趄腳兒就往外走。月娘道：「明日沒的教人講你罷。」西門慶道：「切鄰間不妨事。我去到那裡，看他有什麼話說。」當下走過花子虛家來，李瓶兒使小廝請到後邊說話，只見婦人羅衫不整，粉面慵妝，從房裡出來，臉嚇得蠟渣也似黃，跪著西門慶，再三哀告道：「大官人沒奈何，不看僧面看佛面，常言道：家有患難，鄰里相助。因他不聽人言，把著正經家事兒不理，只在外邊胡行。今日吃人暗算，弄出這等事來。這時節方對小廝說將來，教我尋人情救他。我一個婦人家沒腳的，哪裡尋那人情去。發狠起來，想著他恁不依說，拿到東京，打得他爛爛的，也不虧他。只是難為過世老公公的姓字。奴沒奈何，請將大官人過來，央及大官人，把他不要提起罷，千萬看奴薄面，有人情好歹尋一個兒，只不教他吃凌逼便了。」

西門慶見婦人下禮，連忙道：「嫂子請起來，不妨，我還不知為了甚勾當。」婦人道：「正是一言難盡。俺過世老公公有四個姪兒，大姪兒喚做花子由，第三個喚花子光，第四個叫花子華，俺這個名花子虛，都是老公公嫡親的。雖然老公公掙下這一分錢財，見我這個兒不成器，從廣南回來，把東西只交付與我手裡收著，著緊還打儻棍兒，那三個越發打的不敢上前。去年老公公死了，這花大、花三、花四，也分了些床帳傢伙去了，只現一分銀子兒沒曾分得。我常說，多少與他些也罷了，他通不理一理兒。今日手暗不通風，卻教人弄下來了。」說畢，放聲大哭。

西門慶道：「嫂子放心，我只道是什麼事來，原來是房分中告家財事，這個不打緊。既是嫂子吩咐，哥的事就是我的事一般，隨問怎的，我在下謹領。」婦人說道：「官人若肯時又好了。請問尋分上，要用多少禮兒，奴好預備。」西門慶道：「也用不多，聞得東京開封府楊府尹，乃蔡太師門生。蔡太師與我這四門親家楊提督，都是當朝天子面前說得話的人。拿兩個分上，齊對楊府尹說，有個不依的！不拘多大事情也了了。如今倒是蔡太師用些禮物。那提督楊爺與我舍下有親，他肯受禮！」婦人便往房中開箱子，搬出六十錠大元寶，共計三千兩，教西門慶收去尋人情，上下使用。西門慶道：「只一半足矣，何消用得許多！」婦人道：「多的大官人收了去。奴床後還有四箱櫃蟒衣玉帶，帽頂縧環，都是值錢珍寶之物，一發大官人替我收去，放在大官人那裡，奴用時來取。趁這時，奴不思個防身之計，信著他，往後過不出好日子來。眼見得三拳敵不得四手，到明日，沒的把這些東西兒吃人暗算了去，坑閃得奴三不歸！」西門慶道：「只怕花二哥來家尋問怎了？」婦人道：「這都是老公公在時，梯己交與奴收著之物，他一字不知。大官人只顧收去。」西門慶說道：「既是嫂子恁說，我到家教人來取。」於是一直來家，與月娘商議。月娘說：「銀子便用食盒叫小廝擡來。那箱籠東西，若從大門裡來，教兩邊街坊看著不惹眼？必須夜晚打牆上過來方隱密些。」西門慶聽言大喜，即令玳安、來旺、來興、平安四個小廝，兩架食盒，把三千兩銀子先擡來家。然後到晚夕月上時分，李瓶兒那邊同迎春、綉春放桌凳，把箱櫃挨到牆上。西門慶這邊，只是月娘、金蓮、春梅，用梯子接著。牆頭上鋪襯氈條，一個個打發過來，都送到月娘房中去了。正是：

富貴自是福來投，利名還有利名憂。
命裡有時終須有，命裡無時莫強求。

西慶收下他許多細軟金銀寶物，鄰舍街坊俱不知道。連夜打點馱裝停當，求了他親家陳宅一封書，差了來保上東京，送上楊提督書禮，轉求內閣蔡太師柬帖下與開封府楊府尹。這府尹名喚楊時，別號龜山，乃陝西弘農縣人氏，由癸未進士陞大理寺卿，今推開封府尹，極是清廉。況蔡太師是他舊時座主，楊戩又是當道時臣，如何不做分上！當日楊府尹陞廳，監中提出花子虛來，一干人上廳跪下，審問他家財下落。此時花子虛已有西門慶捎書知會了，口口只說：「自從老公公死了，發送念經，都花費了。只有宅舍兩所、莊田一處見在，其餘床帳傢伙物件，俱被族人分散一空。」楊府尹道：「你們內官家財，無可稽考，得之易，失之易。既是花費無存，批仰清河縣委官將花太監住宅二所、莊田一處，估價變賣，分給花子由等三人回繳。」花子由等又上前跪稟，還要監追子虛，要別項銀兩。被楊府尹大怒，都喝下來，說道：「你這廝少打！當初你那內相一死之時，你們不告做什麼來？如今事情已往，又來騷擾。」於是把花子虛一下兒也沒打，批了一道公文，押發清河縣前來估計莊宅，不在話下。

來保打聽這消息，星夜回來，報知西門慶。西門慶聽見分上准了，放出花子虛來家，滿心歡喜。這裡李瓶兒請過西門慶去計議，要叫西門慶拿幾兩銀子，買了這所住的宅子：「到明日，奴不久也是你的人了。」西門慶歸家與吳月娘商議。月娘道：「你若要他這房子，恐怕他漢子一時生起疑心來，怎了？」西門慶聽記在心。那消幾日，花子虛來家，清河縣委下樂縣丞來丈估：太監大宅一所，坐落大街安慶坊，值銀七百兩，賣與王皇親為業；南門外莊田一處，值銀六百五十兩，賣與守備周秀為業。只有住居小宅，值銀五百四十兩，因在西門慶緊隔壁，沒人敢買。花子虛再三使人來說，西門慶只推沒銀子，不肯上帳。縣中緊等要回文書，李瓶兒急了，暗暗使馮媽媽來對西門慶說，教拿他寄放的銀子兌五百四十兩買了罷。這西門慶方才依允。當官交兌了銀兩，花子由都畫了字。連夜做文書回了上司，共該銀一千八百九十五兩，三人均分訖。

花子虛打了一場官司出來，沒分的絲毫，把銀兩、房舍、莊田又沒了，兩箱內三千兩大元寶又不見踪影，心中甚是焦躁。因問李瓶兒查算西門慶使用銀兩下落，今還剩多少，好湊著買房子。反吃婦人整罵了四五日，罵道：「呸！魍魎混沌，你成日放著正事兒不理，在外邊眠花臥柳，只當被人弄成圈套，拿在牢裡，使將人來教我尋人情。奴是個女婦人家，大門邊兒也沒走，曉得什麼？認得何人？哪裡尋人情？渾身是鐵打得多少釘兒？替你添羞臉，到處求爹爹告奶奶。多虧了隔壁西門大官人，看日前相交之情，大冷天，刮得那黃風黑風，使了家下人往東京去，替你把事兒幹得停停當當的。你今日了畢官司，兩腳站在平川地，得命思財，瘡好忘痛，來家到問老婆找起後帳兒來了，還說有也沒有。你寫來的帖子現在，沒你的手字兒，我擅自拿出你的銀子尋人情，抵盜與人便難了！」

花子虛道：「可知是我的帖子來說，實指望還剩下些，咱湊著買房子過日子。」婦人道：

「呸！濁蠢才！我不好罵你的。你早仔細好來，囷頭兒上不算計，圈底兒下卻算計。千也說使多了，萬也說使多了，你那三千兩銀子能到得那裡？蔡太師、楊提督好小食腸兒！不是恁大人情，平白拿了你一場，當官蒿條兒也沒曾打在你這忘八身上，好好兒放出來，教你在家裡恁說嘴！人家不屬你管轄，你是他什麼著疼的親？平白怎替你南上北下走跳，使錢教你！你來家也該擺席酒兒，請過人來，知謝人一知謝兒，還一掃帚掃得人光光的，倒問人找起後帳兒來了！」幾句連搽帶罵，罵得子虛閉口無言。

到次日，西門慶使玳安送了一分禮來與子虛壓驚。子虛這裡安排了一席，請西門慶來知謝，就要問他銀兩下落。依著西門慶，還要找過幾百兩銀子與他湊買房子。倒是李瓶兒不肯，暗地使馮媽媽過來對西門慶說：「休要來吃酒，只開送一篇花帳與他，說銀子上下打點都使沒了。」花子虛不識時，還使小廝再三邀請。西門慶躲的一逕往院裡去了，只回不在家。花子虛氣得發昏，只是跌腳。看官聽說：大凡婦人更變，不與男子漢一心，隨你咬折鐵釘般剛毅之夫，也難測其暗地之事。自古男治外而女治內，往往男子之名，都被婦人壞了者，為何？皆由御之不得其道。要之在乎容德相感，緣分相投，夫唱婦隨，庶可保其無咎。若似花子虛落魄飄風，漫無紀律，而欲其內人不生他意，豈可得乎！正是：

自意得其墊，無風可動搖。

話休饒舌。後來子虛只拼湊了二百五十兩銀子，買了獅子街一所房屋居住。得了這口重氣，剛搬到那裡，又不幸害了一場傷寒，從十一月初旬，睡倒在床上，就不曾起來。初時還請太醫來看，後來怕使錢，只挨著。一日兩，兩日三，挨到二十頭，嗚呼哀哉，斷氣身亡，亡年二十四歲。那手下的大小廝天喜兒，從子虛病倒之時，就拐了五兩銀子走得無蹤。子虛一倒了頭，李瓶兒就使馮媽媽請了西門慶過去，與他商議買棺入殮，念經發送，到墳上安葬。那花大、花三、花四一般兒男婦，也都來弔孝送殯。西門慶那日也教吳月娘辦了一張桌席，與他山頭祭奠。當日婦人轎子歸家，也設了一個靈位，供養在房中。雖是守靈，一心只想著西門慶。從子虛在日，就把兩個丫頭教西門慶耍了，子虛死後，越發通家往還。

一日，正值正月初九，李瓶兒打聽是潘金蓮生日，未曾過子虛五七，李瓶兒就買禮物坐轎子，穿白綾襖兒，藍織金裙，白紵布鬏髻，珠子箍兒，來與金蓮做生日。馮媽媽抱氈包，天福兒跟轎。進門先與月娘磕了四個頭，說道：「前日山頭多勞動大娘受餓，又多謝重禮。」拜了月娘，又請李嬌兒、孟玉樓拜見了。然後潘金蓮來到，說道：「這位就是五娘？」又要磕下頭去，一口一聲稱呼：「姐姐，請受奴一禮兒。」金蓮哪裡肯受，相讓了半日，兩個還平磕了頭。金蓮又謝了他壽禮。又有吳大妗子、潘姥姥一同見了。李瓶兒便請西門慶拜見。月娘道：「他今日往門外玉皇廟打醮去了。」一面讓坐了，喚茶來吃了。良久，只見孫雪娥走過來。李瓶兒見他妝飾少次於眾人，便起身來問道：「此位是何人？奴不知，不曾請見得。」月娘道：「此是他姑娘哩。」李瓶兒就要行禮。月娘道：「不勞起動二娘，只是平拜拜兒罷。」於是彼此拜畢。

月娘就讓到房中，換了衣裳，吩咐丫鬟，明間內放桌兒擺茶。須臾，圍爐添炭，酒泛羊羔，安排上酒來。讓吳大妗子、潘姥姥、李瓶兒上坐，月娘和李嬌兒主席，孟玉樓和潘金蓮打橫。孫雪娥回廚下照管，不敢久坐。月娘見李瓶兒鍾鍾酒都不辭，於是親自遞了一遍酒，又令李嬌兒眾人各遞酒一遍，因嘲問他話兒道：「花二娘搬的遠了，俺姊妹們離多會少，好不思想。二娘狠心，就不說來看俺們看見？」孟玉樓便道：「二娘今日不是因與六姐做生日還不來哩！」李瓶兒道：「好大娘，三娘，蒙眾娘擡舉，奴心裡也要來，一者熱孝在身，二者家下沒人。昨日才過了他五七，不是怕五娘怪，還不敢來。」因問：「大娘貴降在幾時？」月娘道：「賤日早哩。」

潘金蓮接過來道：「大娘生日是八月十五，二娘好歹來走走。」李瓶兒道：「不消說，一定都來。」孟玉樓道：「二娘今日與俺姊妹相伴一夜兒，不往家去罷了。」李瓶兒道：「奴可知也要和眾位娘敘些話兒。不瞞眾位娘說，小家兒人家，初搬到那裡，自從他沒了，家下沒人，奴那房子後牆緊靠著喬皇親花園，好不空！晚夕常有狐狸拋磚掠瓦，奴又害怕。原是兩個小廝，那個大小廝又走了，只是這個天福兒小廝看守前門，後半截通空落落的。倒虧了這個老馮，是奴舊時人，常來與奴漿洗些衣裳。」

月娘因問：「老馮多少年紀？且是好個殷實媽媽兒，高大言也沒句兒。」李瓶兒道：「他今年五十六歲，男花女花都沒，只靠說媒度日。我這裡常管他些衣裳。昨日拙夫死了，叫過他來與奴做伴兒，晚夕同丫頭一炕睡。」潘金蓮嘴快，說道：「既有老馮在家裡看家，二娘在這裡過一夜也不妨，左右你花爹沒了，有誰管著你！」玉樓道：「二娘只依我，叫老馮回了轎子，不去罷。」那李瓶兒只是笑，不做聲。

說話中間，酒過數巡。潘姥姥先起身往前邊去了。潘金蓮隨跟著他娘往房裡去了。李瓶兒再三辭道：「奴的酒夠了。」李嬌兒道：「花二娘怎的，在他大娘、三娘手裡肯吃酒，偏我遞酒，二娘不肯吃？顯得有厚薄。」遂拿個大杯斟上。李瓶兒道：「好二娘，奴委的吃不去了，豈敢做假！」月娘道：「二娘，你吃過此杯，略歇歇兒罷。」那李瓶兒方才接了，放在面前，只顧與眾人說話。孟玉樓見春梅立在旁邊，便問春梅：「你娘在前邊做什麼哩？你去連你娘、潘姥姥快請來，就說大娘請來陪你花二娘吃酒哩。」春梅去不多時，回來道：「姥姥害身上疼，睡哩。俺娘在房裡勻臉，就來。」月娘道：「我倒也沒見，他倒是個主人家，把客人丟了，三不知往房裡去了。諸般都好，只是有這些孩子氣。」有詩為證：

倦來汗濕羅衣徹，樓上人扶上玉梯。
歸到院中重洗面，金盆水裡潑紅泥。

正說著，只見潘金蓮走來。玉樓在席上看見他艷抹濃妝，從外邊搖擺將來，戲道：「五丫頭，你好人兒！今日是你個驢馬畜，把客人丟在這裡，你躲到房裡去了，你可成人養的！」那金蓮笑嘻嘻向他身上打了一下。玉樓道：「好大膽的五丫頭！你還來遞一鍾兒。」李瓶兒道：「奴在三娘手裡吃了好少酒兒，也都夠了。」金蓮道：「他手裡是他手裡帳，我也敢奉二娘一鍾兒。」於是滿斟一大鍾遞與李瓶兒。李瓶兒只顧放著不肯吃。月娘因看見金蓮鬢上撇著一根金壽字簪兒，便問：「二娘，你與六姐這對壽字簪兒，是哪裡打造的？倒好樣兒。到明日俺們人照樣也配恁一對兒戴。」李瓶兒道：「大娘既要，奴還有幾對，到明日每位娘都補奉上一對兒。此是過世老公公御前帶出來的，外邊哪裡有這樣範！」月娘道：「奴取笑鬥二娘耍子。俺姐妹們人多，哪裡有這些相送！」眾女眷飲酒歡笑。

看看日西時分，馮媽媽在後邊雪娥房裡管待酒，吃得臉紅紅的出來，催逼李瓶兒道：「起身不起身？好打發轎子回去。」月娘道：「二娘不去罷，叫老馮回了轎子家去罷。」李瓶兒說：「家裡無人，改日再奉看眾位娘，有日子住哩。」孟玉樓道：「二娘好執古，俺眾人就沒些兒分上？如今不打發轎子，等住回他爹來，少不的也要留二娘。」自這說話，逼迫得李瓶兒就把房門鑰匙遞與馮媽媽，說道：「既是他眾位娘再三留我，顯得奴不識敬重。吩咐轎子回去，教他明日來接罷。你和小廝家去，仔細門戶。」又教馮媽媽附耳低言：「教大丫頭迎春，拿鑰匙開我床房裡頭一個箱子，小描金頭面匣兒裡，拿四對金壽字簪兒。你明日早送來，我要送四位娘。」那馮媽媽得了話，拜辭了月娘，一面出門，不在話下。

少頃，李瓶兒不肯吃酒，月娘請到上房，同大妗子一處吃茶坐的。忽見玳安抱進氈包，西門慶來家，掀開簾子進來，說道：「花二娘在這裡！」慌得李瓶兒跳起身來，兩個見了禮，坐下。月娘叫玉簫與西門慶接了衣裳。西門慶便對吳大妗子、李瓶兒說道：「今日門外玉皇廟聖誕打醮，該我年例做會首，與眾人在吳道官房裡算帳。七擔八捱纏到這咱晚。」因問：「二娘今日不家去罷了？」玉樓道：「二娘再三不肯，要去，被俺眾姐妹強著留下。」李瓶兒道：「家裡沒人，奴不放心。」西門慶道：「沒得扯淡，這兩日好不巡夜的甚緊，怕怎的！但有些風吹草動，拿我個帖兒送與周大人，點到奉行。」又道：「二娘怎的冷清清坐著？用了些酒兒不曾？」孟玉樓道：

「俺眾人再三勸二娘，二娘只是推不肯吃。」西門慶道：「你們不濟，等我勸二娘。二娘好小量兒！」

李瓶兒口裡雖說：「奴吃不去了。」只不動身。一面吩咐丫鬟，重新房中放桌兒，都是留下伺候西門慶的嗄飯菜蔬、細巧果仁，擺了一張桌子。吳大妗子知局，推不用酒，因往李嬌兒房裡去了。當下李瓶兒上坐，西門慶關席，吳月娘在炕上跐著爐壺兒。孟玉樓、潘金蓮兩邊打橫。五人坐定，把酒來斟，也不用小鍾兒，都是大銀衢花鍾子，你一杯，我一盞。常言：風流茶說合，酒是色媒人。吃來吃去，吃得婦人眉黛低橫，秋波斜視。正是：

兩朵桃花上臉來，眉眼施開真色相。

月娘見他二人吃得餳成一塊，言頗涉邪，看不上，往那邊房裡陪吳大妗子坐去了，由著他四個吃到三更時分。李瓶兒星眼乜斜，立身不住，拉金蓮往後邊淨手。西門慶走到月娘房裡，亦東倒西歪，問月娘打發他哪裡歇。月娘道：「他來與哪個做生日，就在哪個房兒裡歇。」西門慶道：「我在哪裡歇？」月娘道：「隨你哪裡歇，再不你也跟了他一處去歇罷。」西門慶忍不住笑道：「豈有此理！」因叫小玉來脫衣：「我在這房裡睡了。」月娘道：「就別要汗邪，休要惹我那沒好口的罵出來!你在這裡，他大妗子哪裡歇?」西門慶道：「罷，罷!我往孟三兒房裡歇去罷。」於是往玉樓房中歇了。

潘金蓮引著李瓶兒淨了手，同往他前邊來，就和姥姥一處歇臥。到次日起來，臨鏡梳妝，春梅伏侍。他因見春梅靈變，知是西門慶用過的丫頭，與了他一副金三事兒。那春梅連忙就對金蓮說了。金蓮謝了又謝，說道：「又勞二娘賞賜他。」李瓶兒道：「不枉了五娘有福，好個姐姐！」梳妝畢，金蓮領著他同潘姥姥，叫春梅開了花園門，各處遊看。李瓶兒看見他那邊牆頭開了個便門，通著他那壁，便問：「西門爹幾時起蓋這房子？」金蓮道：「前者陰陽看來，說到這二月間興工動土，要把二娘那房子打開，通做一處，前面蓋山子捲棚，展一個大花園；後面還蓋三間翫花樓，與奴這三間樓做一條邊。」這李瓶兒聽了在心。

只見月娘使了小玉來請後邊吃茶，三人同來到上房。吳月娘、李嬌兒、孟玉樓陪著吳大妗子，擺下茶等著哩。眾人正吃點心，只見馮媽媽進來，向袖中取出一方舊汗巾，包著四對金壽字簪兒，遞與李瓶兒。李瓶兒先奉了一對與月娘，然後李嬌兒、孟玉樓、孫雪娥每人都是一對。月娘道：「多有破費二娘，這個卻使不得。」李瓶兒笑道：「好大娘，什麼稀罕之物，胡亂與娘們賞人便了。」月娘眾人拜謝了，方才各人插在頭上。月娘道：「聞說二娘家門首就是燈市，好不熱鬧。到明日我們看燈，就往二娘府上望望，休要推不在家。」李瓶兒道：「奴到那日，奉請眾位娘。」金蓮道：「姐姐還不知，奴打聽來，這十五日是二娘生日。」月娘道：「今日說過，若是二娘貴降的日子，俺姊妹一個也不少，來與二娘祝壽。」李瓶兒笑道：「蝸居小室，娘們肯下降，奴一定奉請。」

不一時吃罷早飯，擺上酒來飲酒。看看留連到日西時分，轎子來接，李瓶兒告辭歸家。眾姐妹款留不住。臨出門，請西門慶拜見。月娘道：「他今日早起身，出門與人家送行去了。」婦人千恩萬謝，方才上轎來家。正是：

合歡核桃真堪愛，裡面原來別有仁。

# 第十五回　佳人笑賞翫燈樓　狎客幫嫖麗春院

詩曰：

樓上多嬌艷，當窗並三五。
爭弄遊春陌，相邀開綉戶。
轉態結紅裾，含嬌入翠羽。
留賓乍拂弦，托意時移住。

話說光陰迅速，又早到正月十五日。西門慶先一日差玳安送了四盤羹菜、一罈酒、一盤壽桃、一盤壽麵、一套織金重絹衣服，寫吳月娘名字，送與李瓶兒做生日。李瓶兒才起來梳妝，叫了玳安兒到臥房裡，說道：「前日打擾你大娘，今日又教你大娘費心送禮來。」玳安道：「娘多上覆，爹也上覆二娘，不多些微禮，送二娘賞人。」李瓶兒一面吩咐迎春擺四盤茶食管待玳安。臨出門與二錢銀子、一方閃色手帕：「到家多上覆你家列位娘，我這裡就使老馮拿帖兒來請。好歹明日都要光降走走。」玳安磕頭出門，兩個擡盒子的與一百文錢。李瓶兒隨即使老馮拿著五個柬帖兒，十五日請月娘和李嬌兒、孟玉樓、孫雪娥、潘金蓮，又捎了一個帖兒，暗暗請西門慶那日晚夕赴席。

月娘到次日，留下孫雪娥看家，同李嬌兒、孟玉樓、潘金蓮四頂轎子出門，都穿著妝花錦綉衣服，來興、來安、玳安、畫童四個小廝跟隨著，竟到獅子街燈市李瓶兒新買的房子裡來。這房子門面四間，到底三層：臨街是樓；儀門內兩邊廂房，三間客坐，一間梢間；過道穿進去，第三層三間臥房，一間廚房。後邊落地緊靠著喬皇親花園。李瓶兒知月娘眾人來看燈，臨街樓上設放圍屏桌席，懸掛許多花燈。先迎接到客位內，見畢禮數，次讓入後邊明間內待茶，不必細說。到午間，客位內設四張桌席，叫了兩個唱的——董嬌兒、韓金釧兒，彈唱飲酒。前邊樓上設著細巧添換酒席，又請月娘眾人登樓看燈玩耍。樓簷前掛著湘簾，懸著燈彩。吳月娘穿著大紅妝花通袖襖兒，嬌綠緞裙，貂鼠皮襖。李嬌兒、孟玉樓、潘金蓮都是白綾襖兒，藍緞裙。李嬌兒是沈香色遍地金比甲，孟玉樓是綠遍地金比甲，潘金蓮是大紅遍地金比甲，頭上珠翠堆盈，鳳釵半卸，俱搭伏定樓窗觀看。那燈市中人煙湊集，十分熱鬧。當街搭數十座燈架，四下圍列諸般買賣，玩燈男女，花紅柳綠，車馬轟雷。但見：

山石穿雙龍戲水，雲霞映獨鶴朝天。金屏燈、玉樓燈見一片珠璣；荷花燈、芙蓉燈散千圍錦綉。綉毬燈皎皎潔潔，雪花燈拂拂紛紛。秀才燈揖讓進止，存孔孟之遺風；媳婦燈容德溫柔，效孟姜之節操。和尚燈月明與柳翠相連，判官燈鍾馗共小妹並坐。師婆燈揮羽扇假降邪神，劉海燈背金蟾戲吞至寶。駱駝燈、青獅燈馱無價之奇珍；猿猴燈、白象燈進連城之秘寶。七手八腳螃蟹燈倒戲清波，巨大口髯鮎魚燈平吞綠藻。銀蛾鬥彩，雪柳爭輝。魚龍沙戲，七真五老獻丹書；吊掛流蘇，九夷八蠻來進寶。村裡社鼓，隊隊喧闐；百戲貨郎，樁樁鬥巧。轉燈兒一來一往，吊燈兒或仰或垂。琉璃瓶映美女奇花，雲母障並瀛州閬苑。王孫爭看小欄下，蹴鞠齊雲；仕女相攜高樓上，妖嬈衒色。卦肆雲集，相幙星羅：講新春造化如何，定一世榮枯有准。又有那站高坡打談的，詞曲楊恭；到看這搧響鈸遊腳僧，演說三藏。賣元宵的高堆果餡，粘梅花的齊插枯枝。剪春娥，鬢邊斜插鬧東風；禱涼釵，頭上飛金光耀日。圍屏畫石崇之錦帳，珠簾繪梅月之雙清。雖然覽不盡鰲山景，也應豐登快活年。

月娘看了一回，見樓下人亂，就和李嬌兒各歸席上吃酒去了。惟有潘金蓮、孟玉樓同兩個唱的，只顧搭伏著樓窗子望下觀看。那潘金蓮一逕把白綾襖袖子兒摟著，顯他那遍地金掏袖兒，露出那十指春蔥來，帶著六個金馬鐙戒指兒，探著半截身子，口中嗑瓜子兒，把嗑的瓜子皮兒都吐落在人身上，和玉樓兩個嘻笑不止。一回指道：「大姐姐，你來看，那家房簷下掛的兩盞綉毬燈，一來一往，滾上滾下，倒好看。」一回又道：「二姐姐，你來看，這對門架子上，挑著一盞大魚燈，下面還有許多小魚鼈蟹兒，跟著他倒好耍子。」一回又叫：「三姐姐，你看，這首裡這個婆兒燈，那個老兒燈。」

正看著，忽然一陣風來，把個婆兒燈下半截割了一個大窟窿。婦人看見，笑個不了，引惹得那樓下看燈的人，挨肩擦背，仰望上瞧，通擠匝不開，都壓躧躧兒。內中有幾個浮浪子弟，直指著談論。一個說道：「一定是那公侯府裡出來的宅眷。」一個又猜：「是貴戚王孫家艷妾，來此看燈。不然如何內家妝束？」又一個說道：「莫不是院中小娘兒？是那大人家叫來這裡看燈彈唱。」又一個走過來說道：「只我認得，你們都猜不著。這兩個婦人，也不是小可人家的，他是閻羅大王的妻，五道將軍的妾，是咱縣門前開生藥鋪、放官吏債，西門大官人的婦女。你惹他怎的？想必跟他大娘來這裡看燈。這個穿綠遍地金比甲的，我不認得。那穿大紅遍地金比甲兒，上戴著個翠面花兒的，倒好似賣炊餅武大郎的娘子。大郎因為在王婆茶坊內捉姦，被大官人踢死了。把他娶在家裡做妾。後次他小叔武松告狀，誤打死了皂隸李外傳，被大官人墊發充軍去了。如今一二年不見，出落得這等標緻了。」正說著，吳月娘見樓下圍的人多了，叫了金蓮、玉樓席坐下，聽著兩個粉頭彈唱燈詞、飲酒。

坐了一回，月娘要起身，說道：「酒夠了，我和二娘先行一步，留下他姊妹兩個再坐一回兒，以盡二娘之情。今日他爹不在家，家裡無人，光丟著些丫頭們，我不放心。」這李瓶兒哪裡肯放，說道：「好大娘，奴沒敬心也是的。今日大節間，燈兒也沒點，飯兒也沒上，就要家去，就是西門爹不在家中，還有他姑娘們哩，怕怎的？待月色上來，奴送四位娘去。」月娘道：「二娘，不是這等說。我又不大十分用酒，留下他姊妹兩個，就同我一般。」李瓶兒道：「大娘不用，二娘也不吃一鍾，也沒這個道理。想奴前日在大娘府上，那等鍾鍾不辭，眾位娘竟不肯饒我。今日來到奴這湫窄之處，雖無甚物供獻，也盡奴一點勞心。」於是拿大銀鍾遞與李嬌兒，說道：「二娘好歹吃一杯兒。大娘，奴不敢奉大杯，只奉小杯兒罷。」於是滿斟遞與月娘。兩個唱的，月娘每人與他二錢銀子。待得李嬌兒吃過酒，月娘就起身，又囑咐玉樓、金蓮道：「我兩個先去，就使小廝拿燈籠來接你們，也就來罷。家裡沒人。」玉樓應諾。李瓶兒送月娘、李嬌兒到門首，上轎去了。歸到樓上，陪玉樓、金蓮飲酒，看看天晚，樓上點起燈來，兩個唱的彈唱飲酒，不在話下。

卻說西門慶那日同應伯爵、謝希大兩個，家中吃了飯，同往燈市裡遊玩。到了獅子街東口，西門慶因為月娘眾人都在李瓶兒家吃酒，恐怕他兩個看見，就不往西街去看大燈，只到賣紗燈的跟前就回了。不想轉過彎來，撞遇孫寡嘴、祝實念，唱喏說道：「連日不會哥，心中渴想。」見了應伯爵、謝希大罵道：「你兩個天殺的好人兒，你來和哥遊玩，就不說叫俺一聲兒！」西門慶道：「祝兄弟，你錯怪了他兩個，剛才也是路上相遇。」祝實念道：「如今看了燈往那裡去？」西門慶道：「同眾位兄弟到大酒樓上吃三杯兒，不是也請眾兄弟家去，今日房下們都往人家吃酒去了。」祝實念道：「比是哥請俺們到酒樓上，何不往裡邊望望李桂姐去？只當大節間拜拜年，去混他混。前日俺兩個在他家，他望著俺們好不哭哩！說他從臘月裡不好到如今，大官人通影邊兒不進去看他看。哥今日倒閒，俺們情願相伴哥進去走走。」西門慶因記掛晚夕李瓶兒有約，故推辭道：「今日我還有小事，明日去罷。」怎禁這夥人死拖活拽，於是同進院中去。正是：

柳底花陰壓路塵，一回遊賞一回新。
不知買盡長安笑，活得蒼生幾戶貧？

西門慶同眾人到了李家，桂卿正打扮著在門首站立，一面迎接入中堂相見了。祝實念就高叫道：「快請三媽出來！還虧俺眾人，今日請的大官人來了。」少頃，老虔婆扶拐而出，與西門慶見禮畢，說道：「老身又不曾怠慢了姐夫，如何一向不進來看看姐兒？想必別處另敘了新婊子來。」祝實念插口道：「你老人家會猜算，俺大官人近日相了個絕色的婊子，每日只在那裡走，不想你家桂姐兒。剛才不是俺二人在燈市裡撞見，拉他來，他還不來哩！媽不信，問孫伯修就是了。」因指著應伯爵、謝希大說道：「這兩個天殺的，和他都是一路神祇。」

老虔婆聽了，哈哈笑道：「好應二哥，俺家沒惱著你，如何不在姐夫面前美言一句兒？雖是姐夫裡邊頭絮兒多，常言道：好子弟不嫖一個粉頭，天下錢眼兒都一樣。不是老身誇口說，我家桂姐也不醜，姐夫自有眼，今也不消人說。」孫寡嘴道：「我是老實說，哥如今新敘的這個婊子，不是裡面的，是外面的婊子。」西門慶聽了，趕著孫寡嘴只顧打，說道：「老媽，你休聽這天災人禍的老油嘴，老殺才！」孫寡嘴和眾人笑成一塊。

西門慶向袖中掏出三兩銀子來，遞與桂卿：「大節間，我請眾朋友。」桂卿不肯接，遞與老媽。老媽說道：「怎麼的？姐夫就笑話我家，大節下拿不出酒菜兒管待列位老爹？又教姐夫壞鈔，拿出銀子。顯得俺們院裡人家只是愛錢了。」應伯爵走過來說道：「老媽，你依我收了，快安排酒來俺們吃。」那虔婆說道：「這個理上卻使不得。」一壁推辭，一壁把銀子接來袖了，深深道了個萬福，說道：「謝姐夫的佈施。」應伯爵道：「媽，你且住。我說個笑話兒你聽：一個子弟在院中嫖小娘兒。那一日做耍，裝做貧子進去。老媽見他衣服藍縷，不理他。坐了半日，茶也不拿出來。子弟說：『媽，我肚飢，有飯尋些來吃。』老媽道：『米囤也晒，那討飯來？』子弟又道：『既沒飯，有水拿些來，我洗臉。』老媽道：『少挑水錢，連日沒送水來。』這子弟向袖中取出十兩一錠銀子，放在桌上，教買米雇水去。慌得老媽沒口子道：『姐夫吃了臉洗飯，洗了飯吃臉！』」把眾人都笑了。

虔婆道：「你還是這等快取笑，可可兒的來，自古有恁說沒這事。」應伯爵道：「你拿耳朵來，我對你說：大官人新近請了花二哥婊子——後巷的吳銀兒了，不要你家桂姐哩！」虔婆笑道：「我不信，俺桂姐今日不是強口，比吳銀兒還比得過。我家與姐夫是快刀兒割不斷的親戚。姐夫是何等人兒？他眼裡見得多，著緊處，金子也估出個成色來！」說畢，入去收拾酒菜去了。

少頃，李桂姐出來，家常挽著一窩絲杭州攢，金縷絲釵，翠梅花鈿兒，珠子箍兒，金籠墜子，上穿白綾對襟襖兒，下著紅羅裙子，打扮的粉妝玉琢，望下道了萬福，與桂卿一邊一個打橫坐下。須臾，泡出茶來，桂卿、桂姐每人遞了一盞，陪著吃畢。保兒就來打抹春臺，才待收拾擺放案酒，忽見簾子外探頭舒腦，有幾個穿藍縷衣者——謂之「架兒」，進來跪下，手裡拿著三四升瓜子兒：「大節間，孝順大老爹。」西門慶只認頭一個叫于春兒，問：「你們哪幾個在這裡？」于春道：「還有段綿紗、青聶鉞，在外邊伺候。」段綿紗進來，看見應伯爵在裡，說道：「應爹也在這裡。」連忙磕了頭。西門慶吩咐收了他瓜子兒，打開銀包兒，捏一兩一塊銀子掠在地下。于春兒接了，和眾人趴在地下磕了個頭，說道：「謝爹賞賜。」往外飛跑。有〈朝天子〉單道「架兒」行藏：

這家子打和，那家子撮合。他的本分少，虛頭大，一些兒不巧又騰挪，遶院裡都踅過。席面上幫閒，把牙兒閒嗑。攘一回才散伙，賺錢又不多。歪廝纏怎麼？他在虎口裡求津唾。

西門慶打發架兒出門，安排酒上來吃。桂姐滿泛金杯，雙垂紅袖，餚烹異品，果獻時新，倚翠偎紅，花濃酒艷。酒過兩巡，桂卿、桂姐一個彈箏，一個琵琶，兩個彈著唱了一套〈霽景融和〉。正唱在熱鬧處，見三個穿青衣黃板鞭者——謂之「圓社」，手裡捧著一隻燒鵝，提著兩瓶老酒，大節間來孝順大官人，向前打了半跪。西門慶平昔認的，一個喚白禿子，一個喚小張閒，一個是羅回子，因說道：「你們且外邊候候，待俺們吃過酒，踢三跑。」於是向桌子上拾了四盤嗄飯、一大壺酒、一碟點心，打發眾圓社吃了，整理氣毬伺候。

西門慶吃了一回酒，出來外面院子裡，先踢了一跑。次教桂姐上來，與兩個圓社踢。一個揸頭，一個對障，勾踢拐打之間，無不假喝彩奉承。就有些不到處，都快取過去了，反來向西門慶面前討賞錢，說：「桂姐的行頭，就數一數二的，強如二條巷董官女兒數十倍。」當下桂姐踢了兩跑下來，使得塵生眉畔，汗濕腮邊，氣喘吁吁，腰肢困乏。袖中取出春扇兒搖涼，與西門慶攜手，看桂卿與謝希大、張小閒踢行頭，白禿子、羅回子在旁虛撮腳兒等漏，往來拾毬。亦有〈朝天子〉一詞，單表這踢圓的始末：

> 在家中也閒，到處刮涎，生理全不幹，氣毬兒不離在身邊，每日街頭站。窮的又不趨，
> 富貴他偏羨。從早晨只到晚，不得甚飽餐。轉不得大錢，他老婆常被人包占。

西門慶正看著眾人在院內打雙陸、踢氣毬、飲酒，只見玳安騎馬來接，悄悄附耳低言道：「大娘、二娘家去了。花二娘叫小的請爹早些過去哩！」這西門慶聽了，暗暗叫玳安：「把馬吊在後門邊，等著我。」於是酒也不吃，拉桂姐到房中，只坐了一回兒，就出來推淨手，於後門上馬，一溜煙走了。應伯爵使保兒去拉扯，西門慶只說：「我家裡有事。」哪裡肯轉來！教玳安兒拿了一兩五錢銀子打發三個圓社。李家恐怕他又往後巷吳銀兒家去，使丫鬟直跟至院門首方回。應伯爵等眾人，還吃到二更才散。正是：

> 笑罵由他笑罵，歡娛我且歡娛。

# 第十六回　西門慶擇吉佳期　應伯爵追歡喜慶

詩曰：

傾城傾國莫相疑，巫水巫雲夢亦痴。
紅粉情多銷駿骨，金蘭誼薄惜蛾眉。
溫柔鄉裡精神健，窈窕風前意態奇。
村子不知春寂寂，千金此夕故踟躕。

話說當日西門慶出離院門，玳安跟馬，逕到獅子街李瓶兒家，見大門關著，就知堂客轎子家去了。玳安叫馮媽媽開了門，西門慶進來。李瓶兒在堂中秉燭，花冠齊整，素服輕盈，正倚簾櫳盼望。見西門慶來，忙移蓮步，款促湘裙，下階迎接，笑道：「你早來些兒，他三娘、五娘還在這裡，只剛才起身去了。今日他大娘去的早，說你不在家。哪裡去了？」西門慶道：「今日我和應二哥、謝子純早晨看燈，打你門首過去來。不想又撞見兩個朋友，拉去院裡，撞到這咱晚。我恐怕你這裡等候，小廝去時，教我推淨手，打後門跑了。不然必吃他們掛住了，休想來得成。」李瓶兒道：「適間多謝你重禮。他娘們又不肯坐，只說家裡沒人，教奴倒沒意思的。」於是重篩美酒，再整佳餚，堂中把花燈都點上，放下暖簾來。金爐添獸炭，寶篆爇龍涎。

婦人遞酒與西門慶，磕下頭去說道：「拙夫已故，舉眼無親。今日此杯酒，只靠官人與奴作個主兒，休要嫌奴醜陋，奴情願與官人鋪床疊被，與眾位娘子作個姊妹，奴自己甘心。不知官人心下如何？」說著滿眼淚落。西門慶一手接酒，一手扯他道：「你請起來。既蒙你厚愛，我西門慶銘刻於心。待你孝服滿時，我自有處，不勞你費心。今日是你的好日子，咱們且吃酒。」西門慶吃畢，亦滿斟一杯回奉。婦人吃畢，安席坐下。馮媽媽單管廚下。

須臾，拿麵上來吃。西門慶因問道：「今日唱的是哪兩個？」李瓶兒道：「今日是董嬌兒、韓金釧兒兩個。臨晚，送他三娘、五娘家中討花兒去了。」兩個在席上交杯換盞飲酒，綉春、迎春兩個在旁斟酒下菜伏侍。只見玳安上來，與李瓶兒磕頭拜壽。李瓶兒連忙起身還了個萬福，吩咐迎春教老馮廚下看壽麵點心下飯，拿一壺酒與玳安吃。西門慶吩咐：「吃了早些回家去罷。」李瓶兒道：「到家裡，你娘問，休說你爹在這裡。」玳安道：「小的知道，只說爹在裡邊過夜。明日早來接爹就是了。」西門慶點了點頭兒，當下把李瓶兒喜歡得要不得，說道：「好個乖孩子，眼裡說話。」又叫迎春拿二錢銀子與他節間買瓜子兒嗑：「明日你拿個樣兒來，我替你做雙好鞋兒穿。」那玳安連忙磕頭說：「小的怎敢？」走到下邊吃了酒飯，帶馬出門。馮媽媽把大門上了拴。

李瓶兒同西門慶猜枚吃了一回，又拿一副三十二扇象牙牌兒，桌上舖茜紅苫條，兩個抹牌飲酒。吃一回，吩咐迎春房裡秉燭。原來花子虛死了，迎春、綉春都已被西門慶耍了，以此凡事不避，教他收拾舖床，拿果盒杯酒。又在床上紫錦帳裡，婦人露著粉般身子，西門慶香肩相並，玉體廝挨。兩個看牌，拿大鍾飲酒。因問西門慶：「你那邊房子幾時收拾？」西門慶道：「且待二月間興工，連你這邊一所通身打開，與那邊花園取齊。前邊起蓋個山子捲棚，花園耍子。後邊還蓋三間翫花樓。」婦人因指道：「奴這床後茶葉箱內，還藏三四十斤沈香、二百斤白蠟、兩罐子水銀、八十斤胡椒。你明日都搬出來，替我賣了銀子，湊著你蓋房子使。你若不嫌奴醜陋，到家好歹對大娘說，奴情願與娘們做個姊妹，隨問把我做第幾個也罷。親親，奴捨不得你。」說著，眼淚紛紛的落將下來。

西門慶忙把汗巾兒抹拭，說道：「你的情意，我已盡知。待你這邊孝服滿，我那邊房子蓋了才好。不然娶你過去，沒有住房。」婦人道：「既有實心娶奴家去，到明日好歹把奴的房蓋的與他五娘在一處，奴捨不得他好個人兒，與後邊孟家三娘，見了奴且親熱。兩個天生的打扮，也不像兩個姊妹，只像一個娘兒生的一般。惟有他大娘性兒不是好的，快眉眼裡掃人。」西門慶說道：「俺吳家的這個拙荊，他倒是好性兒哩。不然手下怎生容得這些人？明日這邊與那邊一樣，蓋三間樓與你居住，安兩個角門兒出入。你心下如何？」婦人道：「我的哥哥，這等才可奴的意！」於是兩個顛鸞倒鳳，淫慾無度。狂到四更時分，方才就寢。枕上並肩交股，直睡到次日飯時起來。

婦人且不梳頭，迎春拿進粥來，只陪著西門慶吃了半盞粥兒，又拿酒來，二人又吃。原來李瓶兒好馬爬著，教西門慶坐在枕上，他倒插花往來自動。兩個正在美處，只見玳安兒外邊打門，騎馬來接。西門慶喚他在窗下問他話。玳安說：「家中有三個川廣客人，在家中坐著。有許多細貨要秤兌與傅二叔，只要一百兩銀子押合同，約八月中找完銀子。大娘使小的來請爹家去理會此事。」西門慶道：「你沒說我在這裡？」玳安道：「小的只說爹在桂姨家，沒說在這裡。」西門慶道：「你看不曉事！教傅二叔打發他便了，又來請我怎的？」玳安道：「傅二叔講來，客人不肯，直等爹去，方才批合同。」李瓶兒道：「既是家中使孩子來請，買賣要緊，你不去，惹得大娘不怪麼？」西門慶道：「你不知，賊蠻奴才，行市遲，貨物沒處發兌，才上門脫與人。若快時，他就張致了。滿清河縣，除了我家舖子大，發貨多，隨問多少時，不怕他不來尋我。」婦人道：「買賣不與道路為仇，只依奴到家打發了再來。往後日子多如柳葉兒哩。」西門慶於是依李瓶兒之言，慢慢起來，梳頭淨面，戴網巾，穿衣服。李瓶兒收拾飯與他吃了，西門慶一直帶著個眼紗，騎馬來家。

舖子裡有四五個客人，等候秤貨兌銀。批了合同，打發去了。走到潘金蓮房中，金蓮便問：「你昨日往哪裡去來？實說便罷，不然我就嚷得塵鄧鄧的。」西門慶道：「你們都在花家吃酒，我和他們燈市裡走了走，就同往裡邊吃酒，過一夜。今日小廝接我方才來家。」金蓮道：「我知小廝去接，那院裡有你魂兒？罷麼，賊負心，你還哄我哩！那淫婦昨日打發俺們來了，弄神弄鬼的。晚夕叫了你去，合搗了一夜，合搗的了，才放來了。玳安這賊囚根子，久慣兒牢成，對著他大娘又一樣話兒，對著我又是一樣話兒。先是他回馬來家，他大娘問他：『你爹怎的不來？在誰家吃酒哩?』他回說:『和傅二叔眾人看了燈回來,都在院裡李桂姨家吃酒,叫我明早接去哩。』落後我叫了問他,他笑不言語。問得急了,才說:『爹在獅子街花二娘那裡哩!』賊囚根,他怎的就知我和你一心一話!想必你叫他說來。」西門慶道:「我哪裡教他?」

於是隱瞞不住,方才把李瓶兒「晚夕請我去到那裡,與我遞酒,說空過你們來了。又哭哭啼啼告訴我說,他沒人手,後半截空,晚夕害怕,一心要教我娶他。問幾時收拾這房子。他還有些香燭細貨,也值幾百兩銀子,教我會經紀,替他打發。銀子教我收,湊著蓋房子。上緊修蓋,他要和你一處住,與你做個姊妹,恐怕你不肯。」婦人道:「我也不多著個影兒在這裡,巴不得來總好。我這裡也空落落的,得他來與老娘做伴兒。自古舡多不礙港,車多不礙路,我不肯招他,當初那個怎麼招我來?攙奴什麼分兒也怎的?倒只怕人心不似奴心。你還問聲大姐姐去。」西門慶道:「雖故是恁說,他孝服未滿哩。」說畢,婦人與西門慶脫白綾襖,袖子裡滑浪一聲掉出個物件兒來,拿在手裡沉甸甸的,彈子大,認了半日,竟不知什麼東西。但見:

原是番兵出產,逢人薦轉在京。身軀小內玲瓏。得人輕借力,輾轉作蟬鳴。解使佳人心顫,慣能助腎威風。號稱金面勇先鋒。戰降功第一,揚名勉子鈴。

婦人認了半日,問道:「是什麼東西兒?怎的把人半邊肐膊都麻了?」西門慶笑道:「這物件你就不知道了,名喚做勉鈴,南方勉甸國出來的。好的也值四五兩銀子。」婦人道:「此物使到那裡?」西門慶道:「先把他放入爐內,然後行事,妙不可言。」婦人道:「你與李瓶兒也幹來?」西門慶於是把晚間之事,從頭告訴一遍。說得金蓮淫心頓起,兩個白日裡掩上房門,解衣上床交歡。正是:

不知子晉緣何事,才學吹簫便作仙。

話休饒舌。一日西門慶會了經紀，把李瓶兒的香蠟等物，都秤了斤兩，共賣了三百八十兩銀子。李瓶兒只留下一百八十兩盤纏，其餘都付與西門慶收了，湊著蓋房使。教陰陽擇用二月初八日興土動工。將五百兩銀子委付大家人來招並主管賁四，卸磚瓦木石，管工計帳。這賁四名喚賁第傳，年少生得浮浪囂虛，百能百巧。原是內相勤兒出身，因不守本分，被趕出來。初時跟著人做兄弟，次後投入大人家做家人，把人家奶子拐出來做了渾家，卻在故衣行做經紀。琵琶簫管都會。西門慶見他這般本事，常照管他在生藥舖中秤貨討人錢使。以此凡大小事情，少他不得。當日賁四、來招督管各作匠人興工。先拆毀花家那邊舊房，打開牆垣，築起地腳，蓋起捲棚山子、各亭臺耍子去處。非只一日，不必盡說。

光陰迅速，日月如梭。西門慶起蓋花園，約個月有餘。卻是三月上旬，乃花子虛百日。李瓶兒預先請過西門慶去，和他計議，要把花子虛靈燒了：「房子賣得賣不得，你著人來看守。你早把奴娶過去罷！隨你把奴作第幾個，奴情願伏侍你鋪床疊被。」說著淚如雨下。西門慶道：「你休煩惱。我這話對房下和潘五姐也說過了，直待與你把房蓋完，那時你孝服將滿，娶你過門不遲。」李瓶兒道：「你既有真心娶奴，先早把奴房攛掇蓋了。娶過奴去，到你家住一日，死也甘心。省得奴在這裡度日如年。」西門慶道：「你的話，我知道了。」李瓶兒道：「再不得，我燒了靈，先搬在五娘那邊住兩日。等你蓋了新房子，搬移不遲。你好歹到家和五娘說，我還等你的話。這三月初十日，是他百日，我好念經燒靈。」西門慶應諾，與婦人歇了一夜。

到次日來家，一五一十對潘金蓮說了。金蓮道：「可知好哩！奴巴不得騰兩間房與他住。你還問聲大姐姐去。我落得河水不洗船。」西門慶一直走到月娘房裡來，月娘正梳頭。西門慶把李瓶兒要嫁一節，從頭至尾說一遍。月娘道：「你不好娶他的。他頭一件，孝服不滿；第二件，你當初和他男子漢相交；第三件，你又和他老婆有連手，買了他房子，收著他寄放的許多東西。常言：機兒不快梭兒快。我聞得人說，他家房族中花大是個刁徒潑皮。倘一時有些聲口，倒沒的惹蝨子頭上搔。奴說的是好話。趙錢孫李，你依不依隨你！」幾句說得西門慶閉口無言。走出前廳來，坐在椅子上沈吟：又不好回李瓶兒話，又不好不去的。尋思了半日，還進入金蓮房裡來。

金蓮問道：「大姐姐怎麼說？」西門慶把月娘的話告訴了一遍。金蓮道：「大姐姐說的也是。你又買了他房子，又娶他老婆，當初又與他漢子相交，既做朋友，沒絲也有寸，教官兒也看喬了。」西門慶道：「這個也罷了。到只怕花大那廝沒圈子跳，知道挾制他孝服不滿，在中間鬼渾。怎生計較？我如今又不好回他的。」金蓮道：「呸！有甚難處的事？你到那裡只說：『我到家對五娘說來，他的樓上堆著許多藥料，你這傢伙去到那裡沒處堆放，一發再寬待些時，你這邊房子也七八蓋了，攛掇匠人早些裝修油漆停當，你這裡孝服也將滿。那時娶你過去，卻不齊備些。強似搬在五娘樓上，葷不葷，素不素，擠在一處什麼樣子！』管情他也罷了。」

西門慶聽言大喜，哪裡等得時分，就走到李瓶兒家。婦人便問：「所言之事如何？」西門慶道：「五娘說來，一發等收拾油漆你新房子，你搬去不遲。如今他那邊樓上，堆得破零零的，你這些東西過去哪裡堆放？還有一件打攪，只怕你家大伯子說你孝服不滿，如之奈何？」婦人道：「他不敢管我的事。休說各衣另飯，當官寫立分單，已倒斷開了，只我先嫁由爹娘，後嫁由自己。常言：嫂叔不通問，大伯管不得我暗地裡事。我如今見過不得日子，他顧不得我。他但若放出個屁來，我教那賊花子坐著死，不敢睡著死。大官人你放心，他不敢惹我。」因問：「你這房子，也得幾時方收拾完備？」西門慶道：「我如今吩咐匠人，先替你蓋出這三間樓來，及至油漆了，也到五月頭上。」婦人道：「我的哥哥，你上緊些。奴情願等到那時候也罷。」說畢，丫鬟擺上酒，兩個歡娛飲酒過夜。西門慶自此，沒三五日不來，俱不必細說。

光陰迅速，西門慶家中已蓋了兩月房屋，三間翫花樓，裝修將完，只少捲棚還未安磉。一日，五月蕤賓時節，正是：

家家門插艾葉，處處戶掛靈符。

李瓶兒治了一席酒，請過西門慶來，一者解粽，二者商議過門之事。擇五月十五日，先請僧人念經燒靈，然後西門慶這邊擇娶婦人過門。西門慶因問李瓶兒道：「你燒靈那日，花大、花三、花四請他不請？」婦人道：「我們人把個帖子，隨他來不來！」當下計議已定，單等五月十五日，婦人請了報恩寺十二眾僧人，在家念經除靈。

西門慶那日封了三錢銀子人情，與應伯爵做生日。早晨拿了五兩銀子與玳安，教他買辦置酒，晚夕與李瓶兒除服。卻教平安、畫童兩個跟馬，約午後時分，往應伯爵家來。那日在席者謝希大、祝實念、孫天化、吳典恩、雲理守、常峙節、白賚光連新上會賁第傳十個朋友，一個不少。又叫了兩個小優兒彈唱。遞畢酒，上坐之時，西門慶叫過兩個小優兒，認得頭一個是吳銀兒兄弟，名喚吳惠。那一個不認得，跪下說道：「小的是鄭愛香兒的哥，叫鄭奉。」西門慶坐首席，每人賞二錢銀子。吃到日西時分，只見玳安拿馬來接，向西門慶耳邊悄悄說道：「二娘請爹早些去。」西門慶與了他個眼色，就往下走。被應伯爵叫住問道：「賊狗骨頭兒，你過來實說。若不實說，我把你小耳朵擰過一邊來，你應爹一年有幾個生日？恁日頭半天裡就拿馬來，端的誰使你來？或者是你家中那娘使了你來？或者是裡邊十八子那裡？你若不說，過一百年也不對你爹說，替你這小狗禿兒娶老婆。」玳安只說道：「委的沒人使小的。小的恐怕夜緊，爹要起身，早拿馬來伺候。」應伯爵奈何了他一回，見不說，便道：「你不說，我明日打聽出來，和你這小油嘴兒算帳。」於是又斟了一鍾酒，拿了半碟點兒，與玳安下邊吃去。

良久，西門慶下來更衣，叫玳安到僻靜處問他話：「今日花家有誰來？」玳安道：「花三往鄉裡去了。花四家裡害眼，都沒人來。只有花大家兩口子來。吃了一日齋飯，他漢子先家去了，只有他老婆，臨去，二娘叫到房裡，與了他十兩銀子，兩套衣服。還與二娘磕了頭。」西門慶道：「他沒說什麼？」玳安道：「他一字沒敢提什麼，只說到明日二娘過來，他三日要來爹家走走。」西門慶道：「他真個說此話來？」玳安道：「小的怎敢說謊。」西門慶聽了，滿心歡喜。又問：「齋供了畢不曾？」玳安道：「和尚老早就去了，靈位也燒了。二娘說請爹早些過去。」西門慶道：「我知道了，你外邊看馬去。」

這玳安正往外走，不想應伯爵在過道內聽，猛可叫了一聲，把玳安嚇了一跳。伯爵罵道：「賊小骨頭兒！你不對我說，我怎的也聽見了？原來你爹兒們幹的好繭兒！」西門慶道：「怪狗才，休要倡揚。」伯爵道：「你央我央兒，我不說便了。」於是走到席上，如此這般，對眾人說了一回。把西門慶拉著說道：「哥，你可成個人！有這等事，就掛口不對兄弟們說聲兒？就是花大有些話說，哥只吩咐俺們一聲，等俺們和他說，不怕他不依。他若敢道個不字，俺們就與他結下個大肐膌。端的不知哥這親事成了不曾？哥一一告訴俺們。比來相交朋友做什麼？哥若有使令去處，兄弟情願火裡火去，水裡水去。弟兄們這等待你，哥還只瞞著不說。」謝希大接過說道：「哥若不說，俺們明日倡揚的裡邊李桂姐、吳銀兒知道了，大家都不好意思的。」

西門慶笑道：「我教眾位得知罷，親事已都停當了。」謝希大道：「哥到明日娶嫂子過門，俺們賀哥去。哥好歹叫上四個唱的，請俺們吃喜酒。」西門慶道：「這個不消說，一定奉請列位兄弟。」祝實念道：「比時明日與哥慶喜，不如咱如今替哥把一杯兒酒，先慶了喜罷。」於是叫伯爵把酒，謝希大執壺，祝實念捧茶，其餘都陪跪。把兩個小優兒也叫來跪著，彈唱一套〈十三腔〉「喜遇吉日」，一連把西門慶灌了三四鍾酒。祝實念道：「哥，那日請俺們吃酒，也不要少了鄭奉、吳惠兩個。」因定下：「你二人好歹去。」鄭奉掩口道：「小的們一定伺候。」須臾，遞酒畢，各歸席坐下。又吃了一回。看看天晚，那西門慶哪裡坐得住，趄眼錯起身走了。應伯爵還要攔門不放，謝希大道：「應二哥，你放哥去罷。休要誤了他的事，教嫂子見怪。」

那西門慶得手上馬，一直走了。到了獅子街，李瓶兒摘去孝髻，換上一身艷服。堂中燈火輝煌，預備下一桌齊整酒席，上面獨獨安一張交椅，讓西門慶上坐。丫鬟執壺，李瓶兒滿斟一杯遞上去，磕了四個頭，說道：「今日靈已燒了，蒙大官人不棄，奴家得奉巾櫛之歡，以遂于飛之願。」行畢禮起來。西門慶下席來，亦回遞婦人一杯，方才坐下。因問：「今日花大兩口子沒說什麼？」李瓶兒道：「奴午齋後，叫他進到房中，就說大官人這邊親事。他滿口說好，一句閒話也無。只說明日三日裡，教他娘子兒來咱家走走。奴與他十兩銀子，兩套衣服，兩口子歡喜的要不得。臨出門，謝了又謝。」西門慶道：「他既恁說，我容他上門走走也不差什麼。但有一句閒話，我不饒他。」李瓶兒道：「他若放辣騷，奴也不放過他。」於是銀鑲鍾兒盛著南酒，綉春斟了送上，李瓶兒陪著吃了幾杯。真個是年隨情少，酒因境多。

李瓶兒因過門日子近了，比常時益發歡喜，臉上堆下笑來，問西門慶道：「方才你在應家吃酒，玳安來請你，那邊沒人知道麼？」西門慶道：「又被應花子猜著，逼勒小廝說了幾句，鬧混了一場。諸弟兄要與我賀喜，喚唱的做東道，又齊攢的幫襯，灌上我幾杯。我趁眼錯就走出來，還要攔阻，又說好歹，放了我來。」李瓶兒道：「他們放了你，也還解趣哩。」西門慶看他醉態顛狂，情眸眷戀，一霎得不禁胡亂。兩個口吐丁香，臉偎仙杏，李瓶兒把西門慶抱在懷裡叫道：「我的親哥！你既真心要娶我，可趁早些。你又往來不便，休丟我在這裡日夜懸望。」說畢翻來倒去，攪做一團，真個是：

情濃胸湊緊，款洽臂輕籠；
賸把銀缸照，猶疑是夢中。

# 第十七回　宇給事劾倒楊提督　李瓶兒許嫁蔣竹山

詩曰：

早知君愛歇，本自無容妬；
誰使恩情深，今來反相誤。
愁眠羅帳曉，泣坐金閨暮；
獨有夢中魂，猶言意如故。

話說五月二十日，帥府周守備生日。西門慶封五星分資、兩方手帕，揀選衣帽齊整，騎匹大白馬，四個小廝跟隨，往他家拜壽。席間也有夏提刑、張團練、荊千戶、賀千戶一班武官兒飲酒，鼓樂迎接，搬演戲文。玳安接了衣裳，回馬來家。到日西時分，又騎馬去接，走到西街口上，撞見馮媽媽，問道：「馮媽媽那裡去？」馮媽媽道：「你二娘使我來請你爹。雇銀匠整理頭面完備，今日送來，請你爹那裡瞧去。你二娘還和你爹說話哩！」玳安道：「俺爹今日在守備府周老爺處吃酒，我如今接去。你老人家回罷。等我到那裡，對爹說就是了。」馮媽媽道：「累你好歹說聲，你二娘等著哩！」

這玳安打馬逕到守備府。眾官員正飲酒間，玳安走到西門慶席前，說道：「小的回馬家來時，在街口撞遇馮媽媽，二娘使了來說，雇銀匠送了頭面來了，請爹瞧去，還要和爹說話哩。」西門慶聽了，就要起身，那周守備哪裡肯放，攔門拿巨杯相勸。西門慶道：「蒙大人見賜，寧可飲一杯，還有些小事，不能盡情，恕罪，恕罪！」於是一飲而盡，辭周守備上馬，逕到李瓶兒家。婦人接著，茶湯畢，西門慶吩咐玳安回馬家去，明日來接。玳安去了。李瓶兒叫迎春盒兒內取出頭面來，與西門慶過目。黃烘烘火焰般一副好頭面，收過去，單等二十四日行禮，出月初四日准娶。婦人滿心歡喜，連忙安排酒來，和西門慶暢飲開懷。吃了一回，使丫鬟房中搽抹涼席乾淨。兩個在紗帳之中，香焚蘭麝，衾展鮫綃，脫去衣裳，並肩疊股，飲酒調笑。良久，春色橫眉，淫心蕩漾。西門慶先和婦人雲雨一回，然後乘著酒興，坐於床上，令婦人橫躺於衽席之上，與他品簫。但見：

不竹不絲不石，肉音別自唔咿。流蘇瑟瑟碧紗垂，辨不出宮商角徵。一點櫻桃欲綻，纖纖十指頻移。深吞添吐兩情痴，不覺靈犀味美。

西門慶醉中戲問婦人：「當初花子虛在時，也和他幹此事不幹？」婦人道：「他逐日睡生夢死，奴那裡耐煩和他幹這營生！他每日只在外邊胡撞，就來家，奴等閒也不和他沾身。況且老公公在時，和他另在一間房睡著，我還把他罵得狗血噴了頭。好不好，對老公公說了，要打倘棍兒。奴與他這般玩耍，可不砢殺奴罷了！誰似冤家這般可奴之意，就是醫奴的藥一般。白日黑夜，教奴只是想你。」兩個耍一回，又幹了一回。旁邊迎春伺候下一個小方盒，都是各樣細巧果品，小金壺內滿泛瓊漿。從黃昏掌上燈燭，且幹且歇，直耍到一更時分。只聽外邊一片聲打得大門響，使馮媽媽開門瞧去，原來是玳安來了。西門慶道：「我吩咐明日來接，這咱晚又來做什麼？」因叫進來問他。那小廝慌慌張張走到房門首，因西門慶與婦人睡著，又不敢進來，只在簾外說道：「姐姐、姐夫都搬來了，許多箱籠在家中。大娘使我來請爹，快去計較話哩。」這西門慶聽了，只顧猶豫：「這咱晚，端的有甚緣故？須得到家瞧瞧。」連忙起來。婦人打發穿上衣服，做了一盞暖酒與他吃。

打馬一直到家，只見後堂中秉著燈燭，女兒女婿都來了，堆著許多箱籠床帳傢伙，先吃了一驚，因問：「怎的這咱來家？」女婿陳敬濟磕了頭，哭說：「近日朝中，俺楊老爺被科道官參論倒了。聖旨下來，拿送南牢問罪。門下親族用事人等，都問擬枷號充軍。昨日府中楊幹辦連夜奔來，透報與父親知道。父親慌了，教兒子同大姐和些傢伙箱籠，且暫在爹家中寄放，躲避些時。他便起身往東京我姑娘那裡，打聽消息去了。待事寧之日，恩有重報，不敢有忘。」西門慶問：「你爹有書沒有？」陳敬濟道：「有書在此。」向袖中取出，遞與西門慶。折開觀看，上面寫道：

眷生陳洪頓首書奉大德西門慶親家臺覽：餘情不敘。茲因北虜犯邊，搶過雄州地界，兵部王尚書不發救兵，失誤軍機，連累朝中楊老爺，俱被科道官參劾太重。聖旨惱怒，拿下南牢監禁，會同三法司審問。其門下親族用事人等，俱照例發邊衛充軍。生一聞消息，舉家驚惶，無處可投，先打發小兒、令愛，隨身箱籠家活，暫借親家府上寄寓。生即上京，投在姐夫張世廉處，打聽示下。待事務寧帖之日，回家恩有重報，不敢有忘。誠恐縣中有甚聲色，生令小兒外具銀五百兩，相煩親家費心處料，容當叩報沒齒不忘。燈下草書，不宣。

仲夏二十日　　洪再拜

西門慶看了，慌了手腳，教吳月娘安排酒飯，管待女兒、女婿。就令家下人等，打掃廳前東廂房三間，與他兩口兒居住。把箱籠細軟都收拾月娘上房來。陳敬濟取出他那五百兩銀子，交與西門慶打點使用。西門慶叫了吳主管來，與他五百兩銀子，教他連夜往縣中承行房裡，抄錄一張東京行下來的文書邸報來看。上面端的寫的是甚言語：

兵科給事中宇文虛中等一本，懇乞宸斷，亟誅誤國權奸，以振本兵，以消虜患事：臣聞夷狄之禍，自古有之。周之玁狁，漢之匈奴，唐之突厥，迨及五代而契丹浸強，至我皇宋建國，大遼縱橫中原者已非一日。然未聞內無夷狄而外萌夷狄之患者。語云：霜降而堂鍾鳴，雨下而柱礎潤。以類感類，必然之理。譬若病夫，腹心之疾已久，元氣內消，風邪外入，四肢百骸，無非受病，雖盧扁莫之能救，焉能久乎？今天下之勢，正猶病夫尫羸之極矣。君猶元首也，輔臣猶腹心也，百官猶四肢也。陛下端拱於九重之上，百官庶政各盡職於下。元氣內充，榮衛外扞，則虜患何由而至哉？今招夷虜之患者，莫如崇政殿大學士蔡京者：本以憸邪奸險之資，濟以寡廉鮮恥之行，讒諂面諛，上不能輔君當道，贊元理化；下不能宣德布政，保愛元元。徒以利祿自資，希寵固位，樹黨懷奸，蒙蔽欺君，中傷善類。忠士為之解體，四海為之寒心。聯翩朱紫，萃聚一門。邇者河湟失議，主議伐遼，內割三郡，郭藥師之叛，卒使金虜背盟，憑陵中原。此皆誤國之大者，皆由京之不職也。王黼貪庸無賴，行比俳優。蒙京汲引，薦居政府，未幾謬掌本兵。惟事慕位苟安，終無一籌可展。迺者張達殘於太原，為之張皇失散。今虜犯內地，則又挈妻子南下，為自全之計。其誤國之罪，可勝誅戮？楊戩本以紈袴膏粱叨承祖蔭，憑籍寵靈，典司兵柄，濫膺閫外，大奸似忠，怯懦無比。此三臣者，皆朋黨固結，內外蒙蔽，為陛下腹心之蠹者也。數年以來，招災致異，喪本傷元，役重賦煩，生民離散，盜賊猖獗，夷虜犯順，天下之膏腴已盡，國家之綱紀廢弛，雖擢髮不足以數京等之罪也。臣等待罪該科，備員諫職，徒以目擊奸臣誤國，而不為陛下陳之，則上辜君父之恩，下負平生所學。伏乞宸斷，將京等一干黨惡人犯，或下廷尉，以示薄罰；或致極典，以彰顯戮；或照例枷號；或投之荒裔，以禦魑魅。庶天意可回，人心暢快，國法以正，虜患自消。天下幸甚！臣民幸甚！

奉聖旨：「蔡京姑留輔政。王黼、楊戩著拿送三法司，會問明白來說。欽此欽遵。」續該三法司會問過，並黨惡人犯王黼、楊戩，本兵不職，縱虜深入，荼毒生民，損兵折將，失陷內地，律應處斬。手下壞事家人、書辦、官掾、親家董升、盧虎、楊盛、龐宣、韓宗仁、陳洪、黃玉、劉盛、趙弘道等，查出有名人犯，俱問擬枷號一個月，滿日發邊衛充軍。

西門慶不看，萬事皆休；看了耳邊廂只聽颼的一聲，魂魄不知往哪裡去了。就是：

驚傷六葉連肝肺，嚇壞三毛七孔心。

當下即忙打點金銀寶玩，馱裝停當，把家人來保、來旺叫到臥房中，悄悄吩咐，如此這般：「雇頭口星夜上東京打聽消息。不消到你陳親家老爹下處。但有不好聲色，取巧打點停當，速來回報。」又與了他二人二十兩銀子。絕早五更雇腳夫起程，上東京去了，不在話下。

西門慶通一夜不曾睡著，到次日早，吩咐來昭、賁四，把花園工程止住，各項匠人都且回去，不做了。每日將大門緊閉，家下人無事亦不許往外去。西門慶只在房裡走來走去，憂上加憂，悶上添悶，如熱地蜒蚰一般，把娶李瓶兒的勾當丟在九霄雲外去了。吳月娘見他愁眉不展，面帶憂容，只得寬慰他，說道：「他陳親家那邊為事，各人冤有頭債有主，你也不需焦愁如此。」西門慶道：「你婦人都知道些什麼？陳親家是我的親家，女兒、女婿兩個孽障搬來咱家住著，平昔街坊鄰舍惱咱的極多，常言：機兒不快梭兒快，打著羊駒驢戰。倘有小人指搠，拔樹尋根，你我身家不保。」正是：

關門家裡坐，禍從天上來。

這裡西門慶在家納悶，不提。且說李瓶兒等了一日兩日，不見動靜，一連使馮媽媽來了兩遍，大門關得鐵桶相似。等了半日，沒一個人牙兒出來，竟不知怎的。看看到二十四日，李瓶兒又使馮媽媽送頭面來，就請西門慶過去說話。叫門不開，立在對過房簷下等。少頃，只見玳安出來飲馬，看見便問：「馮媽媽，你來做什麼？」馮媽媽說：「你二娘使我送頭面來，怎的不見動靜？請你爹過去說話哩。」玳安道：「俺爹連日有些事兒，不得閒。你老人家還拿頭面去，等我飲馬回來，對俺爹說就是了。」馮媽媽道：「好哥哥，我這在裡等著，你拿進頭面去和你爹說去。你二娘那裡好不惱我哩！」這玳安一面把馬拴下，走到裡邊，半日出來道：「對爹說了，頭面爹收下了，教你上覆二娘，再待幾日兒，我爹出來往二娘那裡說話。」這馮媽媽一直走來，回了婦人話。婦人又等了幾日，看看五月將盡，六月初旬，朝思暮盼，音信全無，夢攘魂勞，佳期間阻。正是：

懶把蛾眉掃，羞將粉臉勻。
滿懷幽恨積，憔悴玉精神。

婦人盼不見西門慶來，每日茶飯頓減，精神恍惚。到晚夕，孤眠枕上展轉躊躕。忽聽外邊打門，彷佛見西門慶來到。婦人迎門笑接，攜手進房，問其爽約之情，各訴衷腸之話。紬繆繾綣，徹夜歡娛。雞鳴天曉，便抽身回去。婦人恍然驚覺，大呼一聲，精魂已失。馮媽媽聽見，慌忙進房來看。婦人說道：「西門他爹剛才出去，你關上門不曾？」馮媽媽道：「娘子想得心迷了，那裡得大官人來？影兒也沒有！」婦人自此夢境隨邪，夜夜有狐狸假名抵姓，攝其精髓，漸漸形容黃瘦，飲食不進，臥床不起。馮媽媽向婦人說，請了大街口蔣竹山來看。其人年不上三十，生得五短身材，人物飄逸，極是輕浮狂詐。請入臥室，婦人則霧鬢雲鬟，擁衾而臥，似不勝憂愁之狀。茶湯已罷，丫鬟安放褥墊。

竹山就床診視脈息畢，因見婦人生有姿色，便開口說道：「學生適診病源，娘子肝脈弦出寸口而洪大，厥陰脈出寸口久上魚際，主六慾七情所致。陰陽交爭，乍寒乍熱，似有鬱結於中而不遂之意也。似瘧非瘧，似寒非寒，白日則倦怠嗜臥，精神短少；夜晚神不守舍，夢與鬼交。若不早治，久而變為骨蒸之疾，必有屬纊之憂矣。可惜，可惜！」婦人道：「有累先生，俯賜良劑。奴好了，重加酬謝。」竹山道：「學生無不用心，娘子若服了我的藥，必然貴體全安。」說畢起身。這裡送藥金五星，使馮媽媽討將藥來。婦人晚間吃了藥下去，夜裡得睡，便不驚恐。漸漸飲食加添，起來梳頭走動。那消數日，精神復舊。

一日，安排了一席酒餚，備下三兩銀子，使馮媽媽請過竹山來相謝。蔣竹山自從與婦人看病，懷覬覦之心已非一日。一聞其請，即具服而往。延之中堂，婦人盛妝出見，道了萬福，茶湯兩換，請入房中。酒餚已陳，麝蘭香藹。小丫鬟綉春在旁，描金盤內托出三兩白金。婦人高擎玉盞，向前施禮，說道：「前日，奴家心中不好，蒙賜良劑，服之見效。今粗治了一杯水酒，請過先生來知謝知謝。」竹山道：「此是學生分內之事，理當措置，何必計較！」因見三兩謝禮，說道：「這個學生怎麼敢領？」婦人道：「些須微意，不成禮數，萬望先生笑納。」辭讓了半日，竹山方才收了。婦人遞酒，安下坐次。

飲過三巡，竹山偷眼睃視婦人，粉妝玉琢，嬌艷驚人，先用言以挑之，因道：「學生不敢動問，娘子青春幾何？」婦人道：「奴虛度二十四歲。」竹山道：「似娘子這等妙年，生長深閨，處於富足，何事不遂，而前日有此鬱結不足之病？」婦人聽了，微笑道：「不瞞先生，奴因拙夫棄世，家事蕭條，獨自一身，憂愁思慮，何得無病！」竹山道：「原來娘子夫主歿了。多少時了？」婦人道：「拙夫從去歲十一月得傷寒病死了，今已八個月。」竹山道：「曾吃誰的藥來？」婦人道：「大街上胡先生。」竹山道：「是那東街上劉太監房子住的胡鬼嘴兒？他又不是我太醫院出身，知道什麼脈，娘子怎的請他？」婦人道：「也是因街坊上人荐舉請他來看。還是拙夫沒命，不干他事。」竹山又道：「娘子也還有子女沒有？」婦人道：「兒女俱無。」竹山道：「可惜娘子這般青春妙齡之際，獨自孀居，又無所出，何不尋其別進之路？甘為幽悶，豈不生病！」婦人道：「奴近日也講著親事，早晚過門。」竹山便道：「動問娘子與何人作親？」婦人道：「是縣前開生藥舖西門大官人。」

竹山聽了道：「苦哉，苦哉！娘子因何嫁他？學生常在他家看病，最知詳細。此人專在縣中包攬說事，廣放私債，販賣人口，家中丫頭不算，大小五六個老婆，著緊打倘棍兒，稍不中意，就令媒人領出賣了。就是打老婆的班頭，坑婦女的領袖。娘子早是對我說，不然進入他家，如飛蛾投火一般，坑你上不上，下不下，那時悔之晚矣。況近日他親家那邊為事干連，在家躲避不出，房子蓋得半落不合的，都丟下了。東京關下文書，坐落府縣拿人。到明日他蓋這房子，多是入官抄沒的數兒。娘子沒來由嫁他做甚？」一篇話把婦人說得閉口無言。況且許多東西丟在他家，尋思半晌，暗中跌腳嗔怪道：「一替兩替請著他不來，他家中為事哩！」又見竹山語言活動，一團謙恭：「奴明日若嫁得恁樣個人也罷了，不知他有妻室沒有？」因說道：「既蒙先生指教，奴家感戴不淺，倘有甚相知人家，舉保來說，奴無有個不依之理。」竹山乘機請問：「不知要何等樣人家？學生打聽得實，好來這裡說。」婦人道：「人家倒也不論大小，只要像先生這般人物的。」

這蔣竹山不聽便罷，聽了此言，歡喜得滿心癢，不知搔處，慌忙走下席來，雙膝跪下告道：「不瞞娘子說，學生內幃失助，中饋乏人，鰥居已久，子息全無。倘蒙娘子垂憐，肯結秦晉之緣，足稱平生之願。學生雖啣環結草，不敢有忘。」婦人笑笑，以手攙之，說道：「且請起，未審先生鰥居幾時？貴庚多少？既要做親，須得要個保山來說，方成禮數。」竹山又跪下哀告道：「學生行年二十九歲，正月二十七日卯時建生，不幸去年荊妻已故，家緣貧乏，實出寒微。今既蒙金諾之言，何用冰人之講。」婦人笑道：「你既無錢，我這裡有個媽媽姓馮，拉他做個媒證。也不消你行聘，擇個吉日良時，招你進來，入門為贅。你意下若何？」這蔣竹山連忙倒身下拜：「娘子就如同學生重生父母，再長爹娘。夙世有緣，三生大幸矣！」一面兩個在房中各遞了一杯交歡酒，已成其親事。竹山飲至天晚回家。

婦人這裡與馮媽媽商議說：「西門慶如此這般為事，吉凶難保。況且奴家這邊沒人，不好了一場，險不喪了性命。為今之計，不如把這位先生招他進來，有何不可？」到次日，就使馮媽媽遞信過去，擇六月十八日大好日子，把蔣竹山倒踏門招進來，成其夫妻。過了三日，婦人湊了三百兩銀子，與竹山打開兩間門面，店內煥然一新。初時往人家看病只是走，後來買了一匹驢兒騎著，在街上往來，不在話下。正是：

一窪死水全無浪，也有春風擺動時。

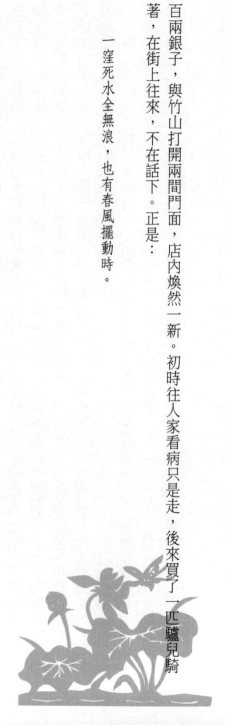

# 第十八回　賂相府西門脫禍　見嬌娘敬濟銷魂

詞曰：

有個人人，海棠標韻，飛燕輕盈。酒暈潮紅，羞蛾一笑生春。為伊無限傷心，更說甚巫山楚雲！斗帳香銷，紗窗月冷，著意溫存。

——右調〈柳梢青〉

話分兩頭。不說蔣竹山在李瓶兒家招贅，單表來保、來旺二人上東京打點，朝登紫陌，暮踐紅塵，一日到東京，進了萬壽門，投旅店安歇。到次日，街前打聽，只聽見街談巷議，都說兵部王尚書昨日會問明白，聖旨下來，秋後處決。只有楊提督名下親族人等，未曾拿完，尚未定奪。來保等二人把禮物打在身邊，急來到蔡府門首。舊時幹事來了兩遍，道路久熟，立在龍德街牌樓底下，探聽府中消息。少頃，只見一個青衣人，慌慌打府中出來，往東去了。來保認得是楊提督府裡親隨楊幹辦，待要叫住問他一聲事情如何，因家主不曾吩咐，以此不言語，放過他去了。

遲了半日，兩個走到府門前，望著守門官深深唱個喏：「動問一聲，太師老爺在家不在？」那守門官道：「老爺朝中議事未回。你問怎的？」來保又問道：「管家翟爺請出來，小人見，有事稟白。」那官吏道：「管家翟叔也不在了。」來保見他不肯實說，曉得是要些東西，就袖中取出一兩銀子遞與他。那官吏接了便問：「你要見老爺，要見學士大爺？老爺便是大管家翟謙稟，大爺的事便是小管家高安稟，各有所掌。況老爺朝中未回，只有學士大爺在家。你有甚事，我替你請出高管家來，稟見大爺也是一般。」這來保就借情道：「我是提督楊爺府中，有事稟見。」

官吏聽了，不敢怠慢，進入府中。良久，只見高安出來。來保慌忙施禮，遞上十兩銀子，說道：「小人是楊爺的親，同楊幹辦一路來見老爺討信。因後邊吃飯，來遲了一步，不想他先來了。所以不曾趕上。」高安接了禮物，說道：「楊幹辦只剛才去了，老爺還未散朝。你且待待，我引你再見見大爺罷。」一面把來保領到第二層大廳旁邊，另一座儀門進去。坐北朝南三間敞廳，綠油欄杆，朱紅牌額，石青鎮地，金字大書天子御筆欽賜「學士琴堂」四字。

原來蔡京兒子蔡攸，也是寵臣，見為祥和殿學士兼禮部尚書、提點太乙宮使。來保在門外伺候，高安先入，說了出來，然後喚來保入見，當廳跪下。蔡攸深衣軟巾，坐於堂上，問道：「你是哪裡來的？」來保稟道：「小人是楊爺的親家陳洪的家人，同府中楊幹辦來稟見老爺討信。不想楊幹辦先來見了，小人趕來後見。」因向袖中取出揭帖遞上。蔡攸見上面寫著「白米五百石」，叫來保近前說道：「蔡老爺亦因言官論列，連日迴避。閣中之事並昨日三法司會問，都是右相李爺秉筆。楊老爺的事，昨日內裡有消息出來，聖上寬恩，另有處分了。其手下用事有名人犯，待查明問罪。你還到李爺那裡去說。」來保只顧磕頭道：「小的不認的李爺府中，望爺憐憫，看家楊老爺分上。」蔡攸道：「你去到天漢橋邊北高坡大門樓處，問聲當朝右相、資政殿大學士兼禮部尚書諱邦彥的李爺，誰是不知道！也罷，我這裡還差個人同你去。」即令祗候官呈過一緘，使了圖書，就差管家高安同去見李爺，如此替他說。

那高安承應下了，同來保去了府門，叫了來旺，帶著禮物，轉過龍德街，逕到天漢橋李邦彥門首。正值邦彥朝散才來家，穿大紅縐紗袍，腰繫玉帶，送出一位公卿上轎而去，回到廳上，門吏稟報說：「學士蔡大爺差管家來見。」先叫高安進去說了回話，然後喚來保、來旺進見，跪在廳臺下。高安就在旁邊遞了蔡攸封緘，並禮物揭帖，來保下邊就把禮物呈上。

邦彥看了說道：「你蔡大爺分上，又是你楊老爺親，我怎麼好受此禮物？況你楊爺，昨日聖心回動，已沒事。但只手下之人，科道參語甚重，一定問發幾個。」即令堂候官取過昨日科中送的那幾個名字與他瞧。上面寫著：「王黼名下書辦官董升，家人王廉，班頭黃玉，楊戩名下壞事書辦官盧虎，幹辦楊盛，府掾韓宗仁、趙弘道，班頭劉成，親黨陳洪、西門慶、胡四等，皆鷹犬之徒，狐假虎威之輩。乞敕下法司，將一干人犯，或投之荒裔以禦魑魅，或置之典刑，以正國法。」來保見了，慌得只顧磕頭，告道：「小人就是西門慶家人，望老爺開天地之心，超生性命則個！」高安又替他跪稟一次。邦彥見五百兩金銀，只買一個名字，如何不做分上？即令左右擡書案過來，取筆將文卷上西門慶名字改作賈廉，一面收下禮物去。邦彥打發來保等出來，就拿回帖回學士，賞了高安、來保、來旺一封五兩銀子。

來保路上作辭高管家，回到客店，收拾行李，還了房錢，星夜回清河縣。來家見西門慶，把東京所幹的事，從頭說了一遍。西門慶聽了，如提在冷水盆內，對月娘說：「虧得早時使人去打點，不然怎了！」正是，這回西門慶性命有如——

落日已沈西嶺外，卻被扶桑喚出來。

於是一塊石頭方才落地。過了兩日，門也不關了，花園照舊還蓋，漸漸出來街上走動。

一日，玳安騎馬打獅子街過，看見李瓶兒門首開個大生藥舖，裡邊堆著許多生熟藥材。朱紅小櫃，油漆牌匾，吊著幌子，甚是熱鬧。歸來告與西門慶說——還不知招贅蔣竹山一節，只說：「二娘搭了個新夥計，開了個生藥舖。」西門慶聽了，半信不信。

一日，七月中旬，金風淅淅，玉露冷冷。西門慶正騎馬街上走著，撞見應伯爵、謝希大。兩人叫住，下馬唱喏，問道：「哥，一向怎的不見？兄弟到府上幾遍，見大門關著，又不敢叫，整悶了這些時。端的哥在家做甚事？嫂子娶進來不曾？也不請兄弟們吃酒。」西門慶道：「不好告訴的。因舍親陳宅那邊為些閒事，替他亂了幾日。親事另改了日期了。」伯爵道：「兄弟們不知哥吃驚。今日既撞遇哥，兄弟二人肯空放了？如今請哥同到裡邊吳銀姐那裡吃三杯，權當解悶。」不由分說，把西門慶拉進院中來。正是：

高榭樽開歌妓迎，漫誇解語一含情。
纖手傳杯分竹葉，一簾秋水浸桃笙。

當日西門慶被二人拉到吳銀兒家，吃了一日酒。到日暮時分，已帶半酣，才放出來。打馬正走到東街口上，撞見馮媽媽從南來，走得甚慌。西門慶勒住馬，問道：「你哪裡去？」馮媽媽道：「二娘使我往門外寺裡魚籃會，替過世二爺燒箱庫去來。」西門慶醉中道：「你二娘在家好麼？我明日和他說話去。」馮媽媽道：「還問什麼好？把個見見成成做熟了飯的親事，吃人掇了鍋兒去了。」西門慶聽了失聲驚問道：「莫不他嫁人去了？」馮媽媽道：「二娘那等使老身送過頭面，往你家去了幾遍不見你，大門關著。對大官兒說進去，教你早動身，你不理。今教別人成了，你還說甚的？」西門慶問：「是誰？」馮媽媽悉把半夜三更婦人被狐狸纏著，染病看看至死，怎的請了蔣竹山來看，吃了他的藥怎的好了，某日怎的倒踏門招進來，成其夫婦，見今二娘拿出三百兩銀子與他開了生藥舖，從頭至尾說了一遍。

這西門慶不聽便罷，聽了氣得在馬上只是跌腳，叫道：「苦哉！你嫁別人，我也不惱，如何嫁那矮忘八！他有什麼起解？」於是一直打馬來家。剛下馬進儀門，只見吳月娘、孟玉樓、潘金蓮並西門大姐四個，在前廳天井內月下跳馬索兒耍子。見西門慶來家，月娘、玉樓、大姐三個都往後走了。只有金蓮不去，且扶著庭柱兜鞋，被西門慶帶酒罵道：「淫婦們閒的聲喚，平白跳什麼百索兒？」趕上金蓮踢了兩腳。走到後邊，也不往月娘房中去脫衣裳，走在西廂一間書房內，要了鋪蓋，那裡宿歇。打丫頭，罵小廝，只是沒好氣。眾婦人同站在一處，都甚是著恐，不知是哪緣故。

吳月娘埋怨金蓮：「你見他進門有酒了，兩三步扠開一邊便了。還只顧在跟前笑成一塊，且提鞋兒，卻教他蝗蟲螞蚱一例都罵著。」玉樓道：「罵我們也罷，如何連大姐姐也罵起淫婦來了？沒槽道的行貨子！」金蓮接過來道：「這一家子只是我好欺負的！一般三個人在這裡，只踢我一個兒。哪個偏受用著什麼也怎的？」月娘就惱了，說道：「你頭裡何不叫他連我踢不是？你沒偏受用，誰偏受用？恁的賊不識高低貨！我倒不言語，你只顧嘴頭子嗶哩嘞喇的！」金蓮見月娘惱了，便把話兒來摭，說道：「姐姐，不是這等說。他不知哪裡因著什麼頭由兒，只拿我煞氣。要便睜著眼望著俺叫，千也要打個臭死，萬也要打個臭死！」月娘道：「誰教你只要嘲他來？他不打你，卻打狗不成！」玉樓道：「大姐姐，且叫小廝來問他聲，今日在誰家吃酒來？早晨好好出去，如何來家恁個腔兒！」

不一時，把玳安叫到跟前，月娘罵道：「賊囚根子！你不實說，教大小廝來拷打你和平安兒，每人都是十板。」玳安道：「娘休打，待小的實說了罷。爹今日和應二叔們都在院裡吳家吃酒，散了來在東街口上，撞遇馮媽媽，說花二娘等爹不去，嫁了大街住的蔣太醫了。爹一路上惱得要不得。」月娘道：「信那沒廉恥的歪淫婦，浪著嫁了漢子，來家拿人煞氣。」玳安道：「二娘沒嫁蔣太醫，把他倒踏門招進去了。如今二娘與他本錢，開了好不興的生藥舖。我來家告爹說，爹還不信。」孟玉樓道：「論起來，男子漢死了多少時兒？服也還未滿，就嫁人，使不得的！」月娘道：「如今年程，論的什麼使得使不得。漢子孝服未滿，浪著嫁人的，才一個兒？淫婦成日和漢子酒裡眠酒裡臥的人，他原守的什麼貞節！」看官聽說：月娘這一句話，一棒打著兩個人——孟玉樓與潘金蓮都是孝服不曾滿再醮人的，聽了此言，未免各人懷著慚愧歸房，不在話下。正是：

不如意事常八九，可與人言無二三。

卻說西門慶當晚在前邊廂房睡了一夜。到次日早，把女婿陳敬濟安在他花園中，同賁四管工記帳，換下來招教他看守大門。西門大姐白日裡便在後邊和月娘眾人一處吃酒，晚夕歸到前邊廂房中歇。陳敬濟每日只在花園中管工，非呼喚不敢進入中堂，飲食都是內裡小廝拿出來吃。所以西門慶手下這幾房婦人都不曾見面。

一日，西門慶不在家，與提刑所賀千戶送行去了。月娘因陳敬濟一向管工辛苦，不曾安排一頓飯兒酬勞他，向孟玉樓、李嬌兒說：「待要管，又說我多攬事；我待欲不管，又看不上。人家的孩兒在你家，每日早起睡晚，辛辛苦苦，替你家打勤勞兒，那個興心知慰他一知慰兒也怎的？」玉樓道：「姐姐，你是個當家的人，你不上心誰上心！」月娘於是吩咐廚下，安排了一桌酒餚點心，午間請陳敬濟進來吃一頓飯。這陳敬濟撇了工程教賁四看管，逕到後邊參見月娘，作揖畢，旁邊坐下。小玉拿茶來吃了，安放桌兒，拿蔬菜按酒上來。月娘道：「姐夫每日管工辛苦，要請姐夫進來坐坐，白不得個閒。今日你爹不在家，無事，治了一杯水酒，權與姐夫酬勞。」敬濟道：「兒子蒙爹娘擡舉，有甚勞苦，這等費心！」月娘陪著他吃了一回酒。月娘使小玉：「請大姑娘來這裡坐。」小玉道：「大姑娘使著手，就來。」

少頃，只聽房中抹得牌響。敬濟便問：「誰人抹牌？」月娘道：「是大姐與玉簫丫頭弄牌。」敬濟道：「你看沒分曉，娘這裡呼喚不來，且在房中抹牌。」一不時，大姐掀簾子出來，與他女婿對面坐下，一同飲酒。月娘便問大姐：「陳姐夫也會看牌不會？」大姐道：「他也知道些香臭兒。」月娘只知敬濟是志誠的女婿，卻不道這小夥子兒詩詞歌賦，雙陸象棋，拆牌道字，無所不通，無所不曉。正是：

自幼乖滑伶俐，風流博浪牢成。愛穿鴨綠出爐銀，雙陸象棋幫襯。琵琶笙箏簫管，彈丸走馬貪情。只有一件不堪聞：見了佳人是命。

月娘便道：「既是姐夫會看牌，何不進去咱同看一看？」敬濟道：「娘和大姐看罷，兒子卻不當。」月娘道：「姐夫至親間，怕怎的？」一面進入房中，只見孟玉樓正在床上鋪茜紅氈看牌，見敬濟進來，抽身就要走。月娘道：「姐夫又不是別人，見個禮兒罷。」向敬濟道：「這是你三娘哩。」那敬濟慌忙躬身作揖，玉樓還了萬福。當下玉樓、大姐三人同抹，敬濟在旁邊觀看。抹了一回，大姐輸了下來，敬濟上來又抹。玉樓出了個天地分；敬濟出了個恨點不到；吳月娘出了個四紅沈八不就，雙三不搭兩么兒，和兒不出，左來右去配不著色頭。只見潘金蓮掀簾子進來，銀絲䯼髻上戴著一頭鮮花兒，笑嘻嘻道：「我說是誰，原來是陳姐夫在這裡。」慌得陳敬濟扭頸回頭，猛然一見，不覺心蕩目搖，精魂已失。正是：

五百年冤家相遇，三十年恩愛一旦遭逢。

月娘道：「此是五娘，姐夫也只見個常禮兒罷。」敬濟忙向前深深作揖，金蓮一面還了萬福。月娘便道：「五姐你來看，小雛兒倒把老鴉子來贏了。」這金蓮近前一手扶著床護炕兒，一隻手拈著白紗團扇兒，在旁替月娘指點道：「大姐姐，這牌不是這等出了，把雙三搭過來，卻不是天不同和牌?還贏了陳姐夫和三姐姐。」眾人正抹牌在熱鬧處，只見玳安抱進氈包來，說：「爹來家了。」月娘連忙攛掇小玉送姐夫打角門出去了。

西門慶下馬進門，先到前邊工上觀看了一遍，然後踅到潘金蓮房中來。金蓮慌忙接著，與他脫了衣裳，說道：「你今日送行去來得早。」西門慶道：「提刑所賀千戶新陞新平寨知寨，合衛所相知都郊外送他來，拿帖兒知會我，不好不去的。」金蓮道：「你沒酒，教丫鬟看酒來你吃。」不一時，放了桌兒飲酒，菜蔬都擺在面前。飲酒中間，因說起後日花園捲棚上梁，約有許多親朋都要來遞果盒酒掛紅，少不得叫廚子置酒管待。說了一回，天色已晚。春梅掌燈歸房，二人上床宿歇。西門慶因起早送行，著了辛苦，吃了幾杯酒就醉了。倒下頭鼾睡如雷，齁齁不醒。

那時正值七月二十頭天氣，夜間有些餘熱，這潘金蓮怎生睡得著?忽聽碧紗帳內一派蚊雷，不免赤著身子起來，執燭滿帳照蚊。照一個，燒一個。回首見西門慶仰臥枕上，睡得正濃，搖之不醒。其腰間那話，帶著托子，纍垂偉長，不覺淫心輒起，放下燭臺，用纖手捫弄。弄了一回，蹲下身去，用口吮之。吮來吮去，西門慶醒了，罵道：「怪小淫婦兒，你達達睡睡，就摑混死了。」一面起來，坐在枕上，亦發叫他在下盡著吮咂；又垂首玩之，以暢其美。正是：

怪底佳人風性重，夜深偷弄紫簫吹。

又有蚊子雙關〈踏莎行〉詞為證：

我愛他身體輕盈，楚腰膩細。行行一派笙歌沸。黃昏人未掩朱扉，潛身撞入紗廚內。款傍香肌，輕憐玉體。嘴到處，胭脂記。耳邊廂造就百般聲，夜深不肯教人睡。

婦人頑了有一頓飯時，西門慶忽然想起一件事來，叫春梅篩酒過來，在床前執壺而立。將燭移在床背板上，教婦人馬爬在他面前，那話隔山取火，托入牝中，令其自動，在上飲酒取樂。婦人罵道：「好個刁鑽的強盜！從幾時新興出來的例兒，怪剌剌教丫頭看答著，什麼張致！」西門慶道：「我對你說了罷，當初你瓶姨和我常如此幹，叫他家迎春在旁執壺斟酒，倒好耍子。」婦人道：「我不好罵出來的，什麼瓶姨鳥姨，提那淫婦做甚，奴好心不得好報。那淫婦等不得，浪著嫁漢子去了。你前日吃了酒來家，一般的三個人在院子裡跳百索兒，只拿我煞氣，只踢我一個兒，倒惹得人和我辯了回子嘴。想起來，奴是好欺負的！」

西門慶問道：「你與誰辯嘴來？」婦人道：「那日你便進來了，上房的好不和我合氣，說我在他跟前頂嘴來，罵我不識高低的貨。我想起來為什麼？養蝦蟆得水蠱兒病，如今倒教人惱我！」西門慶道：「不是我也不惱，那日應二哥他們拉我到吳銀兒家，吃了酒出來，路上撞見馮媽媽子，這般告訴我，把我氣了個立睜。若嫁了別人，我倒罷了。那蔣太醫賊矮忘八，那花大怎不咬下他下截來？他有什麼起解？招他進去，與他本錢，教他在我眼面前開舖子，大剌剌的做買賣！」婦人道：「虧你臉嘴還說哩！奴當初怎麼說來？先下米兒先吃飯。你不聽，只顧來問大姐姐。常言：

信人調，丟了瓢。你做差了，你埋怨哪個？」

西門慶被婦人幾句話，沖得心頭一點火起，雲山半壁通紅，便道：「你由他，教那不賢良的淫婦說去。到明日休想我理他！」看官聽說：自古讒言罔行，君臣、父子、夫婦、昆弟之間，皆不能免。饒吳月娘恁般賢淑，西門慶聽金蓮衽席睥睨之間言，卒致於反目，其他可不慎哉！自是以後，西門慶與月娘尚氣，彼此覿面，都不說話。月娘隨他往哪房裡去，也不管他；來遲去早，也不問他；或是他進房中取東取西，只教丫頭上前答應，也不理他。兩個都把心冷淡了。正是：

前車倒了千千輛，後車倒了亦如然。
分明指與平川路，卻把忠言當惡言。

且說潘金蓮自西門慶與月娘尚氣之後，見漢子偏聽，以為得志。每日抖擻著精神，妝飾打扮，希寵市愛。因為那日後邊會著陳敬濟一遍，見小夥兒生得乖猾伶俐，有心也要勾搭他。但只畏懼西門慶，不敢下手。只等西門慶往那裡去，便使了丫鬟叫進房中，與他茶水吃，常時兩個下棋做一處。一日西門慶新蓋捲棚上梁，親友掛紅慶賀，遞果盒。許多匠作，都有犒勞賞賜。大廳上管待客官，吃到午晌，人才散了。西門慶因起得早，就歸後邊睡去了。陳敬濟走來金蓮房中討茶吃。金蓮正在床上彈弄琵琶，道：「前邊上梁，吃了這半日酒，你就不曾吃些什麼，還來我屋裡要茶吃？」敬濟道：「兒子不瞞你老人家說，從半夜起來，亂了這一五更，誰吃什麼來！」婦人問道：「你爹在哪裡？」敬濟道：「爹後邊睡去了。」婦人道：「你既沒吃什麼，」叫春梅：「揀妝裡拿我吃的那蒸酥果餡餅兒來，與你姐夫吃。」

這小夥兒就在他炕桌兒上擺著四碟小菜，吃著點心。因見婦人彈琵琶，戲問道：「五娘，你彈的甚曲兒？怎不唱個兒我聽。」婦人笑道：「好陳姐夫，奴又不是你影射的，如何唱曲兒你聽？我等你爹起來，看我對你爹說不說！」那敬濟笑嘻嘻，慌忙跪著央及道：「望乞五娘可憐見，兒子再不敢了！」那婦人笑起來了。自此這小夥兒和這婦人日近日親，或吃茶吃飯，穿房入屋，打牙犯嘴，挨肩擦背，通不忌憚。月娘托以兒輩，放這樣不老實的女婿在家，自家的事卻看不見。正是：

只曉採花成釀蜜，不知辛苦為誰甜。

# 第十九回　草裡蛇邏打蔣竹山　李瓶兒情感西門慶

詩曰：

人靡不有初，想君能終之。
別來歷年歲，舊恩何可期。
重新而忘故，君子所猶譏。
寄身雖在遠，豈忘君須臾。
既厚不為薄，想君時見思。

話說西門慶起蓋花園捲棚，約有半年光陰，裝修油漆完備，前後煥然一新。慶房的整吃了數日酒，俱不在話下。

一日，八月初旬，與夏提刑做生日，在新買庄上擺酒。叫了四個唱的，一起樂工、雜耍步戲。西門慶從巳牌時分，就騎馬去了。吳月娘在家，整置了酒餚細果，約同李嬌兒、孟玉樓、孫雪娥、大姐、潘金蓮眾人，開了新花園門遊賞。裡面花木庭臺，一望無際，端的好座花園。但見：

正面丈五高，周圍二十板。當先一座門樓，四下幾間臺榭。假山真水，翠竹蒼松。高而不尖謂之臺，巍而不峻謂之榭。四時賞玩，各有風光：春賞燕遊堂，桃李爭妍；夏賞臨溪館，荷蓮鬥彩；秋賞疊翠樓，黃菊舒金；冬賞藏春閣，白梅橫玉。更有那嬌花籠淺徑，芳樹壓雕欄，弄風楊柳縱蛾眉，帶雨海棠陪嫩臉。燕遊堂前，燈光花似開不開；藏春閣後，白銀杏半放不放。湖山側才綻金錢，寶檻邊初生石筍。翩翩紫燕穿簾幕，嚦嚦黃鶯度翠陰。也有那月窗雪洞，也有那水閣風亭。木香棚與荼蘼架相連，千葉桃與三春柳作對。松牆竹徑，曲水方池，映階蕉棕，向日葵榴。遊漁藻內驚人，粉蝶花間對舞。

正是：

芍藥展開菩薩面，荔枝擎出鬼王頭。

當下吳月娘領著眾婦人，或攜手遊芳徑之中，或鬥草坐香茵之上。一個臨軒對景，戲將紅豆擲金鱗；一個伏檻觀花，笑把羅紈驚粉蝶。月娘於是走在一個最高亭子上，名喚臥雲亭，和孟玉樓、李嬌兒下棋。潘金蓮和西門大姐、孫雪娥都在翫花樓望下觀看。見樓前牡丹花畔，芍藥圃、海棠軒、薔薇架、木香棚，又有耐寒君子竹、欺雪大夫松。端的四時有不謝之花，八節有長春之景。觀之不足，看之有餘。不一時擺上酒來，吳月娘居上，李嬌兒對席，兩邊孟玉樓、孫雪娥、潘金蓮、西門大姐，各依序而坐。

月娘道：「我忘了請姐夫來坐坐。」一面使小玉：「前邊快請姑夫來。」不一時，敬濟來到，頭上天青羅帽，身穿紫綾深衣，腳下粉頭皂靴，向前作揖，就在大姐跟前坐下。傳杯換盞，吃了一回酒，吳月娘還與李嬌兒、西門大姐下棋。孫雪娥與孟玉樓卻上樓觀看。惟有金蓮，且在山子前花池邊，用白紗團扇撲蝴蝶為戲。不妨敬濟悄悄在他背後戲說道：「五娘，你不會撲蝴蝶兒，等我替你撲。這蝴蝶兒忽上忽下心不定，有些走滾。」那金蓮扭回粉頸，斜瞅了他一眼，罵道：「賊短命，人聽著，你待死也！我曉得你也不要命了。」那敬濟笑嘻嘻撲近他身來，摟他親嘴。被婦人順手只一推，把小夥兒推了一跤。卻不想玉樓在翫花樓遠遠瞧見，叫道：「五姐，你走這裡來，我和你說話。」金蓮方才撇了敬濟，上樓去了。原來兩個蝴蝶到沒曾捉得住，到訂了燕約鶯期，則做了蜂鬚花嘴。正是：

狂蜂浪蝶有時見，飛入梨花沒尋處。

敬濟見婦人去了，默默歸房，心中怏怏不樂。口占〈折桂令〉一詞，以遣其悶：

我見他斜戴花枝，朱唇上不抹胭脂，似抹胭脂。前日相逢，今日相逢似有情私，未見情私。欲見許，何曾見許！似推辭，本是不推辭。約在何時？會在何時？不相逢，他又相思；既相逢，我又相思。

且不說吳月娘等在花園中飲酒。單表西門慶從門外夏提刑庄子上吃了酒回家，打南瓦子巷裡頭過。平昔在三街兩巷行走，搗子們都認得——宋時謂之搗子，今時俗呼為光棍。內中有兩個，一名草裡蛇魯華，一名過街鼠張勝，常受西門慶資助，乃雞竊狗盜之徒。西門慶見他兩個在那裡耍錢，就勒住馬，上前說話。二人連忙走到跟前，打個半跪道：「大官人，這咱晚往哪裡去來？」西門慶道：「今日是提刑所夏老爹生日，門外莊上請我們吃了酒來。我有一樁事央煩你們，依我不依？」二人道：「大官人沒得說，小人平昔受恩甚多，如有使令，雖赴湯蹈火，萬死何辭！」西門慶道：「既是恁說，明日來我家，我有話吩咐你。」二人道：「哪裡等得到明日！你老人家說與小人罷，端的有什麼事？」

西門慶附耳低言，便把蔣竹山要了李瓶兒之事說了一遍：「只要你弟兄二人替我出這口氣兒便了！」因在馬上摟起衣底，順袋中還有四五兩碎銀子，都倒與二人。便道：「你兩個拿去打酒吃。只要替我幹得停當，還謝你二人。」魯華哪肯接，說道：「小人受你老人家恩還少哩！我只道教俺兩個往東洋大海裡拔蒼龍頭上角，西華岳山中取猛虎口中牙，便去不得，這些小之事，有何難哉！這個銀兩，小人斷不敢領。」西門慶道：「你不收，我也不央及你了。」教玳安接了銀子，打馬就走。又被張勝攔住說：「魯華，你不知他老人家性兒？你不收，恰似咱們推脫的一般。」一面接了銀子，趴到地下磕了頭，說道：「你老人家只顧家裡坐著，不消兩日，管情穩扣扣教你笑一聲。」張勝道：「只望大官人到明日，把小人送與提刑夏老爹那裡答應，就夠了小人了。」西門慶道：「這個不打緊。」後來西門慶果然把張勝送在守備府做了個親隨。此係後事，表過不提。那兩個搗子，得了銀子，依舊耍錢去了。

西門慶騎馬來家，已是日西時分。月娘等眾人聽見他進門，都往後邊去了，只有金蓮在捲棚內看收家活。西門慶不往後邊去，逕到花園裡來，見婦人在亭子上收傢伙，便問：「我不在，你在這裡做什麼來？」金蓮笑道：「俺們今日和大姐姐開門看了看，誰知你來的恁早。」西門慶道：「今日夏大人費心，莊子上叫了四個唱的，只請了五位客到。我恐怕路遠，來的早。」婦人與他脫了衣裳，因說道：「你沒酒，教丫頭看酒來你吃。」西門慶吩咐春梅：「把別的菜蔬都收下去，只留下幾碟細果子兒，篩一壺葡萄酒來我吃。」坐在上面椅子上，因看見婦人上穿沈香色水緯羅對襟衫兒，五色縐紗眉子，下著白碾光絹挑線裙兒，裙邊大紅緞子白綾高低鞋兒。頭上銀絲䯼髻，金鑲分心翠梅鈿兒，雲鬢簪著許多花翠。越顯得紅馥馥朱唇、白膩膩粉臉，不覺淫心輒起，攙著他兩隻手兒，摟抱在一處親嘴。

不一時，春梅篩上酒來，兩個一遞一口兒飲酒咂舌。婦人一面摳起裙子，坐在身上，噙酒哺在他口裡，然後纖手拈了一個鮮蓮蓬子，與他吃。西門慶道：「澀剌剌的，吃他做什麼？」婦人道：「我的兒，你就吊了造化了，娘手裡拿的東西兒你不吃！」又口中噙了一粒鮮核桃仁兒，送與他，才罷了。西門慶又要玩弄婦人的胸乳。婦人一面攤開羅衫，露出美玉無瑕、香馥馥的酥胸，緊就就的香乳。揣摸良久，用口舐之，彼此調笑，曲盡「于飛」。

西門慶乘著歡喜，向婦人道：「我有一件事告訴你，到明日，教你笑一聲。你道蔣太醫開了生藥舖，到明日管情教他臉上開果子舖來。」婦人便問怎麼緣故。西門慶悉把今日門外撞遇魯、張二人之事，告訴了一遍。婦人笑道：「你這個眾生，到明日不知作多少罪業。」又問：「這蔣太醫，不是常來咱家看病的麼？我見他且是謙恭，見了人把頭只低著，可憐見兒的，你這等做作他！」西門慶道：「你看不出他。你說他低著頭兒，他專一看你的腳哩。」婦人道：「汗邪的油嘴！他可可看人家老婆的腳？我不信，他一個文墨人兒，也幹這個營生？」西門慶道：「你看他迎面兒，就誤了勾當，單愛外裝老成內藏奸詐。」兩個說笑了一回，不吃酒了，收拾了家活，歸房宿歇，不在話下。

卻說李瓶兒招贅了蔣竹山，約兩月光景。初時蔣竹山圖婦人喜歡，修合了些戲藥，買了些景東人事、美女相思套之類，實指望打動婦人。不想婦人在西門慶手裡狂風驟雨經過的，往往幹事不稱其意，漸生憎惡，反被婦人把淫器之物，都用石砸的稀碎丟掉了。又說：「你本蝦鱔，腰裡無力，平白買將這行貨子來戲弄老娘！把你當塊肉兒，原來是個中看不中吃臘槍頭，死忘八！」常被婦人半夜三更趕到前邊舖子裡睡。於是一心只想西門慶，不許他進房。每日聒聒著算帳，查算本錢。

這竹山正受了一肚氣，走在舖子小櫃裡坐的，只見兩個人進來，吃得踉踉蹌蹌，楞楞睜睜，走在凳子上坐下。先是一個問道：「你這舖中有狗黃沒有？」竹山笑道：「休要作戲。只有牛黃，那有狗黃？」又問：「沒有狗黃，你有冰灰也罷，拿來我瞧，我要買你幾兩。」竹山道：「生藥行只有冰片，是南海波斯國地道出的，那討冰灰來？」那一個說道：「你休問他，量他才開了幾日舖子，哪裡有這兩樁藥材？只與他說正經話罷。蔣二哥，你休推睡裡夢裡。你三年前死了娘子兒，問這位魯大哥借的那三十兩銀子，本利也該許多，今日問你要來了。俺們才進門就先問你要，你在人家招贅了，初開了這個舖子，恐怕喪了你行止，顯得俺們沒陰騭了。故此先把幾句風話來教你認範。你不認範，他這銀子你少不得還他。」

竹山聽了，嚇了個立睜，說道：「我並沒有借他什麼銀子。」那人道：「你沒借銀，卻問你討？自古蒼蠅不鑽那沒縫的蛋，快休說此話！」竹山道：「我不知閣下姓甚名誰，素不相識，如何來問我要銀子？」那人道：「蔣二哥，你就差了！自古於官不貧，賴債不富。想著你當初不得地時，串鈴兒賣膏藥，也虧了這位魯大哥扶持，你今日就到這田地來。」這個人道：「我便姓魯，叫做魯華，你某年借了我三十兩銀子，發送妻小，本利該我四十八兩，少不得還我。」竹山慌道：「我哪裡借你銀子來？就借你銀子，也有文書保人。」張勝道：「我張勝就是保人。」因向袖中取出文書，與他照了照。把竹山氣得臉臘查也似黃了，罵道：「好殺才狗男女！你是哪裡搗子，走來嚇詐我！」

魯華聽了，心中大怒，隔著小櫃，颼的一拳去，早飛到竹山面門上，就把鼻子打歪在半邊，一面把架上藥材撒了一街。竹山大罵：「好賊搗子！你如何來搶奪我貨物？」因叫天福兒來幫助，被魯華一腳踢過一邊，哪裡再敢上前。張勝把竹山拖出小櫃來，攔住魯華手，勸道：「魯大哥，你多日子也耽待了，再寬他兩日兒，教他湊過與你便了。蔣二哥，你怎麼說？」竹山道：「我幾時借他銀子來？就是問你借的，也等慢慢好講，如何這等撒野？」張勝道：「蔣二哥，你這回吃了橄欖灰兒——回過味來了。你若好好早這般，我教魯大哥饒讓你些利錢兒，你便兩三限湊了還他，才是話。你如何把硬話兒不認，莫不人家就不問你要罷？」

那竹山聽了道：「氣殺我，我和他見官去！誰借他什麼錢來！」張勝道：「你又吃了早酒了！」不提防魯華又是一拳，仰八叉跌了一跤，險不倒栽入洋溝裡，將髮散開，巾幘都污濁了。竹山大叫「青天白日」起來，被保甲上來，都一條繩子拴了。李瓶兒在房中聽見外邊人嚷，走來簾下聽覷，見地方拴得竹山去了，氣得個立睜。使出馮媽媽來，把牌面幌子都收了。街上藥材，被人搶了許多。一面關閉了門戶，家中坐的。

早有人把這件事報與西門慶知道。即差人吩咐地方，明日早解提刑院。這裡又拿帖子，對夏大人說了。次日早，帶上人來，夏提刑陞廳，看了地方呈狀，叫上竹山去，問道：「你是蔣文蕙？如何借了魯華銀子不還，反行毀打他？其情可惡！」竹山道：「小人通不認得此人，並沒借他銀子。小人以理分說，他反不容，亂行踢打，把小人貨物都搶了。」夏提刑便叫魯華：「你怎麼說？」魯華道：「他原借小的銀兩，發送喪妻，至今三年，延挨不還。小的今日打聽他在人家招贅，做了大買賣，問他理討，他倒百般辱罵小的，說小的搶奪他的貨物。見有他借銀子的文書在此，這張勝就是保人，望爺察情。」一面懷中取出文契，遞上去。夏提刑展開觀看，寫道：

立借票人蔣文蕙，係本縣醫生，為因妻喪，無錢發送，憑保人張勝，借到魯華名下白銀三十兩，月利三分，入手用度。約至次年，本利交還，不致少欠。恐後無憑，立此借票存照。

夏提刑看了，拍案大怒道：「可又來，見有保人、借票，還這等抵賴。看這廝咬文嚼字模樣，就像個賴債的。」喝令左右：「選大板，拿下去著實打。」當下三、四個人，不由分說，拖翻竹山在地，痛責三十大板，打得皮開肉綻，鮮血淋漓。一面差兩個公人，拿著白牌，押蔣竹山到家，處三十兩銀子交還魯華。不然，帶回衙門收監。

那蔣竹山打得兩腿剌八著，走到家哭哭啼啼哀告李瓶兒，問他要銀子，還與魯華。又被婦人噦在臉上，罵道：「沒羞的忘八，你遞什麼銀子在我手裡，問我要銀子？我早知你這忘八砍了頭是個債樁，就瞎了眼也不嫁你這中看不中吃的忘八！」那四個人聽見屋裡嚷罵，不住催逼叫道：「蔣文蕙既沒銀子，不消只管挨遲了，趁早到衙門回話去罷。」竹山一面出來安撫了公人，又去裡邊哀告婦人，直蹶兒跪在地上，哭哭啼啼說道：「你只當積陰騭，四山五舍齋佛佈施這三十兩銀子罷！不與，這一回去，我這爛屁股上怎禁得拷打？就是死罷了。」婦人不得已拿出三十兩雪花銀子與他，當官交與魯華，扯碎了文書，方才完事。

這魯華、張勝得了三十兩銀子，逕到西門慶家回話。西門慶留在捲棚下，管待二人酒飯。把前事告訴了一遍。西門慶滿心大喜說：「二位出了我這口氣，足夠了。」魯華把三十兩銀子交與西門慶，西門慶哪裡肯收：「你二人收去，買壺酒吃，就是我酬謝你了。後頭還有事相煩。」二人臨起身謝了又謝，拿著銀子，自行耍錢去了。正是：

常將壓善欺良意，權作尤雲殢雨心。

卻說蔣竹山提刑院交了銀子，歸到家中。婦人哪裡容他住，說道：「只當奴害了汗病，把這三十兩銀子問你討了藥吃了。你趁早與我搬出去罷！再遲些時，連我這兩間房子，尚且不夠你還人！」這蔣竹山只知存身不住，哭哭啼啼，忍著兩腿疼，自去另尋房兒。但是婦人本錢置的貨物都留下，把他原舊的藥材、藥碾、藥篩、藥箱之物，即時催他搬去，兩個就開交了。臨出門，婦人還使馮媽媽舀了一盆水，趕著潑去，說道：「喜得冤家離眼睛！」當日打發了竹山出門。這婦人一心只想著西門慶，又打聽得他家中沒事，心中甚是懊悔。每日茶飯慵餐，娥眉懶畫，把門兒倚遍，眼兒望穿，白盼不見一個人兒來。正是：

枕上言猶在，於今恩愛淪。
房中人不見，無語自消魂。

不說婦人思想西門慶，單表一日玳安騎馬打門首經過，看見婦人大門關著，藥舖不開，靜落落的，歸來告訴與西門慶。西門慶道：「想必那矮忘八打重了，在屋裡睡哩，會好也得半個月出不來做買賣。」遂把這事情丟下了。

一日，八月十五日，吳月娘生日，家中有許多堂客來，在大廳上坐。西門慶因與月娘不說話，一逕來院中李桂姐家坐的，吩咐玳安：「早回馬去罷，晚上來接我。」旋邀了應伯爵、謝希大來打雙陸。那日桂卿也在家，姐妹兩個陪侍勸酒。良久，都出來院子內投壺耍子。玳安約至日西時分，勒馬來接。西門慶正在後邊出恭，見了玳安問：「家中無事？」玳安道：「家中沒事。大廳上堂客都散了，只有大妗子與姑奶奶眾人，大娘邀的後邊去了。今日獅子街花二娘那裡，使了老馮與大娘送生日禮來：四盤羹果、兩盤壽桃麵、一匹尺頭，又與大娘做了一雙鞋。大娘與了老馮一錢銀子，說爹不在家了。也沒曾請去。」

西門慶因見玳安臉紅紅的，便問：「你哪裡吃酒來？」玳安道：「剛才二娘使馮媽媽叫了小的去，與小的酒吃。我說不吃酒，強說著叫小的吃了兩鍾，就臉紅起來。如今二娘倒悔過來，對著小的好不哭哩。前日我告爹說，爹還不信。從那日提刑所出來，就把蔣太醫打發去了。二娘甚是懊悔，一心還要嫁爹，比舊瘦了好些兒，央及小的好歹請爹過去，討爹示下。爹若吐了口兒，還教小的回他一聲。」西門慶道：「賊賤淫婦，既嫁漢子去罷了，又來纏我怎的？既是如此，我也不得閒去。你對他說，什麼下茶下禮，揀個好日子，擡了那淫婦來罷。」玳安道：「小的知道了。他那裡還等著小的去回他話哩，教平安、畫童兒這裡伺候爹就是了。」西門慶道：「你去，我知道了。」

這玳安出了院門，一直走到李瓶兒那裡，回了婦人話。婦人滿心歡喜，說道：「好哥哥，今日多累你對爹說，成就了此事。」於是親自下廚整理蔬菜，管待玳安，說道：「你二娘這裡沒人，明日好歹你來幫扶天福兒，著人搬傢伙過去。」次日雇了五六副扛，整擡運四五日。西門慶也不對吳月娘說，都堆在新蓋的翫花樓上。擇了八月二十日，一頂大轎，一匹緞子，四對紅燈籠，派定玳安、平安、畫童、來興四個跟轎，約後晌時分，方娶婦人過門。婦人打發兩個丫鬟，教馮媽媽領著先來了，等得回去，方才上轎。把房子交與馮媽媽、天福兒看守。

西門慶那日不往哪裡去，在家新捲棚內，深衣幅巾坐的，單等婦人進門。婦人轎子落在大門首，半日沒個人出去迎接。孟玉樓走來上房，對月娘說：「姐姐，你是家主，如今他已是在門首，你不去迎接迎接兒，惹得他爹不怪？他爹在捲棚內坐著，轎子在門首這一日了，沒個人出去，怎麼好進來的？」這吳月娘欲待出去接他，心中惱，又不下氣；欲待不出去，又怕西門慶性子不是好的。沈吟了半晌，於是輕移蓮步，款蹙湘裙，出來迎接。婦人抱著寶瓶，往他那邊新房去了。迎春、綉春兩個丫鬟，又早在房中鋪陳停當，單等西門慶晚夕進房。

不想西門慶正因舊惱在心，不進他房去。到次日，叫他出來後邊月娘房見面，分其大小，排行他是六娘。一般三日擺大酒席，請堂客會親吃酒，只是不往他房裡去。頭一日晚夕，先在潘金蓮房中。金蓮道：「他是個新人兒，才來頭一日，你就空了他房？」西門慶道：「你不知淫婦有些眼裡火，等我奈何他兩日，慢慢的進去。」到了三日，打發堂客散了，西門慶又不進他房中，往後邊孟玉樓房裡歇去了。這婦人見漢子一連三夜不進他房來，到半夜打發兩個丫鬟睡了，飽哭了一場，可憐走到床上，用腳帶吊頸懸梁自縊。正是：

連理未諧鴛帳底，冤魂先到九重泉。

兩個丫鬟睡了一覺醒來，見燈光昏暗，起來剔燈，猛見床上婦人吊著，嚇慌了手腳。忙走出隔壁叫春梅說：「俺娘上吊哩！」慌得金蓮起來這邊看視，見婦人穿一身大紅衣裳，直掇掇吊在床上。連忙和春梅把腳帶割斷，解救下來。過了半日，吐了一口清涎，方才甦醒。即叫春梅：「後邊快請你爹來。」西門慶正在玉樓房中吃酒，還未睡哩。先是玉樓勸西門慶說道：「你娶將他來，一連三日不往他房裡去，惹他心中不惱麼？恰似俺們把這椿事放在頭裡一般，頭上末下，就讓不得這一夜兒。」西門慶道：「待過三日兒我去。你不知道，淫婦有些吃著碗裡，看著鍋裡。想起來他惱不過我。未曾他漢子死了，相交到如今，什麼話兒沒告訴我？臨了招進蔣太醫去！我不如那廝？今日卻怎的又尋將我來？」玉樓道：「你惱得是。他也吃人騙了。」

正說話間，忽一片聲打儀門。玉樓使蘭香問，說是春梅來請爹：「六娘在房裡上吊哩！」慌得玉樓攛掇西門慶不迭，便道：「我說教你進他房中走走，你不依，只當弄出事來。」於是打著燈籠，走來前邊看視。落後吳月娘、李嬌兒聽見，都起來，到他房中。見金蓮摟著他坐的，說道：「五姐，你灌了他些薑湯兒沒有？」金蓮道：「我救下來時，就灌了些了。」那婦人只顧喉中哽噎了一回，方哭出聲。月娘眾人一塊石頭才落地，好好安撫他睡下，各歸房歇息。

次日，晌午前後，李瓶兒才吃些粥湯兒。西門慶向李嬌兒眾人說道：「你們休信那淫婦裝死唬人。我手裡放不過他。到晚夕等我到房裡去，親看著他上個吊兒我瞧，不然吃我一頓好馬鞭子。賊淫婦！不知把我當誰哩！」眾人見他這般說，都替李瓶兒捏著把汗。到晚夕，見西門慶袖著馬鞭子，進他房去了。玉樓、金蓮吩咐春梅把門關了，不許一個人來，都立在角門兒外悄悄聽著。

且說西門慶見他睡在床上，倒著身子哭泣，見他進去不起身，心中就有幾分不悅。先把兩個丫頭都趕去空房裡住了。西門慶走來椅子上坐下，指著婦人罵道：「淫婦！你既然虧心，何消來我家上吊？你跟著那矮忘八過去便了，誰請你來！我又不曾把人坑了你，什麼緣故，流那毬尿怎的？我自來不曾見人上吊，我今日看著你上個吊兒，我瞧！」於是拿一條繩子丟在他面前，叫婦人上吊。那婦人想起蔣竹山說西門慶是打老婆的班頭，降婦女的領袖，思量我哪世裡晦氣，今日大睜眼又撞入火坑裡來了，越發煩惱痛哭起來。這西門慶心中大怒，教他下床來脫了衣裳跪著。婦人只顧延挨不脫，被西門慶拖翻在床地平上，袖中取出鞭子來抽了幾鞭子，婦人方才脫去上下衣裳，戰兢兢跪在地平上。

西門慶坐著，從頭至尾問婦人：「我那等對你說，教你略等等兒，我家中有些事兒，如何不依我，慌忙就嫁了蔣太醫那廝？你嫁了別人，我倒也不惱！那矮忘八有什麼起解？你把他倒踏進門去，拿本錢與他開舖子，在我眼皮子跟前，要撐我的買賣！」婦人道：「奴不說得悔也是遲了。只因你一去了不見來，朝思暮想，奴想得心斜了。後邊喬皇親花園裡常有狐狸，要便半夜三更假名託姓變做你，來攝我精髓，到天明雞叫就去了。你不信只要問老馮、兩個丫頭便知。後來看看把奴攝得至死，才請這蔣太醫來看。奴就像吊在麵糊盆內一般，吃那廝局騙了，說你家中有事，上東京去了，奴不得已才幹下這條路。誰知這廝斫了頭是個債樁，被人打上門來，驚動官府。奴忍氣吞聲，丟了幾兩銀子，吃奴即時攆出去了。」

西門慶道：「說你叫他寫狀子，告我收著你許多東西。你如何今日也到我家來了！」婦人道：「你可是沒得說。奴那裡有這話，就把奴身子爛化了。」西門慶道：「就算有，我也不怕。你說你有錢，快轉換漢子，我手裡容你不得！我實對你說罷，前者打太醫那兩個人，是如此這般使的手段。只略施小計，教那廝疾走無門，若稍用機關，也要連你掛了到官，弄到一個田地。」婦人道：「奴知道是你使的術兒。還是可憐見奴，若弄到那無人煙之處，就是死罷了。」看看說得西門慶怒氣消下些來了，又問道：「淫婦你過來，我問你，我比蔣太醫那廝誰強？」婦人道：「他拿什麼來比你！你是個天，他是塊磚；你在三十三天之上，他在九十九地之下。休說你這等為人上之人，只你每日吃用稀奇之物，他在世幾百年還沒曾看見哩！他拿什麼來比你！莫要說他，就是花子虛在日，若是比得上你時，奴也不恁般貪你了。你就是醫奴的藥一般，一經你手，教奴沒日沒夜只是想你。」只這一句話，把西門慶舊情兜起，歡喜無盡，即丟了鞭子，用手把婦人拉將起來，穿上衣裳，摟在懷裡，說道：「我的兒，你說得是。果然這廝他見什麼碟兒天來大！」即叫春梅：「快放桌兒，後邊取酒菜兒來！」正是：

東邊日出西邊雨，道是無情卻有情。

有詩為證：

碧玉破瓜時，郎為情顛倒。
感君不羞赧，回身就郎抱。

# 第二十回　傻幫閒趨奉鬧華筵　痴子弟爭鋒毀花院

詞曰：

步花徑，闌干狹。防人覷，常驚嚇。荊刺抓裙釵，倒閃在荼蘼架。　勾引嫩枝咿啞，討歸路，尋空罅，被舊家巢燕，引入窗紗。

——右調〈歸洞仙〉

話說西門慶在房中，被李瓶兒柔情軟語，感觸得回嗔作喜，拉他起來，穿上衣裳，兩個相摟相抱，極盡紬繆。一面令春梅進房放桌兒，往後邊取酒去。

且說金蓮和玉樓，從西門慶進他房中去，站在角門首竊聽消息。他這邊門又閉著，只春梅一人在院子裡伺候。金蓮同玉樓兩個打門縫兒往裡張覷，只見房中掌著燈燭，裡邊說話，都聽不見。金蓮道：「俺倒不如春梅賊小肉兒，他倒聽得伶俐。」那春梅在窗下潛聽了一回，又走過來。金蓮悄問他房中怎的動靜，春梅便隔門告訴與二人說：「俺爹怎的教他脫衣裳跪著，他不脫。爹惱了，抽了他幾馬鞭子。」金蓮道：「打了他，他脫了不曾？」春梅道：「他見爹惱了，才慌了，就脫了衣裳，跪在地平上。爹如今問他話哩。」

玉樓恐怕西門慶聽見，便道：「五姐，咱過那邊去罷。」拉金蓮來西角門首。此時是八月二十頭，月色才上來。兩個站立在黑頭裡，一處說話，等著春梅出來問他話。潘金蓮向玉樓道：「我的姐姐，只說好食果子，一心只要來這裡。頭兒沒過動，下馬威早討了這幾下在身上。俺這個不順臉的貨兒，你若順順兒他倒罷了。屬扭孤兒糖的，你扭扭兒也是錢，不扭也是錢。想著先前吃小婦奴才壓枉造舌，我陪下十二分小心，還吃他奈何得我那等哭哩。姐姐，你來了幾時，還不知他性格哩！」

二人正說話之間，只聽開的角門響，春梅出來，一直逕往後邊走。不防他娘站在黑影處叫他，問道：「小肉兒，哪去？」春梅笑著只顧走。金蓮道：「怪小肉兒，你過來，我問你話。慌走怎的？」那春梅方才立住了腳，方說：「他哭著對俺爹說了許多話。爹喜歡抱起他來，令他穿上衣裳，教我放了桌兒，如今往後邊取酒去。」金蓮聽了，向玉樓說道：「賊沒廉恥的貨！頭裡那等雷聲大雨點小，打哩亂哩。及到其間，也不怎麼的。我猜，也沒得想，管情取了酒來，教他遞。賊小肉兒，沒他房裡丫頭？你替他取酒去！到後邊，又叫雪娥那小婦奴才毽聲浪顙，我又聽不上。」春梅道：「爹使我，管我事！」於是笑嘻嘻去了。金蓮道：「俺這小肉兒，正經使著他，死了一般懶待動旦。若幹貓兒頭差事，鑽頭覓縫幹辦了要去，去的那快！現他房裡兩個丫頭，你替他走，管你腿事！賣蘿蔔的跟著鹽擔子走——好個閒嘈心的小肉兒！」玉樓道：「可不怎的！俺大丫頭蘭香，我正使他做活兒，他便有要沒緊的。爹使他行鬼頭兒，聽人的話兒，你看他走的那快！」

正說著，只見玉簫自後邊驀地走來，便道：「三娘還在這裡？我來接你來了。」玉樓道：「怪狗肉，唬我一跳！」因問：「你娘知道你來不曾？」玉簫道：「我打發娘睡下這一日了，我來前邊瞧瞧，剛才看見春梅後邊要酒果去了。」因問：「俺爹到他屋裡，怎樣個動靜兒？」金蓮接過來伸著手道：「進他屋裡去，齊頭故事。」玉簫又問玉樓，玉樓便一一對他說。玉簫道：「三娘，真個教他脫了衣裳跪著，打了他五馬鞭子來？」玉樓道：「你爹因他不跪，才打他。」玉簫道：「帶著衣服打來，去了衣裳打來？虧他那瑩白的皮肉兒上怎麼挨得？」玉樓笑道：「怪小狗肉兒，你倒替古人耽憂！」

正說著，只見春梅拿著酒，小玉拿著方盒，逕往李瓶兒那邊去。金蓮道：「賊小肉兒，不知怎的，聽見幹恁勾當兒，雲端裡老鼠——天生的耗。」吩咐：「快送了來，教他家丫頭伺候去。你不要管他，我要使你哩！」那春梅笑嘻嘻同小玉進去了。一面把酒菜擺在桌上，就出來了，只是綉春、迎春在房答應。玉樓、金蓮問了他話。玉簫道：「三娘，咱後邊去罷。」二人一路去了。金蓮叫春梅關上角門，歸進房來，獨自宿歇，不在話下。正是：

可惜團圞今夜月，清光咫尺別人圓。

不說金蓮獨宿，單表西門慶與李瓶兒兩個相憐相愛，飲酒說話到半夜，方才被伸翡翠，枕設鴛鴦，上床就寢。燈光掩映，不啻鏡中鸞鳳和鳴；香氣薰籠，好似花間蝴蝶對舞。正是：

今宵勝把銀釭照，只恐相逢是夢中。

有詞為證：

淡畫眉兒斜插梳，不忻拈弄倩工夫。雲窗霧閣深深許，蕙性蘭心款款呼。相憐愛，倩人扶，神仙標格世間無。從今罷卻相思調，美滿恩情錦不如。

兩個睡到次日飯時。李瓶兒恰待起來臨鏡梳頭，只見迎春後邊拿將飯來。婦人先漱了口，陪西門慶吃了半盞兒，又教迎春：「將昨日剩的金華酒篩來。」拿甌子陪著西門慶每人吃了兩甌子，方才洗臉梳妝。一面開箱子，打點細軟首飾衣服，與西門慶過目。拿出一百顆西洋珠子與西門慶看，原是昔日梁中書家帶來之物。又拿出一件金鑲鴉青帽頂子，說是過世老公公的，起下來上等子秤，四錢八分重。李瓶兒教西門慶拿與銀匠，替他做一對墜子。又拿出一頂金絲䯼髻，重九兩。因問西門慶：「上房他大娘眾人，有這䯼髻沒有？」西門慶道：「他們銀絲䯼髻倒有兩三頂，只沒編這䯼髻。」婦人道：「我不好戴出來的。你替我拿到銀匠家毀了，打一件金九鳳墊根兒，每個鳳嘴啣一溜珠兒，剩下的再替我打一件，照依他大娘正面戴的金鑲玉觀音滿池嬌分心。」西門慶收了，一面梳頭洗臉，穿了衣服出門。李瓶兒又說道：「那邊房裡沒人，你好歹委付個人兒看守，替了小廝天福兒來家使喚。那老馮老行貨子，啻啻磕磕的，獨自在那裡，我又不放心。」西門慶道：「我知道了。」袖著鬏髻和帽頂子，一直往外走。不妨金蓮鬅著頭，站在東角門首，叫道：「哥，你往哪去？這咱才出來？」西門慶道：「我有勾當去。」婦人道：「怪行貨子，慌走怎的？我和你說話。」那西門慶見他叫的緊，只得回來。被婦人引到房中，婦人便坐在椅子上，把他兩隻手拉著說道：「我不好罵出來的，怪火燎腿三寸貨，那個拿長鍋鑊吃了你！慌往外搶的是些甚的？你過來，我且問你。」西門慶道：「罷麼，小淫婦兒，只顧問什麼！我有勾當哩，等我回來說。」說著，往外走。婦人摸見袖子裡重重的，道：「是什麼？拿出來我瞧瞧。」西門慶道：「是我的銀子包。」

婦人不信，伸手進袖子裡就掏，掏出一頂金絲鬏髻來，說道：「這是他的鬏髻，你拿哪去？」西門慶道：「他問我，知你們沒有，說不好戴的，教我到銀匠家替他毀了，打兩件頭面戴。」金蓮問道：「這鬏髻多少重？他要打什麼？」西門慶道：「這鬏髻重九兩，他要打一件九鳳甸兒，一件照依上房娘的正面那一件玉觀音滿池嬌分心。」金蓮道：「一件九鳳甸兒，滿破使了三兩五六錢金子夠了。大姐姐那件分心，我秤只重一兩六錢，把剩下的，好歹你替我照依他也打一件九鳳甸兒。」西門慶道：「滿池嬌他要揭實枝梗的。」

金蓮道：「就是揭實枝梗，使了三兩金子滿頂了。還落他二三兩金子，夠打個甸兒了。」西門慶笑罵道：「你這小淫婦兒！單管愛小便宜兒，隨處也捏個尖兒。」金蓮道：「我兒，娘說的話，你好歹記著。你不替我打將來，我和你答話！」那西門慶袖了鬏髻，笑著出門。金蓮戲道：「哥兒，你幹上了。」西門慶道：「我怎的幹上了？」金蓮道：「你既不幹上，昨日那等雷聲大雨點小，要打著教他上吊。今日拿出一頂鬏髻來，使得你狗油嘴鬼推磨，不怕你不走。」西門慶笑道：「這小淫婦兒，單只管胡說！」說著往外去了。

卻說吳月娘和孟玉樓、李嬌兒在房中坐的，忽聽見外邊小廝一片聲尋來旺兒，尋不著。只見平安來掀簾子，月娘便問：「尋他做什麼？」平安道：「爹緊等著哩。」月娘半日才說：「我使他有勾當去了。」原來月娘早晨吩咐下他，往王姑子菴裡送香油白米去了。平安道：「小的回爹，只說娘使他有勾當去了。」月娘罵道：「怪奴才，隨你怎麼回去！」平安慌得不敢言語，往外走了。月娘便向玉樓眾人說道：「我開口，又說我多管。不言語，我又憋的慌。一個人也拉剌將來了，那房子賣掉了就是了。平白扯淡，搖鈴打鼓的，看守什麼？左右有他家馮媽媽子，再派一個沒老婆的小廝，同在那裡就是了，怕走了那房子也怎的？巴巴叫來旺兩口子去！他媳婦子七病八痛，一時病倒了在那裡，誰伏侍他？」玉樓道：「姐姐在上，不該我說。你是個一家之主，不爭你與他爹兩個不說話，就是俺們不好主張的，下邊孩子們也沒投奔。他爹這兩日隔二騙三的，也甚是沒意思。姐姐依俺們一句話兒，與他爹笑開了罷。」

月娘道：「孟三姐，你休要起這個意。我又不曾和他兩個嚷鬧，他平白的使性兒。哪怕他使得那臉痞，休想我正眼看他一眼兒！他背地對人罵我不賢良的淫婦，我怎的不賢良？如今聳七八個在屋裡，才知道我不賢良！自古道，順情說好話，幹直惹人嫌。我當初說著攔你，也只為好來。你既收了他許多東西，又買他房子，今日又圖謀他老婆，就著官兒也看喬了。何況他孝服不滿，你不好娶他的。誰知道人在背地裡把圈套做得成成的，每日行茶過水，只瞞我一個兒，把我合在缸底下。今日也推在院裡歇，明日也推在院裡歇，誰想他只當把個人兒歇了家裡來，端的好在院裡歇！他自吃人在他跟前那等花麗狐哨，喬龍畫虎的，兩面刀哄他，就是千好萬好了。似俺們這等依老實，苦口良言，著他理你理兒！你不理我，我想求你？一日不少我三頓飯，我只當沒漢子，守寡在這裡。隨我去，你們不要管他。」幾句話說得玉樓眾人訕訕的。

良久，只見李瓶兒梳妝打扮，上穿大紅遍地金對襟羅衫兒，翠蓋拖泥妝花羅裙，迎春抱著銀湯瓶，綉春拿著茶盒，走來上房，與月娘眾人遞茶。月娘叫小玉安放座兒與他坐。落後孫雪娥也來到，都遞了茶，一處坐地。潘金蓮嘴快，便叫道：「李大姐，你過來，與大姐姐下個禮兒。實和你說了罷，大姐姐和他爹好些時不說話，都為你來！俺們剛才替你勸了恁一日。你改日安排一席酒兒，央及央及大姐姐，教他兩個老公婆笑開了罷。」李瓶兒道：「姐姐吩咐，奴知道。」於是向月娘面前，插燭也似磕了四個頭。月娘道：「李大姐，他哄你哩。」又道：「五姐，你們不要來攛掇。我已是賭下誓，就是一百年也不和他在一搭兒哩。」以此眾人再不敢復言。

金蓮在旁拿把抿子與李瓶兒抿頭，見他頭上戴著一副金玲瓏草蟲兒頭面，並金纍絲松梅歲寒三友梳背兒，因說道：「李大姐，你不該打這碎草蟲頭面，有些抓頭髮，不如大姐姐戴的金觀音滿池嬌，是揭實枝梗的好。」這李瓶兒老實，就說道：「奴也照樣兒要教銀匠打恁一件哩！」

落後小玉、玉簫來遞茶，都亂戲他。先是玉簫問道：「六娘，你家老公公當初在皇城內哪衙門來？」李瓶兒道：「先在惜薪司掌廠。」玉簫笑道：「嗔道你老人家昨日挨得好柴！」小玉又道：「去年許多里長老人，好不尋你，教你往東京去。」婦人不省，說道：「他尋我怎的？」小玉笑道：「他說你老人家會告的好水災。」玉簫又道：「你老人家鄉裡媽媽拜千佛，昨日磕頭磕夠了。」小玉又說道：「昨日朝廷差四個夜不收，請你往口外和番，端的有這話麼？」李瓶兒道：「我不知道。」小玉笑道：「說你老人家會叫的好達達！」把玉樓、金蓮笑得不了。月娘罵道：「怪臭肉們，幹你那營生去，只顧奚落他怎的？」於是把個李瓶兒羞得臉上一塊紅、一塊白，站又站不得，坐又坐不住，半日回房去了。

良久，西門慶進房來，回他雇銀匠家打造生活，就計較發柬，二十五日請官客吃會親酒，少不的請請花大哥。李瓶兒道：「他娘子三日來，再三說了。也罷，你請他請罷。」李瓶兒又說：「那邊房子左右有老馮看守，你這裡再教一個和天福兒輪著上宿就是，不消叫旺官去罷。上房姐姐說，他媳婦兒有病，去不得。」西門慶道：「我不知道。」即叫平安，吩咐：「你和天福兒兩個輪，一遞一日，獅子街房子裡上宿。」不在言表。

不覺到二十五日，西門慶家中吃會親酒，安排插花筵席，一起雜耍步戲。四個唱的，李桂姐、吳銀兒、董玉仙、韓金釧兒，從晌午就來了。官客在捲棚內吃了茶，等到齊了，然後大廳上坐席。

頭一席花大舅、吳大舅；第二席吳二舅、沈姨夫；第三席應伯爵、謝希大；第四席祝實念、孫天化；第五席常峙節、吳典恩；第六席雲理守、白賚光。西門慶主位，其餘傅自新、賁第傳、女婿陳敬濟兩邊列坐。樂人撮弄雜耍數回，就是笑樂院本。下去，李銘、吳惠兩個小優上來彈唱，間著清吹。下去，四個唱的出來，筵外遞酒。

應伯爵在席上先開言說道：「今日哥的喜酒，是兄弟不當斗膽，請新嫂子出來拜見拜見，足見親厚之情。俺們不打緊，花大尊親，並二位老舅、沈姨丈在上，今日為何來？」西門慶道：「小妾醜陋，不堪拜見，免了罷。」謝希大道：「哥，這話難說。當初有言在先，不為嫂子，俺們怎麼兒來？何況見有我尊親花大哥在上，先做友，後做親，又不同別人。請出來見見怕怎的？」西門慶笑不動身。應伯爵道：「哥，你不要笑，俺們都拿著拜見錢在這裡，不白教他出來見。」西門慶道：「你這狗才，單管胡說。」吃他再三逼迫不過，叫過玳安來，教他後邊說去。

半日，玳安出來回說：「六娘道，免了罷。」應伯爵道：「就是你這小狗骨禿兒的鬼！你幾時往後邊去，就來哄我？」玳安道：「小的莫不哄應二爹！二爹進去問不是？」伯爵道：「你量我不敢進去？左右花園中熟徑，好不好我走進去，連你那幾位娘都拉了出來。」玳安道：「俺家那大猱獅狗，好不利害。倒沒有把應二爹下半截撕下來。」伯爵故意下席，趕著玳安踢兩腳，笑道：「好小狗骨禿兒，你傷得我好！趁早與我後邊請去。請不將來，打二十欄杆。」把眾人、四個唱的都笑了。玳安走到下邊立著，把眼只看著他爹不動身。西門慶無法可處，只得叫過玳安近前，吩咐：「對你六娘說，收拾了出來見見罷。」

那玳安去了半日出來，復請了西門慶進去。然後才把腳下人趕出去，關上儀門。孟玉樓、潘金蓮百方攛掇，替他抿頭，戴花翠，打發他出來。廳上鋪下錦氈綉毯，四個唱的，都到後邊彈樂器，導引前行。麝蘭靉靆，絲竹和鳴。婦人身穿大紅五彩通袖羅袍，下著金枝線葉沙綠百花裙，腰裡束著碧玉女帶，腕上籠著金壓袖。胸前瓔落繽紛，裙邊環佩玎璫，頭上珠翠堆盈，鬢畔寶釵半卸，粉面宜貼翠花鈿，湘裙越顯紅鴛小。正是：

恍似姮娥離月殿，猶如神女到筵前。

當下四個唱的，琵琶箏弦，簇擁婦人，花枝招颭，綉帶飄搖，望上朝拜。慌得眾人都下席來，還禮不迭。

卻說孟玉樓、潘金蓮、李嬌兒簇擁著月娘都在大廳軟壁後聽覷，聽見唱《喜得功名遂》，唱到「天之配合一對兒，如鸞似鳳」，直至「永團圓，世世夫妻」。金蓮向月娘說道：「大姐姐，你聽唱的！小老婆今日不該唱這一套，他做了一對魚水團圓，世世夫妻，把姐姐放到哪裡？」那月娘雖故好性兒，聽了這兩句，未免有幾分惱在心頭。又見應伯爵、謝希大這夥人，見李瓶兒出來上拜，恨不得生出幾個口來誇獎奉承，說道：「我這嫂子，端的寰中少有，蓋世無雙！休說德性溫良，舉止沈重，自這一表人物，普天之下，也尋不出來。哪裡有哥這樣大福？俺們今日得見嫂子一面，明日死也得好處。」因喚玳安兒：「快請你娘回房裡，只怕勞動著，倒值了多的。」吳月娘眾人聽了，罵扯淡輕嘴的囚根子不絕。良久，李瓶兒下來。四個唱的見他手裡有錢，都亂趨奉著他，娘長娘短，替他拾花翠，疊衣裳，無所不至。

月娘歸房，甚是不樂。只見玳安、平安接了許多拜錢，也有尺頭、衣服並人情禮，盒子盛著，拿到月娘房裡。月娘正眼也不看，罵道：「賊囚根子！拿送到前頭就是了，平白拿到我房裡來做什麼？」玳安道：「爹吩咐拿到娘房裡來。」月娘叫玉簫接了，掠在床上去。不一時，吳大舅吃了第二道湯飯，走進後邊來見月娘。月娘見他哥進房來，連忙與他哥哥行禮畢，坐下。吳大舅道：「昨日你嫂子在這裡打攪，又多謝姐夫送了桌面去。到家對我說，你與姐夫兩下不說話。我聽著要來勸你，不想姐夫今日又請。姐姐，你若這等，把你從前一場好都沒了。自古痴人畏婦，賢女畏夫。三從四德，乃婦道之常。今後他行的事，你休要攔他，料姐夫他也不肯差了。落的做好好先生，才顯出你賢德來。」月娘道：「早賢德好來，不教人這般憎嫌。他有了他富貴的姐姐，把我這窮官兒家丫頭，只當忘故了的算帳。你也不要管他，左右是我，隨他把我怎麼的罷！賊強人，從幾時這等變心來？」說著，月娘就哭了。吳大舅道：「姐姐，你這個就差了。你我不是那等人家，快休如此。你兩口兒好好的，俺們走來也有光輝些！」勸月娘一回。小玉拿茶來。吃畢茶，只見前邊使小廝來請，吳大舅便作辭月娘出來。

當下眾人吃至掌燈以後，就起身散了。四個唱的，李瓶兒每人都是一方銷金汗巾兒，五錢銀子，歡喜回家。自此西門慶連在瓶兒房裡歇了數夜。別人都罷了，只有潘金蓮惱得要不得，背地唆調吳月娘與李瓶兒合氣；對著李瓶兒，又說月娘容不得人。李瓶兒尚不知墮他計中，每以姐姐呼之，與他親厚尤密。正是：

逢人且說三分話，未可全拋一片心。

西門慶自娶李瓶兒過門，又兼得了兩三場橫財，家道營盛，外莊內宅，煥然一新。米麥陳倉，騾馬成群，奴僕成行。把李瓶兒帶來小廝天福兒，改名琴童。又買了兩個小廝，一名來安兒，一名棋童兒。把金蓮房中春梅、上房玉簫、李瓶兒房中迎春、玉樓房中蘭香，一般兒四個丫頭，衣服首飾妝束起來，在前廳西廂房，教李嬌兒兄弟樂工李銘來家，教演習學彈唱。春梅琵琶，玉簫學箏，迎春學弦子，蘭香學胡琴。每日三茶六飯，管待李銘，一月與他五兩銀子。又打開門面兩間，兌出二千兩銀子來，委傅夥計、賁第傳開解當舖。女婿陳敬濟只掌鑰匙，出入尋討。賁第傳只寫帳目，秤發貨物。傅夥計便督理生藥、解當兩個舖子，看銀色，做買賣。潘金蓮這邊樓上，堆放生藥。李瓶兒那邊樓上，廂成架子，擱解當庫衣服、首飾、古董、書畫、玩好之物。一日也當許多銀子出門。

陳敬濟每日起早睡遲，帶著鑰匙，同夥計查點出入銀錢，收放寫算皆精。西門慶見了，喜歡的要不得。一日在前廳與他同桌兒吃飯，說道：「姐夫，你在我家這等會做買賣，就是你父親在東京知道，他也心安，我也得托了。常言道：有兒靠兒，無兒靠婿。我若久後沒出，這分兒家當，都是你兩口兒的。」那敬濟說道：「兒子不幸，家遭官事，父母遠離，投在爹娘這裡。蒙爹娘擡舉，莫大之恩，生死難報。只是兒子年幼，不知好歹，望爹娘耽待便了，豈敢非望。」西門慶聽見他說話兒聰明乖覺，越發滿心歡喜。但凡家中大小事務、出入書柬、禮帖，都教他寫。但凡客人到，必請他席側相陪。吃茶吃飯，一時也少不得他。誰知道這小夥兒綿裡之針，肉裡之刺，端的不懷好心！

常向綉簾窺賈玉，每從綺閣竊韓香。

光陰似箭，不覺又是十一月下旬。西門慶在常峙節家會茶散的早，未掌燈就起身，同應伯爵、謝希大、祝實念三個並馬而行。剛出了門，只見天上彤雲密布，又早紛紛揚揚飄下一天雪花來。應伯爵便道：「哥，咱這時候就家去，家裡也不收。我們許久不曾進裡邊看看桂姐，今日趁著落雪，只當孟浩然踏雪尋梅，望他望去。」祝實念道：「應二哥說得是。你們月風雨不阻，出二十銀子包錢包著他，你不去，落得他自在。」西門慶吃三人你一言我一句，說得把馬逕往東街勾欄來了。來到李桂姐家，已是天氣將晚。只見客位裡掌著燈，丫頭正掃地。老媽並李桂卿出來，見禮畢，上面列四張交椅，四人坐下。

老虔婆便道：「前者桂姐在宅裡來晚了，多有打攪。又多謝六娘，賞汗巾花翠。」西門慶道：「那日空過他。我恐怕晚了他們，客人散了，就打發他來了。」說著，虔婆一面看茶吃了，丫鬟就安放桌兒，設放案酒。西門慶道：「怎麼桂姐不見？」虔婆道：「桂姐連日在家伺候姐夫，不見姐夫來。今日是他五姨媽生日，拿轎子接了與他五姨媽做生日去了。」原來李桂姐也不曾往五姨家做生日去。近日見西門慶不來，又接了杭州販紬絹的丁相公兒子丁二官人，號丁雙橋，販了千兩銀子紬絹，在客店裡，瞞著他父親來院中嫖。頭上拿十兩銀子、兩套杭州重絹衣服請李桂姐，一連歇了兩夜。適才正和桂姐在房中吃酒，不想西門慶到。老虔婆忙教桂姐陪他到後邊第三層一間僻靜小房坐去了。

當下西門慶聽信虔婆之言，便道：「既是桂姐不在，老媽快看酒來，俺們慢慢等他。」這老虔婆在下面一力攛掇，酒餚蔬菜齊上，須臾，堆滿桌席。李桂卿不免箏排雁柱，歌按新腔，眾人席上猜枚行令。正飲時，不妨西門慶往後邊更衣去。也是合當有事，忽聽東耳房有人笑聲。西門慶更畢衣，走至窗下偷眼觀覷，正見李桂姐在房內陪著一個戴方巾的蠻子飲酒。由不得心頭火起，走到前邊，一手把吃酒桌子掀翻，碟兒盞兒打得粉碎，喝令跟馬的平安、玳安、畫童、琴童四個小廝上來，把李家門窗戶壁床帳都打碎了。應伯爵、謝希大、祝實念向前拉勸不住。西門慶口口聲聲只要採出蠻囚來，和粉頭一條繩子墩鎖在門房內。那丁二官又是個小膽之人，見外邊嚷鬥起來，慌得藏在裡間床底下，只叫：「桂姐救命！」桂姐道：「呸！好不好，還有媽哩！這是俺院中人家常有的，不妨事，隨他發作叫嚷，你只休要出來。」

老虔婆見西門慶打得不像模樣，還要架橋兒說謊，上前分辨。西門慶哪裡還聽他，只是氣狠狠呼喝小廝亂打，險些不曾把李老媽打起來。多虧了應伯爵、謝希大、祝實念三人死勸，活喇喇拉開了手。西門慶大鬧了一場，賭誓再不踏他門來，大雪裡上馬回家。正是：

宿盡閒花萬萬千，不如歸家伴妻眠。
雖然枕上無情趣，睡到天明不要錢。

# 第二十一回　吳月娘掃雪烹茶　應伯爵替花邀酒

詞曰：

並刀如水，吳鹽勝雪，纖手破新登。錦幄初溫，獸煙不斷，相對坐調笙。低聲問向誰行宿，城上已三更。馬滑霜濃，不如休去，直至少人行。

——右調〈少年遊〉

話說西門慶從院中歸家，已一更天氣，到家門首，小廝叫開門，下了馬，踏著那亂瓊碎玉，到於後邊儀門首。只儀門半掩半開，院內悄無人聲。西門慶心內暗道：「此必有蹺蹊。」於是潛身立於儀門內粉壁前，悄悄聽覷。只見小玉出來，穿廊下放桌兒。原來吳月娘自從西門慶與他反目以來，每月吃齋三次，逢七拜斗焚香，保佑夫主早早回心，西門慶還不知。只見小玉放畢香桌兒。少頃，月娘整衣出來，向天井內滿爐炷香，望空深深禮拜。祝曰：「妾身吳氏，作配西門。奈因夫主留戀煙花，中年無子。妾等妻妾六人，俱無所出，缺少墳前拜掃之人。妾夙夜憂心，恐無所託。是以發心，每夜於星月之下，祝贊三光，要祈佑兒夫，早早回心。棄卻繁華，齊心家事。不拘妾等六人之中，早見嗣息，以為終身之計，乃妾之素願也。」正是：

私出房櫳夜氣清，一庭香霧雪微明。
拜天訴盡衷腸事，無限徘徊獨自惺。

這西門慶不聽便罷，聽了月娘這一篇言語，不覺滿心慚感道：「原來一向我錯惱了他。他一片都是為我的心，還是正經夫妻。」忍不住從粉壁前叉步走來，抱住月娘。月娘不防是他大雪裡來到，唬了一跳，就要推開往屋裡走，被西門慶雙關抱住，說道：「我的姐姐！我西門慶死也不曉得，你一片好心，都是為我的。一向錯見了，丟冷了你的心，到今悔之晚矣。」月娘道：「大雪裡，你錯走了門兒了，敢不是這屋裡。我是那不賢良的淫婦，和你有甚情節？哪討為你的來？你平白又來理我怎的？咱兩個永世千年休要見面！」西門慶把月娘一手拖進房來。燈前看見他家常穿著：大紅縐紬對衿襖兒，軟黃裙子；頭上戴著貂鼠臥兔兒，金滿池嬌分心，越顯出他：

粉妝玉琢銀盆臉，蟬髻鴉鬟楚岫雲。

那西門慶如何不愛？連忙與月娘深深作了個揖，說道：「我西門慶一時昏昧，不聽你之良言，辜負你之好意。正是有眼不識荊山玉，拿著頑石一樣看。過後方知君子，千萬饒恕我則個。」月娘道：「我又不是你那心上的人兒，凡是投不著你的機會，有甚良言勸你？隨我在這屋裡自生自活，你休要理他。我這屋裡也難安放你，趁早與我出去，我不著丫頭攆你。」西門慶道：「我今日平白惹一肚子氣，大雪裡來家，逕來告訴你。」月娘道：「惹氣不惹氣，休對我說。我不管你，望著管你的人去說。」

西門慶見月娘臉兒不瞧，就折疊腿裝矮子，跪在地下，殺雞扯脖，口裡姐姐長，姐姐短。月娘看不上，說道：「你真個恁涎臉涎皮的！我叫丫頭進來。」一面叫小玉。那西門慶見小玉進來，連忙立起來，無計支出他去，說道：「外邊下雪了，一張香桌兒還不收進來？」小玉道：「香桌兒頭裡已收進來了。」月娘忍不住笑道：「沒羞的貨，丫頭跟前也調個謊兒。」小玉出去，那西門慶又跪下央及。月娘道：「不看世人面上，一百年不理才好。」說畢，方才和他坐在一處，教玉簫捧茶與他吃。西門慶因把今日常家茶會，散後同邀伯爵到李家如何嚷鬧，告訴一遍：「如今賭了誓，再不踏院門了。」月娘道：「你踹不踹，不在於我。你拿黃金白銀包著他，你不去，可知他另接了別個漢子？養漢老婆的營生，你拴住他身，拴不住他心。你長拿封皮封著他也怎的？」西門慶道：「你說的是。」於是打發丫鬟出去，脫衣上床，要與月娘求歡。月娘道：「教你上炕就撈食兒吃，今日只容你在我床上就夠了，要思想別的事，卻不能夠。」西門慶把那話露將出來，向月娘戲道：「都是你氣得他中風不語了。大睜著眼兒，說不出話來。」月娘罵道：「好個汗邪的貨，教我有半個眼兒看得上！」西門慶不由分說，把月娘兩隻白生生腿扛在肩膀上，那話插入牝中，一任其鶯恣蝶採，殢雨尤雲，未肯即休。正是得多少——

海棠枝上鶯梭急，翡翠梁間燕語頻。

不覺到靈犀一點，美愛無加，麝蘭半吐，脂香滿唇。西門慶情極，低聲求月娘叫達達；月娘亦低聲睥幃睨枕，態有餘妍，口呼親親不絕。是夜，兩人雨意雲情，並頭交頸而睡。正是：

亂鬢雙橫興已饒，情濃猶復厭通宵。
晚來獨向妝臺立，淡淡春山不用描。

當夜夫妻交歡不提。卻表次日清晨，孟玉樓走到潘金蓮房中，未曾進門，先叫道：「六丫頭，起來了不曾？」春梅道：「俺娘才起來梳頭哩。三娘進屋裡坐。」玉樓進來，只見金蓮正在梳臺前整掠香雲，因說道：「我有樁事兒來告訴你，你知道不知？」金蓮道：「我在這背哈喇子，誰曉得！」因問：「什麼事？」玉樓道：「他爹昨夜二更來家，走到上房裡，和吳家的好了，在他房裡歇了一夜。」金蓮道：「俺們何等勸著，他說一百年二百年，又怎的平白浪著，自家又好了？又沒人勸他！」玉樓道：「今早我才知道。俺大丫頭蘭香，在廚房內聽見小廝們說，昨日他爹同應二在院裡李桂兒家吃酒，看出淫婦的什麼破綻，把淫婦門窗戶壁都打了。大雪裡著惱來家，進儀門，看見上房燒夜香，想必聽見些什麼話兒，兩個才到一搭哩。丫頭學說，兩個說了一夜話，說他爹怎的跪著上房的叫媽媽，上房的又怎的聲喚擺話的，硶死了。像他這等就沒的話說。若是別人，又不知怎的說浪！」

金蓮接說道：「早是與人家做大老婆，還不知怎樣久慣牢成！一個燒夜香，只該默默禱祝，誰家一逕倡揚，使漢子知道了。又沒人勸，自家暗裡又和漢子好了。硬到底才好，乾淨假撇清！」玉樓道：「也不是假撇清，他有心也要和，只是不好說出來的。他說他是大老婆不下氣，到叫俺們做分上，怕俺們久後玷言玷語說他，敢說你兩口子話差，也虧俺們說和。如今你我休教他買了乖兒去。你快梳了頭，過去和李瓶兒說去。咱兩個每人出五錢銀子，叫李瓶兒拿出一兩來，原為他的事起。今日安排一席酒，一者與他兩個把一杯，二者當家兒只當賞雪，耍戲一日，有何不可？」金蓮道：「說得是。不知他爹今日有勾當沒有？」玉樓道：「大雪裡有甚勾當？我來時兩口子還不見動靜，上房門兒才開，小玉拿水進去了。」

這金蓮慌忙梳畢頭，和玉樓同過李瓶兒這邊來。李瓶兒還睡著在床上，迎春說：「三娘、五娘來了。」玉樓、金蓮進來，說道：「李大姐，好自在。這咱時懶龍才伸腰兒。」金蓮就舒進手去被窩裡，摸見薰被的銀香毬兒，道：「李大姐生了蛋了。」就掀開被，見他一身白肉。那李瓶兒連忙穿衣不迭。玉樓道：「五姐，休鬼混他。李大姐，你快起來，俺們有椿事來對你說。如此這般，他爹昨日和大姐姐好了，咱每人五錢銀子，你便多出些兒，當初因為你起來。今日大雪裡，只當賞雪，咱安排一席酒兒，請他爹和大姐姐坐坐兒，好不好？」李瓶兒道：「隨姐姐教我出多少，奴出便了。」金蓮道：「你將就只出一兩兒罷。你秤出來，俺好往後邊問李嬌兒、孫雪娥要去。」這李瓶兒一面穿衣纏腳，叫迎春開箱子，拿出銀子。拿了一塊，金蓮上等子秤，重一兩二錢五分。玉樓叫金蓮伴著李瓶兒梳頭：「等我往後邊問李嬌兒和孫雪娥要銀子去。」

金蓮看著李瓶兒梳頭洗面，約一個時辰，只見玉樓從後邊來說道：「我早知也不幹這營生。大家的事，像白要他的。小淫婦說：『我是沒時運的人，漢子再不進我房裡來，我哪討銀子？』

求了半日，只拿出這根銀簪子來，你秤秤重多少？」金蓮取過等子來秤，只重三錢七分。因問：「李嬌兒怎的？」玉樓道：「李嬌兒初時只說沒有，『雖是錢日逐打我手裡使，都是叩數的。使多少交多少，哪裡有富餘錢？』我說：『你當家還說沒錢，俺們哪個是有的？六月日頭，沒打你門前過也怎的？大家的事，你不出罷！』教我使性子走了出來，他慌了，使丫頭叫我回去，才拿出這銀子與我。沒來由，教我恁惹氣刺刺的！」金蓮拿過李嬌兒銀子來秤了秤，只四錢八分。因罵道：「好個奸滑的淫婦！隨問怎的，綁著鬼也不與人家足數，好歹短幾分。」玉樓道：「只許他家拿黃桿等子秤人的。人問他要，只像打骨秃出來一般，不知教人罵了多少！」一面連玉樓、金蓮共湊了三兩一錢，一面使綉春叫了玳安來。

金蓮先問他：「你昨日跟了你爹去，在李家為什麼著了惱來？」玳安悉把在常家會茶散得早，邀應二爹和謝爹同到李家，他鴇子回說不在家，往五姨媽家做生日去了。「不想落後爹淨手，到後邊親看見粉頭和一個蠻子吃酒，爹就惱了。不由分說，叫俺眾人把淫婦家門窗戶壁儘力打了一頓，只要把蠻子、粉頭墩鎖在門上。多虧應二爹眾人再三勸住。爹使性騎馬回家，在路上發狠，到明日還要擺布淫婦哩。」金蓮道：「賊淫婦！我只道蜜罐兒長年拿得牢牢的，如何今日也打了？」又問玳安：「你爹真個恁說來？」玳安道：「莫是小的敢哄娘！」

金蓮道：「賊囚根子，他不揪不採，也是你爹的婊子，許你罵他？想著迎頭兒我們使著你，只推不得閒，『爹使我往桂姨家送銀子去哩！』叫得桂姨那甜！如今他敗落了來，你主子惱了，連你也叫他淫婦來了！看我明日對你爹說不說。」玳安道：「耶樂！五娘這回日頭打西出來，重新又護起他家來了！莫不爹不在路上罵他淫婦，小的敢罵他？」金蓮道：「許你爹罵他罷了，原來也許你罵他？」玳安道：「早知五娘麻犯小的，小的也不對五娘說。」玉樓便道：「小囚兒，倒別要說嘴。這裡三兩一錢銀子，你快和來興兒替我買東西去。今日俺們請你爹和大娘賞雪。你將就少落我們些兒，我教你五娘不告你爹說罷。」玳安道：「娘使小的，小的敢落錢？」於是拿了銀子同來興兒買東西去了。

且說西門慶起來，正在上房梳洗。只見大雪裡，來興買了雞鵝嗄飯，逕往廚房裡去了；玳安又提了一罈金華酒進來。便問玉簫：「小廝的東西，是哪裡的？」玉簫回道：「今日眾娘置酒，請爹娘賞雪。」西門慶道：「金華酒是哪裡的？」玳安道：「是三娘與小的銀子買的。」西門慶道：「啊呀！家裡見放著酒，又去買！」吩咐玳安：「拿鑰匙，前邊廂房有雙料茉莉酒，提兩罈攙著這酒吃。」於是在後廳明間內，設錦帳圍屏，放下梅花暖簾，爐安獸炭，擺列酒席。

不一時，整理停當。李嬌兒、孟玉樓、潘金蓮、李瓶兒來到，請西門慶、月娘出來。當下李嬌兒把盞，孟玉樓執壺，潘金蓮捧菜，李瓶兒陪跪，頭一鍾先遞了與西門慶。西門慶接酒在手，笑道：「我兒，多有起動，孝順我老人家常禮兒罷！」那潘金蓮嘴快，插口道：「好老氣的孩兒！誰這裡替你磕頭哩？俺們磕著你，你站著。羊角蔥靠南牆——越發老辣！若不是大姐姐帶攜你，俺們今日與你磕頭？」一面遞了西門慶，重新又滿滿斟了一盞，請月娘轉上，遞與月娘。

月娘道：「你們也不和我說，誰知你們平白又費這個心。」玉樓笑道：「沒什麼。俺們胡亂置了杯水酒兒，大雪裡與你老公婆兩個散悶而已。姐姐請坐，受俺們一禮兒。」月娘不肯，亦平還下禮去。玉樓道：「姐姐不坐，我們也不起來。」相讓了半日，月娘才受了半禮。金蓮戲道：「對姐姐說過，今日姐姐有俺們面上，寬恕了他。下次再無禮，衝撞了姐姐，俺們也不管了。」望西門慶說道：「你裝憨打勢，還在上首坐，還不快下來，與姐姐遞個鍾兒，陪不是哩！」西門慶又是笑。良久，遞畢，月娘轉下來，令玉簫執壺，亦斟酒與眾姊妹回酒。惟孫雪娥跪著接酒，其餘都平敘姊妹之情。

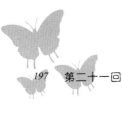

於是西門慶與月娘居上座，其餘李嬌兒、孟玉樓、潘金蓮、李瓶兒、孫雪娥並西門大姐，都兩邊打橫。金蓮便道：「李大姐，你也該梯己與大姐姐遞杯酒兒，當初因為你的事起來，你做了老林，怎麼還恁木木的！」那李瓶兒真個就就走下席來要遞酒。被西門慶攔住，說道：「你休聽那小淫婦兒，他哄你。已是遞過一遍酒罷了，遞幾遍兒？」那李瓶兒方不動了。

當下春梅、迎春、玉簫、蘭香一般兒四個家樂，琵琶、箏、弦子、月琴，一面彈唱起來，唱了一套〈南石榴花〉「佳期重會」。西門慶聽了，便問：「誰叫他唱這一套詞來？」玉簫道：「是五娘吩咐唱來。」西門慶就看著潘金蓮說道：「你這小淫婦，單管胡枝扯葉的！」金蓮道：「誰教他唱他來？沒的又來纏我。」月娘便道：「怎的不請陳姐夫來坐坐？」一面使小廝前邊請去。不一時，敬濟來到，向席上都作了揖，就在大姐下邊坐了。月娘令小玉安放了鍾筯，閤家歡飲。西門慶把眼觀看簾前那雪，如撏綿扯絮，亂舞梨花，下得大了。端的好雪。但見：

初如柳絮，漸似鵝毛。唰唰似數蟹行沙上，紛紛如亂瓊堆砌間。但行動衣沾六出，只頃刻拂滿蜂鬢。襯瑤臺，似玉龍翻甲遶空舞；飄粉額，如白鶴羽毛連地落。

正是：

凍合玉樓寒起粟，光搖銀海燭生花。

吳月娘見雪下在粉壁間太湖石上甚厚。下席來，教小玉拿著茶罐，親自掃雪，烹江南鳳團雀舌牙茶與眾人吃。正是：

白玉壺中翻碧浪，紫金杯內噴清香。

正吃茶中間，只見玳安進來，說道：「李銘來了，在前邊伺候。」西門慶道：「教他進來。」不一時，李銘進來向眾人磕了頭，走在旁邊。西門慶問道：「你往哪裡去來？來得正好。」李銘道：「小的沒往哪裡去，北邊酒醋門劉公公那裡，教了些孩子，小的瞧了瞧。記掛著爹娘內姐兒們，還有幾段唱未合拍，來伺候。」西門慶就將手內吃的那一盞木樨茶，遞與他吃，說道：「你吃了休去，且唱一個我聽。」李銘道：「小的知道。」一面下邊吃了茶上來，把箏弦調定，頓開喉音，並足朝上，唱了一套〈冬景・絳都春〉。唱畢，西門慶令李銘近前，賞酒與他吃，教小玉拿壺滿斟，傾在銀琺瑯桃兒鍾內。那李銘跪在地下，滿飲三杯。西門慶又叫在桌上拿了四碟菜，用盤子托著與李銘。那李銘走到下邊吃了，用絹兒把嘴抹了，走到上邊，直豎豎的靠著槅子站立。

西門慶因把昨日桂姐家之事，告訴一遍。李銘道：「小的並不知道，一向也不過那邊去。想起來不干桂姐事，都是俺三媽幹的營生。爹也別要惱他，等小的見他說他便了。」當日飲酒到一更時分，妻妾俱各歡樂。先是陳敬濟、大姐往前邊去了。落後酒闌，西門慶又賞李銘酒，打發出門，吩咐：「你到那邊，休說今日在我這裡。」李銘道：「爹吩咐，小的知道。」西門慶令左右送他出門，於是妻妾各散。西門慶還在月娘上房歇了。有詩為證：

赤繩緣分莫疑猜，扊扅夫妻共此懷。
魚水相逢從此始，兩情願保百年諧。

卻說次日雪晴，應伯爵、謝希大受了李家燒鵝瓶酒，恐怕西門慶擺布他家，逕來邀請西門慶進裡邊陪禮。月娘早晨梳妝畢，正和西門慶在房中吃餅，只見玳安來說：「應二爹和謝爹來了。」西門慶放下餅，就要往前走。月娘道：「兩個勾使鬼，又不知來做什麼。你一發吃了出去，教他外頭等著去。慌得恁沒命的一般往外走怎的？大雪裡又不知勾了哪去？」西門慶道：「你叫小廝把餅拿到前邊，我和他兩個吃罷。」說著，起身往外來。

月娘吩咐：「你和他吃了，別要信著又勾引的往哪裡去了。今日孟三姐晚夕上壽哩。」西門慶道：「我知道。」於是與應、謝二人相見聲喏，說道：「哥昨日著惱家來了，俺們甚是怪說他家：『從前已往，在你家使錢費物，雖這一時不來，休要改了腔兒才好，許你家粉頭背地偷接蠻子？冤家路兒窄，又被他親眼看見，他怎的不惱！休說哥惱，俺們心裡也看不過！』盡力說了他娘兒幾句，他也甚是沒意思。今日早請了俺兩個到家，娘兒們哭哭啼啼跪著，恐怕你動意，置了一杯水酒兒，好歹請你進去陪個不是。」西門慶道：「我也不動意。我再也不進去了。」伯爵道：「哥惱有理。但說起來，也不干桂姐事。這個丁二官原先是他姐姐桂卿的孤老，也沒說要請桂姐。只因他父親貨船搭在他鄉里陳監生船上，才到了不多兩日。這陳監生號雨淮，乃是陳參政的兒子。丁二官拿了十兩銀子，在他家擺酒請陳監生。才送這銀子來，不想你我到了他家，就慌了，躲不及，把個蠻子藏在後邊，被你看見了。實告不曾和桂姐沾身。今日他娘兒們賭身發咒，磕頭禮拜，央俺二人好歹請哥到那裡，把這委屈情由也對哥表出，也把惱解了一半。」西門慶道：「我已是對房下賭誓，再也不去，又惱什麼？你上覆他家，倒不消費心。我家中今日有些小事，委的不得去。」慌得二人一齊跪下，說道：「哥，什麼話！不爭你不去，顯得我們請不得哥去，沒些面情了。到那裡略坐坐兒就來也罷。」

當下二人死告活央，說得西門慶肯了。不一時，放桌兒，留二人吃餅。須臾吃畢，令玳安取衣服去。月娘正和孟玉樓坐著，便問玳安：「你爹要往哪去？」玳安道：「小的不知，爹只叫小的取衣服。」月娘罵道：「賊囚根子，你還瞞著我不說！今日你三娘上壽哩。你爹但來晚了，我只打你這個賊囚根子。」玳安道：「娘打小的，管小的甚事？」月娘道：「不知怎的，聽見他這老子們來，恰似奔命的一般，吃著飯，丟下飯碗，往外不迭。又不知勾引遊魂撞屍，撞到多咱才來！」家中置酒等候不提。

且說西門慶被兩個邀請到李家，又早堂中置了一席齊整酒餚，叫了兩個妓女彈唱。李桂姐與桂卿兩個打扮迎接。老虔婆出來，跪著陪禮。姐兒兩個遞酒。應伯爵、謝希大在旁打諢耍笑，向桂姐道：「還虧我把嘴頭上皮也磨了半邊去，請了你家漢子來。就連酒兒也不替我遞一杯兒，只遞你家漢子！剛才若他撅了不來，休說你哭瞎了你眼，唱門詞兒，到明日諸人不要你，只我好說話兒將就罷了。」桂姐罵道：「怪應花子，汗邪了你！我不好罵出來的。可可兒的我唱門詞兒來？」應伯爵道：「你看賊小淫婦兒！念了經打和尚，他不來慌的那腔兒，這回就翅膀毛兒乾了。」

你過來，且與我個嘴溫溫寒著。」於是不由分說，摟過脖子來就親了個嘴。

桂姐笑道：「怪攮刀子的，看推撒了酒在爹身上。」伯爵道：「小淫婦兒，會喬張致的，這回就疼漢子。『看撒了爹身上酒！』叫你爹那甜。我是後娘養的？怎的不叫我一聲兒？」桂姐道：「我叫你是我的孩兒。」伯爵道：「你過來，我說個笑話兒你聽：一個螃蟹與田雞結為兄弟，賭跳過水溝兒去便是大哥。田雞幾跳，跳過去了。螃蟹方欲跳，撞遇兩個女子來汲水，用草繩兒把他拴住，打了水帶回家去。臨行忘記了，不將去。田雞見他不來，過來看他，說道：『你怎的就不過去了？』螃蟹說：『我過的去，倒不吃兩個小淫婦掜的恁樣了！』」桂姐兩個聽了，一齊趕著打，把西門慶笑得要不得。

不說這裡調笑玩耍，且說家中吳月娘一者置酒回席，二者又是玉樓上壽，吳大妗子、楊姑娘並兩個姑子，都在上房裡坐的。看看等到日落時分，不見西門慶來家，急得月娘要不得。金蓮拉著李瓶兒，笑嘻嘻向月娘說道：「大姐姐，他這咱不來，俺們往門首瞧他瞧去。」月娘道：「耐煩瞧他怎的！」金蓮又拉玉樓說：「咱三個打夥兒走走去。」玉樓道：「我這裡聽大師父說笑話兒哩，等聽說了笑話兒咱去。」那金蓮方住了腳，圍著兩個姑子聽說笑話兒，因說道：「大師父，你有，快些說。」那王姑子坐在坑上，就說了一個。

金蓮道：「這個不好。再說一個。」王姑子又道：「一家三個媳婦兒，與公公上壽。先是大媳婦遞酒說：『公公好像一員官。』公公云：『我如何像官？』媳婦云：『坐在上面，家中大小都怕你，如何不像官？』次該二媳婦上來遞酒，說：『公公像虎威皂隸。』公公曰：『我如何像虎威皂隸？』媳婦云：『你喝一聲，家中大小都吃一驚，怎不像皂隸？』公公道：『你說的我好！』該第三媳婦遞酒，上來說：『公公也不像官，也不像皂隸。』公公道：『卻像什麼？』媳婦道：『公公像個外郎！』公公道：『我如何像個外郎？』媳婦道：『不像外郎，如何六房裡都串到？』」把眾人都笑了。金蓮道：「好禿子！把俺們都說在裡頭。那個外郎敢恁大膽！」

說罷，金蓮、玉樓、李瓶兒同來到前邊大門首，瞧西門慶。玉樓問道：「今日他爹大雪裡哪裡去了？」金蓮道：「我猜他一定往院中李桂兒那淫婦家去了。」玉樓道：「打了一場，賭誓再不去，如何又去？咱們賭什麼？管情不在他家。」金蓮道：「李大姐做證見，你敢和我拍手麼？我說今日往他家去了。前日打了淫婦家，昨日李銘那忘八先來打探子兒。今日應二和姓謝的，大清早晨，勾使鬼勾了他去。我猜老虔婆和淫婦鋪謀定計叫了去，不知怎的撮弄，陪著不是，還要回爐復帳，不知涎纏到多咱時候。有個來得成來不成，大姐姐還只顧等著他！」玉樓道：「就不來，小廝也該來家回一聲兒。」正說著，只見賣瓜子的過來，兩個正在門首買瓜子兒，忽然西門慶從東來了，三個往後跑不迭。

西門慶在馬上，教玳安先頭裡走：「你瞧是誰在大門首？」玳安走了兩步，說道：「是三娘、五娘、六娘在門首買瓜子哩。」西門慶到家下馬，進入後邊儀門首。玉樓、李瓶兒先去上房報月娘去了，獨有金蓮藏在粉壁背後黑影裡。西門慶撞見，嚇了一跳，說道：「怪小淫婦兒，猛可諕我一跳！你們在門首做什麼來？」金蓮道：「你還敢說哩。你在哪裡？這時才來，教娘們只顧在門首等著你。」西門慶進房中，月娘安排酒餚，教玉簫執壺，大姐遞酒。先遞了西門慶，然後眾姊妹都遞了，安席坐下。春梅、迎春下邊彈唱，吃了一回，都收下去。重新擺上玉樓上壽的酒，並四十樣細巧各樣的菜碟兒上來。壺斟美醞，盞泛流霞。讓吳大妗子上坐。

吃到起更時分，大妗子吃不多酒，歸後邊去了。只是吳月娘同眾人陪西門慶擲骰猜枚行令。輪到月娘跟前，月娘道：「既要我行令，照依牌譜上飲酒：一個牌兒名，兩個骨牌名，合《西廂》一句。」月娘先說：「六娘子醉楊妃，落了八珠環，遊絲兒抓住荼蘼架。」不遇。該西門慶擲，說：「虞美人，見楚漢爭鋒，傷了正馬軍，只聽耳邊金鼓連天震。」果然是個正馬軍，吃了一杯。該李嬌兒，說：「水仙子，因二士入桃源，驚散了花開蝶滿枝，只做了落紅滿地胭脂冷。」不遇。次該金蓮擲，說道：「鮑老兒，臨老入花叢，壞了三綱五常，問他個非奸做賊拿。」果然是三綱五常，吃了一杯。輪該李瓶兒擲，說：「端正好，搭梯望月，等到春分晝夜停，那時節隔牆兒險化做望夫山。」不遇。該孫雪娥，說：「麻郎兒，見群鴉打鳳，絆住了折足雁，好教我兩下裡做人難。」不遇。落後該玉樓完令，說：「念奴嬌，醉扶定四紅沈，拖著錦裙襴，得多少春風夜月銷金帳。」正擲了四紅沈。月娘滿令，叫小玉：「斟酒與你三娘吃。」說道：「你吃三大杯才好！今晚你該伴新郎宿歇。」因對李嬌兒、金蓮眾人說：「吃畢酒，咱送他兩個歸房去。」金蓮道：「姐姐嚴令，豈敢不依！」把玉樓羞得要不得。

少頃酒闌，月娘等相送西門慶到玉樓房首方回。玉樓讓眾人坐，都不坐。金蓮便戲玉樓道：「我兒，好好兒睡罷。你娘明日來看你，休要淘氣！」因向月娘道：「親家，孩兒小哩，看我面上，凡是擔待些兒罷。」玉樓道：「六丫頭，你老米醋，挨著做。我明日和你答話。」金蓮道：「我媒人婆上樓子——老娘好耐驚耐怕兒。」於是和李瓶兒、西門大姐一路去了。剛走到儀門首，不想李瓶兒被地滑了一跤。這金蓮遂怪喬叫起來道：「這個李大姐，只像個瞎子，行動一磨子就倒了。我攙你去，倒把我一隻腳踩在雪裡，把人的鞋兒也踹泥了！」

月娘聽見，說道：「就是儀門首那堆子雪。我吩咐了小廝兩遍，賊奴才，白不肯掃，只當還滑倒了。」因叫小玉：「你拿個燈籠送送五娘、六娘去。」西門慶在房裡向玉樓道：「你看賊小淫婦兒！他踹在泥裡把人絆了一跤，他還說人踹泥了他的鞋，恰是那一個兒，就沒些嘴抹兒。恁一個小淫婦！昨日叫丫頭們平白唱『佳期重會』，我就猜是他幹的營生。」玉樓道：「『佳期重會』是怎的說？」西門慶道：「他說吳家的不是正經相會，是私下相會。恰似燒夜香，有心等著我一般。」玉樓道：「六姐他諸般曲兒到都知道，俺們卻不曉得。」西門慶道：「你不知，這淫婦單管咬群兒。」

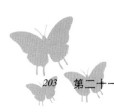

不說西門慶在玉樓房中宿歇。單表潘金蓮、李瓶兒兩個走著說話，走到儀門，大姐便歸前邊廂房去了。小玉打著燈籠，送二人到花園內。金蓮已帶半酣，拉著李瓶兒道：「二娘，我今日有酒了，你好歹送到我房裡。」李瓶兒道：「姐姐，你不醉。」須臾，送到金蓮房內。打發小玉回後邊，留李瓶兒坐，吃茶。金蓮又道：「你說你那咱不得來，虧了誰？誰想今日咱姊妹在一個跳板兒上走，不知替你頂了多少瞎缸，教人背地好不說我！奴只行好心，自有天知道罷了。」李瓶兒道：「奴知道姐姐費心，恩當重報，不敢有忘。」金蓮道：「得你知道好了。」不一時，春梅拿茶來吃了，李瓶兒告辭歸房。金蓮獨自歇宿，不在話下。正是：

空庭高樓月，非復三五圓。
何須照床裡，終是一人眠。

# 第二十二回　蕙蓮兒偷期蒙愛　春梅姐正色閑邪

詞曰：

今宵何夕？月痕初照。等閒間一見猶難，平白地兩邊湊巧。向燈前見他，向燈前見他，一似夢中來到。何曾心料，他怕人瞧。驚臉兒紅還白，熱心兒火樣燒。

——右調〈桂枝香〉

話說次日，有吳大妗子、楊姑娘、潘姥姥眾堂客，因來與孟玉樓做生日，月娘都留在後廳飲酒，其中惹出一件事兒。那來旺兒，因他媳婦癆病死了，月娘新又與他娶了一房媳婦，乃是賣棺材宋仁的女兒，也名喚金蓮。當先賣在蔡通判家房裡使喚，後因壞了事出來，嫁與廚役蔣聰為妻。這蔣聰常在西門慶家答應，來旺兒早晚到蔣聰家叫他去，看見這個老婆，兩個吃酒刮言，就把這個老婆刮上了。一日，不想這蔣聰因和一般廚役分財不均，酒醉廝打，動起刀杖來，把蔣聰戳死在地，那人便越牆逃走了。老婆央來旺兒對西門慶說了，替他拿帖兒縣裡和縣丞說，差人捉住正犯，問成死罪，抵了蔣聰命。後來，來旺兒哄月娘，只說是小人家媳婦兒，會做針指。月娘使了五兩銀子，兩套衣服，四匹青紅布，並簪環之類，娶與他為妻。月娘因他叫金蓮，不好稱呼，遂改名為蕙蓮。這個婦人小金蓮兩歲，今年二十四歲，生得白淨，身子兒不肥不瘦，模樣兒不短不長，比金蓮腳還小些兒。性明敏，善機變，會妝飾，就是嘲漢子的班頭，壞家風的領袖。若說他底的本事，他也曾：

斜倚門兒立，人來側目隨。

托腮並咬指，無故整衣裳。
坐立頻搖腿，無人曲唱低。
開窗推戶牖，停針不語時。
未言先欲笑，必定與人私。

初來時，同眾媳婦上灶，還沒什麼妝飾。後過了個月有餘，因看見玉樓、金蓮打扮，他便把鬏髻墊得高高的，頭髮梳得虛籠籠的，眉兒描得長長的，在上邊遞茶遞水，被西門慶睃在眼裡。一日，設了條計策，教來旺兒押了五百兩銀子，往杭州替蔡太師製造慶賀生辰錦綉蟒衣，並家中穿的四季衣服，往回也有半年期程。從十一月半頭，搭在旱路車上起身去了。西門慶安心早晚要調戲他這老婆，不期到此正值孟玉樓生日，月娘和眾堂客在後廳吃酒。西門慶那日沒往那去，月娘吩咐玉簫：「房中另放桌兒，打發酒菜你爹吃。」西門慶因打簾內看見蕙蓮身上穿著紅紬對襟襖、紫絹裙子，在席上斟酒，問玉簫道：「那個是新娶的來旺兒的媳婦子蕙蓮？怎的紅襖配著紫裙子，怪模怪樣？到明日對你娘說，另與他一條別的顏色裙子配著穿。」玉簫道：「這紫裙子，還是問我借的。」說著就罷了。

須臾，過了玉樓生日。一日，月娘往對門喬大戶家吃酒去了。約後晌時分，西門慶從外來家，已有酒了，走到儀門首，這蕙蓮正往外走，兩個撞個滿懷。西門慶便一手摟過脖子來，就親了個嘴，口中喃喃呐呐說道：「我的兒，你若依了我，頭面衣服，隨你揀著用。」那婦人一聲兒沒言語，推開西門慶手，一直往前走了。西門慶歸到上房，叫玉簫送了一匹藍緞子到他屋裡，如此這般對他說：「爹昨日見你穿著紅襖，配著紫裙子，怪模怪樣的不好看，才拿了這匹緞子，使我送與你，教你做裙子穿。」這蕙蓮開看，卻是一匹翠藍兼四季團花喜相逢緞子。說道：「我做出來，娘見了問怎了？」玉簫道：「爹到明日還對娘說，你放心。爹說來，你若依了這件事，隨你要什麼，爹與你買。今日趕娘不在家，要和你會會兒，你心下如何？」

那婦人聽了，微笑不言，因問：「爹多咱時分來？我好在屋裡伺候。」玉簫道：「爹說小廝們看著，不好進你屋裡來的。教你悄悄往山子底下洞兒裡，那裡無人，堪可一會。」老婆道：「只怕五娘、六娘知道了，不好意思的。」玉簫道：「三娘和五娘都在六娘屋裡下棋，你去不妨事。」當下約會已定，玉簫走來回西門慶說話。兩個都往山子底下成事，玉簫在門首與他觀風。正是：

解帶色已戰，觸手心愈忙。
那識羅裙內，銷魂別有香。

不想金蓮、玉樓都在李瓶兒房裡下棋，只見小鸞來請玉樓，說：「爹來家了。」三人就散了，玉樓回後邊去了。金蓮走到房中，勻了臉，亦往後邊來。走入儀門，只見小玉立在上房門首。金蓮問：「你爹在屋裡？」小玉搖手兒，往前指。金蓮就知其意，走到前邊山子角門首，只見玉簫攔著門。金蓮只猜玉簫和西門慶在此私狎，便頂進去。玉簫慌了，說道：「五娘休進去，爹在裡頭有勾當哩！」金蓮罵道：「怪狗肉，我又怕你爹了？」不由分說，進入花園裡來，各處尋了一遍。走到藏春塢山子洞兒裡，只見他兩個人在裡面才了事。婦人聽見有人來，連忙繫上裙子往外走，看見金蓮，把臉通紅了。

金蓮問道：「賊臭肉，你在這裡做什麼？」蕙蓮道：「我來叫畫童兒。」說著，一溜煙走了。金蓮進來，看見西門慶在裡邊繫褲子，罵道：「賊沒廉恥的貨，你和奴才淫婦大白日裡在這裡，端的幹這勾當兒，剛才我打與淫婦兩個耳刮子才好，不想他往外走了。原來你就是畫童兒，他來尋你！你與我實說，和這淫婦偷了幾遭？若不實說，等住回大姐姐來家，看我說不說。我若不把奴才淫婦臉打的脹豬，也不算。俺們閒的聲喚在這裡，你也來插上一把子。老娘眼裡卻放不過！」西門慶笑道：「怪小淫婦兒，悄悄兒罷，休要嚷的人知道。我實對你說，如此這般，連今日才第一遭。」金蓮道：「一遭二遭，我不信。你既要這奴才淫婦，兩個瞞神謊鬼弄刺子兒，我打聽出來，休怪了，我卻和你們答話！」那西門慶笑得出去了。

金蓮到後邊，聽見眾丫頭們說：「爹來家，使玉簫手巾裹著一匹藍緞子往前邊去，不知與誰。」金蓮就知是與蕙蓮的，對玉樓也不提起此事。這婦人每日在那邊，或替他造湯飯，或替他做針指鞋腳，或跟著李瓶兒下棋，常賊乖趨附金蓮。被西門慶撞在一處，無人，教他兩個苟合，圖漢子喜歡。蕙蓮自從和西門慶私通之後，背地與他衣服、首飾、香茶之類不算，只銀子成兩家帶在身邊，在門首買花翠胭脂，漸漸顯露，打扮的比往日不同。西門慶又對月娘說，他做的好湯水，不教他上大灶，只教他和玉簫兩個，在月娘房裡後邊小灶上，專頓茶水，整理菜蔬，打發月娘房裡吃飯，與月娘做針指，不必細說。看官聽說：凡家主，切不可與奴僕並家人之婦苟且私狎，久後必紊亂上下，竊弄奸欺，敗壞風俗，殆不可制。

一日，臘月初八日，西門慶早起，約下應伯爵，與大街坊尚推官家送殯。叫小廝馬也備下兩匹，等伯爵白不見到，一面李銘來了。西門慶就在大廳上圍爐坐的，教春梅、玉簫、蘭香、迎春一般兒四個，都打扮出來，看著李銘指撥、教演他彈唱。女婿陳敬濟，在旁陪著說話。正唱〈三弄梅花〉，還未了，只見伯爵來，應保夾著氈包進門。那春梅等四個就要往後走，被西門慶喝住，說道：「左右只是你應二爹，都來見見罷，躲怎的！」與伯爵兩個相見作揖，才待坐下，西門慶令四個過來：「與應二爹磕頭。」那春梅等朝上磕頭下去，慌得伯爵還喏不迭，誇道：「誰似哥有福，出落的恁四個好姐姐，水蔥兒的一般，一個賽一個。卻怎生好？你應二爹今日素手，促忙促急，沒曾帶的什麼在身邊，改日送胭脂錢來罷。」春梅等四人，見了禮去了。

陳敬濟向前作揖，一同坐下。西門慶道：「你如何今日這咱才來？」應伯爵道：「不好告訴你的。大小女病了一向，近日才好些。房下記掛著，今日接了他家來散心住兩日。亂著，旋叫應保叫了轎子，買了些東西在家，我才來了。」西門慶道：「教我只顧等著你。咱吃了粥，好去了。」隨即吩咐後邊看粥來吃。只見李銘，見伯爵打了半跪。伯爵道：「李日新，一向不見你。」李銘道：「小的有事。連日在北邊徐公公那裡答應來。」說著，小廝放桌兒，拿粥來吃，十樣小菜兒，四碗頓爛嘎飯，銀鑲甌兒盛著粳米投各樣榛松果品、白糖粥兒。西門慶陪應伯爵、陳敬濟吃了，就拿小銀鍾篩金華酒，每人吃了三杯。壺裡還剩下上半壺酒，吩咐畫童兒：「連桌兒擡去廂房內，與李銘吃。」就穿衣服起身，同伯爵並馬而行，與尚推官送殯去了。只落下李銘在西廂房，吃畢酒飯。

玉簫和蘭香眾人，打發西門慶出了門，在廂房內廝亂玩成一塊。一回，都往對過東廂房西門大姐房裡擱混去了，只落下春梅一個，和李銘在這邊教演琵琶。李銘也有酒了。春梅袖口子寬，把手兜住了。李銘把他手拿起，略按重了些。被春梅怪叫起來，罵道：「好賊忘八！你怎的捻我的手，調戲我？賊少死的忘八，你還不知道我是誰哩！一日好酒好肉，越發養活的你這忘八聖靈兒出來了，平白捻我的手來了。賊忘八，你錯下這個鍬撅了。你問聲兒去，我手裡你來弄鬼！爹來家等我說了，把你這賊忘八，一條棍攆得離門離戶！沒你這忘八，學不成唱了？愁本司三院尋不出忘八來？撅臭了你這忘八了！」被他千忘八，萬忘八，罵得李銘拿著衣服，往外走不迭。正是：

兩手劈開生死路，翻身跳出是非門。

當下春梅氣狠狠，直罵進後邊來。金蓮正和孟玉樓、李瓶兒並宋蕙蓮在房裡下棋，只聽見春梅從外罵將來。金蓮便問道：「賊小肉兒，你罵誰哩，誰惹你來？」春梅道：「情知是誰，叵耐李銘那忘八！爹臨去，好意吩咐小廝，留下一桌菜並粳米粥兒與他吃。也有玉簫他們，你推我，我打你，玩成一塊，對著忘八，呲牙露嘴的，狂得有些褶兒也怎的。玩了一回，都往大姐那邊去了。忘八見無人，盡力把我手上捻一下。吃得醉醉的，看著我嗤嗤獃笑。那忘八見我吆喝罵起來，他就夾著衣裳往外走了。剛才打與賊忘八兩個耳刮子才好！賊忘八，你也看個人兒行事，我不是那不三不四的邪皮行貨，教你這個忘八在我手裡弄鬼。我把忘八臉打綠了！」金蓮道：「怪小肉兒，學不學沒要緊，把臉氣得黃黃的，等爹來家說了，把賊忘八攆了去就是了。哪裡緊等著供唱撰錢哩，怎的教忘八調戲我這丫頭！我知道賊忘八業罐子滿了。」

春梅道：「他就倒運，著量二娘的兄弟。哪怕他！二娘莫不挾仇打我五棍兒？」宋蕙蓮道：「論起來，你是樂工，在人家教唱，也不該調戲良人家女子！照顧你一個錢，也是養身父母，休說一日三茶六飯兒伏侍著。」金蓮道：「伏侍著，臨了還要錢兒去了。按月兒，一個月與他五兩銀子。賊忘八，錯上了墳。你問聲家裡這些小廝們，哪個敢望著他呲牙笑一笑兒，吊個嘴兒？遇喜歡罵兩句；若不歡喜，拉倒他主子跟前就是打。賊忘八，造化低，你惹他生薑，你還沒曾經著他辣手！」因向春梅道：「沒見你，你爹去了，你進來便罷了，平白只顧和他那房裡做什麼？卻教那忘八調戲你！」春梅道：「都是玉簫和他們，只顧還笑成一塊，不肯進來。」

玉樓道：「他三個如今還在那屋裡？」春梅道：「都往大姐房裡去了。」玉樓道：「等我瞧瞧去。」那玉樓起身去了。良久，李瓶兒亦回房，使綉春叫迎春去。至晚，西門慶來家，金蓮一五一十告訴西門慶。西門慶吩咐來興兒，今後休放進李銘來走動。自此斷了路兒，不敢上門。正是：

習教歌妓逞家豪，每日閒庭弄錦槽。
不是朱顏容易變，何由聲價競天高。

# 第二十三回　賭棋枰瓶兒輸鈔　覷藏春潘氏潛踪

詞曰：

心中難自泄，暗裡深深謝。未必娘行，恁地能賢哲。衷腸怎好和君說？說不願丫頭，願做官人的侍妾。他堅牢望我情真切。豈想風波，果應了他心料者。

——右調〈梧桐樹〉

話說一日臘盡春回，新正佳節，西門慶賀節不在家，吳月娘往吳大妗子家去了。午間孟玉樓、潘金蓮都在李瓶兒房裡下棋。玉樓道：「咱們今日賭什麼好？」金蓮道：「咱們賭五錢銀子東道，三錢銀子買金華酒兒，那二錢買個豬頭來，教來旺媳婦子燒豬頭咱們吃。說他會燒的好豬頭，只用一根柴禾兒，燒得稀爛。」玉樓道：「大姐姐不在家，卻怎的計較？」金蓮道：「存下一分兒，送在他屋裡，也是一般。」說畢，三人下棋。下了三盤，李瓶兒輸了五錢。金蓮使綉春兒叫將來興兒來，把銀子遞與他，教他買一罈金華酒，一個豬首，連四隻蹄子，吩咐：「送到後邊廚房裡，教來旺兒媳婦蕙蓮快燒了，拿到你三娘屋裡等著，我們就去。」玉樓道：「六姐，教他燒了拿盒子拿到這裡來吃罷。在後邊，李嬌兒、孫雪娥兩個看著，是請他不請他？」金蓮遂依玉樓之言。

不一時，來興兒買了酒和豬首，送到廚下。蕙蓮正在後邊和玉簫在石臺基上坐著，摀瓜子耍子哩。來興兒便叫他：「蕙蓮嫂子，五娘、三娘都上覆你，使我買了酒、豬頭連蹄子，都在廚房裡，教你替他燒熟了，送到前邊六娘房裡去。」蕙蓮道：「我不得閒，與娘納鞋哩。隨問教哪個燒燒兒罷，巴巴坐名兒教我燒？」來興兒道：「你燒不燒隨你，交與你，我有勾當去。」說著，出去了。玉簫道：「你且丟下，替他燒燒罷。你曉得五娘嘴頭子，又惹得聲聲氣氣的。」

蕙蓮笑道：「五娘怎麼就知道我會燒豬頭，才派與我！」於是起到大廚灶裡，舀了一鍋水，把那豬首蹄子剃刷乾淨，只用的一根長柴禾安在灶內，用一大碗油醬，並茴香大料，拌得停當，上下錫古子扣定。那消一個時辰，把個豬頭燒得皮脫肉化，香噴噴五味俱全。將大冰盤盛了，連薑蒜碟兒，用方盒拿到前邊李瓶兒房裡，旋打開金華酒來。玉樓揀齊整的，留下一大盤子，並一壺金華酒，使丫頭送到上房裡，與月娘吃。其餘三人坐定，斟酒共酌。

正吃中間，只見蕙蓮笑嘻嘻走到跟前，說道：「娘們試嘗這豬頭，今日燒得好不好？」金蓮道：「三娘剛才誇你倒好手段兒！燒得且是稀爛。」李瓶兒問道：「真個你只用一根柴禾兒？」蕙蓮道：「不瞞娘們說，還消不得一根柴禾兒哩！若是一根柴禾兒，就燒得脫了骨。」玉樓叫繡春：「你拿個大盞兒，篩一盞兒與你嫂子吃。」李瓶兒連忙叫綉春斟酒，他便取碟兒揀了一碟豬頭肉兒遞與蕙蓮，說道：「你自造的，你試嚐嚐。」蕙蓮道：「小的自知娘們吃不得鹹，沒曾好生加醬，胡亂罷了。下次再燒時，小的知道了。」便磕了三個頭，方才在桌頭旁邊立著，做一處吃酒。

到晚夕月娘來家，眾婦人見了月娘，小玉悉將送來豬頭，拿與月娘看。玉樓笑道：「今日俺們下棋耍子，贏得李大姐豬頭，留與姐姐吃。」月娘道：「這般有些不均了。各人賭勝，虧了一個就不是了。咱們這等計較：只當大節下，咱姊妹這幾人每人輪流治一席酒兒，叫將郁大姐來，晚間耍耍，有何妨礙？強如賭勝負，難為一個人。我主張的好不好？」眾人都說：「姐姐主張的是！」月娘道：「明日初五日，就是我起先罷。」李嬌兒占了初六，玉樓占了初七，金蓮占了初八。金蓮道：「只我便宜，那日又是我的壽酒，卻一舉而兩得。」問著孫雪娥，孫雪娥半日不言語。月娘道：「他罷，你們不要纏他了，教李大姐挨著罷。」玉樓道：「初九日又是六姐生日，只怕有潘姥姥和他妗子來。」月娘道：「初九日不得閒，教李大姐挪在初十罷了。」眾人計議已定。

話休絮煩。先是初五日，西門慶不在家，往鄰家赴席去了。月娘在上房擺酒，郁大姐供唱，請眾姐妹歡飲了一日方散。到第二日，卻該李嬌兒，就捱著玉樓、金蓮，都不必細說。須臾，過了金蓮生日，潘姥姥、吳大妗子，都在這裡過節玩耍。看看到初十日，該李瓶兒擺酒，使綉春往後邊請雪娥去。一連請了兩替，答應著來，只顧不來。玉樓道：「我就說他不來，李大姐只顧強去請他。可是他對著人說的：『你們有錢的，都吃十輪酒兒，沒的俺們去赤腳絆驢蹄。』似他這等說，俺們罷了，把大姐姐都當驢蹄看承！」月娘道：「他是恁不成材的行貨子，都不消理他了，又請他怎的！」於是擺上酒來，眾人都來前邊李瓶兒房裡吃酒。郁大姐在旁彈唱。當下，吳大妗子和西門大姐，共八個人飲酒。只因西門慶不在，月娘吩咐玉簫：「等你爹來家要吃酒，你打發他吃就是了。」玉簫應諾。

後晌時分，西門慶來家，玉簫替他脫了衣裳。西門慶便問：「娘往哪去了？」玉簫回道：「都在六娘房裡和大妗子、潘姥姥吃酒哩。」西門慶問道：「吃的是什麼酒？」玉簫道：「是金華酒。」西門慶道：「還有年下你應二爹送的那一罈茉莉花酒，打開吃。」一面教玉簫把茉莉花酒打開，西門慶嚐了嚐，說道：「正好你娘們吃。」教小玉、玉簫兩個提著，送到前邊李瓶兒房裡。蕙蓮正在月娘旁邊侍立斟酒，見玉簫送酒來，蕙蓮俐便，連忙走下來接酒。玉簫便遞了個眼色與他，向他手上捏了一把，這婆娘就知其意。月娘問玉簫：「誰使你送酒來？」玉簫道：「爹使我來。」月娘道：「你爹來家多大回了？」玉簫道：「爹剛才來家。因問娘們吃酒，教我把這一罈茉莉花酒，拿來與娘們吃。」月娘問：「你爹若吃酒，房中放桌兒，有見成菜兒打發他吃。」玉簫應的，往後邊去了。

這蕙蓮在席上站了一回，推說道：「我後邊看茶來，與娘們吃。」月娘吩咐道：「對你姐說，上房揀妝裡有六安茶，頓一壺來俺們吃。」這老婆一個獵古調走到後邊，玉簫站在堂屋門首，努了個嘴兒與他。老婆掀開簾子，進月娘房來，只見西門慶坐在椅子上吃酒。走向前，一屁股就坐在他懷裡，兩個就親嘴咂舌做一處。婆娘一面用手揝著他那話，一面在上噙酒哺與他吃。便道：「爹，你有香茶再與我些，前日與我的都沒了。我少薛嫂兒幾錢花兒錢，你有銀子與我些兒。」

西門慶道：「我茄袋內還有一二兩，你拿去。」說著。西門慶要解他褲子。婦人道：「不好，只怕人來看見。」西門慶道：「你今日不出去，晚夕咱好生耍耍。」蕙蓮搖頭說道：「後邊惜薪司擋路兒——柴眾。咱不如還在五娘那裡，色絲子女。」於是玉簫在堂屋門首觀風，由他二人在屋裡做一處玩耍。

不防孫雪娥從後來，聽見房裡有人笑，只猜玉簫在房裡和西門慶說笑，不想玉簫又在穿廊下坐的，就立住了腳。玉簫恐怕他進屋裡去，便支他說：「前邊六娘請姑娘，怎的不去？」雪娥鼻子裡冷笑道：「俺們是沒時運的人兒，騎著快馬也趕他不上，拿什麼伴著他吃十輪酒兒？自己窮得伴當兒伴的沒褲兒！」正說著，被西門慶房中咳嗽了一聲，雪娥就往廚房裡去了。

這玉簫把簾子欣開，婆娘見無人，急伶俐兩三步就叉出來，往後邊看茶去。須臾，小玉從後邊走來叫：「蕙蓮嫂子，娘說你怎的取茶就不去了？」婦人道：「茶有了，著姐拿果仁兒來。」不一時，小玉拿著盞托，他提著茶，一直來到前邊。月娘問道：「怎的茶這咱才來？」蕙蓮道：「爹在房裡吃酒，小的不敢進去。等著姐屋裡取茶葉，剝果仁兒來。」眾人吃了茶，這蕙蓮在席上，斜靠桌兒站立，看著月娘眾人擲骰兒，故作揚聲說道：「娘，把長么搭在純六，卻不是天地分？還贏了五娘。」又道：「你這六娘，骰子是錦屏風對兒。我看三娘這么三配純五，只是十四點兒，輸了。」被玉樓惱了，說道：「你這媳婦子，俺們在這裡擲骰兒，插嘴插舌，有你什麼說處？」把老婆羞得站又站不住，立又立不住，緋紅了面皮，往下去了。正是：

誰人汲得西江水，難洗今朝一面羞。

這裡眾婦人飲酒，至掌燈時分，只見西門慶掀簾子進來，笑道：「你們好吃！」吳大妗子跳起來，說道：「姐夫來了！」連忙讓座兒與他坐。月娘道：「你在後邊吃酒罷了，女婦，男子漢，又走來做什麼？」西門慶道：「既是恁說，我去罷。」於是走過金蓮這邊來，金蓮隨即跟了來。

西門慶吃得半醉，拉著金蓮說道：「小油嘴，我有句話兒和你說。我要留蕙蓮在後邊一夜兒，後邊沒地方。看你怎的容他在你這邊歇一夜兒罷？」金蓮道：「我不好罵的，沒的那汗邪的胡亂！隨你和他哪裡合搗去，好嬌態，教他在我這裡！我是沒處安放他。我就算依了你，春梅賊小肉兒他也不容。你不信，叫了春梅問他，他若肯了，我就容你。」西門慶道：「既是你娘兒們不肯，罷！我和他往山子洞兒那裡過一夜。你吩咐丫頭拿床舖蓋，生些火兒。不然，這一冷怎麼當。」金蓮忍不住笑了：「我不好罵出你來的，賊奴才淫婦，他是養你的娘？你是王祥，寒冬臘月行孝順，在那石頭床上臥冰哩。」西門慶笑道：「怪小油嘴兒，休奚落我。罷麼，好歹叫丫頭生個火兒。」金蓮道：「你去，我知道。」

當晚眾人席散，金蓮吩咐秋菊，果然抱舖蓋、籠火，在山子底下藏春塢雪洞裡。蕙蓮送月娘、李嬌兒、玉樓進到後邊儀門首，故意說道：「娘，小的不送，往前邊去罷。」月娘道：「也罷，你前邊睡去罷。」這婆娘打發月娘進內，還在儀門首站立了一回，見無人，一溜煙往山子底下去了。正是：

莫教襄王勞望眼，巫山自送雨雲來。

這宋蕙蓮走到花園門首，只說西門慶還未進來，就不曾扣門子，只虛掩著。來到藏春塢洞兒內，只見西門慶早在那裡秉燭而坐。婆娘進到裡面，但覺冷氣侵人，塵囂滿榻。於是袖中取出兩枝棒兒香，燈上點了，插在地下。雖故地下籠著一盆碳火兒，還冷得打兢。婆娘在床上先伸下鋪，上面還蓋著一件貂鼠禪衣。掩上雙扉，兩個上床就寢。西門慶脫去上衣白綾道袍，坐在床上，把婦人褪了褲，抱在懷裡，兩隻腳蹺在兩邊，那話突入牝中。兩個摟抱，正做得好。卻不防潘金蓮打聽他二人入港了，在房中摘去冠兒，輕移蓮步，悄悄走來竊聽。到角門首，推開門，遂潛身悄步而入。也不怕蒼苔冰透了凌波，花刺抓傷了裙褶，躡跡隱身，在藏春塢月窗下站聽。

良久，只見裡面燈燭尚明，婆娘笑聲說：「冷鋪中捨冰，把你賊受罪不濟的老花子，就沒本事尋個地方兒，走在這寒冰地獄裡來了！口裡啣著條繩子，凍死了往外拉。」又道：「冷合合的，睡了罷，怎的只顧端詳我的腳？你看過那小腳兒的來，像我沒雙鞋面兒，那個買與我雙鞋面兒也怎的？看著人家做鞋，不能夠做！」西門慶道：「我兒，不打緊，到明日替你買幾錢的各色鞋面。誰知你比你五娘腳兒還小！」婦人道：「拿什麼比他！昨日我拿他的鞋略試了試，還套著我的鞋穿。倒也不在乎大小，只是鞋樣子周正才好。」

金蓮在外聽了：「這個奴才淫婦！等我再聽一回，他還說什麼。」又聽夠多時，只聽老婆問西門慶說：「你家第五的秋胡戲，你娶他來家多少時了？是女招的，是後婚兒來？」西門慶道：「也是回頭人兒。」婦人說：「嗔道恁久慣牢成！原來也是個意中人兒，露水夫妻。」這金蓮不聽便罷，聽了氣得在外兩隻肐膊都軟了，半日移腳不動，說道：「若教這奴才淫婦在裡面，把俺們都吃他撐下去了！」待要那時就聲張罵起來，又恐怕西門慶性子不好，逞了淫婦的臉。待要含忍了他，恐怕他明日不認。「罷罷！留下個記兒，使他知道，到明日我和他答話。」於是走到角門首，拔下頭上一根銀簪兒，把門倒鎖了，懊恨歸房。晚景提過。

到次日清早晨，婆娘先起來，穿上衣裳，蓬著頭走出來。見角門沒插，吃了一驚，又搖門，搖了半日搖不開。走去見西門慶，西門慶隔壁叫迎春替他開了。因看見簪鎖著門，知是金蓮的簪子，就知晚夕他聽了出去。這婦人懷著鬼胎，走到前邊，正開房門，只見平安從東淨裡出來，看見他只是笑。蕙蓮道：「怪囚根子，誰和你呲那牙笑哩？」平安兒道：「嫂子，俺們笑笑兒也嗔？」蕙蓮道：「大清早晨，平白笑的是什麼？」平安道：「我笑嫂子三日沒吃飯，眼前花。我猜你昨日一夜不來家！」婦人聽了此言，便把臉紅了，罵道：「賊提口拔舌見鬼的囚根子，我那一夜不在屋裡睡？怎的不來家？」平安道：「我剛才還看見嫂子鎖著門，怎的賴得過？」蕙蓮道：「我早起身，就往五娘屋裡，只剛才出來。你這囚在哪裡來？」平安道：「我聽見五娘教你醃螃蟹，說你會劈的好腿兒。嗔道五娘使你門首看著賣簸箕的，說你會咂得好舌頭。」

把婦人說得急了，拿起條門閂來，趕著平安兒遶院子罵道：「賊汗邪囚根子，看我到明日對他說不說。不與你個功德也不怕，狂的有些褶兒也怎的？」那平安道：「耶嚛，嫂子，將就著些兒罷。對誰說？我曉得你往高枝兒上去了。」那蕙蓮急起來，只趕著他打。不料玳安正在印子舖走出來，一把手將門奪住了，說道：「嫂子為什麼打他？」蕙蓮道：「你問那呲牙囚根子，口裡白說六道的，把我的肐膊都氣軟了！」那平安得手往外跑了。玳安推著他說：「嫂子，你少生氣著惱，且往屋裡梳頭去罷。」婦人便向腰間荷包裡，取出三四分銀子來，遞與玳安道：「累你替我拿大碗盪兩個合汁來我吃，把湯盛在銚子裡罷。」玳安道：「不打緊，等我去。」一手接了。連忙洗了臉，替他盪了合汁來。婦人讓玳安吃了一碗，他也吃了一碗，方才梳了頭，鎖上門，先到後邊月娘房裡打了卯兒，然後來金蓮房裡。

金蓮正臨鏡梳頭。蕙蓮小意兒，在旁拿抵鏡、掇洗手水，殷勤侍奉。金蓮正眼也不瞧他。蕙蓮道：「娘的睡鞋裹腳，我捲來收了去。」金蓮道：「由他。你放著，叫丫頭進來收。」便叫秋菊：「賊奴才，往哪去了？」蕙蓮道：「秋菊掃地哩。春梅姐在那裡梳頭哩。」金蓮道：「你別要管他，丟著罷，亦發等他們來收拾。歪蹄潑腳的，沒的沾污了嫂子的手。你去伏侍你爹，爹也得你慿個人兒伏侍他，才可他的心。俺們都是露水夫妻，再醮貨兒。只嫂子是正名正頂轎子娶將來的，是他的正頭老婆，秋胡戲。」

這婦人聽了，正道著昨日晚夕他的真病，於是向前雙膝跪下，說道：「娘是小的一個主兒，娘不高擡貴手，小的一時兒存站不得。當初不因娘寬恩，小的也不肯依隨爹。就是後邊大娘，無過只是個大綱兒。小的還是娘擡舉多，莫不敢在娘面前欺心？隨娘查訪，小的但有一字欺心，到明日不逢好死，一個毛孔兒裡生下一個疔瘡。」金蓮道：「不是這等說。我眼裡放不下砂子的人。漢子既要了你，俺們莫不與爭？不許你在漢子跟前弄鬼，輕言輕語的。你說你把俺們踩下去了，你要在中間踢跳，我的姐姐，對你說，把這樣心兒且吐了些兒罷！」蕙蓮道：「娘再訪，小的並不敢欺心，到只怕昨日晚夕娘錯聽了。」

金蓮道：「傻嫂子，我閒得慌，聽你怎的？我對你說了罷，十個老婆買不住一個男子漢的心。你爹雖故家裡有這幾個老婆，或是外邊請人家的粉頭，來家通不瞞我一些兒，一五一十就告我說。你大娘當時和他一個鼻子眼兒裡出氣，什麼事兒來家不告訴我？你比他差些兒。」說得老婆閉口無言，在房中立了一回，走出來了。剛到儀門夾道內，撞見西門慶，說道：「你好人兒，原來昨日人對你說的話兒，你就告訴與人。今日教人下落了我恁一頓！我和你說的話兒，只放在你心裡，放爛了才好。為什麼對人說？乾淨你這嘴頭子就是個走水的槽。有話到明日不告你說了。」西門慶道：「什麼話？我並不知道。」那婦人瞅了一眼，往前邊去了。

這婦人嘴兒乖，常在門前站立，買東買西，趕著傅夥計叫傅大郎，陳敬濟叫姑夫，賁四叫老四。因和西門慶勾搭上了，越發在人前花哨起來，常和眾人打牙犯嘴，全無忌憚。或一時叫：「傅大郎，我拜你拜，替我門首看著賣粉的。」那傅夥計老成，便驚心兒替他門首看著，過來叫住，請他出來買。玳安故意戲他，說道：「嫂子，賣粉的早晨過去了，你早出來，拿秤稱他的好來！」婆娘罵道：「賊猴兒，裡邊五娘、六娘使我要買搽的粉，你如何說拿秤稱二斤胭脂、三斤粉，教那淫婦搽了又搽？看我進裡邊對他說不說？」玳安道：「耶嚛，嫂子，行動只拿五娘嚇我！」一回又叫：「賁老四，我對你說，門首看著賣梅花菊花的，我要買兩對兒戴。」那賁四誤了買賣，好歹專心替他看著賣的叫住，請他出來買。婦人立在二層門裡，打門廂兒揀，要了他兩對鬢花大翠，又是兩方紫綾閃色銷金汗巾兒，共該他七錢五分銀子。

婦人向腰裡摸出半側銀子兒來，央及賁四替他鑿，稱七錢五分與他。那賁四正寫著帳，丟下，走來替他錘。只見玳安來說道：「等我與嫂子鑿。」一面接過銀子在手，且不鑿，只顧瞧這銀子。婦人道：「賊猴兒，不鑿，只顧端詳什麼？你半夜沒聽見狗咬？是偷來的銀子！」玳安道：「偷倒不偷。這銀子到有些眼熟，倒像爹銀子包兒裡的。前日爹在燈市裡，鑿與賣勾金鑾子的銀子，還剩了一半，就是這銀子。我記得千真萬真。」婦人道：「賊囚，一個天下，人還有一樣的，爹的銀子怎的到得我手裡？」玳安笑道：「我知道什麼帳兒！」婦人便趕著打。

玳安把銀子鑿下七錢五分，交與賣花翠的，把剩的銀子拿在手裡，不與他去了。婦人道：「賊囚根子！你敢拿了去，我算你好漢！」玳安道：「我不拿你的。你把剩下的，與我些兒買果子吃。」那婦人道：「賊猴兒，你遞過來，我與你。」哄得玳安遞到他手裡，只掠了四五分一塊與他，別的還塞在腰裡，一直進去了。

自此以後，常在門首成兩價拿銀錢買剪截花翠汗巾之類，甚至瓜子兒四五升量進去，分與各房丫鬟並眾人吃。頭上治的珠子箍兒，金燈籠墜子，黃烘烘的；衣服底下穿著紅緞紬褲兒，線捺護膝。又大袖子袖著香茶、香桶子三四個，帶在身邊。見一日也花消二三錢銀子，都是西門慶背地與他的，此事不必細說。這婦人自從金蓮識破他機關，每日只在金蓮房裡，把小意兒貼戀，與他頓茶頓水，做鞋腳針指，不拿強拿，不動強動。正經月娘後邊，每日只打個到面兒，就到金蓮這邊來。每日和金蓮、瓶兒兩個下棋、抹牌，行成夥兒。或一時撞見西門慶來，金蓮故意令他旁邊斟酒，教他一處坐了玩耍，只圖漢子喜歡。正是：

顛狂柳絮隨風舞，輕薄桃花逐水流。

# 第二十四回　敬濟元夜戲嬌姿　惠祥怒詈來旺婦

詩曰：

銀燭高燒酒乍醺，當筵且喜笑聲頻。
蠻腰細舞章臺柳，素口輕歌上苑春。
香氣拂衣來有意，翠花落地拾無聲。
不因一點風流趣，安得韓生醉後醒。

話說一日，天上元宵，人間燈夕，西門慶在廳上張掛花燈，舖陳綺席。正月十六，闔家歡樂飲酒。西門慶與吳月娘居上，其餘李嬌兒、孟玉樓、潘金蓮、李瓶兒、孫雪娥、西門大姐都在兩邊同坐，都穿著錦綉衣裳。春梅、玉簫、迎春、蘭香一般兒四個家樂，在旁擽箏歌板，彈唱燈詞。獨於東首設一席與女婿陳敬濟坐。果然食烹異品，果獻時新。小玉、元宵、小鸞、綉春都在上面斟酒。那來旺兒媳婦宋蕙蓮卻坐在穿廊下一張椅兒上，口裡嗑瓜子兒。等得上邊呼喚要酒，他便揚聲叫：「來安兒、畫童兒，上邊要熱酒，快儹酒上來！賊囚根子，一個也沒在這裡伺候，都不知往哪去了！」只見畫童湯酒上去。西門慶就罵道：「賊奴才，一個也不在這裡伺候，往哪去來？賊少打的奴才！」小廝走來說道：「嫂子，誰往哪去來？就對著爹說，吆喝教爹罵我。」蕙蓮道：「上頭要酒，誰教你不伺候？關我甚事！不罵你罵誰？」畫童兒道：「這地上乾乾淨淨的，嫂子嗑下恁一地瓜子皮，爹看見又罵了。」蕙蓮道：「賊囚根子！六月債兒熱，還得快就是。什麼打緊，便當你不掃，丟著，另教個小廝掃。等他問我，只說得一聲。」畫童兒道：「耶嚛，嫂子，將就些罷了，如何和我合氣！」於是取了笤帚來，替他掃瓜子皮兒，不提。

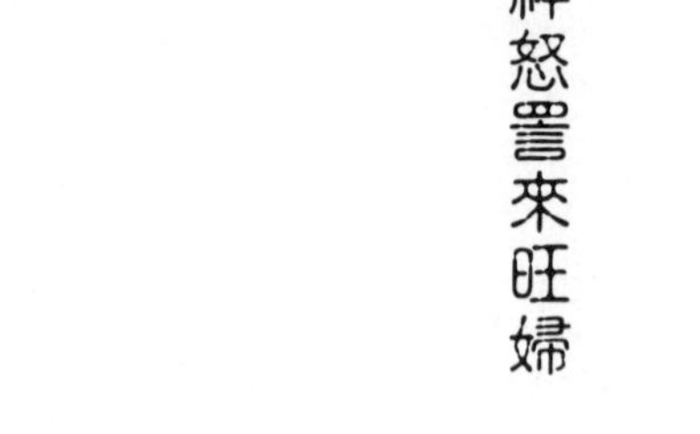

卻說西門慶席上，見女婿陳敬濟沒酒，吩咐潘金蓮去遞一巡兒。這金蓮連忙下來，滿斟杯酒，笑嘻嘻遞與敬濟，說道：「姐夫，你爹吩咐，好歹飲奴這杯酒兒。」敬濟一壁接酒，一面把眼兒斜溜婦人，說：「五娘請尊便，等兒子慢慢吃！」婦人將身子把燈影著，左手執酒，剛待得敬濟將手來接，右手向他手背只一捻，這敬濟一面把眼瞧著眾人，一面在下戲把金蓮小腳兒踢了一下。婦人微笑，低聲道：「怪油嘴，你丈人瞧著待怎麼？」兩個在暗地裡調情玩耍，眾人倒不曾看出來。不料宋蕙蓮這婆娘，在槅子外窗眼裡，被他瞧了個不耐煩，口中不言，心下自忖：「尋常在俺們跟前，倒且是精細撇清，誰想暗地卻和這小夥子兒勾搭。今日被我看出破綻，到明日再搜求我，自有話說。」正是：

誰家院內白薔薇，暗暗偷攀三兩枝。
羅袖隱藏人不見，馨香惟有蝶先知。

飲酒多時，西門慶忽被應伯爵差人請去賞燈。吩咐月娘：「你們自在耍耍，我往應二哥家吃酒去來。」玳安、平安兩個跟隨去了。

月娘與眾姊妹吃了一回，但見銀河清淺，珠斗爛斑，一輪團圓皎月從東而出，照得院宇猶如白晝。婦人或有房中換衣者，或有月下整妝者，或有燈前戴花者。惟有玉樓、金蓮、李瓶兒三個並蕙蓮，在廳前看敬濟放花兒。李嬌兒、孫雪娥、西門大姐都隨月娘後邊去了。金蓮便向二人說道：「他爹今日不在家，咱對大姐姐說，往街上走走去。」蕙蓮在旁說道：「娘們去，也攜帶我走走。」金蓮道：「你既要去，你就往後邊問聲你大娘和你二娘，看他去不去，俺們在這裡等著你。」那蕙蓮連忙往後邊去了。玉樓道：「他不濟事，等我親自問他聲去。」李瓶兒道：「我也往屋裡穿件衣裳，只怕夜深了冷。」金蓮道：「李大姐，你有披襖子，帶件來我穿，省得我往屋裡去。」

那李瓶兒應諾去了。獨剩下金蓮一個，看著敬濟放花兒。見無人，走向敬濟身上捏了一把，笑道：「姐夫原來只穿恁單薄衣裳，不害冷麼？」只見家人兒子小鐵棍兒笑嘻嘻在跟前，舞旋旋的且拉著敬濟，要炮丈放。這敬濟恐怕打攪了事，巴不得與了他兩個元宵炮丈，支他外邊耍去了。於是和金蓮嘲戲說道：「你老人家見我身上單薄，肯賞我一件衣裳兒穿穿也怎的？」金蓮道：「賊短命，得其慣便了，頭裡頭躡我的腳兒，我不言語，如今大膽，又來問我要衣服穿！我又不是你影射的，何故把與你衣服穿？」敬濟道：「你老人家不與就罷了，如何扎筏子來諕我？」婦人道：「賊短命，你是城樓上雀兒，好耐驚耐怕的蟲蟻兒！」

正說著，見玉樓和蕙蓮出來，向金蓮說道：「大娘因身上不方便，大姐不自在，故不去了。教娘們走走，早些來家。李嬌兒害腿疼，也不走。孫雪娥見大姐姐不走，恐怕他爹來家嗔他，也不出門。」金蓮道：「都不去罷，只咱和李大姐三個去罷。等他爹來家，隨他罵去！再不，把春梅小肉兒和上房裡玉簫，你房裡蘭香，李大姐房裡迎春，都帶了去。」小玉走來道：「俺奶奶已是不去，我也跟娘們走走。」玉樓道：「對你奶奶說了去，我前頭等著你。」良久，小玉問了月娘，笑嘻嘻出來。

當下三個婦人，帶領著一簇男女；來安、畫童兩個小廝，打著一對紗吊燈，跟隨女婿陳敬濟踹著馬臺，放煙火花炮，與眾婦人瞧。宋蕙蓮道：「姑夫，你好歹略等等兒。娘們攜帶我走走，我到屋裡搭搭頭就來。」敬濟道：「俺們如今就行。」蕙蓮道：「你不等，我就惱你一生！」於是走到屋裡，換了一套綠閃紅緞子對衿衫兒、白挑線裙子。又用一方紅銷金汗巾子搭著頭，額角上貼著飛金並面花兒，金燈籠墜耳，出來跟著眾人走百病兒。月色之下，恍若仙娥，都是白綾襖兒，遍地金比甲，頭上珠翠堆滿，粉面朱唇。敬濟與來興兒，左右一邊一個，隨路放慢吐蓮、金絲菊、一丈蘭、賽月明。

出得大街市上，但見香塵不斷，遊人如蟻，花炮轟雷，燈光雜彩，簫鼓聲喧，十分熱鬧。遊人見一對紗燈引道，一簇男女過來，皆披紅垂綠，以為出於公侯之家，莫敢仰視，都躲路而行。

那宋蕙蓮一回叫：「姑夫，你放個桶子花我瞧。」一回又道：「姑夫，你放個元宵炮丈我聽。」一回又落了花翠，拾花翠；一回又掉了鞋，扶著人且兜鞋；左來右去，只和敬濟嘲戲。玉樓看不上，說了兩句：「如何只見你掉了鞋？」玉簫道：「他怕地下泥，套著五娘鞋穿著哩！」玉樓道：「你叫他過來我瞧，真個穿著五娘的鞋兒？」金蓮道：「他昨日問我討了一雙鞋，誰知成精的狗肉，套著穿！」蕙蓮摳起裙子來，與玉樓看。看見他穿著兩雙紅鞋在腳上，用紗綠線帶兒紮著褲腿，一聲兒也不言語。

須臾，走過大街，到燈市裡。金蓮向玉樓道：「咱如今往獅子街李大姐房子裡走走去。」於是吩咐畫童、來安兒打燈先行，迤邐往獅子街來。小廝先去打門，老馮已是歇下，房中有兩個人家賣的丫頭，在炕上睡。慌得老馮連忙開了門，讓眾婦女進來，旋戳開爐子頓茶，挈著壺往街上取酒。孟玉樓道：「老馮你且住，不要去打酒，俺們在家酒飯吃得飽飽來，你有茶，倒兩甌子來吃罷。」金蓮道：「你既留人吃酒，先訂下菜兒才好。」李瓶兒道：「媽媽子，一瓶兩瓶取來了，打水不渾的，夠誰吃？要取一兩罈兒來。」玉樓道：「他哄你，不消取，只看茶來罷。」那婆子方才不動身。

李瓶兒道：「媽媽子，怎的不往那邊去走走，端的在家做些什麼？」婆子道：「奶奶，你看丟下這兩個業障在屋裡，誰看他？」玉樓便問道：「兩個丫頭是誰家賣的？」婆子道：「一個是北邊人家房裡使女，十三歲，只要五兩銀子；一個是汪序班家出來的家人媳婦，家人走了，主子把鬏髻打了，領出來賣，要十兩銀子。」玉樓道：「媽媽，我說與你，有一個人要，你賺他些銀子使。」婆子道：「三娘，果然是誰要？告我說。」玉樓道：「如今你二娘房裡，只元宵兒一個，不夠使，還尋大些的丫頭使喚。你倒把這大的賣與他罷。」因問：「這個丫頭十幾歲？」婆子道：「他今年十七歲了。」說著，拿茶來，眾人吃了茶。

那春梅、玉簫並蕙蓮都前邊瞧了一遍，又到臨街樓上推開窗看了一遍。陳敬濟催逼說：「夜深了，看了快些家去罷。」金蓮道：「怪短命，催得人手腳兒不停住，慌得是些什麼！」乃叫下春梅眾人來，方才起身。馮媽媽送出門，李瓶兒因問：「平安往哪去了？」婆子道：「今日這咱還沒來，叫老身半夜三更開門閉戶等著他。」來安兒道：「今日平安兒跟了爹往應二爹家去了。」李瓶兒吩咐媽媽子：「早些關了門，睡了罷！他多也是不來，省得誤了你的困頭。明日早來宅裡，送丫頭與二娘來。你是石佛寺長老，請著你就張致了。」說畢，看著他關了大門，這一簇男女方才回家。

走到家門首，只聽見住房子的韓回子老婆韓嫂兒聲喚。因他男子漢答應馬房內臣，他在家跟著人走百病兒去了，醉回來家，說有人挖開他房門，偷了狗，又不見了些東西，坐在當街上撒酒瘋罵人。眾婦人方才立住了腳。金蓮使來安兒把韓嫂兒叫到當面，問道：「你為什麼來？」韓嫂兒叉手向前，拜了兩拜，說道：「三位娘子在上，聽小媳婦告訴。」於是從頭說了一遍。玉樓眾人聽了，每人掏袖中些錢果子與他，叫來安兒：「你叫你陳姐夫送他進屋裡。」那敬濟且顧和蕙蓮兩個嘲戲，不肯攙他去。金蓮使來安兒扶到他家中，吩咐教他明日早來宅內漿洗衣裳：「我對你爹說，替你出氣。」那韓嫂兒千恩萬謝回家去了。

玉樓等剛走過門首來，只見賁四娘子，在大門首笑嘻嘻向前道了萬福，說道：「三位娘哪裡走了走？請不棄到寒家獻茶。」玉樓道：「方才因韓嫂兒哭，俺站住問了他聲。承嫂子厚意，天晚了，不到罷。」賁四娘子道：「耶嚛，三位娘上門怪人家，就笑話俺小家人家茶，也奉不出一杯兒來？」生死拉到屋裡。原來上邊供養觀音八仙並關聖賢，當門掛著雪花燈兒一盞。掀開門簾，擺設春臺，與三人坐。連忙教他十四歲女兒長姐過來，與三位娘磕頭遞茶。玉樓、金蓮每人與了他兩枝花兒。李瓶兒袖中取了一方汗巾，又是一錢銀子，與他買瓜子兒嗑。喜歡得賁四娘子拜謝了又拜。款留不住，玉樓等起身。到大門首，小廝來興在門首迎接。金蓮就問：「你爹來家不曾？」來興道：「爹未回家哩。」三個婦人，還看著陳敬濟在門首放了兩個一丈菊和一筒大煙蘭、一個金盞銀臺兒，才進後邊去了。西門慶直至四更來家。正是：

醉後不知天色暝，任他明月下西樓。

卻說那陳敬濟因走百病，與金蓮等眾婦人嘲戲了一路兒，又和蕙蓮兩個言來語去，都有意了。次日早晨梳洗畢，也不到舖子內，逕往後邊吳月娘房裡來。只見李嬌兒、金蓮陪著吳大妗子，放炕桌兒，才擺茶吃。月娘便往佛堂中燒香去了。這小夥兒向前作了揖，坐下。金蓮便說道：「陳姐夫，你好人兒！昨日教你送送韓嫂兒，你就不動，只當還教小廝送去了。且和媳婦子打牙犯嘴，不知什麼張致！等你大娘燒了香來，看我對他說不說！」敬濟道：「你老人家還說哩，昨日險些兒子腰梁癱瘓了哩！跟你老人家走了一路兒，又到獅子街房裡回來，該多少裡地？人辛苦走了，還教我送韓回子老婆！教小廝送送也罷了。睡了多大回就天曉了，今早還爬不起來。」

正說著，吳月娘燒了香來，敬濟作了揖。月娘便問：「昨日韓嫂兒為什麼撒酒瘋罵人？」敬濟把因走百病，被人挖開門，不見了狗，坐在當街哭喊罵人，「今早他漢子來家，一頓好打的，這咱還沒起來哩。」金蓮道：「不是俺們回來，勸得他進去了，一時你爹來家撞見，什麼樣子！」說畢，玉樓、李瓶兒、大姐都到月娘屋裡吃茶，敬濟也陪著吃了茶。後次大姐回房，罵敬濟：「不知死的囚根子！平白和來旺媳婦子打牙犯嘴，倘忽一時傳得爹知道了，淫婦便沒事，你死也沒處死！」

卻說那日，西門慶在李瓶兒房裡宿歇，起來得遲。只見荊千戶——新陞一處兵馬都監——來拜。西門慶才起來梳頭，包網巾，整衣出來，陪荊都監在廳上說話。一面使平安兒進後邊要茶。宋蕙蓮正和玉簫、小玉在後邊院子裡撾子兒，賭打瓜子，頑成一塊。那小玉把玉簫騎在底下，笑罵道：「賊淫婦，輸了瓜子，不教我打！」因叫蕙蓮：「嫂子你過來，扯著淫婦一隻腿，等我合這淫婦一下子。」正玩著，只見平安走來，叫：「玉簫姐，前邊荊老爹來，使我進來要茶哩。」那玉簫也不理他，且和小玉廝打玩耍。

那平安兒只顧催逼說：「人坐下這一日了。」宋蕙蓮道：「怪囚根子，爹要茶，問廚房裡上灶的要去，如何只在俺這裡纏？俺這後邊只是預備爹娘房裡用的茶，不管你外邊的帳。」那平安兒走到廚房下。那日該來保妻惠祥，惠祥道：「怪囚，我這裡使著手做飯，你問後邊要兩鍾茶出去就是了，巴巴來問我要茶！」平安道：「我到後頭來，後邊不打發茶。蕙蓮嫂子說，該是上灶的首尾。」惠祥便罵道：「賊淫婦，他認定了他是爹娘房裡人，俺天生是上灶的來？我這裡又做大傢伙裡飯，又替大妗子炒素菜，幾隻手？論起就倒倒茶兒去也罷了，巴巴坐名兒來尋上灶的，上灶的是你叫的？誤了茶也罷，我偏不打發上去。」平安兒道：「荊老爹來了這一日，嫂子快些打發茶，我拿上去罷。遲了又惹爹罵！」

當下這裡推那裡，那裡推這裡，就耽誤了半日。比及又等玉簫取茶果、茶匙兒出來，平安兒拿茶出去，那荊都監坐的久了，再三要起身，被西門慶留住。嫌茶冷不好吃，喝罵平安另換茶上去吃了，荊都監才起身去了。西門慶進來，問：「今日茶是誰頓的？」平安道：「是灶上頓的茶。」西門慶回到上房，告訴月娘：「今日頓這樣茶出去，你往廚下查哪個奴才老婆上灶？採出來問他，打與他幾下。」小玉道：「今日該惠祥上灶。」慌得月娘說道：「這歪剌骨待死！越發頓恁樣茶上去了。」一面使小玉叫將惠祥當院子跪著，問他要打多少。惠祥答道：「因做飯，炒大妗子素菜，使著手，茶略冷了些。」被月娘數罵了一回，饒了他起來，吩咐：「今後但凡你爹前邊人來，教玉簫和蕙蓮後邊頓茶，灶上只管大家茶飯。」

這惠祥在廚下忍氣不過，剛等得西門慶出去了，氣狠狠走來後邊，尋著蕙蓮，指著大罵：「賊淫婦，趁了你的心了！罷了，你天生的就是有時運的爹娘房裡人，俺們是上灶的老婆來？巴巴使小廝坐名問上灶要茶，上灶的是你叫的？你識我見的，促織不吃癩蛤蟆肉——都是一鍬土上人。你恆數不是爹的小老婆就罷了。就是爹的小老婆，我也不怕你！」蕙蓮道：「你好沒要緊，你頓的茶不好，爹嫌你，管我甚事？你如何拿人撒氣？」

惠祥聽了，越發惱了，罵道：「賊淫婦！你剛才調唆打我幾棍兒好來，怎的不教打我？你在蔡家養的漢數不了，來這裡還弄鬼哩！」蕙蓮道：「我養漢，你看見來？沒的扯臊淡哩！嫂子，你也不是什麼清淨姑姑兒！」惠祥道：「我怎不是清淨姑姑兒？蹺起腳兒來，比你這淫婦好些兒。你漢子有一拿小米數兒！你在外邊，哪個不吃你嘲過？你背地幹的那營生兒，只說人不知道。你把娘們還放不到心上，何況以下的人！」蕙蓮道：「我背地裡說什麼來？怎的放不到心上？隨你壓我，我不怕你！」惠祥道：「有人與你做主兒，你可知不怕哩！」

兩個正拌嘴，被小玉請得月娘來，把兩個都喝開了：「賊臭肉們，不幹那營生去，都拌的是些什麼？教你主子聽見又是一場兒。頭裡不曾打得成，等住回卻打得成了！」惠祥道：「若打我一下兒，我不把淫婦口裡腸勾了也不算！我拚著這命，擯兌了你也不差廝什麼。咱大家都離了這門罷！」說著往前去了。後次這宋蕙蓮越發猖狂起來，仗西門慶背地和他勾搭，把家中大小都看不到眼裡，逐日與玉樓、金蓮、李瓶兒、西門大姐、春梅在一處玩耍。

那日馮媽媽送了丫頭來，約十三歲，先到李瓶兒房裡看了，送到李嬌兒房裡。李嬌兒用五兩銀子買下，房中伏侍，不在話下。正是：

外作禽荒內色荒，連沾些子又何妨。
早晨跨得雕鞍去，日暮歸來紅粉香。

# 第二十五回 吳月娘春晝鞦韆 來旺兒醉中謗訕

詞曰：

蹴罷鞦韆，起來整頓纖纖手。露濃花瘦，薄汗輕衣透。　見客入來，襪剗金釵溜。和羞走，倚門回首，卻把青梅嗅。

——右調〈點絳脣〉

話說燈節已過，又早清明將至。西門慶有應伯爵早來邀請，說孫寡嘴作東，邀了郊外耍子去了。先是吳月娘花園中，紮了一架鞦韆。這日見西門慶不在家，閒中率眾姊妹遊戲，以消春困。先是月娘與孟玉樓打了一回，下來教李嬌兒和潘金蓮打。李嬌兒辭說身體沈重，打不得，卻教李瓶兒和金蓮打。打了一回，玉樓便叫：「六姐過來，我和你兩個打個立鞦韆。」吩咐：「休要笑。」當下兩個玉手挽定彩繩，將身立於畫板之上。月娘卻教蕙蓮、春梅兩個相送。正是：

紅粉面對紅粉面，玉酥肩並玉酥肩。
兩雙玉腕挽復挽，四隻金蓮顛倒顛。

那金蓮在上面笑成一塊。月娘道：「六姐你在上頭笑不打緊，只怕一時滑倒，不是耍處。」說著，不想那畫板滑，又是高底鞋，踩不牢，只聽得滑浪一聲把金蓮擦下來，早是扶住架子不曾跌著，險些沒把玉樓也拖下來。月娘道：「我說六姐笑得不好，只當跌下來。」因望李嬌兒眾人說道：「這打鞦韆，最不該笑。笑多了，一定腿軟了，跌下來。咱在家做女兒時，隔壁周臺官家花園中紮著一座鞦韆。也是三月佳節，一日他家周小姐和俺一般三四個女孩兒，都打鞦韆耍子，也是這等笑得不了，把周小姐滑下來，騎在畫板上，把身子喜抓去了。落後嫁與人家，被人家說不是女兒，休逐來家，今後打鞦韆，先要忌笑。」金蓮道：「孟三兒不濟，等我和李大姐打個立鞦韆。」月娘道：「你兩個仔細打。」卻教玉簫、春梅在旁推送。

才待打時，只見陳敬濟自外來，說道：「你們在這裡打鞦韆哩。」月娘道：「姐夫來得正好，且來替你二位娘送送兒。丫頭們氣力少。」這敬濟老和尚不撞鐘──得不的一聲，於是撥步撩衣，向前說：「等我送二位娘。」先把金蓮裙子帶住，說道：「五娘站牢，兒子送也。」那鞦韆飛在半空中，猶若飛仙相似。李瓶兒見鞦韆起去了，諕得上面怪叫道：「不好了，姐夫你也來送我送兒。」敬濟道：「你老人家倒且性急，也等我慢慢兒的打發將來。這裡叫，那裡叫，把兒子手腳都弄慌了。」於是把李瓶兒裙子掀起，露著他大紅底衣，推了一把。李瓶兒道：「姐夫，慢慢著些！我腿軟了！」敬濟道：「你老人家原來吃不得緊酒。」金蓮又說：「李大姐，把我裙子又兜住了。」兩個打到半中腰裡，都下來了。卻是春梅和西門大姐兩個打了一回。然後，教玉簫和蕙蓮兩個打立鞦韆。這蕙蓮手挽彩繩，身子站得直屢屢的，腳踩定下邊畫板，也不用人推送，那鞦韆飛在半天雲裡，然後忽地飛將下來，端的卻是飛仙一般，甚可人愛。月娘看見，對玉樓、李瓶兒說：「你看媳婦子，他倒會打。」這裡月娘眾人打鞦韆不提。

話分兩頭。卻表來旺兒往杭州織造蔡太師生辰衣服回來，押著許多馱垛箱籠船上，先走來家。到門首，下了頭口，收卸了行李，進到後邊。只見雪娥正在堂屋門首，作了揖。那雪娥滿面微笑，說道：「好呀，你來家了。路上風霜，多有辛苦！幾時沒見，吃得黑胖了。」來旺因問：「爹娘在哪裡？」雪娥道：「你爹今日被應二眾人，邀去門外耍子去了。你大娘和大姐，都在花園中打鞦韆哩。」來旺兒道：「啊呀，打他則甚？」雪娥便倒了一甌茶與他吃，因問：「媳婦子在灶上，怎的不見？」那雪娥冷笑了一聲，說道：「你的媳婦子，如今還是那時的媳婦兒哩？好不大了！他每日只跟著他娘們伙兒裡下棋，撾子兒，抹牌玩耍。他肯在灶上做活哩！」

正說著，小玉走到花園中，報與月娘。月娘自前邊走來，來旺兒向前磕了頭，立在旁邊，問了些路上往回的話，月娘賞了兩瓶酒。吃一回，他媳婦宋蕙蓮來到。月娘道：「也罷，你辛苦了，且往房裡洗洗頭面，歇宿歇宿去。等你爹來，好見你爹回話。」那來旺兒便歸房裡。蕙蓮先付鑰匙開了門，又舀些水與他洗臉拂塵，收拾褡褳去，說道：「賊黑囚，幾時沒見，便吃得這等肥肥的。」又替他換了衣裳，安排飯食與他吃。睡了一覺起來，已是日西時分。

西門慶來家，來旺兒走到跟前參見，說道：「杭州織造蔡太師生辰的尺頭並家中衣服，俱已完備，打成包裹，裝了四箱，搭在官船上來家，只少雇夫過稅。」西門慶滿心歡喜，與了他趕腳銀兩，明日早裝載進城。又賞銀五兩，房中盤纏；又教他管買辦東西。這來旺兒私已帶了些人事，悄悄送了孫雪娥兩方綾汗巾，兩隻裝花膝褲，四匣杭州粉，二十個胭脂。雪娥背地告訴來旺兒說：「自從你去了四個月，你媳婦怎的和西門慶勾搭，玉簫怎的做牽頭，金蓮屋裡怎的做窩窠。先在山子底下，落後在屋裡，成日明睡到夜，夜睡到明。與他的衣服、首飾、花翠、銀錢，大包帶在身邊。使小廝在門首買東西，現一日也使二三錢銀子。」來旺道：「怪道箱子裡放著衣服、首飾！我問他，他說娘與他的。」雪娥道：「那娘與他？倒是爺與他的哩！」這來旺兒遂聽記在心。

到晚夕，吃了幾鍾酒，歸到房中。常言酒發頓腹之言，因開箱子，看見一匹藍緞子，甚是花樣奇異，便問老婆：「是哪裡的緞子？誰人與你的？趁上實說。」老婆不知就裡，故意笑著，回道：「怪賊囚，問怎的？此是後邊見我沒個襖兒，與了這匹緞子，放在箱中，沒工夫做。端的誰肯與我？」來旺兒罵道：「賊淫婦！還搗鬼哩！端的是哪個與你的？」又問：「這些首飾是哪裡的？」婦人道：「呸！怪囚根子，那個沒個娘老子，就是石頭罅刺兒裡迸出來，也有個窩巢兒，為人就沒個親戚六眷？此是我姨娘家借來的釵梳。是誰與我的！」被來旺兒一拳，險不打了一跤，說：「賊淫婦，還說嘴哩！有人親看見你和那沒人倫的豬狗有首尾！玉簫丫頭怎的牽頭，送緞子與你，在前邊花園內兩個幹，落後吊在潘家那淫婦屋裡明幹，成日合的不值了。賊淫婦，你還要我手裡吊子白兒。」那婦人便大哭起來，說道：「賊不逢好死的囚根子！你做什麼來家打我？我幹壞了你什麼事來？你恁是言不是語，丟塊磚瓦兒也要個下落。是哪個嚼舌根的，沒空生有，調唆你來欺負老娘？我老娘不是那沒根基的貨！教人就欺負死，也揀個乾淨地方。你問聲兒，宋家的丫頭，若把腳略趄兒，把『宋』字兒倒過來！你這賊囚根子，得不個風兒就雨兒。萬物也要個實。人教你殺那個人，你就殺那個人？」幾句說得來旺兒不言語了。

婦人又道：「這匹藍緞子，越發我和你說了罷，也是去年十一月裡三娘生日，娘見我上穿著紫襖，下邊借了玉簫的裙子穿著，說道：『媳婦子怪剌剌的，什麼樣子？』才與了我這匹緞子。誰得閒做他？哪個是不知道，就纂我恁一遍舌頭。你錯認了老娘，老娘不是個饒人的。明日我咒罵個樣兒與他聽。破著我一條性命，自恁尋不著主兒哩。」來旺兒道：「你既沒此事，平白和人合甚氣？快些打鋪我睡。」這婦人一面把鋪伸下，說道：「怪倒路的囚根子，哧了那黃湯，挺你那覺！平白惹老娘罵。」把來旺掠翻在炕上，鼾聲如雷。看官聽說：但凡世上養漢的婆娘，饒他男子漢十八分精細，吃他幾句左話兒右說，十個九個都著了道兒。正是：東淨裡磚兒——又臭又硬。

這宋蕙蓮窩盤住來旺兒，過了一宿。到次日，往後邊問玉簫，誰人透露此事，終莫知其所由，只顧海罵。一日，月娘使小玉叫雪娥，一地裡尋不著。走到前邊，只見雪娥從來旺兒房裡出來，只猜和他媳婦說話，不想走到廚下，蕙蓮又在裡面切肉，良久，西門慶前邊陪著喬大戶說話，只為揚州鹽商王四峰，被按撫使送監在獄中，許銀二千兩，央西門慶對蔡太師討人情釋放。剛打發大戶去了，西門慶叫來旺，來旺從他屋裡跑出來。正是：

雪隱鷺鷥飛始見，柳藏鸚鵡語方知。

以此都知雪娥與來旺兒有尾首。

一日，來旺兒吃醉了，和一般家人小廝在前邊恨罵西門慶，說怎的我不在家，使玉簫丫頭拿一匹藍緞子，在房裡哄我老婆。把他吊在花園奸耍，後來潘金蓮怎的做窩主：「由他，只休要撞到我手裡。我教他白刀子進去，紅刀子出來。好不好，把潘家那淫婦也殺了，也只是個死。你看我說出來做的出來。潘家那淫婦，想著他在家擺死了他漢子武大，他小叔武松來告狀，多虧了誰替他上東京打點，把武松墊發充軍去了？今日兩腳踏住平川路，落得他受用，還挑撥我的老婆養漢。我的仇恨，與他結的有天來大。常言道，一不做，二不休，到跟前再說話。破著一命剮，便把皇帝打！」這來旺兒自知路上說話，不知草裡有人，不想被同行家人來興兒聽見。這來興兒在家，西門慶原派他買辦食用賺錢過日，只因與來旺媳婦勾搭，把買辦奪了，卻教來旺兒管領。來興兒就與來旺不睦，聽見發此言語，就悄悄走來潘金蓮房裡告訴。

金蓮正和孟玉樓一處坐的，只見來興兒掀簾子進來，金蓮便問來興兒：「你來有甚事？你爹今日往誰家吃酒去了？」來興道：「今日俺爹和應二爹往門外送殯去了。適有一件事，告訴老人家，只放在心裡，休說是小的來說。」金蓮道：「你有甚事，只顧說，不妨事！」來興兒道：「別無甚事，叵耐來旺兒，昨日不知哪裡吃得醉稀稀的，在前邊大吆小喝，指豬罵狗，罵了一日。又邏著小的廝打，小的走來一邊不理，他對著家中大小，又罵爹和五娘。」

潘金蓮就問：「賊囚根子，罵我怎的？」來興說：「小的不敢說。三娘在這裡，也不是別人。那廝說爹怎的打發他不在家，要了他的老婆，說五娘怎的做窩主，賺他老婆在房裡和爹兩個明睡到夜，夜睡到明。他打下刀子，要殺爹和五娘，白刀子進去，紅刀子出來。又說，五娘那咱在家，毒藥擺殺了親夫，多虧了他上東京去打點，救了五娘一命。說五娘恩將仇報，挑撥他老婆養漢。小的穿青衣抱黑住，先來告訴五娘說聲，早晚休吃那廝暗算。」

玉樓聽了，如提在冷水盆內一般，吃了一驚。這金蓮不聽便罷，聽了，粉面通紅，銀牙咬碎，罵道：「這犯死的奴才！我與他往日無冤近日無仇，他主子要了他的老婆，他怎的纏我？我若教這奴才在西門慶家，永不算老婆！怎的我虧他救活了性命？」因吩咐來興兒：「你且去，等你爹來家問你時，你也只照恁般說。」來興兒說：「五娘說哪裡話！小的又不賴他，有一句說一句。隨爹怎的問，也只是這等說。」說畢，往前邊去了。

玉樓便問金蓮：「真個他爹和這媳婦子有？」金蓮道：「你問那沒廉恥的貨！甚的好老婆，也不枉了教奴才這般挾制了。在人家使過了的奴才淫婦，當初在蔡通判家，和大婆作弊養漢，壞了事，才打發出來，嫁了蔣聰。豈只見過一個漢子兒？有一拿小米數兒，什麼事兒不知道！賊強人瞞神嚇鬼，使玉簫送緞子兒與他做襖兒穿。一冬裡，我要告訴你，沒告訴你。那一日，大姐姐往喬大戶家吃酒，咱們都不在前邊下棋？只見丫頭說他爹來家，咱們不散了？落後我走到後邊儀門首，見小玉立在穿廊下，我問他，小玉望著我搖手兒。我剛走到花園前，只見玉簫那狗肉在角門首站立，原來替他觀風。我還不知，教我逕往花園裡走。玉簫攔著我，不教我進去，說爹在裡面，教我罵了兩句。我倒疑影和他有些什麼查子帳，不想走到裡面，他和媳婦子在山洞裡幹營生。媳婦子見我進去，把臉飛紅的走出來了。他爹見了我，訕訕的，吃我罵了兩句沒廉恥。落後媳婦子走到屋裡，打旋磨跪著我，教我休對他娘說。落後正月裡，他爹要把淫婦安托在我屋裡過一夜兒，吃我和春梅折了兩句，再幾時容他傍個影兒！賊萬殺的奴才，沒的把我扯在裡頭。好嬌態的奴才淫婦，我肯容他在那屋裡頭弄砕兒？就是我罷了，俺春梅那小肉兒，他也不肯容他。」

玉樓道：「嗔道賊臭肉在那裡坐著，見了俺們意意似似，待起不起的，誰知原來背地有這本帳！論起來，他爹也不該要他。哪裡尋不出老婆來，教奴才在外邊倡揚，什麼樣子？」金蓮道：「左右的皮靴兒沒翻正，你要奴才老婆，奴才暗地裡偷你的小娘子，彼此換著做賊！小婦奴才，千也嚼頭子嚼說人，萬也嚼說，今日打了嘴，也不說得！」玉樓向金蓮道：「這樁事，咱對他爹說好，不說好？大姐姐又不管。倘忽那廝真個安心，咱們不言語，他爹又不知道，一時遭了他手怎了？六姐，你還該說說。」金蓮道：「我若是饒了這奴才，除非是他肏出我來。」正是：

平生不作皺眉事，世上應無切齒人。

西門慶至晚來家，只見金蓮在房中雲鬢不整，睡搵香腮，哭得眼壞壞的。問其所以，遂把來旺兒醉酒發言，要殺主之事訴說一遍：「見有來興兒親自聽見，思想起來，你背地圖他老婆，他便背地要你家小娘子。你的皮靴兒沒翻正。那廝殺你便該當，與我何干？連我一例也要殺！趁早不為之計，夜頭早晚，人無後眼，只怕暗遭他毒手。」西門慶因問：「誰和那廝有首尾？」金蓮道：「你休來問我，只問小玉便知。」又說：「這奴才欺負我，不是一遭兒了。說我當初怎的用藥擺殺漢子，你娶了我來，虧他尋人情搭救我性命來。在外邊對人揭條。早是奴沒生下兒，沒長下女，若是生下兒女，教賊奴才揭條著好聽？敢說：『你家娘當初在家不得地時，也虧我尋人情救了他性命。』恁說在你臉上也無光了！你便沒羞恥，我卻成不的，要這命做什麼？」

西門慶聽了婦人之言，走到前邊，叫將來興兒到無人處，問他始末緣由。這小廝一五一十說了一遍。又走到後邊，摘問了小玉口詞，與金蓮所說無差：委的某日，親眼看見雪娥從來旺兒屋裡出來，他媳婦兒不在屋裡，的有此事。這西門慶心中大怒，把孫雪娥打了一頓，被月娘再三勸了，拘了他頭面衣服，只教他伴著家人媳婦上灶，不許他見人。此事表過不提。

西門慶在後邊，因使玉簫叫了宋蕙蓮，背地親自問他。這婆娘便道：「啊呀，爹，你老人家沒的說，他是沒有這個話。我就替他賭了大誓。他酒便吃兩鍾，敢恁七個頭八個膽，背地裡罵爹？又吃紂王水土，又說紂王無道！他靠哪裡過日子？爹，你不要聽人言語。我且問爹，聽見誰說這個話來？」那西門慶被婆娘一席話兒，閉口無言，問得急了，說：「是來興兒告訴我說的。」蕙蓮道：「來興兒因爹叫俺這一個買辦，說俺們奪了他的，不得賺些錢使，結下這仇恨兒，平空拿這血口噴他，爹就信了。他有這個欺心的事，我也不饒他。爹你依我，不要教他在家裡，與他幾兩銀子本錢，教他信信脫脫，遠離他鄉，做買賣去。他出去了，早晚爹和我說句話兒也方便些。」

西門慶聽了滿心歡喜，說道：「我的兒，說的是。我有心要叫他上東京，與鹽商王四峰央蔡太師人情，回來還要押送生辰擔去，只因他才從杭州來家，不好又使他的，打帳叫來保去。既你這樣說，我明日打發他去便了。回來，我教他領一千兩銀子，同主管往杭州販買紬絹絲線做買賣。你意下如何？」老婆心中大喜，說道：「爹若這等才好。」正說著，西門慶見無人，就摟他過來親嘴。婆娘忙遞舌頭在他口裡，兩個咂做一處。婦人道：「爹，你許我編䯼髻，怎的還不替我編？恁時候不戴到幾時戴？只教我成日戴這頭髮殼子兒？」西門慶道：「不打緊，到明日將八兩銀子，往銀匠家替你拔絲去。」西門慶又道：「怕你大娘問，怎生回答？」婦人道：「不打緊，我自有話打發他，只說問我姨娘家借來戴戴，怕怎的？」當下二人說了一回話，各自分散了。

到了次日，西門慶在廳上坐著，叫過來旺兒來：「你收拾衣服行李，趕明日三月二十八日起身，往東京央蔡太師人情。回來，我還打發你杭州做買賣去。」這來旺心中大喜，應諾下來，回房收拾行李，在外買人事。來興兒打聽得知，就來告報金蓮知道。金蓮打聽西門慶在花園捲棚內，走到那裡，不見西門慶，只見陳敬濟在那裡封禮物。金蓮便道：「你爹在哪裡？你封的是什麼？」敬濟道：「爹剛才在這裡，往大娘那邊兌鹽商王四峰銀子去了。我封的是往東京央蔡太師的禮。」金蓮問：「打發誰去？」敬濟道：「我聽見昨日爹吩咐來旺兒去。」

這金蓮才待下臺基，往花園那條路上走，正撞見西門慶拿了銀子來，叫到屋裡，問他：「明日打發誰往東京去？」西門慶道：「來旺兒和吳主管二人同去。因有鹽商王四峰一千幹事的銀兩，以此多著兩個去。」婦人道：「隨你心下，我說的話兒你不依，倒聽那奴才淫婦一面兒言語。他隨問怎的，只護他的漢子。那奴才有話在先，不是一日兒了。左右破著老婆丟與你，坑了你這銀子，拐的往那頭裡停停脫脫去了，看哥哥兩眼兒空哩。你的白丟了罷了，難為人家一千兩銀子，不怕你不賠他。我說在你心裡，也隨你。老婆無故只是為他。不爭你貪他這老婆，你留他在家裡也不好，你就打發他出去做買賣也不好。你留他在家裡，早晚沒這些眼防範他。你打發他外邊去，他使了你本錢，頭一件你先說不得他。你若要他這奴才老婆，不如先把奴才打發他離門離戶。常言道：剪草不除根，萌芽依舊生；剪草若除根，萌芽再不生。就是你也不耽心，老婆他也死心塌地。」一席話兒，說得西門慶如醉方醒。正是：

數語撥開君子路，片言提醒夢中人。

# 第二十六回　來旺兒遞解徐州　宋蕙蓮含羞自縊

詩曰：

與君形影分吳越，玉枕經年對離別。
登臺北望煙雨深，回身哭向天邊月。

又：

夜深悶到戟門邊，卻遶行廊又獨眠。
閨中只是空相憶，魂歸漠漠魄歸泉。

話說西門慶聽了金蓮之言，又變了卦。到次日，那來旺兒收拾行李伺候，到日中還不見動靜。只見西門慶出來，叫來旺兒到跟前說道：「我夜間想來，你才打杭州來家多少時兒，又教你往東京去，忒辛苦了，不如叫來保替你去罷。你且在家歇宿幾日，我到明日，家門首生意尋一個與你做罷。」自古物聽主裁，那來旺兒哪裡敢說甚的，只得應諾下來。西門慶就把銀兩書信，交付與來保和吳主管，三月廿八日起身往東京去了。不在話下。

這來旺兒回到房中，心中大怒，吃酒醉倒房中，口內胡說，怒起宋蕙蓮來，要殺西門慶。被宋蕙蓮罵了他幾句：「你咬人的狗兒不露齒，是言不是語，牆有縫，壁有耳。唻了那黃湯，挺那兩覺。」打發他上床睡了。到次日，走到後邊，在玉簫房裡請出西門慶。兩個在廚房後牆底下僻靜處說話，玉簫在後門首替他觀風。婆娘甚是埋怨，說道：「你是個人？你原說教他去，怎麼轉

了靶子，又教別人去？你乾淨是個毬子心腸——滾上滾下，燈草拐棒兒——原拄不定把。你到明日蓋個廟兒，立起個旗杆來，就是個謊神爺！我再不信你說話了。我那等和你說了一場，就沒些情分兒！」西門慶笑道：「倒不是此說。我不是也叫他去，恐怕他東京蔡太師府中不熟，所以教來保去了。留下他，家門首尋個買賣與他做罷！」婦人道：「你對我說，尋個什麼買賣與他做？」西門慶道：「我教他搭個主管，在家門首開酒店。」婦人聽言滿心歡喜，走到屋裡一五一十對來旺兒說了，單等西門慶示下。

一日，西門慶在前廳坐下，著人叫來旺兒近前，桌上放下六包銀兩，說道：「孩兒！你一向杭州來家辛苦。教你往東京去，恐怕你蔡府中不十分熟，所以教來保去了。今日這六包銀子三百兩，你拿去搭上個主管，在家門首開個酒店，月間尋些利息孝順我，也是好處。」那來旺連忙趴在地下磕頭，領了六包銀兩。回到房中，告與老婆說：「他倒拿買賣來窩盤我，今日與了我這三百兩銀子，教我搭主管，開酒店做買賣。」老婆道：「怪賊黑囚！你還嗔老婆說。一鍬就掘了井？也等慢慢來。如何今日也做上買賣了！你安分守己，休再吃了酒，口裡六說白道！」來旺兒叫老婆把銀兩收在箱中：「我在街上尋夥計去也！」於是走到街上尋主管。尋到天晚，主管也不成，又吃得大醉來家。老婆打發他睡了，就被玉簫走來，叫到後邊去了。

來旺兒睡了一覺，約一更天氣，酒還未醒，正朦朦朧朧睡著，忽聽得窗外隱隱有人叫他道：「來旺哥！還不起來看看，你的媳婦子又被那沒廉恥的勾引到花園後邊，幹那營生去了。虧你倒睡得放心！」來旺兒猛可驚醒，睜開眼看看，不見老婆在房裡，只認是雪娥看見甚動靜來遞信與他，不覺怒從心上起，道：「我在面前就弄鬼兒！」忙跳起身來，開了房門，逕撲到花園中來。剛到廂房中角門首，不防黑影裡抛出一條凳子來，把來旺兒絆了一跤，只見響亮一聲，一把刀子落地。左右閃過四五個小廝，大叫：「有賊！」一齊向前，把來旺兒一把捉住了。

來旺兒道：「我是來旺兒，進來尋媳婦子，如何把我拿住了？」眾人不由分說，一步一棍，打到廳上。只見大廳上燈燭熒煌，西門慶坐在上面，即叫：「拿上來！」來旺兒跪在地下，說道：

「小的睡醒了，不見媳婦在房裡，進來尋他。如何把小的做賊拿？」那來興兒就把刀子放在面前，與西門慶看。西門慶大怒，罵道：「眾生好度人難度，這廝真是個殺人賊！我倒見你杭州來家，叫你領三百兩銀子做買賣，如何夤夜進內來要殺我？不然拿這刀子做什麼？」喝令左右：「與我押到他房中，取我那三百兩銀子來！」眾小廝隨即押到房中。

蕙蓮正在後邊同玉簫說話，忽聞此信，忙跑到房裡，看見了，放聲大哭，說道：「你好好吃了酒睡罷，平白又來尋我做什麼？只當暗中了人的拖刀之計。」一面開箱子，取出六包銀兩來，拿到廳上。西門慶燈下打開觀看，內中只有一包銀兩，餘者都是錫鉛錠子。西門慶大怒，因問：「如何抵換了！我的銀兩往哪裡去了？趁早實說！」那來旺兒哭道：「爹擡舉小的做買賣，小的怎敢欺心抵換銀兩？」西門慶道：「你打下刀子，還要殺我。刀子現在，還要支吾什麼？」因把來興兒叫來，面前跪下，執證說：「你從某日，沒曾在外對眾發言要殺爹，嗔爹不與你買賣做？」這來旺兒只是嘆氣，張開口兒合不得。西門慶道：「既贓證刀杖明白，叫小廝與我拴鎖在門房內。明日寫狀子，送到提刑所去！」

只見宋蕙蓮雲鬢撩亂，衣裙不整，走來廳上向西門慶跪下，說道：「爹，此是你幹的營生！他好好進來尋我，怎把他當賊拿了？你的六包銀子，我收著，原封兒不動，平白怎的抵換了？恁活埋人，也要天理。他為什麼？你只因他什麼？打與他一頓。如今拉著送他哪裡去？」西門慶見了他，回嗔作喜道：「媳婦兒，關你什事？你起來。他無禮膽大不是一日，見藏著刀子要殺我，你不得知道。你自安心，沒你之事。」因令來安兒：「好攙扶你嫂子回房去，休要慌嚇他。」那蕙蓮只顧跪著不起來，說：「爹好狠心！你不看僧面看佛面，我恁說著，你就不依依兒？他雖故吃酒，並無此事。」纏得西門慶急了，教來安兒攙他起來，勸他回房去了。

到天明，西門慶寫了柬帖，叫來興兒做干證，揣著狀子，押著來旺兒往提刑院去，說某日酒醉，持刀夤夜殺害家主，又抵換銀兩等情。才待出門，只見吳月娘走到前廳，向西門慶再三將言勸解，說道：「奴才無禮，家中處分他便了。又要拉出去，驚官動府做什麼？」西門慶聽言，圓睜二目，喝道：「你婦人家，不曉道理！奴才安心要殺我，你倒還教饒他罷！」於是不聽月娘之言，喝令左右把來旺兒押送提刑院去了。

月娘當下羞赧而退，回到後邊，向玉樓眾人說道：「如今這屋裡亂世為王，九尾狐狸精出世。不知聽信了什麼人言語，平白把小廝弄出去了。你就賴他做賊，萬物也要個著實才好，拿紙棺材糊人，成何道理？恁沒道理昏君行貨！」宋蕙蓮跪在當面哭泣。月娘道：「孩兒你起來，不消哭。你漢子橫豎問不得他死罪。賊強人，他吃了迷魂湯了，俺們說話不中聽，老婆當軍——充數兒罷了。」玉樓向蕙蓮道：「你爹正在個氣頭上，待後慢慢的俺們再勸他。你安心回房去罷。」按下這裡不提。

單表來旺兒押到提刑院，西門慶先差玳安送了一百石白米與夏提刑、賀千戶，二人受了禮物，然後坐廳。來興兒遞上呈狀，看了，已知來旺兒先因領銀做買賣，見財起意，抵換銀兩，恐家主查算，夤夜持刀突入後廳，謀殺家主等情。心中大怒，把來旺叫到當廳跪下。這來旺兒告道：「望天官爺察情！容小的說，小的便說；不容小的說，小的不敢說。」夏提刑道：「你這廝！見獲贓證明白，勿得推調，從實與我說來，免我動刑。」來旺兒悉把西門慶初時令某人將藍緞子，怎的調戲他媳婦兒宋氏成姦，如今故入此罪，要墊害圖霸妻子一節，訴說一遍。夏提刑大喝了一聲，令左右打嘴巴，說：「你這奴才欺心背主！你這媳婦也是你家主娶的配與你為妻，又把資本與你做買賣，你不思報本，卻倚醉夤夜突入臥房，持刀殺害。滿天下人都像你這奴才，也不敢使人了。」來旺兒口還叫冤屈，被夏提刑叫過來興兒過來執證。那來旺兒有口說不得了。正是：

會施天上計，難免目前災。

夏提刑即令左右選大夾棍上來，把來旺兒夾了一夾，打了二十大棍，打的皮開肉綻，鮮血淋漓。吩咐獄卒，帶下去收監。來興兒、玳安兒來家，回覆了西門慶話。西門慶滿心歡喜，吩咐家中小廝：「鋪蓋、飯食，一些都不許與他送進去。但打了，休來家對你嫂子說，只說衙門中一下兒也沒打他，監幾日便放出來。」眾小廝應諾了。

這宋蕙蓮自從拿了來旺兒去，頭也不梳，臉也不洗，黃著臉兒，只是關閉房門哭泣，茶飯不吃。西門慶慌了，使玉簫並賁四娘子兒再三進房解勸他，說道：「你放心，爹因他吃酒狂言，監他幾日，耐他性兒，不久也放他出來。」蕙蓮不信，使小廝來安兒送飯進監去，回來問他，也是這般說：「哥見官，一下兒也不打。一兩日就來家，教嫂子在家安心。」這蕙蓮聽了此言，方才不哭了。每日淡掃娥眉，薄施脂粉，出來走跳。西門慶要便來回打房門首走，老婆在簷下叫道：「房裡無人，爹進來坐坐不是！」西門慶進入房裡，與老婆做一處說話。

西門慶哄他說道：「我兒，你放心。我看你面上，寫了帖兒對官府說，也不曾打他一下兒。監他幾日，耐耐他性兒，還放他出來，還教他做買賣。」婦人摟抱著西門慶脖子，說道：「我的親達達！你好歹看奴之面，奈何他兩日，放他出來。隨你教他做買賣，不教他做買賣也罷，這一出來，我教他把酒斷了，隨你去近到遠使他，他敢不去？再不你若嫌不自便，替他尋上個老婆，他也罷了。我常遠不是他的人了。」西門慶道：「我的心肝，你話是了。我明日買了對過喬家房，收拾三間房子與你住，搬你那裡去，咱兩個自在玩耍。」婦人道：「著來，親親！隨你張主便了。」

說畢，兩個閉了門兒。原來婦人夏月常不穿褲兒，只單吊著兩條裙子，遇見西門慶在那裡，便掀開裙子就幹。於是二人解佩露甄妃之玉，齊眉點漢署之香，雙鳧飛肩，雲雨一席。婦人將身帶的白銀條紗挑線香袋兒——裡面裝著松柏兒並排草，挑著「嬌香美愛」四個字，把與西門慶。喜得心中要不得，恨不得與他誓共死生，向袖中即掏出一二兩銀子，與他買果子吃。再三安撫他：「不消憂慮，只怕憂慮壞了你。我明日寫帖子對夏大人說，就放他出來。」說了一回，西門慶恐有人來，連忙出去了。

這婦人得了西門慶此話，到後邊對眾丫鬟媳婦詞色之間未免輕露，孟玉樓早已知道，轉來告潘金蓮說，他爹怎的早晚要放來旺兒出來，另替他娶一個；怎的要買對門喬家房子，把媳婦子調到那裡去，與他三間房住，又買個丫頭伏侍他；與他編銀絲䯼髻，打頭面。一五一十說了一遍：「就和你我輩一般，什麼張致！大姐姐也就不管管兒！」潘金蓮不聽便罷，聽了時：

忿氣滿懷無處著，雙腮紅上更添紅。

說道：「真個由他，我就不信了！今日與你說的話，我若教賊奴才淫婦，與西門慶放了第七個老婆，我不喇嘴說，就把潘字倒過來！」玉樓道：「漢子沒正條的，大姐姐又不管，咱們能走不能飛，到得那些兒？」金蓮道：「你也忒不長俊，要這命做什麼？活一百歲殺肉吃！他若不依我，拚著這命擯兒在他手裡也不差什麼！」玉樓笑道：「我是小膽兒，不敢惹他，看你有本事和他纏。」

到晚，西門慶在花園中翡翠軒書房裡坐的，正要教陳敬濟來寫帖子，往夏提刑處說，要放來旺兒出來。被金蓮驀地走到跟前，搭伏著書桌兒，問：「你叫陳姐夫寫什麼帖子？」西門慶不能隱諱，因說道：「我想把來旺兒責打與他幾下，放他出來罷。」婦人止住小廝：「且不要叫陳姐夫來。」坐在旁邊，因說道：「你空耽著漢子的名兒，原來是個隨風倒舵、順水推船的行貨子！我那等對你說的話兒你不依，倒聽那賊奴才淫婦話兒。隨你怎的逐日沙糖拌蜜與他吃，他還只疼他的漢子。依你如今把那奴才放出來，你也不好要他這老婆了，教他奴才好藉口，你放在家裡不葷不素，當做什麼人兒看成？待要把他做你小老婆，奴才又見在；待要說道奴才老婆，你現把他逞得恁沒張致的，在人跟前上頭上臉有些樣兒！就算另替那奴才娶一個，著你要了他這老婆，往後倘忽你兩個坐在一答裡，那奴才或走來跟前回話，或做什麼，見了有個不氣的？老婆見了他，站起來是，不站起來是？先不先，只這個就不雅相。傳出去，休說六鄰親戚笑話，只家中大小，把你也不著在意裡。正是上梁不正下梁歪。你既要幹這營生，不如一狠二狠，把奴才結果了，你就摟著他老婆也放心。」幾句又把西門慶念翻轉了，反又寫帖子送與夏提刑，教夏提刑限三日提出來，一頓拷打，拷打得通不像模樣。提刑兩位官並上下觀察、緝捕、排軍，監獄中上下，都受了西門慶財物，只要重不要輕。

內中有一當案的孔目陰先生，名喚陰騭，乃山西孝義縣人，極是個仁慈正直之士。因見西門慶要陷害此人，圖謀他妻子，再三不肯做文書送問，與提刑官抵面相講。兩位提刑官以此掣肘難行，延挨了幾日，人情兩盡，只把他當廳責了四十，論個遞解原籍徐州為民。當查原贓，花費十七兩，鉛錫五包，責令西門慶家人來興兒領回。差人寫個帖子，回覆了西門慶，隨教即日押發起身。這裡提刑官當廳押了一道公文，差兩個公人把來旺兒取出來，已是打得稀爛，釘了扭，上了封皮，限即日起程，逕往徐州管下交割。

可憐這來旺兒，在監中監了半月光景，沒錢使用，弄得身體狼狽，衣服襤褸，沒處投奔。哀告兩個公人說：「兩位哥在上，我打了一場屈官司，身上分文沒有，要湊些腳步錢與二位，望你可憐見，押我到我家主處，有我的媳婦兒並衣服箱籠，討出來變賣了，知謝二位，並路途盤費，也討得一步鬆寬。」那兩個公人道：「你好不知道理！你家主既擺布了一場，他又肯發出媳婦並箱籠與你？你還有甚親故，俺們看陰師父面上，瞞上不瞞下，領你到那裡，胡亂討些錢米，夠你路上盤費便了。誰指望你甚腳步錢兒！」來旺道：「二位哥哥，你只可憐引我先到我家主門首，我央浼兩三位親鄰，替我美言討討兒，無多有少。」兩個公人道：「也罷，我們就押你去。」

這來旺兒先到應伯爵門首，伯爵推不在家。又央了左鄰賈仁清、伊勉慈二人來西門慶家，替來旺兒說討媳婦箱籠。西門慶也不出來，使出五六個小廝，一頓棍打出來，不許在門首纏擾。把賈、伊二人羞得要不得。他媳婦兒宋蕙蓮，在屋裡瞞得鐵桶相似，並不知一字。西門慶吩咐：「哪個小廝走漏消息，決打二十板！」兩個公人又同到他丈人——賣棺材的宋仁家，來旺兒如此這般對宋仁哭訴其事，打發了他一兩銀子，與兩個公人一吊銅錢、一斗米，路上盤纏，哭哭啼啼，從四月初旬離了清河縣，往徐州大道而來。正是：

若得苟全痴性命，也甘飢餓過平生。

不說來旺兒遞解徐州去了。且說宋蕙蓮在家，每日只盼他出來。小廝一般的替他送飯，到外邊，眾人都吃了。轉回來蕙蓮問著他，只說：「哥吃了，監中無事。若不是也放出來了，連日提刑老爺沒來衙門中問事，也只在一二日來家。」西門慶又哄他說：「我差人說了，不久即出。」婦人以為信實。一日，風裡言風裡語，聞得人說，來旺兒押出來，在門首討衣箱，不知怎的去了。這婦人幾次問眾小廝，都不說。忽見玳安兒跟了西門慶馬來家，叫住問他：「你旺哥在監中好麼？幾時出來？」玳安道：「嫂子，我告你知了罷，俺哥這早晚到流沙河了。」蕙蓮問其故，這玳安千不合萬不合，如此這般：「打了四十板，遞解原籍徐州家去了。只放你心裡，休提我告你說。」

這婦人不聽萬事皆休，聽了此言，關閉了房間，放聲大哭道：「我的人噤！你在他家幹壞了什麼事來？被人紙棺材暗算計了你！你做奴才一場，好衣服沒曾掙下一件在屋裡。今日只當把你遠離他鄉，弄得去了，坑得奴好苦也！你在路上死活未知。我就如合在缸底下一般，怎的曉得？」哭了一回，取一條長手巾拴在臥房門樞上，懸梁自縊。不想來昭妻一丈青，住房正與他相連，從後來聽見他屋裡哭了一回，不見動靜，半日只聽喘息之聲。扣房門叫他不應，慌了手腳，教小廝平安兒撬開窗戶進去。見婦人穿著隨身衣服，在門樞上正吊得好。一面解救下來，開了房門，取姜湯撅灌。

須臾，嚷得後邊知道。吳月娘率領李嬌兒、孟玉樓、西門大姐、李瓶兒、玉簫、小玉都來看視，賁四娘子兒也來瞧。一丈青攙扶他坐在地下，只顧哽噎，白哭不出聲來。月娘叫著他，只是低著頭，口吐涎痰，不答應。月娘便道：「原來是個傻孩子！你有話只顧說便好，如何尋這條路起來！」又令玉簫扶著他，親叫道：「蕙蓮孩兒，你有什麼心事，越發老實叫上幾聲，不妨事。」問了半日，那婦人哽噎了一回，大放聲排手拍掌哭起來。月娘叫玉簫扶他上炕，他不肯上炕。月娘眾人勸了半日，回後邊去了，只有賁四嫂同玉簫相伴在屋裡。

只見西門慶掀簾子進來，看見他坐在冷地下哭泣，令玉簫：「你攙他炕上去罷。」玉簫道：「剛才娘教他上去，他不肯去。」西門慶道：「好強孩子，冷地下冰著你。你有話對我說，如何這等拙智！」蕙蓮把頭搖著說道：「爹，你好人兒，你瞞著我幹的好勾當兒！還說什麼孩子不孩子！你原來就是個弄人的劊子手，把人活埋慣了，害死人還看出殯的！你成日間只哄著我，今日也說放出來，明日也說放出來。只當端的好出來。你如遞解他，也和我說聲兒，暗暗不通風，就解發遠遠的去了。你也要合憑個天理！你就信著人幹下這等絕戶計，把圈套兒做得成成的，你還瞞著我。你就打發，兩個人都打發了，如何留下我做什麼？」西門慶笑道：「孩兒，不關你事。那廝壞了事，所以打發他。你安心，我自有處。」因令玉簫：「你和賁四娘子相伴他一夜兒，我使小廝送酒來你們吃。」說畢，往外去了。賁四嫂良久扶他上炕坐的，和玉簫將話兒勸解他。

西門慶到前邊鋪子裡，問傅夥計支了一吊錢，買了一錢酥燒，拿盒子盛了，又是一瓶酒，使來安兒送到蕙蓮屋裡，說道：「爹使我送這個與嫂子吃。」蕙蓮看見，一頭罵：「賊囚根子！趁早與我拿了去，省得我摔一地。」來安兒道：「嫂子收了罷，我拿回去，爹又要打我。」便就放在桌子上。蕙蓮跳下來，把酒拿起來，才待趕著摔了去，被一丈青攔住了。那賁四嫂看著一丈青咬指頭兒。正相伴他坐的，只見賁四嫂家長兒走來，叫他媽道：「爹門外頭來家，要吃飯。」賁四嫂和一丈青走出來。到一丈青門首，只見西門大姐在那裡，和來保兒媳婦惠祥說話。因問賁四嫂哪裡去，賁四嫂道：「俺家的門外頭來了，要飯吃。我到家瞧瞧就來。我只說來看看，吃他大爹再三央陪伴他坐坐兒，誰知倒把我掛住了。」惠祥道：「剛才爹在屋裡，他說什麼來？」賁四嫂只顧笑，說道：「看不出他旺官娘子，原來也是個辣菜根子，和他大爹白搽白折的平上。誰家媳婦兒有這個道理！」惠祥道：「這個媳婦兒比別的媳婦兒不同，從公公身上拉下來的媳婦兒，這一家大小誰如他？」說畢惠祥去了。一丈青道：「四嫂，你到家快來。」賁四嫂道：「什麼話，我若不來，惹他大爹就怪死了。」

卻說西門慶白日教賁四嫂和一丈青陪他坐，晚夕教玉簫伴他睡，慢慢將言詞勸他，說道：「宋大姐，你是個聰明的，趁恁妙齡之時，一朵花初開，主子愛你，也是緣法相投。你如今將上不足，比下有餘，守著主子，強如守著奴才。他已是去了，你恁煩惱不打緊，一時哭得有好歹，卻不虧負了你的性命？常言道：做一日和尚撞一日鐘，往後貞節輪不到你身上了。」那蕙蓮聽了，只是哭泣，每日粥飯也不吃。玉簫回了西門慶話。西門慶又令潘金蓮親來對他說，也不依。

金蓮惱了，向西門慶道：「賊淫婦，他一心只想他漢子，千也說一夜夫妻百夜恩，萬也說相隨百步，也有個徘徊意，這等貞節的婦人，卻拿什麼拴得住他心？」西門慶笑道：「你休聽他摭說，他若早有貞節之心，當初只守著廚子蔣聰，不嫁來旺兒了。」一面坐在前廳上，把眾小廝都叫到跟前審問：「來旺兒遞解去時，是誰對他說來？趁早舉出來，我也一下不打他。不然，我打聽出來，每人三十板，即與我離門離戶。」忽有畫童跪下，說道：「那日小的聽見玳安跟了爹馬來家，在夾道內，嫂子問他，他走了口對嫂子說。」西門慶聽了大怒，一片聲使人尋玳安兒。

這玳安兒早知消息，一直躲到潘金蓮房裡去。金蓮正洗臉，小廝走到屋裡，跪著哭道：「五娘救小的則個！」金蓮罵道：「賊囚！猛可走來，唬我一跳！你又不知幹下什麼事！」玳安道：「爹因為小的告嫂子說了旺哥去了，要打我。娘好歹勸勸爹。若出去，爹在氣頭裡，小的就是死罷了！」金蓮道：「怪囚根子，諕得鬼也似的！我說什麼勾當來，恁驚天動地的？原來為那奴才淫婦。」吩咐：「你在我這屋裡，不要出去。」於是藏在門背後。

西門慶見叫不將玳安去，在前廳暴叫如雷。一連使了兩替小廝來金蓮房裡尋，都被金蓮罵得去了。落後，西門慶一陣風自家走來，手裡拿著馬鞭子，問：「奴才在哪裡？」金蓮不理他，被西門慶遶屋尋遍，從門背後採出玳安來要打。吃金蓮向前，把馬鞭子奪了，掠在床頂上，說道：「沒廉恥的貨兒，你枉做主了！那奴才淫婦想他漢子上吊，羞急拿小廝來煞氣，關小廝什事！」那西門慶氣得睜睜的。金蓮叫小廝：「你往前頭幹你那營生去，不要理他。等他再打你，有我哩！」那玳安得手，一直往前去了。正是：

兩手劈開生死路，翻身跳出是非門。

這潘金蓮見西門慶留意在宋蕙蓮身上，乃心生一計。在後邊唆調孫雪娥，說來旺兒媳婦子怎的說你要了他漢子，編了他一篇是非，他爹惱了，才把他漢子打發了：「前日打了你那一頓，拘了你頭面衣服，都是他過嘴告說的。」這孫雪娥聽了個耳滿心滿。掉了雪娥口氣兒，走到前邊，向蕙蓮又是一樣話說，說孫雪娥怎的後邊罵你是蔡家使喝的奴才，積年轉主子養漢，不是你背養主子，你家漢子怎的離了他家門？說你眼淚留著洗些腳後跟。說得兩下都懷仇恨。

一日，也是合當有事。四月十八日，李嬌兒生日，院中李媽媽並李桂姐，都來與他做生日。吳月娘留他同眾堂客在後廳飲酒，西門慶往人家赴席不在家。這宋蕙蓮吃了飯兒，從早晨在後邊打了個幌兒，走到屋裡直睡到日西。由著後邊一替兩替使了丫鬟來叫，只是不出來。雪娥尋不著這個繇頭兒，走來他房裡叫他，說道：「嫂子做了玉美人了，怎的這般難請？」那蕙蓮也不理他，只顧面朝裡睡。這雪娥又道：「嫂子，你思想你家旺官兒哩。早思想好來！不得你他也不得死，還在西門慶家裡。」這蕙蓮聽了他這一句話，打動潘金蓮說的那情由，翻身跳起來，望雪娥說道：「你沒的走來浪聲顙氣！他便因我弄出去了。你為什麼來？打你一頓，攆的不容上前。得人不說出來，大家將就些便罷了，何必撐著頭兒來尋趁人！」這雪娥心中大怒，罵道：「好賊奴才，養漢淫婦！如何大膽罵我？」蕙蓮道：「我是奴才淫婦，你是奴才小婦！我養漢養主子，強如你養奴才！你倒背地偷我漢子，你還來倒自家掀騰？」

這幾句話，說得雪娥急了，宋蕙蓮不防，被他走向前，一個巴掌打在臉上，打得臉上通紅，說道：「你如何打我？」於是一頭撞將去，兩個就揪扭打在一處。慌得來昭妻一丈青走來勸解，把雪娥拉的後走，兩個還罵不絕口。吳月娘走來罵了兩句：「你們都沒些規矩兒！不管家裡有人沒人，都這等家反宅亂的！等你主子回來，看我對你主子說不說！」當下雪娥就往後邊去了。月娘見蕙蓮頭髮揪亂，便道：「還不快梳了頭，往後邊來哩！」蕙蓮一聲兒不答話。打發月娘後邊去了，走到房內，倒插了門，哭泣不止。哭到掌燈時分，眾人亂著，後邊堂客吃酒，可憐這婦人忍氣不過，尋了兩條腳帶，拴在門檻上，自縊身死，亡年二十五歲。正是：

世間好物不堅牢，彩雲易散琉璃脆。

落後，月娘送李媽媽、桂姐出來，打蕙蓮門首過，房門關著，不見動靜，心中甚是疑影。打發李媽媽娘兒上轎去了，回來叫他門不開，都慌了手腳。還使小廝打窗戶內跳進去，割斷腳帶，解卸下來，撅救了半日，不知多咱時分，嗚呼哀哉死了。但見：

四肢冰冷，一氣燈殘。香魂眇眇，已赴望鄉臺；星眼瞑瞑，屍猶橫地下。不知精爽逝何處，疑是行雲秋水中。

月娘見救不活，慌了，連忙使小廝來興兒，騎頭口往門外請西門慶來家。雪娥恐怕西門慶來家拔樹尋根，歸罪于己，在上房打旋磨兒跪著月娘，教休提出和他嚷鬧來。月娘見他唬得那等腔兒，心中又下般不得，因說道：「此時你恁害怕，當初大家省言一句兒便了。」至晚，等得西門慶來家，只說蕙蓮因思想他漢子，哭了一日，趕後邊人亂，不知多咱尋了自盡。西門慶便道：「他恁個拙婦，原來沒福。」一面差家人遞了一紙狀子，報到縣主李知縣手裡，只說本婦因本家請堂客吃酒，他管銀器傢伙，因失落一件銀鍾，恐家主查問見責，自縊身死。又送了知縣三十兩銀子。知縣自恁要作分上，胡亂差了一員司吏帶領幾個仵作來看了。自買了一具棺材，討了一張紅票，賁四、來興兒同送到門外地藏寺。與了火家五錢銀子，多架些柴薪。才待發火燒毀，不想他老子賣棺材宋仁打聽得知，走來攔住，叫起屈來。說他女兒死得不明白，稱西門慶因倚強姦他：「我女貞節不從，威逼身死。我還要撫按告狀，誰敢燒化屍首！」那眾火家都亂走了，不敢燒；賁四、來興少不得把棺材停在寺裡來回話。正是：

青龍與白虎同行，吉凶事全然未保。

# 第二十七回　李瓶兒私語翡翠軒　潘金蓮醉鬧葡萄架

詞曰：

錦帳鴛鴦，綉衾鸞鳳。一種風流千種態：看雪肌雙瑩，玉簫暗品，鸚舌偷嘗。　屏掩猶斜香冷，回嬌眼，盼檀郎。道千金一刻須憐惜，早漏催銀箭，星沈網戶，月轉回廊。

——右調〈好女兒〉

話說來保正從東京來，在捲棚內回西門慶話，具言：「到東京先見稟事的管家，下了書，然後引見。太師老爺看了揭帖，把禮物收進去，交付明白。老爺吩咐：不日寫書，馬上差人下與山東巡按侯爺，把山東滄州鹽客王霽雲等一十二名寄監者，盡行釋放。翟叔多上覆爹：老爺壽誕六月十五日，好歹教爹上京走走，他有話和爹說。」這西門慶聽了，滿心歡喜，旋即使他回喬大戶話去。只見賁四、來興走來，見西門慶和來保說話，立在旁邊。來保便往喬大戶家去了。西門慶問賁四：「你們燒了回來了？」那賁四不敢言語。來興兒向前，附耳低言說道：「宋仁走到化人場上，攔著屍首，不容燒化，聲言甚是無禮，小的不敢說。」

這西門慶不聽萬事皆休，聽了心中大怒，罵道：「這少死光棍，這等可惡！」即令小廝：「請你姐夫來寫帖兒。」就差來安兒送與李知縣。隨即差了兩個公人，一條索子把宋仁拿到縣裡，反問他打網詐財，倚屍圖賴。當廳一夾二十大板，打得鮮血順腿淋漓；寫了一紙供狀，再不許到西門慶家纏擾；並責令地方火甲，眼同西門慶家人，即將屍燒化訖。那宋仁打得兩腿棒瘡，歸家著了重氣，害了一場時疫，不上幾日，嗚呼哀哉死了。正是：

失曉人家逢五道，溟泠飢鬼撞鍾馗。

西門慶剛了畢宋蕙蓮之事，就打點三百兩金銀，交顧銀率領許多銀匠，在家中捲棚內打造蔡太師上壽的四陽捧壽的銀人，每一座高尺有餘；又打了兩把金壽字壺，尋了兩副玉桃杯、兩套杭州織造的大紅五彩羅緞紵絲蟒衣，只少兩匹玄色焦布和大紅紗蟒，一地裡拿銀子尋不出來。李瓶兒道：「我那邊樓上還有幾件沒裁的蟒，等我瞧去。」西門慶隨即與他同往樓上去尋，揀出四件來：兩件大紅紗，兩件玄色焦布，俱是織金邊五彩蟒衣，比織來的花樣身分更強幾倍，把西門慶歡喜得要不得。於是打包，還著來保同吳主管五月二十八日離清河縣，上東京去了，不在話下。

過了兩日，卻是六月初一日，天氣十分炎熱，到了那赤烏當午的時候，一輪火傘當空，無半點雲翳，真乃爍石流金之際。有一詞單道這熱：

祝融南來鞭火龍，火雲焰焰燒天空。
日輪當午凝不去，萬國如在紅爐中。
五岳翠乾雲彩滅，陽侯海底愁波渴。
何當一夕金風發，為我掃除天下熱。

這西門慶近來遇見天熱，不曾出門，在家撒髮披襟避暑。在花園中翡翠軒捲棚內，看著小廝們打水澆花草。只見翡翠軒正面栽著一盆瑞香花，開得甚是爛漫。西門慶令來安兒拿著小噴壺兒，看著澆水。只見潘金蓮和李瓶兒家常都是白銀條紗衫兒，密合色紗挑線縷金拖泥裙子。李瓶兒是大紅焦布比甲，金蓮是銀紅比甲。惟金蓮不戴冠兒，拖著一窩子杭州攢翠雲子網兒，露著四鬢，額上貼著三個翠面花兒，越顯出粉面油頭，朱唇皓齒。兩個攜著手兒，笑嘻嘻驀地走來。看見西門慶澆花兒，說道：「你原來在這裡澆花兒哩！怎的還不梳頭去？」西門慶道：「你教丫頭拿水來，我這裡洗頭罷。」金蓮叫來安：「你且放下噴壺，去屋裡對丫頭說，教他快拿水拿梳子來。」來安應諾去了。

金蓮看見那瑞香花，就要摘來戴。西門慶攔住道：「怪小油嘴，趁早休動手，我每人賞你一朵罷。」原來西門慶把旁邊少開頭，早已摘下幾朵來，浸在一隻翠磁膽瓶內。金蓮笑道：「我兒，你原來掐下恁幾朵來放在這裡，不與娘戴。」於是先搶過一枝來插在頭上。西門慶遞了枝與李瓶兒。只見春梅送了抿鏡梳子來，秋菊拿著洗面水。西門慶遞了三枝花，教送與月娘、李嬌兒、孟玉樓戴：「就請你三娘來，教他彈回月琴我聽。」金蓮道：「你把孟三兒的拿來，等我送與他，教春梅送他大娘和李嬌兒的去。回來你再把一朵花兒與我——我只替你叫唱的，也該與我一朵兒。」西門慶道：「你去，回來與你。」金蓮道：「我的兒，誰養的你恁乖！你哄我替你叫了孟三兒來，你卻不與我。我不去！你與了我，我才叫去。」西門慶笑道：「賊小淫婦兒，這上頭也掐個先兒。」於是又與了他一朵。金蓮簪於雲鬢之旁，方才往後邊去了。

只撇下李瓶兒，西門慶見他紗裙內罩著大紅紗褲兒，日影中玲瓏剔透，露出玉骨冰肌，不覺淫心輒起。見左右無人，且不梳頭，把李瓶兒按在一張涼椅上，揭起湘裙，紅裩初褪，倒掬著隔山取火幹了半晌，精還不泄，兩人曲盡「于飛」之樂。不想金蓮不曾往後邊叫玉樓去，走到花園角門首，想了想，把花兒遞與春梅送去，回來悄悄躡足，走到翡翠軒槅子外潛聽。聽夠多時，聽見他兩個在裡面正幹得好，只聽見西門慶向李瓶兒道：「我的心肝，你達不愛別的，愛你好個白屁股兒。今日盡著你達受用。」良久，又聽得李瓶兒低聲叫道：「親達達，你省可的搧罷。奴身上不方便，我前番吃你弄重了些，把奴的小肚子疼起來，這兩日才好些兒。」西門慶因問：「你怎的身上不方便？」李瓶兒道：「不瞞你說，奴身中已懷臨月孕，望你將就些兒。」西門慶聽言，滿心歡喜，說道：「我的心肝，你怎不早說，既然如此，你爹胡亂耍耍罷。」於是樂極情濃，怡然感之，兩手抱定其股，一泄如注。婦人在下躬股承受其精。良久，只聞得西門慶氣喘吁吁，婦人鶯鶯聲軟，都被金蓮在外聽了。

正聽之間，只見玉樓從後驀地走來，便問：「五丫頭，在這裡做什麼兒？」那金蓮便搖手兒。兩個一齊走到軒內，慌得西門慶湊手腳不迭，問西門慶：「我去了這半日，你做什麼？恰好還沒曾梳頭洗臉哩！」西門慶道：「我等著丫頭取那茉莉花肥皂來我洗臉。」金蓮道：「我不好說的，巴巴尋那肥皂洗臉，怪不得你的臉洗得比人家屁股還白！」那西門慶聽了，也不著在意裡。落後梳洗畢，與玉樓一同坐下，因問：「你在後邊做什麼？帶了月琴來不曾？」玉樓道：「我在後邊替大姐姐穿珠花來，到明日與吳舜臣媳婦兒鄭三姐下茶去戴。月琴，春梅拿了來。」不一時，春梅來到，說：「花兒都送與大娘、二娘收了。」西門慶令他安排酒來。不一時冰盆內沈李浮瓜，涼亭上偎紅倚翠。玉樓道：「不使春梅請大姐姐？」西門慶道：「他又不飲酒，不消邀他去。」當下西門慶上坐，三個婦人兩邊打橫。正是：得多少壺斟美釀，盤列珍羞。那潘金蓮放著椅兒不坐，只坐豆青磁涼墩兒。孟玉樓叫道：「五姐，你過這椅兒上坐，那涼墩兒只怕冷。」金蓮道：「不妨事，我老人家不怕冰了胎，怕什麼？」

須臾，酒過三巡，西門慶叫春梅取月琴來，教與玉樓，取琵琶，教金蓮彈：「你兩個唱一套『赤帝當權耀太虛』我聽。」金蓮不肯，說道：「我兒，誰養的你恁乖！俺們唱，你兩人到會受用快活，我不！也教李大姐拿了樁樂器兒。」西門慶道：「他不會彈什麼。」金蓮道：「他不會，教他在旁邊代板。」西門慶笑道：「這小淫婦單管咬蛆兒。」一面令春梅旋取了一副紅牙象板來，教李瓶兒拿著。他兩個方才輕舒玉指，款跨鮫綃，合著聲唱〈雁過沙〉；丫鬟綉春在旁打扇。須臾唱畢，西門慶每人遞了一杯酒，與他吃了。潘金蓮不住在席上只呷冰水，或吃生果子。玉樓道：「五姐，你今日怎的只吃生冷？」金蓮笑道：「我老人家肚內沒閒事，怕什麼冷糕麼？」羞得李瓶兒在旁，臉上紅一塊白一塊。西門慶瞅了他一眼，說道：「你這小淫婦兒，單管只胡說白道的。」金蓮道：「哥兒，你多說了話。老媽媽睡著吃乾臘肉——是恁一絲兒一絲兒的。你管他怎的？」

正飲酒中間，忽見雲生東南，霧障西北，雷聲隱隱，一陣大雨來，軒前花草皆濕。正是：

江河淮海添新水，翠竹紅榴洗濯清。

少頃雨止，天外殘虹，西邊透出日色來。得多少：微雨過碧磯之潤，晚風涼落院之清。只見後邊小玉來請玉樓。玉樓道：「大姐姐叫，有幾朵珠花沒穿了，我去罷，惹得他怪。」李瓶兒道：「咱兩個一搭兒裡去，奴也要看姐姐穿珠花哩。」西門慶道：「等我送你們一送。」於是取過月琴來，教玉樓彈著，西門慶排手，眾人齊唱：

【梁州序】向晚來雨過南軒，見池面紅妝零亂。漸輕雷隱隱，雨收雲散。但聞荷香十里，新月一鈎，此景佳無限。蘭湯初浴罷，晚妝殘。深院黃昏懶去眠。（合）金縷唱，碧筒勸，向冰山雪檻排佳宴。清世界，幾人見？

又：

柳陰中忽噪新蟬，見流螢飛來庭院。聽菱歌何處？畫船歸晚。只見玉繩低度，朱戶無聲，此景猶堪羨。起來攜素手，整雲鬢。月照紗廚人未眠。（合前）

【節節高】漣漪戲彩鴛，綠荷翻。清香瀉下瓊珠濺。香風扇，芳草邊，閒亭畔，坐來不覺神清健。蓬萊閬苑何足羨！（合）只恐西風又驚秋，暗中不覺流年換。

眾人唱著不覺到角門首。玉樓把月琴遞與春梅，和李瓶兒往後去了。潘金蓮遂叫道：「孟三兒，等我等兒，我也去。」才待撇了西門慶走，被西門慶一把手拉住了，說道：「小油嘴兒，你躲滑兒，我偏不放你。」拉著只一輪，險些不輪了一跤。婦人道：「怪行貨子，他兩個都走去了，我看你留下我做什麼？」西門慶道：「咱兩個在這太湖石下，取酒來，投個壺兒耍子，吃三杯。」婦人道：「怪行貨子，放著亭子上不去投，平白在這裡做什麼？你不信，使春梅小肉兒，他也不替你取酒來。」西門慶因使春梅。春梅越發把月琴丟與婦人，揚長的去了。

婦人接過月琴，彈了一回，說道：「我問孟三兒，也學會了幾句兒了。」一壁彈著，見太湖石畔石榴花經雨盛開，戲折一枝，簪於雲鬢之旁，說道：「我老娘帶個三日不吃飯——眼前花。」被西門慶聽見，走向前把他兩隻小金蓮扛將起來，戲道：「我把這小淫婦，不看世界面上，就合死了。」那婦人便道：「怪行貨子，且不要發訕，等我放下這月琴著。」於是把月琴順手倚在花臺邊，因說道：「我的兒，適才你和李瓶兒合搗去罷，沒地扯囂兒，來纏我做什麼？」西門慶道：「怪奴才，單管只胡說，誰和他有什事。」婦人道：「我兒，你但行動，瞞不過當方土地。老娘是誰？你來瞞我！我往後邊送花兒去，你兩個幹的好營生兒！」西門慶道：「怪小淫婦兒，休胡說！」於是按在花臺上就親嘴，那婦人連忙吐舌頭在他口裡。西門慶道：「你叫我聲親達達，我饒了你，放你起來罷。」那婦人強不過，叫了他聲親達達：「我不是你那可意的，你來纏我怎的？」兩個正是：

弄晴鶯舌於中巧，著雨花枝分外妍。

兩個玩了一回，婦人道：「咱往葡萄架那裡投壺耍子兒去。」因把月琴跨在肐膊上，彈著找《梁州序》後半截：

【節節高】清宵思爽然，好涼天。瑤臺月下清虛殿，神仙眷，開玳筵。重歡宴，任教玉漏催銀箭，水晶宮裡笙歌按。（合前）

【尾聲】光陰迅速如飛電，好良宵，可惜慚闌，拚取歡娛歌聲喧。

兩人並肩而行，須臾，轉過碧池，抹過木香亭，從翡翠軒前穿過來，到葡萄架下觀看，端的好一座葡萄架。但見：

四面雕欄石甃，周圍翠葉深稠。迎眸霜色，如千枝紫彈墜流蘇；噴鼻秋香，似萬架綠雲垂綉帶。緹緹馬乳，水晶丸裡浥瓊漿；滾滾綠珠，金屑架中含翠渥。乃西域移來之種，隱甘泉珍玩之芳。端的四時花木襯幽葩，明月清風無價買。

二人到於架下，原來放著四個涼墩，有一把壺在旁。金蓮把月琴倚了，和西門慶投壺。只見春梅拿著酒，秋菊掇著果盒，盒子上一碗冰湃的果子。婦人道：「小肉兒，你頭裡使性兒去了，如何又送將來了？」春梅道：「教人還往哪裡尋你們去，誰知驀地這裡來。」秋菊放下去了。西門慶一面揭開，盒裡邊攢就的八槅細巧果菜，一小銀素兒葡萄酒，兩個小金蓮蓬鍾兒，兩雙牙筯兒，安放一張小涼杌兒上。西門慶與婦人對面坐著，投壺耍子。須臾，過橋翎花，倒入飛雙雁，連科及第，二喬觀書，楊妃春睡，烏龍入洞，珍珠倒捲簾，投了十數壺。把婦人灌得醉了，不覺桃花上臉，秋波斜睨。西門慶要吃藥五香酒，又叫春梅取酒去。金蓮說道：「小油嘴兒，再央你央兒，往房內把涼席和枕頭取了來。我睏得慌，這裡略躺躺兒。」那春梅故作撒嬌，說道：「罷麼，偏有這些支使人的，誰替你又拿去！」西門慶道：「你不拿，教秋菊抱了來，你拿酒就是了。」那春梅搖著頭兒去了。

遲了半日，只見秋菊兒抱了涼席枕衾來。婦人吩咐：「放下鋪蓋，拽上花園門，往房裡看去，我叫你便來。」那秋菊應諾，放下衾枕，一直去了。這西門慶起身，脫下玉色紗䙌兒，搭在欄杆上，逕往牡丹臺畔花架下，小淨手去了。回來見婦人早在架兒底下，鋪設涼簟枕衾停當，脫得上下沒條絲，仰臥於衽席之上，腳下穿著大紅鞋兒，手弄白紗扇兒搖涼。西門慶看見，怎不觸動淫心，於是乘著酒興，亦脫去上下衣，坐在一涼墩上，先將腳指挑弄其花心，挑得淫精流出，如蝸之吐涎；一面又將婦人紅綉花鞋兒摘取下來，戲把他兩條腳帶解下來，拴其雙足，吊在兩邊葡萄架兒上，如金龍探爪相似，使牝戶大張，紅鈎赤露，雞舌內吐。西門慶先倒覆著身子，執麈柄抵牝口，賣了個倒入翎花，一手據枕，極力而提之，提得陰中淫氣連綿，如數鰍行泥淖中相似。婦人在下沒口子呼叫達達不絕。

正幹在美處，只見春梅燙了酒來，一眼看見，把酒注子放下，一直走到假山頂上臥雲亭那裡，搭伏著棋桌兒，弄棋子耍子。西門慶擡頭看見，點手兒叫他，不下來，說道：「小油嘴，我拿不下你來就罷了。」於是撇了婦人，大扠步從石磴上走到亭子上來。那春梅早從右邊一條小道兒下去，打藏春塢雪洞兒裡穿過去，走到半中腰滴翠山叢、花木深處，欲待藏躲，不想被西門慶撞見，黑影裡攔腰抱住，說道：「小油嘴，我卻也尋著你了。」遂輕輕抱到葡萄架下，笑道：「你且吃鍾酒著。」一面摟他坐在腿上，兩個一遞一口飲酒。

春梅見婦人兩腿拴吊在架上，便說道：「不知你們什麼張致！大青天白日裡，一時人來撞見，怪模怪樣的。」西門慶問道：「角門子關上了不曾？」春梅道：「我來時扣上了。」西門慶道：「小油嘴，看我投個肉壺，名喚金彈打銀鵝，你瞧，若打中一彈，我吃一鍾酒。」於是向冰碗內取了枚玉黃李子，向婦人牝中，一連打了三個，皆中花心。這西門慶一連吃了三鍾藥五香酒，旋令春梅斟了一鍾兒，遞與婦人吃。又把一個李子放在牝內，不取出來，又不行事，急得婦人春心沒亂，淫水直流。只是朦朧星眼，四肢軃然於枕簟之上，口中叫道：「好個作怪的冤家，捉弄奴死了。」鶯聲顫掉。那西門慶叫春梅在旁打著扇，只顧吃酒不理他，吃來吃去，仰臥在醉翁椅兒上打睡，就睡著了。春梅見他醉睡，走來摸摸，打雪洞內一溜煙往後邊去了。聽見有人叫角門，開了門，原來是李瓶兒。

由著西門慶睡了一個時辰，睜開眼醒來，看見婦人還吊在架上，兩隻白生生腿兒蹺在兩邊，興不可遏。因見春梅不在跟前，向婦人道：「淫婦，我丟與你罷。」於是先摳出牝中李子，教婦人吃了。坐在一隻枕頭上，向紗褶子順帶內取出淫器包兒來，使上銀托子，次用硫黃圈束著根子，初時不肯深入，只在牝口子來回擂晃，急得婦人仰身迎播，口中不住聲叫：「達達！快些進去罷，急壞了淫婦了，我曉得你惱我，為李瓶兒故意使這促狹來奈何我，今日經著你手段，再不敢惹你了。」西門慶笑道：「小淫婦兒！你知道就好說話兒了。」於是一壁幌著他心子，把那話拽出來，向袋中包兒裡打開，捻了些「閨艷聲嬌」塗在蛙口內，頂入牝中，送了幾送。須臾，那話昂健奢稜，暴怒起來，垂首玩著往來抽拽，玩其出入之勢。

那婦人在枕畔，朦朧星眼，呻吟不已，沒口子叫：「大𩭹𩬽達達，你不知使了什麼行貨子進去。罷了，淫婦的毴心癢到骨髓裡去了。可憐見饒了罷。」淫婦口裡磣死的言語都叫了出來，這西門慶一上手，就是三四百回，兩隻手倒按住枕席，仰身竭力迎播掀幹，抽沒至脛復送至根者，又約一百餘下。婦人以帕不住在下抹拭牝中之津，隨拭隨出，衽席為之皆濕。西門慶行貨子，沒稜露腦，往來逗留不已。因向婦人說道：「我要耍個老和尚撞鐘。」忽然仰身望前只一送，那話攮進去了，直抵牝屋之上。牝屋者，乃婦人牝中深極處，有屋如含苞花蕊，到此處，男子莖首，覺翕然暢美不可言。婦人觸疼，急跨其身，只聽磕碴響了一聲，把個硫黃圈子折在裡面。婦人則目瞑氣息，微有聲嘶，舌尖冰冷，四肢收軃於衽席之上。西門慶慌了，急解其縛，向牝中摳出硫黃圈來，折做兩截。於是把婦人扶坐，半日，星眸驚閃，甦醒過來。因向西門慶作嬌泣聲，說道：「我的達達，你今日怎的這般大惡，險不喪了奴的性命！今後再不可這般所為，不是耍處。我如今頭目森森然，莫知所之。」西門慶見日色已西，連忙替他披上衣裳。叫了春梅、秋菊來，收拾衾枕，同扶他歸房。

春梅回來，看著秋菊收了吃酒的傢伙，才待關花園門，來昭的兒子小鐵棍兒從花架下鑽出來，趕著春梅，問姑娘要果子吃。春梅道：「小囚兒，你在哪裡來？」把了幾個桃子、李子與他，說道：「你爹醉了，還不往前邊去，只怕他看見打你。」那猴子接了果子，一直去了。春梅關了花園門回來，打發西門慶與婦人上床就寢。正是：

朝隨金穀宴，暮伴紅樓娃。
休道歡娛處，流光逐暮霞。

# 第二十八回　陳敬濟僥倖得金蓮　西門慶糊塗打鐵棍

詩曰：

幾日深閨綉得成，看來便覺可人情。
一彎暖玉淩波小，兩瓣秋蓮落地輕。
南陌踏青春有跡，西廂立月夜無聲。
看花又濕蒼苔露，曬向窗前趁晚晴。

話說西門慶扶婦人到房中，脫去上下衣裳，赤著身子，婦人止著紅紗抹胸兒。兩個並肩疊股而坐，重斟杯酌。西門慶一手摟過他粉頸，一遞一口和他吃酒，極盡溫存之態。睨視婦人雲鬢斜軃，酥胸半露，嬌眼乜斜，猶如沈醉楊妃一般，纖手不住只向他腰裡摸弄那話。那話因驚，銀托子還帶在上面，軟叮噹毛都魯的纍垂偉長。西門慶戲道：「你還弄他哩，都是你頭裡譑出他風病來了。」婦人問：「怎的風病？」西門慶道：「既不是風病，如何這軟癱熱化，起不來了，你還不下去央及他央及兒哩。」婦人笑瞅了他一眼。一面蹲下身子去，枕著他一隻腿，取過一條褲帶兒來，把那話拴住，用手提著，說道：「你這廝！頭裡那等頭睜睜，股睜睜，把人奈何昏昏的，這咱你推風症裝佯死兒。」提弄了一回，放在粉臉上偎晃良久，然後將口吮之，又用舌尖挑砥其蛙口。那話登時暴怒起來，裂瓜頭凹眼睜圓，落腮鬍挺身直豎。西門慶亦發坐在枕頭上，令婦人馬爬在紗帳內，盡著吮咂，以暢其美。俄而淫思益熾，復與婦人交接。婦人哀告道：「我的達達，你饒了奴罷，又要捉弄奴也！」是夜，二人淫樂為之無度。有詞為證：

戰酣樂極，雲雨歇，嬌眼乜斜。手持玉莖猶堅硬，告才郎將就些些。滿飲金杯頻勸，兩情似醉如痴。

一宿晚景提過。到次日，西門慶往外邊去了。婦人約飯時起來，換睡鞋，尋昨日腳上穿的那雙紅鞋，左來右去少一隻。問春梅，春梅說：「昨日我和爹攙扶著娘進來，秋菊抱娘的鋪蓋來。」婦人叫了秋菊來問。秋菊道：「我昨日沒見娘穿著鞋進來。」婦人道：「你看胡說！我沒穿鞋進來，莫不我精著腳進來了？」秋菊道：「娘你穿著鞋，怎的屋裡沒有？」婦人罵道：「賊奴才，還裝憨兒！無過只在這屋裡，你替我老實尋是的！」這秋菊三間屋裡，床上床下，到處尋了一遍，哪裡討那隻鞋來？婦人道：「端的我這屋裡有鬼，攝了我這隻鞋去了。連我腳上穿的鞋都不見了，要你這奴才在屋裡做什麼？」秋菊道：「倒只怕娘忘記落在花園裡，沒曾穿進來。」婦人道：「敢是合昏了，我鞋穿在腳上沒穿在腳上，我不知道？」叫春梅：「你跟著這奴才，往花園裡尋去。尋出來便罷，若尋不出來，叫他院子裡頂著石頭跪著。」這春梅真個押著他，花園到處並葡萄架跟前，尋了一遍兒，哪裡得來！正是：

都被六丁收拾去，蘆花明月竟難尋。

兩個尋了一遍回來，春梅罵道：「奴才，你媒人婆迷了路兒——沒的說了，王媽媽賣了磨——推不得了。」秋菊道：「不知什麼人偷了娘的這隻鞋去了，我沒曾見娘穿進屋裡去。敢是你昨日開花園門放了那個，拾了娘的鞋去了。」被春梅一口稠唾沫噦了去，罵道：「賊見鬼的奴才，又攪纏起我來了！六娘叫門，我不替他開？可可兒的就放進人來了？你抱著娘的鋪蓋就不經心瞧瞧，還敢說嘴兒！」一面押他到屋裡，回婦人說沒有鞋。婦人叫採出他院子裡跪著。秋菊把臉哭喪下水來，說：「等我再往花園裡尋一遍，尋不著隨娘打罷。」春梅道：「娘休信他。花園裡地也掃得乾乾淨淨的，就是針也尋出來，哪裡討鞋來？」秋菊道：「等我尋不出來，教娘打就是了。你在旁戳舌兒怎的！」婦人向春梅道：「也罷，你跟著這奴才，看他哪裡尋去！」

這春梅又押著他，在花園山子底下，各處花池邊，松牆下，尋了一遍，沒有。他也慌了，被春梅兩個耳刮子，就拉回來見婦人。秋菊道：「還有那個雪洞裡沒尋哩。」春梅道：「那藏春塢是爹的暖房兒，娘這一向又沒到那裡。我看尋不出來和你答話！」於是押著他，到于藏春塢雪洞內。正面是張坐床，旁邊香几上都尋到，沒有。又向書篋內尋，春梅道：「這書篋內都是他的拜帖紙，娘的鞋怎的到這裡？沒的摭溜子捱工夫兒！翻的他恁亂騰騰的，惹他看見又是一場兒，你這歪刺骨可死得成了！」良久，只見秋菊說道：「這不是娘的鞋！」在一個紙包內，裹著些棒兒香與排草，取出來與春梅瞧：「可怎的有了，剛才就調唆打我！」春梅看見，果是一隻大紅平底鞋兒，說道：「是娘的，怎生得到這書篋內？好蹊蹺的事！」於是走來見婦人。

婦人問：「有了我的鞋，端的在哪裡？」春梅道：「在藏春塢，爹暖房書篋內尋出來，和些拜帖子紙、排草、安息香包在一處。」婦人拿在手內，取過他的那隻來一比，都是大紅四季花緞子白綾平底綉花鞋兒，綠提根兒，藍口金兒。惟有鞋上鎖線兒差些，一隻是紗綠鎖線，一隻是翠藍鎖線，不仔細認不出來。婦人登在腳上試了試，尋出來這一隻比舊鞋略緊些，方知是來旺兒媳婦子的鞋：「不知幾時與了賊強人，不敢拿到屋裡，悄悄藏放在那裡。不想又被奴才翻將出來。」看了一回，說道：「這鞋不是我的。奴才，快與我跪著去！」吩咐春梅：「拿塊石頭與他頂著。」那秋菊哭起來，說道：「不是娘的鞋，是誰的鞋？我饒替娘尋出鞋來，還要打我；若是再尋不出來，不知還怎的打我哩！」婦人罵道：「賊奴才，休說嘴！」春梅一面掇了塊大石頭頂在他頭上。婦人又另換了一雙鞋穿在腳上，嫌房裡熱，吩咐春梅把妝臺放在翫花樓上，梳頭去了，不在話下。

卻說陳敬濟早晨從舖子裡進來尋衣服，走到花園角門首。小鐵棍兒在那裡正玩著，見陳敬濟手裡拿著一副銀網巾圈兒，便問：「姑夫，你拿的什麼？與了我耍子罷。」敬濟道：「此是人家當的網巾圈兒，來贖，我尋出來與他。」那小猴子笑嘻嘻道：「姑夫，你與了我耍子罷，我換與你件好物件兒。」敬濟道：「傻孩子，此是人家當的。你要，我另尋一副兒與你耍子。你有什麼好物件，拿來我瞧。」那猴子便向腰裡掏出一隻紅綉花鞋兒與敬濟看。敬濟便問：「是哪裡的？」那猴子笑嘻嘻道：「姑夫，我對你說了罷！我昨日在花園裡耍子，看見俺爹吊著俺五娘兩隻腿兒，在葡萄架兒底下，搖搖擺擺。落後俺爹進去了，我尋俺春梅姑娘要果子吃，在葡萄架底下拾了這隻鞋。」敬濟接在手裡：曲似天邊新月，紅如退瓣蓮花，把在掌中，恰剛三寸。就知是金蓮腳上之物，便道：「你與了我，明日另尋一對好圈兒與你耍子。」猴子道：「姑夫你休哄我，我明日就問你要哩。」敬濟道：「我不哄你。」那猴子一面笑的耍去了。

這敬濟把鞋褪在袖中，自己尋思：「我幾次戲他，他口兒且是活，及到中間，又走滾了。不想天假其便，此鞋落在我手裡。今日我著實撩逗他一番，不怕他不上帳兒。」正是：

時人不用穿針線，那得工夫送巧來？

陳敬濟袖著鞋，逕往潘金蓮房來。轉過影壁，只見秋菊跪在院內，便戲道：「小大姐，為什麼來？投充了新軍，又掇起石頭來了？」金蓮在樓上聽見，便叫春梅問道：「是誰說他掇起石頭來了？乾淨這奴才沒頂著？」春梅道：「是姑夫來了。秋菊頂著石頭哩。」婦人便叫：「陳姐夫，樓上沒人，你上來。」這小夥兒打步撩衣上的樓來。只見婦人在樓上，前面開了兩扇窗兒，掛著湘簾，那裡臨鏡梳妝。這陳敬濟走到旁邊一個小杌兒坐下，看見婦人黑油般頭髮，手挽著梳，還拖著地兒，紅絲繩兒紮著一窩絲，纘上戴著銀絲鬏髻，還墊出一絲香雲，鬏髻內安著許多玫瑰花瓣兒，露著四鬢，打扮的就是活觀音。

須臾，婦人梳了頭，掇過妝臺去，向面盆內洗了手，穿上衣裳，喚春梅拿茶來與姐夫吃。那敬濟只是笑，不做聲。婦人因問：「姐夫，笑什麼？」敬濟道：「我笑你管情不見了些什麼兒？」婦人道：「賊短命！我不見了，關你什麼事？你怎的曉得？」敬濟道：「你看，我好心倒做了驢肝肺，你倒訕起我來。恁說，我去了。」抽身往樓下就走。被婦人一把手拉住，說道：「怪短命，會張致的！來旺兒媳婦子死了，沒了想頭了，卻怎麼還認得老娘。」因問：「你猜著我不見了什麼物件兒？」

這敬濟向袖中取出來，提著鞋拽靶兒，笑道：「你看這個是誰的？」婦人道：「好短命，原來是你偷拿了我的鞋去了！教我打著丫頭，遶地裡尋。」敬濟道：「你鞋怎的到得我手裡？」婦人道：「我這屋裡再有誰來？敢是你賊頭鼠腦，偷了我這隻鞋去了。」敬濟道：「你老人家不害羞。我這兩日又不往你屋裡來，我怎生偷你的？」婦人道：「好賊短命，等我對你爹說，你倒偷了我鞋，還說我不害羞。」敬濟道：「你只好拿爹來誎我罷了。」婦人道：「你好小膽兒，明知道和來旺兒媳婦子七個八個，你還調戲他，你幾時有些忌憚兒的！既不是你偷了我的鞋，這鞋怎落在你手裡？趁早實供出來，交還與我鞋，你還便宜。自古物見主，必索取。但道半個不字，教你死在我手裡。」

敬濟道：「你老人家是個女番子，且是倒會的放刁。這裡無人，咱們好講：你既要鞋，拿一件物事兒，我換與你，不然天雷也打不出去。」婦人道：「好短命！我的鞋應當還我，教換什物事兒與你？」敬濟笑道：「五娘，你拿你袖的那方汗巾兒賞與兒子，兒子與了你的鞋罷。」婦人道：「我明日另尋一方好汗巾兒，這汗巾兒是你爹成日眼裡見過，不好與你的。」敬濟道：「我不。別的就與我一百方也不算，我一心只要你老人家這方汗巾兒。」婦人笑道：「好個牢成久慣的短命！我也沒氣力和你兩個纏。」於是向袖中取出一方細撮穗白綾挑線鶯鶯燒夜香汗巾兒，上面連銀三字兒都掠與他。有詩為證：

郎君見妾下蘭階，來索纖纖紅綉鞋。
不管露泥藏袖裡，只言從此事堪諧。

這陳敬濟連忙接在手裡，與他深深的唱個喏。婦人吩咐：「好生藏著，休教大姐看見，他不是好嘴頭子。」敬濟道：「我知道。」一面把鞋遞與他，如此這般：「是小鐵棍兒昨日在花園裡拾的，今早拿著問我換網巾圈兒耍子。」如此這般，告訴了一遍。婦人聽了，粉面通紅，說道：「你看賊小奴才，把我這鞋弄得恁漆黑的！看我叫他爹打他不打他。」敬濟道：「你弄殺我！打了他不打緊，敢就賴著我身上，是我說的。千萬休要說罷。」婦人道：「我饒了小奴才，除非饒了蠍子。」

兩個正說在熱鬧處，忽聽小廝來安兒來尋：「爹在前廳請姐夫寫禮帖兒哩。」婦人連忙攛掇他出去了。下得樓來，教春梅取板子來，要打秋菊。秋菊不肯躺，說道：「尋將娘的鞋來，娘還要打我！」婦人把陳敬濟拿的鞋遞與他看，罵道：「賊奴才，你把那個當我的鞋，將這個放在哪裡？」秋菊看見，把眼瞪了半日，說道：「可是作怪的勾當，怎生跑出娘三隻鞋來了？」婦人道：「好大膽奴才！你拿誰的鞋來搪塞我，倒說我是三隻腳的蟾？」不由分說，教春梅拉倒，打了十下。打得秋菊抱股而哭，望著春梅道：「都是你開門，教人進來，收了娘的鞋，這回教娘打我。」春梅罵道：「你倒收拾娘舖蓋，不見了娘的鞋，娘打了你這幾下兒，還敢抱怨人！早是這隻舊鞋，若是娘頭上的簪環不見了，你也推賴個人兒就是了？娘惜情兒，還打的你少。若是我，外邊叫個小廝，辣辣的打上他二三十板，看這奴才怎麼樣的！」幾句罵得秋菊忍氣吞聲，不言語了。

且說西門慶叫了敬濟到前廳，封尺頭禮物，送賀千戶新升了淮安提刑所掌刑正千戶。本衛親識，都與他送行在永福寺，不必細說。西門慶差了玳安送去，廳上陪著敬濟吃了飯，歸到金蓮房中。這金蓮千不合萬不合，把小鐵棍兒拾鞋之事告訴一遍，說道：「都是你這沒才料的貨平白幹的勾當！教賊萬殺的小奴才把我的鞋拾了，拿到外頭，誰是沒瞧見。被我知道，要將過來了。你不打與他兩下，到明日慣了他。」西門慶就不問：「誰告你說來。」一沖性子走到前邊。那小猴兒不知，正在石臺基玩耍，被西門慶揪住頂角，拳打腳踢，殺豬也似叫起來，方才住了手。這小猴子躺在地下，死了半日，慌得來昭兩口子走來扶救，半日甦醒。見小廝鼻口流血，抱他到房裡慢慢問他，方知為拾鞋之事惹起事來。這一丈青氣忿忿的走到後邊廚下，指東罵西，一頓海罵道：「賊不逢好死的淫婦，忘八羔子！我的孩子和你有甚冤仇？他才十一二歲，曉得什麼？知道毬也在那塊兒？平白地調唆打他恁一頓，打得鼻口中流血。假若死了，淫婦、忘八兒也不好！稱不了你什麼願！」廚房裡罵了，到前邊又罵，整罵了一二日還不足。因金蓮在房中陪西門慶吃酒，還不知道。

晚夕上床宿歇，西門慶見婦人腳上穿著兩隻綠紬子睡鞋，大紅提根兒，因說道：「啊呀，如何穿這個鞋在腳上？怪怪的不好看。」婦人道：「我只一雙紅睡鞋，倒吃小奴才將一隻弄油了，那裡再討第二雙來？」西門慶道：「我的兒，你到明日做一雙兒穿在腳上。你不知，我達達一心歡喜穿紅鞋兒，看著心裡愛。」婦人道：「怪奴才！可可兒的來想起一件事來，我要說，又忘了。」因令春梅：「你取那隻鞋來與他瞧。」——「你認得這鞋是誰的鞋？」西門慶道：「我不知是誰的鞋。」婦人道：「你看他還打張雞兒哩！瞞著我，黃貓黑尾，你幹的好繭兒！來旺兒媳婦子的一隻臭蹄子，寶上珠也一般，收藏在藏春塢雪洞兒裡拜帖匣子內，攪著些字紙和香兒一處放著。什麼稀罕物件，也不當家化化的！怪不得那賊淫婦死了，墮阿鼻地獄！」又指著秋菊罵道：「這奴才當我的鞋，又翻出來，教我打了幾下。」吩咐春梅：「趁早與我掠出去！」

春梅把鞋掠在地下，看著秋菊說道：「賞與你穿了罷！」那秋菊拾在手裡，說道：「娘這個鞋，只好盛我一個腳指頭兒罷了。」婦人罵道：「賊奴才，還叫什麼毬娘哩，他是你家主子前世的娘！不然，怎的把他的鞋這等收藏的嬌貴？到明日好傳代！沒廉恥的貨！」秋菊拿著鞋就往外走，被婦人又叫回來，吩咐：「取刀來，等我把淫婦剁作幾截子，掠到茅廁裡去！叫賊淫婦陰山背後，永世不得超生！」因向西門慶道：「你看著越心疼，我越發偏剁個樣兒你瞧。」西門慶笑道：「怪奴才，丟開手罷了。我哪裡有這個心！」婦人道：「你沒這個心，你就賭了誓。淫婦死的不知往哪去了，你還留著他的鞋做什麼？早晚有省，好思想他。正經俺們和你恁一場，你也沒恁個心兒，還要人和你一心一計哩！」西門慶笑道：「罷了，怪小淫婦兒，偏有這些兒的！他就在時，也沒曾在你跟前行差了禮法。」於是摟過粉項來就親了個嘴，兩個雲雨做一處。正是：

動人春色嬌還媚，惹蝶芳心軟又濃。

有詩為證：

漫吐芳心說向誰？欲於何處寄相思？
相思有盡情難盡，一日都來十二時。

# 第二十九回 吳神仙冰鑑定終身 潘金蓮蘭湯邀午戰

詞曰：

新涼睡起，蘭湯試浴郎偷戲。去曾嗔怒，來便生歡喜。奴道無心，郎道奴如此。情如水，易開難斷，若個知生死。

——右調〈點絳唇〉

話說到次日，潘金蓮早起，打發西門慶出門。記掛著要做那紅鞋，拿著針線筐兒，往翡翠軒臺基兒上坐著，描畫鞋扇。使春梅請了李瓶兒來到。李瓶兒問道：「姐姐，你描金的是什麼？」金蓮道：「要做一雙大紅鞋素緞子白綾平底鞋兒，鞋尖上扣綉鸚鵡摘桃。」李瓶兒道：「我有一方大紅十樣錦緞子，也照依姐姐描恁一雙兒。我做高底的罷。」於是取了針線筐，兩個同一處做。金蓮描了一隻丟下，說道：「李大姐，你替我描這一隻，等我後邊把孟三姐叫了來。他昨日對我說，他也要做鞋哩。」一直走到後邊。

玉樓在房中倚著護炕兒，也衲著一隻鞋兒哩。看見金蓮進來，說道：「你早哩！」金蓮道：「我起來得早，打發他爹往門外與賀千戶送行去了。教我約下李大姐，花園裡趕早涼做些生活。我才描了一隻鞋，教李大姐替我描著，逕來約你同去，咱三個一搭兒裡好做。」因問：「你手裡衲的是什麼鞋？」玉樓道：「是昨日你看我開的那雙玄色緞子鞋。」金蓮道：「你好漢！又早衲出一隻來了。」玉樓道：「那隻昨日就衲了，這一隻又衲了好些了。」

金蓮接過看了一回，說：「你這個，到明日使什麼雲頭子？」玉樓道：「我比不得你們小後生，花花黎黎。我老人家了，使羊皮金緝的雲頭子罷，周圍拿紗綠線鎖，好不好？」金蓮道：「也罷。你快收拾，咱去來，李瓶兒那裡等著哩。」玉樓道：「你坐著吃了茶去。」金蓮道：「不吃罷，拿了茶，那裡去吃來。」玉樓吩咐蘭香頓下茶送去。兩個婦人手拉著手兒，袖著鞋扇，逕往外走。吳月娘在上房穿廊下坐，便問：「你們哪去？」金蓮道：「李大姐使我替他叫孟三兒去，與他描鞋。」說著，一直來到花園內。

三人一處坐下，拿起鞋扇，你瞧我的，我瞧你的，都瞧了一遍。玉樓便道：「六姐，你平白又做平底子紅鞋做什麼？不如高底好看。你若嫌木底子響腳，也似我用氈底子，卻不好？」金蓮道：「不是穿的鞋，是睡鞋。他爹因我那隻睡鞋，被小奴才兒偷去弄油了，吩咐教我重新又做這雙鞋。」玉樓道：「又說鞋哩，這個也不是舌頭，李大姐在這裡聽著。昨日因你不見了這隻鞋，他爹打了小鐵棍兒一頓，說把他打得躺在地下，死了半日。惹得一丈青好不在後邊海罵，罵那個淫婦忘八羔子學舌，打了他恁一頓，早是活了，若死了，淫婦、忘八羔子也不得清潔！俺再不知罵的是誰。落後小鐵棍兒進來，大姐姐問他：『你爹為什麼打你？』小廝才說：『因在花園裡耍子，拾了一隻鞋，問姑夫換圈兒來。不知是什麼人對俺爹說了，教爹打我一頓。我如今尋姑夫，問他要圈兒去也。』說畢，一直往前跑了。原來罵的『忘八羔子』是陳姐夫。早是只李嬌兒在旁邊坐著，大姐沒在跟前，若聽見時，又是一場兒。」

金蓮道：「大姐姐沒說什麼？」玉樓道：「你還說哩，大姐姐好不說你哩！說：『如今這一家子亂世為王，九條尾狐狸精出世了，把昏君禍亂得貶子休妻，想著去了的來旺兒小廝，好好的從南邊來了，東一帳西一帳，說他老婆養著主子，又說他怎的拿刀弄杖，生生兒禍弄得打發他出去了，把個媳婦又逼得吊死了。如今為一隻鞋子，又這等驚天動地反亂。你的鞋好好穿在腳上，怎的教小廝拾了？想必吃醉了，在花園裡和漢子不知怎的餳成一塊，才掉了鞋。如今沒得摭羞，拿小廝頂缸，又不曾為什麼大事。』」

金蓮聽了，道：「沒的扯毬淡！什麼是『大事』？殺了人是大事了，奴才拿刀要殺主子！」向玉樓道：「孟三姐，早是瞞不了你，咱兩個聽見來興兒說了一聲，諕得什麼樣兒的！你是他的大老婆，倒說這個話！你也不管，我也不管，教奴才殺了漢子才好。他老婆成日在你後邊使喚，你縱容著他不管，教他欺大滅小，和這個合氣，和那個合氣。各人冤有頭，債有主，你揭條我，我揭條你，吊死了，你還瞞著漢子不說。早是苦了錢，好人情說下來了，不然怎了？你這等推乾淨，說面子話兒，左右是，左右我調唆漢子！也罷，若不教他把奴才老婆、漢子一條棍攆的離門離戶也不算！恒數人挾不到我井裡頭！」玉樓見金蓮粉面通紅，惱了，又勸道：「六姐，你我姐妹都是一個人，我聽見的話兒，有個不對你說？說了，只放在你心裡，休要使出來。」金蓮不依他，到晚等得西門慶進入他房來，一五一十告西門慶說：「來昭媳婦子一丈青怎的在後邊指罵，說你打了他孩子，要邏揸兒和人嚷。」這西門慶不聽便罷，聽了記在心裡。到次日，要攆來昭三口子出門。多虧月娘再三攔勸下，不容他在家，打發他往獅子街房子裡看守，替了平安兒來家守大門。後次月娘知道，甚惱金蓮，不在話下。

西門慶一日正在前廳坐，忽平安兒來報：「守備府周爺差人送了一位相面先生，名喚吳神仙，在門首伺候見爹。」西門慶喚來人進見，遞上守備帖兒，然後道：「有請。」須臾，那吳神仙頭戴青布道巾，身穿布袍草履，腰繫黃絲雙穗絲，手執龜殼扇子，自外飄然進來。年約四十之上，生得神清如長江皓月，貌古似太華喬松。原來神仙有四般古怪：身如松，聲如鐘，坐如弓，走如風。但見他：

能通風鑑，善究子平。觀乾象，能識陰陽；察龍經，明知風水。五星深講，三命秘談。審格局，決一世之榮枯；觀氣色，定行年之休咎。若非華岳修真客，定是成都賣卜人。

西門慶見神仙進來，忙降階迎接，接至廳上。神仙見西門慶，長揖稽首就坐。須臾茶罷。西門慶動問神仙：「高名雅號，仙鄉何處，因何與周大人相識？」那吳神仙欠身道：「貧道姓吳名奭，道號守真。本貫浙江仙遊人。自幼從師天臺山紫虛觀出家。雲遊上國，因往岱宗訪道，道經貴處。周老總兵相約，看他老夫人目疾，特送來府上觀相。」西門慶道：「老仙長會哪幾家陰陽？道哪幾家相法？」神仙道：「貧道粗知十三家子平，善曉麻衣相法，又曉六壬神課。常施藥救人，不愛世財，隨時住世。」西門慶聽言，益加敬重，誇道：「真乃謂之神仙也。」一面令左右放桌兒，擺齋管待。神仙道：「貧道未曾觀相，豈可先要賜齋。」西門慶笑道：「仙長遠來，已定未用早齋。待用過，看命未遲。」於是陪著神仙吃了些齋食素饌，擡過桌席，拂抹乾淨，討筆硯來。

神仙道：「請先觀貴造，然後觀相尊容。」西門慶便說與八字：「屬虎的，二十九歲了，七月二十八日午時生。」這神仙暗暗十指尋紋，良久說道：「官人貴造：戊寅年，辛酉月，壬午日，丙午時。七月廿三日白露，已交八月算命。月令提剛辛酉，理取傷官格。子平云：傷官傷盡復生財，財旺生官福轉來。立命申宮，七歲行運辛酉，十七行壬戌，二十七癸亥，三十七甲子，四十七乙丑。官人貴造，依貧道所講，元命貴旺，八字清奇，非貴則榮之造。但戊土傷官，生在七八月，身忒旺了。幸得壬午日干，丑中有癸水，水火相濟，乃成大器。丙午時，丙合辛生，後來定掌威權之職。一生盛旺，快樂安然，發福遷官，主生貴子。為人一生耿直，幹事無二，喜則合氣春風，怒則迅雷烈火。一生多得妻財，不少紗帽戴。臨死有二子送老。今歲丁未流年，丁壬相合，目下丁火來剋，剋我者為官為鬼，必主平地登雲之喜，添官進祿之榮。大運見行癸亥，戊土得癸水滋潤，定見發生。目下透出紅鸞天喜，定有熊羆之兆。又命宮驛馬臨申，不過七月必見矣。」西門慶問道：「我後來運限如何？」神仙道：「官人休怪我說，但八字中不宜陰水忒多，後到甲子運中，將壬午沖破了，又有流星打攪，不出六六之年，主有嘔血流濃之災，骨瘦形衰之病。」西門慶問道：「目下如何？」神仙道：「目今流年，日逢破敗五鬼在家吵鬧，些小氣惱，不足為災，都被喜氣神臨門沖散了。」西門慶道：「命中還有敗否？」神仙道：「年趕著月，月趕著日，實難矣。」

西門慶聽了，滿心歡喜，便道：「先生，你相我面如何？」神仙道：「請尊容轉正。」西門慶把座兒掇了一掇。神仙相道：「夫相者，有心無相，相逐心生；有相無心，相隨心往。吾觀官人：頭圓項短，定為享福之人；體健觔強，決是英豪之輩；天庭高聳，一生衣祿無虧；地閣方圓，晚歲榮華定取。此幾椿兒好處。還有幾椿不足之處，貧道不敢說。」西門慶道：「仙長但說無妨。」神仙道：「請官人走兩步看。」西門慶真個走了幾步。神仙道：「你行如擺柳，必主傷妻；若無刑剋，必損其身。妻宮剋過方好。」西門慶道：「已剋過了。」神仙道：「請出手來看一看。」西門慶舒手來與神仙看。神仙道：「智慧生於皮毛，苦樂觀於手足。細軟豐潤，必享福祿之人也。兩目雌雄，必主富而多詐；眉生二尾，一生常自足歡娛；根有三紋，中歲必然多耗散；奸門紅紫，一生廣得妻財；黃氣發於高曠，旬日內必定加官；紅色起於三陽，今歲間必生貴子。又有一件不敢說，淚堂豐厚，亦主貪花；且喜得鼻乃財星，驗中年之造化；承漿地閣，管來世之榮枯。

承漿地閣要豐隆，準乃財星居正中。
生平造化皆由命，相法玄機定不容。」

神仙相畢，西門慶道：「請仙長相相房下眾人。」一面令小廝：「後邊請你大娘出來。」於是李嬌兒、孟玉樓、潘金蓮、李瓶兒、孫雪娥等眾人都跟出來，在軟屏後潛聽。神仙見月娘出來，連忙道了稽首，也不敢坐，就立在旁邊觀相。端詳了一回，說：「娘子面如滿月，家道興隆；唇若紅蓮，衣食豐足，必得貴而生子；聲響神清，必益夫而發福。請出手來。」月娘從袖中露出十指春葱來。神仙道：「乾姜之手，女人必善持家，照人之鬢，坤道定須秀氣。這幾椿好處。還有些不足之處，休怪貧道直說。」西門慶道：「仙長但說無妨。」「淚堂黑痣，若無宿疾，必刑夫；眼下皺紋，亦主六親若冰炭。

女人端正好容儀，緩步輕如出水龜。

行不動塵言有節，無肩定作貴人妻。」

相畢，月娘退後。西門慶道：「還有小妾輩，請看看。」於是李嬌兒過來。神仙觀看良久：「此位娘子，額尖鼻小，非側室，必三嫁其夫；肉重身肥，廣有衣食而榮華安享；肩聳聲泣，不賤則孤；鼻梁若低，非貧即夭。請步幾步我看。」李嬌兒走了幾步。神仙道：「

額尖露背並蛇行，早年必定落風塵。
假饒不是娼門女，也是屏風後立人。」

相畢，李嬌兒下去。吳月娘叫：「孟三姐，你也過來相一相。」神仙觀道：「這位娘子，三停平等，一生衣祿無虧；六府豐隆，晚歲榮華定取。平生少疾，皆因月孛光輝；到老無災，大抵年宮潤秀。請娘子走兩步。」玉樓走了兩步，神仙道：「

口如四字神清澈，溫厚堪同掌上珠。
威命兼全財祿有，終主刑夫兩有餘。」

玉樓相畢，叫潘金蓮過來。那潘金蓮只顧嘻笑，不肯過來。月娘催之再三，方才出見。神仙擡頭觀看這個婦人，沈吟半日，方才說道：「此位娘子，髮濃鬢重，光斜視以多淫；臉媚眉彎，身不搖而自顫。面上黑痣，必主刑夫；唇中短促，終須壽夭。

舉止輕浮惟好淫，眼如點漆壞人倫。
月下星前長不足，雖居大廈少安心。」

相畢金蓮，西門慶又叫李瓶兒上來，教神仙相一相。神仙觀看這個女人：「皮膚香細，乃富室之女娘；容貌端莊，乃素門之德婦。只是多了眼光如醉，主桑中之約；眉眉靨生，月下之期難定。觀臥蠶明潤而紫色，必產貴兒；體白肩圓，必受夫之寵愛。常遭疾厄，只因根上昏沈；頻遇喜祥，蓋謂福星明潤。此幾樁好處。還有幾樁不足處，娘子可當戒之：山根青黑，三九前後定見哭聲；法令細纏，雞犬之年焉可過？慎之！慎之！

花月儀容惜羽翰，平生良友鳳和鸞。
朱門財祿堪依倚，莫把凡禽一樣看。」

相畢，李瓶兒下去。月娘令孫雪娥出來相一相。神仙看了，說道：「這位娘子，體矮聲高，額尖鼻小，雖然出谷遷喬，但一生冷笑無情，作事機深內重。只是吃了這四反的虧，後來必主凶亡。夫四反者：唇反無稜，耳反無輪，眼反無神，鼻反不正故也。

燕體蜂腰是賤人，眼如流水不廉真。
常時斜倚門兒立，不為婢妾必風塵。」

雪娥下去，月娘教大姐上來相一相。神仙道：「這位女娘，鼻梁低露，破祖刑家；聲若破鑼，家私消散。面皮太急，雖溝洫長而壽亦夭；行如雀躍，處家室而衣食缺乏。不過三九，當受折磨。

惟夫反目性通靈，父母衣食僅養身。
狀貌有拘難顯達，不遭惡死也艱辛。」

大姐相畢，教春梅也上來教神仙相相。神仙睜眼兒見了春梅，年約不上二九，頭戴銀絲雲髻兒，白線挑衫兒，桃紅裙子，藍紗比甲兒，纏手纏腳出來，道了萬福。神仙觀看良久，相道：「此位小姐五官端正，骨格清奇。髮細眉濃，稟性要強；神急眼圓，為人急躁。山根不斷，必得貴夫而生子；兩額朝拱，主早年必戴珠冠。行步若飛仙，聲響神清，必益夫而得祿，三九定然封贈。但吃了這左眼大，早年剋父；右眼小，周歲剋娘。左口角下這一點黑痣，主常沾啾唧之災；右腮一點黑痣，一生受夫敬愛。

天庭端正五官平，口若塗硃行步輕。
倉庫豐盈財祿厚，一生常得貴人憐。」

神仙相畢，眾婦女皆咬指以為神相。西門慶封白銀五兩與神仙，又賞守備府來人銀五錢，拿拜帖回謝。吳神仙再三辭卻，說道：「貧道雲遊四方，風餐露宿，要這財何用？決不敢受。」西門慶不得已，拿出一匹大布：「送仙長一件大衣何如？」神仙方才受之，令小童接了，稽首拜謝。西門慶送出大門，飄然而去。正是：

柱杖兩頭挑日月，葫蘆一個隱山川。

西門慶回到後廳，問月娘：「眾人所相何如？」月娘道：「相的也都好，只是三個人相不著。」西門慶道：「那三個相不著？」月娘道：「相李大姐有實疾，到明日生貴子，他現今懷著身孕，這個也罷了。相咱家大姐到明日受磨折，不知怎的磨折？相春梅後來也生貴子，或者你用了他，各人子孫也看不見。我只不信，說他後來戴珠冠，有夫人之分。端的咱家又沒官，那討珠冠來？就有珠冠，也輪不到他頭上。」西門慶笑道：「他相我目下有平地登雲之喜，加官進祿之榮，我哪得官來？他見春梅和你俱站在一處，又打扮不同，戴著銀絲雲髻兒，只當是你我親生女兒一般，或後來匹配名門，招個貴婿，故說有珠冠之分。自古算的著命，算不著好，相逐心生，相隨心滅。周大人送來，咱不好囂了他的，教他相相除疑罷了。」說畢，月娘房中擺下飯，打發吃了飯。

西門慶手拿芭蕉扇兒，信步閒遊，來花園大捲棚聚景堂內，周圍放下簾櫳，四下花木掩映。正值日午，只聞綠陰深處一派蟬聲，忽然風送花香，襲人撲鼻。有詩為證：

綠樹蔭濃夏日長，樓臺倒影入池塘。
水晶簾動微風起，一架薔薇滿院香。

西門慶坐於椅上以扇搖涼。只見來安兒、畫童兒兩個小廝來井上打水。西門慶道：「教一個來。」來安兒忙走向前，西門慶吩咐：「到後邊對你春梅姐說，有梅湯提一壺來我吃。」來安兒應諾去了。半日，只見春梅家常戴著銀絲雲髻兒，手提一壺蜜煎梅湯，笑嘻嘻走來，問道：「你吃了飯了？」西門慶道：「我在後邊吃了。」春梅說：「嗔道不進房裡來。說你要梅湯吃，等我放在冰裡湃一湃你吃。」西門慶點頭兒。

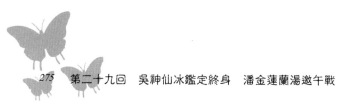

春梅湃上梅湯，走來扶著椅兒，取過西門慶手中芭蕉扇兒替他打扇，問道：「頭裡大娘和你說什麼？」西門慶道：「說吳神仙相面一節。」春梅道：「那道士平白說戴珠冠，教大娘說『有珠冠，只怕輪不到他頭上』。常言道凡人不可貌相，海水不可斗量，從來旋的不圓，砍的圓，各人裙帶上衣食，怎麼料得定？莫不長遠只在你家做奴才罷！」西門慶笑道：「小油嘴兒，你若到明日有了娃兒，就替你上了頭。」於是把他摟到懷裡，手扯著手兒玩耍，問：「你娘在哪裡？怎的不見？」春梅道：「娘在屋裡，教秋菊熱下水要洗浴，等不得，就在床上睡了。」西門慶道：「等我吃了梅湯，鬼混他一混去。」於是春梅向冰盆內倒了一甌兒梅湯，與西門慶呷了一口，湃骨之涼，透心沁齒，如甘露灑心一般。

須臾吃畢，搭伏著春梅肩膀兒，轉過角門來到金蓮房中。看見婦人睡在正面一張新買的螺蜔床上。原是因李瓶兒房中安著一張螺蜔廠廳床，婦人旋教西門慶使了六十兩銀子，替他也買了這一張螺蜔有欄杆的床。兩邊槅扇都是螺蜔攢造花草翎毛，掛著紫紗帳幔，錦帶銀鉤。婦人赤露玉體，只著紅綃抹胸兒，蓋著紅紗衾，枕著鴛鴦枕，在涼席之上，睡思正濃。西門慶一見，不覺淫心頓起，令春梅帶上門出去，悄悄脫了衣褲，上得床來，掀開紗被，見他玉體相互掩映，戲將兩股輕開，按塵柄徐徐插入牝中，比及星眸驚欠之際，已抽拽數十度矣。婦人睜開眼，笑道：「怪強盜，三不知多咱進來？奴睡著了，就不知道。奴睡得甜甜的，摑混死了我！」西門慶道：「我便罷了，若是個生漢子進來，你也推不知道罷？」婦人道：「我不好罵的，誰人七個頭八個膽，敢進我這房裡來！只許你恁沒大沒小的罷了。」

原來婦人因前日西門慶在翡翠軒誇獎李瓶兒身上白淨，就暗暗將茉莉花蕊兒攪酥油香粉，把身上都搽遍了，搽得白膩光滑，異香可愛，欲奪其寵。西門慶見他身體雪白，穿著新做的兩隻大紅睡鞋。一面蹲踞在上，兩手兜其股，極力而提之，垂首觀其出入之勢。婦人道：「怪貨，只顧端詳什麼？奴的身上黑，不似李瓶兒的身上白就是了。他懷著孩子，你便輕憐痛惜，俺們是拾的，由著這等掇弄。」西門慶問道：「說你等著我洗澡來？」婦人問道：「你怎的知道來？」西門慶道：「是春梅說的。」婦人道：「你洗，我叫春梅掇水來。」不一時把浴盆掇到房中，注了湯。二人下床來，同浴蘭湯，共效魚水之歡。洗浴了一回，西門慶乘興把婦人仰臥在浴板之上，兩手執其雙足跨而提之，掀騰掮幹，何只二三百回，其聲如泥中螃蟹一般響之不絕。婦人恐怕香雲拖墜，一手扶著雲鬢，一手扳著盆沿，口中燕語鶯聲，百般難述。怎見這場交戰？但見：

華池蕩漾波紋亂，翠幃高捲秋雲暗。才郎情動逞風流，美女心歡顯手段。矶矶磆磆弄聲響，砰砰硑硑成一片。滑滑瀉瀉怎住停，攔攔濟濟難存站。一個逆水撐船，將玉股搖；

一個艄公把舵，將金蓮揝。拖泥帶水兩情痴，殢雨尤雲都不辨。任他錦帳鳳鸞交，不似蘭湯魚水戰。

二人水中戰鬥了一回，西門慶精泄而止。拭抹身體乾淨，撤去浴盆。只著薄纊短襦上床，安放炕桌果酌飲酒，教秋菊：「取白酒來與你爹吃。」又拿果餡餅與西門慶吃，恐怕他肚中飢餓。只見秋菊半日拿上一銀注子酒來。婦人才斟了一鍾，摸了摸冰涼的，就照著秋菊臉上只一潑，潑了一頭一臉，罵道：「好賊少死的奴才！我吩咐教你燙了來，如何拿冷酒與爹吃？你不知安排些什麼心兒？」叫春梅：「與我把這奴才採到院子裡跪著去。」春梅道：「我替娘後邊捲裹腳去來，一些兒沒在跟前，你就弄下碜兒了。」

那秋菊把嘴鼓都著，口裡喃喃呐呐說道：「每日爹娘還吃冰湃的酒兒，誰知今日又改了腔兒。」婦人聽見罵道：「好賊奴才，你說什麼？與我採過來！」叫春梅每邊臉上打與他十個嘴巴。春梅道：「皮臉沒的打污濁了我手。娘只教他頂著石頭跪著罷。」於是不由分說，拉到院子裡，教他頂著塊大石頭跪著，不在話下。婦人重新叫春梅暖了酒來，陪西門慶吃了幾鍾，掇去酒桌，放下紗帳子來，吩咐拽上房門，兩個抱頭交股，體倦而寢。正是：

若非群玉山頭見，多是陽臺夢裡尋。

# 第三十回　蔡太師擅恩錫爵　西門慶生子加官

詞曰：

十千日日索花奴，白馬驕馳馮子都。今年新拜執金吾。　侵幙露桃初結子，妬花嬌鳥忽嗛雛。閨中姊妹半愁娛。

——右調〈浣沙溪〉

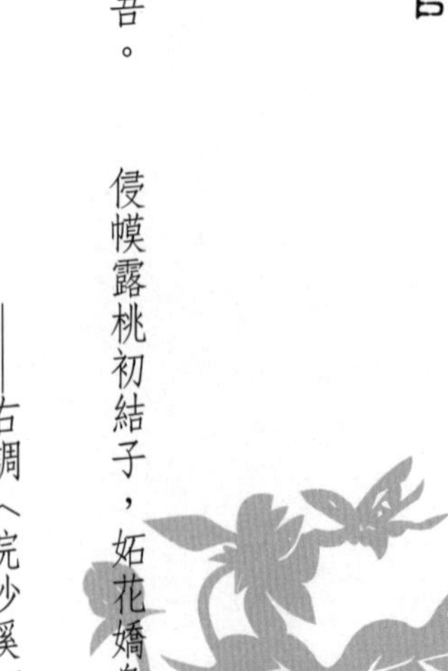

話說西門慶與潘金蓮兩個洗畢澡，就睡在房中。春梅坐在穿廊下一張涼椅兒上納鞋，只見琴童兒在角門首探頭舒腦的觀看。春梅問道：「你有什話說？」那琴童見秋菊頂著石頭跪在院內，只顧用手往來指。春梅罵道：「怪囚根子！有什話，說就是了，指手畫腳怎的？」那琴童笑了半日，方才說：「看墳的張安，在外邊等爹說話哩。」春梅道：「賊囚根子！張安就是了，何必大驚小怪，見鬼也似！悄悄兒的，爹和娘睡著了。驚醒他，你就是死。你且叫張安在外邊等等兒。」琴童兒走出來外邊，約等夠半日，又走來角門首踅探，問道：「爹起來了不曾？」春梅道：「怪囚！失張冒勢，諕我一跳，有要沒緊，兩頭遊魂哩！」琴童道：「張安等爹說了話，還要趕出門去，怕天晚了。」春梅道：「爹娘正睡得甜甜兒的，誰敢攪擾他，你教張安且等著去，十分晚了，教他明日來罷。」

正說著，不想西門慶在房裡聽見，便叫春梅進房，問誰說話。春梅道：「琴童說墳上張安兒在外邊，見爹說話哩。」西門慶道：「拿衣我穿，等我起去。」春梅一面打發西門慶穿衣裳，金蓮便問：「張安來說什麼話？」西門慶道：「張安前日來說，咱家墳隔壁趙寡婦家莊子兒連地要賣，價銀三百兩。我只還他二百五十兩銀子，教張安和他講去。裡面一眼井，四個井圈打水。若買成這莊子，展開合為一處，裡面蓋三間捲棚，三間廳房，疊山子花園、井亭、射箭廳、打毬場，耍子去處，破使幾兩銀子收拾也罷。」婦人道：「也罷，咱買了罷。明日你娘們上墳，到那裡好遊玩耍子。」說畢，西門慶往前邊和張安說話去了。

金蓮起來，向鏡臺前重勻粉臉，再整雲鬟，出來院內要打秋菊。那春梅旋去外邊叫了琴童兒來吊板子。金蓮問道：「叫你拿酒，你怎的拿冷酒與爹吃？原來你家沒人了，說著，你還釘嘴鐵舌兒的！」喝聲：「叫琴童兒與我老實打與這奴才二十板子！」那琴童才打到十板子上，多虧了李瓶兒笑嘻嘻走過來勸住了，饒了他十板。金蓮教與李瓶兒磕了頭，放他起來，廚下去了。李瓶兒道：「老潘領了個十五歲的丫頭，後邊二姐姐買了房裡使喚，要七兩五錢銀子。請你過去瞧瞧。」金蓮遂與李瓶兒一同後邊去了。李嬌兒果問西門慶用七兩銀子買了，改名夏花兒，房中使喚，不在話下。

單表來保同吳主管押送生辰擔，正值炎蒸天氣，路上十分難行，免不得飢餐渴飲。有日到了東京萬壽門外，尋客店安下。到次日，扛擡馱箱禮物，逕到天漢橋蔡太師府門前伺候。來保教吳主管押著禮物，他穿上青衣，逕向守門官吏唱了個喏。那守門官吏問道：「你是哪裡來的？」來保道：「我是山東清河縣西門員外家人，來與老爺進獻生辰禮物。」官吏罵道：「賊少死野囚軍！你那裡便興你東門員外、西門員外？俺老爺當今一人之下，萬人之上，不論三臺八位，不論公子王孫，誰敢在老爺府前這等稱呼？趁早靠後！」內中有認得來保的，便安撫來保說道：「此是新參的守門官吏，才不多幾日，他不認得你，休怪。你要稟見老爺，等我請出翟大叔來。」

這來保便向袖中取出一包銀子，重一兩，遞與那人。那人道：「我到不消。你再添一分，與那兩個官吏，休和他一般見識。」來保連忙拿出三包銀子來，每人一兩，都打發了。那官吏才有些笑容兒，說道：「你既是清河縣來的，且略等候，等我領你先見翟管家。老爺才從上清寶霄宮進了香回來，書房內睡。」良久，請將翟管家出來，穿著涼鞋淨襪，青絲絹道袍。來保見了，忙磕下頭去。翟管家答禮相還，說道：「前者累你。你來與老爺進生辰擔禮來了？」來保先遞上一封揭帖，腳下人捧著一對南京尺頭，三十兩白金，說道：「家主西門慶，多上覆翟爹，無物表情，這些薄禮，與翟爹賞人。前者鹽客王四之事，多蒙翟爹費心。」翟謙道：「此禮我不當受。罷，罷，我且收下。」來保又遞上太師壽禮帖兒，看了，還付與來保，吩咐把禮擡進來，到二門裡首伺候。原來二門西首有三間倒座，來往雜人都在那裡待茶。須臾，一個小童拿了兩盞茶來，與來保、吳主管吃了。

少頃，太師出廳。翟謙先稟知太師，然後令來保、吳主管進見，跪於階下。翟謙先把壽禮揭帖呈遞與太師觀看，來保、吳主管各擡獻禮物。但見：黃烘烘金壺玉盞，白晃晃銀拔仙人。錦繡蟒衣，五彩奪目；南京紵緞，金碧交輝。湯羊美酒，盡貼封皮；異果時新，高堆盤盒。如何不喜，便道：「這禮物決不好受的，你還將回去。」慌得來保等在下叩頭，說道：「小的主人西門慶，沒什孝意，些小微物，進獻老爺賞人。」太師道：「既是如此，令左右收了。」旁邊祗應人等，把禮物盡行收下去。太師又道：「前日那滄州客人王四等之事，我已差人下書，與你巡撫侯爺說了。可見了分上不曾？」來保道：「蒙老爺天恩，書到，眾鹽客就都放出來了。」

太師又向來保說道：「累次承你主人費心，無物可伸，如何是好？你主人身上可有什官役？」來保道：「小人的主人一介鄉民，有何官役？」太師道：「既無官役，昨日朝廷欽賜了我幾張空名告身箚付，我安你主人在你那山東提刑所，做個理刑副千戶，頂補千戶賀金的員缺，好不好？」來保慌得叩頭謝道：「蒙老爺莫大之恩，小的家主舉家粉首碎身，莫能報答！」於是喚堂候官擡書案過來，即時簽押了一道空名告身箚付，把西門慶名字填註上面，列啣金吾衛衣左所副千戶、山東等處提刑所理刑。又向來保道：「你二人替我進獻生辰禮物，多有辛苦。」因問：「後邊跪的是你什麼人？」來保才待說是夥計，那吳主管向前道：「小的是西門慶舅子，名喚吳典恩。」太師道：「你既是西門慶舅子，我觀你倒好個儀表。」喚堂候官取過一張箚付：「我安你在本處清河縣做個驛丞，倒也去的。」那吳典恩慌得磕頭如搗蒜。又取過一張箚付來，把來保名字填寫山東鄆王府，做了一名校尉。俱磕頭謝了，領了箚付。吩咐明日早晨，吏、兵二部掛號，討勘合，限日上任應役。又吩咐翟謙西廂房管待酒飯，討十兩銀子與他二人做路費，不在話下。

看官聽說：那時徽宗，天下失政，奸臣當道，讒佞盈朝，高、楊、童、蔡四個奸黨，在朝中賣官鬻獄，賄賂公行，懸秤升官，指方補價。夤緣鑽刺者，驟升美任；賢能廉直者，經歲不除。以致風俗頹敗，贓官污吏遍滿天下，役煩賦興，民窮盜起，天下騷然。不因奸佞居臺輔，合是中原血染人。

當下翟謙把來保、吳主管邀到廂房管待，大盤大碗飽餐了一頓。翟謙向來保說：「我有一件事，央及你爹替我處處，未知你爹肯應承否？」來保道：「翟爹說哪裡話！蒙你老人家這等老爺前扶持看顧，不揀什事，但肯吩咐，無不奉命。」翟謙道：「不瞞你說，我答應老爺，每日只賤荊一人。我年將四十，常有疾病，身邊通無所出。央及你爹，你那貴處有好人才女子，不拘十五六上下，替我尋一個送來。該多少財禮，我一一奉過去。」說畢，隨將一封人事並回書付與來保，又送二人五兩盤纏。來保再三不肯受，說道：「剛才老爺上已賞過了。翟爹還收回去。」翟謙道：「那是老爺的，此是我的，不必推辭。」

當下吃畢酒飯，翟謙道：「如今我這裡替你差個辦事官，同你到下處，明早好往吏、兵二部掛號，就領了勘合，好起身。省得你明日又費往返了。我吩咐了去，部裡不敢遲滯你文書。」一面喚了個辦事官，名喚李中友：「你與二位明日同到部裡掛了號，討勘合來回我話。」那員官與來保、吳典恩作辭，出得府門，來到天漢橋街上白酒店內會話。來保管待酒飯，又與了李中友三兩銀子，約定明日絕早先到吏部，然後到兵部，都掛號討了勘合。聞得是太師老爺府裡，誰敢遲滯，顛倒奉行。金吾衛太尉朱勔，即時使印，簽了票帖，行下頭司，把來保填註在本處山東鄆王府當差。又拿了個拜帖，回翟管家。不消兩日，把事情幹得完備，即日顧頭口起身，星夜回清河縣來報喜。正是：

富貴必因奸巧得，功名全仗鄧通成。

且說一日三伏天氣，十分炎熱。西門慶在家中聚景堂上大捲棚內，賞玩荷花，避暑飲酒。吳月娘與西門慶俱上坐，諸妾與大姐都兩邊列坐，春梅、迎春、玉簫、蘭香，一般兒四個家樂在旁彈唱。怎見的當日酒席？但見：

盆栽綠草，瓶插紅花。水晶簾捲蝦鬚，雲母屏開孔雀。盤堆麟脯，佳人笑捧紫霞觴；盆浸冰桃，美女高擎碧玉斝。食烹異品，果獻時新。絃管謳歌，奏一派聲清韻美；綺羅珠翠，擺兩行舞女歌兒。當筵象板撒紅牙，遍體舞裙鋪錦綉。消遣壺中閒日月，遨遊身外醉乾坤。

妻妾正飲酒中間，坐間不見了李瓶兒。月娘向綉春說道：「你娘往屋裡做什麼哩？」綉春道：「我娘害肚裡疼，歪著哩。」月娘道：「還不快對他說去，休要歪著，來這裡聽一回唱罷。」西門慶便問月娘：「怎的？」月娘道：「李大姐忽然害肚裡疼，房裡躺著哩。我使小丫頭請他去了。」因向玉樓道：「李大姐七八臨月，只怕攪撒了。」潘金蓮道：「大姐姐，他哪裡是這個月？約他是八月裡孩子，還早哩！」西門慶道：「既是早哩，使丫頭請你六娘來聽唱。」不一時，只見李瓶兒來到。月娘道：「只怕你掉了風冷氣，你吃上鍾熱酒，管情就好了。」不一時，各人面前斟滿了酒。西門慶吩咐春梅：「你們唱個『人皆畏夏日』我聽。」那春梅等四個方才箏排雁柱，阮跨鮫綃，啓朱唇，露皓齒，唱「人皆畏夏日」。那李瓶兒在酒席上，只是把眉頭忔惱著，也沒等得唱完，就回房中去了。月娘聽了詞曲，耽著心，使小玉房中瞧去。回來報說：「六娘害肚裡疼，在炕上打滾哩。」慌了月娘道：「我說是時候，這六姐還強說早哩。還不喚小廝快請老娘去！」西門慶即令平安兒：「風跑！快請蔡老娘去！」於是連酒也吃不成，都來李瓶兒房中問他。

月娘問道：「李大姐，你心裡覺得怎的？」李瓶兒回道：「大娘，我只心口連小肚子，往下鼈墜著疼。」月娘道：「你起來，休要睡著，只怕滾壞了胎。老娘請去了，便來也。」少頃，漸漸李瓶兒疼得緊了。月娘又問：「使了誰請老娘去了？這咱還不見來？」玳安道：「爹使來安去了。」月娘罵道：「這囚根子，你還不快迎迎去！平白沒算計，使那小奴才去，有緊沒慢的。」西門慶叫玳安快騎了騾子趕了去。月娘道：「一個風火事，還像尋常慢條斯禮兒的。」

那潘金蓮見李瓶兒待養孩子，心中未免有幾分氣。在房裡看了一回，把孟玉樓拉出來，兩個站在西梢間簷柱兒底下那裡歇涼，一處說話。說道：「耶嚛嚛！緊著熱刺刺的擠了一屋子的人，也不是養孩子，都看著下象膽哩。」良久，只見蔡老娘進門，望眾人道：「哪位是主家奶奶？」李嬌兒指著月娘道：「這位大娘哩。」那蔡老娘倒身磕頭。月娘道：「姥姥，生受你。怎的這咱才來？請看這位娘子，敢待生養也？」蔡老娘向床前摸了摸李瓶兒身上，說道：「是時候了。」問：「大娘預備下繃接、草紙不曾？」月娘道：「有。」便叫小玉：「往我房中快取去！」

且說玉樓見老娘進門，便向金蓮說：「蔡老娘來了，咱不往屋裡看看去？」那金蓮一面不是，一面說道：「你要看，你去。我是不看他。他是有孩子的姐姐，又有時運，人怎的不看他？頭裡我自不是，說了句話兒『只怕是八月裡的』，叫大姐姐白搶白相。我想起來好沒來由，倒惱了我這半日。」玉樓道：「我也只說他是六月裡孩子。」金蓮道：「這回連你也韶刀了！我和你恁算：他從去年八月來，又不是黃花女兒，當年懷，入門養。一個婚後老婆，漢子不知見過了多少，也一兩個月才生胎，就認做是咱家孩子？我說差了？若是八月裡孩兒，還有咱家些影兒；若是六月的，踩小板凳兒糊險道神——還差著一帽頭子哩！失迷了家鄉，哪裡尋犢兒去？」

正說著，只見小玉抱著草紙、繃接並小褥子兒來。孟玉樓道：「此是大姐姐自預備下他早晚用的，今日且借來應急兒。」金蓮道：「一個是大老婆，一個是小老婆，明日兩個對養，十分養不出來，零碎出來也罷。俺們是買了個母雞不下蛋，莫不吃了我不成！」又道：「仰著合著，沒的狗咬尿胞虛歡喜？」玉樓道：「五姐是什麼話！」以後見他說話不防頭腦，只低著頭弄裙帶子，並不作聲應答他。少頃，只見孫雪娥聽見李瓶兒養孩子，從後邊慌慌張張走來觀看，不防黑影裡被臺基險些不曾絆了一跤。金蓮看見，教玉樓：「你看獻勤的小婦奴才！你慢慢走，慌怎的？搶命哩！黑影子絆倒了，磕了牙也是錢！養下孩子來，明日賞你這小婦一個紗帽戴！」

良久，只聽房裡「呱」的一聲養下來了。蔡老娘道：「對當家的老爹說，討喜錢，分娩了一位哥兒。」吳月娘報與西門慶。西門慶慌忙洗手，天地祖先位下滿爐降香，告許一百二十分清醮，要祈母子平安，臨盆有慶，坐草無虞。這潘金蓮聽見生下孩子來了，闔家歡喜，亂成一塊，越發怒氣，逕自去到房裡，自閉門戶，向床上哭去了。時宣和四年戊申六月廿三日也。正是：

不如意事常八九，可與人言無二三。

蔡老娘收拾孩子，咬去臍帶，埋畢衣胞，熬了些定心湯，打發李瓶兒吃了，安頓孩兒停當。月娘讓老娘後邊管待酒飯。臨去，西門慶與了他五兩一錠銀子，許洗三朝來，還與他一匹緞子。這蔡老娘千恩萬謝出門。

當日，西門慶進房去，見一個滿抱的孩子，生的甚是白淨，心中十分歡喜。闔家無不歡悅。晚夕，就在李瓶兒房中歇了，不住來看孩兒。次日，巴天不明起來，拿十副方盒，使小廝各親戚鄰友處，分投送喜麵。應伯爵、謝希大聽見西門慶生了子，送喜麵來，慌得兩步做一步走來賀喜。西門慶留他捲棚內吃麵。剛打發去了，正要使小廝叫媒人來尋養娘，忽有薛嫂兒領了個奶子來。原是小人家媳婦兒，年三十歲，新近丟了孩兒，不上一個月。男子漢當軍，過不的，恐出征去無人養贍，只要六兩銀子賣他。月娘見他生得乾淨，對西門慶說，兌了六兩銀子留下，取名如意兒，教他早晚看你哥兒。又把老馮叫來暗房中使喚，每月與他五錢銀子，管顧他衣服。

正熱鬧一日，忽有平安報：「來保、吳主管在東京回還，見在門首下頭口。」不一時，二人進來，見了西門慶報喜。西門慶問：「喜從何來？」二人悉把到東京見蔡太師進禮一節，從頭至尾說道：「老爺見了禮物甚喜，說道：『我累次受你註人之禮，無可補報。』朝廷欽賞了他幾張空名誥身劄付，就與了爹一張，把爹名姓填註在金吾衛副千戶之職，就委差在本處提刑所理刑，頂補賀老爺員缺；把小的做了鐵鈴衛校尉，填註鄆王府當差，吳主管升做本縣驛丞。」於是把一樣三張印信劄付，並吏、兵二部勘合，並誥身都取出來，放在桌上與西門慶觀看。西門慶看見上面啣著許多印信，朝廷欽依事例，果然他是副千戶之職，不覺歡從額角眉尖出，喜向腮邊笑臉生。便把朝廷明降，拿到後邊與吳月娘眾人觀看，說：「太師老爺擡舉我，升我做金吾衛副千戶，居五品大夫之職。你頂受五花官誥，做了夫人。又把吳主管攜帶做了驛丞，來保做了鄆王府校尉。吳神仙相我不少紗帽戴，有平地登雲之喜，今日果然。不上半月，兩椿喜事都應驗了。」又對月娘說：「李大姐養的這孩子甚是腳硬，到三日洗了三，就起名叫做官哥兒罷。」來保進來，與月娘眾人磕頭，說了回話。吩咐明日早把文書下到提刑所衙門裡，與夏提刑知會了。吳主管明日早下文書到本縣，作辭西門慶回家去了。

到次日，洗三畢，眾親鄰朋友一概都知西門慶第六個娘子新添了娃兒，未過三日，就有如此美事，官祿臨門，平地做了千戶之職。誰人不來趨附？送禮慶賀，人來人去，一日不斷頭。常言：時來誰不來？時不來誰來！正是：

時來頑鐵有光輝，運退真金無艷色。

# 第三十一回　琴童兒藏壺構釁　西門慶開宴為歡

詩曰：

幽情憐獨夜，花事復相催。
欲使春心醉，先教玉友來。
濃香猶帶膩，紅暈漸分腮。
莫醒沈酣恨，朝雲逐夢回。

話說西門慶，次日使來保提刑所下文書。一面使人做官帽，又喚趙裁裁剪尺頭，攢造圓領，又叫許多匠人，釘了七八條帶。不說西門慶家中熱亂，且說吳典恩那日走到應伯爵家，把做驛丞之事，再三央及伯爵，要問西門慶借銀子，上下使用，許伯爵十兩銀子相謝，說著跪在地下。慌得伯爵拉起，說道：「此是成人之美，大官人攜帶你得此前程，也不是尋常小可。」因問：「你如今所用多少夠了？」吳典恩道：「不瞞老兄說，我家活人家，一文錢也沒有。到明日上任參官贄見之禮，連擺酒，並治衣類鞍馬，少說也得七八十兩銀子。如今我寫了一紙文書此，也沒敢下數兒。望老兄好歹扶持小人，事成恩有重報。」伯爵看了文書，因說：「吳二哥，你借出這七八十兩銀子來也不夠使。依我，取筆來寫上一百兩。恒是看我面，不要你利錢，你且得手使了。到明日做了官，慢慢陸續還他也不遲。俗語說得好：借米下得鍋，討米下不得鍋。哄了一日是兩晌。」吳典恩聽了，謝了又謝。於是把文書上填寫了一百兩之數。

兩個吃了茶，一同起身，來到西門慶門首。平安兒通報了，二人進入裡面，見有許多裁縫匠人七手八腳做生活。西門慶和陳敬濟在穿廊下，看著寫見官手本揭帖，見二人，作揖讓坐。伯爵問道：「哥的手本箚付，下了不曾？」西門慶道：「今早使小价往提刑府下箚付去了。還有東平府並本縣手本，如今正要叫賁四去下。」說畢，畫童兒拿上茶來。吃畢茶，那應伯爵並不提吳主管之事，走下來且看匠人釘帶。西門慶見他拿起帶來看，就賣弄說道：「你看我尋的這幾條帶如何？」伯爵極口稱讚誇獎道：「虧哥哪裡尋得，都是一條賽一條的好帶，難得這般寬大。別的倒也罷了，只這條犀角帶並鶴頂紅，就是滿京城拿著銀子也尋不出來。不是面獎，就是東京衛主老爺，玉帶金帶空有，也沒這條犀角帶。這是水犀角，不是旱犀角。旱犀角不值錢。水犀角號作通天犀。你不信，取一碗水，把犀角放在水內，分水為兩處，此為無價之寶。」因問：「哥，你使了多少銀子尋得？」西門慶道：「你們試估估價值。」伯爵道：「這個有甚行款，我們怎麼估得出來！」西門慶道：「我對你說了罷，此帶是大街上王昭宣府裡的帶。昨日一個人聽見我這裡要，巴巴來對我說。我著賁四拿了七十兩銀子，再三回了來。他家還張致不肯，定要一百兩。」伯爵道：「難得這等寬樣好看。哥，你明日繫出去，甚是霍綽。就是你同僚間，見了也愛。」誇美了一回，坐下。

西門慶便向吳主管問道：「你的文書下了不曾？」伯爵道：「吳二哥正要下文書，今日巴巴的央我來激煩你。蒙你照顧他往東京押生辰擔，雖是太師與了他這個前程，就是你擡舉他一般，也是他各人造化。說不的，一品至九品都是朝廷臣子。但他告我說，如今上任，見官擺酒，並治衣服之類，共要許多銀子使，哪處活變去？一客不煩二主，沒奈何，哥看我面，有銀子借與他幾兩，率性賙濟了這些事兒。他到明日做上官，就啣環結草也不敢忘了哥大恩！休說他舊在哥門下出入，就是外京外府官吏，哥也不知拔濟了多少。不然，你教他哪裡區處去？」因說道：「吳二哥，你拿出那符兒來，與你大官人瞧。」

這吳典恩連忙向懷中取出，遞與西門慶觀看。見上面借一百兩銀子，中人就是應伯爵，每月利行五分。西門慶取筆把利錢抹了，說道：「既是應二哥作保，你明日只還我一百兩本錢就是了。我料你上下也得這些銀子攪纏。」於是把文書收了。才待後邊取銀子去，忽有夏提刑拿帖兒差了一名寫字的，拿手本三班送了十二名排軍來答應，就問討上任日期，討問字號，衙門同僚具公禮來賀。西門慶教陰陽徐先生擇定七月初二日辰時到任，拿帖兒回夏提刑，賞了寫字的五錢銀子。正打發出門去了，只見陳敬濟拿著一百兩銀子出來，教與吳主管，說：「吳二哥，你明日只還我本錢便了。」那吳典恩一面接銀在手，叩頭謝了。西門慶道：「我不留你坐罷，你家中執你的事去。留下應二哥，我還和你說句話兒。」那吳典恩拿著銀子，歡喜出門。看官聽說：後來西門慶死了，家中時敗勢衰，吳月娘守寡，被平安兒偷盜出解當庫頭面，在南瓦子裡宿娼，被吳驛丞拿住，痛刑拶打教他指攀月娘與玳安有奸，要羅織月娘出官，恩將仇報。此係後事，表過不提。正是：

不結子花休要種，無義之人不可交。

那時賁四往東平府並本縣下了手本來回話，西門慶留他和應伯爵，陪陰陽徐先生擺飯。正吃著飯，只見吳大舅來拜望，徐先生就起身。良久，應伯爵也作辭出門，來到吳主管家。吳典恩早封下十兩保頭錢，雙手遞與伯爵，磕下頭去。伯爵道：「若不是我那等取巧說著，他會勝不肯與借與你。」吳典恩酬謝了伯爵，治辦官帶衣類，擇日見官上任不提。

那時本縣正堂李知縣，會了四衙同僚，差人送羊酒賀禮來，又拿帖兒送了一名小郎來答應。年方一十八歲，本貫蘇州府常熟縣人，喚名小張松。原是縣中門子出身，生得清俊，面如傅粉，齒白唇紅；又識字會寫，善能歌唱南曲；穿著青綃直綴，涼鞋淨襪。西門慶一見小郎伶俐，滿心歡喜，就拿拜帖回覆李知縣，留下他在家答應，改喚了名字叫作書童兒。與他做了一身衣服，新靴新帽，不教他跟馬，教他專管書房，收禮帖，拿花園門鑰匙。祝實念又舉保了一個十四歲小廝來答應，亦改名棋童，每日派定和琴童兒兩個背書袋、夾拜帖匣跟馬。

到了上任日期，在衙門中擺大酒席桌面，出票拘集三院樂工承應吹打彈唱。此時李銘也夾在中間來了，後堂飲酒，日暮時分散歸。每日騎著大白馬，頭戴烏紗，身穿五彩灑線揉頭獅子補子圓領，四指大寬萌金茄楠香帶，粉底皂靴，排軍喝道，張打著大黑扇，前呼後擁，何只十數人跟隨，在街上搖擺。上任回來，先拜本府縣帥府都監，並清河左右衛同僚官，然後新朋鄰舍，何等榮耀施為！家中收禮接帖子，一日不斷。正是：

白馬紅纓色色新，不來親者強來親。
時來頑鐵生光彩，運去良金不發明。

西門慶自從到任以來，每日坐提刑院衙門中，升廳畫卯，問理公事。光陰迅速，不覺李瓶兒坐褥一月將滿。吳大妗子、二妗子、楊姑娘、潘姥姥、吳大姨、喬大戶娘子，許多親鄰堂客女眷，都送禮來，與官哥兒做彌月。院中李桂姐、吳銀兒見西門慶做了提刑所千戶，家中又生了子，亦送大禮，坐轎子來慶賀。西門慶那日在前邊大廳上擺設筵席，請堂客飲酒。春梅、迎春、玉簫、蘭香都打扮起來，在席前斟酒執壺。

原來西門慶每日從衙門中來，只到外邊廳上就脫了衣服，教書童疊了，安在書房中，只帶著冠帽進後邊去。到次日起來，旋使丫鬟來書房中取。新近收拾大廳西廂房一間做書房，內安床几、桌椅、屏幃、筆硯、琴書之類。書童兒晚夕只在床腳踏板上鋪著鋪睡。西門慶或在那房裡歇，早晨就使出那房裡丫鬟來前邊取衣服。取來取去，不想這小郎本是門子出身，生得伶俐清俊，與各房丫頭打牙犯嘴慣熟，於是暗和上房裡玉簫兩個嘲戲上了。

那日也是合當有事，這小郎正起來，在窗戶臺上擱著鏡兒梳頭，拿紅繩紮頭髮。不料玉簫推開門進來，看見說道：「好賊囚，你這咱還描眉畫眼的，爹吃了粥便出來。」書童也不理，只顧扎包髻兒。玉簫道：「爹的衣服疊了，在哪裡放著哩？」書童道：「在床南頭安放著哩。」玉簫道：「他今日不穿這一套。吩咐我教問你要那件玄色圖金補子、絲布圓領、玉色襯衣穿。」書童道：「那衣服在櫥櫃裡。我昨日才收了，今日又要穿他。姐，你自開門取了去。」

那玉簫且不拿衣服，走來跟前看著他扎頭，戲道：「怪賊囚，也像老婆般拿紅繩扎著頭兒，梳的鬢虛籠籠的！」因見他白滾紗漂白布汗褂兒上繫著一個銀紅紗香袋兒，一個綠紗香袋兒，就說道：「你與我這個銀紅的罷！」書童道：「人家個愛物兒，你就要。」玉簫道：「你小廝家帶不得這銀紅的，只好我帶。」書童道：「早是這個罷了，倘要是個漢子兒，你也愛他罷？」被玉簫故意向他肩膊上擰了一把，說道：「賊囚，你夾道賣門神——看出來的好畫兒。」不由分說，把兩個香袋子等不得解下，都揪斷繫兒，放在袖子內。書童道：「你子不尊貴，把人的帶子也揪斷。」被玉簫發訕，一拳一把，戲打在身上。打得書童急了，說：「姐，你休鬼混我，待我扎上這頭髮著！」玉簫道：「我且問你，沒聽見爹今日往哪去？」書童道：「爹今日與縣中華主簿老爹送行，在皇莊薛公公那裡擺酒，來家只怕要下午時分，又聽見會下應二叔，今日兌銀子，要買對門喬大戶家房子，那裡吃酒罷了。」玉簫道：「等住回，你休往哪去了，我來和你說話。」書童道：「我知道。」玉簫於是與他約會下，才拿衣服往後邊去了。

少頃，西門慶出來，就叫書童，吩咐：「在家，別往哪去了，先寫十二個請帖兒，都用大紅紙封套，二十八日請官客吃慶官哥兒酒；教來興兒買辦東西，添廚役茶酒，預備桌面齊整；玳安和兩名排軍送帖兒，叫唱的；留下琴童兒在堂客面前管酒。」吩咐畢，西門慶上馬送行去了。吳月娘眾姊妹，請堂客到齊了，先在捲棚擺茶，然後大廳上屏開孔雀，褥隱芙蓉，上坐。席間叫了四個妓女彈唱。果然西門慶到午後時分來家，家中安排一食盒酒菜，邀了應伯爵和陳敬濟，兌了七百兩銀子，往對門喬大戶家成房子去了。

堂客正飲酒中間，只見玉簫拿下一銀執壺酒並四個梨、一個杯子，逕來廂房中送與書童兒吃。推開門，不想書童兒不在裡面，恐人看見，連壺放下，就出來了。可霎作怪，琴童兒正在上邊看酒，冷眼睃見玉簫進書房裡去，半日出來，只知有書童兒在裡邊，三不知扠進去瞧。不想書童兒外邊去，不曾進來，一壺熱酒和果子還放在床底下。這琴童連忙把果子藏在袖裡，將那一壺酒，影著身子，一直提到李瓶兒房裡。只見奶子如意兒和綉春在屋裡看哥兒。琴童進門就問：「姐在哪裡？」綉春道：「他在上邊與娘斟酒哩。你問他怎的？」琴童兒道：「我有個好的兒，教他替我收著。」綉春問他什麼，他又不拿出來。

正說著，迎春從上邊拿下一盤子燒鵝肉、一碟玉米麵玫瑰果餡蒸餅兒與奶子吃，看見便道：「賊囚，你在這裡笑什麼，不在上邊看酒？」那琴童方才把壺從衣裳底下拿出來，教迎春：「姐，你與我收了。」迎春道：「此是上邊篩酒的執壺，你平白拿來做什麼？」琴童道：「姐，你休管他。此是上房裡玉簫，和書童兒小廝，七個八個，偷了這壺酒和些柑子、梨，送到書房中與他吃。我趕眼不見，戲了他的來。你只與我好生收著，隨問什麼人來抓尋，休拿出來。我且拾了白財兒著！」因把梨和柑子掏出來與迎春瞧，迎春道：「等住回抓尋壺反亂，你就承當？」琴童道：「我又沒偷他的壺。各人當場者亂，隔壁心寬，管我腿事！」說畢，揚長去了。迎春把壺藏放在裡間桌子上，不提。

至晚，酒席上人散，查收傢伙，少了一把壺。玉簫往書房中尋，哪裡得來！問書童，說：「我外邊有事去，不知道。」那玉簫就慌了，一口推在小玉身上。小玉罵道：「合昏了你這淫婦！我後邊看茶，你抱著執壺，在席上與娘斟酒。這回不見了壺兒，你來賴我！」向各處都抓尋不著。良久，李瓶兒到房來，迎春如此這般告訴：「琴童兒拿了一把進來，教我替他收著。」李瓶兒道：「這囚根子，他做什麼拿進來？後邊為這把壺好不反亂，玉簫推小玉，小玉推玉簫，急得那大丫頭賭身發咒，只是哭。你趁早還不快送進去哩，遲回管情就賴在你這小淫婦兒身上。」那迎春方才取出壺，送入後邊來。後邊玉簫和小玉兩個，正嚷到月娘面前。月娘道：「賊臭肉，還敢嚷些什麼？你們管著那一門兒？把壺不見了！」玉簫道：「我在上邊跟著娘送酒，他守著銀器傢伙。不見了，如今賴我。」小玉道：「大妗子要茶，我不往後邊替他取茶去？你抱著執壺兒，怎的不見了？敢屁股大——吊了心也怎的？」月娘道：「今日席上再無閒雜人，怎的不見了東西？等住回你主子來，沒這壺，管情一家一頓。」

正亂著，只見西門慶自外來，問：「因什嚷亂？」月娘把不見壺一節說了一遍。西門慶道：「慢慢尋就是了，平白嚷的是些什麼？」潘金蓮道：「若是吃一遭酒，不見了一把，不嚷亂，你家是王十萬！頭醋不酸，到底兒薄。」看官聽說：金蓮此話，譏諷李瓶兒首先生孩子，滿月就不見了壺，也是不吉利。西門慶明聽見，只不做聲。只見迎春送壺進來，玉簫便道：「這不是壺有了。」月娘問迎春：「這壺端的往哪裡來？」迎春悉把琴童從外邊拿到我娘屋裡收著，不知在哪裡來。月娘因問：「琴童兒那奴才，如今在哪裡？」玳安道：「他今日該獅子街房子裡上宿去了。」金蓮在旁不覺鼻子裡笑了一聲。西門慶便問：「你笑怎的？」金蓮道：「琴童兒是他家人，放壺他屋裡，想必要瞞昧這把壺的意思。要叫我，使小廝如今叫將那奴才來，老實打著，問他個下落。不然，頭裡就賴著他那兩個，正是走殺金剛坐殺佛！」西門慶聽了，心中大怒，睜眼看著金蓮，說道：「依著你恁說起來，莫不李大姐他愛這把壺？既有了，丟開手就是了，只管亂什麼！」那金蓮把臉羞的飛紅了，便道：「誰說姐姐手裡沒錢。」說畢，走過一邊使性兒去了。

西門慶就有陳敬濟進來說話。金蓮和孟玉樓站在一處，罵道：「恁不逢好死，三等九做賊強盜！這兩日作死也怎的？自從養了這種子，恰似生了太子一般，見了俺們如同生剎神一般，越發通沒句好話兒說了，行動就睜著兩個毬窟窿吆喝人。誰不知姐姐有錢，明日慣得他們小廝丫頭養漢做賊，把人說遍了，也休要管他！」說著，只見西門慶與陳敬濟說了一回話，就往前邊去了。孟玉樓道：「你還不去，他管情往你屋裡去了。」金蓮道：「可是他說的，有孩子屋裡熱鬧，俺們沒孩子的屋裡冷清。」

正說著，只見春梅從外走來。玉樓道：「我說他往你屋裡去了，你還不信，這不是春梅叫你來了。」一面叫過春梅來問。春梅道：「我來問玉簫要汗巾子來。」玉樓問道：「你爹在哪裡？」春梅道：「爹往六娘房裡去了。」這金蓮聽了，心上如攛上把火相似，罵道：「賊強人，到明日永世千年，就跌折腳，也別要進我那屋裡！踹踹門檻兒，教那牢拉的囚根子把踝子骨歪折了！」玉樓道：「六姐，你今日怎的下恁毒口咒他？」金蓮道：「不是這等說，賊三寸貨強盜，那鼠腹雞腸的心兒，只好有三寸大一般。都是你老婆，無故只是多有了這點尿胞種子罷了，難道怎麼樣兒的！做什麼恁擡一個滅一個，把人蹺到泥裡！」正是：

大風刮倒梧桐樹，自有旁人說短長。

這裡金蓮使性兒不提。且說西門慶走到前邊，薛太監差了家人，送了一罈內酒、一牽羊、兩匹金緞、一盤壽桃、一盤壽麵、四樣嘉餚，一者祝壽，二者來賀。西門慶厚賞來人，打發去了。到後邊，有李桂姐、吳銀兒兩個拜辭要家去。西門慶道：「你們兩個再住一日兒，到二十八日，我請許多官客，有院中雜耍扮戲的，教你二位只管遞酒。」桂姐道：「既留下俺們，我教人家去回媽聲，放心些。」於是把兩人轎子都打發去了，不在話下。

次日，西門慶在大廳上錦屏羅列，綺席鋪陳，請官客飲酒。因前日在皇庄見管磚廠劉公公，故與薛內相都送了禮來。西門慶這裡發柬請他，又邀了應伯爵、謝希大兩個相陪。從飯時，二人衣帽齊整，又早先到了。西門慶讓他捲棚內待茶。伯爵因問：「今日，哥席間請那幾客？」西門慶道：「有劉、薛二內相，帥府周大人，都監荊南江，敝同僚夏提刑，團練張總兵，衛上范千戶，吳大哥，吳二哥。喬老便今日使人來回了不來。連二位通只數客。」說畢，適有吳大舅、二舅到，作了揖，同坐下，左右放桌兒擺飯。吃畢，應伯爵因問：「哥兒滿月抱出來不曾？」西門慶道：「也是因眾堂客要看，房下說且休教孩兒出來，恐風試著他，他奶子說不妨事。教奶子用被裹出來，他大媽屋裡走了遭，應了個日子兒，就進屋去了。」伯爵道：「那日嫂子這裡請去，房下也要來走走，百忙裡舊疾又舉發了，起不得炕兒，心中急得要不得。如今趁人未到，哥倒好說聲，抱哥兒出來，俺們同看一看。」西門慶一面吩咐後邊：「慢慢抱哥兒出來，休要諕著他。對你娘說，大舅、二舅在這裡，和應二爹、謝爹要看一看。」

月娘教奶子如意兒用紅綾小被兒裹得緊緊的，送到捲棚角門首，玳安兒接抱到捲棚內。眾人觀看，官哥兒穿著大紅緞毛衫兒，生得面白唇紅，甚是富態，都誇獎不已。吳大舅、二舅與希大每人袖中掏出一方錦緞兜肚，上帶著一個小銀墜兒；惟應伯爵是一柳五色線，上穿著十數文長命錢。教與玳安兒好生抱回房去，休要驚諕哥兒，說道：「相貌端正，天生的就是個戴紗帽胚胞兒。」西門慶大喜，作揖謝了。

說話中間，忽報劉公公、薛公公來了。慌得西門慶穿上衣，儀門迎接。二位內相坐四人轎，穿過肩蟒，纓槍排隊，喝道而至。西門慶先讓至大廳上拜見，敘禮接茶。落後周守備、荊都監、夏提刑等眾武官都是錦綉服，藤棍大扇，軍牢喝道。須臾都到了門首，黑壓壓的許多伺候。裡面鼓樂喧天，笙歌疊奏。西門慶迎入，與劉、薛二內相相見。廳正面設十二張桌席。西門慶就把盞讓坐。劉、薛二內再三讓遜道：「還有列位。」只見周守備道：「二位老太監齒德俱尊。常言三歲內宦，居冠王公之上。這個自然首坐，何消再讓。」彼此讓遜了一回。薛內相道：「劉哥，既是列位不肯，難為東家，咱坐了罷。」於是羅圈唱了個喏，打了恭，劉內相居左，薛內相居右，每人膝下放一條手巾，兩個小廝在旁打扇，就坐下了。其次者才是周守備、荊都監眾人。須臾階下一派簫韶，動起樂來。當日這筵席，說不盡食烹異品，果獻時新。須臾酒過五巡，湯陳三獻，教坊司俳官簇擁一段笑樂院本上來。正是：

百寶妝腰帶，珍珠絡臂韝。
笑時能近眼，舞罷錦纏頭。

笑院本扮完下去，就是李銘、吳惠兩個小優兒上來彈唱。一個擽箏，一個琵琶。周守備先舉手讓兩位內相，說：「老太監吩咐，賞他二人唱哪套詞兒？」劉太監道：「列位請先。」周守備道：「老太監，自然之理，不必過謙。」劉太監道：「兩個子弟唱個『嘆浮生有如一夢裡』。」周守備道：「老太監，此是歸隱嘆世之辭，今日西門慶大人喜事，又是華誕，唱不得。」劉太監又道：「你會唱『雖不是八位中紫綬臣，管領的六宮中金釵女』？」周守備道：「此是〈陳琳抱妝盒〉雜記，今日慶賀，唱不得。」薛太監道：「你叫他二人上來，等我吩咐他。你記得〈普天樂〉『想人生最苦是離別』？」夏提刑大笑道：「老太監，此是離別之詞，越發使不得。」薛太監道：「俺們內官的營生，只曉得答應萬歲爺，不曉得詞曲中滋味，憑他們唱罷。」

夏提刑終是金吾執事人員，倚仗他刑名官，遂吩咐：「你唱套〈三十腔〉。今日是你西門老爹加官進祿，又是好日子，又是弄璋之喜，宜該唱這套。」薛內相問：「怎的是弄璋之喜？」周守備道：「二位老太監，此日又是西門大人公子彌月之辰，俺們同僚都有薄禮慶賀。」薛內相道：「這等——」因向劉太監道：「劉家，咱們明日都補禮來慶賀。」西門慶謝道：「學生生一豚犬，不足為賀，倒不必老太監費心。」說畢，喚玳安裡邊叫出吳銀兒、李桂姐，席前遞酒。兩個唱的打扮出來，花枝招展，望上插燭也似磕了四個頭兒，起來執壺斟酒，逐一敬奉。兩個樂工，又唱一套新詞，歌喉宛轉，真有遶梁之聲。

當夜前歌後舞，錦簇花攢，直飲至更餘時分，薛內相方才起身，說道：「生等一者過蒙盛情，二者又值喜慶，不覺留連暢飲，十分擾極，學生告辭。」西門慶道：「杯茗相邀，得蒙光降，頓使蓬蓽增輝，幸再寬坐片時，以畢餘興。」眾人俱出位說道：「生等深擾，酒力不勝。」各躬身施禮相謝。西門慶再三款留不住，只得同吳大舅、二舅等，一齊送至大門。一派鼓樂喧天，兩邊燈火燦爛，前遮後擁，喝道而去。正是，得多少：

歌舞歡娛嫌日短，故燒高燭照紅妝。

# 第三十二回　李桂姐趨炎認女　潘金蓮懷嫉驚兒

詩曰：

牛馬鳴上風，聲應在同類。
小人非一流，要呼各相比。
吹彼壎與篪，翕翕騁志意。
願遊廣漠鄉，舉手謝時輩。

話說當日眾官飲酒席散，西門慶還留吳大舅、二舅、應伯爵、謝希大後坐。打發樂工等酒飯吃了，吩咐：「你們明日還來答應一日，我請縣中四宅老爹吃酒，俱要齊備些。臨了一總賞你們罷。」眾樂工道：「小的們無不用心，明日都是官樣新衣服來答應。」吃了酒飯，磕頭去了。良久，李桂姐、吳銀兒搭著頭出來，笑嘻嘻道：「爹，晚了，轎子來了，俺們去罷。」應伯爵道：「我兒，你倒且是自在。二位老爹在這裡，不說唱個曲兒與老舅聽，就要去罷？」桂姐道：「你不說這一聲兒，不當啞狗賣。俺們兩日沒往家裡去，媽不知怎麼盼哩。」伯爵道：「盼怎的？玉黃李子兒，掐了一塊兒去了？」西門慶道：「也罷，教他兩個去罷，本等連日辛苦了。咱叫李銘、吳惠唱罷。」問道：「你吃了飯了？」桂姐道：「剛才大娘留俺們吃了。」於是齊磕頭下去。西門慶道：「你二位後日還來走走，再替我叫兩個，不拘鄭愛香兒也罷，韓金釧兒也罷，我請親朋吃酒。」伯爵道：「造化了小淫婦兒，教他叫，又討提錢使。」桂姐道：「你又不是架兒，你怎曉得恁切？」說畢，笑的去了。伯爵因問：「哥，後日請誰？」西門慶道：「那日請喬老、二位老舅、花大哥、沈姨夫，並會中列位兄弟，歡樂一日。」伯爵道：「說不得，俺們打攪得哥忒多了。到後日，俺兩個還該早來，與哥做副東。」西門慶道：「此是二位下顧了。」說畢話，李銘、吳惠拿樂器上來，唱了一套。吳大舅等眾人方一齊起身。一宿晚景不提。

到次日，西門慶請本縣四宅官員。那日薛內相來得早，西門慶請至捲棚內待茶。薛內相因問：「劉家沒送禮來？」西門慶道：「劉老太監送過禮了。」良久，薛內相要請出哥兒來看一看：「我與他添壽。」西門慶推卻不得，只得教玳安後邊說去，抱哥兒出來。不一時，養娘抱官哥送出到角門首，玳安接到上面。薛內相看見，只顧喝采：「好個哥兒！」便叫：「小廝在哪裡？」須臾，兩個青衣家人，戧金方盒拿了兩盒禮物：燜紅官緞一匹，福壽康寧鍍金銀錢四個，追金瀝粉綵畫壽星博郎鼓兒一個，銀八寶二兩。說道：「窮內相沒什麼，這些微禮兒與哥兒耍子。」西門慶作揖謝道：「多蒙老公公費心。」看畢，抱哥兒回房不提。

西門慶陪著吃了茶，就先擺飯。剛才吃罷，忽報：「四宅老爹到了。」西門慶忙整衣冠，出二門迎接。乃是知縣李達天，並縣丞錢成、主簿任廷貴、典史夏恭基。各先投拜帖，然後廳上敘禮。請薛內相出見，眾官讓薛內相坐首席。席間又有尚舉人相陪。分賓坐定，普坐遞了一巡茶。少頃，階下鼓樂響動，笙歌擁奏，遞酒上坐。教坊呈上揭帖。薛內相揀了四折《韓湘子昇仙記》，又隊舞數回，十分齊整。薛內相心中大喜，喚左右拿兩吊錢出來，賞賜樂工。

不說當日眾官飲酒至晚方散，且說李桂姐到家，見西門慶做了提刑官，與虔婆鋪謀定計。次日，買了四色禮，做了一雙女鞋，教保兒挑著盒擔，絕早坐轎子先來，要拜月娘做乾娘。進來先向月娘笑嘻嘻拜了四雙八拜，然後才與他姑娘和西門慶磕頭。把月娘哄得滿心歡喜，說道：「前日受了你媽的重禮，今日又教你費心，買這許多禮來。」桂姐笑道：「媽說，爹如今做了官，比不得那咱常往裡邊走。我情願只做乾女兒罷，圖親戚來往，宅裡好走動。」月娘忙教他脫衣服坐的，因問：「吳銀姐和那兩個怎的還不來？」桂姐道：「吳銀兒，我昨日會下他，不知怎的還不見來。前日爹吩咐教我叫了鄭愛香兒和韓金釧兒，我來時他轎子都在門首，怕不也待來。」

言未了，只見銀兒和愛香兒，又與一個穿大紅紗衫年小的粉頭，提著衣裳包兒進來，先望月娘磕了頭。吳銀兒看見李桂姐脫了衣裳，坐在炕上，說道：「桂姐，你好人兒！不等俺們等兒，就先來了。」桂姐道：「我等你來，媽見我的轎子在門首，說道：『只怕銀姐先去了，你快去罷。』誰知你們來得遲。」月娘笑道：「也不遲。」因問：「這位姐兒上姓？」吳銀兒道：「他是韓金釧兒的妹子玉釧兒。」不一時，小玉放桌兒，擺了八碟茶食，兩碟點心，打發四個唱的吃了。

那李桂姐賣弄他是月娘的乾女兒，坐在月娘炕上，和玉簫兩個剝果仁兒、裝果盒。吳銀兒三個在下邊杌兒上，一條邊坐的。那桂姐一逕抖搜精神，一回叫：「玉簫姐，累你，有茶倒一甌子來我吃。」一回又叫：「小玉姐，你有水盛些來，我洗這手。」那小玉真個拿錫盆舀了水，與他洗手。吳銀兒眾人都看得睜睜的，不敢言語。桂姐又道：「銀姐，你三個拿樂器來唱個曲兒與娘聽。我先唱過了。」月娘和李嬌兒對面坐著。吳銀兒見他這般說，只得取過樂器來。當下鄭愛香兒彈箏，吳銀兒琵琶，韓玉釧兒在旁隨唱，唱了一套〈八聲甘州〉「花遮翠樓」。

須臾唱畢，放下樂器。吳銀兒先問月娘：「爹今日請哪幾位官客吃酒？」月娘道：「你爹今日請的都是親朋。」桂姐道：「今日沒有請那兩位公公？」月娘道：「今日沒有，昨日也只薛內相一位。那姓劉的沒來。」桂姐道：「劉公公還好，那薛公公慣玩，把人掐擰得魂也沒了。」月娘道：「左右是個內官家，又沒什麼，隨他擺弄一回子就是了。」桂姐道：「娘且是說的好，吃他奈何的人慌。」正說著，只見玳安兒進來取果盒，見他四個在屋裡坐著，說道：「客已到了一半，七八待上坐，你們還不快收拾上去？」月娘便問：「前邊有誰來了？」玳安道：「喬大爹、花大爹、大舅、二舅、謝爹都來了這一日了。」桂姐問道：「今日有應二花子和祝麻子二人沒有？」玳安道：「會中十位，一個兒也不少。應二爹從辰時就來了，爹使他有勾當去了，便道就來也。」桂姐道：「耶嚛！遭遭兒有這起攮刀子的，又不知纏到多早晚。我今日不出去，寧可在屋裡唱與娘聽罷。」玳安道：「你倒且是自在性兒。」拿出果盒去了。

桂姐道：「娘還不知道，這祝麻子在酒席上，兩片子嘴不住，只聽見他說話，饒人那等罵著，他還不理。他和孫寡嘴兩個好不涎臉。」鄭愛香兒道：「常和應二走的那祝麻子，他前日和張小二官兒到俺那裡，拿著十兩銀子，要請俺家妹子愛月兒。俺媽說：『他才教南人梳弄了，還不上一個月，南人還沒起身，我怎麼好留你？』說著他再三不肯。纏得媽急了，把門倒插了，不出來見他。那張二官兒好不有錢，騎著大白馬，四五個小廝跟隨，坐在俺們堂屋裡只顧不去。急得祝麻了直撅兒跪在天井內，說道：『好歹請出媽來，收了這銀子。只教月姐兒一見，待一杯茶兒，俺們就去。』把俺們笑得要不得。只像告水災的，好個涎臉的行貨子！」

吳銀兒道：「張小二官兒先包著董貓兒來。」鄭愛香兒道：「因把貓兒的虎口內火燒了兩醮，和他丁八著好一回了，這日才散走了。」因望著桂姐道：「昨日我在門外會見周肖兒，多上覆你，說前日同聶鉞兒到你家，你不在。」桂姐使了個眼色，說道：「我到爹宅裡來，他請了俺姐姐桂卿了。」鄭愛香兒道：「你和他沒點兒相交，如何卻打熱？」桂姐道：「好合的劉九兒，把他當個孤老，什麼行貨子，可不砢磣殺我罷了。他為了事出來，逢人至人說了來，嗔我不看他。媽說：『你只在俺家，俺倒買些什麼看看你不打緊。你和別人家打熱，俺傻得不勻了。』真是硝子石望著南兒——丁口心！」說著都一齊笑了。月娘坐在炕上聽著他，說道：「你們說了這一日，我不懂，不知說的是哪家話！」按下這裡不提。

卻說前邊各客都到齊了，西門慶冠冕著遞酒。眾人讓喬大戶為首，先與西門慶把盞。只見他三個唱的從後邊出來，都頭上珠冠燦爛，身邊蘭麝濃香。應伯爵一見，戲道：「怎的三個零布在那裡來？攔住，休放他進來！」因問：「東家，李家桂兒怎不來？」西門慶道：「我不知道。」初是鄭愛香兒彈箏，吳銀兒琵琶，韓玉釧兒撥板。啓朱唇，露皓齒，先唱〈水仙子〉「馬蹄金鑄就虎頭牌」一套。良久，遞酒畢，喬大戶坐首席，其次者吳大舅、二舅、花大哥、沈姨夫、應伯爵、謝希大、孫寡嘴、祝實念、雲理守、常峙節、白賚光、傅自新、賁第傳，共十四人上席，八張桌兒。西門慶下席主位。說不盡歌喉宛轉，舞態蹁躚，酒若流波，餚如山疊。

到了那酒過數巡，歌吟三套之間，應伯爵就在席上開言說道：「東家，也不消教他們唱了，

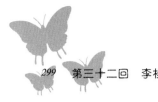

翻來掉過去，左右只是這兩套狗撾門的，誰待聽！你教大官兒拿三個座兒來，教他與列位遞酒，倒還強似唱。」西門慶道：「且教他孝順眾尊親兩套詞兒著。你這狗才，就這等搖席破坐的。」鄭愛香兒道：「應花子，你門背後放花兒──等不到晚了！」伯爵親自走下席來罵道：「怪小淫婦兒，什麼晚不晚？你娘那毬！」教玳安：「過來，你替他把刑法多拿了。」一手拉著一個，都拉到席上，教他遞酒。鄭愛香兒道：「怪行貨子，拉的人手腳兒不著地。」伯爵道：「我實和你說，小淫婦兒，時光有限了，不久青刀馬過，遞了酒罷，我等不得了。」謝希大便問：「怎麼是青刀馬？」伯爵道：「寒鴉兒過了，就是青刀馬。」眾人都笑了。

當下吳銀兒遞喬大戶，鄭愛香兒遞吳大舅，韓玉釧兒遞吳二舅，兩分頭挨次遞將來。落後吳銀兒遞到應伯爵跟前，伯爵因問：「李家桂兒怎的不來？」吳銀兒道：「你老人家還不知道，李桂姐如今與大娘認義做乾女兒。我告訴二爹，只放在心裡。卻說人弄心，前日在爹宅裡散了，都一搭兒家去了，都會下了明日早來。我在家裡收拾了，只顧等他。誰知他安心早買了禮，就先來了，倒教我等到這咱晚，使丫頭往他家瞧去，說他來了，好不教媽說我。你就拜認與爹娘做乾女兒，對我說了便怎的？莫不攙了你什麼分兒？瞞著人幹事。嗔道他頭裡坐在大娘炕上，就賣弄顯出他是娘的乾女兒，剝果仁兒，定果盒，拿東拿西，把俺們往下躧。我還不知道，倒是裡邊六娘剛才悄悄對我說，他替大娘做了一雙鞋，買了一盒果餡餅兒，兩隻鴨子，一大副膀蹄，兩瓶酒，老早坐了轎子來。」從頭至尾告訴一遍。

伯爵聽了道：「他如今在這裡不出來，不打緊，我務要奈何那賊小淫婦兒出來。我對你說罷，他想必和他鴇子計較了，見你大爹做了官，又掌著刑名，一者懼怕他勢要，二者恐進去稀了，假著認乾女兒往來，斷絕不了這門兒親。我猜的是不是？我教與你個法兒，他認大娘做乾女，你到明日也買些禮來，卻認與六娘做乾女兒就是了。你和他都還是過世你花爹一條路上的人，各進其道就是了。我說得是不是？你也不消惱他。」吳銀兒道：「二爹說得是，我到家就對媽說。」說畢，遞過酒去，就是韓玉釧兒，挨著來遞酒。伯爵道：「韓玉姐起動起動，不消行禮罷。你姐姐家裡做什麼哩?」玉釧兒道:「俺姐姐家中有人包著哩,好些時沒出來供唱。」伯爵道:「我記得五月裡在你那裡打攪了,再沒見你姐姐。」韓玉釧道:「那日二爹怎的不肯深坐坐,老早就去了?」伯爵道:「不是那日我還坐,坐中有兩個人不合節,又是你大老爹這裡相招,我就先走了。」韓玉釧兒見他吃過一杯,又斟出一杯。

伯爵道:「罷罷,少斟些,我吃不得了!」玉釧道:「二爹你慢慢上,上過待我唱曲兒你聽。」伯爵道:「我的姐姐,誰對你說來?正可著我心坎兒。常言道:養兒不要屙金溺銀,只要見景生情。倒還是麗春院娃娃,到明日不愁沒飯吃,強如鄭家那賊小淫婦,歪刺骨兒,只躲滑兒,再不肯唱。」鄭愛香兒道:「應二花子,汗邪了你,好罵!」西門慶道:「你這狗才,頭裡嗔他唱,這回又索落他。」伯爵道:「這是頭裡帳,如今遞酒,不教他唱個兒?我有三錢銀子,使得那小淫婦鬼推磨。」韓玉釧兒不免取過琵琶來,席上唱了個小曲兒。

伯爵因問主人:「今日李桂姐兒怎的不教他出來?」西門慶道:「他今日沒來。」伯爵道:「我才聽見後邊唱。就替他說謊!」因使玳安:「好歹後邊快叫他出來。」那玳安兒不肯動,說:「這應二爹錯聽了,後邊是女先生郁大姐彈唱與娘們聽來。」伯爵道:「賊小油嘴還哄我!等我自家後邊去叫。」祝實念便向西門慶道:「哥,也罷,只請李桂姐來,與列位老親遞杯酒來,不教他唱也罷。我曉得,他今日人情來了。」西門慶被這起人纏不過,只得使玳安往後邊請李桂姐去。

那李桂姐正在月娘上房彈著琵琶,唱與大妗子、楊姑娘、潘姥姥眾人聽,見玳安進來叫他,便問:「誰使你來?」玳安道:「爹教我來,請桂姨上去遞一巡酒。」桂姐道:「娘,你看爹韶刀,頭裡我說不出去,又來叫我!」玳安道:「爹被眾人纏不過,才使進我來。」月娘道:「也罷,你出去遞巡酒兒,快下來就了。」桂姐又問玳安:「真個是你爹叫,我便出去;若是應二花子,隨問他怎的叫,我一世也不出去。」於是向月娘鏡臺前,重新妝點打扮出來。眾人看見他頭戴銀絲鬏髻,周圍金纍絲釵梳,珠翠堆滿,上著藕絲衣裳,下著翠綾裙,尖尖趫趫一對紅鴛,粉面貼著三個翠面花兒。一陣異香噴鼻，朝上席不端不正只磕了一個頭。就用灑金扇兒掩面，佯羞整翠，立在西門慶面前。

西門慶吩咐玳安，放錦杌兒在上席，教他與喬大戶上酒。喬大戶倒忙欠身道：「倒不消勞動，還有列位尊親。」西門慶道：「先從你喬大爹起。」這桂姐於是輕搖羅袖，高捧金樽，遞喬大戶酒。伯爵在旁說道：「喬上尊，你請坐，交他侍立。麗春院粉頭供唱遞酒是他的職分，休要慣了他。」喬大戶道：「二老，此位姐兒乃是大官府令翠，在下怎敢起動，使我坐起不安。」伯爵道：「你老人家放心，他如今不做婊子了，見大人做了官，情願認做乾女兒了。」那桂姐便臉紅了，說道：「汗邪了你，誰恁胡言！」謝希大道：「真個有這等事，俺們不曉得。趁今日眾位老爹在此，一個也不少，每人五分銀子人情，都送到哥這裡來，與哥慶慶乾女兒。」伯爵接過來道：「還是哥做了官好。自古不怕官，只怕管，這回子連乾女兒也有了。到明日灑上些水扭出汁兒來。」被西門慶罵道：「你這賊狗才，單管這閒事胡說。」伯爵道：「胡鐵倒打把好刀兒哩。」

鄭愛香正遞沈姨夫酒，插口道：「應二花子，李桂姐便做了乾女兒，你到明日與大爹做個乾兒子罷，掉過來就是個兒乾子。」伯爵罵道：「賊小淫婦兒，你又少使得，我不纏你念佛。」李桂姐道：「香姐，你替我罵這花子兩句。」鄭愛香兒道：「不要理這望江南、巴山虎兒、汗東山、斜紋布。」伯爵道：「你這小淫婦，道你調子口兒罵我，我沒的說，只是一味白鬼，把你媽那褲帶子也扯斷了。由他到明日不與你個功德，你也不怕不把將軍為神道。」桂姐道：「咱休惹他，哥兒拿出急來了。」

鄭愛香笑道：「這應二花子，今日鬼酉上車兒——推醜，東瓜花兒——醜的沒時了。他原來是個王姑來子。」伯爵道：「這小歪剌骨兒，諸人不要，只我將就罷了。」桂姐罵道：「怪攮刀子，好乾淨嘴兒，擺人的牙花已攮了。爹，你還不打與他兩下子哩，你看他恁發訕。」西門慶罵道：「怪狗才東西！教他遞酒，你鬥他怎的！」走向席上打了他一下。伯爵道：「賊小淫婦兒！你說你倚著漢子勢兒，我怕你？你看他叫的『爹』那甜！」又道：「且休教他遞酒，倒便宜了他。

拿過刑法來，且教他唱一套與俺們聽著。他後邊躲了這會滑兒也夠了。」韓玉釧兒道：「二爹，曹州兵備，管的事兒寬。」這裡前廳花攢錦簇，飲酒玩耍不提。

單表潘金蓮自從李瓶兒生了孩子，見西門慶常在他房裡宿歇，於是常懷嫉妬之心，每蓄不平之意。知西門慶前廳擺酒，在鏡臺前巧畫雙蛾，重扶蟬髻，輕點朱唇，整衣出房。聽見李瓶兒房中孩兒啼哭，便走入來問道：「他怎這般哭？」奶子如意兒道：「娘往後邊去了。哥哥尋娘，這等哭。」那潘金蓮笑嘻嘻的向前戲弄那孩兒，說道：「你這多少時初生的小人芽兒，就知道你媽媽。等我抱到後邊尋你媽媽去！」奶子如意兒說道：「五娘休抱哥哥，只怕一時撒了尿在五娘身上。」金蓮道：「怪臭肉，怕怎的！拿襯兒托著他，不妨事。」一面接過官哥來抱在懷裡，一直往後去了。走到儀門首，一逕把那孩兒舉得高高的。不想吳月娘正在上房穿廊下，看著家人媳婦添換菜碟兒。那潘金蓮笑嘻嘻看孩子說道：「『大媽媽，你做什麼哩？』你說：『小大官兒來尋俺媽媽來了。』」月娘忽擡頭看見，說道：「五姐，你說的什麼話？早是他媽媽沒在跟前，這咱晚平白抱出他來做什麼？舉得恁高，只怕諕著他。他媽媽在屋裡忙著手哩。」便叫道：「李大姐你出來，你家兒子尋你來了。」

那李瓶兒慌走出來，看見金蓮抱著，說道：「小大官兒好好兒在屋裡，奶子抱著，平白尋我怎的？看溺了你五媽身上尿。」金蓮道：「他在屋裡，好不哭著尋你，我抱出他來走走。」這李瓶兒忙解開懷接過來。月娘引逗了一回，吩咐：「好好抱進房裡去罷，休要諕他！」李瓶兒到前邊，便悄悄說奶子：「他哭，你慢慢哄著他，等我來，如何教五娘抱到後邊尋我？」如意兒道：「我說來，五娘再三要抱了去。」那李瓶兒慢慢看著他餵了奶，就安頓他睡了。誰知睡下不多時，那孩子就有些睡夢中驚哭，半夜發寒潮熱起來。奶子餵他奶也不吃，只是哭，李瓶兒慌了。

且說西門慶前邊席散，打發四個唱的出門。月娘與了李桂姐一套重綃絨金衣服、二兩銀子，不必細說。西門慶晚夕到李瓶兒房裡看孩兒，因見孩兒只顧哭，便問：「怎麼的？」李瓶兒亦不提起金蓮抱他後邊去一節，只說道：「不知怎的，睡了起來這等哭，奶也不吃。」西門慶道：「你好好拍他睡。」因罵如意兒：「不好生看哥兒，管何事?唬了他！」走過後邊對月娘說。月娘就知金蓮抱出來唬了他，就一字沒對西門慶說，只說：「我明日叫劉婆子看他看。」西門慶道：「休教那老淫婦來胡針亂灸的，另請小兒科太醫來看孩兒。」月娘不依他，說道：「一個剛滿月的孩子，什麼小兒科太醫。」到次日，打發西門慶早往衙門中去了，使小廝請了劉婆來看了，說是著了驚。與了他三錢銀子。灌了他些藥兒，那孩兒方才得睡穩，不洋奶了。李瓶兒一塊石頭方落地。正是：

滿懷心腹事，盡在不言中。

# 第三十三回　陳敬濟失鑰罰唱　韓道國縱婦爭風

詞曰：

衣染鶯黃，愛停板駐拍，勸酒持觴。低鬟蟬影動，私語口脂香。簷滴露、竹風涼，拚劇飲琳琅。夜漸深籠燈就月，仔細端相。

——右調〈意難忘前〉

話說西門慶衙門中來家，進門就問月娘：「哥兒好些？使小廝請太醫去。」月娘道：「我已叫劉婆子來了。吃了他藥，孩子如今不洋奶，穩穩睡了這半日，覺好些了。」西門慶道：「信那老淫婦胡針亂灸，還請小兒科太醫看才好。既好些了，罷。若不好，拿到衙門裡去拶與老淫婦一拶子。」月娘道：「你恁的枉口拔舌罵人。你家孩兒現吃了他藥好了，還恁舒著嘴子罵人！」說畢，丫鬟擺上飯來。西門慶剛才吃了飯，只見玳安兒來報：「應二爹來了。」西門慶教小廝：「拿茶出去，請應二爹捲棚內坐。」向月娘道：「把剛才我吃飯的菜蔬休動，教小廝拿飯出去，教姐夫陪他吃，說我就來。」

月娘便問：「你昨日早晨使他往哪裡去？那咱才來。」西門慶便告說：「應二哥認得一個湖州客人何官兒，門外店裡堆著五百兩絲線，急等著要起身家去，來對我說要折些發脫。我只許他四百五十兩銀子。昨日使他同來保拿了兩錠大銀子作樣銀，已是成了來了，約下今日兌銀子去。我想來，獅子街房子空閒，打開門面兩間，倒好收拾開個絨線舖子，搭個夥計。況來保已是鄆王府認納官錢，教他與夥計在那裡，又看了房兒，又做了買賣。」月娘道：「少不得又尋夥計。」西門慶道：「應二哥說他有一相識，姓韓，原是絨線行，如今沒本錢，閒在家裡，說寫算皆精，行止端正，再三保舉。改日領他來見我，寫立合同。」說畢，西門慶在房中兌了四百五十兩銀子，教來保拿出來。

陳敬濟已陪應伯爵在捲棚內吃完飯，等得心裡火發，見銀子出來，心中歡喜，與西門慶唱了喏，說道：「昨日打攪哥，到家晚了，今日再爬不起來。」西門慶道：「這銀子我兌了四百五十兩，教來保取搭連眼同裝了。今日好日子，便雇車輛搬了貨來，鎖在那邊房子裡就是了。」伯爵道：「哥主張的有理。只怕蠻子停留長智，推進貨來就完了帳。」於是同來保騎頭口，打著銀子，逕到門外店中成交易去。誰知伯爵背地與何官兒砸殺了，只四百二十兩銀子，打了三十兩背工。對著來保，當面只拿出九兩用銀來，二人均分了。雇了車腳，即日推貨進城，堆在獅子街空房內，鎖了門，來回西門慶話。西門慶教應伯爵，擇吉日領韓夥計來見。其人五短身材，三十年紀，言談滾滾，滿面春風。西門慶即日與他寫立合同。同來保領本錢雇人染絲，在獅子街開張舖面，發賣各色絨絲。一日也賣數十兩銀子，不在話下。

光陰迅速，日月如梭，不覺八月十五日，月娘生辰來到，請堂客擺酒。留下吳大妗子、潘姥姥、楊姑娘並兩個姑子住兩日，晚夕宣唱佛曲兒，常坐到二三更才歇。那日，西門慶因上房有吳大妗子在這裡，不方便，走到前邊李瓶兒房中看官哥兒，心裡要在李瓶兒房裡睡。李瓶兒道：「孩子才好些兒，我心裡不耐煩，往他五媽媽房裡睡一夜罷。」西門慶笑道：「我不惹你。」於是走過金蓮這邊來。那金蓮聽見漢子進他房來，如同拾了金寶一般，連忙打發他潘姥姥過李瓶兒這邊宿歇。他便房中高點銀燈，款伸錦被，薰香澡牝，夜間陪西門慶同寢。枕畔之情，百般難述，無非只要牢寵漢子心，使他不往別人房裡去。正是：

鼓鬣游蜂，嫩蕊半匀春蕩漾；餐香粉蝶，花房深宿夜風流。

李瓶兒見潘姥姥過來，連忙讓在炕上坐的。教迎春安排酒菜果餅，晚夕說話，坐半夜才睡。

到次日，與了潘姥姥一件蔥白綾襖兒，兩雙緞子鞋面，二百文錢。把婆子歡喜得眉歡眼笑，過這邊來，拿與金蓮瞧，說：「此是那邊姐姐與我的。」金蓮見了，反說他娘：「好恁小眼薄皮的，什麼好的，拿了他的來！」潘姥姥道：「好姐姐，人倒可憐見與我，你卻說這個話。你肯與我一件兒穿？」金蓮道：「我比不得他有錢的姐姐。我穿的還沒有哩，拿什麼與你！你平白吃了人家的來，等住回可整理幾碟子來，篩上壺酒，拿過去還了他就是了。到明日少不得教人砧言試語，我是聽不上。」一面吩咐春梅，定八碟菜蔬，四盒果子，一錫瓶酒。打聽西門慶不在家，教秋菊用方盒拿到李瓶兒房裡，說：「娘和姥姥過來，無事和六娘吃杯酒。」李瓶兒道：「又教你娘費心。」少頃，金蓮和潘姥姥來，三人坐定，把酒來斟，春梅侍立斟酒。

娘兒們說話間，只見秋菊來叫春梅，說：「姐夫在那邊尋衣裳，教你去開外邊樓門哩。」金蓮吩咐：「叫你姐夫尋了衣裳來這裡喝甌子酒去。」不一時，敬濟尋了幾家衣服，就往外走。春梅進來回說：「他不來。」金蓮道：「好歹拉了他來。」又使出綉春去把敬濟請來。潘姥姥在炕上坐，小桌兒擺著果盒兒，金蓮、李瓶兒陪著吃酒，連忙唱了喏。金蓮說：「我好意教你來吃酒兒，你怎的張致不來？就吊了造化了？」掀了個嘴兒，教春梅：「拿寬杯兒來，篩與你姐夫吃。」敬濟把尋的衣服放在炕上，坐下。春梅做定科範，取了個茶甌子，流沿邊斟上，遞與他。慌得敬濟說道：「五娘賜我，寧可吃兩小鍾兒罷。外邊舖子裡許多人等著要衣裳。」金蓮道：「教他等著去，我偏教你吃這一大鍾，那小鍾子刁刁的不耐煩。」潘姥姥道：「只教哥哥吃這一鍾罷，只怕他買賣事忙。」金蓮道：「你信他！有什麼忙！吃好少酒兒，金漆桶子吃到第二道箍上。」

那敬濟笑著拿酒來，剛呷了兩口。潘姥姥叫春梅：「姐姐，你拿筯兒與哥哥。教他吃寡酒？」春梅也不拿筯，故意毆他，向攢盒內取了兩個核桃遞與他。那敬濟接過來道：「你敢笑話我就禁不開他？」於是放在牙上只一磕，咬碎了下酒。潘姥姥道：「還是小後生家，好口牙。像老身，東西兒硬些就吃不得。」敬濟道：「兒子世上有兩樁兒——鵝卵石、牛犄角——吃不得罷了。」金蓮見他吃了那鍾酒，教春梅再斟上一鍾兒，說：「頭一鍾是我的了。你姥姥和六娘不是人麼？

也不教你吃多，只吃三甌子，饒了你罷。」敬濟道：「五娘可憐見兒子來，真吃不得了。此這一鍾，恐怕臉紅，惹爹見怪。」金蓮道：「你也怕你爹？我說你不怕他。你爹今日往哪裡吃酒去了？」敬濟道：「後晌往吳驛丞家吃酒，如今在對門喬大戶房子裡看收拾哩。」

金蓮問：「喬大戶家昨日搬了去，咱今日怎不與他送茶？」敬濟道：「今早送茶去了。」李瓶兒問：「他家搬到哪裡住去了？」敬濟道：「他在東大街上使了一千二百銀子，買了所好不大的房子，與咱家房子差不多兒，門面七間，到底五層。」說話之間，敬濟捏著鼻子又挨了一鍾，趁金蓮眼錯，得手拿著衣服往外一溜煙跑了。迎春道：「娘你看，姐夫忘記鑰匙去了。」那金蓮取過來坐在身底下，向李瓶兒道：「等他來尋，你們且不要說，等我奈何他一回兒才與他。」潘姥姥道：「姐姐與他罷了，又奈何他怎的。」

那敬濟走到舖子裡，袖內摸摸，不見鑰匙，一直走到李瓶兒房裡尋。金蓮道：「誰見你什麼鑰匙，你管著什麼來？放在哪裡，就不知道？」春梅道：「只怕你鎖在樓上了。」敬濟道：「我記得帶出來。」金蓮道：「小孩兒家屁股大，敢吊了心！又不知家裡外頭什麼人扯落的你恁有魂沒識，心不在肝上。」敬濟道：「有人來贖衣裳，可怎的樣？趁爹不過來，免不得叫個小爐匠來開樓門，才知有沒。」那李瓶兒忍不住，只顧笑。敬濟道：「六娘拾了，與了我罷。」金蓮道：「也沒見這李大姐，不知和他笑什麼，恰似我們拿了他的一般。」急得敬濟只是牛回磨轉，轉眼看見金蓮身底下露出鑰匙帶兒來，說道：「這不是鑰匙！」才待用手去取，被金蓮褪在袖內，不與他，說道：「你的鑰匙兒，怎落在我手裡？」急得那小夥兒只是殺雞扯膝。

金蓮道：「只說你會唱的好曲兒，倒在外邊舖子裡唱與小廝聽，怎的不唱個兒我聽？今日趁著你姥姥和六娘在這裡，只揀眼生好的唱個兒，我就與你這鑰匙。不然，隨你就跳上白塔，我也沒有。」敬濟道：「這五娘，就勒掯出人痞來。誰對你老人家說我會唱？」金蓮道：「你還搗鬼？南京沈萬三，北京枯樹彎——人的名兒，樹的影兒。」那小夥兒吃他奈何不過，說道：「死不了人，等我唱。我肚子裡撐心柱肝，要一百個也有！」金蓮罵道：「說嘴的短命！」自把各人面前酒斟上。金蓮道：「你再吃一杯，蓋著臉兒好唱。」敬濟道：「我唱了慢慢吃。我唱個果子名〈山坡羊〉你聽：

初相交，在桃園兒裡結義。相交下來，把你當玉黃李子兒擡舉。人人說你在青翠花家飲酒，氣得我把頻波臉兒撾得粉粉的碎。我把你賊，你學了虎刺賓了，外實裡虛，氣得我李子眼兒珠淚垂。我使得一對桃奴兒尋你，見你在軟棗兒樹下就和我別離了去。氣得我鶴頂紅剪一柳青絲兒來呵，你海東紅反說我理虧。罵了句生心紅的強賊，逼得我急了，我在吊枝乾兒上尋個無常，到三秋，我看你倚靠著誰？」

唱畢，就問金蓮要鑰匙，說道：「五娘快與了我罷！夥計舖子裡不知怎的等著我哩。只怕一時爹過來。」金蓮道：「你倒自在性兒，說的且是輕巧。等你爹問，我就說你不知在那裡吃了酒，把鑰匙不見了，走來俺屋裡尋。」敬濟道：「耶嚛！五娘就是弄人的劊子手。」李瓶兒和潘姥姥再三旁邊說道：「姐姐與他去罷。」金蓮道：「若不是姥姥和你六娘勸我，定罰教你唱到天晚。頭裡騙嘴說一百個，二百個，才唱一個曲兒就要騰翅子？我手裡放你不過。」敬濟道：「我還有一個兒看家的，是銀名〈山坡羊〉，一發孝順你老人家罷。」於是頓開喉音唱道：「

冤家你不來，白悶我一月，閃得人反拍著外膛兒細絲諒不徹。我使獅子頭定兒小廝拿著黃票兒請你，你在兵部窪兒裡元寶兒家歡娛過夜。我陪銅磬兒家私為焦心一旦兒棄捨，我把如同印箝兒印在心裡愁無救解。叫著你把那挺臉兒高揚著不理，空教我撥著雙火筒兒頓著罐子等到你更深半夜。氣得奴花銀竹葉臉兒咬定銀牙來呵，喚官銀頂上了我房門，隨那潑臉兒冤家輕敲兒不理。罵了句煎徹了的三傾兒搗槽斜賊，空把奴一腔子暖汁兒真心倒與你，只當做熱血。」

敬濟唱畢，金蓮才待叫春梅斟酒與他，忽有月娘從後邊來，見奶子如意兒抱著官哥兒在房門首石臺基上坐，便說道：「孩子才好些，你這狗肉又抱他在風裡，還不抱進去！」金蓮問：「是誰說話？」綉春回道：「大娘來了。」敬濟慌得拿鑰匙往外走不迭。眾人都下來迎接月娘。

月娘便問：「陳姐夫在這裡做什麼來？」金蓮道：「李大姐整治些菜，請俺娘坐坐。陳姐夫尋衣服，叫他進來吃一杯。姐姐，你請坐，好甜酒兒，你吃一杯。」月娘道：「我不吃。後邊他大妗子和楊姑娘要家去，我又記掛著這孩子，逕來看看。李大姐，你也不管，又教奶子抱他在風裡坐的。前日劉婆子說他是驚寒，你還不好生看他！」李瓶兒道：「俺陪著姥姥吃酒，誰知賊臭肉三不知抱他出去了。」月娘坐了半歇，回後邊去了。一回，使小玉來，請姥姥和五娘、六娘後邊坐。那潘金蓮和李瓶兒勻了臉，同潘姥姥往後邊來，陪大妗子、楊姑娘吃酒。到日落時分，與月娘送出大門，上轎去了。都在門裡站立，先是孟玉樓說道：「大姐姐，今日他爹不在，往吳驛丞家吃酒去了，咱到好往對門喬大戶家房裡瞧瞧。」月娘問看門的平安兒：「誰拿著那邊鑰匙哩？」平安道：「娘們要過去瞧，開著門哩。來興哥看著兩個坌工的在那裡做活。」月娘吩咐：「你教他躲開，等俺們瞧瞧去。」平安兒道：「娘們只顧瞧，不妨事。他們都在第四層大空房撥灰篩土，叫出來就是了。」

當下月娘、李嬌兒、孟玉樓、潘金蓮、李瓶兒，都用轎子短搬擡過房子內。進了儀門，就是三間廳。第二層是樓。月娘要上樓去，可是作怪，剛上到樓梯中間，不料梯磴陡趄，只聞月娘哎了一聲，滑下一隻腳來，早是月娘攀住樓梯兩邊欄杆。慌了玉樓，便道：「姐姐怎的？」連忙攙住他一隻胳膊，不曾跌下來。月娘吃了一驚，就不上去。眾人扶了下來，諕得臉蠟查兒黃了。玉樓便問：「姐姐，怎麼上來滑了腳，不曾扭著哪裡？」月娘道：「跌倒不曾跌著，只是扭了腰子，諕得我心跳在口裡。樓梯子趄，我只當咱家裡樓上來，滑了腳。早是攀住欄杆，不然怎了！」李嬌兒道：「你又身上不方便，早知不上樓也罷了。」於是眾姊妹相伴月娘回家。剛到家，叫得應就肚中疼痛。

月娘忍不過，趁西門慶不在家，使小廝叫了劉婆子來看。婆子道：「你已是去經事來著傷，多是成不得了。」月娘道：「便是五個多月了，上樓著了扭。」婆子道：「你吃了我這藥，安不住，下來罷了。」月娘道：「下來罷！」婆子於是留了兩服大黑丸子藥，教月娘用艾酒吃。那消半夜，掉下來了，在馬桶內。點燈撥看，原來是個男胎，已成形了。正是：

胚胎未能全性命，真靈先到杳冥天。

幸得那日西門慶在玉樓房中歇了。到次日，玉樓早晨到上房，問月娘：「身子如何？」月娘告訴：「半夜果然疼不住，落下來了，倒是小廝兒。」玉樓道：「可惜了！他爹不知道？」月娘道：「他爹吃酒來家，到我屋裡才待脫衣裳，我說你往他們屋裡去罷，我心裡不自在。他才往你這邊來了。我沒對他說。我如今肚裡還有些隱隱的疼。」玉樓道：「只怕還有些餘血未盡，篩酒吃些鍋臍灰兒就好了。」又道：「姐姐，你還計較兩日兒，且在屋裡不可出去。小產比大產還難調理，只怕掉了風寒，難為你的身子。」月娘道：「你沒得說，倒沒得唱揚的一地裡知道，平白噪刺刺的抱什麼空窩，惹得人動那唇齒。」以此就沒教西門慶知道。此事表過不提。

且說西門慶新搭的開絨線舖夥計，也不是守本分的人，姓韓名道國，字希堯，乃是破落戶韓光頭的兒子。如今跌落下來，替了大爺的差使，亦在鄆王府做校尉，見在縣東街牛皮小巷居住。其人性本虛飄，言過其實，巧於詞色，善於言談。許人錢，如捉影捕風；騙人財，如探囊取物。自從西門慶家做了買賣，手裡財帛從容，新做了幾件虼蜫皮，在街上掇著肩膊兒就搖擺起來。人見了不叫他個韓希堯，只叫他做「韓一搖」。他渾家乃是宰牲口王屠妹子，排行六兒，生得長䠷身材，瓜子面皮，紫膛色，約二十八九年紀。身邊有個女孩兒，嫡親三口兒度日。他兄弟韓二，名二搗鬼，是個耍錢的搗子，在外另住。舊與這婦人有姦，趕韓道國不在家，舖中上宿，他便時常走來與婦人吃酒，到晚夕刮涎就不去了。不想街坊有幾個浮浪子弟，見婦人搽脂抹粉，打扮得嬌模嬌樣，常在門首站立睃人，人略鬥他鬥兒，又臭又硬，就張致罵人。因此街坊這些小夥子兒，心中有幾分不憤，暗暗三兩成群，背地講論，看他背地與什麼人有首尾。那消半個月，打聽出與他小叔韓二這件事來。

原來韓道國這間屋門面三間，房裡兩邊都是鄰舍，後門逆水塘。這夥人，單看韓二進去，或夜晚趴在牆上看覷，或白日裡暗使小猴子在後塘推道捉蛾兒，單等捉姦。不想那日二搗鬼打聽他哥不在，大白日裝酒和婦人吃，醉了，倒插了門，在房裡幹事。不防眾人睃見蹤跡，小猴子爬過來，把後門開了，眾人一齊進去，掇開房門。韓二奪門就走，被一少年一拳打倒拿住。老婆還在炕上，慌穿衣不迭。一人進去，先把褲子撾在手裡，都一條繩子拴出來。須臾，圍了一門首人，跟到牛皮街廂舖裡，就哄動了那一條街巷。這一個來問，那一個來瞧，內中一老者見男婦二人拴做一處，便問左右看的人：「此是為什麼事的？」旁邊有多口的道：「你老人家不知，此是小叔姦嫂子的。」那老者點了點頭兒說道：「可傷，原來小叔兒要嫂子的，到官，叔嫂通姦，兩個都是絞罪。」那旁邊多口的，認得他有名叫做陶扒灰，一連娶三個媳婦，都吃他扒了，因此插口說道：「你老人家深通條律，像這小叔養嫂子的便是絞罪，若是公公養媳婦的卻論什麼罪？」那老者見不是話，低著頭一聲兒沒言語走了。正是：

各人自掃簷前雪，莫管他人屋上霜。

這裡二搗鬼與婦人被捉不提。單表那日，韓道國舖子裡不該上宿，來家早，八月中旬天氣，身上穿著一套兒輕紗軟絹衣服，新盔的一頂帽兒，搖著扇兒，在街上闊行大步搖擺。但遇著人，或坐或立，口若懸河，滔滔不絕。就是一回，內中遇著他兩個相熟的人，一個是開紙舖的張二哥，一個是開銀舖的白四哥，慌作揖舉手。張好問便道：「韓老兄連日少見，聞得恭喜在西門大官府上，開寶舖做買賣，我等缺禮失賀，休怪休怪！」一面讓他坐下。那韓道國坐在凳上，把臉兒揚著，手中搖著扇兒，說道：「學生不才，仗賴列位餘光，與我恩主西門大官人做夥計，三七分錢。掌巨萬之財，督數處之鋪，甚蒙敬重，比他人不同。」白汝晃道：「聞老兄在他門下只做線鋪生意。」韓道國笑道：「二兄不知，線鋪生意只是名目而已。他府上大小買賣，出入資本，那些兒不是學生算帳！言聽計從，禍福共知，通沒我一時兒也成不得。大官人每日衙門中來家擺飯，常請去陪侍，沒我便吃不下飯去。俺兩個在他小書房裡，閒中吃果子說話兒，常坐半夜他方進後邊去。昨日他家大夫人生日，房下坐轎子行人情，他夫人留飲至二更方回。彼此通家，再無忌憚。不可對兄說，就是背地他房中話兒，也常和學生計較。學生先一個行止端莊，立心不苟，與財主興利除害，拯溺救焚。凡百財上分明，取之有道。就是傅自新也怕我幾分。不是我自己誇獎，大官人正喜我這一件兒。」

剛說在熱鬧處，忽見一人慌慌張張走向前叫道：「韓大哥，你還在這裡說什麼，教我鋪子裡尋你不著。」拉到僻靜處告他說：「你家中如此這般，大嫂和二哥被街坊眾人撮弄了，拴到鋪裡，明早要解縣見官去。你還不早尋人情理會此事？」這韓道國聽了，大驚失色。口中只咂嘴，下邊頓足，就要翅趫走。被張好問叫道：「韓老兄，你話還未盡，如何就去了？」這韓道國舉手道：「大官人有要緊事，尋我商議，不及奉陪。」慌忙而去。正是：

誰人挽得西江水，難洗今朝一面羞。

# 第三十四回　獻芳樽內室乞恩　受私賄後庭說事

詞曰：

成吳越，怎禁他巧言相鬥諜。平白地送暖偷寒，猛可的搬唇弄舌。水晶丸不住撇，蘸剛鍬一味撅。

——右調〈川撥棹〉

話說韓道國走到家門首打聽，見渾家和兄弟韓二拴在鋪中去了，急急走到鋪子內，和來保計議。來保說：「你還早央應二叔來，對當家的說了，拿個帖兒對縣中李老爹一說，不論多大事情都了了。」這韓道國竟到應伯爵家。他娘子兒使丫頭出來回：「沒人在家，不知往哪裡去了。只怕在西門大老爹家。」韓道國道：「沒在他宅裡。」問應寶，也跟出去了。韓道國慌了，往勾欄院裡抓尋。原來伯爵被湖州何蠻子的兄弟何二蠻子——號叫何兩峯，請在四條巷內何金蟾兒家吃酒。被韓道國抓著了，請出來。伯爵吃得臉紅紅的，帽簷上插著剔牙杖兒。韓道國唱了喏，拉到僻靜處，如此這般告他說。伯爵道：「既有此事，我少不得陪你去。」於是辭了何兩峯，與道國先同到家，問了端的。道國央及道：「此事明日只怕要解到縣裡去，只望二叔往大官府宅裡說說，討個帖兒，轉與李老爹，求他只不教你姪婦見官。事畢重謝二叔。」說著跪在地下。伯爵用手拉起來，說道：「賢契，這些事兒，我不替你處？你快寫個說帖，把一切閒話都丟開，只說你常不在家，被街坊這夥光棍時常打磚掠瓦，欺負娘子。你兄弟韓二氣忿不過，和他嚷亂，反被這夥人群住，揪採踢打，同拴在鋪裡。望大官府發個帖兒，對李老爹說，只不教你令正出官，管情見個分上就是了。」那韓道國取筆硯，連忙寫了說帖，安放袖中。

伯爵領他逕到西門慶門首，問守門的平安兒：「爹在家？」平安道：「爹在花園書房裡。二爹和韓大叔請進去。」那應伯爵狗也不咬，走熟了的，同韓道國進入儀門，轉過大廳，由鹿頂鑽山進去，就是花園角門。抹過木香棚，三間小捲棚，名喚翡翠軒，乃西門慶夏月納涼之所。前後簾攏掩映，四面花竹陰森，裡面一明兩暗書房。有畫童兒小廝在那裡掃地，說：「應二爹和韓大叔來了！」二人掀開簾子。進入明間內，書童看見便道：「請坐。俺爹剛才進後邊去了。」一面使畫童兒請去。

畫童兒走到後邊金蓮房內，問：「春梅姐，爹在這裡？」春梅罵道：「賊見鬼小奴才兒！爹在間壁六娘房裡不是，巴巴的跑來這裡問！」畫童便走過這邊，只見綉春在石臺基上坐的，悄悄問：「爹在房裡？應二爹和韓大叔來了，在書房裡等爹說話。」綉春道：「爹在房裡，看著娘與哥裁衣服哩。」原來西門慶拿出兩匹尺頭來，一匹大紅紵絲，一匹鸚哥綠潞紬，教李瓶兒替官哥裁毛衫、披襖、背心、護頂之類。在炕上正鋪著大紅氈條。奶子抱著哥兒，迎春執著熨斗。只見綉春進來，悄悄拉迎春一把，迎春道：「你拉我怎麼的？拉撇了這火落在氈條上。」李瓶兒便問：「你平白拉他怎的？」綉春道：「畫童說應二爹來了，請爹說話。」李瓶兒道：「小奴才兒，應二爹來，你進來說就是了，巴巴的扯他！」

西門慶吩咐畫童：「請二爹坐坐，我就來。」於是看裁完了衣服，便衣出來，書房內見伯爵二人，作揖坐下，韓道國打橫。吃了茶，伯爵就開言說道：「韓大哥，你有什話，對你大官府說。」西門慶道：「你有什話說來。」韓道國才待說「街坊有夥不知姓名棍徒……」，被應伯爵攔住便道：「賢姪，你不是這等說了。噙著骨禿露著肉，也不是事。對著你家大官府在這裡，越發打開後門說了罷：韓大哥常在鋪子裡上宿，家下沒人，只是他娘子兒一人，還有個孩兒。左右街坊，有幾個不三不四的人，見無人在家，時常打磚掠瓦鬼混。欺負得急了，他令弟韓二哥看不過，來家罵了幾句，被這起光棍不由分說，群住了打個臭死。如今部拴在鋪裡，明早要解了往本縣李大人那裡去。他哭哭啼啼，央煩我來對哥說，討個帖兒，對李大人說說，青目一二。有了他令弟也是一般，只不要他令正出官就是了。」因說：「你把那說帖兒拿出來與你大官人瞧，好差人替你去。」

韓道國便向袖中取出，連忙雙膝跪下，說道：「小人添在老爹門下，萬乞老爹看應二叔分上，俯就一二，舉家沒齒難忘。」西門慶一把手拉起，說道：「你請起來。」於是觀看帖兒，上面寫著：「犯婦王氏，乞青目免提。」西門慶道：「這帖子不是這等寫了！只有你令弟韓二一人就是了。」向伯爵道：「比時我拿帖對縣裡說，不如只吩咐地方改了報單，明日帶來我衙門裡來發落就是了。」伯爵教：「韓大哥，你還與大老爹下個禮兒。這等亦發好了！」那韓道國又倒身磕頭下去。西門慶教玳安：「你外邊快叫個答應的班頭來。」不一時，叫了個穿青衣的節級來，在旁邊伺候。西門慶叫近前，吩咐：「你去牛皮街韓夥計住處，問是那牌那鋪地方，對那保甲說，就稱是我的鈞語，吩咐把王氏即時與我放了。查出那幾個光棍名字來，改了報帖，明日早解提刑院，我衙門裡聽審。」那節級應諾，領了言語出門。伯爵道：「韓大哥，你即一同跟了他，幹你的事去罷，我還和大官人說話哩。」那韓道國千恩萬謝出門，與節級同往牛皮街幹事去了。

西門慶陪伯爵在翡翠軒坐下，因令玳安放桌兒：「你去對你大娘說，昨日磚廠劉公公送的木樨荷花酒，打開篩了來，我和應二叔吃，就把糟鰣魚蒸了來。」伯爵舉手道：「我還沒謝的哥，昨日蒙哥送了那兩尾好鯽魚與我。送了一尾與家兄去，剩下一尾，對房下說，拿刀兒劈開，送了一段與小女，餘者打成窄窄的塊兒，拿他原舊紅糟兒培著，再攪些香油，安放在一個磁罐內，留著我一早一晚吃飯兒，或遇有個人客兒來，蒸恁一碟兒上去，也不枉辜負了哥的盛情。」

西門慶告訴：「劉太監的兄弟劉百戶，因在河下管蘆葦場，賺了幾兩銀子，新買了一所莊子在五里店，拿皇木蓋房，近日被我衙門裡辦事官緝聽著，首了。依著夏龍溪，饒受他一百兩銀子，還要動本參送，申行省院。劉太監慌了，親自拿著一百兩銀子到我這裡，再三央及，只要事了。不瞞你說，咱家做著些薄生意，料也過了日子，哪裡稀罕他這樣錢！況劉太監平日與我相交，時常受他些禮，今日因這些事情，就又薄了面皮？教我絲毫沒受他的，只教他將房屋連夜拆了。到衙門裡，只打了他家人劉三二十，就發落開了。事畢，劉太監感情不過，宰了一口豬，送我一罈自造荷花酒，兩包糟鰣魚，重四十斤，又兩匹妝花織金緞子，親自來謝。彼此有光，見個情分。」伯爵道：「哥，你是稀罕這個錢的？夏大人他出身行伍，起根立地上沒有，他不擷些兒，拿甚過日？哥，你自從到任以來，也和他問了幾樁事兒？」西門慶道：「大小也問了幾件公事。別的到也罷了，只吃了他貪濫蹋婪，有事不論青紅皂白，得了錢在手裡就放了，成什麼道理！我便再三扭著不肯，『你我雖是個武職官兒，掌著這刑條，還放些體面才好。』」說未了，酒菜齊至。西門慶將小金菊花杯斟荷花酒，陪伯爵吃。

不說兩個說話兒，坐更餘方散。且說那夥人，見青衣節級下地方，把婦人王氏放回家去，又拘總甲，查了各人名字，明早解提刑院問理，都各人面面相覷。就知韓道國是西門慶傢伙計，尋的本家攊子，只落下韓二一人在舖裡，都說這事弄得不好了。這韓道國又送了節級五錢銀子，登時間保甲查寫那幾個名字，送到西門慶宅內，單等次日早解。

過一日，西門慶與夏提刑兩位官，到衙門裡坐廳。該地方保甲帶上人去，頭一起就是韓二，跪在頭裡。夏提刑先看報單：「牛皮街一牌四舖總甲蕭成，為地方喧鬧事……」第一個就叫韓二，第二個車淡，第三個管世寬，第四個遊守，第三個郝賢。都叫過花名去。然後問韓二：「為什麼起來？」那韓二先告道：「小的哥是買賣人，常不在家住的，小男幼女，被街坊這幾個光棍，要便彈打胡博詞兒，坐在門首，胡歌野調，夜晚打磚，百般欺負。小的在外另住，來哥家看視，含忍不過，罵了幾句。被這夥棍徒，不由分說，揪倒在地，亂行踢打，獲在老爺案下。望老爺查情。」夏提刑便問：「你怎麼說？」那夥人一齊告道：「老爺休信他巧對！他是耍錢的搗鬼。他哥不在家，和他嫂子王氏有姦。王氏平日倚逞刁潑毀罵街坊。昨日被小的們捉住，見有底衣為證。」夏提刑因問保甲蕭成：「那王氏怎的不見？」蕭成怎的好回節級放了？只說：「王氏腳小，路上走不動，便來。」

那韓二在下邊，兩隻眼只看著西門慶。良久，西門慶欠身望夏提刑道：「長官也不消要這王氏。想必王氏有些姿色，這光棍來調戲他不遂，捏成這個圈套。」因叫那為首的車淡上去，問道：「你在那裡捉住那韓二來？」眾人道：「昨日在他屋裡捉來。」又問韓二：「王氏是你什麼人？」保甲道：「是他嫂子兒。」又問保甲：「這夥人打哪裡進他屋裡？」保甲道：「越牆進去。」西門慶大怒，罵道：「我把你這起光棍！他既是小叔，王氏也是有服之親，莫不不許上門行走？像你這起光棍，你是他什麼人，如何敢越牆進去？況他家男子不在，又有幼女在房中，非姦即盜了。」喝令左右拿夾棍來，每人一夾、二十大棍，打得皮開肉綻，鮮血迸流。況四五個都是少年子弟，出娘胞胎未經刑杖，一個個打的號哭動天，呻吟滿地。

這西門慶也不等夏提刑開口，吩咐：「韓二出去聽候。把四個都與我收監，不日取供送問。」四人到監中都互相抱怨，個個都懷鬼胎。監中人都嚇恐他：「你四個若送問，都是徒罪。到了外府州縣，皆是死數。」這些人慌了，等得家下人來送飯，捎信出去，教各人父兄使錢，上下尋人情。內中有拿人情央及夏提刑，夏提刑說：「這王氏的丈夫是你西門老爹門下的夥計。他在中間扭著要送問，同僚上，我又不好處得。你須還尋人情和他說去。」也有央吳大舅出來說的。人都知西門慶家有錢，不敢來打點。

四家父兄都慌了，會在一處。內中一個說道：「也不消再央吳千戶，他也不依。我聞得人說，東街上住的開紬絹舖應大哥兄弟應二，和他契厚。咱不如湊了幾十兩銀子，封與應二，教他替咱們說說，管情極好。」於是車淡的父親開酒店的車老兒為首，每人拿十兩銀子來，共湊了四十兩銀子，齊到應伯爵家，央他對西門慶說。伯爵收下，打發眾人去了。他娘子兒便說：「你既替韓夥計出力，擺布這起人，如何又攬下這銀子，反替他說方便，不惹韓夥計怪？」伯爵道：「我可知不好說的。我別自有處。」因把銀子兌了十五兩，包放袖中，早到西門慶家。西門慶還未回來。

伯爵進廳上，只見書童正從西廂房書房內出來，頭帶瓦楞帽兒，插著金頭蓮瓣簪子，身上穿著蘇州絹直掇，玉色紗褷兒，涼鞋淨襪，說道：「二爹請客位內坐。」交畫童兒後邊拿茶去，說道：「小廝，我使你拿茶與應二爹，你不動，且耍子兒。等爹來家，看我說不說！」那小廝就拿茶去了。伯爵便問：「你爹衙門裡還沒來家？」書童道：「剛才答應的來，說爹衙門散了，和夏老爹門外拜客去了。二爹有什話說？」伯爵道：「沒什話。」書童道：「二爹前日說的韓夥計那事，爹昨日到衙門裡，把那夥人都打了收監，明日做文書還要送問他。」

伯爵拉他到僻靜處，和他說：「如今又一件，那夥人家屬如此這般，聽見要送問，都害怕了。昨日晚夕，到我家哭哭啼啼，再三跪著央及我，教對你爹說。我想我已是替韓夥計說在先，怎又好管他的，惹得韓夥計不怪？沒奈何，教他四家處了這十五兩銀子，看你取巧對你爹說，看怎麼將就饒他放了罷。」因向袖中取出銀子來遞與書童。書童打開看了，大小四錠零四塊，說道：「既是應二爹分上，交他再拿五兩來，待小的替他說，還不知爹肯不肯。昨日吳大舅親自來和爹說了，爹不依。小的蛇蠑臉兒——好大面皮！實對二爹說，小的這銀子，不獨自一個使，還破些鉛兒，轉達知俺生哥的六娘，遶個彎兒替他說，才了他此事。」伯爵道：「既如此，等我和他說。你好歹替他上心些，他後晌些來討回話。」書童道：「爹不知多早來家，你教他明日早來罷。」說畢，伯爵去了。

這書童把銀子拿到舖子，鑿下一兩五錢來，教人買了一罈金華酒，兩隻燒鴨，兩隻雞，一錢銀子鮮魚，一肘蹄子，二錢頂皮酥果餡餅兒，一錢銀子的搽穰捲兒，送到來興兒屋裡，央及他媳婦惠秀替他整理，安排端正。那一日，潘金蓮不在家，從早間就坐轎子往門外潘姥姥家做生日去了。書童使畫童兒用方盒把下飯先拿在李瓶兒房中，然後又提了一罈金華酒進去。李瓶兒便問：「是哪裡的？」畫童道：「是書童哥送來孝順娘的。」李瓶兒笑道：「賊囚！他怎的孝順我？」

良久，書童兒進來，見瓶兒在描金炕床上，引著玳瑁貓兒和哥兒耍子。因說道：「賊囚！你送了這些東西來與誰吃？」那書童只是笑。李瓶兒道：「你不言語，笑是怎的說？」書童道：「小的不孝順娘，再孝順誰！」李瓶兒道：「賊囚！你平白好好的，怎麼孝順我？你不說明白，我也不吃。」那書童把酒打開，菜蔬都擺在小桌上，教迎春取了把銀素篩了來，傾酒在鍾內，雙手遞上去，跪下說道：「娘吃過，等小的對娘說。」李瓶兒道：「你有什事，說了我才吃。不說，你就跪一百年，我也是不吃。」又道：「你起來說。」

那書童於是把應伯爵所央四人之事，從頭訴說一遍：「他先替韓夥計說了，不好來說得，央及小的先來稟過娘。等爹問，休說是小的說，只假做花大舅那頭使人來說。小的寫下個帖兒在前邊書房內，只說是娘遞與小的，教與爹看。娘再加一美言。況昨日衙門裡爹已是打過他，爹胡亂做個處斷，放了他罷，也是老大的陰騭。」李瓶兒笑道：「原來也是這個事！不打緊，等你爹來家，我和他說就是了。你平白整治這些東西來做什麼？」又道：「賊囚！你想必問他起發些東西了，」書童道：「不瞞娘說，他送了小的五兩銀子。」李瓶兒道：「賊囚！你倒且是會排鋪賺錢！」於是不吃小鍾，旋教迎春取了個大銀衢花杯來，先吃了兩鍾，然後也回斟一杯與書童吃。書童道：「小的不敢吃，吃了快臉紅，只怕爹來看見。」李瓶兒道：「我賞你吃，怕怎的！」於是磕了頭起來，一吸而飲之。李瓶兒把各樣嗄飯揀在一個碟兒裡，教他吃。那小廝一連陪他吃了兩大杯，怕臉紅就不敢吃，就出來了。到了前邊舖子裡，還剩了一半點心嗄飯，擺在櫃上，又打了兩提罈酒，請了傅夥計、賁四、陳敬濟、來興兒、玳安兒。眾人都一陣風捲殘雲，吃了個淨光，就忘了教平安兒吃。

那平安兒坐在大門首，把嘴鼓都著。不想西門慶約後晌從門外拜了客來家，平安看見也不說。那書童聽見喝道之聲，慌得收拾不迭，兩三步叉到廳上，與西門慶接衣服。西門慶便問：「今日沒人來？」書童道：「沒人。」西門慶脫了衣服，摘去冠帽，帶上巾幘，走到書房內坐下。書童兒取了一盞茶來遞上，西門慶呷了一口放下。因見他面帶紅色，便問：「你哪裡吃酒來？」這書童就向桌上硯臺下取出一紙柬帖與西門慶瞧，說道：「此是後邊六娘叫小的到房裡，與小的的，說是花大舅那裡送來，說車淡等事。六娘教小的收著與爹瞧。因賞了小的一盞酒吃，不想臉就紅了。」西門慶把帖觀看，上寫道：「犯人車淡四名，乞青目。」看了，遞與書童，吩咐：「放在我書篋內，教答應的明日衙門裡稟我。」

書童一面接了放在書篋內，又走在旁邊侍立。西門慶見他吃了酒，臉上透出紅白來，紅馥馥唇兒，露著一口糯米牙兒，如何不愛。於是淫心輒起，摟在懷裡，兩個親嘴咂舌頭。那小郎口噙香茶桂花餅，身上薰得噴鼻香。西門慶用手撩起他衣服，褪了花褲兒，摸弄他屁股，因囑咐他：「少要吃酒，只怕糟了臉。」書童道：「爹吩咐，小的知道。」兩個在屋裡正做一處。忽一個青衣人，騎了一匹馬，走到大門首，跳下馬來，向守門的平安作揖，問道：「這裡是問刑的西門慶老爹家？」那平安兒因書童不請他吃東道，把嘴頭子撅著，正沒好氣，半日不答應。那人只顧立著，說道：「我是帥府周老爺差來，送轉帖與西門老爹看。明日與新平寨坐營須老爹送行，在永福寺擺酒。也有荊都監老爹、掌刑夏老爹、營裡張老爹，每位分資一兩。逕來報知，累門上哥稟稟進去，小人還等回話。」

那平安方拿了他的轉帖入後邊，打聽西門慶在花園書房內，走到裡面，轉過松牆，只見畫童兒在窗外臺基上坐的，見了平安擺手兒。那平安就知西門慶與書童幹那不急的事，悄悄走在窗下聽覷。半日，聽見裡邊氣呼呼，跐的地平一片聲響。西門慶叫道：「我的兒，把身子調正著，休要動。」就半日沒聽見動靜。只見書童出來，與西門慶舀水洗手，看見平安兒、畫童兒在窗子下站立，把臉飛紅了，往後邊拿水去了。平安拿轉帖進去，西門慶看了，取筆畫了知，吩咐：「後邊問你二娘討一兩銀子，教你姐夫封了，付與他去。」平安兒應諾去了。

書童拿了水來，西門慶洗畢手，回到李瓶兒房中。李瓶兒便問：「你吃酒？教丫頭篩酒你吃。」西門慶看見桌子底下放著一罈金華酒，便問：「是哪裡的？」李瓶兒不好說是書童兒買進來的，只說：「我一時要想些酒兒吃，旋使小廝街上買了這罈酒來。打開只吃了兩鍾兒，就懶待吃了。」西門慶道：「阿呀，前頭放著酒，你又拿銀子買！前日我賒了丁蠻子四十罈河清酒，丟在西廂房內。你要吃時，教小廝拿鑰匙取去。」李瓶兒還有頭裡吃的一碟燒鴨子、一碟雞肉、一碟鮮魚沒動，教迎春安排了四碟小菜，切了一碟火薰肉，放下桌兒，在房中陪西門慶吃酒。西門慶更不問這嗄飯是哪裡，可見平日家中受用，這樣東西無日不吃。

西門慶飲酒中間想起，問李瓶兒：「頭裡書童拿的那帖兒是你與他的？」李瓶兒道：「是門外花大舅那裡來說，教你饒了那夥人罷。」西門慶道：「前日吳大舅來說，我沒依。若不是，我定要送問這起光棍。既是他那裡分上，我明日到衙門裡，每人打他一頓放了罷。」李瓶兒道：「又打他怎的？打得那雌牙露嘴。什麼模樣！」西門慶道：「衙門是這等衙門，我管他雌牙不雌牙。還有比他嬌貴的。」李瓶兒道：「我的哥哥，你做這刑名官，早晚公門中與人行些方便兒，也是你個陰騭，別的不打緊，只積你這點孩兒德罷。」西門慶道：「可說什麼哩！」李瓶兒道：「你到明日，也要少拶打人，得將就將就些兒，那裡不是積福處。」西門慶道：「公事可惜不得情兒。」

兩個正飲酒中間，只見春梅掀簾子進來。見西門慶正和李瓶兒腿壓著腿兒吃酒，說道：「你們自在吃的好酒兒！這咱晚就不想使個小廝接接娘去？只有來安兒一個跟著轎子，隔門隔戶，只怕來晚了，你倒放心！」西門慶見他花冠不整，雲鬢蓬鬆，便滿臉堆笑道：「小油嘴兒，我猜你睡來。」李瓶兒道：「你頭上挑線汗巾兒跳上去了，還不往下拉拉！」因讓他：「好甜金華酒，你吃鍾兒。」西門慶道：「你吃，我使小廝接你娘去。」那春梅一手按著桌兒且兜鞋，因說道：「我才睡起來，心裡惡拉拉，懶得吃。」西門慶道：「你看不出來，小油嘴吃好少酒兒！」李瓶兒道：「左右今日你娘不在，你吃上一鍾兒怕怎的？」春梅道：「六娘，你老人家自飲，我心裡本不待吃，俺娘在家不在家便怎的？就是娘在家，遇著我心不耐煩，他讓我，我也不吃。」西門慶道：「你不吃，喝口茶兒罷。我使迎春前頭叫個小廝，接你娘去。」因把手中吃的那盞木樨芝麻薰筍泡茶遞與他。那春梅似有如無，接在手裡，只呷了一口，就放下了，說道：「你不要教迎春叫去。我已叫了平安兒在這裡，他還大些。」西門慶隔窗就叫平安兒。那小廝應道：「小的在這裡伺候。」西門慶道：「你去了，誰看大門？」平安道：「小的委付棋童兒在門上。」西門慶道：「既如此，你快拿個燈籠接去罷。」

平安兒於是逕拿了燈籠來迎接潘金蓮。迎到半路，只見來安兒跟著轎子從南來了。原來兩個是熟擡轎的，一個叫張川兒，一個叫魏聰兒。走向前一把手拉住轎扛子，說道：「小的來接娘來了。」金蓮就叫平安兒問道：「是你爹使你來接我？誰使你來？」平安道：「是爹使我來倒少！是姐使了小的接娘來了。」金蓮道：「你爹想必衙門裡沒來家。」平安道：「沒來家？門外拜了人，從後晌就來家了。在六娘房裡，吃的好酒兒。若不是姐旋叫了小的進去，催逼著拿燈籠來接娘，還早哩！小的見來安一個跟著轎子，又小，只怕來晚了，路上不方便，須得個大的兒來接才好，小的才來了。」金蓮又問：「你來時，你爹在哪裡？」平安道：「小的來時，爹還在六娘房裡吃酒哩。姐稟問了爹，才打發了小的來了。」

金蓮聽了，在轎子內半日沒言語，冷笑罵道：「賊強人，把我只當亡故了的一般。一發在那淫婦屋裡睡了長覺罷了。到明日，只教長遠倚逞那尿胞種，只休要晌午錯了。張川兒在這裡聽著，也沒別人。你腳踏千家門、萬家戶，那裡一個才尿出來的孩子，拿整綾緞尺頭裁衣裳與他穿？你家就是王十萬，使得使不得？」張川兒接過來道：「你老人家不說，小的也不敢說，這個可是使不得。不說可惜，倒只恐折了他，花麻痘疹還沒見，好容易就能養活的大？去年東門外一個大莊屯人家，老兒六十歲，現居著祖父的前程，手裡無碑記的銀子，可是說的牛馬成群，米糧無數，丫鬟侍妾成群，穿袍兒的身邊也有十七八個，要個兒子花看樣兒也沒有。東廟裡打齋，西寺裡修供，捨經施像，哪裡沒求到？不想他第七個房裡，生了個兒子，喜歡的了不得。也像咱當家的一般，成日如同掌兒上看擎，錦綉窩兒裡抱大。糊了三間雪洞兒的房，買了四五個養娘扶持。成日見了風也怎的，那消三歲，因出痘疹丟了。休怪小的說，倒是潑丟潑養的還好。」金蓮道：「潑丟潑養？恨不得成日金子兒裹著他哩！」

平安道：「小的還有椿事對娘說。小的若不說，到明日娘打聽出來，又說小的不是了。便是韓夥計說的那夥人，爹衙門裡都夾打了，收在監裡，要送問他。今早應二爹來和書童兒說話，想必受了幾兩銀子，大包子拿到鋪子裡，就便鑿了二三兩使了。買了許多東西嗄飯，在來興屋裡，教他媳婦子整治了，掇到六娘屋裡，又買了兩瓶金華酒，先和六娘吃了。又走到前邊鋪子裡，和傅二叔、賁四、姐夫、玳安、來興眾人打夥兒，直吃到爹來家時分才散了。」金蓮道：「他就不讓你吃些？」平安道：「他讓小的？好不大膽的蠻奴才！把娘們還不放在心上。不該小的說，還是爹慣了他，爹先不先和他在書房裡幹的齷齪營生。況他在縣裡當過門子，什麼事兒不知道？爹若不早把那蠻奴才打發了，到明日咱這一家子吃他弄的壞了。」

金蓮問道：「在你六娘屋裡吃酒，吃得多大回？」平安兒道：「吃了好一日兒。小的看見他吃得臉兒通紅才出來。」金蓮道：「你爹來家，就不說一句兒？」平安道：「爹也打牙粘住了，說什麼！」金蓮罵道：「恁賊沒廉恥的昏君強盜！賣了兒子招女婿，彼此騰倒著做。」囑咐平安：「等他再和那蠻奴才在那裡幹這齷齪營生，你就來告我說。」平安道：「娘吩咐，小的知道。娘也只放在心裡，休要提出小的一字兒來。」於是跟著轎子，直說到家門首。

潘金蓮下了轎，先進到後邊拜見月娘。月娘道：「你住一夜，慌得就來了？」金蓮道：「俺娘要留我住。他又招了俺姨那裡一個十二歲的女孩兒在家過活，都擠在一個炕上，誰住他！又恐怕隔門隔戶的，教我就來了。俺娘多多上覆姐姐：多謝重禮。」於是拜畢月娘，又到李嬌兒、孟玉樓眾人房裡，都拜了。回到前邊，打聽西門慶在李瓶兒屋裡說話，逕來拜李瓶兒。李瓶兒見他進來，連忙起身，笑著迎接進房裡來，說道：「姐姐來家早，請坐，吃鍾酒兒。」教迎春：「快拿座兒與你五娘坐。」金蓮道：「今日我偏了杯，重復吃了雙席兒，不坐了。」說著，揚長抽身就去了。西門慶道：「好奴才，恁大膽，來家就不拜我拜兒？」那金蓮接過來道：「我拜你？還沒修福來哩。奴才不大膽，什麼人大膽！」看官聽說：潘金蓮這幾句話，分明譏諷李瓶兒，說他先和書童兒吃酒，然後又陪西門慶，豈不是雙席兒，那西門慶怎曉得就理。正是：

情知語是針和絲，就地引起是非來。

# 第三十五回 西門慶為男寵報仇 書童兒作女妝媚客

詩曰：

娟娟遊冶童，結束類妖姬。
揚歌倚箏瑟，豔舞逞媚姿。
貴人一蠱惑，飛騎爭相追。
婉孌邀恩寵，百態隨所施。

話說西門慶早到衙門，先退廳與夏提刑說：「車淡四人再三尋人情來說，教將就他。」夏提刑道：「也有人到學生那邊，不好對長官說。既是這等，如今提出來，戒飭他一番，放了罷。」西門慶道：「長官見得有理。」即升廳，令左右提出車淡等犯人跪下。生怕又打，只顧磕頭。西門慶也不等夏提刑開言，就道：「我把你這起光棍，如何尋這許多人情來說！本當都送問，且饒你這遭，若再犯了我手裡，都活監死。出去罷！」連韓二都喝出來了，往外金命水命，走投無命。這裡處斷公事不提。

且說應伯爵拿著五兩銀子，尋書童兒問他討話，悄悄遞與他銀子。書童接的袖了。那平安兒在門首拿眼兒睃著他。書童於是如此這般：「昨日我替爹說了，今日往衙門裡發落去了。」伯爵道：「他四個父兄再三說，恐怕又責罰他。」書童道：「你老人家只顧放心去，管情兒一下不打他。」那怕爵得了這消息，急急走去，回他們話去了。到早飯時分，四家人都到家，個個看著父兄家屬放聲大哭。每人去了百十兩銀子，落了兩腿瘡，再不敢妄生事了。正是：

禍患每從勉強得，煩惱皆因不忍生。

卻說那日西門慶未來家時，書童兒在書房內，叫來安兒掃地，向食盒內把人家送的桌面上響糖與他吃。那小廝千不合萬不合，叫：「書童哥，我有句話兒告你說。昨日俺平安哥接五娘轎子，在路上好不學舌，說哥的過犯。」書童問道：「他說我什麼來？」來安兒道：「他說哥攬得人家幾兩銀子，大膽買了酒肉，送在六娘房裡，吃了半日，出來。又在前邊舖子裡吃，不與他吃。又說你在書房裡，和爹幹什麼營生。」這書童聽了，暗記在心，也不提起。到次日，西門慶早晨約會了，不往衙門裡去，都往門外永福寺，置酒與須坐營送行去了。直到下午才來家，下馬就吩咐平安：「但有人來，只說還沒來家。」說畢，進到廳上，書童兒接了衣裳。西門慶因問：「今日沒人來？」書童道：「沒有。管屯的徐老爹送了兩包螃蟹、十斤鮮魚。小的拿回帖打發去了，與了來人一錢銀子。又有吳大舅送了六個帖兒，明日請娘們吃三日。」原來吳大舅子吳舜臣，娶了喬大戶娘子姪女兒鄭三姐做媳婦兒，西門慶送了茶去，他那裡來請。

西門慶到後邊，月娘拿了帖兒與他瞧，西門慶說道：「明日你們都收拾了去。」說畢，出來到書房裡坐下。書童連忙拿炭火爐內燒甜香餅兒，雙手遞茶上去。西門慶擎茶在手。他慢慢挨近站立在桌邊。良久，西門慶努了個嘴兒，使他把門關上，用手摟在懷裡，一手捧著他的臉兒。西門慶吐舌頭，那小郎口裡噙著鳳香餅兒遞與他，下邊又替他弄玉莖。西門慶問道：「我兒，外邊沒人欺負你？」那小廝乘機就說：「小的有樁事，不是爹問，小的不敢說。」西門慶道：「你說不妨。」書童就把平安一節告說一遍：「前日爹叫小的在屋裡，他和畫童在窗外聽覷，小的出來舀水與爹洗手，親自看見。他又在外邊對著人罵小的蠻奴才，百般欺負小的。」西門慶聽了，心中大怒，說道：「我若不把奴才腿卸下來也不算！」這裡書房中說話不提。

且說平安兒專一打聽這件事，三不知走去報與金蓮。金蓮使春梅前邊來請西門慶說話。剛轉過松牆，只見畫童兒在那裡弄松虎兒，便道：「姐來做什麼？爹在書房裡。」被春梅頭上鑿了一下。西門慶在裡面聽見裙子響，就知有人來，連忙推開小廝，走在床上睡著。那書童在桌上弄筆硯，春梅推門進來，見了西門慶，咂嘴兒說道：「你們悄悄的在屋裡，把門兒關著，敢守親哩！娘請你說話。」西門慶仰睡在枕頭上，便道：「小油嘴兒，他請我說什麼話？你先行，等我略躺躺兒就去！」那春梅哪裡容他，說道：「你不去，我就拉起你來！」

西門慶怎禁他死拉活拉，拉到金蓮房中。金蓮問：「他在前頭做什麼？」春梅道：「他和小廝兩個在書房裡，把門兒插著，捏殺蠅兒子是的，知道幹的什麼繭兒，恰是守親的一般。我進去，小廝在桌子跟前推寫字，他便躺刺在床上，拉著再不肯來。」潘金蓮道：「他進來我這屋裡，只怕有鍋鑊吃了他是的。賊沒廉恥的貨，你想，有個廉恥，大白日和那奴才平白關著門做什麼來？左右是奴才臭屁股門子，鑽了，到晚夕還進屋裡，和俺們沾身睡，好乾淨兒！」西門慶道：「你信小油嘴兒胡說，我哪裡有此勾當！我看著他寫禮帖兒來，我便歪在床上。」金蓮道：「巴巴的關著門兒寫禮帖？什麼機密謠言，什麼三隻腿的金剛、兩個長角的象，怕人瞧見？明日吳大妗子家做三日，掠了個帖子兒來，不長不短的，也尋件什麼子與我做拜錢。你不與，莫不教我和野漢子要！大姐姐是一套衣裳、五錢銀子，別人也有簪子的，也有花的。只我沒有，我就不去了！」西門慶道：「前邊櫥櫃內拿一匹紅紗來，與你做拜錢罷。」金蓮道，「我就去不成，也不要那囂紗片子，拿出去倒沒的教人笑話！」

西門慶道：「你休亂，等我往那邊樓上，尋一件什麼與他便了。如今往東京送賀禮，也要幾匹尺頭，一搭兒尋下來罷。」於是走到李瓶兒那邊樓上，尋了兩匹玄色織金麒麟補子尺頭、兩疋南京色緞、一匹大紅門牛紵絲、一匹翠藍雲緞。因對李瓶兒說：「要尋一件雲絹衫與金蓮做拜錢，如無，拿帖緞子舖討去罷。」李瓶兒道：「你不要舖子裡取去，我有一件織金雲絹衣服哩！大紅衫兒、藍裙，留下一件也不中用，俺兩個都做了拜錢罷。」一面向箱中取出來。李瓶兒親自拿與金蓮瞧：「隨姐姐揀，衫兒也得，裙兒也得，咱兩個一事包了做拜錢倒好，省得又取去。」金蓮道：「你的，我怎好要？」李瓶兒道：「好姐姐，怎生恁說話！」推了半日，金蓮方才肯了。又出去教陳敬濟換了腰封，寫了二人名字在上，不提。

且說平安兒正在大門首，只見白賚光走來問道：「大官人在家麼？」平安兒道：「俺爹不在家了。」那白賚光不信，逕入裡面廳上，見槅子關著，說道：「果然不在家。往哪裡去了？」平安道：「今日門外送行去了，還沒來。」白賚光道：「既是送行，這咱晚也該來家了。」平安道：「白大叔有什話說下，待爹來家，小的稟就是了。」白賚光道：「沒什麼話，只是許多時沒見，閒來望望。既不在，我等等罷。」平安道：「只怕來晚了，你老人家等不得。」

白賚光不依，把槅子推開，進入廳內，在椅子上就坐了。眾小廝也不理他，由他坐去。不想天假其便，西門慶教迎春抱著尺頭，從後邊走來，剛轉過軟壁，頂頭就撞見白賚光在廳上坐著。迎春兒丟下緞子，往後走不迭。白賚光道：「這不是哥在家！」一面走下來唱喏。西門慶見了，推辭不得，須索讓坐。睃見白賚光頭戴著一頂出洗覆盔過的、恰如泰山遊到嶺的舊羅帽兒，身穿著一件壞領磨襟救火的硬漿白布衫，腳下靸著一雙乍板唱曲兒前後彎絕戶綻的皂靴，裡邊插著一雙一碌子蠅子打不到黃絲轉香馬凳襪子。坐下，也不叫茶，見琴童在旁伺候，就吩咐：「把尺頭抱到客房裡，教你姐夫封去。」那琴童應諾，抱尺頭往廂房裡去了。

白賚光舉手道：「一向欠情，沒來望的哥。」西門慶道：「多謝掛意。我也常不在家，日逐衙門中有事。」白賚光道：「哥這衙門中也日日去麼？」西門慶道：「日日去兩次，每日坐廳問事。到朔望日子，還要拜牌，畫公座，大發放，地方保甲番役打卯。歸家便有許多窮冗，無片時閒暇。今日門外去，因須南溪新陞了新平寨坐營，眾人和他送行，只剛到家。明日管皇莊薛公公家請吃酒，路遠去不成。後日又要打聽接新巡按。又是東京太師老爺四公子又選了駙馬，童太尉姪男童天胤新選上大堂，升指揮使僉書管事。兩三層都要賀禮。這連日通辛苦的了不得。」說了半日話，來安兒才拿上茶來。白賚光才拿在手裡呷了一口，只見玳安拿著大紅帖兒往裡飛跑，報道：「掌刑的夏老爹來了！外邊下馬了。」西門慶就往後邊穿衣服去了。白賚光躲在西廂房內，打簾裡望外張看。

良久，夏提刑進到廳上，西門慶冠帶從後邊迎將來。兩個敘禮畢，分賓主坐下。不一時，棋童兒拿了兩盞茶來吃了。夏提刑道：「昨日所言接大巡的事，今日學生差人打聽，姓曾，乙未進士，牌已行到東昌地方。他列位們都明日起身遠接。你我雖是武官，係領勑衙門提點刑獄，比軍衛有司不同。咱後日起身，離城十里尋個去所，預備一頓飯，那裡接見罷！」西門慶道：「長官所言甚妙，也不消長官費心，學生這裡著人尋個菴觀寺院，或是人家莊園亦好，教個廚役早去整理。」夏提刑謝道：「這等又教長官費心。」說畢，又吃了一道茶，夏提刑起身去了。

西門慶送了進來，寬去衣裳。那白賚光還不去，走到廳上又坐下了。對西門慶說：「自從哥這兩個月沒往會裡去，把會來就散了。老孫雖年紀大，主不得事。應二哥又不管。昨日七月內，玉皇廟打中元醮，連我只三四個人，到沒個人拿出錢來，都打撒手兒。難為吳道官，晚夕謝將，又叫了個說書的，甚是破費他。他雖故不言語，各人心上不安。不如那咱哥做會首時，還有個張主。不久還要請哥上會去。」西門慶道：「你沒得說散便散了罷，哪裡得工夫幹此事？遇閒時，在吳先生那裡一年打上個醮，答報答報天地就是了。隨你們會不會，不消來對我說。」幾句話搶白的白賚光沒言語了。又坐了一回，西門慶見他不去，只得喚琴童兒廂房內放桌兒，拿了四碟小菜，牽葷連素，一碟煎麵筋、一碟燒肉。西門慶陪他吃了飯。篩酒上來，西門慶又討副銀鑲大鍾來，斟與他。吃了幾鍾，白賚光才起身。西門慶送到二門首，說道：「你休怪我不送你，我戴著小帽，不好出去得。」那白賚光告辭去了。

西門慶回到廳上，拉了把椅子坐下，就一片聲叫平安兒。那平安兒走到跟前，西門慶罵道：「賊奴才，還站著？」叫答應的，就是三四個排軍在旁伺候。那平安不知什麼緣故，諕得臉蠟查黃，跪下了。西門慶道：「我進門就吩咐你，但有人來，答應不在。你如何不聽？」平安道：「白大叔來時，小的回說爹往門外送行去了，沒來家。他不信，強著進來了。小的就跟進來問他：『有話說下，待爹來家，小的稟就是了。』他又不言語，自家推開廳上槅子坐下。落後，不想出來就撞見了。」西門慶罵道：「你這奴才，不要說嘴！你好小膽子兒？人進來，你在哪裡耍錢吃酒去來，不在大門首守著！」令左右：「你聞他口裡。」那排軍聞了一聞，稟道：「沒酒氣。」西門慶吩咐：「叫兩個會動刑的上來，與我著實拶這奴才！」

當下兩個伏侍一個，套上拶指，只顧拶起來。拶得平安疼痛難忍，叫道：「小的委實回爹不在，他強著進來。」那排軍拶上，把繩子綰住，跪下稟道：「拶上了。」西門慶道：「再與我敲五十敲。」旁邊數著，敲到五十上住了手。西門慶吩咐：「打二十棍！」須臾打了二十，打得皮開肉綻，滿腿血淋。西門慶喝令：「與我放了。」兩個排軍向前解了拶子，解得直聲呼喚。西門慶罵道：「我把你這賊奴才！你說你在大門首，想說要人家錢兒，在外邊壞我的事，休吹到我耳朵內，把你這奴才腿卸下來！」那平安磕了頭起來，提著褲子往外去了。西門慶看見畫童兒在旁邊，說道：「把這小奴才拿下去，也拶他一拶子。」一面拶得小廝殺豬兒似怪叫。這裡西門慶在前廳拶人不提。

單說潘金蓮從房裡出來往後走，剛走到大廳後儀門首，只見孟玉樓獨自一個在軟壁後聽覷。金蓮便問：「你在此聽什麼兒哩？」玉樓道：「我在這裡聽他爹打平安兒，連畫童小奴才也拶了一拶子，不知為什麼。」一回棋童兒過來，玉樓叫住問他：「為什麼打平安兒？」棋童道：「爹嗔他放進白賚光來了。」金蓮接過來道：「也不是為放進白賚光來，敢是為他打了象牙來，不是打了象牙，平白為什麼打得小廝這樣的！賊沒廉恥的貨，一發臉做了主了。想有些廉恥兒也怎的！」那棋童就走了。

玉樓便問金蓮：「怎的打了象牙？」金蓮道：「我要告訴你，還沒告訴你。我前日去俺媽家做生日去了，不在家，蠻秫秫小廝攬了人家說事幾兩銀子，買兩盒嗄飯，又是一罈金華酒，掇到李瓶兒房裡，和小廝吃了半日酒，小廝才出來。沒廉恥貨來家，也不言語，還和小廝在花園書房裡，插著門兒，兩個不知幹著什麼營生。平安這小廝拿著人家帖子進去，見門關著，就在窗下站著了。蠻小廝開門看見了，想是學與賊沒廉恥的貨，今日挾仇打這小廝，打得膫子成。那怕蠻奴才到明日把一家子都收拾了，管人吊腳兒事！」玉樓笑道：「好說，雖是一家子，有賢有愚，莫不都心邪了罷？」金蓮道：「不是這般說，等我告訴你。如今這家中，他心肝肐蒂兒偏歡喜的只兩個人，一個在裡，一個在外，成日把魂恰似落在他身上一般，見了說也有，笑也有。俺們是沒時運的，行動就是烏眼雞一般。賊不逢好死變心的強盜！通把心狐迷住了，更變得如今像他哩！三姐你聽著，到明日弄出什麼八怪七喇出來！今日為拜錢，又和他合了回氣。但來家，就在書房裡。今日我使春梅叫他來，誰知大白日裡和賊蠻奴才關著門兒哩！春梅推門入去，諕得一個個眼張失道的。到屋裡，教我盡力數罵了幾句。他只顧左遮右掩的。先拿一匹紅紗與我做拜錢，我不要。落後往李瓶兒那邊樓上尋去。賊人膽兒虛，自知理虧，拿了他箱內一套織金衣服來，親自來儘我，我只是不要。他慌了，說：『姐姐，怎的這般計較！姐姐揀衫兒也得，裙兒也得。看了，好拿到前邊，教陳姐夫封寫去。』儘了半日，我才吐了口兒。他讓我要了衫子。」玉樓道：「這也罷了，也是他的儘讓之情。」金蓮道：「你不知道，不要讓了他。如今年世，只怕睜著眼兒的金剛，不怕閉著眼兒的佛！老婆漢子，你若放些鬆兒與他，王兵馬的皂隸——還把你不當合的。」玉樓戲道，「六丫頭，你是屬麵筋的，倒且是有靳道。」說著，兩個笑了。只見小玉來請：「請三娘、五娘，後邊吃螃蟹哩！我去請六娘和大姑娘去。」

兩個手拉著手兒進來，月娘和李嬌兒正在上房穿廊下坐，說道：「你兩個笑什麼？」金蓮道：「我笑他爹打平安兒。」月娘道：「嗔他恁亂蝍蟟叫喊的，只道打什麼人？原來打他。為什麼來？」金蓮道：「為他打折了象牙了。」月娘老實，便問：「象牙放在哪裡來，怎的教他打折了？」那潘金蓮和孟玉樓兩個嘻嘻哈哈，只顧笑成一塊。月娘道：「不知你們笑什麼，不對我說。」玉樓道：「姐姐你不知道，爹打平安為放進白賚光來了。」月娘道：「放進白賚光便罷了，怎麼說道打了象牙？也沒見這般沒稍幹的人，在家閉著膫子坐，平白有要沒緊來人家撞些什麼！」來安道：「他來望爹來了。」月娘道：「哪個掉下炕來了？望，沒的扯臊淡，不說來抹嘴吃罷了。」良久，李瓶兒和大姐來到，眾人圍遶吃螃蟹。月娘吩咐小玉：「屋裡還有些葡萄酒，篩來與你娘們吃。」金蓮快嘴，說道：「吃螃蟹得些金華酒吃才好！」又道：「只剛一味螃蟹就著酒吃，得隻燒鴨兒撕了來下酒。」月娘道：「這咱晚哪裡買燒鴨子去！」李瓶兒聽了，把臉飛紅了。正是：

話頭兒包含著深意，題目兒哩暗蓄著留心。

那月娘是個誠實的人，怎曉得話中之話。這裡吃螃蟹不提。

且說平安兒被責，來到外邊，賁四、來興眾人都亂來問平安兒：「爹為什麼打你？」平安哭道：「我知為什麼！」來興兒道：「爹嗔他放進白賚光來了。」平安道，「早是頭裡你看著，我那等攔他，他只強著進去了。不想爹從後邊出來撞見了，又沒什話，吃了茶，再不起身。只見夏老爹來了，我說他去了，他還躲在廂房裡又不去。直等拿酒來吃了才去。倒惹得打我這一頓，你說我不造化低！我沒攔他？又說我沒攔他。他強自進來，管我腿事！打我！教那個賊天殺男盜女娼的狗骨禿，吃了俺家這東西，打背梁脊下過！」來興兒道：「爛折脊梁骨，倒好了他往下撞！」平安道：「教他生噎食病，把顙根軸子爛掉了。天下有沒廉恥皮臉的，不像這狗骨禿沒廉恥，來我家闖的狗也不咬。賊雌飯吃花子合的，再不，爛了賊亡八的屁股門子！」來興笑道：「爛了屁股門子，人不知道，只說是臊的。」眾人都笑了。

平安道：「想必是家裡沒晚米做飯，老婆不知餓的怎麼樣的。閒的沒得幹，來人家抹嘴吃。圖家裡省了一頓，也不是常法兒。不如教老婆養漢，做了忘八倒硬朗些，不教下人唾罵。」玳安在鋪子裡篦頭，篦了，打發那人錢去了，走出來說：「平安兒，我不言語，憋得我慌。虧你還答應主子，當家的性格，你還不知道？你怎怪人？常言：養兒不要屙金溺銀，只要見景生情。比不得應二叔和謝叔來，答應在家不在家，他彼此都是心甜厚間便罷了。以下的人，他又吩咐你答應不在家，你怎的放人來？不打你卻打誰！」賁四戲道：「平安兒重新做了小孩兒，才學閒閒，他又會玩，成日只踢毬兒耍子。」眾人又笑了一回。賁四道：「他便為放人進來，這畫童兒卻為什麼，也陪拶了一拶子？是什好吃的果子，陪吃個兒？吃酒吃肉也有個陪客，十個指頭套在拶子上，也有個陪的來？」那書童兒揉著手，只是哭。玳安戲道：「我兒少哭，你娘養的你忒嬌，把撒子兒拿繩兒拴在你手兒上，你還不吃？」這裡前邊小廝熱亂不提。

西門慶在廂房中，看著陳敬濟封了禮物尺頭，寫了揭帖，次日早打發人上東京，送蔡駙馬、童堂上禮，不在話下。到次日，西門慶往衙門裡去了。吳月娘與眾房，共五頂轎子，頭戴珠翠，身穿錦綉，來興媳婦一頂小轎跟隨，往吳大妗家做三日去了。只留下孫雪娥在家中，和西門大姐看家。早間韓道國送禮相謝：一罈金華酒、一隻水晶鵝、一副蹄子、四隻燒鴨、四尾鮒魚帖子上寫著「晚生韓道國頓首拜」。書童因沒人在家，不敢收，連盒擔留下，待得西門慶衙門回來，拿與西門慶瞧。西門慶使琴童兒舖子裡旋叫了韓夥計來，甚是說他：「沒分曉，又買這禮來做什麼！我決然不受！」那韓道國拜說：「小人蒙老爹莫大之恩，可憐見與小人出了氣，小人舉家感激不盡。無甚微物，表一點窮心。望乞老爹好歹笑納。」西門慶道：「這個使不得。你是我門下夥計，如同一家，我如何受你的禮！即令原人與我擡回去。」韓道國慌了，央說了半日。西門慶吩咐左右，只受了鵝酒，別的禮都令擡回去了。教小廝拿帖兒，請應二爹和謝爹去，對韓道國說：「你後晌叫來保看著舖子，你來坐坐。」韓道國說：「禮物不受，又教老爹費心。」應諾去了。

西門慶又添買了許多菜蔬，後晌時分，在翡翠軒捲棚內，放下一張八仙桌兒。應伯爵、謝希大先到了。西門慶告他說：「韓夥計費心，買禮來謝我，我再三不受他，他只顧死活央告，只留了他鵝酒。我怎好獨享，請你二位陪他坐坐。」伯爵道：「他和我計較來，要買禮謝。我說你大官府那裡稀罕你的，休要費心，你就送去，他決然不受。如何？我恰似打你肚子裡鑽過一遭的，果然不受他的。」說畢，吃了茶，兩個打雙陸。不一時，韓道國到了，二人敘禮畢坐下。應伯爵、謝希大居上，西門慶關席，韓道國打橫。登時四盤四碗拿來，桌上擺了許多嗄飯，把金華酒吩咐來安兒就在旁邊打開，用銅甑兒篩熱了拿來，教書童斟酒。伯爵吩咐書童兒：「後邊對你大娘房裡說，怎的不拿出螃蟹來與應二爹吃？你去說我要螃蟹吃哩。」西門慶道：「傻狗材，哪裡有一個螃蟹！實和你說，管屯的徐大人送了我兩包螃蟹，到如今娘們都吃了，剩下醃了幾個。」吩咐小廝：「把醃螃蟹搧幾個來。今日娘們都往吳妗子家做三日去了。」

不一時，畫童拿了兩盤子醃蟹上來。那應伯爵和謝希大兩個，搶著吃的淨光。因見書童兒斟酒，說道：「你應二爹一生不吃啞酒，自誇你會唱得南曲，我不曾聽見。今日你好歹唱個兒，我才吃這鍾酒。」那書童才待拍著手唱，伯爵道：「這等唱一萬個也不算。你裝龍似龍，裝虎似虎，下邊搽畫裝扮起來，像個旦兒的模樣才好。」那書童在席上，把眼只看西門慶的聲色兒。西門慶笑罵伯爵：「你這狗材，專一歪廝纏人！」因向書童道：「既是他索落你，教玳安兒前邊問你姐要了衣服，下邊妝扮了來。」玳安先走到前邊金蓮房裡問春梅要，春梅不與。旋往後問上房玉簫要了四根銀簪子，一個梳背兒，面前一件仙子兒，一雙金鑲假青石頭墜子，大紅對衿絹衫兒，綠重絹裙子，紫銷金箍兒。要了些脂粉，在書房裡搽抹起來，儼然就如個女子，打扮得甚是嬌娜。走在席邊，雙手先遞上一杯與應伯爵，頓開喉音，在旁唱〈玉芙蓉〉道：

殘紅水上飄，梅子枝頭小。這些時，眉兒淡了誰描？因春帶得愁來到，春去緣何愁未消？人別後，山遙水遙。我為你數歸期，畫損了掠兒稍。

伯爵聽了，誇獎不已，說道：「像這大官兒，不枉了與他碗飯吃。你看他這喉音，就是一管簫。說那院裡小娘兒便怎的，那些唱都聽熟了。怎生如他這等滋潤！哥，不是俺們面獎，似你這般的人兒在你身邊，你不喜歡！」西門慶笑了。伯爵道：「哥，你怎的笑？我倒說的正經話。你休虧這孩子，凡事衣類兒上，另著個眼兒看他。難為李大人送了他來，也是他的盛情。」西門慶道：「正是。如今我不在家，書房中一應大小事，都是他和小婿。小婿又要舖子裡兼看看。」應伯爵飲過，又斟雙杯。伯爵道：「你替我吃些兒。」書童道：「小的不敢吃，不會吃。」伯爵道：「你不吃，我就惱了。我賞你待怎的？」書童只顧把眼看西門慶。西門慶道：「也罷，應二爹賞你，你吃了。」那小廝打了個僉兒，慢慢低垂粉頸，呷了一口。餘下半鍾殘酒，用手擎著，與伯爵吃了。方才轉過身來，遞謝希大酒，又唱了個曲兒。

謝希大問西門慶道：「哥，書官兒青春多少？」西門慶道：「他今年才交十六歲。」問道：「你也會多少南曲？」書童道：「小的也記不多幾個曲子，胡亂答應爹們罷了。」希大道：「好個乖覺孩子！」亦照前遞了酒，下來遞韓道國。道國道：「老爹在上，小的怎敢欺心。」西門慶道：「今日你是客。」韓道國道：「哪有此理！還是從老爹上來，次後才是小人吃酒。」書童下席來遞西門慶酒，又唱了一個曲兒。西門慶吃畢，到韓道國跟前。韓道國慌忙立起身來接酒。伯爵道：「你坐著，教他好唱。」韓道國方才坐下。書童又唱了個曲兒。韓道國未等詞終，連忙一飲而盡。

正飲酒中間，只見玳安來說：「賁四叔來了，請爹說話。」西門慶道：「你叫他來這裡說罷。」不一時，賁四進來，向前作了揖，旁邊安頓坐了。玳安又取一雙鍾筯放下。西門慶令玳安後邊取菜蔬。西門慶因問他：「莊子上收拾怎的樣了？」賁四道：「前一層才蓋瓦，後邊捲棚昨日才打的基，還有兩邊廂房與後一層住房的料，都沒有。客位與捲棚漫地尺二方磚，還得五百，那舊的都使不得。砌牆的大城角也沒了。墊地腳帶山子上土，也添購了百多車子。灰還得二十兩銀子的。」西門慶道：「那灰不打緊，我明日衙門裡吩咐灰戶，教他送去。昨日你磚廠劉公公說送我些磚兒。你開個數兒，封幾兩銀子送與他，須是一半人情兒回去。只少這木植。」

賁四道：「昨日老爹吩咐，門外看那莊子，今早同張安兒去看，原來是向皇親家莊子。大皇親沒了，如今向五要賣神路明堂。咱們不要他的，講過只拆他三間廳、六間廂房、一層群房就夠了。他口氣要五百兩。到跟前拿銀子和他講，三百五十兩上，也該拆他的。休說木料，光磚瓦連土也值一二百兩銀子。」應伯爵道：「我道是誰來！是向五的那莊子。向五被人爭地土，告在屯田兵備道，打官司使了好多銀子。又在院裡包著羅存兒。如今手裡弄得沒錢了。你若要與他三百兩銀子，他也罷了。冷手撾不著熱饅頭。」西門慶吩咐賁四：「你明日拿兩錠大銀子，同張安兒和他講去，若三百兩銀子肯，拆了來罷。」賁四道：「小人理會。」良久，後邊拿了一碗湯、一盤蒸餅上來，賁四吃了。斟上，陪眾人吃酒。書童唱了一遍，下去了。

應伯爵道：「這等吃的酒沒趣。取個骰盆兒，俺們行個令兒吃才好。」西門慶令玳安：「就在前邊六娘屋裡取個骰盆來。」不一時，玳安取了來，放在伯爵跟前，悄悄走到西門慶耳邊說：「六娘房裡哥哭哩。迎春姐叫爹著個人兒接接六娘去。」西門慶道：「你放下壺，快叫個小廝拿燈籠接去！」因問：「那兩個小廝在哪裡？」玳安道：「琴童與棋童兒先拿兩個燈籠接去了。」伯爵見盆內放著六個骰兒，即用手拈著一個，說：「我擲著點兒，各人要骨牌名一句兒，見合著點數兒，如說不過來，罰一大杯酒。下家唱曲兒，不會唱曲兒說笑話兒，兩樁兒不會，定罰一大杯。」西門慶道：「怪狗材，忒韶刀了！」伯爵道：「令官放個屁，也欽此欽遵。你管我怎的！」叫來安：「你且先斟一杯，罰了爹，然後好行令。」西門慶笑而飲之。伯爵道：「眾人聽著，我起令了！說差了也罰一杯。」說道：「張生醉倒在西廂。吃了多少酒？一大壺，兩小壺，」果然是個么。西門慶叫書童兒上來斟酒，該下家謝希大唱。希大拍著手兒道：「我唱個〈折桂令〉兒你聽罷。」唱道：

可人心二八嬌娃，百件風流，所事撐達。眉蹙春山，眼橫秋水，鬢綰著烏鴉。乾相思，撇不下一時半霎；咫尺間，如隔著海角天涯。瘦也因他，病也因他。誰與做個成就了姻緣，便是那救苦難的菩薩。

伯爵吃了酒，過盆與謝希大擲，輪著西門慶唱。謝希大拿過骰兒來說：「多謝紅兒扶上床。什麼時候？三更四點。」可是作怪，擲出個四來。伯爵道：「謝子純該吃四杯。」希大道：「折兩杯罷，我吃不得。」書童兒滿斟了兩杯，先吃了頭一杯，等他唱。席上，伯爵二人把一碟子荸薺都吃了。西門慶道：「我不會唱，說個笑話兒罷。」說道：「一個人到果子舖問：『可有榧子麼？』那人說有。取來看，那買果子的不住的往口裡放。賣果子的說：『你不買，如何只顧吃？』那人道：『我圖他潤肺。』那賣的說：『你便潤了肺，我卻心疼。』」眾人都笑了。伯爵道：「你若心疼，再拿兩碟子來。我媒人婆拾馬糞——越發越曬。」

謝希大吃了。第三該西門慶擲，說：「留下金釵與表記。多少重？五六十錢。」西門慶拈起骰兒來，擲了個五。書童兒也只斟上兩鍾半酒。謝希大道：「哥大量，也吃兩杯兒，沒這個理。哥吃四鍾罷，只當俺一家孝順一鍾兒。」該韓夥計唱。韓道國讓：「賁四哥年長。」賁四道：「我不會唱，說個笑話兒罷。」西門慶吃過兩鍾，賁四說道：「一官問姦情事。問：『你當初如何姦他來？』那男子說：『頭朝東，腳也朝東姦來。』官云：『胡說！哪裡有個屈著行房的道理！』旁邊一個人走來跪下，說道：『告稟，若缺刑房，待小的補了罷！』」應伯爵道：「好賁四哥，你便益不失當家！你大官府又不老，別的還可說，你怎麼一個行房，你也補他的？」賁四聽見此言，諕得把臉通紅了，說道：「二叔，什麼話！小人出於無心。」伯爵道：「什麼話？檀木靶，沒了刀兒，只有刀鞘兒了。」那賁四在席上終是坐不住，去又不好去，如坐針氈相似。

西門慶飲畢四鍾酒，就輪該賁四擲。賁四才待拿起骰子來，只見來安兒來請：「賁四叔，外邊有人尋你。我問他，說是窰上人。」這賁四巴不得要去，聽見這一聲，一個金蟬脫殼走了。西門慶道：「他去了，韓夥計你擲罷。」韓道國舉起骰兒道：「小人遵令了。」說道：「夫人將棒打紅娘。打多少？八九十下。」伯爵道：「該我唱，我不唱罷，我也說個笑話兒。教書童合席都篩上酒，連你爹也篩上。聽我這個笑話：一個道士，師徒二人往人家送疏。行到施主門首，徒弟把縧兒鬆了些，垂下來。師父說：『你看那樣！倒像沒屁股的。』徒弟回頭答道：『我沒屁股，師父你一日也成不得。』」西門慶罵道：「你這歪狗材，狗口裡吐出什麼象牙來！」這裡飲酒不提。

且說玳安先到前邊，又叫了畫童，拿著燈籠，來吳大妗子家接李瓶兒。瓶兒聽見說家裡孩子哭，也等不得上拜，留下拜錢，就要告辭來家。吳大妗子、二妗子那裡肯放：「好歹等他兩口兒上了拜兒！」月娘道：「大妗子，你不知道，倒教他家去罷。家裡沒人，孩子好不尋他哭哩！俺們多坐回兒不妨事。」那吳大妗子才放了李瓶兒出門。玳安丟下畫童，和琴童兒兩個隨轎子先來家了。落後，上了拜，堂客散時，月娘等四乘轎子，只打著一個燈籠，況是八月二十四日，月黑時分。月娘問：「別的燈籠在哪裡，如何只一個？」棋童道：「小的原拿了兩個來。玳安要了一個，和琴童先跟六娘家去了。」月娘便不問，就罷了。潘金蓮有心，便問棋童：「你們頭裡拿幾個來？」棋童道：「小的和琴童拿了兩個來，落後玳安與畫童又要了一個去，把畫童換下，和琴童先跟了六娘去了。」金蓮道：「玳安那囚根子，他沒拿燈籠來？」畫童道：「我和他拿了一個燈籠來了。」金蓮道：「既是有一個就罷了，怎的又問你要這個？」棋童道：「我那們說，他強著奪了去。」金蓮便叫吳月娘：「姐姐，你看玳安恁賊獻勤的奴才！等到家和他答話。」月娘道：「耐煩，孩子家裡緊等著，叫他打了去罷了。」金蓮道：「姐姐，不是這等說。俺便罷了，你是個大娘子，沒些家法兒，晴天還好，這等月黑，四頂轎子只點著一個燈籠，顧那些兒的是？」

說著轎子到了門首。月娘、李嬌兒便往後邊去了。金蓮和孟玉樓一搭兒下轎，進門就問，「玳安兒在哪裡？」平安道：「在後邊伺候哩！」剛說著，玳安出來，被金蓮罵了幾句：「我把你獻勤的囚根子！明日你只認清了，單揀著有時運的跟，只休要把腳兒踢踢兒。有一個燈籠打著罷了，信那斜汗世界一般又奪了個來，又把小廝也換了來。他一頂轎子，倒占了兩個燈籠，俺們四頂轎子，反打著一個燈籠，俺們不是爹的老婆？」玳安道：「娘錯怪小的了。爹見哥兒哭，教小的：『快打燈籠接你六娘先來家罷，恐怕哭壞了哥兒。』莫不爹不使我，我好幹著接去來！」金蓮道：「你這囚根子，不要說嘴！他教你接去，沒教你把燈籠都拿了來。哥哥，你的雀兒只揀旺處飛，休要認差了，冷灶上著一把兒、熱灶上著一把兒才好。俺們天生就是沒時運的來？」玳安道：「娘說的什麼話！小的但有這心，騎馬把脯子骨撞折了！」金蓮道：「你這欺心的囚根子！不要慌，我洗淨眼兒看著你哩！」說著，和玉樓往後邊去了。那玳安對著眾人說：「我精晦氣得營生，平白爹使我接去，卻被五娘罵了恁一頓。」

玉樓、金蓮二人到儀門首，撞見來安兒，問：「你爹在哪裡哩？」來安道：「爹和應二爹、謝爹、韓大叔還在捲棚內吃酒。書童哥裝了個唱的，在那裡唱哩，娘們瞧瞧去。」二人同走到捲棚槅子外，往裡觀看。只見應伯爵在上坐著，把帽兒歪挺著，醉的只像線兒提的。謝希大醉的把眼兒通睜不開。書童便妝扮在旁邊斟酒唱南曲。西門慶悄悄使琴童兒抹了伯爵一臉粉，又拿草圈兒從後邊悄悄兒弄在他頭上作戲。把金蓮和玉樓在外邊忍不住只是笑，罵：「賊囚根子，到明日死了也沒罪了，把醜都出盡了！」西門慶聽見外邊笑，使小廝出來問是誰，二人才往後邊去了。散時，已一更天氣了。西門慶那日往李瓶兒房裡睡去了。

金蓮歸房，因問春梅：「李瓶兒來家說什麼話來？」春梅道：「沒說什麼。」金蓮又問：「那沒廉恥貨，進他屋裡去來沒有？」春梅道：「六娘來家，爹往他房裡還走了兩遭。」金蓮道：「真個是因孩子哭接他來？」春梅道：「孩子後晌好不怪哭的，抱著也哭，放下也哭，再沒法處。前邊對爹說了，才使小廝接去。」金蓮道：「若是這等也罷了。我說又是沒廉恥的貨，三等兒九般使了接去。」又問：「書童那奴才，穿的是誰的衣服？」春梅道：「先來問我要，教我罵了玳安出去。落後，和玉簫借了。」金蓮道：「再要來，休要與秫秫奴才穿。」說畢，見西門慶不來，使性兒關門睡了。

且說應伯爵見賁四管工，在莊子上賺錢，明日又拿銀子買向五皇親房子，少說也有幾兩銀子背。正行令之間，可可見賁四不防頭，說出這個笑話兒來。伯爵因此錯他這一錯，使他知道。賁四果然害怕，次日封了三兩銀子，親到伯爵家磕頭。伯爵反打張驚兒，說道：「我沒曾在你面上盡得心，何故行此事？」賁四道：「小人一向缺禮，早晚只望二叔在老爹面前扶持一二，足感不盡！」伯爵於是把銀子收了，待了一鍾茶，打發賁四出門。拿銀子到房中，與他娘子兒說：「老兒不發狠，婆兒沒布裙。賁四這狗啨的，我保舉他一場，他得了買賣，扒自飯碗兒，就不用著我了。大官人教他在莊子上管工，明日又托他拿銀子成向五家莊子，一向賺的錢也夠了。我昨日在酒席上，拿言語錯了他錯兒，他慌了，不怕他今日不來求我。送了我三兩銀子，我且買幾匹布，夠孩子們冬衣了。」正是：

只恨閒愁成懊惱，豈知伶俐不如痴。

# 第三十六回　翟管家寄書尋女子　蔡狀元留飲借盤纏

詩曰：

既傷千里目，還驚遠去魂。
豈不憚跋涉？深懷國士恩。
季布無一諾，侯嬴重一言。
人生感意氣，黃金何足論。

話說次日，西門慶早與夏提刑接了新巡按，又到莊上犒勞做活的匠人。至晚來家，平安進門就稟：「今日有東昌府下文書快手，往京裡順便捎了一封書帕來，說是太師爺府裡翟大爹寄來與爹的。小的接了，交進大娘房裡去了。那人明日午後來討回書。」西門慶聽了，走到上房，取書拆開觀看，上面寫著：

京都侍生翟謙頓首書拜即擢大錦堂西門大人門下：久仰山斗，未接豐標，屢辱厚情，感愧何盡！前蒙馳諭，生銘刻在心。凡百於老爺左右，無不盡力扶持。所有小事，曾托盛价煩瀆，想已為我處之矣。今日鴻便，薄具帖金十兩奉賀，兼候起居。伏望俯賜回音，生不勝感激之至。外新狀元蔡一泉，乃老爺之假子，奉敕回籍省視，道經貴處，仍望留之一飯，彼亦不敢有忘也。至祝至祝！秋後一日信。

西門慶看畢，只顧咨嗟不已，說道：「快叫小廝叫媒人去。我什麼營生，就忘死了。」吳月

娘問：「什麼勾當？」西門慶道：「東京太師老爺府裡翟管家，前日有書來，說無子，央及我這裡替他尋個女子。不拘貧富，不限財禮，只要好的，他要圖生長。妝奩財禮，該使多少，教我開了去，他一一還我，往後他在老爺面前，一力扶持我做官。我一向亂著上任，七事八事，就把這事忘死了。來保又日逐往舖子裡去了，又不提我。今日他老遠的教人捎書來，問尋的親事怎樣了。又寄了十兩折禮銀子賀我。明日差人就來討回書，你教我怎樣回答他？教他就怪死了！叫了媒人，你吩咐他，好歹上緊替他尋著，不拘大小人家，只要好女兒，或十五六、十七八的也罷，該多少財禮，我這裡與他。再不，把李大姐房裡綉春，倒好模樣兒，與他去罷。」

月娘道：「我說你是個火燎腿行貨子！這兩三個月，你早做什麼來？人家央你一場，替他看個真正女子去也好。那丫頭你又收過他，怎好打發去的！你替他當個事幹，他到明日也替你用得力。如今急水發，怎麼下得漿？比不得買什麼兒，拿了銀子到市上就買的來了。一個人家閨門女子，好歹不同，也等著媒人慢慢踏看將來。你倒說的好自在話兒！」西門慶道：「明日他來要回書，怎麼回答他？」月娘道：「虧你還斷事！這些勾當兒，便不會打發人？等那人明日來，你多與他些盤纏，寫書回覆他，只說女子尋下了，只是衣服妝奩未辦，還待幾時完畢，這裡差人送去。打發去了，你這裡教人替他尋也不遲。此一舉兩得其便，才幹出好事來，也是人家托你一場。」西門慶笑道：「說的有理！」一面叫將陳敬濟來，隔夜修了回書。

次日，下書人來到，西門慶親自出來，問了備細。又問蔡狀元幾時船到，好預備接他。那人道：「小人來時蔡老爹才辭朝，京中起身。翟爹說：只怕蔡老爹回鄉，一時缺少盤纏，煩老爹這裡多少只顧借與他。寫書去，翟老爹那裡如數補還。」西門慶道：「你多上覆翟爹，隨他要多少，我這裡無不奉命。」說畢，命陳敬濟讓去廂房內管待酒飯。臨去交割回書，又與了他五兩路費。那人拜謝，歡喜出門，長行去了。看官聽說：當初安忱取中頭甲，被言官論他是先朝宰相安惇之弟，係黨人子孫，不可以魁多士。徽宗不得已，把蔡蘊擢為第一，做了狀元。投在蔡京門下，做了假子。升秘書省正事，給假省親。且說月娘家中使小廝叫了老馮、薛嫂兒並別的媒人來，吩咐各處打聽人家有好女子，拿帖兒來說，不在話下。

一日，西門慶使來保往新河口，打聽蔡狀元船隻，原來就和同榜進士安忱同船。這安進士亦因家貧未續親，東也不成，西也不就，辭朝還家續親，因此二人同船來到新河口。來保拿著西門慶拜帖來到船上見，就送了一分下程，酒麵、雞鵝、下飯、鹽醬之類。蔡狀元在東京，翟謙已預先和他說了：「清河縣有老爺門下一個西門千戶，乃是大巨家，富而好禮。亦是老爺擡舉，現做理刑官。你到那裡，他必然厚待。」這蔡狀元牢記在心，見西門慶差人遠來迎接，又饋送如此大禮，心中甚喜。次日就同安進士進城來拜。西門慶已是預備下酒席。因在李知縣衙內吃酒，看見有一起蘇州戲子唱得好，旋叫了四個來答應。蔡狀元那日封了一端絹帕、一部書、一雙雲履。安進士亦是書帕二事、四袋芽茶、四柄杭扇。各具官袍烏紗，先投拜帖進去。西門慶冠冕迎接至廳上，敘禮交拜。獻畢贄儀，然後分賓主而坐。

先是蔡狀元舉手欠身說道：「京師翟雲峰，甚是稱道賢公閥閱名家，清河巨族。久仰德望，未能識荊，今得晉拜堂下，為幸多矣！」西門慶答道：「不敢!昨日雲峰書來，具道二位老先生華輈下臨，理當迎接，奈公事所羈，幸為寬恕。」因問：「二位老先生仙鄉、尊號?」蔡狀元道：「學生本貫滁州之匡廬人也。賤號一泉，僥倖狀元，官拜秘書正字，給假省親。」安進士道：「學生乃浙江錢塘縣人氏。賤號鳳山。現除工部觀政，亦給假還鄉續親。敢問賢公尊號?」西門慶道：「在下卑官武職，何得號稱。」詢之再三，方言：「賤號四泉，累蒙蔡老爺擡舉，雲峰扶持，襲錦衣千戶之職。現任理刑，實為不稱。」蔡狀元道：「賢公抱負不凡，雅望素著，休得自謙。」

敘畢禮話，請去花園捲棚內寬衣。蔡狀元辭道：「學生歸心匆匆，行舟在岸，就要回去。既見尊顏，又不遽舍，奈何奈何！」西門慶道：「蒙二公不棄蝸居，伏乞暫住文旆，少留一飯，以盡芹獻之情。」蔡狀元道：「既是雅情，學生領命。」一面脫去衣服，二人坐下。左右又換了一道茶上來。蔡狀元以目瞻顧因池臺館，花木深秀，一望無際，心中大喜，極口稱羨道：「誠乃蓬瀛也！」於是擡過棋桌來下棋。西門慶道：「今日有兩個戲子在此伺候，以供宴賞。」安進士道：

「在哪裡？何不令來一見？」不一時，四個戲子跪下磕頭。蔡狀元問道：「那兩個是生旦？叫什名字？」內中一個答道：「小的裝生，叫苟子孝。那一個裝旦的叫周順。一個貼旦叫袁琰。那一個裝小生的叫胡慥。」安進士問：「你們是哪裡子弟？」苟子孝道：「小的都是蘇州人。」安進士道：「你等先妝扮了來，唱個我們聽。」四個戲子下邊妝扮去了。西門慶令後邊取女衣釵梳與他，教書童也妝扮起來。共三個旦、兩個生，在席上先唱《香囊記》。大廳正面設兩席，蔡狀元、安進士居上，西門慶下邊主位相陪。

飲酒中間，唱了一折下來，安進士看見書童兒裝小旦，便道：「這個戲子是哪裡的？」西門慶道：「此是小价書童。」安進士叫上去，賞他酒吃，說道：「此子絕妙而無以加矣！」蔡狀元又叫別的生旦過來，亦賞酒與他吃。因吩咐：「你唱個〈朝元歌〉『花邊柳邊』。」苟子孝答應，在旁拍手道：

花邊柳邊，簷外晴絲捲。山前水前，馬上東風軟。自嘆行踪，有如蓬轉，盼望家鄉留戀。雁杳魚沈，離愁滿懷誰與傳？日短北堂萱，空勞魂夢牽。洛陽遙遠，幾時得上九重金殿？

唱完了，安進士問書童道：「你們可記的〈玉環記〉『恩德浩無邊』？」書童答道：「此是〈畫眉序〉，小的記得。」隨唱道：

恩德浩無邊，父母重逢感非淺。幸終身托與，又與姻緣。風雲會異日飛騰，鸞鳳配今諧繾綣。料應夫婦非今世，前生種玉藍田。

原來安進士杭州人，喜尚男風，見書童兒唱的好，拉著他手兒，兩個一遞一口吃酒。良久，酒闌上來，西門慶陪他復遊花園，向捲棚內下棋。令小廝拿兩個桌盒，三十樣都是細巧果菜、鮮物下酒。蔡狀元道：「學生們初會，不當深擾潭府，天色晚了，告辭罷。」西門慶道：「豈有此理。」因問：「蔡公此回去，還到船上？」蔡狀元道：「暫借門外永福寺寄居。」西門慶道：「如今就門外去也晚了。不如老先生把手下從者只留一二人答應，其餘都吩咐回去，明日來接，庶可兩盡其情。」蔡狀元道：「賢公雖是愛客之意，其如過擾何！」當下二人一面吩咐手下，都回門外寺裡歇去，明日早拿馬來接。眾人應諾去了，不在話下。

二人在捲棚內下了兩盤棋，子弟唱了兩摺，恐天晚，西門慶與了賞錢，打發去了。只是書童一人，席前遞酒伏侍。看看吃至掌燈，二人出來更衣，蔡狀元拉西門慶說話：「學生此去回鄉省親，路費缺少。」西門慶道：「不勞老先生吩咐。雲峰尊命，一定謹領。」良久，讓二人到花園：「還有一處小亭請看。」把二人一引，轉過粉牆，來到藏春塢雪洞內。裡面暖騰騰掌著燈燭，小琴桌上早已陳設果酌之類，床榻依然，琴書瀟灑。重新復飲，書童在旁歌唱。蔡狀元問道：「大官，你會唱『紅入仙桃』？」書童道：「此是〈錦堂月〉，小的記得。」於是把酒都斟，拿住南腔，拍手唱了一個。安進士聽了，喜之下勝，向西門慶道：「此子可愛。」將杯中之酒一吸而飲之。那書童在席間穿著翠袖紅裙，勒著銷金箍兒，高擎玉斝，捧上酒，又唱了一個。當日直飲至夜分，方才歇息。西門慶藏春塢、翡翠軒兩處俱設床帳，鋪陳綾錦被褥，就派書童、玳安兩個小廝答應。西門慶道了安置，方回後邊去了。

到次日，蔡狀元、安進士跟從人夫轎馬來接。西門慶廳上擺酒伺候，饌飲下飯與腳下人吃。教兩個小廝，方盒捧出禮物。蔡狀元是金緞一端，領絹二端，合香五百，白金一百兩。安進士是色緞一端，領絹一端，合香三百，白金三十兩。蔡狀元固辭再三，說道：「但假十數金足矣，何勞如此太多，又蒙厚貺！」安進士道：「蔡年兄領受，學生不當。」西門慶笑道：「些須微贐，表情而已。老先生榮歸續親，在下少助一茶之需。」於是兩人俱出席謝道：「此情此德，何日忘之！」一面令家人各收下去，一面與西門慶相別，說道：「生輩此去，暫違臺教。不日旋京，倘得寸進，自當圖報。」安進士道：「今日相別，何年再得奉接尊顏？」西門慶道：「學生蝸居屈尊，多有褻慢，幸惟情恕！本當遠送，奈官守在身，先此告過。」送二人到門首，看著上馬而去。

正是：

博得錦衣歸故里，功名方信是男兒。

# 第三十七回　馮媽媽說嫁韓愛姐　西門慶包占王六兒

詞曰：

淡妝多態，更的的頻回眄睞。便認得琴心先許，與綰合歡雙帶。記華堂風月逢迎，輕嚬淺笑嬌無奈。向睡鴨爐邊，翔鸞屏裡，暗把香羅偷解。

——右調〈薄倖前〉

話說西門慶打發蔡狀元、安進士去了。一日，騎馬帶眼紗在街上喝道而過，撞見馮媽媽，便叫小廝叫住，到面前問他：「你尋的那女子怎樣了？如何也不來回話？」婆子說道：「這幾日，雖是看了幾個，都是賣肉的挑擔兒的，怎好回你老人家話？不想天使其便，眼跟前一個人家女兒，就想不起來。十分人材，屬馬的，交新年十五歲。若不是昨日打他門首過，他娘請我進去吃茶，我還不得看見他哩。才吊起頭兒，戴著雲髻兒。好不筆管兒般直縷的身子兒，纏得兩隻腳兒一些些，搽得濃濃的臉兒，又一點小小嘴兒，鬼精靈兒是的。他娘說，他是五月端午日養的，小名叫做愛姐。休說俺們愛，就是你老人家見了，也愛得不知怎麼樣的哩！」

西門慶道：「你看這風媽媽子，我平白要他做什麼？家裡放著好少兒。實對你說了罷，此是東京蔡太師老爺府裡大管家翟爹，要做二房，圖生長，托我替他尋。你若與他成了，管情不虧你。」因問道：「是誰家女子？問他討個庚帖兒來我瞧。」馮媽媽道：「誰家的？我教你老人家知道了罷，遠不一千，近只在一磚。不是別人，是你家開絨線韓夥計的女孩兒。你老人家要相看，等我和他老子說，討了帖兒來，約會下個日子，你只顧去就是了。」西門慶吩咐道：「既如此這般，就和他說，他若肯了，討了帖兒，來宅內回我話。」那婆子應諾去了。

過兩日，西門慶正在前廳坐的，忽見馮媽媽來回話，拿了帖兒與西門慶瞧，上寫著「韓氏，女命，年十五歲，五月初五日子時生」。便道：「我把你老人家的話對他老子說了，他說：『既是大爹可憐見，孩兒也是有造化的。但只是家寒，沒些備辦。』」西門慶道：「你對他說：不費他一絲兒東西，凡一應衣服首飾、妝奩箱櫃等件，都是我這裡替他辦備，還與他二十兩財禮。教他家只辦女孩兒的鞋腳就是了。臨期，還教他老子送他往東京去。比不得與他做房裡人，翟管家要圖他生長，做娘子。難得他女兒生下一男半女，也不愁個大富貴。」馮媽媽道：「他那裡請問，你老人家幾時過去相看，好預備。」西門慶道：「既是他應允了，我明日就過去看看罷。他那裡要得急。就對他說，休要他預備什麼，我只吃鍾清茶就起身。」馮媽媽道：「耶嚛，你老人家上門兒怪人家，雖不稀罕他的，也略坐坐兒。夥計家莫不空教你老人家來了！」西門慶道：「你就不是了。你不知我有事。」馮媽媽道：「既是恁的，等我和他說。」

一面先到韓道國家，對他渾家王六兒，將西門慶的話一五一十說了一遍：「明日他衙門中散了，就過來相看。教你一些兒休預備，他只吃一鍾茶，看了就起身。」王六兒道：「真個？媽媽子休要說謊。」馮媽媽道：「你當家不恁的說，我來哄你不成！他好少事兒，家中人來人去，通不斷頭的。」婦人聽言，安排了酒食與婆子吃了，打發去了，明日早來伺候。到晚，韓道國來家，婦人與他商議已定。早起往高井上叫了一擔甜水，買了些好細果仁，放在家中，還往舖子裡做買賣去了。丟下老婆在家，艷妝濃抹，打扮得嬌模嬌樣，洗手剔甲，揩抹杯盞乾淨，剝下果仁，頓下好茶等候，馮媽媽先來攛掇。

西門慶衙門中散了，到家換了便衣靖巾，騎馬帶眼紗，玳安、琴童兩個跟隨，逕來韓道國家，下馬進去。馮媽媽連忙請入裡面坐了，良久，王六兒引著女兒愛姐出來拜見。這西門慶且不看他女兒，不轉睛只看婦人。見他上穿著紫綾襖兒，玄色緞金比甲，玉色裙子下邊顯著趫趫的兩隻腳兒。生得長挑身材，紫膛色瓜子臉，描得水鬢長長的。正是：

未知就裡何如，先看他妝色油樣。

但見：

淹淹潤潤，不搽脂粉，自然體態妖嬈；嬝嬝娉娉，懶染鉛華，生定精神秀麗。兩彎眉畫遠山，一對眼如秋水。檀口輕開，勾引得蜂狂蝶亂；纖腰拘束，暗帶著月意風情。若非偷期崔氏女，定然聞瑟卓文君。

西門慶見了，心搖目蕩，不能定止，口中不說，心中暗道：「原來韓道國有這一個婦人在家，怪不得前日那些人鬼混他。」又見他女孩兒生得一表人物，暗道：「他娘母兒生得這般人物，女兒有個不好的？」婦人先拜見了，教他女兒愛姐轉過來，望上向西門慶花枝招颭也磕了四個頭，起來侍立在旁。老媽連忙拿茶出來，婦人用手抹去盞上水漬，令他遞上。西門慶把眼上下觀看這個女子：烏雲疊鬢、粉黛盈腮，意態幽花秀麗，肌膚嫩玉生香。便令玳安氈包內取出錦帕二方、金戒指四個、白銀二十兩，教老媽安放在茶盤內。他娘忙將戒指帶在女兒手上，朝上拜謝，回房去了。西門慶對婦人說：「遲兩日，接你女孩兒往宅裡去，與他裁衣服。這些銀子，你家中替他做些鞋腳兒。」婦人連忙又磕下頭去，謝道：「俺們頭頂腳踏都是大爹的，孩子的事又教大爹費心，俺兩口兒就殺身也難報大爹。又多謝爹的插帶厚禮。」西門慶問道：「韓夥計不在家了？」婦人道：「他早晨說了話，就往鋪子裡走了。明日教他往宅裡與爹磕頭去。」

西門慶見婦人說話乖覺，一口一聲只是爹長爹短，就把心來惑動了，臨出門上覆他：「我去罷。」婦人道：「再坐坐。」西門慶道：「不坐了。」於是出門。一直來家，把上項告吳月娘說了。月娘道：「也是千里姻緣著線牽。既是韓夥計這女孩兒好，也是俺們費心一場。」西門慶道：「明日接他來住兩日兒，好與他裁衣服。我如今先拿十兩銀子，替他打半副頭面簪環之類。」月娘道：「及緊儹做去，正好後日教他老子送去，咱這裡不著人去罷了。」西門慶道，「把舖子關兩日也罷，還著來保同去，就府內問聲，前日差去節級送蔡駙馬的禮到也不曾？」

話休饒舌。過了兩日，西門慶果然使小廝接韓家女兒。他娘王氏買了禮，親送他來，進門與月娘大小眾人磕頭拜見，說道：「蒙大爹、大娘並眾娘們擡舉孩兒，這等費心，俺兩口兒知感不盡。」先在月娘房擺茶，然後明間內管待。李嬌兒、孟玉樓、潘金蓮、李瓶兒都陪坐。西門慶與他買了兩匹紅綠潞紬、兩匹綿紬，和他做裡衣兒。又叫了趙裁衣來，替他做兩套織金紗緞衣服，一件大紅妝花緞子袍兒。他娘王六兒安撫了女兒，晚夕回家去了。西門慶又替他買了半副嫁妝，描金箱籠、鑒妝、鏡架、盒罐、銅錫盆、淨桶、火架等件。非只一日，都治辦完備。寫了一封書信，擇定九月初十日起身。西門慶問縣裡討了四名快手，又撥了兩名排軍，執袋弓箭隨身。來保、韓道國雇了四乘頭口，緊緊保定車輛暖轎，送上東京去了，不提。丟得王六兒在家，前出後空，整哭了兩三日。

一日，西門慶無事，騎馬來獅子街房裡觀看。馮媽媽來遞茶，西門慶與了一兩銀子，說道：「前日韓夥計孩子的事累你，這一兩銀子，你買布穿。」婆子連忙磕頭謝了。西門慶又問：「你這兩日，沒到他那邊走走？」馮媽媽道：「老身那一日沒到他那裡做伴兒坐？他自從女兒去了，他家裡沒人，他娘母靠慣了他，整哭了兩三日，這兩日才緩下些兒來了。他又說孩子事多累了爹，問我：『爹曾與你些辛苦錢兒沒有？』我便說：『他老人家事忙，我連日也沒曾去，隨他老人家多少與我些兒，我敢爭？』他也許我等他官兒回來，重重謝我哩！」西門慶道：「他老子回來一定有些東西，少不得謝你。」

說了一回話，見左右無人，悄悄在婆子耳邊如此這般：「你閒了到他那裡，取巧兒和他說，就說我上覆他，閒中我要到他那裡坐半日，看他肯也不肯。我明日還來討回話。」那婆子掩口冷笑道：「你老人家坐家的女兒偷皮匠——逢著的就上。一鍬撅了個銀娃娃，還要尋他的娘母兒哩！夜晚些，等老身慢慢皮著臉對他說。爹，你還不知這婦人，他是咱後街宰牲口王屠的妹子，排行叫六姐，屬蛇的，二十九歲了，雖是打扮的嬌樣，到沒見他輸身。你老人家明日來，等我問他，討個話兒回你。」西門慶道：「是了。」說畢，騎馬來家。

婆子做飯吃了，鎖了房門，慢慢來到婦人家。婦人開門，便讓進房裡坐，道：「我昨日下了些麵，等你來吃，就不來了。」婆子道：「我可要來哩，到人家就有許多事，掛住了腿，動不得身。」婦人道：「剛才做的熱飯，炒麵筋兒，你吃些。」婆子道：「老身才吃的飯來，呷些茶罷，」那婦人便濃濃點了一盞茶遞與他，看著婦人吃了飯，婦人道：「你看我恁苦！有我那冤家，靠定了他。自從他去了，弄得這屋裡空落落的，件件的都看了我。弄得我鼻兒烏，嘴兒黑，像個人模樣？倒不如他死了，扯斷腸子罷了。似這般遠離家鄉去了，你教我這心怎麼放得下來？急切要見他見，也不能夠。」說著，眼酸酸的哭了。婆子道：「說不得，自古養兒人家熱騰騰，養女人家冷清清，就是長一百歲，少不得也是人家的。你如今這等抱怨，到明日，你家姐姐到府裡腳硬，生下一男半女，你兩口子受用，就不說我老身了。」婦人道：「大人家的營生，三層大，兩層小，知道怎樣的？等他長進了，我們不知在哪裡曬牙渣骨去了。」婆子道：「怎的恁般說！你們姐姐，比那個不聰明伶俐，愁針指女工不會？各人裙帶衣食，你替他愁！」

兩個一遞一口說夠良久，看看說得入港，婆子道：「我們說個傻話兒，你家官人不在，前後恁空落落的，你晚夕一個人兒，不害怕麼？」婦人道：「你還說哩，都是你弄得我，肯晚夕來和我做做伴兒？」婆子道：「只怕我一時來不成，我舉保個人兒來與你做伴兒，肯不肯？」婦人問：「是誰？」婆子掩口笑道：「一客不煩二主，宅裡大老爹昨日到那邊房子裡，如此這般對我說，見孩子去了，丟的你冷落，他要來和你坐半日兒，你怎麼說？這裡無人，你若與他凹上了，愁沒吃的、穿的、使的、用的！走熟了時，到明日房子也替你尋得一所，強如在這僻格刺子裡。」

婦人聽了微笑說道：「他宅裡神道相似的幾房娘子，他肯要俺這醜貨兒？」婆子道：「你怎的這般說？自古道情人眼內出西施，一來也是你緣法湊巧，他好閒人兒，不留心在你時，他昨日巴巴的肯到我房子裡說？又與了一兩銀子，說前日孩子的事累我。落後沒人在跟前，就和我說，教我來對你說。你若肯時，他還等我回話去。典田賣地，你兩家願意，我莫非說謊不成！」婦人道：「既是下顧，明日請他過來，奴這裡等候。」這婆子見他吐了口兒，坐了一回去了。

到次日，西門慶來到，一五一十把婦人話告訴一遍。西門慶不勝歡喜，忙秤了一兩銀子與馮媽媽，拿去治辦酒菜。那婦人聽見西門慶來，收拾房中乾淨，薰香設帳，預備下好茶好水。不一時，婆子拿籃子買了許多嗄飯菜蔬果品，來廚下替他安排。婦人洗手剔甲，又烙了一筯麵餅。明間內，揩抹桌椅光鮮。

西門慶約下午時分，便衣小帽，帶著眼紗，玳安、棋童兩個小廝跟隨，逕到門首，下馬進去。吩咐把馬回到獅子街房子裡去，晚上來接，只留玳安一人答應。西門慶到明間內坐下。良久，婦人扮得齊齊整整，出來拜見，說道：「前日孩子累爹費心，一言難盡。」西門慶道：「一時不到處，你兩口兒休抱怨。」婦人道：「一家兒莫大之恩，豈有抱怨之理。」磕了四個頭。馮媽媽拿上茶來，婦人遞了茶。見馬回去了，玳安把大門關了。婦人陪坐一回，讓進房裡坐。正面紙窗門兒廂的炕床，掛著四扇各樣顏色綾剪帖的張生遇鶯鶯蜂花香的吊屏兒，几桌鑒妝、鏡架、盒罐、錫器家活堆滿，地下插著棒兒香，上面設著一張東坡椅兒。西門慶坐下。婦人又濃濃點一盞胡桃夾鹽筍泡茶遞上去，西門慶吃了。婦人接了盞，在下邊炕沿兒上陪坐，問了回家中長短。

西門慶見婦人自己拿托盤兒，說道：「你這裡還要個孩子使才好。」婦人道：「不瞞爹說，自從俺女兒去了，凡事不方便。少不得奴自己動手。」西門慶道：「這個不打緊，明日教老馮替你看個十三四歲的丫頭子，且胡亂替替手腳。」婦人道：「也得俺家的來，少不得東軿西輳的，央馮媽媽尋一個孩子使。」西門慶道：「也不消，該多少銀子，等我與他。」那婦人道：「怎好又煩費你老人家，自恁累你老人家還少哩！」西門慶見他會說話，心中甚喜。一面馮媽媽進來安放桌兒，西門慶就對他說尋使女一節。

馮媽媽道：「爹既是許了你，拜謝拜謝兒。南首趙嫂兒有個十三歲的孩子，只要四兩銀子，教爹替你買下罷。」婦人連忙向前道了萬福。不一時，擺下案碟菜蔬，篩上酒來。婦人滿斟一盞，雙手遞與西門慶。才待磕下頭去，西門慶連忙用手拉起，說：「頭裡已是見過，不消又下禮了，只拜拜便了。」婦人笑吟吟道了萬福，旁邊一個小杌兒上坐下。廚下老媽將嗄飯菜果，一一送上。又是兩筯軟餅，婦人用手揀肉絲細菜兒裹捲了，用小蝶兒托了，遞與西門慶吃。兩個在房中，杯來盞去，做一處飲酒。玳安在廚房裡，老馮陪他另有坐處，打發他吃，不在話下。

彼此飲夠數巡，婦人把座兒挪近西門慶跟前，與他做一處說話，遞酒兒。然後西門慶與婦人一遞一口兒吃酒，見無人進來，摟過脖子來親嘴咂舌。婦人便舒手下邊，籠攏西門慶玉莖。彼此淫心蕩漾，把酒停住不吃了。掩上房門，褪去衣褲。婦人就在裡邊炕床上伸開被褥。那時已是日色平西時分。西門慶乘著酒興，順袋內取出銀托子來使上。婦人用手打弄，見奢稜跳腦，紫強光鮮，沈甸甸甚是粗大。一壁坐在西門慶懷裡，一面在上，兩個且摟著脖子親嘴。婦人乃蹺起一足，以手導那話入牝中，兩個挺一回。西門慶摸見婦人肌膚柔膩，牝毛疏秀，先令婦人仰臥於床背，把雙手提其雙足，置之於腰眼間，肆行抽送。怎見得這場雲雨？但見：

威風迷翠榻，殺氣瑣鴛衾。珊瑚枕上施雄，翡翠帳中鬥勇。男兒氣急，使鎗只去紮心窩；女帥心忙，開口要來吞腦袋。一個使雙砲的，往來攻打內襠兵；一個輪傍牌的，上下夾迎臍下將。一個金雞獨立，高蹺玉腿弄精神；一個枯樹盤根，倒入翎花來刺牝。戰良久朦朧星眼，但動些兒麻上來；鬥多時款擺纖腰，百戰百回捱不去。散毛洞主倒上橋，放水去淹軍；烏甲將軍虛點鎗，側身逃命走。臍膏落馬，須臾蹂踏肉為泥；溫緊妝䴡，頃刻跌翻深澗底。大披掛七零八斷，猶如急雨打殘花；錦套頭力盡筋輸，恰似猛風飄敗葉。硫黃元帥，盔歪甲散走無門；銀甲將軍，守住老營還要命。

正是：

愁雲托上九重天，一塊敗兵連地滾。

原來婦人有一件毛病，但凡交媾，只要教漢子幹他後庭花，在下邊揉著心子才過。不然隨問怎的不得丟身子。就是韓道國與他相合，倒是後邊去的多，前邊一月走不得兩三遭兒。第二件，積年好咂髫髟，把髫髟常遠放在口裡，一夜他也無個足處。隨問怎的出了毬，禁不得他吮舔挑弄，登時就起。自這兩椿兒，可在西門慶心坎上。當日和他纏到起更才回家。婦人和西門慶說：「爹到明日再來早些，白日裡咱破工夫，脫了衣裳好生耍耍。」西門慶大喜。到次日，到了獅子街線舖裡，就兌了四兩銀子與馮媽媽，討了丫頭使喚，改名叫做錦兒。

西門慶想著這個甜頭兒，過了兩日，又騎馬來婦人家行走。原是棋童、玳安兩個跟隨。到了門首，就吩咐棋童把馬回到獅子街房裡去。那馮媽媽專一替他提壺打酒，街上買東西整理，通小殷勤兒，圖些油菜養口。西門慶來一遭，與婦人一二兩銀子盤纏。白日裡來，直到起更時分才家去，瞞得家中鐵桶相似。馮媽媽每日在婦人這裡打勤勞兒，往宅裡也去得少了。李瓶兒使小廝叫了他兩三遍，只是不得閒，要便鎖著門去了一日。

一日，畫童兒撞見婆子，叫了來家。李瓶兒說道：「媽媽子成日影兒不見，幹的什麼貓兒頭差事？叫了一遍，只是不在，通不來這裡走走兒，忙得恁樣兒的！丟下好些衣裳帶孩子被褥，等你來幫著丫頭們拆洗拆洗，再不見來了。」婆子道：「我的奶奶，你到說得且是好，寫字的拿逃軍，我如今一身故事兒哩！賣鹽的做雕鑾匠，我是那鹽人兒？」李瓶兒道：「媽媽子請著你就是不閒，成日賺的錢，不知在哪裡？」婆子道：「老身大風刮了頰耳去——嘴也趕不上在這裡，賺什麼錢？你惱我，可知心裡急急的要來，再轉不到這裡來，我也不知成日幹的什麼事兒哩。後邊大娘從那時與了銀子，教我門外頭替他捎個拜佛的蒲甸兒來，我只要忘了。昨日甫能想起來，賣蒲甸的賊蠻奴才又去了，我怎的回他？」李瓶兒道：「你還敢說沒有他甸兒，你就信信拖拖跟了和尚去了罷了！他與了你銀子，這一向還不替他買將來，你這等裝憨打獃的。」婆子道：「等我也對大娘說去，就交與他這銀子去。昨日騎騾子，差些兒沒掉了他的。」李瓶兒道：「等你掉了他的，你死也。」

這媽媽一直來到後邊，未曾入月娘房，先走在廚下打探子兒。只見玉蕭和來興兒媳婦坐在一處，見了說道：「老馮來了！貴人，你在哪裡來？你六娘要把你肉也嚼下來，說影邊兒就不來了。」那婆子走到跟前拜了兩拜，說道：「我才到他前頭來，吃他咭咶了這一回來了。」玉蕭道：「娘問你替他捎的蒲甸兒怎樣的？」婆子道：「昨日拿銀子到門外，賣蒲甸的賣了家去了，直到明年三月裡才來哩。銀子我還拿在這裡，姐你收了罷！」玉蕭笑道：「怪媽媽子，你爹還在屋裡兒銀子，等出去了，你還親交與他罷。」又道：「你且坐下。我問你，韓夥計送他女兒去了多少時了？也待回來，這一回來，你就造化了，他還謝你謝兒。」婆子道：「謝不謝，隨他了。他連今才去了八日，也得盡頭才得來家。」不一時，西門慶兌出銀子，與賁四拿了莊子上去，就出去了。

婆子走在上房，見了月娘，也沒敢拿出銀子來，只說蠻子有幾個粗甸子，都賣沒了，回家明年捎雙料好蒲甸來。月娘是誠實的人，說道：「也罷，銀子你還收著。到明年，我只問你要兩個就是了。」與婆子兒個茶食吃了。後又到李瓶兒房裡來，瓶兒因問：「你大娘沒罵你？」婆子道：「被我如此支吾，調得他喜歡了，倒與我些茶吃，賞了我兩個餅定出來了。」李瓶兒道：「還是昨日他往喬大戶家吃滿月的餅定。媽媽子，不虧你這片嘴頭子，六月裡蚊子——也釘死了！」又道：「你今日與我洗衣服，不去罷了。」婆子道：「你收拾討下漿，我明日早來罷。後晌時分，還要到一個熟主顧人家幹些勾當兒。」李瓶兒道：「你這老貨，偏有這些胡枝扯葉的。你明日不來，我和你答話！」那婆子說笑了一回，脫身走了。李瓶兒留他：「你吃了飯去。」婆子道：「還飽著哩，不吃罷。」恐怕西門慶往王六兒家去，兩步做一步。正是：

媒人婆地裡小鬼，兩頭來回抹油嘴。
一日走夠千千步，只是苦了兩隻腿。

# 第三十八回 王六兒棒槌打搗鬼 潘金蓮雪夜弄琵琶

詞曰：

銀箏宛轉，促柱調弦，聲遶梁間。巧作秦聲獨自憐。指輕妍，風迴雪旋，緩揚清曲，響奪鈞天。說什麼別鶴烏啼，試按〈羅敷陌上〉篇，休按〈羅敷陌上〉篇。

——右調〈綿搭絮〉

話說馮婆子走到前廳角門首，看見玳安在廳槅子前，拿著茶盤兒伺候。玳安望著馮媽努嘴兒：「你老人家先往那裡去，俺爹和應二爹說了話就起身。已先使棋童兒送酒去了。」那婆子聽見，兩步做一步走的去了。原來應伯爵來說：「攬頭李智、黃四派了年例三萬香蠟等料錢糧下來，該一萬兩銀子，也有許多利息。上完了批，就在東平府見關銀子，來和你計較，做不做？」西門慶道：「我哪裡做他！攬頭以假充真，買官讓官。我衙門裡搭了事件，還要動他。我做他怎的！」伯爵道：「哥若不做，叫他另搭別人。你只借二千兩銀子與他，每月五分行利，叫他關了銀子還你，你心下何如？」西門慶道：「既是你的分上，我挪一千銀子與他罷。如今我莊子收拾，還沒銀子哩。」伯爵見西門慶吐了口兒，說道：「哥若十分沒銀子，看怎麼再撥五百兩貨物兒，湊個千五兒與他罷，他不敢少下你的。」西門慶道：「他少下我的，我有法兒處。又一件，應二哥，銀子便與他，只不教他打著我的旗兒，在外邊東誆西騙。我打聽出來，只怕我衙門監裡放不下他。」伯爵道：「哥說的什麼話，典守者不得辭其責。他若在外邊打哥的旗兒，常沒事罷了，若壞了事，要我做什麼?哥你只顧放心，但有差池，我就來對哥說。說定了，我明日叫他好寫文書。」西門慶道：「明日不叫他來，我有勾當。叫他後日來。」說畢，伯爵去了。

西門慶叫玳安伺候馬，帶上眼紗，問棋童去沒有。玳安道：「來了，取挽手兒去了。」不一時，取了挽手兒來，打發西門慶上馬，逕往牛皮巷來。不想韓道國兄弟韓二搗鬼，耍錢輸了，吃得光睜睜兒的，走來哥家，問王六兒討酒吃。袖子裡掏出一條小腸兒來，說道：「嫂，我哥還沒來哩，我和你吃壺燒酒。」那婦人恐怕西門慶來，又見老馮在廚下，不去兜攬他，說道：「我是不吃。你要吃拿過一邊吃去，我那裡耐煩？你哥不在家，招是招非的，又來做什麼？」

那韓二搗鬼，把眼兒涎睜著，又不去，看見桌底下一罈白泥頭酒，貼著紅紙帖兒，問道：「嫂子，是哪裡酒？打開篩壺來俺們吃。耶嚛！你自受用！」婦人道：「你趁早兒休動，是宅裡老爹送來的，你哥還沒見哩。等他來家，有便倒一甌子與你吃。」韓二道：「等什麼哥？就是皇帝爺的，我也吃一鍾兒！」才待搬泥頭，被婦人劈手一推，奪過酒來，提到屋裡去了。把二搗鬼仰八叉推了一跤，半日爬起來，惱羞變成怒，口裡喃喃吶吶罵道：「賊淫婦，我好意帶將菜兒來，見你獨自一個冷落落，和你吃杯酒。你不理我，倒推我一跤。我教你不要慌，你另敘上了有錢的漢子，不理我了，要把我打開，故意的囂我，訕我，又趕我。休教我撞見，我教你這不值錢的淫婦，白刀子進去紅刀子出來！」

婦人見他的話不妨頭，一點紅從耳邊起，須臾紫脹了雙腮，便取棒槌在手，趕著打出來，罵道：「賊餓不死的殺才！你哪裡吃醉了，來老娘這裡撒野火兒。老娘手裡饒你不過！」那二搗鬼口裡喇喇哩哩罵淫婦，直罵出門去。不想西門慶正騎馬來，見了他問是誰，婦人道：「情知是誰，是韓二那廝，見他哥不在家，要便耍錢輸了，吃了酒來毆我。有他哥在家，常時撞見打一頓。」那二搗鬼看見，一溜煙跑了。西門慶又道：「這少死的花子，等我明日到衙門裡與他做功德！」婦人道：「又教爹惹惱。」西門慶道：「你不知，休要慣了他。」婦人道：「爹說的是。自古良善被人欺，慈悲生患害。」一面讓西門慶明間內坐。西門慶吩咐棋童回馬家去，叫玳安兒：「你在門首看，但掉著那光棍的影兒，就與我鎖在這裡，明日帶到衙門裡來。」玳安道：「他的魂兒聽見爹到，不知走的哪裡去了。」

西門慶坐下。婦人見畢禮，連忙屋裡叫丫鬟錦兒拿了一盞果仁茶出來，與西門慶吃，就叫他磕頭。西門慶道：「也罷，到好個孩子，你且將就使著罷。」又道：「老馮在這裡，怎的不替你拿茶？」婦人道：「馮媽媽他老人家，我央及他廚下使著手哩。」西門慶又道：「頭裡我使小廝送來的那酒，是個內臣送我的竹葉青。裡頭有許多藥味，甚是峻利。我前日見你這裡打的酒，都吃不上口，我所以拿的這罈酒來。」

婦人又道了萬福，說：「多謝爹的酒，正是這般說，俺們不爭氣，住在這僻巷子裡，又沒個好酒店，哪裡得上樣的酒來吃，只往大街上取去。」西門慶道：「等韓夥計來家，你和他計較，等著獅子街那裡，替你破幾兩銀子買所房子，等你兩口子一發搬到那裡住去罷。鋪子裡又近，買東西諸事方便。」婦人道：「爹說的是。看你老人家怎的可憐見，離了這塊兒也好。就是你老人家行走，也免了許多小人口嘴——咱行的正，也不怕他。爹心裡要處自情處，他在家和不在家一個樣兒，也少不得打這條路兒來。」說一回，房裡放下桌兒，請西門慶進去寬了衣服坐。

須臾，安排酒菜上來，婦人陪定，把酒來斟。不一時，兩個並肩疊股而飲。吃的酒濃時，兩個脫剝上床交歡，自在玩耍。婦人早已床炕上鋪得厚厚的被褥，被裡薰得噴鼻香。西門慶見婦人好風月，一逕要打動他。家中袖了一個錦包兒來，打開，裡面銀托子、相思套、硫黃圈、藥煮的白綾帶子、懸玉環、封臍膏、勉鈴，一弄兒淫器。那婦人仰臥枕上，玉腿高蹺，口舌內吐。西門慶先把勉鈴教婦人自放牝內，然後將銀托束其根，硫黃圈套其首，臍膏貼於臍上。婦人以手導入牝中，兩相迎湊，漸入大半。婦人呼道：「達達！我只怕你蹲的腿酸，拿過枕頭來，你墊著坐，等我淫婦自家動罷。」又道：「只怕你不自在，你把淫婦腿吊著合，你看好不好？」

西門慶真個把他腳帶解下一條來，拴他一足，吊在床槅子上低著拽，拽得婦人牝中之津如蝸之吐蜒，綿綿不絕，又拽出好些白漿子來。西門慶問道：「你如何流這些白？」才待要抹去，婦人道：「你休抹，等我吮咂了罷。」於是蹲跪在他面前吮吞數次，嗚咂有聲。咂得西門慶淫心頓起，掉過身子，兩個幹後庭花。龜頭上有硫黃圈，濡研難澀。婦人蹙眉隱忍，半晌僅沒其稜。西門慶頗作抽送，而婦人用手摸之，漸入大半，把屁股坐在西門慶懷裡，回首流眸，作顫聲叫：「達達！慢著些，後越發粗大，教淫婦怎生捱忍。」

西門慶且扶起股，觀其出入之勢，因叫婦人小名：「王六兒，我的兒，你達不知心裡怎的，只好這一樁兒，不想今日遇你，正可我之意。我和你明日生死難開。」婦人道：「達達，只怕後來耍的絮煩了，把奴不理怎了？」西門慶道：「相交下來，才見我不是這樣人。」說話之間，兩個幹夠一頓飯時。西門慶令婦人沒高低淫聲浪語叫著才過。婦人在下，一面用手舉股承受其精，樂極情濃，一泄如注。已而拽出那話來，帶著圈子，婦人還替他吮咂淨了，兩個方才並頭交股而臥。正是：

一般滋味美，好耍後庭花。

有詞為證：

美冤家，一心愛折後庭花。尋常只在門前裡走，又被開路先鋒把住了他。放在戶中難禁受。轉絲韁勒回馬，親得勝弄的我身上麻，蹴損了奴的粉臉那丹霞。

西門慶與婦人摟抱到二鼓時分，小廝馬來接，方才起身回家。到次日，到衙門裡差了兩個緝捕，把二搗鬼拿到提刑院，只當做掏摸土賊，不由分說，一夾二十，打得順腿流血。睡了一個月，險不把命花了。往後嚇得影也再不敢上婦人門纏攪了。正是：

恨小非君子，無毒不丈夫。

遲了幾日，來保、韓道國一行人東京回來，備將前事對西門慶說：「翟管家見了女子，甚是歡喜，說爹費心。留俺府裡住了兩日，討了回書。送了爹一匹青馬，封了韓夥計女兒五十兩銀子禮錢，又與了小的二十兩盤纏。」西門慶道：「夠了。」看了回書，書中無非是知感不盡之意。自此兩家都下眷生名字，稱呼親家，不在話下。韓道國與西門慶磕頭拜謝回家。西門慶道：「韓夥計，你還把你女兒這禮錢收去，也是你兩口兒恩養孩兒一場。」韓道國再三不肯收，說道：「蒙老爹厚恩，禮錢是前日有了。這銀子小人怎好又受得？從前累的老爹好少哩！」西門慶道：「你不依，我就惱了。你將回家，不要花了，我有個處。」那韓道國就磕頭謝了，拜辭回去。

老婆見他漢子來家，滿心歡喜，一面接了行李，與他拂了塵土，問他長短：「孩子到那裡好麼？」這道國把往回一路的話，告訴一遍，說：「好人家，孩子到那裡，就與了三間房，兩個丫鬟伏侍，衣服頭面不消說。第二日，就領了後邊見了太太。翟管家甚是歡喜，留俺們住了兩日，酒飯連下人都吃不了。又與了五十兩禮錢。我再三推辭，大官人又不肯，還叫我拿回來了。」因把銀子與婦人收了。婦人一塊石頭方落地，因和韓道國說：「咱到明日，還得一兩銀子謝老馮。你不在，虧他常來做作伴兒。大官人那裡，也與了他一兩。」正說著，只見丫頭過來遞茶。韓道國道：「這個是哪裡大姐？」婦人道：「這個是咱新買的丫頭，名喚錦兒。過來與你爹磕頭！」磕了頭，丫頭往廚下去了。

老婆如此這般，把西門慶勾搭之事，告訴一遍，「自從你去了，來行走了三四遭，才使四兩銀子買了這個丫頭。但來一遭，帶一二兩銀子來。第二的不知高低，氣不憤走來這裡放水。被他撞見了，拿到衙門裡，打了個臭死，至今再不敢來了。大官人見不方便，許了要替我們大街上買一所房子，叫咱搬到那裡住去。」韓國道：「嗔道他頭裡不受這銀子，教我拿回來休要花了，原來就是這些話了。」婦人道：「這不是有了五十兩銀子，他到明日，一定與咱多添幾兩銀子，看所好房兒。也是我輸了身一場，且落他些好供給穿戴。」韓道國道：「等我明日往鋪子裡去了，他若來時，你只推我不知道，休要怠慢了他，凡事奉承他些兒。如今好容易賺錢，怎麼趕的這個道路！」老婆笑道：「賊強人，倒路死的！你倒會吃自在飯兒，你還不知老娘怎樣受苦哩！」兩個又笑了一回，打發他吃了晚飯，夫妻收拾歇下。到天明，韓道國宅裡討了鑰匙，開鋪子去了，與了老馮一兩銀子謝他。俱不必細說。

一日，西門慶同夏提刑衙門回來。夏提刑見西門慶騎著一匹高頭點子青馬，問道：「長官那匹白馬怎的不騎，又換了這匹馬？倒好一匹馬，不知口裡如何？」西門慶道：「那馬在家歇他兩日兒。這馬是昨日東京翟雲峰親家送來的，是西夏劉參將送他的。口裡才四個牙兒，腳程緊慢都有他的。只是有些毛病兒，快護糟踅蹬。初時騎了路上走，把膘跌了許多，這兩日內吃的好些兒。」夏提刑道：「這馬甚是會行，但只好騎著躧街道兒罷了，不可走遠了他。論起在咱這裡，也值七八十兩銀子。我學生騎的那馬，昨日又瘸了。今早來衙門裡來，旋拿帖兒問舍親借了這匹馬騎來，甚是不方便。」西門慶道：「不打緊，長官沒馬，我家中還有一匹黃馬，送與長官罷。」夏提刑舉手道：「長官下顧，學生奉價過來。」西門慶道：「不須計較。學生到家，就差人送來。」兩個走到西街口上，西門慶舉手分路來家。到家就使玳安把馬送去。夏提刑見了大喜，賞了玳安一兩銀子，與了回帖兒，說：「多上覆，明日到衙門裡面謝。」

過了兩月，乃是十月中旬時分。夏提刑家中做了些菊花酒，叫了兩名小優兒，請西門慶一敘，以酬送馬之情。西門慶家中吃了午飯，理了些事務，往夏提刑家飲酒。原來夏提刑備辦一席齊整酒餚，只為西門慶一人而設。見了他來，不勝歡喜，降階迎接，至廳上敘禮。西門慶道：「如何長官這等費心？」夏提刑道：「今年寒家做了些菊花酒，閒中屈執事一敘，再不敢請他客。」於是見畢禮數，寬去衣服，分賓主而坐。茶罷著棋，就席飲酒敘談，兩個小優兒在旁彈唱。正是得多少：

金尊進酒浮香蟻，象板催箏唱鷓鴣。

不說西門慶在夏提刑家飲酒，單表潘金蓮見西門慶許多時不進他房裡來，每日翡翠衾寒，芙蓉帳冷。那一日把角門兒開著，在房內銀燈高點，靠定幃屏，彈弄琵琶。等到二三更，使春梅連瞧數次，不見動靜。正是：

銀箏夜久殷勤弄，寂寞空房不忍彈。

取過琵琶，橫在膝上，低低彈了個〈二犯江兒水〉唱道：

悶把幃屏來靠，和衣強睡倒。

猛聽得房簷上鐵馬兒一片聲響，只道西門慶敲得門環兒響，連忙使春梅去瞧。春梅回道：「娘，錯了，是外邊風起，落雪了。」婦人又彈唱道：

聽風聲嘹亮，雪灑窗寮，任冰花片片飄。

一回兒燈昏香盡，心裡欲待去剔，見西門慶不來，又意兒懶得動彈了。唱道：

懶把寶燈挑，慵將香篆燒。捱過今宵，怕到明朝。細尋思，這煩惱何日是了？想起來，今夜裡心兒內焦，誤了我青春年少！你撇的人，有上稍來沒下稍。

且說西門慶約一更時分，從夏提刑家吃了酒歸來。一路天氣陰晦，空中半雨半雪下來，落在衣服上都化了。不免打馬來家，小廝打著燈籠，就不到後邊，逕往李瓶兒房來。李瓶兒迎著，一面替他拂去身上雪霰，接了衣服。只穿綾氅衣，坐在床上，就問：「哥兒睡了不曾？」李瓶兒道：「小官兒玩了這回，方睡下了。」迎春拿茶來吃了。李瓶兒問，「今夜吃酒來得早？」西門慶道：「夏龍溪因我前日送了他那匹馬，今日為我費心，治了一席酒請我，又叫了兩個小優兒。和他坐了這一回，見天氣下雪，來家早些。」李瓶兒道：「你吃酒，叫丫頭篩酒來你吃。大雪裡來家，只怕冷哩。」西門慶道：「還有那葡萄酒，你篩來我吃。今日他家吃的是造的菊花酒，我嫌他殺香殺氣的，我沒大好生吃。」於是迎春放下桌兒，就是幾碟嗄飯、細巧果菜之類。李瓶兒拿杌兒在旁邊坐下。桌下放著一架小火盆兒。

這裡兩個吃酒，潘金蓮在那邊屋裡冷清清，獨自一個兒坐在床上，懷抱著琵琶，桌上燈昏燭暗。待要睡了，又恐怕西門慶一時來；待要不睡，又是那盹睏，又是寒冷。不免除去冠兒，亂挽烏雲，把帳兒放下半邊來，擁衾而坐，正是：

> 倦倚綉床愁懶睡，低垂錦帳綉衾空。
> 早知薄倖輕拋棄，辜負奴家一片心。

又唱道：

> 懊恨薄情輕棄，離愁閒自惱。

又喚春梅過來：「你去外邊再瞧瞧，你爹來了沒有？快來回我話。」那春梅走去，良久回來，說道：「娘還認爹沒來哩，爹來家不耐煩了，在六娘房裡吃酒的不是？」這婦人不聽罷了，聽了如同心上戳上幾把刀子一般，罵了幾句負心賊，由不得撲簌簌眼中流下淚來。一逕把那琵琶兒放得高高的，口中又唱道：

心癢痛難搔，愁懷悶自焦。讓了甜桃，去尋酸棗。奴將你這定盤星兒錯認了。想起來，心兒裡焦，誤了我青春年少。你撇的人，有上稍來沒下稍。

西門慶正吃酒，忽聽見彈的琵琶聲，便問：「是誰彈琵琶？」迎春答道：「是五娘在那邊彈琵琶響。」李瓶兒道：「原來你五娘還沒睡哩。綉春，你快去請你五娘來吃酒。你說俺娘請哩。」那綉春去了。李瓶兒忙吩咐迎春：「安下個坐兒，放個鍾筯在面前。」良久，綉春走來說：「五娘摘了頭，不來哩。」李瓶兒道：「迎春，你再去請五娘去。你說，娘和爹請五娘哩。」不多時，迎春來說：「五娘把角門兒關了，說吹了燈，睡下了。」西門慶道：「休要信那小淫婦兒，等我和你兩個拉他去，務要把他拉了來。咱和他下盤棋耍子。」於是和李瓶兒同來打他角門。打了半日，春梅把角門子開了。西門慶拉著李瓶兒進入他房中，只見婦人坐在帳中，琵琶放在旁邊。西門慶道：「怪小淫婦兒，怎的兩三轉請著你不去！」金蓮坐在床上，紋絲兒不動，把臉兒沈著，半日說道：「那沒時運的人兒，丟在這冷屋裡，隨我自生自活的，又來瞅採我怎的？沒的空費了你這個心，留著別處使。」西門慶道：「怪奴才！八十歲媽媽沒牙──有那些唇說的？李大姐那邊請你和他下盤棋兒，只是等你不去了。」李瓶兒道：「姐姐，可不怎的。我那屋裡擺著棋子了，咱們閒著下一盤兒，賭杯酒吃。」金蓮道：「李大姐，你們自去，我不去。你不知我心裡不耐煩，我如今睡也，比不得你們心寬閒散。我這兩日只有口遊氣兒，黃湯淡水誰嘗著來？我成日睜著臉兒過日子哩！」西門慶道：「怪奴才，你好好兒的，怎的不好？你若心內不自在，早對我說，我好請太醫來看你。」金蓮道：「你不信，叫春梅拿過我的鏡子來，等我瞧。這兩日，瘦的像個人模樣哩！」春梅把鏡子真個遞在婦人手裡，燈下觀看。正是：

羞對菱花拭粉妝，為郎憔瘦減容光。
閉門不管閒風月，任你梅花自主張。

西門慶拿過鏡子也照了照，說道：「我怎麼不瘦？」金蓮道：「拿什麼比你！你每日碗酒塊肉，吃得肥胖胖的，專一只奈何人。」被西門慶不由分說，一屁股挨著他坐在床上，摟過脖子來就親了個嘴，舒手被裡摸，見他還沒脫衣裳，兩隻手齊插在他腰裡去，說道：「我的兒，真個瘦了些。」金蓮道：「怪行貨子，好冷手，冰的人慌！莫不我哄了你不成？我的苦惱，誰人知道，眼淚打肚裡流罷了。」亂了一回，西門慶還把他強死強活拉到李瓶兒房內，下了一盤棋，吃了一回酒。臨起身，李瓶兒見他這等臉酸，把西門慶攛掇過他這邊歇了。正是得多少：

腰瘦故知閒事惱，淚痕只為別情濃。

# 第三十九回　寄法名官哥穿道服　散生日敬濟拜冤家

漢武清齋夜築壇，自斟明水醮仙官。
殿前玉女移香案，雲際金人捧露盤。
絳節幾時還入夢？碧桃何處更驂鸞？
茂陵煙雨埋弓劍，石馬無聲蔓草寒。

話說當日西門慶在潘金蓮房中歇了一夜。那婦人恨不的鑽入他腹中，在枕畔千般貼戀，萬種牢籠，淚搵鮫綃，語言溫順，實指望買住漢子心。不料西門慶外邊又刮刺上了王六兒，替他獅子街石橋東邊，使了一百二十兩銀子，買了一所房屋居住。門面兩間，到底四層，一層做客位，一層供養佛像祖先，一層做住房，一層做廚房。自從搬過來，那街坊鄰舍知他是西門慶夥計，不敢怠慢，都送茶盒與他，又出人情慶賀。那中等人家稱他做韓大哥、韓大嫂。以下者趕著以叔嬸稱之。西門慶但來他家，韓道國就在舖子裡上宿，教老婆陪他自在玩耍。朝來暮往，街坊人家也都知道這件事，懼怕西門慶有錢有勢，誰敢惹他！如是一月之間，西門慶也來行走三四次，與王六兒打得一似火炭般熱。

看看臘月時分，西門慶在家亂著送東京並府縣、軍衛、本衛衙門中節禮。有玉皇廟吳道官使徒弟送了四盒禮物，並天地疏、新春符、謝灶誥。西門慶正在上房吃飯，玳安兒拿進帖來，上寫著：「玉皇廟小道吳宗嚞頓首拜。」西門慶看了說道：「出家人，又教他費心。」吩咐玳安，叫書童兒封一兩銀子拿回帖與他。

月娘在旁，因話提起道：「一個出家人，你要便年頭節尾受他的禮物，倒把前日你為李大姐生孩兒許的願醮，就叫他打了罷。」西門慶道：「早是你提起來，我許下一百二十分醮，我就忘死了。」月娘道：「原來你是個大謅答子貨！誰家願心是忘記的？你便有口無心許下，神明都記著。嗔道孩兒成日恁啾啾唧唧的，想就是這願心未還壓的他。」西門慶道：「既恁說，正月裡就把這醮願，在吳道官廟裡還了罷。」月娘道：「昨日李大姐說，這孩子有些病痛兒的，要問哪裡討個外名。」西門慶道：「又往哪裡討外名？就寄名在吳道官廟裡就是了。」因問玳安：「他廟裡有誰在這裡？」玳安道：「是他第二個徒弟應春跟禮來的。」

西門慶一面走出外邊來，那應春連忙磕頭說道：「家師父多拜上老爹，沒什麼孝順，使小徒弟來送這天地疏並些微禮兒，與老爹賞人。」西門慶只還了半禮，說道：「多謝你師父厚禮。」一面讓他坐。應春道：「小道怎麼敢坐！」西門慶道：「你坐了，我有話和你說。」那道士頭戴小帽，身穿青布直裰，謙遜數次，方才把椅兒挪到旁邊坐下，問道：「老爹有什鈞語吩咐？」西門慶道：「正月裡，我有些醮願，要煩你師父替我還還兒，就要送小兒寄名，不知你師父閒不閒？」徒弟連忙立起身來說道：「老爹吩咐，隨問有甚經事，不敢應承。請問老爹，訂在正月幾時？」西門慶道：「就訂在初九，爺誕日罷。」徒弟道：「此日正是天誕。又《玉匣記》上，我請律爺交慶，五福駢臻，修齋建醮甚好。請問老爹多少醮款？」西門慶道：「今歲七月，為生小兒許了一百二十分清醮。」徒弟又問：「那日延請多少道眾？」西門慶道：「請十六眾罷。」說畢，左右放桌兒待茶。先封十五兩經錢，另外又是一兩酬答他的節禮，又說：「道眾的襯施，你師父不消備辦，我這裡連阡張香燭一事帶去。」喜歡得道士屁滾尿流，臨出門謝了又謝，磕了頭兒又磕。

到正月初八日，先使玳安兒送了一石白米、一擔阡張、十斤官燭、五斤沈檀馬牙香、十六匹生眼布做襯施，又送了一對京緞、兩罈南酒、四隻鮮鵝、四隻鮮雞、一對豚蹄、一腳羊肉、十兩銀子，與官哥兒寄名之禮。西門慶預先發帖兒，請下吳大舅、花大舅、應伯爵、謝希大四位相陪。陳敬濟騎頭口，先到廟中替西門慶瞻拜。到初九日，西門慶也沒往衙門中去，絕早冠帶，騎大白馬，僕從跟隨，前呼後擁，竟出東門往玉皇廟來。遠遠望見結彩寶旛，過街榜棚。須臾至山門前下馬，睜眼觀看，果然好座廟宇。但見：

青松鬱鬱，翠柏森森。金釘朱戶，玉橋低影軒官；碧瓦雕簷，綉幕高懸寶檻。七間大殿，中懸敕額金書；兩廡長廊，彩畫天神帥將。三天門外，離婁與師曠猙獰；左右階前，自虎與青龍猛勇。八寶殿前，侍立是長生玉女；九龍床上，坐著個不壞金身。金鐘撞處，三千世界盡皈依；玉磬鳴時，萬象森羅皆拱極。朝天閣上，天風吹下步虛聲；演法壇中，夜月常聞仙佩響。自此便為真紫府，更於何處覓蓬萊？

西門慶由正門而入，見頭一座流星門上，七尺高朱紅牌架，列著兩行門對，大書：

黃道天開，祥啟九天之閶闔，迓金輿翠蓋以延恩；

玄壇日麗，光臨萬聖之旛幢，誦寶笈瑤章而闡化。

到了寶殿上，懸著二十四字齋題，大書著：「靈寶答天謝地，報國酬恩，九轉玉樞，酬盟寄名，吉祥普滿齋壇。」兩邊一聯：

先天立極，仰大道之巍巍，庸申至悃；

昊帝尊居，鑒清修之翼翼，上報洪恩。

西門慶進入壇中香案前，旁邊一小童捧盆巾盥手畢，鋪排跪請上香。西門慶行禮叩壇畢，只見吳道官頭戴玉環九陽雷巾，身披天青二十八宿大袖鶴氅，腰繫絲帶，忙下經筵來，與西門慶稽首道：「小道蒙老爹錯愛，迭受重禮，使小道卻之不恭，受之有愧。就是哥兒寄名，小道禮當叩祝，增延壽命，何以有叨老爹厚賞，誠有愧赧。經襯又且過厚，今小道愈不安。」西門慶道：「厚勞費心辛苦，無物可酬，薄禮表情而已。」敘禮畢，兩邊道眾齊來稽首。一面請去外方丈，三間敞廳，名曰松鶴軒，那裡待茶。西門慶剛坐下，就令棋童兒：「拿馬接你應二爹去。只怕他沒馬，如何這咱還沒來？」玳安道：「有姐夫騎的驢子還在這裡。」西門慶道：「也罷，快騎接去。」棋童應諾去了。

吳道官誦畢經，下來遞茶，陪西門慶坐，敘話：「老爹敬神一點誠心，小道都從四更就起來，到壇諷誦諸品仙經，今日三朝九轉玉樞法事，都是整做。又將官哥兒的生日八字，另具一文書，奏名於三寶面前，起名叫做吳應元。永保富貴遐昌。小道這裡，又添了二十四分答謝天地，十二分慶讚上帝，二十四分薦亡，共列一百八十分醮款。」西門慶道：「多有費心。」不一時，打動法鼓，請西門慶到壇看文書。西門慶重新換了大紅五彩獅補吉服，腰繫蒙金犀角帶，到壇，有絳衣表白在旁，先宣念齋意：

大宋國山東清河縣縣牌坊居住，奉道祈恩，酬醮保安，信官西門慶，本命丙寅年七月廿八日子時建生，同妻吳氏，本命戊辰年八月十五日子時建生。

表白道：「還有寶眷，小道未曾添上。」西門慶道：「你只添上個李氏，辛未年正月十五日卯時建生，同男官哥兒，丙申年七月廿三日申時建生罷。」表白文宣過一遍，接念道：

領家眷等，即日投誠，拜干洪造。伏念慶一介微生，三才末品。出入起居，每感龍天之護佑；迭遷寒暑，常蒙神聖以匡扶。職列武班，叨承禁衛，沐恩光之寵渥，享符祿之豐盈。是以修設清醮，共二十四分位，答報天地之洪恩，酬祝皇王之巨澤。又修清醮十二分位，茲逢天誕，慶贊帝真。介五福以遐昌，迓諸天而下邁。慶又於去歲七月廿三日，因為側室李氏生男官哥兒，要祈坐蓐無虞，臨盆有慶。又願將男官哥兒寄於三寶殿下，賜名吳應元，告許清醮一百二十分位，續箕裘之胤嗣，保壽命之延長。附薦西門氏門中三代宗親等魂：祖西門京良，祖妣李氏；先考西門達，妣夏氏；故室人陳氏，及前亡後化，昇墜罔知。是以修設清醮十二分位，恩資道力，均證生方。共列仙醮一百八十分位，仰干化單，俯賜勾銷。謹以宣和三年正月初九日天誕良辰，特就大慈玉皇殿，仗延官道，修建靈寶，答天謝地，報國酬盟，慶神保安，寄名轉經，吉祥普滿大齋一晝夜。延三境之司尊，迓萬天之帝駕。一門長叨均安，四序公和迪吉。統資道力，介福方來。謹意。

宣畢齋意，鋪設下許多文書符命、表白，一一請看，共有一百八九十道，甚是齊整詳細。又是官哥兒三寶蔭下寄名許多文書、符索、牒劄，不暇細覽。西門慶見吳道官十分費心，於是向案前炷了香，畫了文書，叫左右捧一匹尺頭，與吳道官畫字。吳道官固辭再三，方令小童收了。然後一個道士向殿角頭咕碌碌擂動法鼓，有若春雷相似。合堂道眾，一派音樂響起。吳道官身披大紅五彩法氅，腳穿朱履，手執牙笏，開發文書，登壇召將。兩邊鳴起鐘來，鋪排引西門慶進壇裡，向三寶案左右兩邊上香。西門慶睜眼觀看，果然鋪設齋壇齊整。但見：

位按五方，壇分八級。上供三請四御，旁分八極九霄，中列山川岳瀆，下設幽府冥官。香騰瑞靄，千枝畫燭流光；花簇錦筵，百盞銀燈散彩。天地亭，高張羽蓋；玉帝堂，密布幢旛。金鐘撞處，高功躡步奏虛皇；玉佩鳴時，都講登壇朝玉帝。絳綃衣，星辰燦爛；美蒙冠，金碧交加。監壇神將猙獰，直日功曹猛勇。青龍隱隱來黃道，白鶴翩翩下紫宸。

西門慶剛遶壇拈香下來，被左右就請到松鶴軒閣兒裡，地鋪錦毯，爐焚獸炭，那裡坐去了。不一時，應伯爵、謝希大來到。唱畢喏，每人封了一星折茶銀子，說道：「實告要送些茶兒來，路遠，這些微意，權為一茶之需。」西門慶也不接，說道：「奈煩！自恁請你來陪我坐坐，又幹這營生做什麼？吳親家這裡點茶，我一總都有了。」應伯爵連忙又唱喏，說：「哥，真個？俺們還收了罷。」因望著謝希大說道：「都是你幹這營生！我說哥不受，拿出來，倒惹他訕兩句好的。」良久，吳大舅、花子由都到了。每人兩盒細茶食來點茶，西門慶都令吳道官收了。吃畢茶，一同擺齋，鹹食齋饌，點心湯飯，甚是豐潔。西門慶同吃了早齋。

原來吳道官叫了個說書的，說西漢評話《鴻門會》。吳道官發了文書，走來陪坐，問：「哥兒今日來不來？」西門慶道，「正是，小頑還小哩，房下恐怕路遠諕著他，來不得。到午間，拿他穿的衣服來，三寶面前攝受過，就是一般。」吳道官道：「小道也是這般計較，最好。」西門慶道：「別的倒也罷了，他只是有些小膽兒。家裡三四個丫鬟連養娘輪流看視，只是害怕，貓狗都不敢到他跟前。」吳大舅道：「孩兒們好容易養活大——」正說著，只見玳安進來說：「裡邊桂姨、銀姨使了李銘、吳惠送茶來了。」西門慶道：「叫他進來。」李銘、吳惠兩個拿著兩個盒子跪下，揭開都是頂皮餅、松花餅、白糖萬壽糕、玫瑰搽穰捲兒。西門慶俱令吳道官收了，因問李銘：「你們怎得知道？」李銘道：「小的早晨路見陳姑夫騎頭口，問來，才知道爹今日在此做好事。歸家告訴桂姐、三媽說，旋約了吳銀姐，才來了。多上覆爹，本當親來，不好來得，這粗茶兒與爹賞人罷了。」西門慶吩咐：「你兩個等著吃齋。」吳道官一面讓他二人下去，自有坐處，連手下人都飽食一頓。

話休饒舌。到了午朝，拜表畢，吳道官預備了一張大插桌，又是一罈金華酒，又是哥兒的一頂青緞子綃金道髻，一件玄色紵絲道衣，一件綠雲緞小襯衣，一雙白綾小襪，一雙青潞紬衲臉小履鞋，一根黃絨線縧，一道三寶位下的黃線索，一道子孫娘娘面前紫線索，一付銀項圈條脫，刻著「金玉滿堂，長命富貴」，一道朱書辟非黃綾符，上書著「太乙司命，桃延合康」八字，就紮在黃線索上，都用方盤盛著，又是四盤羹果，擺在桌上。差小童經袱內包著宛紅紙經疏，將三朝做過法事，一一開載節次，請西門慶過了目，方才裝入盒擔內。共約八擡，送到西門慶家。西門慶甚是歡喜，快使棋童兒家去，叫賞道童兩方手帕、一兩銀子。

且說那日是潘金蓮生日，有吳大妗子、潘姥姥、楊姑娘、郁大姐，都在月娘上房坐的。見廟裡送了齋來，又是許多羹果插卓禮物，擺了四張桌子，還擺不下，都亂出來觀看。金蓮便道：「李大姐，你還不快出來看哩！你家兒子師父廟裡送禮來了，又有他的小道冠髻、道衣兒。噫，你看，又是小履鞋兒！」孟玉樓走向前，拿起來手中看，說道：「大姐姐，你看道士家也恁精細，這小履鞋，白綾底兒，都是倒扣針兒方勝兒，鎖的這雲兒又且是好。我說他敢有老婆！不然，怎的扣捺的恁好針腳兒？」吳月娘道：「沒的說。他出家人，哪裡有老婆！想必是雇人做的。」潘金蓮接過來說：「道士有老婆，像王師父和大師父會挑的好汗巾兒，莫不是也有漢子？」王姑子道：「道士家，掩上個帽子，那裡不去了！似俺這僧家，行動就認出來。」

金蓮說道：「我聽得說，你住的觀音寺背後就是玄明觀。常言道：男僧寺對著女僧寺，沒事也有事。」月娘道：「這六姐，好恁囉說白道的！」金蓮道：「這個是他師父與他娘娘寄名的紫線瑣。又是這個銀脖項符牌兒，上面銀打的八個字，帶著且是好看。背面墜著他名字，吳什麼元？」棋童道：「此是他師父起的法名吳應元。」金蓮道：「這是個『應』字。」叫道：「大姐姐，道士無禮，怎的把孩子改了他的姓？」月娘道：「你看不知禮！」因使李瓶兒：「你去抱了你兒子來，穿上這道衣，俺們瞧瞧好不好？」李瓶兒道：「他才睡下，又抱他出來？」金蓮道：「不妨事，你揉醒他。」那李瓶兒真個去了。

這潘金蓮識字，取過紅紙袋兒，扯出送來的經疏，看見上面西門慶底下同室人吳氏，旁邊只有李氏，再沒別人，心中就有幾分不忿，拿與眾人瞧：「你說賊三等兒九格的強人！你說他偏心不偏心?這上頭只寫著生孩子的，把俺們都是不在數的，都打到贅字號裡去了。」孟玉樓問：「可有大姐姐沒有？」金蓮道：「沒有大姐姐倒好笑。」月娘道：「也罷了，有了一個，也就是一般。莫不你家有一隊伍人，也都寫上，惹得道士不笑話麼？」金蓮道：「俺們都是劉湛兒鬼兒麼？比那個不出材的，那個不是十個月養的哩！」正說著，李瓶兒從前邊抱了官哥兒來。孟玉樓道：「拿過衣服來，等我替哥哥穿。」李瓶兒抱著，孟玉樓替他戴上道髻兒，套上項牌和兩道索，唬得那孩子只把眼兒閉著，半日不敢出氣兒。玉樓把道衣替他穿上。吳月娘吩咐李瓶兒：「你把這經疏，拿個阡張頭兒，親往後邊佛堂中，自家燒了罷。」那李瓶兒去了。

玉樓抱弄孩子說道：「穿著這衣服，就是個小道士兒。」金蓮接過來說道：「什麼小道士兒，倒好像個小太乙兒！」被月娘正色說了兩句道：「六姐，你這個什麼話，孩兒們面上，快休恁的。」那金蓮訕訕的不言語了。一回，那孩子穿著衣服害怕，就哭起來。李瓶兒走來，連忙接過來，替他脫衣裳時，就拉了一抱裙奶屎。孟玉樓笑道：「好個吳應元，原來拉屎也有一托盤。」月娘連忙叫小玉拿草紙替他抹。不一時，那孩子就磕伏在李瓶兒懷裡睡著了。李瓶兒道：「小大哥原來睏了，媽媽送你到前邊睡去罷。」吳月娘一面把桌面都散了，請大妗子、楊姑娘、潘姥姥眾人出來吃齋。

看看晚來。原來初八日西門慶因打醮，不用葷酒。潘金蓮晚夕就沒曾上得壽，直等到今晚來家與他遞酒，來到大門站立。不想等到日落時分，只見陳敬濟和玳安自騎頭口來家。潘金蓮問：「你爹來了？」敬濟道：「爹怕來不成了，我來時，醮事還未了，才拜懺，怕不弄到起更！道士有個輕饒素放的，還要謝將吃酒。」金蓮聽了，一聲兒沒言語，使性子回到上房裡，對月娘說：「賈瞎子傳操——乾起了個五更！隔牆掠肝腸——死心塌地，兜肚斷了帶子——沒得絆了！剛才在門首站了一回，見陳姐夫騎頭口來了，說爹不來了，醮事還沒了，先打發他來家。」月娘道：「他不來罷，咱們自在，晚夕聽大師父、王師父說因果、唱佛曲兒。」

正說著，只見陳敬濟掀簾進來，已帶半酣兒，說：「我來與五娘磕頭。」問大姐：「有鍾兒，尋個兒篩酒，與五娘遞一鍾兒。」大姐道：「哪裡尋鍾兒去？只恁與五娘磕個頭兒。到住回，等我遞罷。你看他醉的腔兒，恰好今日打醮，只好了你，吃得恁憨憨的來家。」月娘便問道：「你爹真個不來了？玳安那奴才沒來？」陳敬濟道：「爹見醮事還沒了，恐怕家裡沒人，先打發我來了，留下玳安在那裡答應哩。吳道士再三不肯放我，強死強活拉著吃了兩三大鍾酒，才來了。」

月娘問：「今日有哪幾個在那裡？」敬濟道：「今日有大舅和門外花大舅、應二叔、謝三叔，又有李銘、吳惠兩個小優兒。不知纏到多咱晚。只吳大舅來了，門外花大舅叫爹留住了，也是過夜的數。」金蓮沒見李瓶兒在跟前，便道：「陳姐夫，連你也叫起花大舅來？是那門兒親，死了的知道罷了。你叫他李大舅才是。」敬濟道：「五娘，你老人家鄉里姐姐嫁鄭恩——睜著個眼兒，閉著個眼兒罷了。」大姐道：「賊囚根子，快磕了頭，趁早與我外頭挺去！又口裡恁汗邪胡說了！」敬濟於是請金蓮轉上，踉踉蹌蹌磕了四個頭，往前邊去了。

不一時，掌上燈燭，放桌兒，擺上菜兒，請潘姥姥、楊姑娘、大妗子與眾人來。金蓮遞了酒，打發坐下，吃了麵。吃到酒闌，收了家活，擡了桌出去。月娘吩咐小玉把儀門關了，炕上放下小桌兒，眾人圍定兩個姑子，正在中間焚下香，點著一對蠟燭，聽著他說因果。先是大師父講說，講說的乃是西天第三十二祖下界降生東土，傳佛心印的佛法因果，直從張員外家豪大富說起，慢慢一程一節，直說到員外感悟佛法難聞，棄了家園富貴，竟到黃梅寺修行去。說了一回，王姑子又接念偈言。

念了一回，吳月娘道：「師父餓了，且把經請過，吃些什麼。」一面令小玉安排了四碟兒素菜鹹食，又四碟薄脆、蒸酥糕餅，請大妗子、楊姑娘、潘姥姥陪二位師父吃。大妗子說：「俺們都剛吃得飽了，教楊姑娘陪個兒罷，他老人家又吃著個齋。」月娘連忙用小描金碟兒，每樣揀了點心，放在碟兒裡，先遞與兩位師父，然後遞與楊姑娘，說道：「你老人家陪二位請些兒。」婆子道：「我的佛爺，老身吃得夠了。」又道：「這碟兒裡是燒骨朵，姐姐你拿過去，只怕錯揀到口裡。」把眾人笑的了不得。月娘道：「奶奶，這個是廟上送來托葷鹹食。你老人家只顧用，不妨事。」楊姑娘道：「既是素的，等老身吃。老身乾淨眼花了，只當做葷的來。」正吃著，只見來興兒媳婦子惠香走來。月娘道：「賊臭肉，你也來做什麼？」惠香道：「我也來聽唱曲兒。」月娘道：「儀門關著，你打哪裡進來了？」玉簫道：「他廚房封火來。」月娘道：「嗔道恁鼻兒烏嘴兒黑的，成精鼓搗，來聽什麼經！」

當下眾丫鬟婦女圍定兩個姑子，吃了茶食，收過家活去，搽抹經桌乾淨。月娘重新剔起燈燭來，炷了香。兩個姑子打動磬子兒，又高念起來。從張員外在黃梅山寺中修行，白日長跪聽經，夜夜參禪打坐。四祖禪師見他不凡，收留做了徒弟，與了他三椿寶貝，教他往濁河邊投胎奪舍，直說到千金小姐在濁河邊洗濯衣裳，見一僧人借房兒住，不合答了他一聲，那老人就跳下河去了。潘金蓮熬得磕睏上來，就往房裡睡去了。少頃，李瓶兒房中綉春來叫，說官哥兒醒了，也去了。只剩下李嬌兒、孟玉樓、潘姥姥、孫雪娥、楊姑娘、大妗子守著。又聽到河中漂過一個大鱗桃來，小姐不合吃了，歸家有孕，懷胎十月。王姑子又接唱了一個〈耍孩兒〉。唱完，大師父又念了四偈言：

五祖一佛性，投胎在腹中，
權住十個月，轉凡度眾生。

念到此處，月娘見大姐也睡去了，大妗子歪在月娘裡間床上睡著了，楊姑娘也打起欠呵來，桌上蠟燭也點盡了兩根，問小玉：「這天有多少晚了？」小玉道：「已是四更天氣，雞叫了。」月娘方令兩位師父收拾經卷。楊姑娘便往玉樓房裡去了。郁大姐在後邊雪娥房裡宿歇。月娘打發大師父和李嬌兒一處睡去了。王姑子和月娘在炕上睡。兩個還等著小玉頓了一瓶子茶，吃了才睡。大妗子在裡間床上和玉簫睡。月娘因問王姑子：「後來這五祖長大了，怎生成正果？」王姑子復從爹娘怎的把千金小姐趕出，小姐怎的逃生，來到仙人莊；又怎的降生五祖，落後五祖養活到六歲；又怎的一直走到濁河邊，取了三椿寶貝，逕往黃梅寺聽四祖說法；又怎的遂成正果，後來還度脫母親升天；直說完了才罷。月娘聽了，越發好信佛法了。有詩為證：

聽法聞經怕無常，紅蓮舌上放毫光。
何人留下禪空話？留取尼僧化飯糧！

# 第四十回 抱孩童瓶兒希寵 妝丫鬟金蓮市愛

詞曰：

種就藍田玉一株，看來的的可人娛。多方珍重好支持，掌中珠。傞俹漫驚新態變，妖嬈偏與舊時殊。相逢一見笑成痴，少人知。

——右調〈山花子〉

話說當夜月娘和王姑子一炕睡。王姑子因問月娘：「你老人家怎的就沒見點喜事兒？」月娘道：「又說喜事哩！前日八月裡，因買了對過喬大戶房子，平白俺們都過去看。上他那樓梯，一腳蹦滑了，把個六七個月身扭掉了。至今再誰見什麼喜兒來！」王姑子道：「我的奶奶，有七個月也成形了！」月娘道：「半夜裡掉下𣛮子裡，我和丫頭點燈撥著瞧，倒是個小廝兒。」王姑子道：「我的奶奶，可惜了！怎麼來扭著了？還是胎氣坐得不牢。你老人家養出個兒來，強如別人。你看前邊六娘，進門多少時兒，倒生了個兒子，何等的好！」月娘道：「他各人的兒女，隨天罷了。」王姑子道：「也不打緊，俺們同行一個薛師父，一紙好符水藥。前年陳郎中娘子，也是中年無子，常時小產了幾胎，白不存，也是吃了薛師父符藥，如今生了好不好一個滿抱的小廝兒！一家兒歡喜的要不得。只是用著一件物件兒難尋。」

月娘問道：「什麼物件兒？」王姑子道：「用著頭生孩子的衣胞，拿酒洗了，燒成灰兒，伴著符藥，揀壬子日，人不知，鬼不覺，空心用黃酒吃了。算定日子兒不錯，至一個月就坐胎氣，好不準！」月娘道：「這師父是男僧女僧？在哪裡住？」王姑子道：「他也是俺女僧，也有五十多歲。原在地藏菴兒住來，如今搬在南首法華菴兒做首座，好不有道行！他好少經典兒！又會講說《金剛科儀》，各樣因果寶卷，成月說不了。專在大人家行走，要便接了去，十朝半月不放出來。」月娘道：「你到明日請他來走走，」王姑子道：「我知道。等我替你老人家討了這符藥來著。只是這一件兒難尋，這裡沒尋處。恁般如此，你不如把前頭這孩子的房兒，借請跑出來使了罷。」月娘道：「緣何損別人安自己。我與你銀子，你替我慢慢另尋便了。」王姑子道：「這個到只是問老娘尋，他才有。我替你整治這符水，你老人家吃了管情就有。難得你明日另養出來，隨他多少，十個明星當不得月！」月娘吩咐：「你卻休對人說。」王姑子道：「好奶奶，傻了我？肯對人說！」說了一回，方睡了。一宿晚景提過。

到次日，西門慶打廟裡來家，月娘才起來梳頭。玉簫接了衣服，坐下。月娘因說：「昨日家裡六姐等你來上壽，怎的就不來了？」西門慶悉把醮事未了，吳親家晚夕費心，擺了許多桌席——「吳大舅先來了，留住我和花大哥、應二哥、謝希大。兩個小優兒彈唱著，俺們吃了一夜酒。今早我便先進城來了，應二哥他三個還吃酒哩。」告訴了一回。玉簫遞茶吃了。也沒往衙門裡去，走到前邊書房裡，歪著床上就睡著了。

落後潘金蓮、李瓶兒梳了頭，抱著孩子出來，都到上房，陪著吃茶。月娘向李瓶兒道：「他爹來了這一日，在前頭哩，我教他吃茶食，他不吃。如今有了飯了。你把你家小道士替他穿上衣裳，抱到前頭與他爹瞧瞧去。」潘金蓮道：「我也去。等我替道士兒穿衣服。」於是戴上銷金道髻兒，穿上道衣，帶了頂牌符索，套上小鞋襪兒，金蓮就要奪過去。月娘道：「教他媽媽抱罷。你這蜜褐色桃綉裙子不耐污，撒上點子臢到了不成。」於是李瓶兒抱定官哥兒，潘金蓮便跟著，來到前邊西廂房內。書童見他二人掀簾，連忙就躲出來了。金蓮見西門慶臉朝裡睡，就指著孩子說：「老花子，你好睡！小道士兒自家來請你來了。大媽媽房裡擺下飯，教你吃去，你還不快起來，還推睡兒！」那西門慶吃了一夜酒的人，丟倒頭，那顧天高地下，鼾睡如雷。

金蓮與李瓶兒一邊一個坐在床上，把孩子放在他面前，怎禁的鬼混，不一時把西門慶弄醒了。睜開眼看見官哥兒在面前，穿著道士衣服，喜歡得眉開眼笑。連忙接過來，抱到懷裡，與他親個嘴兒。金蓮道：「好乾淨嘴頭子，就來親孩兒！小道士兒吳應元，你噦他一口，你說昨日在那裡使牛耕地來，今日乏睏得這樣的，大白日睏覺？昨日叫五媽只顧等著你。你恁大膽，不來與五媽磕頭。」西門慶道：「昨日醮事散得晚。晚夕謝將，整吃了一夜。今日到這咱還一頭酒，在這裡睡回，還要往尚舉人家吃酒去。」金蓮道：「你不吃酒去罷了。」西門慶道：「他家從昨日送了帖兒來，不去惹人家不怪！」金蓮道：「你去，晚夕早些兒來家，我等著你哩。」李瓶兒道：「他大媽媽擺下飯了，又做了些酸筍湯，請你吃飯去哩。」西門慶道：「我心裡還不待吃，等我去喝些湯罷。」於是起來往後邊去了。

這潘金蓮見他去了，一屁股就坐在床上正中間，腳蹬著地爐子說道：「這原來是個套炕子。」伸手摸了摸褥子裡，說道：「倒且是燒的滾熱的炕兒。」瞧了瞧旁邊桌上，放著個烘硯瓦的銅絲火爐兒，隨手取過來，叫：「李大姐，那邊香几兒上牙盒裡盛的甜香餅兒，你取些來與我。」一面揭開了，拿幾個在火炕內，一面夾在襠裡，拿裙子裹得沿沿的，且薰熱身上。坐了一回，李瓶兒說道：「咱進去罷，只怕他爹吃了飯出來。」金蓮道：「他出來不是？怕他麼！」於是二人抱著官哥，進入後邊來。良久，西門慶吃了飯，吩咐排軍備馬，午後往尚舉人家吃酒去了。潘姥姥先去了。

且說晚夕王姑子要家去，月娘悄悄與了他一兩銀子，叫他休對大師姑說，好歹請薛姑子帶了符藥來。王姑子接了銀子，和月娘說：「我這一去，只過十六日才來。就替你尋了那件東西兒來。」月娘道：「也罷，你只替我幹得停當，我還謝你。」於是作辭去了。看官聽說：但凡大人家，似這等尼僧牙婆，絕不可擡舉。在深宮大院，相伴著婦女，俱以談經說典為由，背地裡送暖偷寒，什麼事兒不幹出來？有詩為證：

最有緇流不可言，深宮大院哄嬋娟。
此輩若皆成佛道，西方依舊黑漫漫。

卻說金蓮晚夕走到鏡臺前，把鬏髻摘了，打了個盤頭楂髻，把臉搽得雪白，抹得嘴唇兒鮮紅，戴著兩個金燈籠墜子，貼著三個面花兒，帶著紫銷金箍兒，尋了一套紅織金襖兒，下著翠藍緞子裙：要妝丫頭，哄月娘眾人耍子。叫將李瓶兒來與他瞧，把李瓶兒笑的前仰後合，說道：「姐姐，你妝扮起來，活像個丫頭。我那屋裡有紅布手巾，替你蓋著頭。等我往後邊去，對他們只說他爹又尋了個丫頭，唬他們唬，管定就信了。」春梅打著燈籠在頭裡走，走到儀門首，撞見陳敬濟，笑道：「我道是誰來，這個就是五娘幹的營生！」李瓶兒叫道：「姐夫，你過來，等我和你說了著，你先進去見他們，只如此這般。」敬濟道：「我有法兒哄他。」於是先走到上房裡。

眾人都在炕上坐著吃茶，敬濟道：「娘，你看爹平白裡叫薛嫂兒使了十六兩銀子，買了人家一個二十五歲，會彈唱的姐兒，剛才拿轎子送將來了。」月娘道：「真個？薛嫂兒怎不先來對我說？」敬濟道：「他怕你老人家罵他，送轎子到大門首，就去了。丫頭便叫他們領進來了。」大妗子還不言語。楊姑娘道：「官人有這幾房姐姐夠了，又要他來做什麼？」月娘道：「好奶奶，你猷的！有錢就買一百個有什麼多？俺們都是老婆當軍——充數兒罷了！」玉簫道：「等我瞧瞧去。」只見月亮地裡，原是春梅打燈籠，落後叫了來安兒打著，和李瓶兒後邊跟著，搭著蓋頭，穿著紅衣服進來。慌得孟玉樓、李嬌兒都出來看。

良久，進入房裡。玉簫挨在月娘邊說道：「這個是主子，還不磕頭哩！」一面揭了蓋頭。那潘金蓮插燭也似磕下頭去，忍不住撲嗤的笑了。玉樓道：「好丫頭，不與你主子磕頭，且笑！」月娘笑了，說道：「這六姐成精死了罷！把俺們哄得信了。」玉樓道：「我不信。」楊姑娘道：「姐姐，你怎的見出來不信？」玉樓道：「俺六姐平昔磕頭，也學的那等磕了頭起來，倒退兩步才拜。」楊姑娘道：「還是姐姐看得出來，要著老身就信了。」李嬌兒道：「我也就信了。剛才不是揭蓋頭，他自家笑，還認不出來。」正說著，只見琴童兒抱進氈包來，說：「爹來家了。」孟玉樓道：「你且藏在明間裡。等他進來，等我哄他哄。」

不一時，西門慶來到，楊姑娘、大妗子出去了，進入房內椅子上坐下。月娘在旁不言語。玉樓道：「今日薛嫂兒轎子送人家一個二十歲丫頭來，說是你教他送來要他的，你恁大年紀，前程也在身上，還幹這勾當？」西門慶笑道：「我哪裡教他買丫頭來？信那老淫婦哄你哩！」玉樓道：「你問大姐姐不是？丫頭也領在這裡，我不哄你。你不信，我叫出來你瞧。」於是叫玉簫：「你拉進那新丫頭來，見你爹。」那玉簫掩著嘴兒笑，又不敢去拉，前邊走了走兒，又回來了，說道：「他不肯來。」玉樓道：「等我去拉，恁大膽的奴才，頭兒沒動，就扭主子，也是個不聽指教的！」一面走到明間內。只聽說道：「怪行貨子，我不好罵的！人不進去，只顧拉人，拉得手腳兒不著。」玉樓笑道：「好奴才，誰家使的你恁沒規矩，不進來見你主子磕頭。」一面拉進來。

西門慶燈影下睜眼觀看，卻是潘金蓮打著揸髻裝丫頭，笑得眼沒縫兒。那金蓮就坐在旁邊椅子上。玉樓道：「好大膽丫頭！新來乍到，就恁少條失教的，大剌剌對著主子坐著！」月娘笑道，「你趁著你主子來家，與他磕個頭兒罷。」那金蓮也不動，走到月娘裡間屋裡，一頓把簪子拔了，戴上䯼髻出來。月娘道：「好淫婦，討了誰上頭話，就戴上䯼髻了！」眾人又笑了一回。月娘告訴西門慶說：「今日喬親家那裡，使喬通送了六個帖兒來，請俺們十二日吃看燈酒。咱到明日，不先送些禮兒去？」西門慶道：「明早叫來興兒，買四盤餚品、一罈南酒送去就是了。到明日，咱家發柬，十四日也請他娘子，並周守備娘子、荊都監娘子、夏大人娘子、張親家母。大妗子也不必家去了。教賁四叫將花兒匠來，做幾架煙火。王皇親家一起扮戲的小廝，叫他來扮《西廂記》。往院中再把吳銀兒、李桂兒接了來。你們在家看燈吃酒，我和應二哥、謝子純往獅子街樓上吃酒去。」說畢，不一時放下桌兒，安排酒上來。

潘金蓮遞酒，眾姊妹相陪吃了一回。西門慶因見金蓮裝扮丫頭，燈下艷妝濃抹，不覺淫心漾漾，不住把眼色遞與他。金蓮就知其意，就到前面房裡，去了冠兒，挽著杭州纘，重勻粉面，復點朱唇。早在房中預備下一桌齊整酒菜等候。不一時，西門慶果然來到，見婦人還挽起雲髻來，心中甚喜，摟著他坐在椅子上，兩個說笑。不一時，春梅收拾上酒菜來。婦人重新與他遞酒。西門慶道：「小油嘴兒，頭裡已是遞過罷了，又教你費心。」金蓮笑道：「那個大夥裡酒兒不算，這個是奴家業兒，與你遞鍾酒兒，年年累你破費，你休抱怨。」把西門慶笑得沒眼縫兒，連忙接了他酒，摟在懷裡膝蓋上坐的。

春梅斟酒，秋菊拿菜兒。金蓮道：「我問你，十二日喬家請，俺們都去？只教大姐姐去？」西門慶道：「他既下帖兒都請，你們如何不去？到明日，叫奶子抱了哥兒也去走走，省得家裡尋他娘哭。」金蓮道：「大姐姐他們都有衣裳穿，我老道只有數的那幾件子，沒件好當眼的。你把南邊新治來那衣裳，一家分散幾件子，裁與俺們穿了罷！只顧放著，敢生小的兒也怎的？到明日咱家擺酒，請眾官娘子，俺們也好見他，不惹人笑話。我常是說著，你把臉兒憨著。」西門慶笑道：「既是恁的，明日叫了趙裁來，與你們裁了罷，」金蓮道：「及至明日叫裁縫做，只差兩日兒，做著還遲了哩。」西門慶道：「對趙裁說，多帶幾個人來，替你們攢造兩三件出來就夠了。剩下別的慢慢再做也不遲。」金蓮道：「我早對你說過，好歹揀兩套上色兒的與我，我難比他們都有，我身上你沒與我做什麼大衣裳。」西門慶笑道：「賊小油嘴兒，到處掐個尖兒。」兩個說話飲酒，到一更時分方上床。兩個如被底鴛鴦，帳中鸞鳳，整狂了半夜。

到次日，西門慶衙門中回來，開了箱櫃，拿出南邊織造的羅緞尺頭來。每人做件妝花通袖袍兒，一套遍地錦衣服，一套妝花衣服。惟月娘是兩套大紅通袖遍地錦袍兒，四套妝花衣服。在捲棚內，一面使琴童兒叫將趙裁來。趙裁見西門慶，連忙磕了頭。桌上鋪著氈條，取出剪尺來，先裁月娘的：一件大紅遍地錦五彩妝花通袖襖，獸朝麒麟補子緞袍兒；一件玄色五彩金遍邊葫蘆樣鸞鳳穿花羅袍；一套大紅緞子遍地金通袖麒麟補子襖兒，翠藍寬拖遍地金裙；一套沈香色妝花補子遍地錦羅襖兒，大紅金枝綠葉百花拖泥裙。其餘李嬌兒、孟玉樓、潘金蓮、李瓶兒四個都裁了一件大紅五彩通袖妝花錦雞緞子袍兒，兩套妝花羅緞衣服。孫雪娥只是兩套，就沒與他袍兒。須臾共裁剪三十件衣服。兌了五兩銀子，與趙裁做工錢。一面叫了十來個裁縫在家攢造，不在話下。正是：

金鈴玉墜妝閨女，錦綺珠翹飾美娃。

# 第四十一回　兩孩兒聯姻共笑嬉　二佳人憤深同氣苦

詞曰：

瀟灑佳人，風流才子，天然吩咐成雙。蘭堂綺席，燭影耀熒煌。數幅紅羅錦繡，寶妝篆、金鴨焚香。分明是，芙蕖浪裡，一對鴛鴦。

——右調〈滿庭芳前〉

話說西門慶在家中，裁縫攢造衣服，那消兩日就完了。到十二日，喬家使人邀請。早晨，西門慶先送了禮去。那日，月娘並眾姊妹、大妗子，六頂轎子一搭兒起身，留下孫雪娥看家。奶子如意兒抱著官哥，又令來興媳婦蕙秀伏侍疊衣服，又是兩頂小轎。

西門慶在家，看著賁四叫了花兒匠來紮縛煙火，在大廳、捲棚內掛燈，使小廝拿帖兒往王皇親宅內定下戲子，俱不必細說。後晌時分，走到金蓮房中。金蓮不在家，春梅在旁伏侍茶飯，放桌兒吃酒。西門慶因對春梅說：「十四日請眾官娘子，你們四個都打扮出去，與你娘跟著遞酒，也是好處。」春梅聽了，斜靠著桌兒說道：「你若叫，只叫他三個出去，我是不出去。」西門慶道：「你怎的不出去？」春梅道：「娘們都新做了衣裳，陪侍眾官戶娘子便好看。俺們一個一個只像燒糊了卷子一般，平白出去惹人家笑話。」西門慶道：「你們都有各人的衣服首飾、珠翠花朵。」春梅道：「頭上將就戴著罷了，身上有數那兩件舊片子，怎麼好穿出去見人的！倒沒得羞刺刺的。」西門慶笑道：「我曉得你這小油嘴兒，見你娘們做了衣裳，卻使性兒起來。不打緊，叫趙裁來，連大姐帶你四個，每人都裁三件：一套緞子衣裳、一件遍地錦比甲。」

春梅道：「我不比與他。我還問你要件白綾襖兒，搭襯著大紅遍地錦比甲兒穿。」西門慶道：

「你要不打緊，少不的也與你大姐裁一件。」春梅道：「大姑娘有一件罷了，我卻沒有，他也說不的。」西門慶於是拿鑰匙開樓門，揀了五套緞子衣服、兩套遍地錦比甲兒，一匹白綾裁了兩件白綾對衿襖兒。惟大姐和春梅是大紅遍地錦比甲兒，迎春、玉簫、蘭香，都是藍綠顏色；衣服都是大紅緞子織金對衿襖，翠藍邊拖裙，共十七件。一面叫了趙裁來，都裁剪停當。又要一匹黃紗做裙腰，貼裡一色都是杭州絹兒。春梅方才喜歡了，陪侍西門慶在屋裡吃了一日酒，說笑玩耍不提。

且說吳月娘眾姊妹到了喬大戶家。原來喬大戶娘子那日請了尚舉人娘子，並左鄰朱臺官娘子、崔親家母，並兩個外甥姪女兒——段大姐及吳舜臣媳婦兒鄭三姐。叫了兩個妓女，席前彈唱。聽見月娘眾姊妹和吳大妗子到了，連忙出儀門首迎接，後廳敘禮。趕著月娘呼姑娘，李嬌兒眾人都排行叫二姑娘、三姑娘……，俱依吳大妗子那邊稱呼之禮。又與尚舉人、朱臺官娘子敘禮畢，段大姐、鄭三姐向前拜見了。各依次坐下。丫鬟遞過了茶，喬大戶出來拜見，謝了禮。他娘子讓進眾人房中去寬衣服，就放桌兒擺茶，請眾堂客坐下吃茶。奶子如意兒和蕙秀在房中看官哥兒，另自管待。須臾，吃了茶到廳，屏開孔雀，褥隱芙蓉，正面設四張桌席。讓月娘坐了首位，其次就是尚舉人娘子、吳大妗子、朱臺官娘子、李嬌兒、孟玉樓、潘金蓮、李瓶兒，喬大戶娘子關席坐位，旁邊放一桌，是段大姐、鄭三姐，共十一位。兩個妓女在旁邊唱。上了湯飯，廚役上來獻了頭一道水晶鵝，月娘賞了二錢銀子；第二道是頓爛烤蹄兒，月娘又賞了一錢銀子；第三道獻燒鴨，月娘又賞了一錢銀子。喬大戶娘子下來遞酒，遞了月娘過去，又遞尚舉人娘子。月娘就下來往後房換衣服、勻臉去了。

孟玉樓也跟下來，到了喬大戶娘子臥房中，只見奶子如意兒看守著官哥兒，在炕上鋪著小褥子兒躺著。他家新生的長姐，也在旁邊臥著。兩個你打我下兒，我打你下兒玩耍。把月娘、玉樓見了，喜歡的要不得，說道：「他兩個倒好像兩口兒。」只見吳大妗子進來，說道：「大妗子，你來瞧瞧，兩個倒像小兩口兒。」大妗子笑道：「正是。孩兒們在炕上，張手蹬腳兒的，你打我，我打你，小姻緣一對兒耍子。」喬大戶娘子和眾堂客都進房來，吳大妗子如此這般說。喬大戶娘子道：「列位親家聽著，小家兒人家，怎敢攀的我這大姑娘府上？」月娘道：「親家好說，我家嫂子是何人？鄭三姐是何人？我與你愛親做親，就是我家小兒也玷辱不了你家小姐，如何卻說此話？」玉樓推著李瓶兒說道：「李大姐，你怎的說？」那李瓶兒只是笑。

吳妗子道：「喬親家不依，我就惱了。」尚舉人娘子和朱臺官娘子皆說道：「難為吳親家厚情，喬親家你休謙辭了。」因問：「你家長姐去年十一月生的？」月娘道：「我家小兒六月廿三日生的，原大五個月，正是兩口兒。」眾人不由分說，把喬大戶娘子和月娘、李瓶兒拉到前廳，兩個就割了衫襟。兩個妓女彈唱著。旋對喬大戶說了，拿出果盒、三段紅來遞酒。月娘一面吩咐玳安、琴童快往家中對西門慶說。旋擡了兩罈酒、三匹緞子、紅綠板兒絨金絲花、四個螺甸大果盒。兩家席前，掛紅吃酒。一面堂中畫燭高擎，花燈燦爛，麝香靉靉，喜笑匆匆。兩個妓女，啓朱唇，露皓齒，輕撥玉阮，斜抱琵琶唱著。

眾堂客與吳月娘、喬大戶娘子、李瓶兒三人都簪了花，掛了紅，遞了酒，各人都拜了。重新復安席坐下飲酒。廚子上了一道裹餡壽字雪花糕、喜重重滿池嬌並頭蓮湯。月娘坐在上席，滿心歡喜，叫玳安過來，賞一匹大紅與廚役，兩個妓女每人都是一匹，俱磕頭謝了。喬大戶娘子不放起身，還在後堂留坐，擺了許多菜碟、細果攢盒。約吃到一更時分，月娘等方才拜辭回來，說道：「親家，明日好歹下降寒舍那裡坐坐。」喬大戶娘子道：「親家盛情，家老兒說來，只怕席間不好坐的，改日望親家去罷。」月娘道：「好親家，再沒人。親家只是見外。」因留下大妗子：「你今日不去，明日同喬親家一搭兒裡來罷。」大妗子道：「喬親家，別的日子你不去罷，到十五日，你正親家生日，你莫不也不去？」喬大戶娘子道：「親家十五日好日子，我怎敢不去！」月娘道：「親家若不去，大妗子，我交付與你，只在你身上。」於是，生死把大妗子留下了，然後作辭上轎。

頭裡兩個排軍，打著兩個大紅燈籠；後邊又是兩個小廝，打著兩個燈籠。吳月娘在頭裡，李嬌兒、孟玉樓、潘金蓮、李瓶兒一字在中間，如意兒和蕙秀隨後。奶子轎子裡用紅綾小被把官哥兒裹得沿沿的，恐怕冷，腳下還蹬著銅火爐兒。兩邊小廝圍隨。到了家門首下轎，西門慶正在上房吃酒，月娘等眾人進來，道了萬福，坐下。眾丫鬟都來磕了頭。月娘先把今日酒席上結親之話，告訴了一遍。西門慶聽了道：「今日酒席上有哪幾位堂客？」月娘道：「有尚舉人娘子、朱序班娘子、崔親家母、兩個姪女。」西門慶說：「做親也罷了，只是有些不搬陪。」月娘道：「倒是俺嫂子，見他家新養的長姐和咱孩子在床炕上睡著，都蓋著那被窩兒，你打我一下兒，我打你一下兒，恰是小兩口兒一般，才叫了俺們去，說將起來，酒席上就不因不由做了這門親。我方才使小廝來對你說，擡送了花紅果盒去。」西門慶道：「既做親也罷了，只是有些不搬陪些。喬家雖有這個家事，他只是個縣中大戶白衣人。你我如今見居著這官，又在衙門中管著事，到明日會親酒席間，他戴著小帽，與俺這官戶怎生相處？甚不雅相。就是前日，荊南岡央及營裡張親家，再三趕著和我做親，說他家小姐今才五個月兒，也和咱家孩子同歲。我嫌他沒娘母子，是房裡生的，所以沒曾應承他。不想倒與他家做了親。」

潘金蓮在旁接過來道：「嫌人家是房裡養的，誰家是房外養的？就是喬家這孩子，也是房裡生的。正是險道神撞著壽星老兒——你也休說我長，我也休嫌你短。」西門慶聽了此言，心中大怒，罵道：「賊淫婦，還不過去！人這裡說話，也插嘴插舌的。有你什麼說處！」金蓮把臉羞得通紅了，抽身走出來，說道：「誰說這裡有我說處？可知我沒說處哩！」看官聽說：今日潘金蓮在酒席上，見月娘與喬大戶家做了親，李瓶兒都披紅簪花遞酒，心中甚是氣不憤，來家又被西門慶罵了這兩句，越發急了，走到月娘這邊屋裡哭去了。

西門慶因問：「大妗子怎的不來？」月娘道：「喬親家母明日見有眾官娘子，說不得來。我留下他在那裡，教明日同他一搭兒裡來。」西門慶道：「我說只這席間坐次上不好相處，到明日怎麼廝會？」說了回話，只見孟玉樓也走到這邊屋裡來，見金蓮哭泣，說道：「你只顧惱怎的？隨他說幾句罷了。」金蓮道：「早是你在旁邊聽著，我說他什麼歹話來？他說別家是房裡養的，我說喬家是房外養的，也是房裡生的。那個紙包兒包著，瞞得過人？賊不逢好死的強人，就睜著眼罵起我來。罵的人那絕情絕義。怎的沒我說處？改變了心，教他明日現報在我的眼裡！多大的孩子，一個懷抱的尿泡種子，平白扳親家，有錢沒處施展的，爭破臥單——沒得蓋，狗咬尿胞——空歡喜！如今做濕親家還好，到明日休要做了乾親家才難。吹殺燈擠眼兒——後來的事看不見。做親時人家好，過三年五載妨了的才一個兒！」玉樓道：「如今人也賊了，不幹這個營生。論起來也還早哩。才養的孩子，割什麼衫襟？無過只是圖往來扳陪著耍子兒罷了。」金蓮道：「你便浪搧著圖扳親家耍子，平白教賊不合鈕的強人罵我。」玉樓道：「誰教你說話不著個頭項兒就說出來？他不罵你罵狗？」金蓮道：「我不好說的，他不是房裡，是大老婆？就是喬家孩子，是房裡生的，還有喬老頭子的些氣兒。你家失迷家鄉，還不知是誰家的種兒哩！」玉樓聽了，一聲兒沒言語。坐了一回，金蓮歸房去了。

李瓶兒見西門慶出來了，重新花枝招颭與月娘磕頭，說道：「今日孩子的事，累姐姐費心。」那月娘笑嘻嘻，也倒身還下禮去，說道：「你喜呀！」李瓶兒道：「與姐姐同喜。」磕畢頭起來，與月娘、李嬌兒坐著說話。只見孫雪娥、大姐來與月娘磕頭，與李嬌兒、李瓶兒道了萬福。小玉拿茶來，正吃茶，只見李瓶兒房裡丫鬟綉春來請，說：「哥兒屋裡尋哩，爹使我請娘來了。」李瓶兒道：「奶子慌得三不知就抱的屋裡去了。一搭兒去也罷了，只怕孩子沒個燈兒。」月娘道：「頭裡進門，倒是我叫他抱的房裡去，恐怕晚了。」小玉道：「頭裡如意兒抱著他，來安兒打著燈籠送他來。」李瓶兒道：「這等也罷了。」於是，作辭月娘，回房中來。

只見西門慶在屋裡，官哥兒在奶子懷裡睡著了。因說：「你如何不對我說，就抱了他來？」如意兒道：「大娘見來安兒打著燈籠，就趁著燈兒來了。哥哥哭了一回，才拍著他睡著了。」西門慶道：「他尋了這一回，才睡了。」李瓶兒說畢，望著他笑嘻嘻說道：「今日與孩兒定了親，累你，我替你磕個頭兒。」於是，插燭也似磕下去。喜歡得西門慶滿面堆笑，連忙拉起來，做一處坐的。一面令迎春擺下酒兒，兩個吃酒。

且說潘金蓮到房中使性子，沒好氣，明知道西門慶在李瓶兒這邊，因秋菊開的門遲了，進門就打了兩個耳刮子，高聲罵道：「賊淫婦奴才，怎的叫了恁一日不開？你做什麼來？我且不和你答話。」於是走到屋裡坐下。春梅走來磕頭遞茶。婦人問他：「賊奴才他在屋裡做什麼來？」春梅道：「在院子裡坐著來。我這等催他，還不理。」婦人道：「我知道他和我兩個毆氣。党太尉吃匾食，他也學人照樣兒欺負我。」待要打他，又恐西門慶聽見；不言語，心中又氣。一面卸了濃妝，春梅與他搭了鋪，上床就睡了。

到次日，西門慶衙門中去了。婦人把秋菊叫他頂著大塊柱石，跪在院子裡。跪得他梳了頭，教春梅扯了他褲子，拿大板子要打他。春梅道：「好乾淨的奴才，教我扯褲子，到沒的污濁了我的手！」走到前邊，旋叫了畫童兒扯去秋菊的衣。婦人打著他罵道：「賊奴才淫婦，你從幾時就恁大來？別人興你，我卻不興你。姐姐，你知我見的，將就膿著些兒罷了。平白撐著頭兒，逞什麼強？姐姐，你休要倚著，我到明日洗著兩個眼兒看著你哩！」一面罵著又打，打了又罵，打的秋菊殺豬也似叫。

李瓶兒那邊才起來，正看著奶子打發官哥兒睡著了，又諕醒了。明明白白聽見金蓮這邊打丫鬟，罵的言語兒有因，一聲兒不言語，諕得只把官哥兒耳朵握著。一面使綉春：「去對你五娘說休打秋菊罷。哥兒才吃了些奶睡著了。」金蓮聽了，越發打的秋菊狠了，罵道：「賊奴才，你身上打著一萬把刀子，這等叫饒。我是恁性兒，你越叫，我越打。莫不為你拉斷了路行人？人家打丫頭，也來看著你。好姐姐，對漢子說，把我別變了罷！」李瓶兒這邊分明聽見指罵的是他，把兩隻手氣得冰冷，忍氣吞聲，敢怒而不敢言。早晨茶水也沒吃，摟著官哥兒在炕上就睡著了。

等到西門慶衙門中回家，入房來看官哥兒，見李瓶兒哭得眼紅紅的，睡在炕上，問道：「你怎的這咱還不梳頭？上房請你說話。你怎揉得眼恁紅紅的？」李瓶兒也不提金蓮指罵之事，只說：「我心中不自在。」西門慶告說：「喬親家那裡，送你的生日禮來了。一匹尺頭、兩罈南酒、一盤壽桃、一盤壽麵、四樣下飯。又是哥兒送節的兩盤元宵、四盤蜜食、四盤細果、兩掛珠子吊燈、兩座羊皮屏風燈、兩匹大紅官緞、一頂青緞撚的金八吉祥帽兒、兩雙男鞋、六雙女鞋。咱家倒還沒往他那裡去，他又早與咱孩兒送節來了。如今上房的請你計較去。他那裡使了個孔嫂兒和喬通押了禮來。大妗子先來了，說明日喬親家母不得來，直到後日才來。他家有一門子做皇親的喬五太太聽見和咱們做親，好不喜歡！到十五日，也要來走走，咱少不得補個帖兒請去。」

李瓶兒聽了，方慢慢起來梳頭，走了後邊，拜了大妗子。孔嫂兒正在月娘房裡待茶，禮物擺在明間內，都看了。一面打發回盒起身，與了孔嫂兒、喬通每人兩方手帕、五錢銀子，寫了回帖去了。正是：

但將鐘鼓悅和愛，好把犬羊為國羞。

有詩為證：

西門獨富太驕矜，襁褓孩兒結做親。
不獨資財如糞上，也應嗟嘆後來人。

# 第四十二回　逞豪華門前放煙火　賞元宵樓上醉花燈

詩曰：

星月當空萬燭燒，人間天上兩元宵。
樂和春奏聲偏好，人蹈衣歸馬亦嬌。
易老韶光休浪度，最公白髮不相饒。
千金博得斯須刻，吩咐譙更仔細敲。

話說西門慶打發喬家去了，走來上房，和月娘、大妗子、李瓶兒商議。月娘道：「他家既先來與咱孩子送節，咱少不得也買禮過去，與他家長姐送節。就權為插定一般，庶不差了禮數。」大妗子道：「咱這裡，少不得立上個媒人，往來方便些。」月娘道：「他家是孔嫂兒，咱家安上誰好？」西門慶道：「一客不煩二主，就安上老馮罷。」於是，連忙寫了請帖八個，就叫了老馮來，同玳安拿請帖盒兒，十五日請喬老親家母、喬五太太並尚舉人娘子、朱序班娘子、崔親家母、段大姐、鄭三姐來赴席，與李瓶兒做生日，並吃看燈酒。一面吩咐來興兒，拿銀子早定下蒸酥點心並羹果食物。又是兩套遍地錦羅緞衣服、一件大紅小袍兒、一頂金絲縐紗冠兒、兩盞雲南羊角珠燈、一盒衣翠、一對小金手鐲、四個金寶石戒指兒。十四日早裝盒擔，教女婿陳敬濟和賁四穿青衣服押送過去。喬大戶那邊，酒筵管待，重加答賀。回盒中，又回了許多生活鞋腳，俱不必細說。正亂著，應伯爵來講李智、黃四官銀子事，看見問其所以。西門慶告訴與喬大戶結親之事：「十五日好歹請令正來陪親家坐坐。」伯爵道：「嫂子呼喚，房下必定來。」西門慶道：「今日請眾堂官娘子吃酒，咱們往獅子街房子內看燈去罷。」伯爵應諾去了，不提。

且說那日院中吳銀兒先送了四盒禮來，又是兩方銷金汗巾、一雙女鞋，送與李瓶兒上壽，就拜乾女兒。月娘收了禮物，打發轎子回去。李桂姐只到次日才來，見吳銀兒在這裡，便悄悄問月娘：「他多咱來的？」月娘如此這般告他說：「昨日送了禮來，拜認你六娘做乾女兒了。」李桂姐聽了，一聲兒沒言語。一日只和吳銀兒使性子，兩個不說話。

卻說前廳王皇親家二十名小廝，兩個師父領著，挑了箱子來，先與西門慶磕頭。西門慶吩咐西廂房做戲房，管待酒飯。不一時，周守備娘子、荊都監母親荊太太與張團練娘子都先到了。俱是大轎，排軍喝道，家人媳婦跟隨。月娘與眾姊妹，都穿著袍出來迎接，至後廳敘禮。與眾親相見畢，讓坐遞茶，等著夏提刑娘子到才擺茶。不料等到日中，還不見來。小廝邀了兩三遍，約午後才喝了道來，擡著衣匣，家人媳婦跟隨，許多僕從擁護。鼓樂接進後廳，與眾堂客見畢禮數，依次序坐下。先在捲棚內擺茶，然後大廳上坐。春梅、玉簫、迎春、蘭香，都是齊整妝束，席上捧茶斟酒。那日扮的是《西廂記》。

不說畫堂深處，珠圍翠遶，歌舞吹彈飲酒。單表西門慶打發堂客上了茶，就騎馬約下應伯爵、謝希大，往獅子街房裡去了。吩咐四架煙火，拿一架那裡去。晚夕，堂客跟前放兩架。旋叫了個廚子，家下擡了兩食盒下飯菜蔬、兩罈金華酒去；又叫了兩個唱的——董嬌兒、韓玉釧兒。原來西門慶已先使玳安雇轎子，請王六兒同往獅子街房裡去。玳安見婦人道：「爹說請韓大嬸，那裡晚夕看放煙火。」婦人笑道：「我羞剌剌，怎麼好去的，你韓大叔知道不嗔？」玳安道：「爹對韓大叔說了，教你老人家快收拾哩。因叫了兩個唱的，沒人陪他。」那婦人聽了，還不動身。一回，只見韓道國來家。玳安道：「這不是韓大叔來了。韓大嬸這裡，不信我說哩。」婦人向他漢子說：「真個教我去？」韓道國道：「老爹再三說，兩個唱的沒人陪他，請你過去，晚夕就看放煙火。你還不收拾哩！剛才教我把舖子也收了，就晚夕一搭兒裡坐坐。保官兒也往家去了，晚夕該他上宿哩。」婦人道：「不知多咱才散，你到那裡坐回就來罷，家裡沒人，你又不該上宿。」說畢，打扮穿了衣服，玳安跟隨，逕到獅子街房裡來。來昭妻一丈青早在房裡收拾下床炕、帳幔褥被，安息沈香薰得噴鼻香。房裡吊著一對紗燈，籠著一盆炭火。婦人走到裡面炕上坐下，一丈青走出來，道了萬福，拿茶吃了。西門慶與應伯爵看了回燈，才到房子裡。兩個在樓上打雙陸。樓上除了六扇窗戶，掛著簾子，下邊就是燈市，十分鬧熱。打了回雙陸，收拾擺飯吃了，二人在簾裡觀看燈市。但見：

萬井人煙錦綉圍，香車寶馬鬧如雷。
鰲山聳出青雲上，何處遊人不看來？

二人看了一回，西門慶忽見人叢裡謝希大、祝實念，同一個戴方巾的在燈棚下看燈，指與伯爵瞧。因問：「那戴方巾的，你可認得他？」伯爵道：「此人眼熟，不認得他。」西門慶便叫玳安：「你去下邊，悄悄請了謝爹來。休教祝麻子和那人看見。」玳安小廝賊，一直走下樓來，挨到人鬧裡，待祝實念和那人先過去了，從旁邊出來，把謝希大拉了一把。慌得希大回身觀看，卻是玳安。玳安道：「爹和應二爹在這樓上，請謝爹說話。」希大道：「你去，我知道了。等我陪他兩個到粘梅花處，就來見你爹。」玳安便一道煙去了。

希大到了粘梅花處，向人鬧處，就扠過一邊，由著祝實念和那一個人只顧尋。他便走來樓上，見西門慶、應伯爵兩個作揖，因說道：「哥來此看燈，早晨就不呼喚兄弟一聲？」西門慶道：「我早晨對眾人，不好教你們的。已託應二哥到你家請你去，說你不在家。剛才祝麻子沒看見麼？」因問：「那戴方巾的是誰？」希大道：「那戴方巾的，是王昭宣府裡王三官兒。今日和祝麻子到我家，要問許不與先生那裡借三百兩銀子。央我和老孫、祝麻子作保。要幹前程，入武學肄業。我哪裡管他這閒帳！剛才陪他燈市裡走了走，聽見哥呼喚，我只伴他到粘梅花處，給我乘人亂，就扠開了走來見哥。」因問伯爵：「你來多大回了？」伯爵道：「哥使我先到你家，你不在，我就來了，和哥在這裡打了這回雙陸。」西門慶問道：「你吃了飯不曾？」謝希大道：「早晨從哥那裡出來，和他兩個搭了這一日，誰吃飯來！」西門慶吩咐玳安：「廚下安排飯來，與你謝爹吃。」不一時，就是春盤小菜、兩碗稀爛下飯、一碗川肉粉湯、兩碗白米飯。希大獨自一個，吃得裡外乾淨，剩下些汁湯兒，還泡了碗吃了。玳安收下家活去。希大在旁看著兩個打雙陸。

只見兩個唱的門首下了轎子，擡轎的提著衣裳包兒，笑著進來。伯爵在窗裡看見，說道：「兩個小淫婦兒，這咱才來。」吩咐玳安：「且別教他往後邊去，先叫他樓上來見我。」希大道：「今日叫的是哪兩個？」玳安道：「是董嬌兒、韓玉釧兒。」忙下樓說道：「應二爹叫你說話。」兩個哪裡肯來，一直往後走了。見了一丈青，拜了，引他入房中。看見王六兒頭上戴著時樣扭心鬏髻兒，身上穿紫潞紬襖兒，玄色披襖兒，白挑線絹裙子，下邊露兩隻金蓮，拖得水鬢長長的，紫膛色，不十分搽鉛粉，學個中人打扮，耳邊帶著丁香兒。進門只望著他拜了一拜，都在炕邊頭坐了。小鐵棍拿茶來，王六兒陪著吃了。兩個唱的，上上下下把眼只看他身上。看一回，兩個笑一回，更不知是什麼人。落後，玳安進來，兩個悄悄問他道：「房中那一位是誰？」玳安沒得回答，只說是：「俺爹大姨人家，接來看燈的。」兩個聽得，重新到房中說道：「俺們頭裡不知是大姨，沒曾見的禮，休怪。」於是插燭磕了兩個頭。慌得王六兒連忙還下半禮。落後，擺上湯飯來，陪著同吃。兩個拿樂器，又唱與王六兒聽。

伯爵打了雙陸，下樓來小解淨手，聽見後邊唱，點手兒叫玳安，問道：「你告我說，兩個唱的在後邊唱與誰聽？」玳安只是笑，不做聲，說道：「你老人家曹州兵備——管事寬。唱不唱，管他怎的？」伯爵道：「好賊小油嘴，你不說，愁我不知道？」玳安笑道：「你老人家知道罷了，又問怎的？」說畢，一直往後走了。伯爵上得樓來，西門慶又與謝希大打了三盤雙陸。只見李銘、吳惠兩個驀地上樓來磕頭。伯爵道：「好呀！你兩個來得正好，怎知道俺們在這裡？」李銘跪下說道：「小的和吳惠先到宅裡來，宅裡說爹在這邊擺酒。特來伏侍爹們。」西門慶道：「也罷，你起來伺候。玳安，快往對門請你韓大叔去。」不一時，韓道國到了，作了揖，坐下。一面放桌兒，擺上春盤案酒來，琴童在旁邊篩酒。伯爵與希大居上，西門慶主位，韓道國打橫，坐下把酒來篩；一面使玳安後邊請唱的去。

少頃，韓玉釧兒、董嬌兒兩個，慢條斯禮上樓來，望上不當不正，磕下頭去。伯爵罵道：「我道是誰來，原來是這兩個小淫婦兒。頭裡我叫著，怎的不先來見我？這等大膽！到明日，不與你個功德，你也不怕。」董嬌兒笑道：「哥兒，那裡隔牆掠個鬼臉兒，可不把我諕殺！」韓玉釧兒道：「你知道，愛奴兒掇著獸頭城往裡掠——好個丟醜兒的孩兒！」伯爵道：「哥，你今日忒多餘了。有了李銘、吳惠在這裡唱罷了，又要這兩個小淫婦做什麼？還不趁早打發他去。大節夜，還趕幾個錢兒，等住回晚了，越發沒人要了。」韓玉釧兒道：「哥兒，你怎麼沒羞？大爹叫了俺們來答應，又不伏侍你，你怎的閒出氣？」伯爵道：「傻小歪刺骨兒，你現在這裡，不伏侍我，你說伏侍誰？」韓玉釧道：「唐胖子掉在醋缸裡——把你撅酸了。」伯爵道：「賊小淫婦兒，是心酸了我。等住回散了家去時，我和你答話。我左右有兩個法兒，你原出得我手！」

董嬌兒問道：「哥兒，哪兩個法兒？說來我聽。」伯爵道：「我頭一個，是對巡捕說了，拿你犯夜，教他拿了去，拶你一頓好拶子。十分不巧，只消三分銀子燒酒，把擡轎的灌醉了，隨你這小淫婦兒去，天晚到家沒錢，不怕鴇子不打。」韓玉釧道：「十分晚了，俺們不去，在爹這房子裡睡。再不，教爹差人送俺們，王媽媽支錢一百文，不在於你。好淡嘴女又十撇兒。」伯爵道：「我是奴才，如今年程反了，拿三道三。」說笑回，兩個唱的在旁彈唱春景之詞。

眾人才拿起湯飯來吃，只見玳安兒走來，報道：「祝爹來了。」眾人都不言語。不一時，祝實念上得樓來，看見伯爵和謝希大在上面，說道：「你兩個好吃，可成個人。」因說：「謝子純，哥這裡請你，也對我說一聲兒，三不知就走的來了，教我只顧在粘梅花處尋你。」希大道：「我也是誤行，才撞見哥在樓上和應二哥打雙陸。走上來作揖，被哥留住了。」西門慶因令玳安兒：「拿椅兒來，我和祝兄弟在下邊坐罷。」於是安放鍾筯，在下席坐了。廚下拿了湯飯上來，一齊同吃。西門慶只吃了一個包兒，呷了一口湯，因見李銘在旁，都遞與李銘下去吃了。那應伯爵、謝希大、祝實念、韓道國，每人吃一大深碗八寶攢湯，三個大包子，還零四個桃花燒賣，只留了一個包兒壓碟兒。左右收下湯碗去，斟上酒來飲酒。

希大因問祝實念道：「你陪他到哪裡才拆開了?怎知道我在這裡?」祝實念如此這般告說：「我因尋了你一回尋不著，就同王三官到老孫家會了，那許不與先生那裡，借三百兩銀子去，吃孫寡嘴老油嘴把借契寫差了。」希大道：「你們休寫上我，我不管。左右是你與老孫作保，討保頭錢使。」因問：「怎的寫差了?」祝實念道：「我那等吩咐他，文書寫活著些，立與他三限才還。他不依我，教我重新把文書又改了。」希大道：「你立的是哪三限?」祝實念道：「頭一限，風吹轆軸打孤雁；第二限，水底魚兒跳上岸；第三限，水裡石頭泡得爛。這三限交還他。」謝希大道：「你這等寫著，還說不滑哩。」祝實念道：「你倒說的好，倘或一朝天旱水淺，朝廷挑河，把石頭吃做工的兩三钁頭砍得稀爛，怎了?那時少不得還他銀子。」眾人說笑了一回。

看看天晚，西門慶吩咐樓上點燈，又樓簷前一邊一盞羊角玲燈，甚是奇巧。家中，月娘又使棋童兒和排軍，擡送了四個攢盒，都是美口糖食、細巧果品。西門慶叫棋童兒問道：「家中眾奶奶們散了不曾?誰使你送來?」棋童道：「大娘使小的送來，與爹這邊下酒。眾奶奶們還未散哩。戲文扮了四折，大娘留在大門首吃酒，看放煙火哩。」西門慶問：「有人看沒有?」棋童道：「擠圍著滿街人看。」西門慶道：「我吩咐留下四名青衣排軍，拿杆欄攔人伺候，休放閒雜人挨擠。」棋童道：「小的與平安兒兩個，同排軍都看放了煙火，並沒閒雜人攪擾。」

西門慶聽了，吩咐把桌上飲饌都搬下去，將攢盒擺上，廚下又拿上一道果餡元宵來。兩個唱的在席前遞酒。西門慶吩咐棋童回家看去。一面重篩美酒，再設珍羞，教李銘、吳惠席前彈唱了一套燈詞。唱畢，吃了元宵，韓道國先往家去了。少頃，西門慶吩咐來昭將樓下開下兩間，吊掛上簾子，把煙火架擡出去。西門慶與眾人在樓上看，教王六兒陪兩個粉頭和一丈青在樓下觀看。玳安和來昭將煙火安放在街心裡，須臾，點著。那兩邊圍看的，挨肩擦膀，不知其數。都說西門大官府在此放煙火，誰人不來觀看?果然紮得停當好煙火。但見：

一丈五高花樁，四圍下山棚熱鬧。最高處一隻仙鶴，口裡啣著一封丹書，乃是一枝起火，一道寒光，直鑽透斗牛邊。然後，正當中一個西瓜砲迸開，四下裡人物皆著，觱剝剝萬個轟雷皆燎徹。彩蓮舫，賽月明，一個趕一個，猶如金燈沖散碧天星；紫葡萄，萬架千株，好似驪珠倒掛水晶簾。霸玉鞭，到處響亮；地老鼠，串遶人衣。瓊盞玉臺，端的旋轉得好看；銀蛾金彈，施逞巧妙難移。八仙捧壽，名顯中通；七聖降妖，通身是火。黃煙兒，綠煙兒，氤氳籠罩萬堆霞；緊吐蓮，慢吐蓮，燦爛爭開十段錦。一丈菊與煙蘭相對，火梨花共落地桃爭春。樓臺殿閣，頃刻不見巍峨之勢；村坊社鼓，彷彿難聞歡鬧之聲。貨郎擔兒，上下光焰齊明；鮑老車兒，首尾迸得粉碎。五鬼鬧判，焦頭爛額見猙獰；十面埋伏，馬到人馳無勝負。總然費卻萬般心，只落得火滅煙消成煨燼。

應伯爵見西門慶有酒了，剛看罷煙火下樓來，因見王六兒在這裡，推小淨手，拉著謝希大、祝實念，也不辭西門慶就走了。玳安便道：「二爹哪裡去？」伯爵向他耳邊說道：「傻孩子，我頭裡說的那本帳，我若不起身，別人也只顧坐著，顯得就不趣了。等你爹問，你只說俺們都跑了。」落後，西門慶見煙火放了，問伯爵等哪裡去了，玳安道：「應二爹和謝爹都一路去了。小的攔不回來，多上覆爹。」西門慶就不再問了，因叫過李銘、吳惠來，每人賞了一大巨杯酒與他吃，吩咐：「我且不與你唱錢，你兩個到十六日早來答應。還是應二爹三個並眾夥計當眾兒，晚夕在門首吃酒。」李銘跪下道：「小的告稟爹：十六日和吳惠、左順、鄭奉三個，都往東平府，新陞的胡爺那裡到任，官身去，只到後晌才得來。」西門慶道：「左右俺們晚夕才吃酒哩。你只休誤了就是了。」二人道：「小的並不敢誤。」兩個唱的也就來拜辭出門。西門慶吩咐：「明日，家中堂客擺酒，李桂姐、吳銀姐都在這裡，你兩個好歹來走一走。」二人應諾了，一同出門，不在話下。西門慶吩咐來昭、玳安、琴童收家活。滅息了燈燭，就往後邊房裡去了。

且說來昭兒子小鐵棍兒，正在外邊看放了煙火，見西門慶進去了，就來樓上。見他爹老子收了一盤子雜合的肉菜、一甌子酒和些元宵，拿到屋裡，就問他娘一丈青討，被他娘打了兩下。不防他走在後邊院子裡玩耍，只聽正面房子裡笑聲，只說唱的還沒去哩，見房門關著，就在門縫裡張看，見房裡掌著燈燭。原來西門慶和王六兒兩個，在床沿子上行房。西門慶已有酒的人，把老婆倒按在床沿上，褪去小衣，那話上使著托子幹後庭花。一進一退往來搧打，何只數百回，搧打得連聲響亮，其喘息之聲，往來之勢，猶賽折床一般，無處不聽見。這小孩子正在那裡張看，不防他娘一丈青走來看見，揪著頭角兒拖到前邊，鑿了兩個栗爆，罵道：「賊禍根子，小奴才兒，你還少第二遭死？又往那裡聽他去！」於是，與了他幾個元宵吃了，不放他出來，就諕住他上炕睡了。西門慶和老婆足幹搗有兩頓飯時才了事。玳安打發擡轎的酒飯吃了，跟送他到家，然後才來同琴童兩個，打著燈兒跟西門慶家去。正是：

不愁明月盡，自有夜珠來。

# 第四十三回　爭寵愛金蓮惹氣　賣富貴吳月攀親

詞曰：

情懷增悵望，新歡易失，往事難猜。問籬邊黃菊，知為誰開？謾道愁須滯酒，酒未醒、愁已先回。憑欄久，金波漸轉，白露點蒼苔。

——右調〈滿庭芳後〉

話說西門慶歸家，已有三更時分，吳月娘還未睡，正和吳大妗子眾人說話，李瓶兒還伺候著與他遞酒。大妗子見西門慶來家，就過那邊去了。月娘見他有酒了，打發他脫了衣裳。只教李瓶兒與他磕了頭，同坐下，問了回今日酒席上話。玉簫點茶來吃。因有大妗子在，就往孟玉樓房中歇了。

到次日，廚役早來收拾酒席。西門慶先到衙門中拜牌，大發放。夏提刑見了，致謝日昨房下厚擾之意。西門慶道：「日昨甚是簡慢。恕罪，恕罪！」來家早有喬大戶家，使孔嫂兒引了喬五太太家人送禮來了。西門慶收了，家人管待酒飯。孔嫂兒進月娘房裡坐的。吳舜臣媳婦兒鄭三姐轎子也先來了，拜了月娘眾人，都陪著吃茶。

正值李智、黃四關了一千兩香蠟銀子，賁四從東平府押了來家。應伯爵打聽得知，亦走來幫扶交納。西門慶令陳敬濟拿天平在廳上兌明白，收了。黃四又拿出四錠金鐲兒來，重三十兩，算一百五十兩利息之數，還欠五百兩，就要搗換了合同。西門慶吩咐二人：「你等過燈節再來計較。我連日家中有事。」那李智、黃四，老爺長，老爺短，千恩萬謝出門。應伯爵因記掛著二人許了他些業障兒，趁此機會好問他要，正要跟隨同去，又被西門慶叫住說話。因問：「昨日你們三個，怎的三不知就走了？」伯爵道：「昨日甚是深擾哥，本等酒多了。我見哥也有酒了，今日嫂子家中擺酒，一定還等哥說話。俺們不走了，還只顧纏到多咱？我猜哥今日也沒往衙門裡去，本等連日辛苦。」西門慶道：「我昨日來家，已有三更天氣。今日還早到衙門拜了牌，坐廳大發放，理了回公事。如今家中治料堂客之事。今日觀裡打上元醮，拈了香回來，還趕往周菊軒家吃酒去，不知到多咱才得到家。」伯爵道：「虧哥好神思，你的大福。不是面獎，若是第二個也成不得。」兩個說了一回，西門慶要留伯爵吃飯，伯爵道：「我不吃飯，去罷。」西門慶又問：「嫂子怎的不來？」伯爵道：「房下轎子已叫下了，便來也。」舉手作辭出門，一直趕黃四、李智去了。正是：

假饒駕霧騰雲術，取火鑽冰只要錢。

西門慶打發伯爵去了，手中拿著黃烘烘四錠金鐲兒，心中甚是可愛，口中不言，心裡暗道：「李大姐生的這孩子甚是脚硬，一養下來，我平地就得些官。我今日與喬家結親，又進這許多財！」於是用袖兒抱著那四錠金鐲兒，也不到後邊，逕往李瓶兒房裡來。正走到潘金蓮角門首，只見金蓮出來看見，叫他問道：「你手裡托的是什麼東西兒？過來我瞧瞧。」那西門慶道：「等我回來與你瞧。」托著一直往李瓶兒那邊去了。金蓮見叫不回他來，心中就有幾分羞訕，說道：「什麼稀罕貨，忙得這等誆人子剌剌的！不與我瞧罷，賊跌折腿的三寸貨強盜，進他門去，一齊的把那兩條腿歪折了，才現報了我的眼。」

卻說西門慶拿著金子，走入李瓶兒房裡，見李瓶兒才梳了頭，奶子正抱著孩子玩耍。西門慶一逕把四個金鐲兒抱著，教他手兒撾弄。李瓶兒道：「是哪裡的？只怕冰了他手。」西門慶道：「是李智、黃四今日還銀子，准折利錢的。」李瓶兒生怕冰著他，取了一方通花汗巾兒，與他裹著耍子。只見玳安走來說道：「雲夥計騎了兩匹馬來，在外邊請爹出去瞧。」西門慶問道：「雲夥計他是哪裡的馬？」玳安道：「他說是他哥雲參將邊上捎來的。」正說著，只見後邊李嬌兒、孟玉樓陪著大妗子並他媳婦鄭三姐，都來李瓶兒房裡看官哥兒。西門慶丟了那四錠金子，就往外邊看馬去了。

李瓶兒見眾人來到，只顧與眾人見禮讓坐，也就忘記了孩子拿著這金子，弄來弄去，少了一錠。只見奶子如意兒問李瓶兒道：「娘沒曾收哥哥兒耍的那錠金子？怎只三錠，少了一錠了？」李瓶兒道：「我沒曾收，我把汗巾子替他裹著哩。」如意兒道：「汗巾子也落在地下了。那裡得那錠金子？」屋裡就亂起來。奶子問迎春，迎春就問老馮。老馮道：「耶嚛，耶嚛！我老身就瞎了眼，也沒看見。老身在這裡恁幾年，莫說折針斷線我不敢動，娘他老人家知道我，就是金子，我老身也不愛。你們守著哥兒，怎的冤枉起我來了！」李瓶兒笑道：「你看這媽媽子說混話，這裡不見的，不是金子卻是什麼？」又罵迎春：「賊臭肉！平白亂的是些什麼？等你爹進來，等我問他，只怕是你爹收了。怎的只收一錠兒？」孟玉樓問道：「是哪裡金子？」李瓶兒道：「是他爹拿來的，與孩子耍。誰知道是哪裡的。」

且說西門慶在門首看馬，眾夥計家人都在跟前，教小廝來回溜了兩趟。西門慶道：「雖是東路來的馬，鬃尾醜，不十分會行，論小行也罷了。」因問雲夥計道：「此馬你令兄那裡要多少銀子？」雲理守道：「兩匹只要七十兩。」西門慶道：「也不多。只是不會行，你還牽了去，另有好馬騎來，倒不說銀子。」說畢，西門慶進來，只見琴童來說：「六娘房裡請爹哩。」於是走入李瓶兒房裡來。李瓶兒問他：「金子你收了一錠去了？如何只三錠在這裡？」西門慶道：「我丟下，就外邊去看馬，誰收來！」李瓶兒道：「你沒收，卻往哪裡去了？尋了這一日沒有。奶子推老馮，急得那老馮賭身罰咒，只是哭。」西門慶道：「端的是誰拿了，由他慢慢兒尋罷。」李瓶兒道：「頭裡因大妗子女兒兩個來，亂著就忘記了。我只說你收了出去，誰知你也沒收，就兩耽了。才尋起來，諕得他們都走了。」於是把那三錠，還交與西門慶收了。正值賁四傾了一百兩銀子來交，西門慶就往後邊收兌銀子去了。

且說潘金蓮聽見李瓶兒這邊嚷，不見了孩子耍的一錠金鐲子，得不的風兒就是雨兒，就先走來房裡，告月娘說：「姐姐，你看三寸貨幹的營生！隨你家怎的有錢，也不該拿金子與孩子耍。」月娘道：「剛才他們告我說，他房裡不見了金鐲子，端的不知是哪裡的？」金蓮道：「誰知他是那裡的！你還沒見，他頭裡從外邊拿進來，用襖子袖兒裹著，恰似八蠻進寶的一般。我問他是什麼，拿過來我瞧瞧。頭兒也不回，一直奔命往屋裡去了。遲了一回，反亂起來，說不見了一錠金子。乾淨就是他學三寸貨，說不見了，由他慢慢兒尋罷。你家就是王十萬也使不得。一錠金子，至少重十來兩，也值五六十兩銀子，平白就罷了？甕裡走了鱉——左右是他家一窩子。再有誰進他屋裡去？」

正說著，只見西門慶進來，兌收賁四傾的銀子，把剩的那三錠金子交與月娘收了。因告訴月娘：「此是李智、黃四還的四錠金子，拿了與孩子耍了耍，就不見了一錠。」吩咐月娘：「你與我把各房裡丫頭叫出來審問審問。我使小廝街上買狼筋去了，早拿出來便罷，不然，我就叫狼筋抽起來。」月娘道：「論起來，這金子也不該拿與孩子，沈甸甸冰著他，一時砸了他手腳怎了！」潘金蓮在旁接過來說道：「不該拿與孩子耍？只恨拿不到他屋裡。頭裡叫著，想回頭也怎的，恰似紅眼軍搶將來的，不教一個人兒知道。這回不見了金子，虧你怎麼有臉兒來對大姐姐說！教大姐姐替你查考各房裡丫頭，教各房裡丫頭口裡不笑，毬眼裡也笑！」

幾句說得西門慶急了，走向前把金蓮按在月娘炕上，提起拳來，罵道：「狠殺我罷了！不看世界面上，把你這小歪剌骨兒，就一頓拳頭打死了！單管嘴尖舌快的，不管你事也來插一腳。」那潘金蓮就假做喬妝，哭將起來，說道：「我曉得你倚官仗勢，倚財為主，把心來橫了，只欺負的是我，你說你這般威勢，把一個半個人命兒打死了，不放在意裡。哪個攔著你手兒不成？你打不是的！我隨你怎麼打，難得只打得有這口氣兒在著，若沒了，愁我家那病媽媽子不問你要人！隨你家怎麼有錢有勢，和你家一遞一狀。你說你是衙門裡千戶便怎的？無故只是個破紗帽債殼子——窮官罷了，能禁的幾個人命？就不是教皇帝敢殺下人也怎的！」幾句說得西門慶反呵呵笑了，說道：「你看這小歪刺骨兒，這等刁嘴！我是破紗帽窮官？教丫頭取我的紗帽來，我這紗帽哪塊兒破？這清河縣問聲，我少誰家銀子？你說我是債殼子！」金蓮道：「你怎的叫我是歪刺骨來！」因蹺起一隻腳來，「你看老娘這腳，那些兒放著歪？你怎罵我是歪刺骨？」月娘在旁笑道：「你兩個銅盆撞了鐵刷帚。常言：惡人自有惡人磨，見了惡人沒奈何！自古嘴強的爭一步。六姐，也虧你這個嘴頭子，不然，嘴鈍些兒也成不得。」

那西門慶見奈何不過他，穿了衣裳往外去了。迎見玳安來說：「周爺家差人邀來了。請問爹先往打醮處去？往周爺家去？」西門慶吩咐：「打醮處，教你姐夫去罷。伺候馬，我往你周爺家吃酒去就是了。」只見王皇親家扮戲兩個師父率眾過來，與西門慶叩頭，西門慶教書童看飯與他吃，說：「今日你等用心伏侍眾奶奶，我自有重賞，休要上邊打箱去！」那師父跪下說道：「小的們若不用心答應，豈敢討賞！」西門慶因吩咐書童：「他唱了兩日，連賞賜封下五兩銀子賞他。」書童應諾。西門慶就上馬往周守備家吃酒去了。

單表潘金蓮在上房坐的，吳月娘便說：「你還不往屋裡勻勻那臉去！揉得恁紅紅的，等住回人來看著什麼張致！誰叫你惹他來？我倒替你捏兩把汗。若不是我在跟前勸著，挷著鬼，是也有幾下子打在身上。漢子家臉上有狗毛，不知好歹，只顧下死手的和他纏起來了。不見了金子，隨他不見去，尋不尋不在你，又不在你屋裡不見了，平白扯著脖子和他強怎麼！你也丟了這口氣兒罷！」幾句說得金蓮閉口無言，往屋裡勻臉去了。

不一時，李瓶兒和吳銀兒都打扮出來，到月娘房裡。月娘問他：「金子怎的不見了？剛才惹他爹和六姐兩個，在這裡好不辯了這回嘴，差些兒沒曾辯惱了打起來！吃我勸開了。他爹就往人家吃酒去了。吩咐小廝買狼筋去了，等他晚上來家，要把各房丫頭抽起來。你屋裡丫頭老婆管著那一門兒來？看著孩子耍，便不見了他一錠金子，是一個半個錢的東西兒也怎的？」李瓶兒道：「平白他爹拿進四錠金子來與孩子耍，我亂著陪大妗子和鄭三姐並他二娘坐著說話，誰知就不見了一錠。如今丫頭推奶子，奶子推老馮。急得馮媽媽哭哭啼啼，只要尋死。無眼難明勾當，如今冤誰的是！」吳銀兒道：「天麼，天麼！每常我還和哥兒耍子，早是今日我在這邊屋裡梳頭，沒曾過去。不然怎了？雖然爹娘不言語，你我心上何安！誰人不愛錢？俺裡邊人家，最忌叫這個名聲兒，傳出去醜聽！」

正說著，只見韓玉釧兒、董嬌兒兩個提著衣包兒進來，笑嘻嘻先向月娘、大妗子、李瓶兒磕了頭，起來望著吳銀兒拜了一拜，說道：「銀姐昨日沒家去？」吳銀兒道：「你怎的曉得？」董嬌兒道：「昨日俺兩個都在燈市街房子裡唱來，大爹對俺們說，教俺今日來伏侍奶奶。」一面月娘讓他兩個坐下。須臾，小玉拿了兩盞茶來。那韓玉釧兒、董嬌兒連忙立起身來接茶，還望小玉拜了一拜。吳銀兒因問：「你兩個昨日唱多咱散了？」韓玉釧道：「俺們到家，也有二更多了，同你兒弟吳惠都一路去的。」說了一回話，月娘吩咐玉簫：「早些打發他們吃了茶罷。等住回只怕那邊人來忙了。」一面放下桌兒，兩方春槅、四盒茶食。月娘使小玉：「你二娘房裡，請了桂姐來同吃了茶罷。」不一時和他姑娘來到，兩個各道了禮數坐下，同吃了茶，收過家活去。

忽見迎春打扮著，抱了官哥兒來，頭上戴了金梁緞子八吉祥帽兒，身穿大紅氅衣兒，下邊白綾襪兒、緞子鞋兒，胸前項牌符索，手上小金鐲兒。李瓶兒看見說道：「小大官兒，沒人請你，來做什麼！」一面接過來，放在膝蓋上。看見一屋裡人，把眼不住的看了這個，又看那個。桂姐坐在月娘炕上，笑引逗他耍子，道：「哥子只看著這裡，想必要我抱他。」於是用手引了他引兒，那孩子就撲到懷裡教他抱。吳大妗子笑道：「恁點小孩兒，他也曉得愛好！」月娘接過來說：「他老子是誰！到明日大了，管情也是小嫖頭兒。」孟玉樓道：「若做了小嫖頭兒，教大媽媽就打死了。」李瓶兒道：「小廝，你姐姐抱，只休溺了你姐姐衣服，我就打死了！」桂姐道：「耶嚛！怕怎麼？溺了也罷，不妨事。我心裡要抱哥兒耍耍兒。」於是與他兩個嘴搵嘴兒耍子。

董嬌兒、韓玉釧兒說道：「俺兩個來了這一日，還沒曾唱個兒與娘們聽。」因取樂器，韓玉釧兒琵琶，董嬌兒彈箏，吳銀兒也在旁邊陪唱。唱了一套「繁華滿月開，金索掛梧桐」。唱出一句來，端的有落塵遶梁之聲，裂石流雲之響，把官哥兒諕得在桂姐懷裡只磕倒著，再不敢擡頭出氣兒。月娘看見，便叫：「李大姐，你接過孩子來，教迎春抱到屋裡去罷。好個不長進的小廝，你看謊得那臉兒。」這李瓶兒連忙接過來，教迎春掩著他耳朵，抱的往那邊房裡去了。

四個唱的正唱著，只見玳安進來，說道：「小的到喬親家娘那邊邀來，朱奶奶、尚舉人娘子，都過喬親家來了，只等著喬五太太到了就來了。大門前邊、大廳上，都有鼓樂迎接。娘們都收拾伺候就是了。」月娘又吩咐後廳明間鋪下錦毯，安放座位。捲起簾來，金鈎雙控，蘭麝香飄。春梅、迎春、玉簫、蘭香，都打扮起來。家人媳婦都插金戴銀，披紅垂綠，準備迎接新親。只見應伯爵娘子應二嫂先到了，應保跟著轎子。月娘等迎接進來。見了禮數，明間內坐下，向月娘拜了又拜，說：「俺家的常時打攪，多蒙看顧！」月娘道：「二娘，好說！常時累你二爹。」良久，只聞喝道之聲漸近，前廳鼓樂響動。平安兒先進來報道：「喬太太轎子到了！」須臾，黑壓壓一群人，跟著五頂大轎落在門首。惟喬五太太轎子在頭裡，轎上是垂珠銀頂、天青重沿、綃金走水轎衣，使藤棍喝路。後面家人媳婦坐小轎跟隨，四名校尉擡衣箱、火爐，兩個青衣家人騎著小馬，後面跟隨。其餘就是喬大戶娘子、朱臺官娘子、尚舉人娘子、崔大官媳婦、段大姐，並喬通媳婦也坐著一頂小轎跟來，收疊衣裳。

吳月娘與李嬌兒、孟玉樓、潘金蓮、李瓶兒、孫雪娥，一個個打扮的似粉妝玉琢，錦綉耀目，都出二門迎接。眾堂客簇擁著喬五太太進來。生得五短身材，約七旬年紀，戴著疊翠寶珠冠，身穿大紅宮綉袍兒，近面視之，鬢髮皆白。正是：

眉分八道雪，髻綰一窩絲，眼如秋水微渾，鬢似楚山雲淡。

接入後廳，先與吳大妗子敘畢禮數，然後與月娘等廝見。月娘再三請太太受禮，太太不肯，讓了半日，受了半禮。次與喬大戶娘子，又敘其新親家之禮，彼此道及款曲，謝其厚儀。已畢，然後向錦屏正面設放一張錦裀座位，坐了喬五太太，其次就讓喬大戶娘子。喬大戶娘子再三辭說：

「姪婦不敢與五太太上僭。」讓朱臺官、尚舉人娘子，兩個又不肯。彼此讓了半日，喬五太太坐了首座，其餘客東主西，兩分頭坐了。當中大方爐火廂籠起火來，堂中氣暖如春。春梅、迎春、玉簫、蘭香，一般兒四個丫頭，都打扮起來，在跟前遞茶。

良久，喬五太太對月娘說：「請西門大人出來拜見，敘敘親情之禮。」月娘道：「拙夫今日衙門中去了，還未來家哩！」喬五太太道：「大人居於何官？」月娘道：「乃一介鄉民，蒙朝廷恩例，實授千戶之職，見掌刑名。寒家與親家那邊結親，實是有玷。」喬五太太道：「娘子說哪裡話，似大人這等崢嶸也夠了。昨日老身聽得舍姪婦與府上做親，心中甚喜。今日我來會會，到明日好廝見。」月娘道：「只是有玷老太太名目。」喬五太太道：「娘子是甚說話，想朝廷不與庶民做親哩！老身說起來話長，如今當今東宮貴妃娘娘，係老身親姪女兒。他父母都沒了，只有老身。老頭兒在時，曾做世襲指揮使，不幸五十歲故了。身邊又無兒孫，輪著別門姪另替了，手裡沒錢，如今倒是做了大戶。我這個姪兒，雖是差役立身，頗得過的日子，庶不玷污了門戶。」

說了一回，吳大妗子對月娘說：「抱孩子出來與老太太看看，討討壽。」李瓶兒慌吩咐奶子抱了官哥來與太太磕頭。喬太太看了誇道：「好個端正的哥哥！」即叫過左右，連忙把氈包內打開，捧過一端宮中紫閃黃錦緞，並一副鍍金手鐲，與哥兒戴。月娘連忙下來拜謝了，請去房中換了衣裳。須臾，前邊捲棚內安放四張桌席擺茶，每桌四十碟，都是各樣茶果、細巧油酥之類。吃了茶，月娘就引去後邊山子花園中，遊玩了一回下來。

那時，陳敬濟打醮去，吃了午齋回來了。和書童兒、玳安兒，又早在前廳擺放桌席齊整，請眾奶奶們遞酒上席。端的好筵席，但見：

屏開孔雀，褥隱芙蓉。盤堆異果奇珍，瓶插金花翠葉。爐焚獸炭，香嫋龍涎。白玉碟高堆麟脯，紫金壺滿貯瓊漿。梨園子弟，簇捧著鳳管鸞簫；內院歌姬，緊按定銀箏象板。進酒佳人雙洛浦，分香侍女兩姮娥。

正是：

兩行珠翠列階前，一派笙歌臨座上。

吳月娘與李瓶兒同遞酒，階下戲子鼓樂響動。喬太太與眾親戚，又親與李瓶兒把盞祝壽，方入席坐下。李桂姐、吳銀兒、韓玉釧兒、董嬌兒四個唱的，在席前唱了一套《壽比南山》。戲子呈上戲文手本，喬五太太吩咐下來，教做〈王月英元夜留鞋記〉。廚役上來獻小割燒鵝，賞了五錢銀子。比及割凡五道，湯陳三獻，戲文四折下來，天色已晚。堂中畫燭流光，各樣花燈都點起來，錦帶飄飄，彩繩低轉。一輪明月從東而起，照射堂中，燈光掩映。樂人又在階下，琵琶箏纂，笙簫笛管，吹打了一套燈詞〈畫眉序〉「花月滿香城」。吹打畢，喬太太和喬大戶娘子叫上戲子，賞了兩包一兩銀子，四個唱的，每人二錢。月娘又在後邊明間內，擺設下許多果碟兒，留後坐。四張桌子都堆滿了。唱的唱，彈的彈，又吃了一回酒。喬太太再三說晚了，要起身。月娘眾人款留不住，送在大門首，又攔門遞酒，看放煙火。兩邊街上，看的人鱗次蜂排一般。平安兒同眾排軍執棍攔擋再三，還擁擠上來。須臾，放了一架煙火，兩邊人散了。喬太大和眾娘子方才拜辭月娘等，起身上轎去了。那時也有三更天氣，然後又送應二嫂起身。月娘眾姐妹歸到後邊來，吩咐陳敬濟、來興、書童、玳安兒，看著廳上收拾家活，管待戲子並兩個師傅酒飯，與了五兩銀子唱錢，打發去了。

月娘吩咐出來，剩饌下一桌餚饌、半罈酒，請傅夥計、賁四、陳姐夫，說：「他們管事辛苦，大家吃鍾酒。就在大廳上安放一張桌兒，你爹不知多咱才回。」於是還有殘燈未盡，當下傅夥計、賁四、敬濟、來保上坐，來興、書童、玳安、平安打橫，把酒來斟。來保叫平安兒：「你還委個人大門首，怕一時爹回，沒人看門。」平安道：「我叫畫童看著哩，不妨事。」於是八個人猜枚飲酒。敬濟道：「你們休猜枚，大驚小怪的，惹後邊聽見。咱不如悄悄行令兒耍子。每人要一句，說的出免罰，說不出罰一大杯。」該傅夥計先說：「堪笑元宵草物。」賁四道：「人生歡樂有數。」敬濟道：「趁此月色燈光。」來保道：「咱且休要辜負。」來興道：「才約嬌兒不在。」書童道：「又學大娘吩咐。」玳安道：「雖然剩酒殘燈。」平安道：「也是春風一度。」眾人念畢，呵呵笑了。正是：

飲罷酒闌人散後，不知明月轉花梢。

# 第四十四回　避馬房侍女偷金　下象棋佳人消夜

詞曰：

晝日移陰，攬衣起、春幃睡足。臨寶鑑、綠鬢繚亂，未斂裝束。蝶粉蜂黃渾褪了，枕痕一線紅生玉。背畫闌、脈脈悄無言，尋棋局。

——右〈滿江紅前〉

話說敬濟眾人，同傅夥計前邊吃酒，吳大妗子轎子來了，收拾要家去。月娘款留再三，說道：「嫂子再住一夜兒，明日去罷。」吳大妗子道：「我連在喬親家那裡，就是三四日了。家裡沒人，你哥衙裡又有事，不得在家，我去罷。明日請姑娘眾位，好歹往我那裡坐坐，晚夕走百病兒家來。」月娘道：「俺們明日，只是晚上些去罷了。」吳大妗子道：「姑娘早些坐轎子去，晚夕同走了來家就是了。」說畢，裝了一盒子元宵、一盒子饅頭，叫來安兒送大妗子到家。李桂姐等四個都磕了頭，拜辭月娘，也要家去。月娘道：「你們慌怎的？也就要去？還等你爹來家。他吩咐我留下你們，只怕他還有話和你們說，我是不敢放你去。」桂姐道：「爹去吃酒，到多咱晚來家？俺們怎等的他！娘先教我和吳銀姐去罷。他兩個今日才來，俺們來了兩日，媽在家還不知怎麼盼望！」月娘道：「可可的就是你媽盼望，這一夜兒等不得？」李桂姐道：「娘且是說的好，我家裡沒人，俺姐姐又被人包住了。寧可拿樂器來，唱個與娘聽，娘放了奴去罷。」

正說著，只見陳敬濟走進來，交剩下的賞賜，說道：「喬家並各家貼轎賞一錢，共使了十包，重三兩。還剩下十包在此。」月娘收了。桂姐便道：「我央及姑夫，你看外邊俺們的轎子來了不曾？」敬濟道：「只有他兩個的轎子。你和銀姐的轎子沒來。從頭裡不知誰回了去了。」桂姐道：

「姑夫，你真個回了？你哄我哩！」那陳敬濟道：「你不信，瞧去不是！我不哄你。」剛言未罷，只見琴童抱進氈包來，說：「爹家來了！」月娘道：「早是你們不曾去，這不你爹來了。」

不一時，西門慶進來，已帶七八分酒了。走入房中，正面坐下，董嬌兒、韓玉釧兒二人向前磕頭。西門慶問月娘道：「人都散了，怎的不教他唱？」月娘道：「他們在這裡求著我，要家去哩。」西門慶向桂姐說：「你和銀兒一發過了節兒去。且打發他兩個去罷。」月娘道：「如何？我說你們不信，恰像我哄你一般。」那桂姐把臉兒苦低著，不言語。西門慶問玳安：「他兩個轎子在這裡不曾？」玳安道：「只有董嬌兒、韓玉釧兒兩頂轎子伺候著哩。」西門慶道：「我也不吃酒了。你們拿樂器來，唱〈十段錦〉兒我聽。打發他兩個先去罷。」當下四個唱的，李桂姐彈琵琶，吳銀兒彈箏，韓玉釧兒撥阮，董嬌兒打著緊急鼓子，一遞一個唱〈十段錦〉「二十八半截兒」。吳月娘、李嬌兒、孟玉樓、潘金蓮、李瓶兒都在屋裡坐的聽唱。

唱畢，西門慶與了韓玉釧、董嬌兒兩個唱錢，拜辭出門。「留李桂姐、吳銀兒兩個，這裡歇罷。」忽聽前邊玳安兒和琴童兒兩個嚷亂，簇擁定李嬌兒房裡夏花兒進來，稟西門慶說道：「小的剛送兩個唱的出去，打燈籠往馬房裡拌草，牽馬上槽，只見二娘房裡夏花兒，躲在馬槽底下，諕了小的一跳。不知什麼緣故，小的們問著他，又不說。」西門慶聽見，就出外邊明間穿廊下椅子上坐著，一面叫琴童兒把那丫頭揪著跪下。西門慶問他：「往前邊做什麼去？」那丫頭不言語。李嬌兒在旁邊說道：「我又不使你，平白往馬房裡做什麼去？」見他慌做一團，西門慶只說丫頭要走之情，即令小廝搜他身上。琴童把他拉倒在地，只聽滑浪一聲，從腰裡掉下一件東西來。西門慶問：「是什麼？」玳安遞上去，可霎作怪，卻是一錠金子。

西門慶燈下看了道：「是頭裡不見了的那錠金子。原來是你這奴才偷了。」他說：「是拾的。」西門慶問：「是哪裡拾的？」他又不言語。西門慶心中大怒，令琴童往前邊取拶子來，把丫頭拶起來，拶的殺豬也似叫。拶了半日，又敲二十敲。月娘見他有酒了，又不敢勸。那丫頭挨忍不過，方說：「我在六娘房裡地下拾的。」西門慶方命放了拶子，又吩咐與李嬌兒領到屋裡去：

「明日叫媒人即時與我賣了這奴才，還留著做什麼！」李嬌兒沒的話說，便道：「恁賊奴才，誰叫你往前頭去來？三不知就出去了。你就拾了他屋裡金子，也對我說一聲兒！」那夏花兒只是哭。李嬌兒道：「拶死你這奴才才好哩，你還哭！」西門慶道罷，把金子交與月娘收了，就往前邊李瓶兒房裡去了。

月娘令小玉關上儀門，因叫玉簫問：「頭裡這丫頭也往前邊去來麼？」小玉道：「二娘、三娘陪大妗子娘兒兩個，往六娘那邊去，他也跟了去來。誰知他三不知就偷了這錠金子在手裡。頭裡聽見娘說，爹使小廝買狼筋去了，唬得他要不得，在廚房裡問我：『狼筋是什麼？』教俺們眾人笑道：『狼筋敢是狼身上的筋，若是那個偷了東西，不拿出來，把狼筋抽將出來，就纏在那人身上，抽攢的手腳兒都在一處！』他見咱說，想必慌了，到晚夕趕唱的出去，就要走的情，見大門首有人，才藏入馬房裡。不想被小廝又看見了。」月娘道：「那裡看人去！恁小丫頭原來這等賊頭鼠腦的，就不是個兒孩好。」

且說李嬌兒領夏花兒到房裡，李桂姐甚是說夏花兒：「你原來是個傻孩子！你恁十五六歲，也知道些人事兒，還這等懵懂！要著俺裡邊，才使不得。這裡沒人，你就拾了些東西，來屋裡悄悄交與你娘。就弄出來，他在旁邊也好救你。你怎的不望他提一字兒？剛才這等拶打著好麼？乾淨傻丫頭！常言道：穿青衣，抱黑柱。你不是他這屋裡人，就不管你。剛才這等掠掣著你，你娘臉上有光沒光？」又說他姑娘：「你也忒不長俊，要是我，怎教他把我房裡丫頭對眾拶恁一頓拶子！有不是，拉到房裡來，等我打。前邊幾房裡丫頭怎的不拶，只拶你房裡丫頭！你是好欺負的，就鼻子口裡沒些氣兒？等不到明日，真個教他拉出這丫頭去罷，你也就沒句話兒說？你不說，等我說。休教他領出去，教別人笑話。你看看孟家的和潘家的，兩個就是狐狸一般，你怎鬥得他過！」因叫夏花兒過來，問他：「你出去不出去？」那丫頭道：「我不出去！」桂姐道：「你不出去，今後要貼你娘的心。凡事要你和他一心一計。不拘拿了什麼，交付與他。也似元宵一般擡舉你。」那夏花兒說：「姐吩咐，我知道了。」按下這裡教唆夏花兒不提。

且說西門慶走到前邊李瓶兒房裡，只見李瓶兒和吳銀兒炕上做一處坐的，心中就要脫衣去睡。李瓶兒道：「銀姐在這裡，沒地方兒安插你，且過一家兒罷。」西門慶道：「怎的沒地方兒？你娘兒兩個在兩邊，等我在當中睡就是。」李瓶兒便瞅他一眼兒道：「你就說下道兒去了。」西門慶道：「我如今在哪裡睡？」李瓶兒道：「你過六姐那邊去睡一夜罷。」西門慶坐了一回，起身說道：「也罷，也罷！省得我打攪你娘兒們，我過那邊屋裡睡去罷。」於是一直走過金蓮這邊來。金蓮聽見西門慶進房來，天上落下來一般，向前與他接衣解帶，鋪陳床鋪，展放鮫綃，吃了茶，兩個上床歇宿不提。

李瓶兒這裡打發西門慶出來，和吳銀兒兩個燈下放炕桌兒，擺下棋子，對坐下象棋兒。吩咐迎春：「拿個果盒兒，把甜金華酒篩下一壺兒來，我和銀姐吃。」因問銀姐：「你吃飯？教他盛飯來你吃。」吳銀兒道：「娘，我不餓，休叫姐盛來。」李瓶兒道：「也罷。銀姐不吃飯，你拿個盒蓋兒，我揀妝裡有果餡餅兒，拾四個兒來與銀姐吃罷。」須臾，迎春都拿了，放在旁邊。李瓶兒與吳銀兒下了三盤棋，篩上酒來，拿銀鍾兒兩個共飲。吳銀兒叫迎春：「姐，你遞過琵琶來，我唱個曲兒與娘聽。」李瓶兒道：「姐姐不唱罷，小大官兒睡著了，他爹那邊又聽著，教他說。咱擲骰子耍耍罷。」於是教迎春遞過色盆來，兩個擲骰兒賭酒為樂。

擲了一回，吳銀兒因叫迎春：「姐，你那邊屋裡請過奶媽兒來，教他吃鍾酒兒。」迎春道：「他摟著哥兒在那邊炕上睡哩。」李瓶兒道：「教他摟著孩子睡罷。拿一甌子酒，送與他吃就是了。你不知俺這小大官好不伶俐，人只離開他就醒了。有一日兒，在我這邊炕上睡，他爹這裡略動一動兒，就睜開眼醒了，恰似知道的一般。教奶子抱了去那邊屋裡，只是哭，只要我摟著他。」吳銀兒笑道：「娘有了哥兒，和爹自在覺兒也不得睡一個兒。爹幾日來這屋裡走一遭兒？」李瓶兒道：「他也不論，遇著一遭也不可知，兩遭也不可知。常進屋裡，為這孩子，來看不打緊，教人把肚子也氣破了。將他爹和這孩子背地咒得白湛湛的。我是不消說的，只與人家墊舌根。誰和他有什麼大閒事？寧可他不管我這裡還好。第二日教人眉兒眼兒，只說俺們把攔漢子。像剛才到這屋裡，我就攛掇他出去。銀姐你不知，俺家人多舌頭多，今日為不見了這錠金子，早是你看著，就有人氣不憤，在後邊調白你大娘，說拿金子進我屋裡來，怎的不見了。落後，不想是你二娘屋裡丫頭偷了，才顯出你青紅皂白來。不然，綁著鬼只是俺屋裡丫頭和奶子、老馮。馮媽媽急得那哭，只要尋死，說道：『若沒有這金子，我也不家去。』落後見有了金子，那咱才打了燈家去了。」吳銀兒道：「娘，也罷。你看爹的面上，你守著哥兒慢慢過，到哪裡是哪裡！論起後來，大娘沒甚言語，也罷了。倒只是別人見娘生了哥兒，未免都有些兒氣，爹他老人家有些主就好。」李瓶兒道：「若不是你爹和你大娘看覷，這孩子也活不到如今。」說話之間，你一鍾我一盞，不覺坐到三更天氣，方才宿歇。正是：

得意客來情不厭，知心人到話相投。

# 第四十五回　應伯爵勸當銅鑼　李瓶兒解衣銀姐

詞曰：

徘徊。相期酒會，三千朱履，十二金釵。雅俗熙熙，下車成宴盡春臺。好雍容、東山妓女，堪笑傲、北海樽罍。且追陪。鳳池歸去，那更重來！

——右〈玉蝴蝶後〉

話說西門慶因放假沒往衙門裡去，早晨起來，前廳看著，差玳安送兩張桌面與喬家去。一張與喬五太太，一張與喬大戶娘子，俱有高頂方糖、時鮮樹果之類。喬五太太賞了兩方手帕、三錢銀子，喬大戶娘子是一匹青絹，俱不必細說。

原來應伯爵自從與西門慶作別，趕到黃四家。黃四又早夥中封下十兩銀子謝他：「大官人吩咐教俺過節去，口氣只是搗那五百兩銀子文書的情。你我錢糧拿什麼支持？」應伯爵道：「你如今還得多少才夠？」黃四道：「李三哥他不知道，只要靠著問那內臣借，一般也是五分行利。不如這裡借著衙門中勢力兒，就是上下使用也省些。如今我算再借出五十個銀子來，把一千兩合用，就是每月也好認利錢。」應伯爵聽了，低了低頭兒，說道：「不打緊。假若我替你說成了，你夥計六人怎生謝我？」黃四道：「我對李三說，夥中再送五兩銀子與你。」伯爵道：「休說五兩的話。要我手段，五兩銀子要不了你的，我只消一言，替你們巧一巧兒，就在裡頭了。今日俺房下往他家吃酒，我且不去。明日他請俺們晚夕賞燈，你兩個明日絕早買四樣好下飯，再著上一罈金華酒。不要叫唱的，他家裡有李桂兒、吳銀兒，還沒去哩！你院裡叫上六個吹打的，等我領著送了去。他就要請你兩個坐，我在旁邊，只消一言半句，管情就替你說成了。找出五百兩銀子來，共搗一千兩文書，一個月滿破認他三十兩銀子，那裡不去了，只當你包了一個月老婆了。常言道：秀才無假漆無真。進錢糧之時，香裡頭多放些木頭，蠟裡頭多攙些柏油，哪裡查帳去？不圖打魚，只圖混水，借著他這名聲兒，才好行事。」於是計議已定。到次日，李三、黃四果然買了酒禮，伯爵領著兩個小廝，擡送到西門慶家來。

西門慶正在前廳打發桌面，只見伯爵來到，作了揖，道及：「昨日房下在這裡打攪，回家晚了。」西門慶道：「我昨日周南軒那裡吃酒，回家也有一更天氣，也不曾見得新親戚，老早就去了。今早衙門中放假，也沒去。」說畢坐下，伯爵就喚李錦：「你把禮擡進來。」不一時，兩個擡進儀門裡放下。伯爵道：「李三哥、黃四哥再三對我說，受你大恩，節間沒什麼，買了些微禮來，孝順你賞人。」只見兩個小廝向前磕頭。西門慶道：「你們又送這禮來做什麼？我也不好受的，還教他擡回去。」伯爵道：「哥，你不受他的，這一擡出去，就醜死了。他還要叫唱的來伏侍，是我阻住他了，只叫了六名吹打的在外邊伺候。」西門慶向伯爵道：「他既叫將來了，莫不又打發他？不如請他兩個來坐坐罷。」伯爵得不的一聲兒，即叫過李錦來，吩咐：「到家對你爹說：老爹收了禮了，這裡不著人請去了，叫你爹同黃四爹早來這裡坐坐。」那李錦應諾下去。須臾，收進禮去。令玳安封二錢銀子賞他，磕頭去了。六名吹打的下邊伺候。

少頃，棋童兒拿茶來，西門慶陪伯爵吃了茶，就讓伯爵西廂房裡坐。因問伯爵：「你今日沒會謝子純？」伯爵道：「我早晨起來時，李三就到我那裡，看著打發了禮來，誰得閒去會他？」西門慶即使棋童兒：「快請你謝爹去！」不一時，書童兒放桌兒擺飯，兩個同吃了飯，收了傢伙去。西門慶就與伯爵兩個賭酒兒、打雙陸。伯爵趁謝希大未來，乘先問西門慶道：「哥，明日找與李智、黃四多少銀子？」西門慶道：「把舊文書收了，另搗五百兩銀子文書就是了。」伯爵道：「這等也罷了。哥，你不如找足了一千兩，到明日也好認利錢。我又一句話，那金子你用不著，還算一百五十兩與他，再找不多兒了。」西門慶聽罷，道：「你也說的是。我明日再找三百五十兩與他罷，改一千兩銀子文書就是了，省得金子放在家，也只是閒著。」

兩個正打雙陸，忽見玳安兒來說道：「賁四拿了一座大螺蛔大理石屏風、兩架銅鑼銅鼓連鐺兒，說是白皇親家的，要當三十兩銀子，爹當與他不當？」西門慶道：「你教賁四拿進來我瞧。」不一時，賁四與兩個人擡進去，放在廳堂上。西門慶與伯爵丟下雙陸，走出來看，原來是三尺闊、五尺高可桌上放的螺蛔描金大理石屏風，端的黑白分明。伯爵觀了一回，悄與西門慶道：「哥，你仔細瞧，恰好似蹲著個鎮宅獅子一般。兩架銅鑼銅鼓，都是彩畫金妝，雕刻雲頭，十分齊整。」在旁一力攛掇，說道：「哥，該當下他的。休說兩架銅鼓，只一架屏風，五十兩銀子還沒處尋去。」西門慶道：「不知他明日贖不贖。」伯爵道：「沒的說，贖什麼？下坡車兒營生，及到三年過來，七本八利相等。」西門慶道：「也罷，教你姐夫前邊舖子裡兌三十兩與他罷。」

剛打發去了，西門慶把屏風拂抹乾淨，安在大廳正面，左右看視，金碧彩霞交輝。因問：「吹打樂工吃了飯不曾？」琴童道：「在下邊吃飯哩。」西門慶道：「叫他吃了飯來，吹打一回我聽。」於是廳內擡出大鼓來，穿廊下邊一帶安放銅鑼銅鼓，吹打起來，端的聲震雲霄，韻驚魚鳥。正吹打著，只見棋童兒請謝希大到了。進來與二人唱了喏，西門慶道：「謝子純，你過來估估這座屏風兒，值多少價？」謝希大近前觀看了半日，口裡只顧誇獎不已，說道：「哥，你這屏風，買得巧也得一百兩銀子，少也他不肯。」伯爵道：「你看，連這外邊兩架銅鑼銅鼓，帶鐺鐺兒，通共用了三十兩銀子。」那謝希大拍著手兒叫道：「我的南無耶，哪裡尋本兒利兒！休說屏風，三十兩銀子還攪給不起這兩架銅鑼銅鼓來。你看這兩座架子，做的這工夫，硃紅彩漆，都照依官司裡的樣範，少說也有四十斤響銅，該值多少銀子？怪不得一物一主，哪裡有哥這等大福，偏有這樣巧價兒來尋你的。」

說了一回，西門慶請入書房裡坐的。不一時，李智、黃四也到了。西門慶說道：「你兩個如何又費心送禮來？我又不好受你的。」那李智、黃四慌得說道：「小人惶恐，微物胡亂與老爹賞人罷了。蒙老爹呼喚，不敢不來。」於是搬過座兒來，打橫坐了。須臾，小廝畫童兒拿了五盞茶上來，眾人吃了。少頃，玳安走上來請問：「爹，在哪裡放桌兒？」西門慶道：「就在這裡坐罷。」於是玳安與畫童兩個擡了一張八仙桌兒，騎著火盆安放。伯爵、希大居上，西門慶主位，李智、黃四兩邊打橫坐了。須臾，拿上春盤按酒，大盤大碗湯飯點心，各樣下飯，酒泛羊羔，湯浮桃浪；樂工都在窗外吹打。西門慶叫了吳銀兒席上遞酒，這裡前邊飲酒不提。

卻說李桂姐家保兒、吳銀兒家丫頭蠟梅，都叫了轎子來接。那桂姐聽見保兒來，慌得走到門外，和保兒兩個悄悄說了半日話，竟到上房告辭要回家去。月娘再三留他道：「俺們如今便都往吳大妗子家去，連你們也帶了去。你越發晚了從他那裡起身，也不用轎子，伴俺們走百病兒，就往家去便了。」桂姐道：「娘不知，我家裡無人，俺姐姐又不在家，有我五姨媽那裡又請了許多人來做盒子會，不知怎麼盼我。昨日等了我一日，他不急時，不使將保兒來接我。若是閒常日子，隨娘留我幾日我也住了。」月娘見他不肯，一面教玉簫將他那原來的盒子裝了一盒元宵、一盒白糖薄脆，交與保兒掇著，又與桂姐一兩銀子，打發他回去。

這桂姐先辭月娘眾人，然後他姑娘送他到前邊，叫畫童替他抱了氈包，竟來書房門首，教玳安請出西門慶來說話。這玳安慢慢掀簾子進入書房，向西門慶請道：「桂姐家去，請爹說話。」應伯爵道：「李桂兒這小淫婦兒，原來還沒去哩。」西門慶道：「他今日才家去。」一面走出前邊來。李姐與西門慶磕了四個頭，就道：「打攪爹娘這裡。」西門慶道：「你明日家去罷。」桂姐道：「家裡無人，媽使保兒拿轎子來接了。」又道：「我還有一件事對爹說：俺姑娘房裡那孩子，休要領出去罷。俺姑娘昨日晚夕又打了他幾下。說起來還小哩，也不知道什麼，吃我說了他幾句，從今改了，他說再不敢了。不爭打發他出去，大節間，俺姑娘房中沒個人使，他心裡不急麼?自古木杓火杖兒短，強如手撥刺。爹好歹看我分上，留下這丫頭罷。」西門慶道：「既是你恁說，留下這奴才罷。」就吩咐玳安：「你去後邊對你大娘說，休要叫媒人去了。」玳安見畫童兒抱著桂姐氈包，說道：「拿桂姨氈包等我抱著，教畫童兒後邊說去罷。」那畫童應諾，一直往後邊去了。

桂姐與西門慶說畢，又到窗子前叫道：「應花子，我不拜你了，你娘家去。」伯爵道：「拉回賊小淫婦兒來，休放他去了，叫他且唱一套兒與我聽聽著。」桂姐道：「等你娘閒了唱與你聽。」伯爵道：「恁大白日就家去了，便益了賊小淫婦兒了，投到黑還接好幾個漢子。」桂姐道：「汗邪了你這花子！」一面笑了出去。玳安跟著，打發他上轎去了。

西門慶與桂姐說了話，就後邊更衣去了。應伯爵向謝希大說：「李家桂兒這小淫婦兒，就是個真脫牢的強盜，越發賊的疼人子！恁個大節，他肯只顧在人家住著？鴇子來叫他，又不知家裡有什麼人兒等著他哩。」謝希大道：「你好猜。」悄悄向伯爵耳邊，如此這般。說未數句，伯爵道：「悄悄兒說，哥正不知道哩。」不一時，西門慶走的腳步兒響，兩個就不言語了。這應伯爵就把吳銀兒摟在懷裡，和他一遞一口兒吃酒，說道：「是我這乾女兒又溫柔，又軟款，強如李家狗不要的小淫婦兒一百倍了。」吳銀兒笑道：「二爹好罵。說一個就一個，百個就百個，一般一方之地也有賢有愚，可可兒一個就比一個來？俺桂姐沒惱著你老人家！」西門慶道：「你這賊狗才，單管只六說白道的！」伯爵道：「你休管他，等我守著我這乾女兒過日子。乾女兒過來，拿琵琶且先唱個兒我聽。」這吳銀兒不忙不慌，輕舒玉指，款跨鮫綃，把琵琶橫於膝上，低低唱了一回〈柳搖金〉。伯爵吃過酒，又遞謝希大，吳銀兒又唱了一套。這裡吳銀兒遞酒彈唱不提。

且說畫童兒走到後邊，月娘正和孟玉樓、李瓶兒、大姐、雪娥並大師父，都在上房裡坐的，只見畫童兒進來。月娘才待使他叫老馮來，領夏花兒出去，畫童便道：「爹使小的對大娘說，教且不要領他出去罷了。」月娘道：「你爹教賣他，怎的又不賣他了？你實說，是誰對你爹說，教休要領他出去？」畫童兒道：「剛才小的抱著桂姨氈包，桂姨臨去對爹說，央及留下了將就使罷。爹使玳安進來對娘說，玳安不進來，使小的進來，他就奪過氈包送桂姨去了。」這月娘聽了，就有幾分惱在心中，罵玳安道：「恁賊兩頭獻勤欺主的奴才，嗔道頭裡使他叫媒人，他就說道爹叫領出去，原來都是他弄鬼。如今又幹辦著送他去了，住回等他進後來，和他答話。」

正說著，只見吳銀兒前邊唱了進來。月娘對他說：「你家蠟梅接你來了。李家桂兒家去了，你莫不也要家去了罷？」吳銀兒道：「娘既留我，我又家去，顯得不識敬重了。」因問蠟梅：「你來做什麼？」蠟梅道：「媽使我來瞧瞧你。」吳銀兒問道：「家裡沒甚勾當？」蠟梅道：「沒甚事。」吳銀兒道：「既沒事，你來接我怎的？你家去罷。娘留下我，晚夕還同眾娘們往妗奶奶家走百病兒去。我那裡回來，才往家去哩。」說畢，蠟梅就要走。月娘道：「你叫他回來，打發他吃些什麼兒。」吳銀兒道：「你大奶奶賞你東西吃哩。等著就把衣裳包了帶了家去，對媽媽說，休教轎子來，晚夕我走了家去。」因問：「吳惠怎的不來？」蠟梅道：「他在家裡害眼哩。」月娘吩咐玉簫領蠟梅到後邊，拿下兩碗肉，一盤子饅頭，一甌子酒，打發他吃。又拿他原來的盒子，裝了一盒元宵、一盒細茶食，回與他拿去。

原來吳銀兒的衣裳包兒放在李瓶兒房裡，李瓶兒早尋下一套上色織金緞子衣服、兩方銷金汗巾兒、一兩銀子，安放在他氈包內與他。那吳銀兒喜孜孜辭道：「娘，我不要這衣服罷。」又笑嘻嘻道：「實和娘說，我沒個白襖兒穿，娘收了這緞子衣服，不拘娘的什麼舊白綾襖兒，與我一件兒穿罷。」李瓶兒道：「我的白襖兒寬大，你怎的穿？」叫迎春：「拿鑰匙，大櫥櫃裡拿一匹整白綾來與銀姐。」「對你媽說，教裁縫替你裁兩件好襖兒。」因問：「你要花的，要素的？」吳銀兒道：「娘，我要素的罷，圖襯著比甲兒好穿。」笑嘻嘻向迎春說道：「又起動姐往樓上走一遭，明日我沒什麼孝順，只是唱曲兒與姐姐聽罷了。」

須臾，迎春從樓上取了一匹松江闊機尖素白綾，下號兒寫著「重三十八兩」，遞與吳銀兒。銀兒連忙與李瓶兒磕了四個頭，起來又深深拜了迎春八拜。李瓶兒道：「銀姐，你把這緞子衣服還包了去，早晚做酒衣兒穿。」吳銀兒道：「娘賞了白綾做襖兒，怎好又包了這衣服去？」於是又磕頭謝了。

不一時，蠟梅吃了東西，交與他都拿回家去了。月娘便說：「銀姐，你這等我才喜歡。休學李桂兒那等喬張致，昨日和今早，只像臥不住虎子一般，留不住的，只要家去。可可兒家裡就忙的恁樣兒？連唱也不用心唱了。見他家人來接，飯也不吃就去了。銀姐，你快休學他。」吳銀兒道：「好娘，這裡一個爹娘宅裡，是哪個去處？就有虛簣放著別處使，敢在這裡使？桂姐年幼，他不知事，俺娘休要惱他。」正說著，只見吳大妗子家使了小廝來定兒來請，說道：「俺娘上覆三姑娘，好歹同眾位娘並桂姐、銀姐，請早些過去罷。又請雪姑娘也走走。」月娘道：「你到家對你娘說，俺們如今便收拾去。二娘害腿疼不去，他在家看家了。你姑夫今日前邊有人吃酒，家裡沒人，後邊姐也不去。李桂姐家去了。連大姐、銀姐和我們六位去。你家少費心整治什麼，俺們坐一回，晚上就來。」因問來定兒：「你家叫了誰在哪裡唱？」來定兒道：「是郁大姐。」說畢，來定兒先去了。月娘一面同玉樓、金蓮、李瓶兒、大姐並吳銀兒，對西門慶說了，吩咐奶子在家看哥兒，都穿戴收拾，共六頂轎子起身。派定玳安兒、棋童兒、來安兒三個小廝，四個排軍跟轎，往吳大妗子家來。正是：

萬井風光吹落落，千門燈火夜沈沈。

# 第四十六回　元夜遊行遇雪雨　妻妾戲笑卜龜兒

詞曰：

小市東門欲雪天，眾中依約見神仙。蕊黃香畫貼金蟬。　飲散黃昏人草草，醉容無語立門前。馬嘶塵哄一街煙。

——右調〈浪淘沙〉

話說西門慶那日，打發吳月娘眾人往吳大妗子家吃酒去了。李智、黃四約坐到黃昏時分，就告辭起身。伯爵趕送出去，如此這般告訴：「我已替二公說了，準在明日還找五百兩銀子。」那李智、黃四向伯爵打了恭又打恭，去了。伯爵復到廂房中，和謝希大陪西門慶飲酒，只見李銘掀簾子進來。伯爵看見，便道：「李日新來了。」李銘趴在地下磕頭。西門慶問道：「吳惠怎的不來？」李銘道：「吳惠今日東平府官身也沒去，在家裡害眼。小的叫了王柱來了。」便叫王柱：「進來，與爹磕頭。」那王柱掀簾進入房裡，朝上磕了頭，與李銘站立在旁。伯爵道：「你家桂姐剛才家去了，你不知道？」李銘道：「小的官身到家，洗了洗臉就來了，並不知道。」伯爵向西門慶說：「他兩個怕不的還沒吃飯哩，哥吩咐拿飯與他兩個吃。」書童在旁說：「二爹，叫他等一等，一發和吹打的一搭裡吃罷，敢也拿飯去了。」

伯爵令書童取過一個托盤來，桌上掉了兩碟下飯，一盤燒羊肉，遞與李銘：「等拿了飯來，你們拿兩碗在這明間吃罷。」說書童兒：「我那傻孩子，常言道：方以類聚，物以群分。你不知，他這行人故雖是當院出身，小優兒比樂工不同，一概看待也罷了，顯得說你我不幫襯了。」被西門慶向伯爵頭上打了一下，笑罵道：「怪不得你這狗才，行計中人只護行計中人，又知這當差的甘苦。」伯爵道：「傻孩兒，你知道什麼？你空做子弟一場，連惜玉憐香四個字你還不曉的。粉頭小優兒，如同鮮花一般，你惜憐他，越發有精神。你但折剉他，敢就〈八聲甘州〉懨懨瘦損，難以存活。」西門慶笑道：「還是我的兒曉得道理。」

那李銘、王柱須臾吃了飯，應伯爵叫過來吩咐：「你兩個會唱『雪月風花共裁剪』不會？」李銘道：「此是黃鍾，小的們記得。」於是王柱彈琵琶，李銘擽箏，頓開喉音唱了一套。唱完了，看看晚來，正是：

金烏漸漸落西山，玉兔看看上畫闌。
佳人款款來傳報，月透紗窗衾枕寒。

西門慶命收了傢伙，使人請傅夥計、韓道國、雲主管、賁四、陳敬濟，大門首用一架圍屏安放兩張桌席，懸掛兩盞羊角燈，擺設酒筵，堆集許多春盤果盒，各樣餚饌。西門慶與伯爵、希大都一帶上面坐了，夥計、主管兩旁打橫。大門首兩邊，一邊十二盞金蓮燈。還有一座小煙火，西門慶吩咐等堂客來家時放。先是六個樂工，擡銅鑼銅鼓在大門首吹打。吹打了一回，又清吹細樂上來。李銘、王柱兩個小優兒箏、琵琶上來，彈唱燈詞。那街上來往圍看的人，莫敢仰視。西門慶帶忠靖冠，絲絨鶴氅，白綾襖子。玳安與平安兩個，一遞一桶放花兒。兩名排軍執欄杆攔擋閒人，不許向前擁擠。不一時，碧天雲靜，一輪皓月東升之時，街上遊人十分熱鬧，但見：

戶戶鳴鑼擊鼓，家家品竹彈絲。遊人隊隊踏歌來，士女翩翩垂舞調。鰲山結綵，巍峨百尺矗晴雲；鳳禁縟香，縹緲千層籠綺隊。閒廷內外，溶溶寶月光輝；畫閣高低，燦燦花燈照耀。三市六街人鬧熱，鳳城佳節賞元宵。

且說春梅、迎春、玉簫、蘭香、小玉眾人，見月娘不在，聽見大門首吹打銅鼓彈唱，又放煙火，都打扮著走來，在圍屏後趴著望外瞧。書童兒和畫童兒兩個，在圍屏後火盆上篩酒。原來玉簫和書童舊有私情，兩個常時戲狎。兩個因按在一處奪瓜子兒嗑，不防火盆上坐著一錫瓶酒，推倒了，那火烘烘望上騰起來，湍了一地灰起去。那玉簫還只顧嘻笑，被西門慶聽見，使下玳安兒來問：「是誰笑？怎的這等灰起？」那日春梅穿著新白綾襖子，大紅遍地金比甲，正坐在一張椅兒上，看見他兩個推倒了酒，就揚聲罵玉簫道：「好個怪浪的淫婦！見了漢子，就邪得不知怎麼樣兒的了，只當兩個把酒推倒了才罷了。都還嘻嘻哈哈，不知笑的是什麼！把火也湍死了，平白落人恁一頭灰。」玉簫見他罵起來，諕得不敢言語，往後走了。慌得書童兒走上去，回說：「小的火盆上篩酒來，趴倒了錫瓶裡酒了。」西門慶聽了，便不問其長短，就罷了。

先是那日，賁四娘子打聽月娘不在，平昔知道春梅、玉簫、迎春、蘭香四個是西門慶貼身答應得寵的姐兒，大節下安排了許多菜蔬果品，使了他女孩兒長兒來，要請他四個去他家裡坐坐。眾人領了來見李嬌兒。李嬌兒說：「我燈草拐杖——做不得主。你還請問你爹去。」問雪娥，雪娥亦發不敢承攬。只等挨到掌燈以後，賁四娘子又使了長兒來邀四人。蘭香推玉簫，玉簫推迎春，迎春推春梅，要會齊了轉央李嬌兒和西門慶說，放他去。那春梅坐著，紋絲兒也不動，反罵玉簫等：「都是那沒見食面的行貨子，從沒見酒席，也聞些氣兒來！我就去不成，也不到央及他家去。一個個鬼攛掇的也似，不知忙些什麼，教我半個眼兒看的上！」那迎春、玉簫、蘭香都穿上衣裳，打扮得齊齊整整出來，又不敢去，這春梅又只顧坐著不動身。

書童見賁四嫂又使了長兒來邀，說道：「我拚著爹罵兩句也罷，等我上去替姐們稟稟去。」一直走到西門慶身邊，附耳說道：「賁四嫂家大節間要請姐們坐坐，姐教我來稟問爹，去不去？」西門慶聽了，吩咐：「教你姐們收拾去，早些來，家裡沒人。」這書童連忙走下來，說道：「還虧我到上頭，一言就准了。教你姐快收拾去，早些來。」那春梅才慢慢往房裡勻施脂粉去了。不一時，四個都一搭兒裡出門。書童扯圍屏掩過半邊來，遮著過去。到了賁四家，賁四娘子見了，如同天上落下來的一般，迎接進屋裡。頂槅上點著綉毬紗燈，一張桌兒上整齊餚菜。趕著春梅叫大姑，迎春叫二姑，玉簫是三姑，蘭香是四姑，都見過禮。又請過韓回子娘子來相陪。春梅、迎春上坐，玉簫、蘭香對席，賁四嫂與韓回子娘子打橫，長兒往來燙酒拿菜。按下這裡不提。

西門慶因叫過樂工來吩咐：「你們吹一套『東風料峭』〈好事近〉與我聽。」正值後邊拿上玫瑰元宵來，眾人拿起來同吃，端的香甜美味，入口而化，甚應佳節。李銘、王柱席前拿樂器，接著彈唱此詞，端的聲韻悠揚，疾徐合節。這裡彈唱飲酒不提。

且說玳安與陳敬濟袖著許多花炮，又叫兩個排軍拿著兩個燈籠，竟往吳大妗家來接月娘。眾人正在明間飲酒，見了陳敬濟來：「教二舅和姐夫房裡坐，你大舅今日不在家，衛裡看著造冊哩。」一面放桌兒，拿春盛點心酒菜上來，陪敬濟。玳安走到上邊，對月娘說：「爹使小的來接娘們來了，請娘早些家去，恐晚夕人亂，和姐夫一搭兒來了。」月娘因頭裡惱他，就一聲兒沒言語答他。吳大妗子便叫來定兒：「拿些兒什麼與玳安兒吃。」來定兒道：「酒肉湯飯，都前頭擺下了。」吳月娘道：「忙怎的？哪裡才來乍到就與他吃！教他前邊站著，我們就起身。」

吳大妗子道：「三姑娘慌怎的？上門兒怪人家？大節下，姊妹間，眾位開懷大坐坐兒。左右家裡有他二娘和他姐在家裡，怕怎的，老早就要家去？是別人家又是一說。」因叫郁大姐：「你唱個好曲兒，伏侍他眾位娘。」孟玉樓道：「他六娘好不惱他哩，說你不與他做生日。」郁大姐連忙下席來，與李瓶兒磕了四個頭，說道：「自從與五娘做了生日，家去就不好起來。昨日妗奶奶這裡接我，教我才收拾閘閫了來。若好時，怎的不與你老人家磕頭？」金蓮道：「郁大姐，你六娘不自在哩，你唱個好的與他聽，他就不惱你了。」那李瓶兒在旁只是笑，不做聲。郁大姐道：「不打緊，拿琵琶過來，等我唱。」大妗子叫吳舜臣媳婦鄭三姐：「你把你二位姑娘和眾位娘的酒兒斟上。這一日還沒上過鍾酒兒。」那郁大姐接琵琶在手，用心用意唱了一個〈一江風〉。

正唱著，月娘便道：「怎的這一回子恁涼淒淒的起來？」來安兒在旁說道：「外邊天寒下雪哩。」孟玉樓道：「姐姐，你身上穿的不單薄？我倒帶了個綿披襖子來了。咱這一回，夜深不冷麼？」月娘道：「既是下雪，叫個小廝家裡取皮襖來咱們穿。」那來安連忙走下來，對玳安說：「娘吩咐，叫人家去取娘們皮襖哩。」那玳安便叫琴童兒：「你取去罷，等我在這裡伺候。」那琴童也不問，一直家去了。

少頃，月娘想起金蓮沒皮襖，因問來安兒：「誰取皮襖去了？」來安道：「琴童取去了。」月娘道：「也不問我，就去了。」玉樓道：「剛才短了一句話，不該教他拿俺們的，他五娘沒皮襖，只取姐姐的來罷。」月娘道：「怎的沒有？還有當的人家一件皮襖，取來與六姐穿就是了。」因問：「玳安那奴才怎的不去，卻使這奴才去了？你叫他來！」一面把玳安叫到跟前，吃月娘盡力罵了幾句道：「好奴才！使你怎的不動？又坐壇遣將兒，使了那個奴才去了。也不問我聲兒，三不知就去了。怪不得你做大官兒，恐怕打動你展翅兒，就只遣他去！」玳安道：「娘錯怪了小的。頭裡娘吩咐若是教小的去，小的敢不去？來安下來，只說教一個家裡去。」月娘道：「那來安小奴才敢吩咐你？俺們恁大老婆，還不敢使你哩！如今慣的你這奴才們有些摺兒也怎的？一來主子煙薰的佛像——掛在牆上，有恁施主，有恁和尚。你說你恁行動兩頭戳舌，獻勤出尖兒，外合裡應，好懶食饞，背地瞞官作弊，幹的那繭兒我不知道哩！頭裡你家主子沒使你送李桂兒家去，你怎的送他？人拿著氈包，你還匹手奪過去了。留丫頭不留丫頭不在你，使你進來說，你怎的不進來？你便送他，圖嘴吃去了，卻使別人進來。須知我若罵只罵那個人了。你還說你不久慣牢成！」玳安道：「這個也沒人，就是畫童兒過的舌。爹見他抱著氈包，教我：『你送送你桂姨去罷』，使了他進來的。娘說留丫頭不留丫頭，不在於小的，小的管他怎的！」

月娘大怒，罵道：「賊奴才，還要說嘴哩！我可不這裡閒著和你犯牙兒哩。你這奴才，脫脖倒坳過颺了。我使著不動，耍嘴兒，我就不信到明日不對他說，把這欺心奴才打與你個爛羊頭也不算。」吳大妗子道：「玳安兒，還不快替你娘們取皮襖去。」又道：「姐姐，你吩咐他拿哪裡皮襖與他五娘穿？」潘金蓮接過來說道：「姐姐，不要取去，我不穿皮襖，教他家裡捎了我的披襖子來罷。人家當的，好也歹也，黃狗皮也似的，穿在身上，教人笑話，也不長久，後還贖的去了。」月娘道：「這皮襖倒不是當的，是李智少十六兩銀子准折的。當的王招宣府裡那件皮襖，與李嬌兒穿了。」因吩咐玳安：「皮襖在大櫥裡，叫玉簫尋與你，就把大姐的皮襖也帶了來。」

玳安把嘴谷都，走出來，陳敬濟問道：「你到哪去？」玳安道：「精是攮氣的營生，一遍生活兩遍做，這咱晚又往家裡跑一遭。」逕走到家。西門慶還在大門首吃酒，傅夥計、雲主管都去了，還有應伯爵、謝希大、韓道國、賁四眾人吃酒未去，便問玳安：「你娘們來了？」玳安道：「沒來，使小的取皮襖來了。」說畢，便往後走。

先是琴童到家，上房裡尋玉簫要皮襖。小玉坐在炕上正沒好氣，說道：「四個淫婦今日都在賁四老婆家吃酒哩。我不知道皮襖放在哪裡，往他家問他要去。」這琴童一直走到賁四家，且不叫，在窗外悄悄覷聽。只見賁四嫂說道：「大姑和三姑，怎的這半日酒也不上，菜兒也不揀一筯兒？嫌俺小家兒人家，整治的不好吃也怎的？」春梅道：「四嫂，俺們酒夠了。」賁四嫂道：「耶嘌！沒的說。怎的這等上門兒怪人家！」又叫韓回子老婆：「你是我的切鄰，就如副東一樣，三姑、四姑跟前酒，你也替我勸勸兒，怎的單板著像客一般？」又叫長姐：「篩酒來，斟與三姑吃，你四姑鍾兒淺斟些兒罷。」蘭香道：「我自來吃不得。」賁四嫂道：「你姐兒們今日受餓，沒什麼可口的菜兒管待，休要笑話。今日要叫了先生來，唱與姑娘們下酒，又恐怕爹那裡聽著。淺房淺屋，說不得俺小家兒人家的苦。」

說著，琴童兒敲了敲門，眾人都不言語了。長兒問：「是誰？」琴童道：「是我，尋姐說話。」一面開了門，那琴童入來。玉簫便問：「娘來了？」那琴童看著待笑，半日不言語。玉簫道：「怪雌牙的，誰與你雌牙？問著不言語。」琴童道：「娘們還在妗子家吃酒哩，見天陰下雪，使我來家取皮襖來，都教包了去哩。」玉簫道：「皮襖在描金箱子裡不是，叫小玉拿與你。」琴童道：「小玉說教我來問你要。」玉簫道：「你信那小淫婦兒，他不知道怎的！」春梅道：「你們有皮襖的，都打發與他。俺娘沒皮襖，只我不動身。」蘭香對琴童：「你三娘皮襖，問小鸞要。」迎春便向腰裡拿鑰匙與琴童兒：「教綉春開裡間門拿與你。」

琴童兒走到後邊上房，小玉和玉樓房中小鸞，都包了皮襖交與他。正拿著往外走，遇見玳安，問道：「你來家做什麼？」玳安道：「你還說哩！為你來了，平白教大娘罵了我一頓好的。又使我來取五娘的皮襖來。」琴童道：「我如今取六娘的皮襖去也。」玳安道：「你取了，還在這裡等著我，一搭兒裡去。你先去了不打緊，又惹得大娘罵我。」說畢，玳安來到上房。小玉正在炕上籠著爐臺烤火，口中嗑瓜子兒，見了玳安，問道：「你也來了？」玳安道：「你又說哩，受了一肚子氣在這裡。娘說我遣將兒。因為五娘沒皮襖，又教我來，說大櫥裡有李三準折的一領皮襖，教拿去哩。」小玉道：「玉簫拿了裡間門上鑰匙，都在賁四家吃酒哩，教他來拿。」玳安道：「琴童往六娘房裡去取皮襖，便來也，教他叫去，我且歇歇腿兒，烤烤火兒著。」那小玉便讓炕頭兒與他，並肩相挨著向火。小玉道：「壺裡有酒，篩盞子你吃？」玳安道：「可知好哩，看你下顧。」小玉下來，把壺坐在火上，抽開抽屜，拿了一碟子臘鵝肉，篩酒與他。無人處兩個就摟著咂舌親嘴。

正吃著酒，只見琴童兒進來。玳安讓他吃了一盞子，便使他：「叫玉簫姐來，拿皮襖與五娘穿。」那琴童抱氈包放下，走到賁四家叫玉簫。玉簫罵道：「賊囚根子，又來做什麼？」又不來。遞與鑰匙，教小玉開門。那小玉開了裡間房門，取了一把鑰匙，通了半日，白通不開。琴童兒又往賁四家問去。那玉簫道：「不是那個鑰匙。娘櫥裡鑰匙在床褥子座下哩。」小玉又罵道：「那淫婦丁子釘在人家不來，兩頭來回，只教使我。」即開了，櫥裡又沒皮襖。琴童兒來回走的抱怨道：「就死也死三日三夜，又撞著恁瘟死鬼小奶奶兒們，把人魂也走出了。」向玳安道：「你說此回去，又惹得娘罵。不說屋裡，只怪俺們。」走去又對玉簫說：「裡間娘櫥裡尋，沒有皮襖。」玉簫想了想，笑道：「我也忘記，在外間大櫥裡。」到後邊，又被小玉罵道：「淫婦吃那野漢子搗昏了，皮襖在這裡，卻到處尋。」一面取出來，將皮襖包了，連大姐皮襖都交付與玳安、琴童。

兩個拿到吳大妗子家，月娘又罵道：「賊奴才，你說同了都不來罷了。」那玳安不敢言語，琴童道：「娘的皮襖都有了，等著姐又尋這件青鑲皮襖。」於是打開取出來。吳大妗子燈下觀看，說道：「好一件皮襖。五娘，你怎的說他不好，說是黃狗皮。哪裡有恁黃狗皮，與我一件穿也罷了。」月娘道：「新新的皮襖兒，只是面前歇胸舊了些兒。到明日，重新換兩個遍地金歇胸，就好了。」孟玉樓拿過來，與金蓮戲道：「我兒，你過來，你穿上這黃狗皮，娘與你試試看好不好。」金蓮道：「有本事到明日問漢子要一件穿，也不枉的。平白拾人家舊皮襖披在身上做什麼！」玉樓戲道：「好個不認業的，人家有這一件皮襖，穿在身上念佛。」於是替他穿上。見寬寬大大，金蓮才不言語。

當下月娘與玉樓、瓶兒俱是貂鼠皮襖，都穿在身上，拜辭吳大妗子、二妗子起身。月娘與了郁大姐一包二錢銀子。吳銀兒道：「我這裡就辭了妗子、列位娘，磕了頭罷。」當下吳大妗子與了一對銀花兒，月娘與李瓶兒每人袖中拿出一兩銀子與他，磕頭謝了。吳大妗子同二妗子、鄭三姐都還要送月娘眾人，因見天氣落雪，月娘阻回去了。琴童道：「頭裡下的還是雪，這回沾在身上都是水珠兒，只怕濕了娘們的衣服，問妗子這裡討把傘打了家去。」吳二舅連忙取了傘來。琴童兒打著，頭裡兩個排軍打燈籠，引著一簇男女，走幾條小巷，到大街上。陳敬濟沿路放了許多花炮，因叫：「銀姐，你家不遠了，俺們送你到家。」月娘便問：「他家在哪裡？」敬濟道：「這條衚衕內一直進去，中間一座大門樓，就是他家。」吳銀兒道：「我這裡就辭了娘們家去。」月娘道：「地下濕，銀姐家去罷，頭裡已是見過禮了。我還著小廝送你到家。」因叫過玳安：「你送送銀姐家去。」敬濟道：「娘，我與玳安兩個去罷。」月娘道：「也罷，你與他兩個同送他送。」那敬濟得不的一聲，同玳安一路送去了。

吳月娘眾人便回家來。潘金蓮路上說：「大姐姐，你原說咱們送他家去，怎的又不去了？」月娘笑道：「你也只是個小孩兒，哄你說耍子兒，你就信了。麗春院是哪裡，你我送去？」金蓮道：「像人家漢子在院裡嫖了來，家裡老婆沒曾往那裡尋去？尋出沒曾打成一鍋粥？」月娘道：

「你等他爹到明日往院裡去，你尋他尋試試。倒沒的教人家漢子當粉頭拉了去，看你——」兩個口裡說著，看看走到東街上，將近喬大戶門首。只見喬大戶娘子和他外甥媳婦段大姐，在門首站立。遠遠見月娘一簇男女過來，就要拉請進去。月娘再三說道：「多謝親家盛情，天晚了，不進去罷。」那喬大戶娘子哪裡肯放，說道：「好親家，怎的上門兒怪人家？」強把月娘眾人拉進去了。客位內掛著燈，擺設酒果，有兩個女兒彈唱飲酒，不提。

卻說西門慶，在門首與伯爵眾人飲酒將闌。伯爵與希大整吃了一日，頂顙吃不下去，見西門慶在椅子上打盹，趕眼錯把果碟兒都倒在袖子裡，和韓道國就走了。只落下賁四，陪西門慶打發了樂工賞錢。吩咐小廝收傢伙，熄燈燭，歸後邊去了。只見平安走來，賁四家叫道：「你們還不起身，爹進去了。」玉簫聽見，和迎春、蘭香慌得辭也不辭，都一溜煙跑了。只落下春梅，拜謝了賁四嫂，才慢慢走回來。看見蘭香在後邊脫了鞋趕不上，因罵道：「你們都搶棺材奔命哩！把鞋都跑脫了，穿不上，像甚腔兒！」到後邊，打聽西門慶在李嬌兒房裡，都來磕頭。

大師父見西門慶進入李嬌兒房中，都躲到上房，和小玉在一處。玉簫進來，道了萬福，那小玉就說玉簫：「娘那裡使小廝來要皮襖，你就不來管管兒，只教我拿。我又不知那根鑰匙開櫥門，及自開了又沒有，落後卻在外邊大櫥櫃裡尋出來。你放在裡頭，怎昏搶了不知道？姐姐們都吃夠來了罷，幾曾見長出塊兒來！」玉簫吃得臉紅紅的道：「怪小淫婦兒，如何狗撾了臉似的？人家不請你，怎的和俺們使性兒！」小玉道：「我稀罕那淫婦請！」大師父在旁勸道：「姐姐們義讓一句兒罷，你爹在屋裡聽著。只怕你娘們來家，頓下些茶兒伺候。」正說著，只見琴童抱進氈包來。玉簫便問：「娘來了？」琴童道：「娘們來了，又被喬親家娘在門首讓進去吃酒哩，也將好起身。」兩個才不言語了。

不一時，月娘等從喬大戶娘子家出來。到家門首，賁四娘子走出來廝見。陳敬濟和賁四一面取出一架小煙火來，在門首又看放了一回煙火，方才進來，與李嬌兒、大師父道了萬福。雪娥走來，向月娘磕了頭，與玉樓等三人見了禮。月娘因問：「他爹在哪裡？」李嬌兒道：「剛才在我那屋裡，我打發他睡了。」月娘一聲兒沒言語。只見春梅、迎春、玉簫、蘭香進來磕頭。李嬌兒便說：「今日前邊賁四嫂請了四個去，坐了回兒就來了。」月娘聽了，半日沒言語，罵道：「恁成精狗肉們，平白去做什麼！誰教他去來？」李嬌兒道：「問過他爹才去來。」月娘道：「問他？好有張主的貨！你家初一十五開的廟門早了，放出些小鬼來了。」大師父道：「我的奶奶，恁四個上畫兒的姐姐，還說是小鬼。」月娘道：「上畫兒只畫的半邊兒，平白放出去做什麼？與人家喂眼？」孟玉樓見月娘說來的不好，就先走了。落後金蓮見玉樓起身，和李瓶兒、大姐也走了。只落下大師父，和月娘同在一處睡了。那雪霰直下到四更方止。正是：

香消燭冷樓臺夜，挑菜燒燈掃雪天。

一宿晚景提過。到次日，西門慶往衙門中去了。月娘約飯時前後，與孟玉樓、李瓶兒三個同送大師父家去。因在大門裡首站立，見一個鄉里卜龜兒卦兒的老婆子，穿著水合襖、藍布裙子，舊黑包頭，背著褡褳，正從街上走來。月娘使小廝叫進來，在二門裡鋪下卦帖，安下靈龜，說道：「你卜卜俺們。」那老婆趴在地下磕了四個頭：「請問奶奶，多大年紀？」月娘道：「你卜個屬龍的女命。」那老婆道：「若是大龍，四十二歲，小龍兒三十歲。」月娘道：「是三十歲了，八月十五日子時生。」那老婆把靈龜一擲，轉了一遭兒住了。揭起頭一張卦帖兒，上面畫著一個官人和一位娘子在上面坐，其餘都是侍從人，也有坐的，也有立的，守著一庫金銀財寶。老婆道：「這位當家的奶奶，是戊辰生，戊辰己巳大林木。為人一生有仁義，性格寬洪，心慈好善，看經佈施，廣行方便。一生操持，把家做活，替人頂缸受氣，還不道是。喜怒有常，主下人不足。正是：喜樂起來笑嘻嘻，惱將起來鬧哄哄。別人睡到日頭半天還未起，你老早在堂前轉了。梅香洗銚鐺，雖是一時風火性，轉眼卻無心。和人說也有，笑也有，只是這疾厄宮上著刑星，常沾些啾唧。虧你這心好，濟過來了，往後有七十歲活哩。」孟玉樓道：「你看這位奶奶，命中有子沒有？」婆子道：「休怪婆子說，兒女宮上有些不實，往後只好招個出家的兒子送老罷了。隨你多少也存不的。」玉樓向李瓶兒笑道：「就是你家吳應元，見做道士家名哩。」

月娘指著玉樓：「你也叫他卜卜。」玉樓道：「你卜個三十四歲的女命，十一月二十七日寅時生。」那婆子重新撇了卦帖，把靈龜一卜，轉到命宮上住了。揭起第二張卦帖來，上面畫著一個女人，配著三個男人：頭一個小帽，商旅打扮；第二個穿紅官人；第三個是個秀才，也守著一庫金銀，左右侍從伏侍。婆子道：「這位奶奶是甲子年生。甲子乙丑海中金。命犯三刑六害，夫主尅過方可。」玉樓道：「已尅過了。」婆子道：「你為人溫柔和氣，好個性兒。你惱哪個人也不知，喜歡哪個人也不知，顯不出來。一生上人見喜下欽敬，為夫主寵愛。只一件，你饒與人為了美，多不得人心。命中一生替人頂缸受氣，小人駁雜，饒吃了還不道你是。你心地好了，雖有小人也拱不動你。」玉樓笑道：「剛才為小廝討銀子和他亂了，這回說是頂缸受氣。」月娘道：「你看這位奶奶往後有子沒有？」婆子道：「濟得好，見個女兒罷了。子上不敢許，若說壽，倒盡有。」

月娘道：「你卜卜這位奶奶。李大姐，你與他八字兒。」李瓶兒笑道：「我是屬羊的。」婆子道：「若屬小羊的，今年廿七歲，辛未年生的。生幾月？」李瓶兒道：「正月十五日午時。」那婆子卜轉龜兒，到命宮上矻磴住了。揭起卦帖來，上面畫著一個娘子，三個官人：頭一個官人穿紅，第二個官人穿綠，第三個穿青。懷著個孩兒，守著一庫金銀財寶，旁邊立著個青臉獠牙紅髮的鬼。婆子道：「這位奶奶庚午辛未路旁土。一生榮華富貴，吃也有，穿也有，所招的夫主都是貴人。為人心地有仁義，金銀財帛不計較，人吃了轉了他的，他喜歡；不吃他，不轉他，倒惱。只是吃了比肩不和的虧，凡事恩將仇報。正是：比肩刑害亂擾擾，轉眼無情就放刁；寧逢虎摘三生路，休遇人前兩面刀。奶奶，你休怪我說：你盡好匹紅羅，只可惜尺頭短了些。氣惱上要忍耐些，就是子上，也難為。」李瓶兒道：「今已是寄名做了道士。」婆子道：「既出了家，無妨了。又一件，你老人家今年計都星照命，主有血光之災，仔細七八月不見哭聲才好。」說畢，李瓶兒袖中掏出五分一塊銀子，月娘和玉樓每人與錢五十文。

剛打發卜龜卦婆子去了，只見潘金蓮和大姐從後邊出來，笑道：「我說後邊不見，原來你們都往前頭來了。」月娘道：「俺們剛才送大師父出來，卜了這回龜兒卦。你早來一步，也教他與你卜卜兒。」金蓮搖頭兒道：「我是不卜他。常言：算的著命，算不著行。想前日道士說我短命哩，怎的哩？說得人心裡影影的。隨他明日街死街埋，路死路埋，倒在洋溝裡就是棺材。」說畢，和月娘同歸後邊去了。正是：

萬事不由人算計，一生都是命安排。

# 第四十七回　苗青貪財害主　西門枉法受贓

詩曰：

懷璧身堪罪，償金跡未明。
龍蛇一失路，虎豹屢相驚。
釁遺虞羅急，終知漢法平。
須憑魯連箭，為汝謝聊成。

話說江南揚州廣陵城內，有一苗員外，名喚苗天秀。家有萬貫資財，頗好詩禮。年四十歲，身邊無子，只有一女尚未出嫁。其妻李氏，身染痼疾在床，家事盡託與寵妾刁氏，名喚刁七兒。原是娼妓出身，天秀用銀三百兩娶來家，納為側室，寵嬖無比。忽一日，有一老僧在門首化緣，自稱是東京報恩寺僧，因為堂中缺少一尊鍍金銅羅漢，故雲遊在此，訪善紀錄。天秀問之，不吝，即施銀五十兩與那僧人。僧人道：「不消許多，一半足矣。」天秀道：「吾師休嫌少，除完佛像，餘剩可作齋供。」那僧人問訊致謝，臨行向天秀說道：「員外左眼眶下有一道死氣，主不出此年當有大災。你有如此善緣與我，貧僧焉敢不預先說知。今後隨有甚事，切勿出境。戒之戒之。」言畢，作辭而去。

那消半月，天秀偶遊後園，見其家人苗青正與刁氏亭側私語，不意天秀卒至看見，不由分說，將苗青痛打一頓，誓欲逐之。苗青恐懼，轉央親鄰再三勸留得免，終是切恨在心。不期有天秀表兄黃美，原是揚州人氏，乃舉人出身，在東京開封府做通判，亦是博學廣識之人。一日寄一封書來與天秀，要請天秀上東京，一則遊玩，二者為謀其前程。苗天秀得書大喜，因向其妻妾說道：

「東京乃輦轂之地，景物繁華，吾心久欲遊覽，無由得便。今不期表兄書來相招，實慰平生之意。」其妻李氏便說：「前日僧人相你面上有災厄，囑咐不可出門。此去京都甚遠，況你家私沈重，抛下幼女病妻在家，未審此去前程如何，不如勿往為善。」天秀不聽，反加怒叱，說道：「大丈夫生於天地之間，桑弧蓬矢，不能遨遊天下，觀國之光，徒老死牖下，無益矣。況吾胸中有物，囊有餘資，何愁功名不到手？此去表兄必有美事於我，切勿多言。」於是吩咐家人苗青，收拾行李衣裝，多打點兩箱金銀，載一船貨物，帶了個安童並苗青，上東京。囑咐妻妾守家，擇日起行。

正值秋末冬初之時，從揚州碼頭上船，行了數日，到徐州洪澤湖。但見一派水光，十分險惡。但見：

萬里長洪水似傾，東流海島若雷鳴。
滔滔雪浪令人怕，客旅逢之誰不驚？

前過地名陝灣，苗員外看見天晚，命舟人泊住船隻。也是天數將盡，合當有事，不料搭的船隻卻是賊船。兩個艄子皆是不善之徒：一個名喚陳三，一個乃是翁八。常言道：不著家人，弄不得家鬼。這苗青深恨家主，日前被責之仇一向要報無由，口中不言，心內暗道：「不如我如此這般，與兩個艄子做一路，將家主害了性命，推在水內，盡分其財物。我回去再把病婦謀死，這分家私連刁氏，都是我情受的。」正是：

花枝葉下猶藏刺，人心怎保不懷毒。

這苗青於是與兩個艄子密密商量，說道：「我家主皮箱中還有一千兩金銀，二千兩緞匹，衣服之類極廣。汝二人若能謀之，願將此物均分。」陳三、翁八笑道：「汝若不言，我等亦有此意久矣。」

是夜天氣陰黑，苗天秀與安童在中艙裡睡，苗青在艙後。將近三鼓時分，那苗青故意連叫有賊。苗天秀夢中驚醒，便探頭出艙外觀看，被陳三手持利刀，一下刺中脖下，推在洪波蕩裡。那安童正要走時，乞翁八一悶棍打落水中。三人一面在船艙內打開箱籠，取出一應財帛金銀，並其緞貨衣服，點數均分。二艄便說：「我若留此貨物，必然有犯。你是他手下家人，載此貨物到於市店上發賣，沒人相疑。」因此二艄盡把皮箱中一千兩金銀，並苗員外衣服之類分訖，依前撐船回去了。這苗青另搭了船隻，載至臨清碼頭上，鈔關上過了，裝到清河縣城外官店內卸下，見了揚州故舊商家，只說：「家主在後船，便來也。」這個苗青在店發賣貨物，不提。

常言：人便如此如此，天理未然未然。可憐苗員外平昔良善，一旦遭其僕人之害，不得好死，雖是不納忠言之勸，其亦大數難逃。不想安童被一棍打昏，雖落水中，幸得不死，浮沒蘆港。忽有一隻漁船撐將下來，船上坐著個老翁，頭頂箬笠，身披短蓑，聽得啼哭之聲。移船看時，卻是一個十七八歲小廝，慌忙救了。問其始末情由，卻是揚州苗員外家安童，在洪上被劫之事。這漁翁帶下船，取衣服與他換了，給以飲食，因問他：「你要回去，卻是同我在此過活？」安童哭道：「主人遭難，不見下落，如何回得家去？願隨公公在此。」漁翁道：「也罷，你且隨我在此，等我慢慢替你訪此賊人是誰，再作理會。」安童拜謝公公，遂在此翁家過活。

一日，也是合當有事。年除歲末，漁翁忽帶安童正出河口賣魚，正撞見陳三、翁八在船上飲酒，穿著他主人衣服，上岸來買魚。安童認得，即密與漁翁說道：「主人之冤當雪矣。」漁翁道：「何不具狀官司處告理？」安童將情具告到巡河周守備府內。守備見沒贓證，不接狀子。又告到提刑院。夏提刑見是強盜劫殺人命等事，把狀批行了。從正月十四日差緝捕公人，押安童下來拿人。前至新河口，只把陳三、翁八獲住到案，責問了口詞。二艄見安童在旁執證，也沒得動刑，一一招了。供稱：「下手之時，還有他家人苗青，同謀殺其家主，分贓而去。」這裡把三人監下，又差人訪拿苗青，一起定罪。因節間放假，提刑官吏一連兩日沒來衙門中問事，早有衙門透信的人，悄悄把這件事兒報與苗青。苗青慌了，把店門鎖了，暗暗躲在經紀樂三家。

這樂三就住在獅子街韓道國家隔壁，他渾家樂三嫂，與王六兒所交極厚，常過王六兒這邊來做伴兒。王六兒無事，也常往他家行走，彼此打得熱鬧。這樂三見苗青面帶憂容，問其所以，說道：「不打緊，間壁韓家就是提刑西門老爹的外室，又是他傢伙計，和俺家交往得甚好，凡事百依百隨，若要保得你無事，破多少東西，教俺家過去和他家說說。」這苗青聽了，連忙下跪，說道：「但得我身上沒事，恩有重報，不敢有忘。」於是寫了說帖，封下五十兩銀子，兩套妝花緞子衣服，樂三教他老婆拿過去，如此這般對王六兒說。王六兒喜歡得要不的，把衣服銀子並說帖都收下，單等西門慶，不見來到。

到十七日日西時分，只見玳安夾著氈包，騎著頭口，從街心裡來。王六兒在門首，叫下來問道：「你往哪裡去來？」玳安道：「我跟爹走了個遠差，往東平府送禮去來。」王六兒道：「你爹如今來了不曾？」玳安道：「爹和賁四兩個先往家去了。」王六兒便叫進去，和他如此這般說話，拿帖兒與他瞧。玳安道：「韓大嬸，管他這事！休要把事輕看了，如今衙門裡監著那兩個船家，供著只要他哩。拿過幾兩銀子來，也不夠打發腳下人哩。我不管別的帳，韓大嬸和他說，只與我二十兩銀子罷。等我請將俺爹來，隨你老人家與俺爹說就是了。」王六兒笑道：「怪油嘴兒，要飯吃休要惡了火頭。事成了，你的事什麼打緊？寧可我們不要，也少不得你的。」玳安道：「韓大嬸，不是這等說。常言：君子不羞當面，先斷過，後商量。」王六兒當下備幾樣菜，留玳安吃酒。玳安道：「吃得紅頭紅臉，怕家去爹問，卻怎的回爹？」王六兒道：「怕怎的？你就說在我這裡來。」玳安只吃了一甌子，就走了。王六兒道：「好歹累你，說是我這裡等著哩。」

玳安一直來家，交進氈包。等得西門慶睡了一覺出來，在廂房中坐的。這玳安慢慢走到跟前說：「小的回來，韓大嬸叫住小的，要請爹快些過去，有句要緊話和爹說。」西門慶說：「什麼話？我知道了。」說畢，正值劉學官來借銀子。打發劉學官去了，西門慶騎馬，帶著眼紗、小帽，便叫玳安、琴童兩個跟隨，來到王六兒家。下馬進去，到明間坐下，王六兒出來拜見了。那日，韓道國舖子裡上宿，沒來家。老婆買了許多東西，叫老馮廚下整治。見西門慶來了，慌忙遞茶。西門慶吩咐琴童：「把馬送到對門房子裡去，把大門關上。」

婦人且不敢就提此事，先只說：「爹家中連日擺酒辛苦。我聞得說哥兒定了親事，你老人家喜呀！」西門慶道：「只因舍親吳大妗那裡說起，和喬家做了這門親事。他家也只這一個女孩兒，論起來也還不班配，胡亂親上做親罷了。」王六兒道：「就是和他做親也好，只是爹如今居著恁大官，會在一處，不好意思的。」西門慶道：「說什麼哩！」說了一回，老婆道：「只怕爹寒冷，往房裡坐去罷。」一面讓至房中，一面安著一張椅兒，籠著火盆，西門慶坐下。

婦人慢慢先把苗青揭帖拿與西門慶看，說：「他央了間壁經紀樂三娘子過來對我說：這苗青是他店裡客人，如此這般，被兩個船家拽扯，只望除豁了他這名字，免提他。他備了些禮兒在此謝我。好歹望老爹怎的將就他罷。」西門慶看了帖子，因問：「他拿了多少禮物謝你？」王六兒向箱中取出五十兩銀子來與西門慶瞧，說道：「明日事成，還許兩套衣裳。」西門慶看了，笑道：「這些東西兒，平白你要他做什麼？你不知道，這苗青乃揚州苗員外家人，因為在船上與兩個船家殺害家主，攛在河裡，圖財謀命。如今見打撈不著屍首，他原跟來的一個小廝安童與兩個船家，當官三口執證著要他。這一拿去，穩定是個凌遲罪名。那兩個都是真犯斬罪。兩個船家見供他有二千兩銀貨在身上。拿這些銀子來做什麼？還不快送與他去！」這王六兒一面到廚下，使了丫頭錦兒把樂三娘子兒叫了來，將原禮交付與他，如此這般對他說了去。

那苗青不聽便罷，聽他說了，猶如一桶水頂門上直灌到腳底下。正是：

驚開六葉連肝肺，諕壞三魂七魄心。

即請樂三一處商議道：「寧可把二千貨銀都使了，只要救得性命家去。」樂三道：「如今老爹上邊既發此言，一些半些恒屬打不動。兩位官府，須得湊一千貨物與他。其餘節級、原解、緝捕，再得一半，才得夠用。」苗青道：「況我貨物未賣，哪討銀子來？」因使過樂三嫂來，和王六兒說：「老爹就要貨物，發一千兩銀子貨與老爹。如不要，伏望老爹再寬限兩三日，等我倒下價錢，將貨物賣了，親往老爹宅裡進禮去。」王六兒拿禮帖復到房裡與西門慶瞧。西門慶道：「既是恁般，我吩咐原解且寬限他幾日，教他即便進禮來。」當下樂三娘子得此口詞，回報苗青，苗青滿心歡喜。西門慶見間壁有人，也不敢久坐，吃了幾鍾酒，與老婆坐了回，見馬來接，就起身家去了。

次日，到衙門早發放，也不提問這件事。這苗青就託經紀樂三，連夜替他會了人，攛掇貨物出去。那消三日，都發盡了，共賣了一千七百兩銀子。把原與王六兒的不動，又另加上五十兩銀子、四套上色衣服。到十九日，苗青打點一千兩銀子，裝在四個酒罈內，又宰一口豬。約掌燈以後，擡送到西門慶門首。手下人都是知道的，玳安、平安、書童、琴童四個家人，與了十兩銀子才罷。玳安在王六兒這邊，梯己又要十兩銀子。

須臾，西門慶出來，捲棚內坐的，也不掌燈，月色朦朧才上來，擡至當面。苗青穿青衣，望西門慶只顧磕頭，說道：「小人蒙老爹超拔之恩，粉身碎骨難報。」西門慶道：「你這件事情，我也還沒好審問哩。那兩個船家甚是攀你，你若出官，也有老大一個罪名。既是人說，我饒了你一死。此禮我若不受你的，你也不放心。我還把一半送你掌刑夏老爹，同做分上。你不可久住，即便星夜回去。」因問：「你在揚州哪裡？」苗青磕頭道：「小的在揚州城內住。」西門慶吩咐後邊拿了茶來，那苗青在松樹下立著吃了，磕頭告辭回去。又叫回來問：「下邊原解的，你都與他說了不曾？」苗青道：「小的外邊已說停當了。」西門慶吩咐：「既是說了，你即回家。」那苗青出門，走到樂三家收拾行李，還剩一百五十兩銀子。苗青拿出五十兩來，並餘下幾匹緞子，都謝了樂三夫婦。五更替他雇長行牲口，起身往揚州去了。正是：

忙忙如喪家之狗，急急似漏網之魚。

不說苗青逃出性命去了，單表次日，西門慶、夏提刑從衙門中散了出來，並馬而行。走到大街口上，夏提刑要作辭分路，西門慶在馬上舉著馬鞭兒說道：「長官不棄，到舍下一敘。」把夏提刑邀到家來。進到廳上敘禮，請入捲棚裡，寬了衣服，左右拿茶吃了。書童、玳安就安放桌席。夏提刑道：「不當閒來打攪長官。」西門慶道：「豈有此理。」須臾，兩個小廝用方盒擺下各樣雞、蹄、鵝、鴨、鮮魚下飯。先吃了飯，收了傢伙去，就是吃酒的各樣菜蔬出來。小金鍾兒，銀臺盤兒，慢慢斟勸。

飲酒中間，西門慶方提起苗青的事來，道：「這廝昨日央及了個士夫，再三來對學生說，又餽送了些禮在此。學生不敢自專，今日請長官來，與長官計議。」於是把禮帖遞與夏提刑。夏提刑看了，便道：「恁憑長官尊意裁處。」西門慶道：「依著學生，明日只把那個賊人、真贓送過去罷，也不消要這苗青。那個原告小廝安童，便收領在外，待有了苗天秀屍首，歸結未遲。禮還送到長官處。」夏提刑道：「長官，這就不是了。長官見得極是，此是長官費心一番，何得見讓於我？決然使不得。」彼此推辭了半日，西門慶不得已，還把禮物兩家平分了，裝了五百兩在食盒內。夏提刑下席來，作揖謝道：「既是長官見愛，我學生再辭，顯得迂闊了。盛情感激不盡，實為多愧。」又領了幾杯酒，方才告辭起身。西門慶隨即差玳安拿食盒，還當酒擡送到夏提刑家。夏提刑親在門上收了，拿回帖，又賞了玳安二兩銀子，兩名排軍四錢，俱不在話下。

常言道：火到豬頭爛，錢到公事辦。西門慶、夏提刑已是會定了。次日到衙門裡陞廳，那提控、節級並緝捕、觀察，都被樂三上下打點停當。擺設下刑具，監中提出陳三、翁八，審問情由。只是供稱：「跟伊家人苗青同謀。」西門慶大怒，喝令左右：「與我用起刑來！你兩個賊人，專一積年在江河中，假以舟楫裝載為名，實是劫幫鑿漏，邀截客旅，圖財致命。見有這個小廝供稱，是你等持刀戮死苗天秀波中，又將棍打傷他落水，見有他主人衣服存證，你如何抵賴別人！」因把安童提上來，問道：「是誰刺死你主人？是誰推你在水中？」安童道：「某日三更時分，先是苗青叫有賊，小的主人出艙觀看，被陳三一刀戮死，推下水去。小的便被翁八一棍打落水中，才得逃出性命。苗青並不知下落。」西門慶道：「據這小廝所言，就是實話，汝等如何輾轉得過？」於是每人兩夾棍，三十榔頭，打得脛骨皆碎，殺豬也似喊叫。一千兩贓貨已追出大半，餘者花費無存。這裡提刑做了文書，並贓貨申詳東平府。府尹胡師文又與西門慶相交，照原行文書疊成案卷，將陳三、翁八問成強盜殺人斬罪。

安童保領在外聽候。有日走到東京，投到開封府黃通判衙內，具訴：「苗青奪了主人家事，使錢提刑衙門，除了他名字出來。主人冤仇，何時得報？」通判聽了，連夜修書，並他訴狀封在一處，與他盤費，就著他往巡按山東察院裡投下。這一來，管教苗青之禍從頭上起，西門慶往時做過事，今朝沒興一齊來。有詩為證：

善惡從來報有因，吉凶禍福並肩行。
平生不作虧心事，夜半敲門不吃驚。

# 第四十八回　弄私情戲贈一枝桃　走捷徑探歸七件事

詞曰：

碧桃花下，紫簫吹罷。驀然一點心驚，卻把那人牽掛，向東風淚灑。東風淚灑，不覺暗沾羅帕，恨如天大。那冤家既是無情去，回頭看怎麼！

——右調〈桂枝香〉

話說安童領著書信，辭了黃通判，逕往山東大道而來。打聽巡按御史在東昌府住劄，姓曾，雙名孝序，乃都御史曾布之子，新中乙未科進士，極是個清廉正氣的官。這安童自思：「我若說下書的，門上人決不肯放。不如等放告牌出來，我跪門進去，連狀帶書呈上。老爹見了，必然有個決斷。」於是早把狀子寫下，揣在懷裡，在察院門首等候多時。只聽裡面打的雲板響，開了大門，曾御史坐廳。頭面牌出來，大書告親王、皇親、駙馬、勢豪之家；第二面牌出來，告都、布、按並軍衛有司官吏；第三面牌出來，才是百姓戶婚田土詞訟之事。這安童就隨狀牌進去，待把一應事情發放淨了，方走到丹墀上跪下。兩邊左右問是做什麼的，這安童方才把書雙手舉得高高的呈上。只聽公座上曾御史叫：「接上來！」慌得左右吏典下來把書接上去，安放於書案上。曾公拆開觀看，端的上面寫著甚言詞？書曰：

寓都下年教生黃端肅　書奉

大柱史少亭曾年兄先生大人門下：違越光儀，倏忽一載。知己難逢，勝遊易散。此心耿耿，常在左右。去秋忽報瑤章，開軸啟函，捧誦之間而神遊恍惚，儼然長安對面時也。

未幾，年兄省親南旋，復聞德音，知年兄按巡齊魯，不勝欣慰。叩賀，叩賀。惟年兄忠孝大節，風霜貞操，砥礪其心，耿耿在廊廟，歷歷在士論。今茲出巡，正當摘發官邪，以正風紀之日。區區愛念，尤所不能忘者矣。竊謂年兄平日抱可為之器，當有為之年，值聖明有道之世，老翁在家康健之時，當乘此大展才猷，以振揚法紀，勿使舞文之吏以撓其法，而奸頑之徒以逞其欺。胡乃如東平一府，而有撓大法如苗青者，抱大冤如苗天秀者乎？生不意聖明之世而有此魍魎。年兄巡歷此方，正當分理冤滯，振刷為之一清可也。特遣安童，持狀告訴，幸察，不宣。

仲春望後一

這曾御史覽書已畢，便問：「有狀沒有？」左右慌忙下來問道：「老爺問你有狀沒有？」這安童向懷中取狀遞上。曾公看了，取筆批：「仰東平府府官，從公查明，驗相屍首，連卷詳報。」喝令安童東平府伺候。這安童連忙磕頭起來，從便門放出。

這裡曾公將批詞連狀裝在封套內，鈐了關防，差人齎送東平府來。府尹胡師文見了上司批下來，慌得手腳無措，即調委陽谷縣縣丞狄斯彬——本貫河南舞陽人氏，為人剛方不要錢，問事糊突，人都號他做狄混。先是這狄縣丞往清河縣城西河邊過，忽見馬頭前起一陣旋風，團團不散，只隨著狄公馬走。狄縣丞道：「怪哉！」便勒住馬，令左右公人：「你隨此旋風，務要跟尋個下落。」那公人真個跟定旋風而來，七八將近新河口而止，走來回覆了狄公話。

狄公即拘集里老，用鍬掘開岸土數尺，見一死屍，宛然頸上有一刀痕。命仵作檢視明白，問其前面是哪裡。公人稟道：「離此不遠就是慈惠寺。」縣丞即拘寺中僧行問之，皆言：「去冬十月中，本寺因放水燈兒，見一死屍從上流而來，漂入港裡。長老慈悲，故收而埋之。不知為何而死。」縣丞道：「分明是汝眾僧謀殺此人，埋於此處。想必身上有財帛，故不肯實說。」於是不由分說，先把長老一箍兩拶，一夾一百敲，餘者眾僧都是二十板，俱令收入獄中。報與曾公，再行查看。各僧皆稱冤不服。

曾公尋思道：「既是此僧謀死，屍必棄於河中，豈反埋於岸上？又說干礙人眾，此有可疑。」因令將眾僧收監。將近兩月，不想安童來告此狀。即令委官押安童前至屍所，令其認視。安童見屍大哭道：「正是我的主人，被賊人所傷，刀痕尚在。」於是檢驗明白，回報曾公，即把眾僧放回。一面查刷卷宗，復提出陳三、翁八審問，俱執稱苗青主謀之情。曾公大怒，差人行牌，星夜往揚州提苗青去了。一面寫本參劾提刑院兩員問官受贓賣法。正是：

污吏贓官濫國刑，曾公判刷雪冤情。
雖然號令風霆肅，夢裡輸贏總未真。

話分兩頭，卻表王六兒自從得了苗青幹事的那一百兩銀子、四套衣服，與他漢子韓道國就白日不閒，一夜沒的睡，計較著要打頭面，治簪環，喚裁縫來裁衣服，重新抽銀絲䯼髻。用十六兩銀子，又買了個丫頭——名喚春香——使喚，早晚教韓道國收用不提。

一日，西門慶到韓道國家，王六兒接著。裡面吃茶畢，西門慶往後邊淨手去，看見隔壁月臺，問道：「是誰家的？」王六兒道：「是隔壁樂三家月臺。」西門慶吩咐王六兒：「如何教他遮住了這邊風水？你對他說，若不與我即便拆了，我教地方吩咐他。」這王六兒與韓道國說：「鄰舍家，怎好與他說的。」韓道國道：「咱不如瞞著老爹，買幾根木植來，咱這邊也搭起個月臺來。上面曬醬，下邊不拘做馬坊，做個東淨，也是好處。」老婆道：「呸！賊沒算計的。此時搭月臺，不如買些磚瓦來，蓋上兩間廈子卻不好？」韓道國道：「蓋兩間廈子，不如蓋一層兩間小房罷。」於是使了三十兩銀子，又蓋兩間平房起來。西門慶差玳安兒擡了許多酒、肉、燒餅來，與他家犒賞匠人。那條街上誰人不知。

夏提刑得了幾百兩銀子在家，把兒子夏承恩——年十八歲——幹入武學肄業，做了生員。每日邀結師友，習學弓馬。西門慶約會劉薛二內相、周守備、荊都監、張團練、合衙官員，出人情與他掛軸文慶賀，俱不必細說。

西門慶因墳上新蓋了山子捲棚房屋，自從生了官哥，並做了千戶，還沒往墳上祭祖。教陰陽徐先生看了，重新立了一座墳門，砌的明堂神路，門首栽桃柳，周圍種松柏，兩邊疊成坡峯。清明日上墳，要更換錦衣牌匾，宰豬羊，定桌面。三月初六日清明，預先發柬，請了許多人，搬運了東西、酒米、下飯、菜蔬，叫的樂工、雜耍、扮戲的。小優兒是李銘、吳惠、王柱、鄭奉；唱的是李桂姐、吳銀兒、韓金釧，董嬌兒；官客請了張團練、喬大戶、吳大舅、吳二舅、花大舅、沈姨夫、應伯爵、謝希大、傅夥計、韓道國、雲理守、賁第傳並女婿陳敬濟等，約二十餘人；堂客請了張團練娘子、張親家母、喬大戶娘子、朱臺官娘子、尚舉人娘子、吳大妗子、二妗子、楊姑娘、潘姥姥、花大妗子、吳大姨、孟大姨、吳舜臣媳婦鄭三姐、崔本妻段大姐，並家中吳月娘、李嬌兒，孟玉樓、潘金蓮、李瓶兒、孫雪娥、西門大姐、春梅、迎春、玉簫、蘭香、奶子如意兒抱著官哥兒，裡外也有二十四五頂轎子。

先是月娘對西門慶說：「孩子且不消教他往墳上去罷。一來還不曾過一周，二者劉婆子說這孩子顖門還未長滿，膽兒小。這一到墳上路遠，只怕諕著他。依著我不教他去，留下奶子和老馮在家和他做伴兒，只教他娘母子一個去罷。」西門慶不聽，便道：「此來為何？他娘兒兩個不到墳前與祖宗磕個頭兒去！你信那婆子老淫婦胡說，可可就是孩子顖門未長滿，教奶子用被兒裹著，在轎子裡按得孩兒牢牢的，怕怎的？」那月娘便道：「你不聽人說，隨你。」從清早晨，堂客都從家裡取齊，起身上了轎子，無辭。

出南門，到五里外祖墳上，遠遠望見青松鬱鬱，翠柏森森，新蓋的墳門，兩邊坡峯上去，周圍石牆，當中甬道，明堂、神臺、香爐、燭臺都是白玉石鑿的。墳門上新安的牌匾，大書「錦衣武略將軍西門氏先塋」。墳內正面土山環抱，林樹交枝。西門慶穿大紅冠帶，擺設豬羊祭品桌席祭奠。官客祭畢，堂客才祭。響器鑼鼓，一齊打起來。那官哥兒諕得在奶子懷裡磕伏著，只倒嚥氣，不敢動一動兒。月娘便叫：「李大姐，你還不教奶子抱了孩子往後邊去哩，你看諕得那腔兒！我說且不教孩兒來罷，恁強的貨，只管教抱了他來。你看諕得那孩兒這模樣！」李瓶兒連忙下來，吩咐玳安：「且叫把鑼鼓住了。」連忙攛掇掩著孩兒耳朵，快抱了後邊去了。

須臾，祭畢，徐先生念了祭文，燒了紙。西門慶邀請官客在前客位。月娘邀請堂客在後邊捲棚內，由花園進去，兩邊松牆竹徑，周圍花草一望無際。正是：

桃紅柳綠鶯梭織，都是東君造化成。

當下，扮戲的在捲棚內扮與堂客們瞧，四個小優兒在前廳官客席前彈唱；四個唱的，輪番遞酒；春梅、玉簫、蘭香、迎春四個，都在堂客上邊執壺斟酒，就立在大姐桌頭，同吃湯飯點心。吃了一回，潘金蓮與玉樓、大姐、李桂姐、吳銀兒同往花園裡打了回鞦韆。原來捲棚後邊，西門慶收拾了一明兩暗三間房兒。裡邊舖陳床帳，擺放桌椅、梳籠、抿鏡、妝臺之類，預備堂客來上墳，在此梳妝歇息。糊得猶如雪洞般乾淨，懸掛的書畫，琴棋瀟灑。奶子如意兒看守官哥兒，正在那灑金床炕上鋪著小褥子兒睡，迎春也在旁和他玩耍。只見潘金蓮獨自從花園驀地走來，手中拈著一枝桃花兒，看見迎春便道：「你原來這一日沒在上邊伺候。」迎春道：「有春梅、蘭香、玉簫在上邊哩，俺娘教我下邊來看哥兒，就拿了兩碟下飯點心與如意兒吃。」奶子見金蓮來，就抱起官哥兒來。金蓮便戲他說道：「小油嘴兒，頭裡見打起鑼鼓來，諕得不則聲，原來這等小膽兒。」於是一面解開藕絲羅襖兒，接過孩兒抱在懷裡，與他兩個嘴對嘴親嘴兒。

忽有陳敬濟掀簾子走入來，看見金蓮逗孩子玩耍，便也逗那孩子。金蓮道：「小道士兒，你也與姐夫親個嘴兒。」可霎作怪，那官哥兒便嘻嘻望著他笑。敬濟不由分說，把孩子就摟過來，一連親了幾個嘴。金蓮罵道：「怪短命，誰家親孩子，把人的鬢都抓亂了！」敬濟笑戲道：「你還說，早時我沒錯親了哩。」金蓮聽了，恐怕奶子瞧科，便戲發訕，將手中拿的扇子倒過柄子來，向他身上打了一下，打得敬濟鯽魚般跳。罵道：「怪短命，誰和你那等調嘴調舌的！」敬濟道：「不是，你老人家摸量惜些情兒，人身上穿著恁單衣裳，就打您一下！」金蓮道：「我平白惜甚情兒？今後惹著我，只是一味打。」如意兒見他頑得訕，連忙把官哥兒接過來抱著，金蓮與敬濟兩個還戲謔做一處。金蓮將那一枝桃花兒做了一個圈兒，悄悄套在敬濟帽子上。走出去，正值孟玉樓和大姐、桂姐三個從那邊來。大姐看見，便問：「是誰幹的營生？」敬濟取下來去了，一聲兒也沒言語。堂客前戲文扮了四大折。但見：

窗外日光彈指過，席前花影座間移。

看看天色晚來，西門慶吩咐賁四，先把擡轎子的每人一碗酒、四個燒餅、一盤子熟肉，吩咐停當，然後才把堂客轎子起身。官家騎馬在後，來興兒與廚役慢慢的擡食盒煞後。玳安、來安、畫童、棋童兒跟月娘眾人轎子，琴童並四名排軍跟西門慶馬。奶子如意兒獨自坐一頂小轎，懷中抱著哥兒，用被裹得緊緊的進城。月娘還不放心，又使回畫童兒來，叫他跟定著奶子轎子，恐怕進城人亂。

且說月娘轎子進了城，就與喬家那邊眾堂客轎子分路，來家先下轎進去，半日西門慶、陳敬濟才到家下馬。只見平安兒迎門就稟說：「今日掌刑夏老爹，親自下馬到廳，問了一遍去了。落後又差人問了兩遍。不知有甚勾當。」西門慶聽了，心中猶豫。到了廳上，只見書童兒在旁接衣服。西門慶因問：「今日你夏老爹來，留下什麼話來？」書童道：「他也沒說出來，只問爹往那去了：『使人請去，我有句要緊話兒說。』小的便道：『今日都往墳上燒紙去了，至晚才來。』夏老爹說：『我到午上還來。』落後又差人來問了兩遭，小的說：『還未來哩！』」西門慶心下轉道：「卻是什麼？」

正疑惑之間，只見平安來報：「夏老爹來了。」那時已有黃昏時分，只見夏提刑便衣坡巾，兩個伴當跟隨。下馬到了廳上敘禮，說道：「長官今日往寶莊去來？」西門慶道：「今日先塋祭掃，不知長官下降，失迎，恕罪，恕罪！」夏提刑道：「有一事敢來報與長官知道。」因說：「咱們往那邊客位內坐去罷。」西門慶令書童開捲棚門，請往那裡說話，左右都令下去。夏提刑道：「今朝縣中李大人到學生那裡，如此這般，說大巡新近有參本上東京，長官與學生俱在參列。學生令人抄了個底本在此，與長官看。」西門慶聽了，大驚失色，急接過邸報來燈下觀看，端的上面寫著甚言詞？

巡按山東監察御史曾孝序一本，參劾貪肆不職武官，乞賜罷黜，以正法紀事：臣聞巡蒐四方，省察風俗，乃天子巡狩之事也；彈壓官邪，振揚法紀，乃御史糾政之職也。昔《春秋》載天王巡狩，而萬邦懷保，民風協矣，王道彰矣，四民順矣，聖治明矣。臣自去年奉命巡按山東齊魯之邦，一年將滿，歷訪方面有司文武官員賢否，頗得其實。茲當差滿之期，敢不循例甄別，為我皇上陳之！除參劾有司方面官員，另具疏上請。參照山東提刑所掌刑金吾衛正千戶夏延齡，闒茸之材，貪鄙之行，久於物議，有玷班行。昔者典牧皇畿，大肆科擾，被屬官陰發其私。今省理山東刑獄，復著狼貪，為同僚之箝制。縱子承恩冒籍武舉，倩人代考，而士風掃地矣。信家人夏壽監索班錢，被軍騰詈而政事不可知乎！接物則奴顏婢膝，時人有丫頭之稱；問事則依違兩可，群下有木偶之誚。刑副千戶西門慶，本係市井棍徒，夤緣陞職，濫冒武功，菽麥不知，一丁不識。縱妻妾嬉遊街巷而帷薄為之不清；攜樂婦而酣飲市樓，官箴為之有玷。至於包養韓氏之婦，恣其歡淫，而行檢不修；受苗青夜賂之金，曲為掩飾，而贓跡顯著。此二臣者，皆貪鄙不職，久乖清議，一刻不可居任者也。伏望聖明垂聽，敕下該部，再加詳查。如果臣言不謬，將延齡等亟賜罷斥，則官常有賴，而俾聖德永光矣！

西門慶看了一遍，諕得面面相覷，默默不言。夏提刑道：「長官，似此如何計較？」西門慶道：「常言：兵來將擋，水來土掩。事到其間，道在人為。少不的你我打點禮物，早差人上東京央及老爺那裡去。」於是，夏提刑急急作辭，到家拿了二百兩銀子、兩把銀壺。西門慶這裡是金鑲玉寶石鬧妝一條、三百兩銀子。夏家差了家人夏壽，西門慶這裡是來保，將禮物打包端正，西門慶寫了一封書與翟管家，兩個早雇了頭口，星夜往東京幹事去了，不提。

且表官哥兒自從墳上來家，夜間只是驚哭，不肯吃奶，但吃下奶去就吐了。慌得李瓶兒走來告訴月娘，月娘道：「我那等說，還未到一周的孩子，且休帶他出城門去。濁滟貨他生死不依，只說：『今日墳上祭祖為什麼來？不教他娘兒兩個走走！』只像那裡攙了分兒一般，睜著眼和我兩個叫。如今卻怎麼好？」李瓶兒正沒法兒擺布。況西門慶又因巡按參了，和夏提刑在前邊說話，往東京打點幹事，心上不遂，家中孩子又不好。月娘使小廝叫劉婆子來看，又請小兒科太醫，開門闔戶，亂了一夜。劉婆子看了說：「哥兒著了些驚氣入肚，又路上撞見五道將軍。不打緊，買些紙兒退送退送就好了。」又留了兩服朱砂丸藥兒，用薄荷燈心湯送下去，那孩兒方才寧貼睡了一覺，不驚哭吐奶了。只是身上熱還未退，李瓶兒連忙拿出一兩銀子，教劉婆子備紙去。後又帶了他老公，還和一個師婆來，在捲棚內與哥兒燒紙跳神。那西門慶早五更打發來保、夏壽起身，就亂著和夏提刑往東平府胡知府那裡打聽提苗青消息去了。吳月娘聽見劉婆說孩子路上著了驚氣，甚是抱怨如意兒，說他：「不用心看孩兒，想必路上轎子裡諕了他了。不然，怎的就不好起來？」如意兒道：「我在轎子裡，將被兒包得緊緊的，又沒磕著他。娘叫畫童兒來跟著轎子，他還好好的，我按著他睡。只進城七八到家門首，我只覺他打了個冷顫，到家就不吃奶，哭起來了。」

按下這裡家中燒紙，與孩子下神。且說來保、夏壽一路趲行，只六日就趕到東京城內。到太師府內見了翟管家，將兩家禮物交割明白。翟謙看了西門慶書信，說道：「曾御史參本還未到哩，你且住兩日。如今老爺新近條陳了七件事，旨意還未曾下來。待行下這個本去，曾御史本到，等我對老爺說，教老爺閣中只批與他『該部知道』。我這裡差人再拿帖兒吩咐兵部余尚書，把他的本只不覆上來。教你老爹只顧放心，管情一些事兒沒有。」於是把二人管待了酒飯，還歸到客店安歇，等聽消息。

一日蔡太師條陳本，聖旨准下來了。來保央府中門吏暗暗抄了個邸報，帶回家與西門慶瞧，不在話下。一日等得翟管家寫了回書，與了五兩盤纏，與夏壽取路回山東清河縣。來到家中，西門慶正在家耽心不下，那夏提刑一日一遍來問信。聽見來保二人到了，叫至後邊問他端的。來保對西門慶悉把上項事情訴說一遍，道：「翟爹看了爹的書，便說：『此事不打緊，教你爹放心。見今巡按也滿了，另點新巡按下來了。況他的參本還未到，等他本上時，等我對老爺說了，隨他本上參的怎麼重，只批該部知道，老爺這裡再拿帖兒吩咐兵部余尚書，只把他的本立了案不覆上去，隨他有撥天關本事也無妨。』」

西門慶聽了，方才心中放下。因問：「他的本怎還不到？」來保道：「俺們一去時，晝夜馬上行去，只五日就趕到京中，可知在他頭裡。俺們回來，見路上一簇響鈴驛馬，背著黃色袱，插著兩根雉尾、兩面牙旗，怕不就是巡按衙門進送實封才到了。」西門慶道：「得他的本上得遲，事情就停當了。我只怕去遲了。」來保道：「爹放心，管情沒事。小的不但幹了這件事，又打聽得兩樁好事來，報爹知道。」西門慶問道：「端的何事？」來保道：「太師老爺新近條陳了七件事，旨意已是准行。如今老爺親家戶部侍郎韓爺題准事例：在陝西等三邊開引種鹽，各府州郡縣設立義倉，官糴糧米。今民間上上之戶赴倉上米，討倉鈔，派給鹽引支鹽。舊倉鈔七分，新倉鈔三分。咱舊時和喬親家爹，高陽關上納的那三萬糧倉鈔，派三萬鹽引，戶部坐派。如今蔡狀元又點了兩淮巡鹽，不日離京，倒有好些利息。」

西門慶聽言問道：「真個有此事？」來保道：「爹不信，小的抄了個邸報在此。」向書篋中取出來與西門慶觀看。因見上面許多字樣，前邊叫了陳敬濟來念與他聽。陳敬濟念到中間，只要結住了，還有幾個眼生字不認得。旋叫了書童兒來念。那書童倒還是門子出身，蕩蕩如流水不差，直念到底。端的上面奏著哪七件事？

崇政殿大學士吏部尚書魯國公蔡京一本，為陳愚見，竭愚衷，收人才，臻實效，足財用，便民情，以隆聖治事：

第一曰罷科舉，取士悉由學校陞貢。竊謂教化凌夷，風俗頹敗，皆由取士不得真才，而教化無以仰賴。《書》曰：「天生斯民，作之君，作之師。」漢舉孝廉，唐興學校，我國家始制考貢之法，各執偏陋，以致此輩無真才，而民之司牧何以賴焉？今皇上寤寐求才，宵旰圖治。治在於養賢，養賢莫如學校。今後取士，悉遵古由學校陞貢。其州縣發解禮闈，一切罷之。每歲考試上舍則差知貢舉，亦如禮闈之式。仍立八行取士之科。八行者，謂孝、友、睦、姻、任、恤、忠、和也。士有此者，即免試，率相補太學上舍。

二曰罷講議財利司。竊惟國初定制，都堂置講議財利司。蓋謂人君節浮費，惜民財也。今陛下即位以來，不寶遠物，不勞逸民，躬行節儉以自奉。蓋天下亦無不可返之俗，亦無不可節之財。惟當事者以俗化為心，以禁令為信，不忽其初，不弛其後，治隆俗美，豐亨豫大，又何講議之為哉？悉罷。

三曰更鹽鈔法。竊惟鹽鈔，乃國家之課以供邊備者也。今合無遵復祖宗之制鹽法者。詔雲中、陝西、山西三邊，上納糧草，關領舊鹽鈔，易東南淮浙新鹽鈔。每鈔折派三分，舊鈔搭派七分。今商人照所派產鹽之地下場支鹽。亦如茶法，赴官秤驗，納息請批引，限日行鹽之處販賣。如遇過限，並行拘收；別買新引增販者，俱屬私鹽。如此則國課日增，而邊儲不乏矣。

四曰製錢法。竊謂錢貨，乃國家之血脈，貴乎流通而不可淹滯。如有阨阻淹滯不行者，則小民何以變通，而國課何以仰賴矣？自晉末鵝眼錢之後，至國初瑣屑不堪，甚至雜以鉛鐵夾錫。邊人販於虜，因而鑄兵器，為害不小，合無一切通行禁之也。以陛下新鑄大錢崇寧、大觀通寶，一以當十，庶小民通行，物價不致於踴貴矣。

五曰行結糶俵糴之法。竊惟官糴之法，乃賑恤之義也。近年水旱相仍，民間就食，上始下賑恤之詔。近有戶部侍郎韓侶題覆欽依：將境內所屬州縣各立社會，行結糶俵糴之法。保之於黨，黨之於里，里之於鄉，倡之結也。每鄉編為三戶，按上上、中中、下下。上戶者納糧，中戶者減半，下戶者退派糧數關支，謂之俵糴。如此則斂散便民之法得以施行，而皇上可廣不費之仁矣。惟責守令覈切舉行，其關係蓋匪細矣。

六曰詔天下州郡納免夫錢。竊惟我國初寇亂未定，悉令天下軍徭丁壯集於京師，以供運餽，以壯國勢。今承平日久，民各安業，合頒詔行天下州郡，每歲上納免夫錢，每名折錢三十貫，解赴京師，以資邊餉之用。庶兩得其便，而民力少蘇矣。

七曰置提舉御前人船所。竊惟陛下自即位以來，無聲色犬馬之奉。所尚花石，皆山林間物，乃人之所棄者。但有司奉行之過因而致擾，有傷聖治。陛下節其浮濫，仍請作御前提舉人船所。凡有用悉出內帑，差官取之，庶無擾於州郡。伏乞聖裁。

奉聖旨：「卿言深切時艱，朕心嘉悅，足見忠猷，都依擬行。」該部知道。

西門慶聽了，又看了翟管家書信，已知禮物交得明白。蔡狀元見朝，又點了兩淮巡鹽，不日往此經過，心中不勝歡喜。一面打發夏壽回家：「報與你老爹知道。」一面賞了來保五兩銀子、兩瓶酒、一方肉，回房歇息，不在話下。正是：

樹大招風風損樹，人為高名名喪身。

有詩為證：

得失榮枯命裡該，皆因年月日時栽。
胸中有志終須至，囊內無財莫論才。

# 第四十九回　請巡按屈體求榮　遇胡僧現身施藥

詩曰：

雅集無兼客，高情洽二難。
一尊傾智海，八斗擅吟壇。
話到如生旭，霜來恐不寒。
為行王舍乞，玄屑帶雲餐。

話說夏壽到家回覆了話，夏提刑隨即就來拜謝西門慶，說道：「長官活命之恩，不是託賴長官餘光這等大力量，如何了得！」西門慶笑道：「長官放心。料著你我沒曾過為，隨他說去，老爺那裡自有個明見。」一面在廳上放桌兒留飯，談笑至晚，方才作辭回家。到次日，依舊入衙門裡理事，不在話下。

卻表巡按曾公見本上去不行，就知道二官打點了，心中忿怒。因蔡太師所陳七事，內多舛訛，皆損下益上之事，即赴京見朝覆命，上了一道表章。極言：「天下之財貴於通流，取民膏以聚京師，恐非太平之治。民間結糶俵糴之法不可行，當十大錢不可用，鹽鈔法不可屢更。臣聞民力殫矣，誰與守邦？」蔡京大怒，奏上徽宗天子，說他大肆倡言，阻撓國事。將曾公付吏部考察，黜為陝西慶州知州。陝西巡按御史宋盤，就是學士蔡攸之婦兄也。太師陰令盤就劾其私事，逮其家人，鍛煉成獄，將孝序除名，竄於嶺表，以報其仇。此係後事，表過不提。

再說西門慶在家，一面使韓道國與喬大戶外甥崔本，拿倉鈔早往高陽關戶部韓爺那裡趕著掛號。留下來保家中定下果品，預備大桌面酒席，打聽蔡御史船到。一日，來保打聽得他與巡按宋

御史船一同京中起身，都行至東昌府地方，使人來家通報。這裡西門慶就會夏提刑起身。來保從東昌府船上就先見了蔡御史，送了下程。然後，西門慶與夏提刑出郊五十里迎接到新河口——地名百家村。先到蔡御史船上拜見了，備言邀請宋公之事。蔡御史道：「我知道，一定同他到府。」那時，東平胡知府，及合屬州縣方面有司軍衛官員、吏典生員、僧道陰陽，都具連名手本，伺候迎接。帥府周守備、荊都監、張團練，都領人馬披執跟隨，清蹕傳道，雞犬皆隱跡。鼓吹迎接宋巡按進東平府察院，各處官員都見畢，呈遞了文書，安歇一夜。

到次日，只見門吏來報：「巡鹽蔡爺來拜。」宋御史連忙出迎。敘畢禮數，分賓主坐下。獻茶已畢，宋御史便問：「年兄幾時方行？」蔡御史道：「學生還待一二日。」因告說：「清河縣有一相識西門千兵，乃本處巨族，為人清慎，富而好禮，亦是蔡老先生門下，與學生有一面之交。蒙他遠接，學生正要到他府上拜他拜。」宋御史問道：「是哪個西門千兵？」蔡御史道：「他如今現是本處提刑千戶，昨日已參見過年兄了。」宋御史令左右取手本來看，見西門慶與夏提刑名字，說道：「此莫非與翟雲峯有親者？」蔡御史道：「就是他。如今見在外面伺候，要央學生奉陪年兄到他家一飯，未審年兄尊意若何？」宋御史道：「學生初到此處，只怕不好去得。」蔡御史道：「年兄怕怎的？既是雲峯分上，你我走走何害？」於是吩咐看轎，就一同起行，一面傳將出來。

西門慶知了此消息，與來保、賁四騎快馬先奔來家，預備酒席。門首搭照山綵棚，兩院樂人奏樂，叫海鹽戲並雜耍承應。原來宋御史將各項伺候人馬都令散了，只用幾個藍旗清道官吏跟隨，與蔡御史坐兩頂大轎，打著雙簷傘，同往西門慶家來。當時哄動了東平府，大鬧了清河縣，都說：「巡按老爺也認得西門大官人，來他家吃酒來了。」慌得周守備、荊都監、張團練，各領本哨人馬把住左右街口伺候。西門慶青衣冠帶，遠遠迎接。兩邊鼓樂吹打，到大門首下了轎進去。宋御史與蔡御史都穿著大紅獬豸綉服，烏紗皂履，鶴頂紅帶，從人執著兩把大扇。只見五間廳上湘簾高捲，錦屏羅列。正面擺兩張吃看桌席，高頂方糖，定勝簇盤，十分齊整。二官揖讓進廳，與西門慶敘禮。蔡御史令家人具贄見之禮：兩端湖紬、一部文集、四袋芽茶、一方端溪硯。

宋御史只投了個宛紅單拜帖，上書「侍生宋喬年拜」，向西門慶道：「久聞芳譽。學生初臨此地，尚未盡情，不當取擾。若不是蔡年兄邀來進拜，何以幸接尊顏？」慌得西門慶倒身下拜，說道：「僕乃一介武官，屬於按臨之下。今日幸蒙清顧，蓬蓽生光。」於是鞠恭展拜，禮容甚謙。宋御史亦答禮相還，敘了禮數。當下蔡御史讓宋御史居左，他自在右，西門慶垂首相陪。茶湯獻罷，階下簫韶盈耳，鼓樂喧闐，動起樂來。西門慶遞酒安席已畢，下邊呈獻割道。說不盡餚列珍羞，湯陳桃浪，端的歌舞聲容，食前方丈。兩位轎上跟從人，每位五十瓶酒、五百點心、一百斤熟肉，都領下去。家人、吏書、門子人等，另在廂房中管待，不必細說。當日西門慶這席酒，也費夠千兩金銀。

那宋御史又係江西南昌人，為人浮躁，只坐了沒多大回，聽了一折戲文，就起來。慌得西門慶再三固留。蔡御史在旁便說：「年兄無事，再消坐一時，何遽回之太速耶？」宋御史道：「年兄還坐坐，學生還欲到察院中處分些公事。」西門慶早令手下，把兩張桌席連金銀器，已都裝在食盒內，共有二十擡，叫下人夫伺候。宋御史的一張大桌席、兩罈酒、兩牽羊、兩對金絲花、兩匹緞紅、一副金臺盤、兩把銀執壺、十個銀酒杯、兩個銀折盂、一雙牙筯。蔡御史的也是一般的。都遞上揭帖。宋御史再三辭道：「這個，我學生怎麼敢領？」因看著蔡御史。蔡御史道：「年兄貴治所臨，自然之道，我學生豈敢當之！」西門慶道：「些須微儀，不過侑觴而已，何為見外？」比及二官推讓之次，而桌席已擡送出門矣。宋御史不得已，方令左右收了揭帖，向西門慶致謝說道：「今日初來識荊，既擾盛席，又承厚貺，何以克當？余容圖報不忘也。」因向蔡御史道：「年兄還坐坐，學生告別。」於是作辭起身。西門慶還要遠送，宋御史不肯，急令請回，舉手上轎而去。

西門慶回來，陪侍蔡御史，解去冠帶，請去捲棚內後坐。因吩咐把樂人都打發散去，只留下戲子。西門慶令左右重新安放桌席，擺設珍羞果品上來，二人飲酒。蔡御史道：「今日陪我這宋年兄坐便僭了，又叨盛筵並許多酒器，何以克當？」西門慶笑道：「微物惶恐，表意而已！」因問道：「宋公祖尊號？」蔡御史道：「號松原。松樹之松，原泉之原。」又說起：「頭裡他再三不來，被學生因稱道四泉盛德，與老先生那邊相熟，他才來了。他也知府上與雲峯有親。」西門慶道：「想必翟親家有一言於彼。我觀宋公為人有些蹊蹺。」蔡御史道：「他雖故是江西人，倒也沒甚蹊蹺處。只是今日初會，怎不做些模樣！」說畢笑了。西門慶便道：「今日晚了，老先生不回船上去罷了。」蔡御史道：「我明早就要開船長行。」西門慶道：「請不棄在舍留宿一宵，明日學生長亭送餞。」蔡御史道：「過蒙愛厚。」因吩咐手下人：「都回門外去罷，明早來接。」眾人都應諾去了，只留下兩個家人伺候。

西門慶見手下人都去了，走下席來，叫玳安兒附耳低言，如此這般：「即去院裡坐名叫了董嬌兒、韓金釧兒兩個，打後門裡用轎子擡了來，休教一人知道。」那玳安一面應諾去了。西門慶復上席陪蔡御史吃酒。海鹽子弟在旁歌唱。西門慶因問：「老先生到家多少時就來了？今堂老夫人起居康健麼？」蔡御史道：「老母倒也安。學生在家，不覺荏苒半載，回來見朝，不想被曹禾論劾，將學生敝同年一十四人之在史館者，一時皆黜授外職。學生便選在西臺，新點兩淮巡鹽。宋年兄便在貴處巡按，也是蔡老先生門下。」西門慶問道：「如今安老先生在哪裡？」蔡御史道：「安鳳山他已陞了工部主事，往荊州催儹皇木去了。也待好來也。」說畢，西門慶教海鹽子弟上來遞酒。蔡御史吩咐：「你唱個〈漁家傲〉我聽。」子弟排手在旁正唱著，只見玳安走來請西門慶下邊說話。玳安道：「叫了董嬌兒、韓金釧打後門來了，在娘房裡坐著哩。」西門慶道：「你吩咐把轎子擡過一邊才好。」玳安道：「擡過一邊了。」

這西門慶走至上房，兩個唱的向前磕頭。西門慶道：「今日請你兩個來，晚夕在山子下伏侍你蔡老爹。他如今見做巡按御史，你不可怠慢，用心伏侍他，我另酬答你。」韓金釧兒笑道：「爹不消吩咐，俺們知道。」西門慶因戲道：「他南人的營生，好的是南風，你們休要扭手扭腳的。」董嬌兒道：「娘在這裡聽著，爹你老人家羊角蔥靠南牆——越發老辣了。王府門首磕了頭，俺們不吃這井裡水了？」

西門慶笑的往前邊來。走到儀門首，只見來保和陳敬濟拿著揭帖走來，與西門慶看，說道：「剛才喬親家爹說，趁著蔡老爹這回閒，爹倒把這件事對蔡老爹說了罷，只怕明日起身忙了。教姐夫寫了俺兩個名字在此。」西門慶道：「你跟了來。」來保跟到捲棚槅子外邊站著。西門慶飲酒中間因題起：「有一事在此，不敢干瀆。」蔡御史道：「四泉，有甚事只顧吩咐，學生無不領命。」西門慶道：「去歲因舍親在邊上納過些糧草，坐派了些鹽引，正派在貴治揚州支鹽。望乞到那裡青目青目，早些支放就是愛厚。」因把揭帖遞上去，蔡御史看了。上面寫著：「商人來保、崔本，舊派淮鹽三萬引，乞到日早掣。」蔡御史看了笑道：「這個什麼打緊。」一面把來保叫至跟前跪下，吩咐：「與你蔡爺磕頭。」蔡御史道：「我到揚州，你等逕來察院見我。我比別的商人早掣一個月。」西門慶道：「老先生下顧，早放十日就夠了。」蔡御史把原帖就袖在袖內。一面書童旁邊斟上酒，子弟又唱。

唱畢，已有掌燈時分，蔡御史便說：「深擾一日，酒告止了罷。」因起身出席，左右便欲掌燈，西門慶道：「且休掌燭，請老先生後邊更衣。」於是從花園裡遊玩了一回，讓至翡翠軒，那裡又早湘簾低簇，銀燭熒煌，設下酒席。海鹽戲子，西門慶已命打發去了。書童把捲棚內家活收了，關上角門，只見兩個唱的盛妝打扮，立於階下，向前插燭也似磕了四個頭。但見：

綽約容顏金縷衣，香塵不動下階墀。
時來水濺羅裙濕，好似巫山行雨歸。

蔡御史看見，欲進不能，欲退不捨。便說道：「四泉，你如何這等愛厚？恐使不得。」西門慶笑道：「與昔日東山之遊，又何異乎？」蔡御史道：「恐我不如安石之才，而君有王右軍之高致矣。」於是月下與二妓攜手，恍若劉阮之入天臺。因進入軒內，見文物依然，因索紙筆就欲留題相贈。西門慶即令書童連忙將端溪硯研得墨濃濃的，拂下錦箋。這蔡御史終是狀元之才，拈筆在手，文不加點，字走龍蛇，燈下一揮而就，作詩一首。詩曰：

不到君家半載餘，軒中文物尚依稀。
雨過書童開藥圃，風回仙子步花臺。
飲將醉處鐘何急，詩到成時漏更催。
此去又添新悵望，不知何日是重來。

寫畢，教書童粘於壁上，以為後日之遺焉。因問二妓：「你們叫甚名字？」一個道：「小的姓董，名喚嬌兒。他叫韓金釧兒。」蔡御史又道：「你二人有號沒有？」董嬌兒道：「小的無名娼妓，哪討號來？」蔡御史道：「你等休要忒謙。」問至再三，韓金釧方說：「小的號玉卿。」董嬌兒道：「小的賤號薇仙。」蔡御史一聞「薇仙」二字，心中甚喜，遂留意在懷。令書童取棋桌來，擺下棋子，蔡御史與董嬌兒兩個著棋。西門慶陪侍，韓金釧兒把金樽在旁邊遞酒，書童歌唱。蔡御史贏了一盤棋，董嬌兒吃過，又回奉蔡御史一杯。韓金釧這裡也遞與西門慶一杯陪飲。飲了酒，兩人又下。董嬌兒贏了，連忙遞酒一杯與蔡御史，西門慶在旁又陪飲一杯。飲畢，蔡御史道：「四泉，夜深了，不勝酒力。」於是走出外邊來，站立在花下。

那時正是四月半頭，月色才上。西門慶道：「老先生，天色還早哩。還有韓金釧，不曾賞他一杯酒。」蔡御史道：「正是。你喚他來，我就此花下立飲一杯。」於是韓金釧拿大金桃杯，滿斟一杯，用纖手捧遞上去。董嬌兒在旁捧果，蔡御史吃過，又斟了一杯，賞與韓金釧兒。因告辭道：「四泉，今日酒太多了，令盛价收過去罷。」於是與西門慶握手相語，說道：「賢公盛情盛德，此心懸懸。非斯文骨肉，何以至此?向日所貸，學生耿耿在心，在京已與雲峯表過。倘我後日有一步寸進，斷不敢有辜盛德。」西門慶道：「老先生何出此言?到不消介意。」

韓金釧見他一手拉著董嬌兒，知局，就往後邊去了。到了上房裡，月娘問道：「你怎的不陪他睡，來了？」韓金釧笑道：「他留下董嬌兒了，我不來，只管在那裡做什麼？」良久，西門慶亦告了安置進來，叫了來興兒吩咐：「明日早五更，打發食盒酒米點心下飯，叫了廚役，跟了往門外永福寺去，與你蔡老爹送行。叫兩個小優兒答應。休要誤了。」來興兒道：「家裡二娘上壽，沒有人看。」西門慶道：「留下棋童兒買東西，叫廚子後邊大灶上做罷。」

不一時，書童、玳安收下家活來，又討了一壺好茶，往花園裡去與蔡老爹漱口。翡翠軒書房床上，鋪陳衾枕俱各完備。蔡御史見董嬌兒手中拿著一把湘妃竹泥金面扇兒，上面水墨畫著一種湘蘭平溪流水。董嬌兒道：「敢煩老爹賞我一首詩在上面。」蔡御史道：「無可為題，就指著你這薇仙號。」於是燈下拈起筆來，寫了四句在上：

小院閒庭寂不譁，一池月上浸窗紗。
邂逅相逢天未晚，紫薇郎對紫薇花。

寫畢，那董嬌兒連忙拜謝了。兩個收拾上床就寢。書童、玳安與他家人在明間裡睡。一宿晚景不提。

次日早晨，蔡御史與了董嬌兒一兩銀子，用紅紙大包封著，到於後邊，拿與西門慶瞧。西門慶笑說道：「文職的營生，他哪裡有大錢與你！這個就是上上籤了。」因教月娘每人又與了他五錢銀子，從後門打發去了。書童舀洗面水，打發他梳洗穿衣。西門慶出來，在廳上陪他吃了粥。手下又早伺候轎馬來接，與西門慶作辭，謝了又謝。西門慶又道：「學生日昨所言之事，老先生到彼處，學生這裡書去，千萬留神一二，足叨不淺。」蔡御史道：「休說賢公華札下臨，只盛价有片紙到，學生無不奉行。」說畢，二人同上馬，左右跟隨。出城外，到於永福寺，借長老方丈擺酒餞行。來興兒與廚役早已安排桌席停當。李銘、吳惠兩個小優彈唱。

數杯之後，坐不移時，蔡御史起身，夫馬、坐轎在於三門外伺候。臨行，西門慶說起苗青之事：「乃學生相知，因詿誤在舊大巡曾公案下，行牌往揚州案候捉他。此事情已問結了。倘見宋公，望乞借重一言，彼此感激。」蔡御史道：「這個不妨，我見宋年兄說，設使就提來，放了他去就是了。」西門慶又作揖謝了。看官聽說：後來宋御史往濟南去，河道中又與蔡御史會在那船上。公人揚州提了苗青來，蔡御史說道：「此係曾公手裡案外的，你管他怎的？」遂放回去了。倒下詳去東平府，還只把兩個船家，決不待時，安童便放了。正是：

公道人情兩是非，人情公道最難為。
若依公道人情失，順了人情公道虧。

當日西門慶要送至船上，蔡御史不肯，說道：「賢公不消遠送，只此告別。」西門慶道：「萬惟保重，容差小价問安。」說畢，蔡御史上轎而去。

西門慶回到方丈坐下，長老走來合掌問訊遞茶，西門慶答禮相還。見他雪眉交白，便問：「長老多大年紀？」長老道：「小僧七十有四。」西門慶道：「倒還這等康健。」因問法號，長老道：「小僧法名道堅。」又問：「有幾位徒弟？」長老道：「只有兩個小徒。本寺也有三十餘僧行。」西門慶道：「這寺院也寬大，只是欠修整。」長老道：「不滿老爹說，這座寺原是周秀老爹蓋造，長住裡沒錢糧修理，丟得壞了。」西門慶道：「原來就是你守備府周爺的香火院。我見他家莊子不遠。不打緊處，你稟了你周爺，寫個緣簿，別處也再化些，我也資助你些布施。」道堅連忙又合掌問訊謝了。西門慶吩咐玳安兒：「取一兩銀子謝長老。今日打攪。」道堅道：「小僧不知老爹來，不曾預備齋供。」西門慶道：「我要往後邊更更衣去。」道堅連忙叫小沙彌開門。

西門慶更了衣，因見方丈後面五間大佛堂，有許多雲遊和尚在那裡敲著木魚看經。西門慶不因不由，信步走入裡面觀看。見一個和尚形骨古怪，相貌搊搜，生得豹頭凹眼，色若紫肝。戴了雞蠟箍兒，穿一領肉紅直裰。頦下髭鬚亂拃，頭上有一溜光簷，就是個形容古怪真羅漢，未除火性獨眼龍。在禪床上旋定過去了，垂著頭，把脖子縮到腔子裡，鼻孔中流下玉筯來。西門慶口中不言，心中暗道：「此僧必然是個有手段的高僧。不然，如何因此異相？等我叫醒他，問他個端的。」於是高聲叫：「那位僧人，你是哪裡人氏，何處高僧？」叫了頭一聲不答應；第二聲也不言語；第三聲，只見這個僧人在禪床上把身子打了個挺，伸了伸腰，睜開一隻眼，跳將起來，向西門慶點了點頭兒，麄聲應道：「你問我怎的？貧僧行不更名，坐不改姓，乃西域天竺國密松林齊腰峯寒庭寺下來的胡僧，雲遊至此，施藥濟人。官人，你叫我有甚話說？」西門慶道：「你既是施藥濟人，我問你求些滋補的藥兒，你有也沒有？」胡僧道：「我有，我有。」又道：「我如今請你到家，你去不去？」胡僧道：「我去，我去。」西門慶道：「你說去，即此就行。」

那胡僧直豎起身來，向床頭取過他的鐵柱杖來拄著，背上他的皮褡褳——褡褳內盛了兩個藥葫蘆兒。下的禪堂，就往外走。西門慶吩咐玳安：「叫了兩個驢子，同師父先往家去等著，我就來。」胡僧道：「官人不消如此，你騎馬只顧先行。貧僧也不騎頭口，管情比你先到。」西門慶道：「一定是個有手段的高僧。不然如何開這等朗言。」恐怕他走了，吩咐玳安：「好歹跟著他同行。」於是作辭長老上馬，僕從跟隨，逕直進城來家。

那日四月十七日，不想是王六兒生日，家中又是李嬌兒上壽，有堂客吃酒。後晌時分，只見王六兒家沒人使，使了他兄弟王經來請西門慶。吩咐他宅門首只尋玳安兒說話，不見玳安在門首，只顧立。立了約一個時辰，正值月娘與李嬌兒送院裡李媽媽出來上轎，看見一個十五六歲扎包髻兒小廝，問是哪裡的。那小廝三不知走到跟前，與月娘磕了個頭，說道：「我是韓家，尋安哥說話。」月娘問：「那安哥？」平安在旁邊，恐怕他知道是王六兒那裡來的，恐怕他說岔了話，向前把他拉過一邊，對月娘說：「他是韓夥計家使了來尋玳安兒，問韓夥計幾時來。」以此哄過。月娘不言語，回後邊去了。

不一時玳安與胡僧先到門首，走的兩腿皆酸，渾身是汗，抱怨的要不得。那胡僧體貌從容，氣也不喘。平安把王六兒那邊使了王經來請爹，尋他說話一節，對玳安兒說了一遍，道：「不想大娘看見，早是我在旁邊替他摭拾過了。不然就要露出馬腳來了。等住回娘若問，你也是這般說。」那玳安走得睜睜的，只顧搧扇子：「今日造化低也怎的？平白爹教我領了這賊禿囚來。好近路兒！從門外寺裡直走到家，路上通沒歇腳兒，走得我上氣兒接不著下氣兒。爹交顧驢子與他騎，他又不騎。他便走著沒事，難為我這兩條腿了！把鞋底子也磨透了，腳也踏破了。攮氣的營生！」平安道：「爹請他來家做什麼？」玳安道：「誰知道！他說問他討什麼藥哩。」

正說著，只聞喝道之聲，西門慶到家，看見胡僧在門首，說道：「吾師真乃人中神也。果然先到。」一面讓至裡面大廳上坐。西門慶叫書童接了衣裳，換了小帽，陪他坐的。吃了茶，那胡僧睜眼觀見廳堂高遠，院宇深沈，門上掛的是龜背紋蝦鬚織抹綠珠簾，地下鋪獅子滾綉毬絨毛線毯。正堂中放一張蜻蜓腿、螳螂肚、肥皂色起楞的桌子，桌子上安著縧環樣須彌座大理石屏風。周圍擺的都是泥鰍頭、楠木靶腫筋的交倚，兩壁掛的畫都是紫竹杆兒綾邊、瑪瑙軸頭。正是：

鼉皮畫鼓振庭堂，烏木春臺盛酒器。

胡僧看畢，西門慶問道：「吾師用酒不用？」胡僧道：「貧僧酒肉齊行。」西門慶一面吩咐小廝：「後邊不消看素饌，拿酒飯來。」那時正是李嬌兒生日，廚下餚饌下飯都有。安放桌兒，只顧拿上來。先桌邊兒放了四碟果子、四碟小菜，又是四碟案酒、一碟頭魚、一碟糟鴨、一碟烏皮雞、一碟舞鱸公。又拿上四樣下飯來：一碟羊角蔥𤏪炒的核桃肉、一碟細切的䭔酥樣子肉、一碟肥肥的羊貫腸、一碟光溜溜的滑鰍。次又拿了一道湯飯出來；一個碗內兩個肉圓子，夾著一條花腸滾子肉，名喚一龍戲二珠湯；一大盤裂破頭高裝肉包子。西門慶讓胡僧吃了，教琴童拿過團靶鉤頭雞脖壺來，打開腰州精製的紅泥頭，一股一股邈出滋陰辛白酒來，傾在那倒垂蓮蓬高腳鍾內，遞與胡僧。那胡僧接放口內，一吸而飲之。隨即又是兩樣添換上來：一碟寸扎的騎馬腸兒、一碟子醃臘鵝脖子。又是兩樣艷物與胡僧下酒：一碟子癩葡萄、一碟子流心紅李子。落後又是一大碗鱔魚麵與菜卷兒，一齊拿上來與胡僧打散。登時把胡僧吃得楞子眼兒，便道：「貧僧酒醉飯飽，足以夠了。」

西門慶叫左右拿過酒桌去，因問他求房術的藥兒。胡僧道：「我有一枝藥，乃老君煉就，王母傳方。非人不度，非人不傳，專度有緣。既是官人厚待於我，我與你幾丸罷。」於是向褡褳內取出葫蘆來，傾出百十丸，吩咐：「每次只一粒，不可多了，用燒酒送下。」又將那一個葫兒揑了，取二錢一塊粉紅膏兒，吩咐：「每次只許用二厘，不可多用。若是脹的慌，用手揑著，兩邊腿上只顧摔打，百十下方得通。你可樽節用之，不可輕泄於人。」西門慶雙手接了，說道：「我且問你，這藥有何功效？」胡僧說：

形如雞卵，色似鵝黃。三次老君炮煉，王母親手傳方。外視輕如糞土，內覷貴乎玕琅。比金金豈換，比玉玉何償！任你腰金衣紫，任你大廈高堂，任你輕裘肥馬，任你才俊棟梁，此藥用托掌內，飄然身入洞房。洞中春不老，物外景長芳；玉山無頹敗，丹田夜有光。一戰精神爽，再戰氣血剛。不拘嬌艷寵，十二美紅妝，交接從吾好，徹夜硬如槍。服久寬脾胃，滋腎又扶陽。百日鬚髮黑，千朝體自強。固齒能明目，陽生姤始藏。恐君如不信，拌飯與貓嚐：三日淫無度，四日熱難當；白貓變為黑，尿糞俱停亡；夏月當風臥，冬天水裡藏。若還不解泄，毛脫盡精光。每服一厘半，陽興愈健強。一夜歇十女，其精永不傷。老婦顰眉蹙，淫娼不可當。有時心倦怠，收兵罷戰場。冷水吞一口，陽回精不傷。快美終宵樂，春色滿蘭房。贈與知音客，永作保身方。

西門慶聽了，要問他求方兒，說道：「請醫須請良，傳藥須傳方。吾師不傳於我方兒，倘或我久後用沒了，哪裡尋師父去？隨師父要多少東西，我與師父。」因令玳安：「後邊快取二十兩白金來。」遞與胡僧，要問他求這一枝藥方。那胡僧笑道：「貧僧乃出家之人，雲遊四方，要這資財何用？官人趁早收拾回去。」一面就要起身。西門慶見他不肯傳方，便道：「師父，你不受資財，我有一匹五丈長大布，與師父做件衣服罷。」即令左右取來，雙手遞與胡僧。胡僧方才打問訊謝了。臨出門又吩咐：「不可多用，戒之！戒之！」言畢，背上搭褳，拄定拐杖，出門揚長而去。正是：

柱杖挑擎雙日月，芒鞋踏遍九軍州。

# 第五十回　琴童潛聽燕鶯歡　玳安嬉遊蝴蝶巷

詞曰：

欲掩香幃論繾綣，先斂雙蛾愁夜短。催促少年郎，先去睡，鴛衾圖暖。須臾整頓蝶蜂情，脫羅裳，恣情無限。留著帳前燈，時時看伊嬌面。

——右調〈菊花新〉

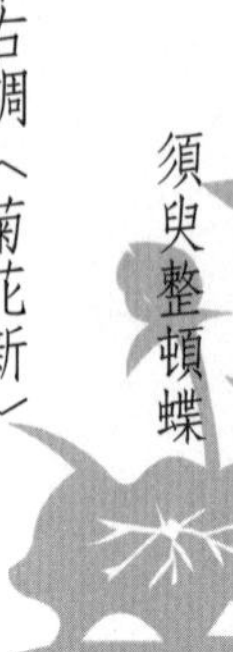

話說那日李嬌兒上壽，觀音菴王姑子請了蓮花菴薛姑子來，又帶了他兩個徒弟妙鳳、妙趣。月娘知道他是個有道行的姑子，連忙出來迎接。見他戴著清淨僧帽，披著茶褐袈裟，剃得青旋旋頭兒，生得魁肥胖大，沼口豚腮。進來與月娘眾人合掌問訊，慌得月娘眾人連忙行禮。見他鋪眉苫眼，拿班做勢，口裡咬文嚼字，一口一聲只稱呼他「薛爺」。他便叫月娘是「在家菩薩」，或稱「官人娘子」。月娘甚是敬重他。那日大妗子、楊姑娘都在這裡，月娘擺茶與他吃，菜蔬點心擺了一大桌子，比尋常分外不同。兩個小姑子妙趣、妙鳳才十四五歲，生的甚是清俊，就在他旁邊桌頭吃東西。吃了茶，都在上房內坐的，聽著他講道說話。

只見書童兒前邊收下家活來，月娘便問道：「前邊那吃酒肉的和尚去了？」書童道：「剛才起身，爹送出他去了。」吳大妗子因問：「是哪裡請來的僧人？」月娘道：「是他爹今日與蔡御史送行，門外寺裡帶來的一個和尚，酒肉都吃的。他求什麼藥方，與他銀子也不要，錢也不受，誰知他幹的什麼營生！」那薛姑子聽見，便說道：「茹葷、飲酒這兩件事也難斷。倒是俺這比丘尼還有些戒行，他漢僧們哪裡管！《大藏經》上不說的，如你吃他一口，到轉世過來須還他一口。」吳大妗子聽了，道：「像俺們終日吃肉，卻不知轉世有多少罪業！」薛姑子道：「似老菩薩，都是前生修來的福，享榮華，受富貴。譬如五穀，你春天不種下，到那有秋之時，怎望收成？」這裡說話不提。

且說西門慶送了胡僧進來，只見玳安悄悄說道：「頭裡韓大嬸使了他兄弟來請爹，說今日是他生日，請爹好歹過去坐坐。」西門慶得了胡僧藥，心裡正要去和婦人試驗，不想來請，正中下懷，即吩咐玳安備馬，使琴童先送一罈酒去。於是逕走到金蓮房裡取了淫器包兒，便衣小帽，帶著眼紗，玳安跟隨，逕往王六兒家來。下馬到裡面，就吩咐：「留琴童兒伺候，玳安回了馬家去。等家裡問，只說我在獅子街房子裡算帳哩。」玳安應諾，騎馬回家去了。

王六兒出來與西門慶磕了頭，在旁邊陪坐，說道：「無事，請爹過來散心坐坐。又多謝爹送酒來。」西門慶道：「我忘了你生日。今日往門外送行去，才來家。」因向袖中取出一根簪兒，遞與他道：「今日與你上壽。」婦人接過來觀看，卻是一對金壽字簪兒，說道：「倒好樣兒。」連忙道了萬福。西門慶又遞與他五錢銀子，吩咐：「你秤五分，教小廝有南燒酒買一瓶來我吃。」王六兒笑道：「爹老人家別的酒吃厭了，想起來又要吃南燒酒了。」連忙秤了五分銀子，使琴童兒拿瓶買去。一面替西門慶脫了衣裳，請入房裡坐的。親自頓好茶與西門慶吃，又放小桌兒看牌耍子。看了一回，才收拾吃酒不提。

單表玳安回馬到家，因跟和尚走得乏睏了，一覺直睡到掌燈時便才醒了。揉揉眼兒，見天晚了，走到後邊要燈籠接爹去，只顧立著。月娘因問他：「頭裡你爹打發和尚去了，也不進來換衣裳，三不知就去了。端的在誰家吃酒？」玳安道：「爹沒往人家去，在獅子街房裡算帳哩。」月娘道：「算帳？沒的算恁一日！」玳安道：「算了帳，爹自家吃酒哩。」月娘道：「又沒人陪他，莫不平白的自家吃酒？眼見的就是兩樣話。頭裡韓道國的小廝來尋你做什麼？」玳安道：「他來問韓大叔幾時來。」月娘罵道：「賊囚根子，你又不知弄什麼鬼！」玳安不敢多言。月娘交小玉拿了燈籠與他，吩咐：「你說家中你二娘等著上壽哩。」

玳安應諾，走到前邊鋪子裡，只見書童兒和傅夥計坐著，水櫃上放著一瓶酒、幾個碗碟、一盤牛肚子，平安兒從外拿了兩瓶鮓來，正飲酒。玳安看見，把燈籠掠下，說道：「好呀！我趕著了。」因向書童兒戲道：「好淫婦，我那裡沒尋你，你原來躲在這裡吃酒兒。」書童道：「你尋我做什麼？想是要與我做半日孫子兒！」玳安罵道：「秫秫小廝，你也回嘴！我尋你，要合你的屁股。」於是走向前按在椅子上就親嘴。那書童用手推開，說道：「怪行貨子，我不好罵出來的。把人牙花都磕破了，帽子都抓落了人的。」傅夥計見他帽子在地下，說道：「新一盞燈帽兒。」教平安兒：「你替他拾起來，只怕躧了。」被書童拿過，往炕上只一摔，把臉通紅了。

玳安道：「好淫婦，我逗你逗兒，你就惱了？」不由分說，掀起腿把他按在炕上，盡力往他口裡吐了一口唾沫，把酒推翻了，流在水櫃上。傅夥計恐怕濕了帳簿，連忙取手巾來抹了，說道：「管情這回兩個頑惱了。」玳安道：「好淫婦，你今日討了誰口裡話，這等扭手扭腳？」書童把頭髮都揉亂了，說道：「耍便耍，笑便笑，臢剌剌的屁水子吐了人恁一口！」玳安道：「賊村秫秫，你今日才吃屁？你從前已後把屁不知吃了多少！」平安篩了一甌子酒遞與玳安，說道：「你快吃了接爹去罷，有話回來和他說。」玳安道：「等我接了爹回來，和他答話。我不把秫秫小廝不擺布得見神見鬼的，他也不怕。我使一些唾沫也不是人養的，我只一味乾粘。」

於是吃了酒，門班房內叫了個小伴當拿著燈籠，他便騎著馬，到了王六兒家。叫開門，問琴童兒：「爹在哪裡？」琴童道：「爹在屋裡睡哩。」於是關上門，兩個走到後邊廚下。老馮便道：「安官兒，你韓大嬸只顧等你不見來，替你留下分兒了。」就向櫥櫃裡拿了一盤驢肉、一碟臘燒雞、兩碗壽麵、一素子酒。玳安吃了一回，又讓琴童道：「你過來，這酒我吃不了，咱兩個喝了罷。」琴童道：「留與你的，你自吃罷。」玳安道：「我剛才吃了甌子來了。」於是二人吃畢，玳安便叫道：「馮奶奶，我有句話兒說，你休惱我。想著你老人家在六娘那裡，替俺六娘當家，如今在韓大嬸這裡，又與韓大嬸當家。到家看我對六娘說也不說！」那老馮便向他身上拍了一下，說道：「怪倒路死猴兒！休要是言不是語到家裡說出來，就教他惱我一生，我也不敢見他去。」

這裡玳安兒和老馮說話，不想琴童走到臥房窗子底下，悄悄聽覷。原來西門慶用燒酒把胡僧藥吃了一粒下去，脫了衣裳，坐在床沿上。打開淫器包兒，先把銀托束其根下，龜頭上使了硫黃圈子，又把胡僧與他的粉紅膏子藥兒，盛在個小銀盒兒內，捏了有一厘半兒，安放在馬眼內。登時藥性發作，那話暴怒起來，露稜跳腦，凹眼圓睜，橫筋皆見，色若紫肝，約有六七寸長，比尋常分外粗大。西門慶心中暗喜：果然此藥有些意思。婦人脫得光赤條條，坐在他懷裡，一面用手籠揝，說道：「怪道你要燒酒吃，原來幹這營生！」因問：「你是哪裡討來的藥？」

西門慶把胡僧與他的藥告訴一遍。先令婦人仰臥床上，背靠雙枕，手拿那話往裡放。龜頭昂大，濡研半晌，方才進入些須。婦人淫津流溢，少頃滑落，已而僅沒龜稜。西門慶酒興發作，淺抽深送，覺翕翕然暢美不可言。婦人則淫心如醉，酥癱於枕上，口內呻吟不止，口口聲聲只叫：「大⿱髟巴⿱髟巴達達，淫婦今日可死也！」又道：「我央及你，好歹留些功夫在後邊耍耍。」西門慶於是把老婆倒蹶在床上，那話頂入戶中，扶其股而極力搧磞，搧磞的連聲響亮。老婆道：「達達，你好生搧磞打著淫婦，休要住了。再不，你自家拿過燈來照著玩耍。」西門慶於是移燈近前，令婦人在下直舒雙足，他便騎在上面，兜其股蹲踞而提之；老婆在下一手揉著花心，扳其股而就之，顫聲不已。西門慶因對老婆說：「等你家的來，我打發他和來保、崔本揚州支鹽去。支出鹽來賣了，就教他往湖州織了絲紬來，好不好？」老婆道：「好達達，隨你教他那裡，只顧去，留著忘八在家裡做什麼？」因問：「鋪子卻教誰管？」西門慶道：「我交賁四且替他買著。」王六兒道：「也罷，且交賁四看著罷。」

這裡二人行房，不想都被琴童兒窗外聽了。玳安從後邊來，見他聽覷，向身上拍了一下說道：「平白聽他怎的？趁他未起來，咱們去來。」琴童跟他到外邊。玳安道：「這後面小衚衕子裡，新來了兩個小丫頭子。我頭裡騎馬打這裡過，看見在魯長腿屋裡。一個叫金兒，一個叫賽兒，都不上十七八歲。教小伴當在這裡看著，咱們混一回子去。」一面吩咐小伴當：「你在此聽著門，俺們淨淨手去。等裡邊尋，你往小衚衕口兒上來叫俺們。」吩咐了，兩個月亮地裡走到小巷內。原來這條巷喚做蝴蝶巷，裡邊有十數家，都是開坊子吃衣飯的。玳安已有酒了，叫門叫了半日才開。原來忘八正和虔婆魯長腿在燈下拿黃杆大等子稱銀子，見兩個凶神也似撞進來，連忙把裡間屋裡燈一口吹滅。忘八認得玳安是提刑所西門老爹家管家，便讓坐。

玳安道：「叫出他姐兒兩個，唱個曲兒俺們聽就去。」忘八道：「管家，你來得遲了一步兒，兩個剛才都有人了。」玳安不由分說，兩步就撞進裡面。只見燈也不點，月影中，看見炕上有兩個戴白氈帽的酒太公——一個炕上睡下，那一個才脫裹腳，便問道：「是什麼人進屋裡來？」玳安道：「我合你娘的眼！」颼的只一拳去，打的那酒保叫聲：「阿嚛！」裹腳襪子也穿不上，往外飛跑。那一個在炕上爬起來，一步一跌也走了。玳安叫掌起燈來，罵道：「賊野蠻流民，他倒問我是哪裡人！剛才把毛搞淨了他的才好，平白放他去了。好不好拿到衙門裡去，交他且試試新夾棍著！」

魯長腿向前掌上燈，拜了又拜，說：「二位管家哥哥息怒，他外京人不知道，休要和他一般見識。」因令：「金兒、賽兒出來，唱與二位叔叔聽。」只見兩個都是一窩絲盤髻，穿著洗白衫兒，紅綠羅裙兒，向前道：「今日不知叔叔來，夜晚了，沒曾做得準備。」一面放了四碟乾菜，其餘幾碟都是鴨蛋、蝦米、熟鮓、鹹魚、豬頭肉、乾板腸兒之類。玳安便摟著賽兒，琴童便擁著金兒。玳安看見賽兒帶著銀紅紗香袋兒，就拿袖中汗巾兒，兩個換了。少頃篩酒上來，賽兒拿鍾兒斟酒遞與玳安。先是金兒取過琵琶來，奉酒與琴童，唱個〈山坡羊〉道：

> 煙花寨，委實的難過。自不得清涼到坐。逐日家迎賓待客，一家兒吃穿全靠著奴身一個。到晚來印子房錢逼得是我。老虔婆他不管我死活。在門前站到那更深兒夜晚，到晚來有哪個問聲我那飽餓？煙花寨再住上五載三年來，奴活命的少來死命的多。不由人眼淚如梭。有鐵樹上開花，那是我收圓結果。

金兒唱畢，賽兒又斟一杯酒遞與玳安兒，接過琵琶來才待要唱，忽見小伴當來叫，二人連忙起身。玳安向賽兒說：「俺們改日再來望你。」說畢出門，來到王六兒家。西門慶才起來，老婆陪著吃酒哩。兩個進入廚房內，問老馮：「爹尋俺們來？」老馮道：「你爹沒尋，只問馬來了，我回說來了。再沒言語。」兩個坐在廚下問老馮要茶吃，每人喝了一甌子茶，教小伴當點上燈籠牽出馬去。西門慶臨起身，老婆道：「爹，好暖酒兒，你再吃上一鍾兒。你到家莫不又吃酒？」西門慶道：「到家不吃了。」於是拿起酒來又吃了一鍾。老婆便道：「你這一去，幾時來走走？」西門慶道：「等打發了他們起身，我才來哩。」說畢，丫頭點茶來漱了口。王六兒送到門首，西門慶方上馬歸家。

卻表金蓮同眾人在月娘房內，聽薛姑子徒弟——兩個小姑子唱佛曲兒。忽想起頭裡月娘罵玳安：「說兩樣話，……不知弄的什麼鬼！」因回房向床上摸那淫器包兒，又沒了。叫春梅問，春梅說：「頭裡爹進屋裡來，向床背閣抽屜內翻了一回去了。誰知道那包子放在那裡。」金蓮道：「他多咱進來，我怎就不知道？」春梅道：「娘正往後邊瞧薛姑子去了。爹戴著小帽兒進屋裡來，我問著，他又不言語。」金蓮道：「一定拿了這行貨，往院中那淫婦家去了。等他來家，我好生問他！」因又往後邊去了。不想西門慶來家，見夜深，也沒往後邊去，琴童打著燈籠，送到花園角門首，就往李瓶兒屋裡去了。琴童兒把燈一交送到後邊，小玉收了。

月娘看見，便問道：「你爹來了？」琴童道：「爹來了，往前邊六娘房裡去了。」月娘道：「你看是有個槽道的？這裡人等著，就不進來了。」李瓶兒慌得走到前邊，對西門慶說道：「他二娘在後邊等著你上壽，你怎的平白進我這屋裡來了？」西門慶笑道：「我醉了，明日罷。」李瓶兒道：「就是你醉了，到後邊也接個鍾兒。你不去，惹他二娘不惱麼！」一力攛掇西門慶進後邊來。李嬌兒遞了酒，月娘問道：「你今日獨自一個，在那邊房子裡坐到這早晚？」西門慶道：「我和應二哥吃酒來。」月娘道，「可又來。我說沒個人兒，自家怎麼吃！」說過就罷了。

西門慶坐不移時，提起腳兒還踅到李瓶兒房裡來。原來是王六兒那裡，因吃了胡僧藥，被藥性把住了，與老婆弄聳了一日，恰好沒曾丟身子。那話越發堅硬，形如鐵杵。進房交迎春脫了衣裳，就要和李瓶兒睡。李瓶兒只說他不來，和官哥在床上已睡下了。回過頭來見是他，便道：「你在後邊睡罷了，又來做什麼？孩子才睡得甜甜兒的。我這裡不耐煩，又身上來了，不方便。你往別人屋裡睡去不是，只來這裡纏！」被西門慶摟過脖子來就親了個嘴，說道：「這奴才，你達心裡要和你睡睡兒。」因把那話露出來與李瓶兒瞧，諕得李瓶兒要不得，說道：「耶嚛！你怎麼弄得他這等大？」

西門慶笑著告他說吃了胡僧藥一節：「你若不和我睡，我就急死了。」李瓶兒道：「可怎麼樣的？身上才來了兩日，還沒去，一發等去了，我和你睡罷。你今日且往他五娘屋裡歇一夜兒，也是一般。」西門慶道：「我今日不知怎的，一心只要和你睡。我如今拉個雞兒央及你央及兒，再不你交丫頭掇些水來洗洗，和我睡睡也罷。」李瓶兒道：「我倒好笑起來——你今日哪裡吃得恁醉醉兒的，來家歪斯纏我？就是洗了也不乾淨。一個老婆的月經沾污在男子漢身上臢刺刺的，也晦氣。我到明日死了，你也只尋我？」於是吃逼勒不過，交迎春掇了水，下來澡牝乾淨，方上床與西門慶交會。可霎作怪，李瓶兒慢慢拍哄的官哥兒睡下，只剛趴過這頭來，那孩子就醒了。一連醒了三次。李瓶兒交迎春拿博浪鼓兒哄著他，抱與奶子那邊屋裡去了，這裡二人方才自在玩耍。

西門慶坐在帳子裡，李瓶兒便馬爬在他身上，西門慶倒插那話入牝中。已而燈下窺見他雪白的屁股兒，用手抱著，且細觀其出入。那話已被吞進小截，興不可遏。李瓶兒怕帶出血來，不住取巾帕抹之。西門慶抽拽了一個時辰，兩手抱定他屁股，只顧揉搓，那話盡入至根，不容毛髮，臍下毳毛皆刺其股，覺翕翕然暢美不可言。瓶兒道：「達達，慢著些，頂得奴裡邊好不疼！」西門慶道：「你既害疼，我丟了罷。」於是向桌上取過冷茶來呷了一口，登時精來，一泄如注。正是：

四體無非暢美，一團都是陽春。

西門慶方知胡僧有如此之妙藥。睡下時已三更天氣。

且說潘金蓮見西門慶在李瓶兒屋裡歇了，只道他偷去淫器包兒和他玩耍，更不體察外邊勾當。是夜暗咬銀牙，關門睡了。月娘和薛姑子、王姑子在上房宿睡。王姑子把整治的頭男衣胞並薛姑子的藥，悄悄遞與月娘。薛姑子叫月娘：「揀個壬子日，用酒吃下，晚夕與官人同床一次，就是胎氣。不可教一人知道。」月娘連忙將藥收了，拜謝了兩個姑子。又向王姑子道：「我正月裡好不等著，你就不來了。」王姑子道：「你老人家倒說得好，這件物兒好不難尋！虧了薛師父。——也是個人家媳婦兒養頭次娃兒，可可薛爺在那裡，悄悄與了個熟老娘三錢銀子，才得了。替你老人家熬礬水打磨乾淨，兩盒鴛鴦新瓦，泡煉如法，用重羅篩過，攪在符藥一處才拿來了。」月娘道：「只是多累薛爺和王師父。」於是每人拿出二兩銀子來相謝。說道：「明日若坐了胎氣，還與薛爺一匹黃褐緞子做袈裟穿。」那薛姑子合掌道了問訊：「多承菩薩好心！」常言：十日賣一擔針賣不得，一日賣三擔甲倒賣了。正是：

若教此輩成佛道，天下僧尼似水流。

國家圖書館出版品預行編目資料

金瓶梅／(明)蘭陵笑笑生原著. --二版. --
臺北市：五南圖書出版股份有限公司，
2014.04
冊； 公分
ISBN 978-957-11-7543-0(上冊：平裝). --
ISBN 978-957-11-7544-7(下冊：平裝). --
ISBN 978-957-11-7545-4(全套：平裝)

857.48　　103002979

中國經典 15

8R44

# 金瓶梅（上）

作　　者 — 明・蘭陵笑笑生
企劃主編 — 蘇美嬌
封面設計 — 童安安
出 版 者 — 五南圖書出版股份有限公司
發 行 人 — 楊榮川
總 經 理 — 楊士清
總 編 輯 — 楊秀麗
地　　址：106臺北市大安區和平東路二段339號4樓
電　　話：(02)2705-5066　　傳　　真：(02)2706-6100
網　　址：https://www.wunan.com.tw
電子郵件：wunan@wunan.com.tw
劃撥帳號：01068953
戶　　名：五南圖書出版股份有限公司
法律顧問　林勝安律師
出版日期　2009年8月初版一刷
　　　　　2014年4月二版一刷
　　　　　2024年9月二版六刷
定　　價　新臺幣360元